GRAHAM MASTERTON

Popularny angielski pisarz. Urodził się w 1946 r. w Edynburgu. Po ukończeniu studiów pracował jako redaktor w miesięcznikach, m.in. „Mayfair" i w angielskim wydaniu „Penthouse'a". Autor licznych horrorów, romansów, powieści obyczajowych, thrillerów oraz poradników seksuologicznych. Zdobył Edgar Allan Poe Award, Prix Julia Verlanger i był nominowany do Bram Stoker Award. Debiutował w 1976 r. horrorem **Manitou** (zekranizowanym z Tonym Curtisem w roli głównej). Jego dorobek literacki obejmuje ponad 80 książek – powieści i zbiorów opowiadań – o całkowitym nakładzie przekraczającym 20 milionów egzemplarzy, z czego ponad dwa miliony kupili polscy czytelnicy. Wielką popularność pisarza w Polsce, którą często odwiedza, ugruntował cykl poradników seksuologicznych, w tym wielokrotnie wznawiane **Magia seksu** i **Potęga seksu**. W ostatnim czasie w naszym kraju ukazały się **Czerwony Hotel**, **Ogród zła**, **Panika** i **Śpiączka**. Wkrótce polskie premiery kolejnych powieści Mastertona – **Dynastii**, **Suszy**, *Scarlet Widow* i *Red Light*.

Tego autora

Sagi historyczne

WŁADCY PRZESTWORZY
IMPERIUM
DYNASTIA

Rook

ROOK
KŁY I PAZURY
STRACH
DEMON ZIMNA
SYRENA
CIEMNIA
ZŁODZIEJ DUSZ
OGRÓD ZŁA

Manitou

MANITOU
ZEMSTA MANITOU
DUCH ZAGŁADY
KREW MANITOU
ARMAGEDON

Wojownicy Nocy

ŚMIERTELNE SNY
POWRÓT WOJOWNIKÓW NOCY
DZIEWIĄTY KOSZMAR

Katie Maguire

UPADŁE ANIOŁY
CZERWONE ŚWIATŁO

Inne tytuły

STUDNIE PIEKIEŁ
ANIOŁ JESSIKI
STRAŻNICY PIEKŁA
DEMONY NORMANDII
ŚWIĘTY TERROR
SZARY DIABEŁ
ZWIERCIADŁO PIEKIEŁ
ZJAWA
BEZSENNI
CZARNY ANIOŁ
STRACH MA WIELE TWARZY
SFINKS
WYZNAWCY PŁOMIENIA
WENDIGO
OKRUCHY STRACHU
CIAŁO I KREW
DRAPIEŻCY
WALHALLA
PIĄTA CZAROWNICA
MUZYKA Z ZAŚWIATÓW
BŁYSKAWICA
DUCH OGNIA
ZAKLĘCI
SUSZA
ŚPIĄCZKA
SZKARŁATNA WDOWA

GRAHAM MASTERTON

IMPERIUM

Z angielskiego przełożył
PAWEŁ WIECZOREK

Tytuł oryginału:
EMPRESS

Copyright © Graham Masterton 1988
All rights reserved
Polish edition copyright © Wydawnictwo Albatros Andrzej Kuryłowicz s.c. 2014
Polish translation copyright © Paweł Wieczorek 2014

Redakcja: Lucyna Lewandowska
Zdjęcie na okładce: Nejron Photo/Shutterstock
Projekt graficzny okładki: Andrzej Kuryłowicz
Skład: Laguna

ISBN 978-83-7885-731-0
Książka dostępna także jako e-book

Dystrybutor
Firma Księgarska Olesiejuk sp. z o.o. sp. j.
Poznańska 91, 05-850 Ożarów Mazowiecki
tel. (22) 721 30 00, faks (22) 721 30 01
www.olesiejuk.pl

Sprzedaż wysyłkowa – księgarnie internetowe
www.merlin.pl
www.fabryka.pl
www.empik.com

Wydawca
WYDAWNICTWO ALBATROS ANDRZEJ KURYŁOWICZ S.C.
Hlonda 2A/25, 02-972 Warszawa
www.wydawnictwoalbatros.com

2014. Wydanie I
Druk: Opolgraf S.A., Opole

Dla Wiescki

Gdy tego burzowego popołudnia Henry wrócił do domu, stanął w holu, by otrząsnąć parasol, i zawołał: „Indie, kochanie! Dali mi Indie!", pierwszą myślą Lucy nie były pałace ani słonie czy książęta z brylantami na czołach. Jakby otworzyły się w jej głowie z nagłym klekotem, przypomniała sobie czernione pudełka z cynowej blachy stojące na półkach w głębi sklepu Darlingów i zamknięte w nich tajemnicze, suche jak pył ostre zapachy, które tak bardzo lubiła wdychać, i pomyślała, jak niezwykły musi być kraj, w którym jada się potrawy pachnące skórą do butów, prochem strzelniczym, suszonymi kwiatami i ogniem.

Widziała już oczywiście — za każdym razem, gdy do Oak City zjeżdżał cyrk — żywe słonie, a w żurnalach zdjęcia zaklinaczy węży, indyjskich bazarów i Tadż Mahal, ale to właśnie otwieranie wieczek pudełek i wąchanie przypraw sprawiło, iż rozumiała, że mimo swojej odległości i odmienności Indie nie są literacką opowieścią, lecz faktem.

A teraz Henry wrócił do domu z plackami deszczu na ramionach i radośnie oznajmił, że ten daleki i obcy kraj będzie należał do nich.

— Kozieradka i kminek — powiedziała, wyciągając do niego ramiona. — Chili, kurkuma i garam masala...

— Słucham? — zapytał ze śmiechem.

Pocałowała go. Miał mokre baki.

— Indie! — zawołała. — Indie!

❖ ❖ ❖

Kiedy leżała w nocy obok śpiącego męża w wielkim łożu z mosiężnymi kolumnami, uświadomiła sobie, że los znacznie wcześniej wprowadził do jej życia Indie. Przyniósł je ze sobą niemal pięć lat wcześniej, w odległości tysięcy mil od miejsca, w którym się teraz znajdowała — w Kansas, na początku czerwca, kiedy w Oak City znowu pojawił się wuj Casper.

Nieczęsto pozwalała sobie myśleć o tym, co wydarzyło się tamtego lata. Ciągle jeszcze robiło jej się wtedy sucho w ustach i zaczynała dygotać. Wpatrywała się w ciemności w sufit i zastanawiała, czy Bóg podarował jej Indie jako spóźnioną pociechę za to, co się stało, czy też to, co się stało, było ceną spełnienia marzenia, o które tak naprawdę nigdy nie prosiła.

1

Gdy usłyszała gwizd pociągu, balansowała niczym linoskoczek na otaczającym tylne podwórze pani Sweeney płocie, ale nie wiedząc, że jedzie nim wuj Casper, nie zwróciła na niego specjalnej uwagi. Spacer po sztachetach wymagał pełnej koncentracji — należało rozłożyć szeroko ramiona, trzymać wysoko parasol, stawiać stopy jedną za drugą, opanować lekkie bujanie się ciała i robić krok po kroku, wysoko unosząc nogi. Wyglądała jak mechaniczna marionetka. Słońce przeświecało przez jej długą spódnicę w biało-niebieskie pasy i bawełniany czepek.

— Zatrzymaj się i wyprostuj! — zawołała pani Sweeney, która przez cały czas ją obserwowała, jakby mogła jej pomóc zachować równowagę siłą woli. — I nie patrz na stopy!

Pociąg ponownie zagwizdał. Lucy zrobiła kolejne dwa kroki, zatrzymała się, znowu zrobiła trzy kroki, stanęła, po czym chwiejnie doszła do rynny i złapała się jej obiema rękami.

— Nie było tak źle — stwierdziła pani Sweeney. — Nie wiem, co pomyśleliby o tym Forepaugh i Sells, ale jak dla mnie może być.

Pomogła swojej uczennicy zeskoczyć z płotu. Lucy wyciągnęła spódnicę z reform, wygładziła ją dłońmi i przykucnęła na pozbawionym oparcia krześle, aby włożyć buty.

— Myśli pani, że mogłybyśmy jeszcze potańczyć? — spytała, mrużąc oczy.

— Nic z tego. Już jestem wytańczona, dziękuję bardzo — odparła pani Sweeney. — Poza tym zaraz muszę iść do Leonarda Judda i zająć się jego korespondencją.

Zawsze kończyła lekcję tańca chodzeniem po płocie, twierdząc, że wzmacnia to stopy i poprawia zmysł równowagi. Przed ślubem chodziła po linie w cyrku Forepaugha i Sellsa, podróżując z nim po całym kraju. Złamała w tym czasie mnóstwo serc i mogła o tym opowiadać bez końca.

— Tylko jednego walca... — poprosiła Lucy. — Wie pani, że mogłabym tańczyć przez cały dzień!

Pani Sweeney odprowadziła ją do furtki.

— Jesteś jak mój Sean. „Mógłbym umrzeć, tańcząc", mawiał. I tak się stało, niech Bóg ma go w swojej opiece. Pan wezwał go do siebie na balu hodowców bydła, w czasie polki!

Lucy zaciągnęła wstążki na swoim czepku.

— Założę się, że w dalszym ciągu tańczy gdzieś w niebie.

Pani Sweeney pociągnęła nosem.

— Całkiem możliwe... Ale na pewno nie polkę. Nie sądzę, aby nasz Pan i jego niebiańska świta tańczyli polkę. I na pewno nie z nim.

Lucy nigdy do końca nie wiedziała, kiedy pani Sweeney mówi poważnie, a kiedy żartuje. Zawsze ubierała się w żałobną czerń, a jej ściągnięta trójkątna twarz sprawiała wrażenie wiecznie zirytowanej, miała jednak zuchwałe irlandzkie poczucie humoru i dlatego — no i oczywiście dlatego, że udzielała lekcji tańca — większość ludzi w Oak City nazywała ją Podskakującą Kozicą. Prawdopodobnie miała czterdzieści parę lat, ale bez trudu mogłaby uchodzić za sześćdziesięciolatkę.

Lucy ją uwielbiała, ponieważ podczas lekcji, gdy raz za razem okrążały pokój na górze o skrzypiącej podłodze, raz-dwa-trzy, raz-dwa-trzy, jak para malutkich tancerzy wirujących na szczycie pozytywki, zawsze opowiadała o balach, na których bywała w młodości w Nowym Jorku, zanim upadła (przez duże „U") i przyłączyła się do cyrku. „Och, te tańce, moja droga! Białe rękawiczki, strusie pióra, gazowe żyrandole i migocząca biżuteria! Lakierowane powozy i mężczyźni z tak wysokimi kołnierzykami, że przez cały wieczór musieli wpatrywać się w sufit!".

W Oak City w stanie Kansas niewiele tańczono — zresztą nie było ku temu wielu powodów. Miasteczko było skupiskiem drewnianych domków zbudowanych na wygwizdowie przy trasie kolei Kansas Pacific, między Hays City i Fort Wallace. Od czasu do czasu któryś z miejscowych chłopaków skrzykiwał ludzi na potańcówkę w stodole, a raz w roku armia organizowała bal bożonarodzeniowy, na którym dziewczyny mogły zatańczyć z oficerami, choć była to jedynie zbieranina krostowatych, śmierdzących rumem i potykających się o własne nogi napalonych kozłów.

Pomijając te nieliczne okazje, w Oak City tańczyły tylko trawy i kurz, a jedyną muzyką, jaką tu słyszano, było zawodzenie pianoli w barze na rogu oraz śpiewy w niedzielę rano w kościele. *O Wiekuista Skało, trwaj przy mnie...* Było tu za to mnóstwo nieba i jeszcze więcej wiatru, a kiedy nie wiało — jak tego właśnie dnia — panowała cisza.

— Do zobaczenia w czwartek, pani Sweeney — powiedziała Lucy.

Zamknęła za sobą furtkę i podciągnęła spódnicę, aby nie brudząc jej, przejść alejką prowadzącą do głównej ulicy. Było gorąco i bardzo cicho, spokoju nie zakłócał klekot powozów. Powietrze wypełniał charakterystyczny zapach prerii: woń siana i kurzu, zmieszany z aromatami suszonych przypraw.

Lucy skierowała się do sklepu ojca. Obcasy jej butów z wysoką cholewką stukały o chodnik z drewnianych bali. Skończyła właśnie siedemnaście lat, miała jeszcze maleńkie piersi i wąskie biodra, ale była wysoka jak strzeliste drzewo — podobnie jak matka. Jej włosy były tak jasne i delikatne, że matka zwykła mawiać, iż utkał je karzeł Titelitury. Miała dość długi, ale prosty nos, pokryty bladymi piegami u nasady, i oczy tak błękitne, że ludzie nie mogli uwierzyć, iż mogą istnieć tęczówki takiego koloru — miały barwę płatków chabrów.

Jedynym elementem twarzy, którego Lucy u siebie nie lubiła, były usta. Nawet jeśli nie była w ponurym nastroju i na nikogo się nie obraziła, często wyglądały, jakby była obrażona na cały świat.

Nuciła walca *Niemieckie serca* i szła, zataczając kółka. Raz-dwa--trzy! Raz-dwa-trzy! Kiedy doszła do sklepu ojca, ponownie usłyszała gwizd pociągu i zobaczyła rozkwitające na niebie kłęby czarnego dymu.

Drzwi większości znajdujących się przy Main Street budynków były szeroko otwarte z powodu upału i zupełnego braku wiatru. Wnętrza wszystkich lokali wypełniał cień, a każdy z nich miał charakterystyczny zapach. W budynku Rynku Mięsnego, gdzie rzeźnicy w melonikach i zbrązowiałych od krwi fartuchach rozbierali półtusze wołów opasowych, unosił się zapach surowego mięsa, biuro L. Judda, agenta nieruchomości i pożyczek, gdzie pani Sweeney pracowała popołudniami, przepełniała woń wody lawendowej i papieru, w drogerii Helmsleya królował zapach cukierków na kaszel i goździków, a w Produktach Suchych i Odzieży J.A. Overbaya pachniało materiałem dżinsowym i pastą do butów.

O fronton Rynku Mięsnego opierało się dwóch młodych rzeźników ze splecionymi na piersi ramionami. Jeden był czerwony jak burak, drugi blady jak mleko. Palili krótkie cygara i mrużyli oczy przed jaskrawym słońcem. Lucy znała zarówno Boba Wonderly'ego, jak i Williama Zanga. Chodzili razem do szkoły w Oak City.

— Tańczyłaś, ślicznotko? — zapytał Rumiany. — Co powiesz na jeszcze jeden mały taniec dla starego kumpla Boba?

Lucy uśmiechnęła się pod cienistym rondem kapelusza i pokręciła głową.

— Hej, Lucy! — nie odpuszczał chłopak. — Chodź do nas! Nie zachowuj się jak nadęta dama! Miałabyś ochotę na trochę wołowej wątroby?

Jego kolega parsknął śmiechem.

— A niech mnie! Wołowa wątroba! Widać, że romantyzm jeszcze nie zginął! Może lepiej zapytaj, czy nie chciałaby trochę flaków?

— Możesz sobie żartować, a ja się cieszę, że niektórzy mogą jeszcze kręcić nosem na wątrobę — odparł Bob Wonderly. — To pierwszej klasy wątroba, do diaska. Nie rośnie na drzewach.

Lucy przecięła ulicę i weszła na duży zapylony plac przed stacją kolejową. Z cienia przy wejściu do dworcowego budynku wyszedł wysoki barczysty chłopak z błyszczącymi od brylantyny kasztanowymi włosami. W prawej ręce niósł obwiązaną sznurkiem ciężką paczkę w pakowym papierze, a lewą unosił dla utrzymania równowagi.

Lucy zatrzymała się i czekała na niego z uśmiechem, osłaniając oczy przed słońcem.

— Jamie! — zawołała.

Chłopak podszedł bliżej, postawił paczkę na ziemi i otarł rękawem czoło.

— Ned nie będzie na mnie czekał — powiedział. — Mówił, że spieszy się do fryzjera... na wypadek gdyby miał spotkać Dorothy Oosterman.

Lucy pocałowała czubki palców i dotknęła nimi jego nosa.

— Nie spodziewałam się, że zobaczę cię dzisiaj w mieście.

— No cóż... zamierzałem przyjechać dopiero jutro, ale ponieważ Ned się tu wybierał...

Podniósł paczkę i zaczęli powoli iść Main Street. Nie zalecali się do siebie, ale kiedy przed dwoma laty Cullenowie osiedlili się niedaleko Oak City, Lucy i Jamie natychmiast się zaprzyjaźnili i wszyscy oczekiwali, że któregoś dnia zostaną małżeństwem. Ludzie mówili o nich na jednym oddechu: „Jamie-i-Lucy".

— Co to? — spytała Lucy, wskazując głową paczkę. — Chyba nie kolejne Biblie?

— Biblie? W życiu. Książki prawnicze.

— Twój ojciec nie będzie zadowolony.

— Nie obchodzi mnie jego opinia. Szacunek dla ojca to jedno, a zadowalanie go to zupełnie co innego... zwłaszcza że bardzo trudno go zadowolić.

Ojciec Jamiego, Jerrold Cullen, był bardzo religijny i wszystkich, którzy dla niego pracowali (a także tych, którzy dla niego nie pracowali), obdarowywał Biblią. Każde słowo w Biblii uważał za bezdyskusyjny fakt i nawet jeśli zaczęło się z nim rozmowę o chorobach bydła czy cenach żywności, wkrótce mówił o cierpieniach Hioba albo o Jonaszu w brzuchu wieloryba.

Był gorzko rozczarowany, że Jamie postanowił zostać prawnikiem zamiast farmerem, i często dawał wyraz swojemu niezadowoleniu z tego powodu. Uważał, że jego syn powinien przebywać na dobrym powietrzu Pana, orząc ziemię, stawiając płoty i znakując cielaki, zamiast tkwić w dusznych szkolnych salach, wpatrując się w strony ksiąg prawniczych. Według niego nauka z książek mieściła się nieco poniżej brania imienia Pana nadaremno i jedynie odrobinę powyżej pożądania służącej sąsiada.

Prawdę mówiąc, Lucy też nie bardzo rozumiała zainteresowanie Jamiego prawem. Próbowała przeczytać kilka jego książek dotyczących precedensu sądowego i stwierdziła, że są okropnie nudne. Lubiła jednak Jamiego. Lubiła go z powodu spokojnego, pogodnego usposobienia oraz dlatego, że był wysoki. Sama miała (bez butów) pięć stóp i siedem cali wzrostu i była wyższa od większości niskich i krępych chłopaków z Oak City przynajmniej o cal. Ale Jamie miał sześć stóp i dwa cale i w swoich butach do konnej jazdy wznosił się nad tłumem, jakby pływał po jeziorze pełnym podrygujących kapeluszy. W jego obecności Lucy zawsze czuła się mała, delikatna i kobieca.

Był także przystojny — a przynajmniej ona tak uważała. Mocna szczęka, nos z sugestią wzgórka pośrodku i głęboko osadzone oczy, bardzo jasne i jednocześnie szare jak burzowe chmury — wszystko to sprawiało, że wyglądał, jakby nie potrafił się zdecydować, czy powinien uderzyć swojego rozmówcę, czy się roześmiać.

Lubiła go bardzo, niemal kochała, jednak w dalszym ciągu w skrytości ducha marzyła o tym, żeby wyjść za księcia, lorda albo milionera.

— To *Prawo deliktów* Hudsona w siedmiu tomach — wyjaśnił Jamie. — Musiałem je specjalnie zamówić w Monkey Ward.

Z szacunku dla ojca i jego zastrzeżeń wobec wielkich chicagowskich wysyłkowych domów towarowych nazwał Montgomery Ward „Małpim Oddziałem". Montgomery Ward i Sears Roebuck doprowadziły wiele małych sklepików na skraj bankructwa — w tym także sklep ojca Lucy.

Wóz konny do prac rolnych za 50 dolarów, przysłany koleją. Siedemdziesiąt dwa tuziny guzików do koszul za 35 centów... Jaki małomiasteczkowy sklepikarz mógł z tym konkurować? Do tego wszystkiego katalogi wysyłkowych domów towarowych — po wielokrotnym przeczytaniu i zamówieniu tego, co było naprawdę potrzebne — dostarczały całemu zachodniemu pograniczu papieru toaletowego.

— Delikty? — powtórzyła Lucy. — Co to są delikty? Coś delikatnego do jedzenia?

Jamie prychnął drwiąco i pokręcił głową.

— Jesteś chyba mniej rozgarnięta od każdej dziewczyny, jaką kiedykolwiek spotkałem!

— Zamierzam być damą z towarzystwa — oświadczyła Lucy, unosząc nos. — Dama z towarzystwa nie musi wiedzieć, co to są delikty. „Pani Vanderbilt, proszę poczęstować się deliktem".

— Próbujesz zrobić ze mnie głupka?

— Och, proszę, nie dąsaj się! Powiedz mi, co to są delikty! Proszę!
Jamie oczywiście zdawał sobie sprawę z tego, że Lucy się z niego podśmiewa, ale odchrząknął i zrobił poważną minę.
— Delikt to zranienie kogoś lub spowodowanie szkody. Albo przez coś, co się zrobiło, albo przez coś, co powinno się było zrobić, ale się tego zaniechało.
— To jasne jak mętna woda — stwierdziła Lucy.
— No... załóżmy, że twój ojciec zdjął pokrywę ze stojącego w piwnicy pojemnika z prochem strzelniczym, a potem ktoś z zapaloną świecą poszedł tam, by poszukać gwoździ.
— Tak?
— Chłopak zostaje rozerwany na kawałeczki, ponieważ twój ojciec zapomniał zamknąć pojemnik!
— I to jest delikt? Kiedy jakiś chłopak zostaje rozerwany na kawałeczki?
Jamie kiwnął głową.
— No cóż... tak. Delikty to właśnie tego typu rzeczy. Rozerwani na kawałeczki chłopcy, zadeptane zbiory, źle zamocowane drabiny i tym podobne. Pan Collamer uważa, że delikty mają przyszłość.
Lucy złapała go za rękaw.
— Dla mnie to wszystko brzmi okropnie nudno. Sądziłam, że zamierzasz zostać adwokatem kryminalnym i będziesz bronić morderców i rabusiów.
— Powiedzieć ci coś?
— Co?
— Potrafiłabyś wypłoszyć pchły z muła!
Po chwili doszli do sklepu Jacka Darlinga. Był to piętrowy dom ze sklepem na parterze i mieszkaniem na piętrze, pomalowany na burożółty kolor, przypominający sierść bezpańskich psów. Był to ostatni budynek przy głównej ulicy miasteczka, tu kończyło się Oak City i zaczynała reszta Kansas. Z jednej strony ulica, z drugiej rozciągające się aż po horyzont High Plains. Lucy czasami miała wrażenie, że żyje na krawędzi świata.

W Kansas nie ma gór, jedynie same równiny. Mieszkający tam ludzie nazywają je krainą, w której „patrzy się dalej, ale widzi mniej", jednak kiedy niebo robiło się czarne jak wnętrze lufy karabinu, a białożółta trawa na prerii falowała jak łagodne, ciche morze, Lucy wydawało się, że zbiera się jej na mdłości.

W Kansas trudno było zapomnieć, że człowiek łączy się ze światem tylko przez podeszwy stóp.

Jack Darling — kościsty siwy mężczyzna — stał na werandzie w długim fartuchu sprzedawcy. Spękany od wiatru i deszczu szyld nad jego głową oznajmiał, że ma na składzie Produkty dla Farm, Znakomite Produkty Spożywcze oraz Towary Rodzinne, Ubrania Garniturowe i Kapelusze Stetsona we wszystkich Najmodniejszych Fasonach.

Nie mówił jednak, że właściciel sklepu jest wdowcem, a czasy są bardzo ciężkie.

— Tato! — zawołała Lucy.

Jack Darling kiwnął głową na znak, że ją zauważył.

— Wypijesz szklankę napoju z kolcorośli? — spytała Lucy Jamiego.

— Chętnie, ale nie mogę zbyt długo zostać. Ned kazał mi być o dwunastej na farmie. Muszę mu po południu pomóc przy stadzie... przy obcinaniu rogów albo czymś w tym rodzaju.

Gdy weszli po schodkach na werandę, odstawił paczkę i uniósł kapelusz. Jack Darling uśmiechnął się do niego.

— Co słychać, Jamie? Tata bardzo cię goni do pracy? — zapytał, po czym zwrócił się do Lucy: — Mam dla ciebie niespodziankę, skarbie. Przyjechała pociągiem o jedenastej.

— Nie powiesz mi chyba, że przysłali okulary, które zamówiłeś?

Jack Darling pokręcił głową.

— Ta niespodzianka to nie „coś", ale „ktoś".

— Szkoda. Nie mogę się doczekać, kiedy zobaczę cię w okularach — odparła Lucy. Objęła ojca i cmoknęła go w policzek. — Mam nadzieję, że i ty nie możesz się doczekać, kiedy wreszcie mnie zobaczysz...

Jack Darling wymierzył jej pieszczotliwego klapsa.

— Któregoś dnia twoje kpiny doprowadzą mnie do zawału. Ma to po matce — wyjaśnił Jamiemu, gdy wchodzili do środka. — Nigdy nie potrafiła być poważna.

— Wiem, proszę pana — odparł Jamie.

Lucy powiedziała mu, że po stracie żony jej ojciec omal nie umarł z rozpaczy. Nie jadł i nie spał, i nawet teraz, po tylu latach, często jęczał po nocach w poduszkę.

Miał ziemistą cerę, opadające siwe wąsy i garbił się lekko, ale wciąż doskonale się trzymał. Większość ludzi uważała, że Lucy ma po nim zarówno oczy, jak i wyrazisty, zdecydowany profil. Mieli jednak zupełnie inne usta, ale wystarczyło spojrzeć na stojącą w salonie fotografię, aby zobaczyć, po kim jego córka je odziedziczyła — miała takie same kuszące, nadąsane, uparte usta jak jej matka.

— Kolcorośl czy lemoniada? — spytała Lucy Jamiego.

— Wszystko jedno. Może być tonik z pieprzu japońskiego, jeśli masz.

— Bleee! Jak możesz pić coś takiego?

— Podobno pieprz japoński bardzo korzystnie wpływa na małżeńskie pożycie — zauważył Jack Darling.

Był religijnym człowiekiem i regularnie chodził do kościoła, ale nie był pruderyjny.

— Jamie nie jest żonaty — powiedziała Lucy.

— Jeszcze nie — odparł chłopak. — Ale kiedy zdobędę dyplom i założę kancelarię, wtedy... no cóż, chyba wtedy znajdzie się jedna albo i druga dziewczyna w mieście, która powinna uważać.

— Pewnie już teraz jedna albo i druga dziewczyna w mieście powinna uważać — mruknęła Lucy, gdy jej ojciec dolewał wody sodowej do gorzkiego napoju z pieprzu japońskiego.

— A ty, skarbie? — spytał Jack Darling. — Kolcorośl? Pokręciła głową.

— Gdzie ta niespodzianka? — zapytała, rozglądając się wokół.

Sklep wyglądał jak zwykle — opuszczone zielone żaluzje sprawiały, że było w nim chłodno i panował półmrok. Z krokwi zwisały szynki, a półki były pełne towarów, od masła jabłkowego po długie ciepłe majtki dla pań.

Wokół pieca (o tej porze roku zimnego, lecz mimo to przez cały czas stanowiącego ośrodek życia społecznego Oak City) siedzieli ci sami co zwykle miejscowi wałkonie, grając w pokera i popijając whisky, którą Jack Darling częstował ich za darmo. Henry McGuffey, weteran z długą brodą, którego w drodze do złotonośnych pól Kalifornii „z powodu braku funduszy i entuzjazmu" wyrzuciło na High Plains. Samuel Blankenship, inżynier pracujący kiedyś na kolei Leavenwortha, Lawrence'a i Galvestona (znanej w Kansas jako „Leniwa, Lipna i Gałgańska), który podczas przetaczania pociągu niechcący zabił swojego najlepszego przyjaciela i stracił serce do prowadzenia lokomotywy. Osage Pete — pół Indianin, pół Norweg, który mówił pięcioma językami, ale każdym bardzo źle.

Jack Darling uśmiechnął się do córki.

— Cass! — zawołał.

Otworzyły się drzwi prowadzące do magazynu i pojawił się w nich krępy mężczyzna z czarną brodą, ubrany w obcisły beżowy garnitur. Miał dużą, przypominającą lwi łeb głowę, szeroką, wysklepioną jak beczka pierś i nieproporcjonalnie krótkie nogi. Słońce spiekło mu twarz, więc z początku Lucy go nie poznała. Z chytrym uśmieszkiem na ustach zrobił kilka kroków, po czym zatrzymał się i wyciągnął do niej ramiona.

— Wujek Casper? — zapytała Lucy i odwróciła się do ojca. — To wuj Casper!

— Pewnie, że ja! — zawołał przybysz, po czym klasnął w dłonie, złapał Lucy, uniósł ją i obrócił się razem z nią. — Hejjjooo-hooo!

Objęła go i ucałowała. Miał mokrą brodę, a jego dłonie pachniały kremowym mydłem migdałowym Peet's.

Popatrzyła na ojca.

— Czemu mi nie powiedziałeś, że wuj ma do nas przyjechać? — zapytała.

— Twój tata uważa, że nie można na mnie polegać — wyjaśnił Casper. — Sądził, że się nie pokażę, i nie chciał, abyś niepotrzebnie robiła sobie nadzieję.

— Nigdy nas nie zawiodłeś! — zawołała Lucy. — Nigdy nie zapomniałeś o moich urodzinach, prawda? I nigdy nie zapomniałeś przysłać pieniędzy na kwiaty w rocznicę śmierci mamy.

— Czy mógłbym zapomnieć o swojej drogiej siostrze i jej małej dziewczynce? — powiedział wuj Casper, po czym zapytał: — Co sądzisz o mojej brodzie?

W ciągu ostatnich pięciu lat widzieli go jedynie dwa razy. Pierwszy raz owego mroźnego lutowego dnia, kiedy chowano matkę Lucy, i drugi dwa lata później, gdy zjawił się późno w nocy, by poprosić szwagra o pieniądze. Jack Darling dał mu wtedy sto dolarów przez wzgląd na swoją zmarłą żonę.

Casper spłacił większość długu, jednak mina Jacka świadczyła o tym, że mu nie ufa. Jamie od razu to zauważył — choć Lucy najwyraźniej nic nie dostrzegała. Ale podczas ostatnich kilku lat drzwi Sklepu Ogólnego Jacka Darlinga przekroczyło tyle złych wiadomości, że chłopak natychmiast je rozpoznawał — bez względu na to, jaką postać przybierały.

— Jak długo zostaniesz? — spytała Lucy Caspera. — Jamie, poznaj mojego ulubionego wujka!

— Ulubionego i jedynego — dodał Casper, poufale obejmując Lucy ramieniem, jakby była jego własnością. Zignorował wyciągniętą dłoń towarzysza siostrzenicy i zwrócił się do Jacka: — Co powiesz na kieliszek sklepowego trunku dla przepłukania ust? Oczywiście dla mojego nowego przyjaciela też — dodał, patrząc na Jamiego.

— Dziękuję, ale muszę już iść — odparł chłopak. — Ojciec spodziewa się mojego powrotu przed lunchem.

— Daj spokój, wystarczy ci czasu na kielicha — powiedział wuj Casper, szczerząc zęby. — Kiedy pierwszy raz posmakowałem whisky, mój ojciec także spodziewał się mojego powrotu przed lunchem. Było to trzydzieści pięć lat temu i jeszcze nie wróciłem...

Jamie pokręcił głową.

— Przykro mi, ale nie mogę przyjąć pańskiego zaproszenia. Muszę zająć się lekturą materiałów prawniczych.

— Miłośnik ksiąg prawniczych, co? Pozwól, że coś ci powiem, młodzieńcze: nikt nigdy nie wzbogacił się od studiowania czegokolwiek... oczywiście z wyjątkiem życia. — Jack Darling podał mu szklaneczkę whisky i wuj Casper wypił ją jednym haustem, po czym dodał: — Kobiety, walka o przetrwanie i sposoby zdobywania pieniędzy to wszystko, co warto studiować.

— I pan to robi? — spytał Jamie.

Lucy nie spodobało się brzmienie jego głosu. Był teraz gardłowy i pozbawiony wyrazu — jak zawsze, kiedy Jamie był zdenerwowany, zazdrosny albo zły.

Wuj Casper kiwnął głową i znowu wyszczerzył zęby w uśmiechu.

— Kobiety, walka o przetrwanie i sposoby zdobywania pieniędzy — powtórzył.

— I tak właśnie można stać się bogatym?

Wuj Casper ponownie kiwnął głową.

— W takim razie musi pan być bogatszy od większości ludzi — stwierdził Jamie.

Oczy wuja Caspera się zwęziły.

— Nie musisz mędrkować, Złoty Jimie.
— Jest pan milionerem? — spytał chłopak. — Multimilionerem? Miliarderem?
Przez dłuższą chwilę panowała cisza.
— Są bogaci i bogaci — powiedział w końcu wuj Casper. — Może teraz nie jestem bogaty w sensie posiadania pieniędzy, ale...
— A istnieje jakiś inny rodzaj bogactwa? — spytał Jamie. — Zawsze sądziłem, że bogactwo to posiadanie pieniędzy.
— Jestem bogaty w pomysły, plany, aktywa — odparł wuj Casper. — Jeśli moje plany zostaną zrealizowane, będę miał także pieniądze.

Nie patrząc na Jacka Darlinga, wyciągnął w jego stronę pustą szklaneczkę i Jack ją napełnił. Był sklepikarzem, a wszyscy sklepikarze zawsze mieli pod ręką butelkę lub dwie dla ułatwienia kontaktów z klientami.

— Ropa — powiedział wuj Casper. — Oto, czego szukam. Pojadę stąd prosto do Kalifornii i wywiercę sobie fortunę w ziemi.
— Zaklepał pan już dzierżawę terenu? — spytał Jamie. — Załatwił pan prawa do wydobycia?
— Wszystko jest w trakcie załatwiania.
— W takim razie mogę tylko życzyć panu szczęścia — stwierdził Jamie.

Kiedy zamierzał odejść, Casper złapał go za rękaw.
— Nie odwracaj się do mnie plecami, Złoty Jimie. Gdy wrócę z Kalifornii, okaże się, że odwróciłeś się plecami do bardzo zamożnego człowieka.

Jamie delikatnie, ale zdecydowanie oderwał jego palce od swojego rękawa.
— Przecież życzyłem panu szczęścia — powiedział.
Casper zaśmiał się głośno i wlał sobie do gardła drugą szklaneczkę whisky.
— Oczywiście, że życzyłeś... — wycedził.

Był zbyt osłabiony przez alkohol i złe odżywianie się, aby mierzyć się z takim krzepkim młodzieńcem jak Jamie. Drżącą ręką wyciągnął szklaneczkę do ponownego napełnienia. Jack zawahał się, ale w końcu ją napełnił.

— Wobec tego może napijesz się ze mną, aby udowodnić, że naprawdę myślisz to, co mówisz — zaproponował wuj Casper.

— Zawsze myślę to, co mówię. Nie muszę udowadniać tego piciem... ani z panem, ani z nikim innym. Poza tym nie chcę wracać do domu, zalatując whisky. Mój ojciec jest abstynentem, nie toleruje oddechu szatana.

Wuj Casper ścisnął ramię Lucy i uśmiechnął się.

— Oddechu szatana? Masz bardzo prawego przyjaciela, moja droga!

Lucy nie wyczuła sarkazmu w tych słowach, ale chłopak zmarszczył brwi. Nie podobał mu się też sposób, w jaki Casper obejmował siostrzenicę i całował jej włosy — zachowywał się, jakby do niego należała. Lucy nie miała nic przeciwko temu, nie widziała w tym nic złego. Dla niej wuj Casper był po prostu wujem Casperem.

— Mogę pić ze wszystkimi, ale we właściwym czasie — oświadczył Jamie i po chwili wahania dodał: — W odróżnieniu od niektórych dość dobrze znoszę alkohol.

— Zaraz, zaraz! Próbujesz mi powiedzieć, że ja go źle znoszę?

Jamie nie dał się wyprowadzić z równowagi.

— Nie, proszę pana. Nic panu nie próbuję powiedzieć. Po prostu odchodzę. Do widzenia, Lucy. Do widzenia, panie Darling.

— Hola! — zawołał wuj Casper. Zabrał Jackowi butelkę i uniósł ją nad głowę. — W takim razie, skoro z ciebie taki bogobojny młodzieniec, założę się o pięć dolarów, że nie wypijesz pięciu szklaneczek whisky bez łapania powietrza, mówiąc na koniec *Ojcze nasz* od tyłu.

— Casper, to niemądre — wtrącił Jack Darling. — Oddaj mi butelkę.

Jamie się odwrócił.

— Nie zakładam się o nic, proszę pana, a już na pewno nie o modlitwę i picie alkoholu. Muszę o dwunastej spotkać się z bratem pod salonem fryzjerskim i jeśli każę mu czekać, poczuje się bardzo urażony.

Casper popatrzył na zegarek.

— Daj spokój, przyjacielu, masz jeszcze mnóstwo czasu! Nic dziwnego, że studiujesz prawo! Jesteś jak każdy prawnik: para w gwizdek! Lucy, powinnaś wystrzegać się takich ludzi! Mocna gęba, ale reszta drętwa!

Jamie spojrzał na Lucy.

— Drętwiak! Drętwiak! Drętwiak! — powtarzał wuj Casper i bujał butelką whisky.
— Panie Darling — powiedział cicho Jamie — mógłby mi pan dać szklaneczkę?
— O nie... — jęknęła Lucy. — Wuj tylko żartował! Prawda, wujku?
— Oczywiście — odparł wuj Casper. — Żartowałem, to wszystko. Ale wy, mieszkańcy High Plains, nie rozpoznacie żartu nawet wtedy, gdy się o niego potkniecie.

Jamie bez słowa obszedł piec i wziął z półki szklaneczkę. Wrócił, wyjął z rąk Caspera butelkę i otworzył ją.
— Jamie! — krzyknęła Lucy. — Jeśli wypijesz choćby kroplę tej whisky, nigdy więcej się do ciebie nie odezwę! Nigdy!

Chłopak popatrzył na wuja Caspera, a potem na nią.
— Zakład to zakład — oświadczył. — Myślisz, że pozwolę, aby twój wuj uważał mnie za tchórza?
— Daj spokój — powiedział Jack Darling. — Casper to żartowniś.

Jamie wziął głęboki wdech i napełnił szklaneczkę po brzegi. Opróżnił ją jednym haustem, po czym ponownie nalał do niej whisky i wypił.
— Przestań! — zawołała Lucy. — Przecież to był tylko żart!

Chłopak znowu napełnił szklaneczkę i wychylił ją. Po policzkach ściekały mu łzy.

Wuj Casper objął Lucy ramieniem.
— Zuch chłopak — powiedział. — Większość ludzi już by złapała powietrze.

Jamie wlał do szklaneczki kolejną porcję alkoholu i drżącymi dłońmi uniósł ją do ust. Strużka whisky spłynęła mu po brodzie i kapnęła na koszulę. Jack Darling pokręcił głową i odwrócił wzrok, a stary Henry McGuffey zarechotał chrapliwie.
— Pokaż im, synu! — zawołał. — Pokaż im!

Purpurowy na twarzy Jamie po raz ostatni napełnił szklaneczkę. Przez chwilę walczył, aby nie wypuścić powietrza ani nie zakasłać, po czym odchylił głowę do tyłu i wypił whisky.

Wytarł usta grzbietem dłoni, odstawił pustą szklaneczkę i wypuścił powietrze.
— Niech tylko teraz nikt nie zapala zapałki — zachichotał

Samuel Blankenship. — Przez jakiś czas chłopak będzie miał łatwopalny oddech!

Lucy zaklaskała w dłonie.

— A teraz *Ojcze nasz* na wspak! — zawołała ze śmiechem. — No, Jamie, poradzisz sobie!

Jamie kilka razy przełknął ślinę, po czym zaczął recytować modlitwę:

— „Amen złego ode zbaw nas ale pokuszenie na nas wódź nie i...".

Kiedy skończył, Lucy wyrwała się wujowi i zaczęła tańczyć z Jamiem po sklepie.

— Juhhuuu! Udało ci się! Zrobiłeś to!

Wuj Casper patrzył na nich i dłubał paznokciem w zębach.

Jamie podszedł do niego i wyciągnął rękę.

— Jest mi pan winien pięć dolarów.

Casper uśmiechnął się krzywo.

— Przecież to był żart. Nie żaden zakład, ale zwykły żart.

Jamie wziął głęboki wdech.

— To nie był żart i pan doskonale o tym wie — oświadczył. — To był prawnie wiążący zakład, oczywisty i legalny, i wygrałem go w sposób oczywisty i prawnie wiążący.

Casper rozejrzał się po sklepie, uśmiechając się do wszystkich stałych bywalców — do Henry'ego, Samuela i Osage Pete'a.

— A nie mówiłem? Żadnego poczucia humoru na zachód od Leavenworth...

— Wujku, oszukujesz — stwierdziła Lucy. — Przecież Jamie wypił whisky i odmówił modlitwę na wspak.

Casper popatrzył na nią i wzruszył ramionami.

— Nie mój problem, jeśli twój chłopak za bardzo lubi butelkę — powiedział, ale kiedy Lucy skrzyżowała ramiona na piersi i spojrzała na niego ostro, sięgnął do wewnętrznej kieszeni marynarki i wyciągnął z niej wymięty pięciodolarowy banknot. Z wyraźnym bólem wygładził go i podał Jamiemu. — Masz, bo widzę, że nie umiesz docenić dowcipu i potrzebujesz pomocy swojej przyjaciółki. Oto twoje pieniądze.

Chłopak opuścił ręce.

— Zapomnijmy o tym — powiedział. — Wcale nie zamierzałem się z panem zakładać.

— Daj spokój — mruknął wuj Casper, machając banknotem. — Weź, zarobiłeś.

— Zapomnijmy o tym, rozumie pan? — powtórzył Jamie i ujął Lucy za ramię. — Zobaczymy się w niedzielę? Pomyślałem, że moglibyśmy pojeździć konno wzdłuż rzeki. Moglibyśmy wziąć te nowe gniadosze od Walkera. Są naprawdę wyjątkowe.

Lucy kiwnęła głową.

— Zgoda. O drugiej? O trzeciej?

— Druga będzie w sam raz.

— Weź pieniądze — nalegał Casper. — No już. Wygrałeś je.

— Nie — odparł Jamie, patrząc na Lucy. — Jeśli tak bardzo pana boli ich oddawanie, to niech ich pan nie oddaje. Ale mógłby pan zapłacić panu Darlingowi za whisky, którą wypiłem.

Lekko się kiwał i musiał zrobić krok w bok, aby utrzymać równowagę. Najwyraźniej zaczynał odczuwać działanie alkoholu.

— Hm... Jak uważasz — mruknął wuj Casper i włożył pieniądze do kieszeni.

Lucy ujęła Jamiego pod ramię i wyszła z nim na werandę.

— Przepraszam cię — powiedziała. — Wuj Casper czasami bywa nieco ostry, ale nie ma na myśli nic złego.

— Mimo to bądź ostrożna. Człowiek, który tyle pije...

— Och! A ty? Pięć whisky z rzędu, i to bez oddechu! — zawołała Lucy, po czym wspięła się na palce i pocałowała go w policzek. — Chyba cię lubię, Jamie Cullenie.

— Sądzę, że ja też cię lubię, panno Lucy Darling.

Wziął paczkę z książkami, uchylił kapelusza i ruszył w stronę zakładu fryzjerskiego. Jego brat Ned — ubrany na czarno, w opuszczonym na oczy czarnym kapeluszu — czekał na niego w amerykanie. Jamie odwrócił się, aby pomachać Lucy na pożegnanie, ale stracił równowagę i runął na plecy, wysoko wyrzucając nogi.

— Jamie! — krzyknęła Lucy i pobiegła do niego.

Usiadł z trudem. Miał białe od pyłu ramiona i szkliste oczy.

— To przez te książki... — wymamrotał. — Przesunąłem ciężar ciała na prawo, a te przeklęte książki obróciły się wokół i wywróciły mnie!

Lucy omal nie popłakała się ze śmiechu.

— Jesteś pijany! Jesteś kompletnie pijany! Ned cię zabije! I co powie twój ojciec?!

— Nic mi nie jest — odparł Jamie i również zaczął się śmiać. — Ale powiedz swojemu wujowi... — Urwał i po chwili dodał: — Uważaj na niego. Widywałem już takich ludzi.
— Jakich?
— Szulerów, wyrzutków...
— On nie jest wyrzutkiem. To mój wuj!
Jamie wstał i pozbierał książki.
— Tym bardziej musisz na niego uważać.
Lucy patrzyła, jak chwiejnym krokiem idzie w stronę powozu brata, a potem przez poranną ciszę przebił się gniewny głos: „Gdzie ty byłeś? Piłeś? Śmierdzisz jak gorzelnia!".
W końcu Ned strzelił batem, zawrócił szerokim kołem i ruszył ku rzece Saline.
— Jamie! — zawołała Lucy.
Obejrzał się i pomachał do niej.
— Do niedzieli! O drugiej! I uważaj na siebie!

❖ ❖ ❖

Przy kolacji, na którą Lucy przygotowała zapiekankę z mieloną wołowiną, wuj Casper opowiadał, co porabiał od swojej ostatniej wizyty u nich. Siedzieli w małej, zagraconej jadalni na piętrze, z nijakimi meblami i kraciastymi biało-czerwonymi zasłonami w oknach. Widok za oknem był zachwycający: niekończący się, falujący ocean traw i wieczorne niebo tak czyste i rozległe, że mogło się zakręcić w głowie.
Wuj Casper trzymał przy swoim talerzu butelkę whisky i podczas posiłku wypił niemal trzy czwarte jej zawartości. Lucy uwielbiała wuja. Im więcej pił, tym zabawniejszy się robił — i oboje pękali ze śmiechu. Ojciec również się śmiał, jednak nie tak spontanicznie i czasem Lucy widziała, że się krzywi albo patrzy przez okno.
— Zrobiłem majątek i straciłem go — oświadczył wuj Casper, kiedy skończyli posiłek i zaczął skręcać sobie papierosa. — Tym razem jednak zamierzam zbić fortunę tak wielką, że nie da się jej stracić. Zamierzam nosić jedwabne koszule i aksamitne kołnierzyki, a piękne kobiety będą mi ogrzewać kalesony.
— Daj spokój, Casper — mitygował go Jack Darling. — Zostaw sobie tę gadkę na później.
— Lucy nie ma nic przeciwko temu, prawda? — Casper

25

wyszczerzył zęby, oparł dłoń na ramieniu dziewczyny i chuchnął na nią whisky. — Lucy i ja jesteśmy przyjaciółmi i zawsze nimi będziemy. Anna była taka sama. Moja biedna, kochana siostrzyczko, spoczywaj w pokoju. Jej córka wygląda dokładnie tak jak ona. I unosi się wokół niej ta sama aura. Nie możesz temu zaprzeczyć, Jack. To nowe wcielenie Anny!

Jack Darling nic na to nie odpowiedział. Sprzątnął talerze i poszedł do kuchni po ser i ciasto z jabłkami.

Wuj Casper pochylił się do Lucy.

— Chcesz wiedzieć, co mi powiedział kiedyś pewien nauczyciel w pociągu z Leavenworth? Że dobre wykształcenie to umiejętność opisania wyglądu kobiety bez użycia rąk.

— Och, wujku... — zaprotestowała Lucy, choć nie zrozumiała dowcipu.

Wuj Casper roześmiał się, odchylił na krześle i wlał w siebie kolejną porcję whisky. Miał zaczerwienioną twarz i coraz bardziej rozmywała mu się mowa.

— Wyrosłaś na bardzo piękną dziewczynę, wiesz o tym? Naprawdę piękną! Nie rozumiem, dlaczego tu zostajesz, w tym... — Odwrócił się do okna i popatrzył na falujący ocean traw. — To nawet nie jest żadne... miejsce.

— To mój dom — oświadczyła Lucy.

— I zamierzasz tu siedzieć przez całe życie?

— Oczywiście, że nie. Zamierzam zostać damą z towarzystwa.

Wuj Casper zaciągnął się papierosem i wypuścił dym nosem.

— Dama z towarzystwa, tak? W brylantach, perłach i strusich piórach? Widziałem takie kobiety w Waszyngtonie, Baltimore i Charlestonie.

Lucy spuściła wzrok. Nie miała nic przeciwko temu, by z niej żartowano, ale to marzenie było dla niej zbyt cenne. Nie wiedziała, jak bez niego potrafiłyby znosić długie rozpalone lata i lodowate zimy oraz widok naznaczonych przez surowe warunki życia twarzy kobiet i mężczyzn, którzy próbowali utrzymać się nie wiadomo z czego.

— Jeśli chce się być damą z towarzystwa, potrzebne są pieniądze — stwierdził wuj Casper. — I to dużo. A co ty masz?

Wrócił Jack Darling, niosąc talerz z żółtym serem.

— Jak twoje interesy, Jack? — spytał go wuj Casper. — Idą

świetnie, co? Pewnie od nieustannego dzwonienia kasy nie słyszysz własnych myśli.

Jack usiadł i zauważył, że jego córka wygląda na zdenerwowaną.

— Rozejrzyj się, a sam zobaczysz — powiedział. — Kiedy skończyło się przepędzanie bydła, nastały ciężkie czasy. Wszyscy żyją z kredytów, łącznie ze mną.

Przed jedenastu laty, kiedy otworzył sklep, Oak City było tętniącym życiem miasteczkiem leżącym na końcu linii kolejowej, którą przewożono teksańskie longhorny. Każdy spęd bydła między majem a listopadem sprowadzał tu spragnionych, głodnych i doskonale opłacanych poganiaczy. Był to oczywiście zarobek sezonowy, ale wystarczył, aby Sklep Ogólny Jacka Darlinga i większość innych sklepów w Oak City dobrze prosperowała.

Nie trwało to jednak zbyt długo. Wkrótce napływowi farmerzy, tacy jak Jerrold Cullen, zaczęli się skarżyć na kleszcze, które trafiały tu razem z longhornami. Teksańskie bydło było odporne na przenoszone przez kleszcze choroby, ale dziesiątkowały one miejscowe stada, zarażając je wąglikiem.

W końcu władze Kansas zostały zmuszone do wyznaczenia linii kwarantanny, biegnącej z północy na południe i dzielącej stan na pół. Ustalono, że teksańskie bydło nie może być wpędzane do Kansas na wschód od tej linii, która będzie przesuwana wraz z przenoszeniem się farmerów coraz dalej na zachód.

Położone na końcach linii kolejowych miasta po kolei traciły źródła zarobku. „Dzicy i zuchwali synowie równin" przestali się osiedlać w takich miejscach jak Abilene, Ellsworth, Wichita i Ellis, jedna społeczność po drugiej kurczyła się i umierała. W końcu w nędzę popadło nawet Dodge City — najzamożniejsze z miast, w których kończyły się odnogi kolei.

Lucy pamiętała czasy, kiedy sklep Jacka Darlinga wypełniały luksusowe towary. Ostrygi w puszkach, jedwab, perfumy z Paryża, niklowane czterdziestkipiątki z okładzinami rękojeści z rzeźbionej kości słoniowej, a nawet pierścionki i spinki z brylantami. Pamiętała, jak niemal co tydzień ojciec dawał jej nową sukienkę, miękkie dziecięce buty, wstążki i czepki. Teraz musiał stawać na głowie, aby mieli wystarczający zapas mąki i bekonu.

Wuj Casper strząsnął popiół z papierosa i odciął sobie porządną porcję sera.

— Lucy chce zostać damą z towarzystwa — powiedział. — Wymaga to jednak mnóstwa pieniędzy. Jakim sposobem ubierzesz ją w futra, Jack? Jak przystroisz perłami i innymi klejnotami?

Jack Darling zrozumiał teraz, czemu Lucy wyglądała na zdenerwowaną. Sięgnął przez stół i ujął jej dłoń.

— Każdy ma prawo mieć marzenia, Cass. Jest to nawet zapisane w konstytucji. Ja mam swoje, ty masz swoje.

— Pewnie — odparł Casper z pełnymi ustami. — Ale różnica między twoimi i moimi jest taka, że moje się spełnią. Kiedy zacznę eksploatować mój szyb naftowy, stanę się bogaty i cały będę błyszczał od brylantów. Lucy może marzyć o zostaniu damą z towarzystwa, jednak bez pieniędzy nie zrealizuje takiego marzenia, czeka ją tylko Oak City w stanie Kansas, małżeństwo z adwokatem prostakiem z poczuciem humoru jak wiadro farby do powozów, pięcioro rozwrzeszczanych bachorów i utrata urody jeszcze przed trzydziestką.

— Cass, jestem cierpliwym człowiekiem, a ty jesteś bratem Anny, niech Bóg ma w opiece jej biedną duszę, ale nie nadużywaj mojej cierpliwości.

Wuj Casper pochylił się do przodu.

— Znasz mnie, Jack! Mówię, co myślę, i czasami ludzie się na mnie obrażają, nie zamierzam jednak nikomu szkodzić... zwłaszcza tobie i Lucy. Jeśli zachowałem się nieuprzejmie, no cóż, przyjmij moje przeprosiny. — Znowu odwrócił się do siostrzenicy, ujął jej dłoń i mocno ścisnął. — Ale przecież sama doskonale wiesz, że mówię prawdę. Albo pieniądze, albo Oak City. A ta mieścina to nie miejsce dla dziewczyny, która wygląda jak ty.

Wsadził papierosa do ust, uśmiechnął się i nalał sobie kolejną porcję whisky. Lucy jeszcze nigdy nie widziała kogoś, kto by tyle pił i tak dobrze się trzymał. Jack Darling popatrzył na zegar.

— Lepiej zejdę na dół. Samuel pewnie już wszystko rozdał.

Wuj Casper się zaśmiał.

— To dobrze o nim świadczy — stwierdził. — Lubię ludzi o szczodrym sercu.

♦ ♦ ♦

Wieczorem, kiedy zamknięto sklep, Jack Darling i wuj Casper usiedli w salonie. Lucy dołączyła do nich, siadając przy stole z szydełkową robótką, ale ponieważ wuj chciał rozmawiać tylko o pieniądzach i o tym, jak je zarobić, przeprosiła ich i zostawiła samych.

Kiedy pozdejmowała z łóżek narzuty i pozapalała lampy w sypialniach, z salonu przyszedł ojciec i ujął ją za rękę. Była już w stroju do spania — wysoko zapinanej pod szyją prostej koszuli nocnej z karczkiem ozdobionym żółtymi wstążkami.

— Dobranoc, skarbie — powiedział Jack.

Pocałowała go w kłujący policzek.

— Dobranoc, tato.

Jack Darling wahał się przez chwilę, jakby chciał jeszcze coś powiedzieć. Sprawiał wrażenie dziwnie starego i zmęczonego.

— Wiesz przecież, skarbie, że gdybym mógł cię stąd zabrać...

Lucy ponownie go pocałowała.

— Czy mama była zadowolona, że mieszka w Oak City? — zapytała.

Zrobił zdziwioną minę.

— Na swój sposób tak. Ale twoja mama, no cóż... była moją żoną i miała obowiązek być zadowolona. Zawsze mnie wspierała, bez względu na to, co się działo.

— Więc nie musisz się martwić. Ja też zawsze będę cię wspierała.

Spróbował się do niej uśmiechnąć, ale nie bardzo mu to wyszło.

— Wiem, myślałem jednak o tym, co wuj Casper mówił przy kolacji.

— Tatusiu... jeśli mama była zadowolona, to ja też jestem. Robisz wszystko, co w twojej mocy.

— Powinnaś mieć piękne suknie, bywać na przyjęciach i balach. Przecież tego właśnie chcesz.

Uśmiechnęła się.

— Każdy ma prawo do marzeń. Sam tak powiedziałeś.

— Nawet jeśli nigdy miałyby się nie spełnić?

Nic na to nie odpowiedziała. Jej marzenie było zbyt ważne, aby mogła ryzykować jego utratę. „Powinnaś była to widzieć — powiedziała kiedyś pani Sweeney. — Damy w białych jedwabnych sukniach z mnóstwem strusich piór, mężczyźni jak bogowie...".

Jack Darling westchnął.

— Cóż ja mogę ci dać? Nic poza ciężką pracą, a kiedy dobry

Pan wezwie mnie do siebie, zostawię ci jedynie spłachetek nieurodzajnej ziemi i sklep w miasteczku, którego mieszkańców prawie na nic nie stać.

— Tato, jestem zadowolona!

Odwrócił się.

— Czego to ja nie obiecywałem twojej matce! Miała mieć biżuterię i żyć na poziomie! Ale nic z tego nie wyszło, a na koniec przyszedł dur brzuszny.

Lucy ścisnęła go za rękę.

— Tatusiu... nie obwiniaj się o wszystko. To nie twoja wina, że skończyły się spędy bydła. A to, że mama zachorowała, też nie było twoją winą.

Popatrzył na nią. Jego policzki błyszczały od łez.

— Kiedyś przekniesz mnie za wszystkie moje błędy, Lucy...

— Tato, nigdy mnie nie zawiodłeś. Nigdy.

Przytulił ją mocno.

— Dobranoc, skarbie. Śpij dobrze. Ja i wuj też niedługo się położymy.

— Nie pij za dużo. I nie pozwól wujkowi.

Jack Darling otarł oczy dłonią.

— Casper musi być od szyi w dół cały wypłukany w środku...

Wrócił do salonu. Zanim zamknął drzwi, Lucy zobaczyła, że wuj otwiera kolejną butelkę. Przez chwilę stała zamyślona, po czym poszła do swojego pokoju.

♦ ♦ ♦

Zawsze czuła się tu bezpiecznie. Był wytapetowany w róże i akurat na tyle duży, aby zmieściło się w nim fornirowane mahoniem łóżko z kołdrą z patchworku i szafa z jasnego dębu, którą niemieccy osadnicy przywieźli z Monastyru w Westfalii. Jack Darling przyjął ją jako spłatę pięciomiesięcznego kredytu. Właśnie wtedy Lucy pojęła, czym jest prawdziwa dobroczynność.

Kiedy właściciele szafy sobie poszli, spytała ojca, ile jest warta.

Wzruszył ramionami.

— Cztery albo pięć dolarów, a może jeszcze mniej. Wprawdzie tutejsi mieszkańcy cierpią na niedostatek gotówki i jedzenia, ale raczej nie cierpią na brak mebli.

— A ile Hartmannowie byli ci winni?

— Sto osiem dolarów i cztery centy.
— Ale powiedziałeś im, że jeśli dadzą ci szafę, będziecie kwita!
Jack Darling kiwnął głową, po czym kilka razy otworzył i zamknął drzwi szafy.
— Dobrze zrobiona — mruknął. — Wstawimy ją do twojego pokoju.
— Nie rozumiem... — powiedziała Lucy. — Skoro odżałowałeś stratę stu dolarów, po co brałeś od tych ludzi szafę? To było niegodziwe!
Jack Darling patrzył na nią przez chwilę.
— Gdybym jej od nich nie wziął, odebrałbym im dumę. Muszą wierzyć, że są w stanie spłacać swoje długi... inaczej nie mieliby powodu dalej żyć. Właśnie to byłaby niegodziwość. Nie biorąc tej szafy, uczyniłbym im to, czego nie dokonało pięć tysięcy mil podróży i dziesięć lat cierpienia. I czego nie dokona kolejnych dziesięć lat cierpienia. Człowiek może żyć bez miejsca na ubrania, ale nie może żyć bez nadziei.

Lucy usiadła na łóżku i zaczęła rozczesywać włosy, zastanawiając się nad tymi słowami. Tak naprawdę była to gadka ze szkółki niedzielnej, ale jeśli ktoś pomaga ubogim, łatwo oskarżyć go o sentymentalizm.

Myślała także o wuju Casperze. Miała wrażenie, że dostrzega w nim pewne cechy osobowości, których wcześniej nie zauważała. Nie chodziło o to, że był intrygantem (choć im dłużej zastanawiała się nad tym, jak szyderstwem sprowokował Jamiego do wypicia whisky, tym więcej widziała w tym świadomego działania) — znacznie bardziej niepokoiła ją jego autodestrukcyjność. Pił alkohol, jakby chciał w nim utonąć, i snuł karkołomne plany zrobienia majątku. Nie mogło się to dla niego dobrze skończyć — podobnie jak jego wcześniejsze pomysły.

Stracił mnóstwo własnych i cudzych pieniędzy, próbując zorganizować komunikację parostatkami po rzece Platte w Kolorado (okazała się za płytka), wyposażył ekspedycję mającą szukać w Peru srebra (nigdy nie opuściła portu w Charlestonie) i rozpoczął budowę pięćdziesięciopokojowego hotelu w Huron w Dakocie Południowej, zakładając (jak się okazało, błędnie), że miasteczko zostanie stolicą stanu.

Ale niezależnie od tego, czy planował budowę ogromnych

obiektów, czy zarabiał na whisky, grając w małomiasteczkowych barach w faraona i trzy karty, Lucy czuła, że nie tylko jest niezdolny do osiągnięcia sukcesu, ale wręcz potrzebuje przegranej i chce być raniony.

A jednak miał w sobie jakiś szemrany magnetyzm, któremu trudno było się oprzeć. Zawsze mówił, co myślał, nawet wtedy, gdy było to niegrzeczne, obraźliwe albo nawet niebezpieczne, i sprawiał wrażenie, że zna cenę wszystkiego — także marzeń. Tego wieczoru pozbawił Lucy iluzji, mówiąc o pieniądzach potrzebnych do spełnienia jej marzenia, określił jednak jego cenę, co w jakiś sposób czyniło je bardziej możliwym do zrealizowania. To prawda, że dostanie się do eleganckiego towarzystwa wymagało fortuny, ale czyż Ameryka nie była krajem, w którym ciągle jeszcze można było się tej fortuny dorobić?

Otworzyła górną szufladę stolika przy łóżku i wyjęła puzderko na biżuterię, które kiedyś należało do jej matki. Przekręciła kluczyk, otworzyła wieczko i zaczęła po kolei wyjmować wszystkie kosztowności, układając je na łóżku.

Broszka z kameą; dwa naszyjniki — perłowy i szafirowy; trzy pary kolczyków — perłowe, z gagatem i srebrne; dwa pierścionki.

Kiedy dobrze im się powodziło, matka miała znacznie więcej biżuterii, ale tylko tyle zostało, gdy umierała. Lucy wybrała srebrne kolczyki, stanęła przed lustrem i przyłożyła je do uszu.

Któregoś dnia w nich zatańczy. Któregoś dnia będzie miała brylanty, szmaragdy i rubiny.

Z salonu doleciał śmiech wuja Caspera, a potem głos ojca, cichszy i mniej wyraźny. Potem znowu głos wuja: „...się nie udać. Wykopali już trzy szyby i w każdym...". Długa przerwa. Brzęk szkła. Głos ojca: „...nie mam dostępu do takiej gotówki... wszystko jest zainwestowane w towar, nie wspominając już o ponad dwóch tysiącach dolarów kredytu... i kto wie, kiedy się go uda...".

Lucy odłożyła puzderko, podeszła na palcach do drzwi i uchyliła je ostrożnie. Widziała jedynie trójkąt światła, padającego na wyświechtany indiański koc leżący na półpiętrze, ale wyraźniej słyszała rozmowę wuja i ojca.

— Nie mogę zaprzeczyć, że miałem złą passę — powiedział wuj Casper. — Kilka rzeczy mi się nie udało. Peruwiańska ekspedycja po srebro nie wypaliła. Zuchwały pomysł, kiepska

organizacja. Jak się okazało, kapitan statku był przekonany, że Peru jest gdzieś w Ameryce Północnej. Ale przecież każdy może popełniać błędy, a ja wyciągnąłem z moich wnioski.
Jack przez chwilę milczał.
— Cass, po prostu nie mam pięciuset dolarów, nie pod ręką, a nawet gdybym miał, nie jestem pewien, czy dałbym je akurat tobie.
Wuj Casper zakaszlał.
— No cóż... podejrzewam, że mógłbym spróbować z mniejszą sumą. Powiedzmy, trzysta pięćdziesiąt dolców. Może by wystarczyło, gdybym mieszkał u jakiejś rodziny, skromnie jadał i udałoby mi się zdobyć sprzęt wiertniczy z drugiej ręki. Jack, zaproponowałem ci przecież dziesięć procent udziału...
— Dwa lata zajęło ci zwrócenie poprzedniej pożyczki.
— Ale przecież cię spłaciłem! Z odsetkami!
— Tak, spłaciłeś, jednak te poszukiwania ropy... nawet nie wiesz, czy cokolwiek tam jest.
— Mój przyjaciel z Kalifornii, John Ferris, jest tego pewien. Właśnie dlatego do mnie napisał i poprosił, żebym przyjechał. Można powiedzieć, że jest mi winien przysługę.
— Dla mnie to w dalszym ciągu brzmi jak strzał w ciemno.
— Daj spokój, Jack... przestań być taki ponury! Spójrz na mnie! Co widzisz w moich oczach? Co mówi ci ten blask? Czy to nie zorza szczęścia? Hej, spójrz mi w oczy!
Zapadła długa cisza.
— Nie jestem pewien, co widzę, patrząc ci w oczy — mruknął w końcu Jack. — Obawiam się, że odbicie siebie samego.
Casper się roześmiał.
— Po prostu nie chcesz mi zaufać, tak? Nie chcesz mi zaufać!
— To nie kwestia zaufania — odparł Jack Darling. — Nie mam pieniędzy i na tym cała sprawa się kończy.
— A co z domem? Nie mógłbyś zdobyć pięciu setek na dodatkową hipotekę?
— Casper, rozwijałem ten interes przez dwadzieścia lat. Teraz ledwie starcza mi na pokrycie kosztów własnych. Gdybym zbankrutował, nie miałbym niczego. Nawet ubrań, które mam na sobie. A muszę jeszcze myśleć o Lucy.
— No tak... Anna zawsze mówiła, że jesteś z tych ostrożnych.

— Ani mi się waż! — krzyknął Jack. — Nie wciągaj w to Anny!
Casper pociągnął nosem.
— Jasne, w porządku! Nie napowietrzaj się! Czasami whisky każe nam mówić coś, czego serce nie czuje. Ale zastanów się, Jack, nie odrzucaj mojej propozycji.
— Cass... gdyby bardzo mi zależało, mógłbym zdobyć te pieniądze, nigdy jednak nie należałem do ludzi, którzy lubią ryzykować. Nie zamierzam prawić ci kazań, ale jeśli chcesz mieć pieniądze, powinieneś je zarobić.
Z dołu znowu doleciało brzęknięcie butelki o kieliszek — prawdopodobnie wuj nalewał sobie kolejną porcję.
— Każdy musi próbować wykorzystać okazję, Jack — powiedział w końcu Casper. — Przynajmniej raz w życiu. Inaczej mógłby od razu wejść do grobu i zagwizdać na psa, aby go zasypał.

◆ ◆ ◆

Jakiś czas później, już po wschodzie księżyca, Lucy obudził hałas. Wuj Casper ciężko zatoczył się na ścianę korytarza, a potem powoli otworzył drzwi jej sypialni. Uchyliła lekko powieki — opierał się o szafę i obserwował ją w ciemności, oddychając chrapliwie.
— „Obracaj je do prawej, w lewo obracaj je... — nucił pod nosem. — Obracaj dziewczętami pięknymi wokół mnie...".
Powstrzymał kaszlnięcie.
— Lucy? — szepnął po chwili.
Nie odpowiedziała.
— Lucy, śpisz?
Znowu nie odpowiedziała.
Wuj Casper zrobił trzy szurające kroki w głąb pokoju. Uderzył stopą w nogę łóżka i omal nie stracił równowagi.
— Ciii... — wymamrotał pod nosem i zachichotał.
Podszedł z boku do łóżka i ukląkł na podłodze. Lucy czuła odór whisky w jego oddechu i zapach tytoniu Durham.
— Lucy? Śpisz? Przyszedłem powiedzieć ci „dobranoc" i pocałować.
Zamknęła oczy i mocno zacisnęła powieki. Nie widzisz, że śpię? Serce waliło jej jak młotem, a pięści miała tak mocno zaciśnięte, że paznokcie wbijały się we wnętrza dłoni.

— Jesteś prawdziwym smakołykiem, wiesz o tym? — powiedział bełkotliwie wuj Casper. — Wyrosłaś na piękność... — Pochylił się nad nią i musnął brodą jej policzek. — Jak księżniczka... Przysunął głowę tak blisko, że czuła na szyi jego oddech. W końcu, zataczając się, wstał, wymamrotał pod nosem: „Cholerna potrzeba" i wytoczył się z pokoju, wpadając po drodze na szafę. Słychać było, jak walczy z kuchennymi drzwiami, aby wyjść na podwórze i skorzystać z wygódki.

Lucy natychmiast wyskoczyła z łóżka, podbiegła do drzwi i przekręciła klucz.

Leżała niemal przez godzinę, bojąc się, czy wuj Casper wróci, nie usłyszała jednak niczego. W końcu zasnęła i spała do wschodu słońca, śniąc o sukienkach, jedwabnych pończochach i śmiejących się ludziach. Nieco po piątej kuchenne drzwi ponownie trzasnęły i w salonie rozległy się kroki wuja Caspera. Kiedy mijał drzwi jej sypialni, zaklął pod nosem i wymamrotał:

— Cholerny kark... sztywny jak deska...

Musiał zasnąć w wygódce i spędzić tam noc, pomyślała Lucy. Wbiła twarz w poduszkę, aby nie parsknąć śmiechem. Wuj Casper zawlókł się do gościnnego pokoju i zwalił na łóżko, aż zajęczały sprężyny.

◆ ◆ ◆

Niedziela była wietrzna, ale bardzo słoneczna. Lucy i Jamie pojechali konno do Zakrętu Overbaya na rzece Saline i przywiązali konie do rosnących nad samą wodą krzewów. Zakręt Overbaya był zwykłym zakolem rzeki, ale woda tak głęboko zerodowała ziemię, że można tu było znaleźć osłonę przed wiatrem.

— Jak długo zostanie u was twój ukochany wujek? — spytał Jamie, strzepnął koc i rozłożył go na ziemi.

Lucy pokręciła głową.

— Nie wiem. Może trzy miesiące. Zależy od tego, ile czasu zajmie mu zebranie odpowiedniej sumy na wyjazd do Kalifornii. Będzie pracował w sklepie i robił różne weterynaryjne rzeczy. Tata twierdzi, że potrafi robić cuda ze zwierzętami.

— Musiał być wściekły na twojego ojca, że go nie sfinansował za udział w zyskach.

Wzruszyła ramionami.

— Nawet jeśli tak, niczego po sobie nie pokazał. Nigdy nie wiadomo, co mu chodzi po głowie. Dużo mówi, ale o sobie prawie nic. A kiedy się śmieje, też nigdy nie wyjaśnia, co go tak bardzo śmieszy.

— Usiądź — poprosił ją Jamie.

Przysiadła na skraju koca. Miała na sobie kasztanową wyszywaną bluzkę i długą spódnicę do jazdy konnej z wielbłądziej wełny. Włosy sczesała pod jasny jak słoma toczek, który ozdobiła brązową wstążką. Zasłoniła but do jazdy skrajem spódnicy.

Jamie usiadł obok niej i podniósł z ziemi garść kamyków.

— Powinnaś była mnie widzieć tamtego dnia! Po tej ilości whisky przez całe popołudnie byłem pijany jak woźnica. Dobrze, że przynajmniej Ned na mnie nie naskarżył. Ale byłem tak pijany, że zamiast przyciąć rogi krowie, o mało nie obciąłem uszu psu!

— No cóż, masz za swoje. Wuj Casper tylko żartował.

— O nie... — odparł Jamie, rzucając kamienie przez zmarszczoną wiatrem rzekę. — Ten człowiek nie żartował. Ani trochę.

— W każdym razie niedługo wyjedzie.

Jamie popatrzył na nią uważnie.

— Co się stało? Nie zdenerwował cię czy coś w tym stylu?

— Sama nie wiem. Kiedy byłam mniejsza, bardzo go kochałam, ale teraz... bo ja wiem... wydaje się jakby odmieniony. Jakby zrobił się złośliwy...

— Prawdopodobnie to ty się zmieniłaś. — Jeden z kamyków podskoczył na wodzie i pomknął po niej, odbijając się od jej powierzchni. — Może po prostu dorosłaś i zaczęłaś dostrzegać, jaki jest naprawdę.

Lucy zdjęła toczek, opadła plecami na trawę i zaczęła obserwować przepływające po niebie chmury. Były to wysokie cumulusy — płynące sennie fortece z murami obronnymi, wieżyczkami, przejściami i zwodzonymi mostami. Niemal widziała mieszkających w nich ludzi — królów, królowe i książęta.

— Nie jestem do końca pewna, jaki on jest — odparła. — Naprawdę dziwnie mówi i czasami mnie przeraża, ale nie można się powstrzymać od słuchania go. Umie sprawić, że człowiek czuje się, jakby był w stanie osiągnąć wszystko, o czym kiedykolwiek marzył. Oczywiście pod warunkiem, że znajdzie w sobie dość siły, nie będzie przejmował się tym, co myślą ludzie, i potrafi zrezygnować ze wszystkiego innego.

Jamie zmarszczył czoło.
— Zrobiłabyś coś takiego?
— Co?
— Zrezygnowała ze wszystkiego.
— Nie wiem. Chybabym się bała.
— A co ze mną? Zrezygnowałabyś ze mnie?
Lucy nie odpowiedziała. Jamie przetoczył się i położył na brzuchu. Popatrzył Lucy w oczy.
— Wiesz, że w dniu, w którym dostanę dyplom prawnika, chcę się z tobą ożenić? — powiedział zmienionym głosem.
Przez chwilę się wahał, ale w końcu się zdecydował i pocałował Lucy. Z początku lekko muskając jej usta wargami, potem mocniej, dotykając czubkiem języka jej zębów.
Zamknęła oczy i objęła go powoli. Całowali się długo i wiele razy. Lucy czuła, jak wiatr zwiewa jej włosy na czoło.
— Och, Jamie... — szepnęła i nagle otworzyła oczy, aby się upewnić, że to nie wuj Casper.

◆ ◆ ◆

W poniedziałek rano ojciec Lucy, wezwany przez prezesa Banku Farmerów i Hodowców Kansas, wsiadł do odjeżdżającego pięć po dziesiątej pociągu do Hays City. Lucy odprowadziła go na dworzec, który właściwie był zamykanym na klucz magazynem z kasą biletową wielkości domku z piernika, należącym kiedyś do nieistniejącego już miasta o nazwie Willis. Z boku budynku można było jeszcze odczytać wyblakły napis: WILLIS.

Był szary, pochmurny dzień, niezbyt zimny, ale w nocy wiatr zrobił się znacznie ostrzejszy. Kiedy pociąg wyjechał na równinę, Jack Darling wychylił się z okna i pomachał kapeluszem. Dym z komina lokomotywy widać było jeszcze przez kilka mil, a potem pociąg zniknął za horyzontem. Lucy miała wrażenie, że obserwuje odpływający parostatek.

W drodze powrotnej do sklepu omal nie zderzyła się na rogu Main Street z Podskakującą Kozicą, która szła na dworzec po pocztę pana Judda.

— Byłam w waszym sklepie — powiedziała pani Sweeney. — Kim jest jegomość, który dziś obsługuje klientów? Nie widziałam go chyba przedtem. Ale nie powiem, żeby mi było z tego powodu przykro.

— O, to mój wuj Casper. Brat mojej biednej mamy.

Pani Sweeney zmrużyła oczy i spojrzała w stronę sklepu.

— Zostanie u was na zawsze?

Lucy pokręciła głową.

— Zbiera pieniądze na wyjazd do Kalifornii.

— Hm... Powiedziałabym, że to dla niego doskonałe miejsce. Albo Chiny, bo są jeszcze dalej!

Lucy zaskoczyła gwałtowność jej reakcji.

— Był wobec pani niegrzeczny? Czasami niepotrzebnie mówi, co myśli.

— Niegrzeczny? Nie, ale spotykałam już podobnych mężczyzn. Z takimi typami nie należy tańczyć.

Lucy nie wiedziała, co na to odpowiedzieć, więc uśmiechnęła się tylko i stwierdziła:

— Muszę wracać.

Pani Sweeney ujęła jej nadgarstek.

— Uważaj na siebie, Lucy. Moim zdaniem temu twojemu wujkowi diabeł siedzi na ramieniu. Sam diabeł.

Powiedziawszy to, ruszyła przed siebie tak szybkim krokiem, że jej spódnica wydęła się na wietrze. Lucy osłoniła oczy przed kurzem i przez chwilę patrzyła za nią, a potem poszła dalej pustą główną ulicą Oak City w stronę pomalowanego na żółto budynku, za którym kończyło się miasto i zaczynała reszta Kansas.

♦ ♦ ♦

Wuj Casper stał na drabinie w głębi sklepu i sortował pudła z butami. Był też Samuel Blankenship — siedział przy zimnym piecu, popijając whisky i przeglądając „Daily Journal" z Kansas City sprzed trzech dni. Lucy zamknęła za sobą drzwi, aby do środka nie wpadł wiatr, i rozwiązała wstążki czepka.

— Tata zdążył na pociąg? — spytał wuj Casper, stawiając na półce duży kawałek kartonu z napisem BUTY PO KOSZTACH ZAKUPU.

Choć w ciągu dnia były tylko dwa pociągi do Hays City i widać je było już wiele mil od miasteczka, pytanie wuja nie było niezwykłe. Pociągi na Zachodzie miały denerwujący zwyczaj odjeżdżania z dworców i stacji bez zapowiedzi — bez gwizdka, machnięcia flagą czy okrzyku „Proszęęę wsiadać!". Zjawiały się z fanfarami, ale znikały w milczeniu.

— Mogłabyś w wolnej chwili posortować te artykuły pasmanteryjne — powiedział wuj Casper. — Są zupełnie pomieszane.

— Zaraz się do tego zabiorę — odparła Lucy.

Wuj Casper zszedł z drabiny i podszedł do niej, wycierając dłonie w długi, biały fartuch sprzedawcy.

— Coś nie tak? — spytał. — Wyglądasz na trochę rozkojarzoną.

— Właśnie rozmawiałam z panią Sweeney.

— Tak? Masz na myśli tę małą Irlandkę? Chciała piklowaną rybę i mieloną kawę. Chciała też butelkę Doktora Kilmera, ale się nam skończyła.

— Była... z jakiegoś powodu nieszczęśliwa?

— Nieszczęśliwa?

Samuel Blankenship uniósł głowę znad gazety.

— Mam na myśli, czy była z jakiegoś powodu zdenerwowana — wyjaśniła Lucy.

Wuj Casper zmarszczył brwi.

— Nic takiego nie przychodzi mi do głowy. Może nie wiedziała, czego chce... no wiesz, jak to bywa u starszych kobiet. Ale nie była zdenerwowana. Dlaczego o to pytasz? Co ci powiedziała?

Lucy zaczęła grzebać w pudle splątanych gumowych taśm.

— Nic. Tylko...

Wuj Casper stał bardzo blisko niej. Musiał już tego ranka trochę wypić, bo oprócz zapachu wody kolońskiej czuć było od niego whisky. Mieszanka próżności i autodestrukcji.

— Wiesz co, Lucy? — powiedział cicho, aby nie mógł go usłyszeć Samuel Blankenship. — Marnujesz się tutaj. W tym sklepie i w tym mieście. Naprawdę się marnujesz.

Lucy poczerwieniała. Było jej równocześnie gorąco i zimno. Wuj uśmiechał się do niej i bardzo chciała, aby sobie poszedł, ale jednocześnie chciała, aby został. Jeszcze nigdy nie spotkała kogoś, kto wprawiałby ją w takie zakłopotanie. Rzuciła mu szybkie spojrzenie — miał czarne jak lukrecja oczy i nie przestawał się uśmiechać.

Otworzyły się drzwi i do sklepu weszła pani Barnaby. Zaczęła otrzepywać pył ze spódnicy. Wuj Casper odwrócił się do niej.

— Dzień dobry pani, jak się pani dziś czuje? Pana Darlinga nie ma, ale ja jestem jego szwagrem. Nazywam się Casper Conroy i zrobię wszystko, aby panią zadowolić.

Przyciągnął krzesło z giętego drewna, aby pani Barnaby mogła usiąść.

— Miałby pan trzy puszki groszku, szanowny panie, i dużą kostkę białego pływającego mydła?

Lucy nadal porządkowała szuflady i kartony z artykułami pasmanteryjnymi, ale czuła, że wuj przez cały czas ją obserwuje.

◆ ◆ ◆

Podczas przerwy obiadowej, kiedy Samuel Blankenship wreszcie oderwał się od krzesła i poszedł do restauracji Demorest Home po pasztet i gotowane ziemniaki, wuj Casper wszedł do magazynu, gdzie Lucy szukała guziczków z masy perłowej. Musiały być gdzieś w głębi, między pachnącymi piżmowo belami materiału. Lucy usłyszała stuknięcie drzwi, ale nie zwróciła na nie uwagi, bo wiatr się nasilił, a przeciągi zawsze wtedy trzaskały drzwiami w całym domu.

Dopiero kiedy zza półek wyszedł wuj Casper, uśmiechnięty od ucha do ucha, bez fartucha sprzedawcy, zaczęło do niej docierać, że coś jest nie tak.

Podszedł bliżej i bez słowa jej się przyglądał.

— Chyba nie zostawiłeś sklepu pustego? — spytała Lucy. — Dzieciaki zaraz będą wracać ze szkoły. Zawsze podkradają cukierki na kaszel.

— Sklep jest zamknięty — odparł.

— Zamknięty? Kto go zamknął?

Wuj nie odpowiedział, jedynie rozejrzał się po magazynie, jakby się nad czymś zastanawiał.

— Nie zamykamy podczas lunchu — oświadczyła Lucy, choć czuła, że brzmi to mało przekonująco.

— Dzisiaj tak. Zebranie personelu.

— Wujku, jeśli tata się dowie, że zamknąłeś sklep...

— Tak? A kto mu o tym powie?

— Ja, wujku.

Złapał ją za lewy nadgarstek i mocno przytrzymał. Cały czas się w nią wpatrywał i uśmiechał, choć miał przy tym zaciśnięte usta. Oddychał szybko i nieregularnie, jakby musiał biec, aby dogonić siostrzenicę.

— Dlaczego miałabyś to zrobić? — spytał.

— Wujku, mógłbyś mnie puścić? — poprosiła.

Czuła już pierwsze ukłucia paniki, ale coś jej mówiło: zachowaj spokój, nie prowokuj go, bo inaczej będziesz miała kłopoty. Przyszła jej do głowy przerażająca myśl, że wuj zwariował z powodu nadużywania whisky, bankructwa i odmowy pożyczki ze strony ojca.

Wuj Casper znowu się uśmiechnął.

— Puścić cię? Nie mam zamiaru! Taką nagrodę?! Taką nagrodę jak ty? Ha!

Wyciągnął wolną rękę i złapał ją za drugi nadgarstek. Wypuściła pudełko z guzikami, które zagrzechotały o podłogę i wystrzeliły we wszystkie strony.

— Sprawiasz mi ból... — jęknęła, jednak nie zwrócił na to uwagi.

Szarpnął ją ku sobie, aż prawie zetknęli się czołami.

— Co ci mówiłem? — wyszeptał. Był tak blisko, że widziała pojedyncze pory na jego policzkach i siwe skręcone włosy w gęstej czarnej brodzie. Odór jego zepsutego oddechu sprawiał, że ledwie mogła oddychać. — Wyrosłaś na prawdziwą piękność. Żaden mężczyzna nie mógłby sobie wymarzyć niczego lepszego.

— Wujku... — powiedziała błagalnie, unosząc nadgarstki. — Puść mnie. Jeśli mnie puścisz, nie powiem ani słowa tacie. Nikomu nic nie powiem. Obiecuję.

Wuj Casper wwiercał się w nią spojrzeniem. Po chwili opuścił głowę i zatrzymał wzrok na białej bluzce Lucy, pod którą zaznaczały się piersi.

— Wyrosłaś na ślicznotkę, wiesz o tym? Lepszą nawet od Anny.

Oddychał głośno jak mechaniczny miech.

Lucy przełknęła ślinę. Starała się nie rozpłakać, ale łzy same napływały jej do oczu.

— Wujku, proszę...

Przez chwilę sądziła, że ją uwolni, bo opuścił ręce, nie rozluźnił jednak chwytu na jej nadgarstkach. Znowu pochylił głowę i zobaczyła nierówny przedziałek.

— Zamierzasz być mi przychylna? — spytał, nie podnosząc wzroku.

— Jestem ci przychylna cały czas.

Podniósł głowę. Jego uśmiech zniknął.

— Chcę się dowiedzieć, czy zamierzasz naprawdę być mi przychylna.

— Wujku, ja...

Pochylił się gwałtownie do przodu jak atakujący grzechotnik i spróbował ją pocałować. Wykręciła głowę i wyrwała jeden nadgarstek, złapał ją jednak w pasie i przyciągnął do siebie.

— Pytałem, czy zamierzasz być mi przychylna!

Lucy usłyszała czyjś przenikliwy krzyk, ale z początku nie zdawała sobie sprawy, że to ona sama krzyczy. Wuj Casper złapał ją za włosy na potylicy i wpił się w jej usta, usiłując wepchnąć sztywny język między wargi.

Zatoczyła się do tyłu i upadła na bele płótna i perkalu, ułożone między półkami. Stękając i pojękując, wuj Casper wlazł na nią, przydusił do materiałów i znowu próbował unieruchomić jej nadgarstki.

Lucy brakowało powietrza. Szarpała się i kopała, ale wuj siedział na niej i mocno ściskał udami jej talię.

Popatrzył na nią, pociągnął nosem i przekręcił głowę, aby wytrzeć nos o koszulę na barku.

— Po co to wszystko? — spytał. — Hę? Co to miało być? Tak siostrzenica traktuje wujka?

Lucy ciężko dyszała, w jej oczach migotały łzy. Pokręciła głową.

— Wujku, puść mnie.

— Już powiedziałem, że cię nie wypuszczę. Taką księżniczkę jak ty? Musiałbym upaść na głowę, aby wypuścić z rąk taki rarytas.

Trzymając mocno jej nadgarstki, rozejrzał się wokół. Guziki, szpulki nici, haftki. W końcu dostrzegł to, czego szukał — rolkę czerwonej jedwabnej taśmy. Chwycił oba nadgarstki Lucy jedną ręką, pochylił się i ze stęknięciem sięgnął po rolkę. Złapał koniec taśmy zębami i pozwolił jej się rozwinąć jak długiemu, lubieżnemu językowi.

Zamierza mnie udusić, pomyślała przerażona Lucy. Z jej ust wydobył się chrapliwy szept:

— Wujku, proszę! Nie duś mnie. Wujku, nie duś mnie! Proszę!

Wuj Casper wypuścił taśmę z ust i wbił zdumiony wzrok w Lucy. Kiedy dotarło do niego, co ma na myśli, ryknął śmiechem.

— Sądzisz, że... Musisz być nienormalna! Udusić cię? Nie

zamierzam cię udusić. Musiałbym być chory, gdybym chciał cię udusić!

Nie przestając się śmiać, dwa lub trzy razy owinął nadgarstki dziewczyny taśmą i mocno ją związał nad jej głową. Zrobił to ze zręcznością człowieka, który wiele razy pętał szarpiące się jałówki i panikujące konie.

— Taki jedwab to dobry, mocny materiał.

Wstał, ale kiedy Lucy spróbowała usiąść, pchnął ją z powrotem na plecy.

— Leż, księżniczko. Nie ruszaj się.
— Co zamierzasz zrobić? — szepnęła.

Nie mogła opanować drżenia dolnej wargi i czuła się, jakby zaraz miała zemdleć.

— Zrobić? Co zamierzam zrobić? — powtórzył wuj.

Podciągnął Lucy wyżej na stos bel materiału, aż jej związane ręce niemal dotknęły ściany, z której wystawało kilka żelaznych haków. Odwinął z rolki kolejne dwie stopy taśmy i owinął ją wokół największego haka, używając węzła ósemkowego, który stosują poganiacze bydła, kiedy trzeba przytrzymać naprawdę dzikiego byka. Sprawdził, czy węzły mocno trzymają, i pociągnął nosem.

— Wujku, to boli! Proszę cię... to boli! Puść mnie, proszę! Proszę! Pomyśl o mamie!

Pochylił się i pocałował ją w usta.

— O tak, myślę o niej — odparł z uśmiechem. — Uwierz mi, że myślę.

Wyjął scyzoryk i otworzył go obgryzionym paznokciem kciuka. Lucy przez chwilę się bała, że poderżnie jej gardło, ale wuj odciął taśmę, zlazł z bel materiału, uniósł prawą nogę Lucy, owinął taśmę wokół jej kostki i mocno zasupłał.

— „Obracaj je do prawej, w lewo obracaj je... — zanucił. — Obracaj dziewczętami pięknymi wokół mnie...".

Drugi koniec wstążki przywiązał do regału z listew, na którym leżały materiały pasmanteryjne.

— Puść mnie! Puść mnie! Puść mnie! — wrzeszczała Lucy i wściekle kopała wolną nogą, jednak Casper robił zręczne uniki i odbijał jej stopę uderzeniami dłoni.

Po chwili złapał kostkę lewej nogi Lucy i również ją unieruchomił — przywiązując do regału po przeciwległej stronie.

Regały były oddalone od siebie prawie o pięć stóp, więc nogi Lucy były boleśnie rozkraczone.

— O tak... przywiązana ciasno i mocno... — mruknął wuj Casper. — Chińska kobieta pokazała mi, jak to się robi. Chińska kobieta...

Poluzował swoją czarną muchę w cętki. Lucy wpatrywała się w niego szeroko otwartymi oczami i dygotała na całym ciele. Zdawała sobie sprawę, że nie ma sensu krzyczeć, bo nikt jej nie usłyszy. Próbowała szarpać i kręcić więzami, ale jedwabna taśma była zbyt mocno zaciągnięta, aby mogła się uwolnić.

— Walcz, ile chcesz, księżniczko — powiedział wuj Casper. — Nie wyrwiesz się.

— Jak możesz nazywać mnie księżniczką, jeśli robisz mi coś takiego?! Tata cię zabije! Zabije cię!

Oczy wuja Caspera wyglądały, jakby był nieobecny duchem — jakby myślał o zupełnie innym miejscu albo o innej osobie.

— No cóż, księżniczko, wiesz, jak to się mówi: miłość zjawia się w najróżniejszych przebraniach. Miewa najróżniejsze maski. Teraz tak się akurat składa, że tą maską będę ja.

Jezu, ratuj mnie! — pomyślała Lucy. On oszalał! Kompletnie oszalał!

Wuj Casper wspiął się z powrotem na bele materiału, usiadł obok Lucy i pogłaskał ją po policzku. Miał delikatne i zaskakująco miękkie dłonie. Próbowała odwrócić głowę, ale wplótł palce w jej włosy i przytrzymał.

— Spokojnie! Nie ruszaj się!

Pocałował Lucy w czoło, w oczy, nos, a na końcu w usta. Jego broda i nieświeży oddech dusiły ją i z trudem powstrzymywała odruch wymiotny.

Jednak wuj najwyraźniej nie czuł się dotknięty jej odrazą — wprost przeciwnie, wydawało się, że to jeszcze bardziej go podnieca. Całował Lucy, głaskał ją po twarzy, a potem jego dłoń powędrowała w dół jej szyi i dotknęła broszki z kameą spinającej kołnierzyk bluzki.

— Nie zniszcz jej... — jęknęła z rozpaczą Lucy. — Proszę, nie połam jej. Należała do mamy.

Wuj Casper rozpiął broszkę i obejrzał ją.

— Na pewno bym jej nie zniszczył. Jak sądzisz, skąd twoja mama ją miała?

Odłożył kameę na bok i zaczął rozpinać bluzkę Lucy. Chciała

krzyczeć i błagać go, aby przestał, ale nie była w stanie wykrztusić z siebie ani słowa. Może to strach kazał jej milczeć, może duma. Wiedziała, że wuj Casper i tak jej nie wypuści, a jeśli będzie go błagać, sprawi mu to tylko jeszcze większą przyjemność.

Nie pozwalał jej także krzyczeć wstyd. Jeszcze nikt nie widział jej rozebranej — ani Jamie, ani nikt inny. Ale znacznie gorsze było zażenowanie, w jakie wprawiało ją własne podniecenie. Mimo bezradności i przerażenia, wbrew całemu obrzydzeniu do wuja czuła mroczne, każące powstrzymywać oddech oczekiwanie, jakby coś w niej chciało, aby zdarzyło się to, co miało się zdarzyć.

— Proszę, drogi Jezu... — wymamrotała, zamknęła na chwilę oczy i próbowała wyobrazić sobie Chrystusa. — Wybacz mi, proszę...

Wuj Casper niemal obojętnie rozpiął jej bluzkę. Lucy otworzyła oczy i znowu wbiła w niego przerażony wzrok. Odwzajemnił to spojrzenie i uśmiechnął się.

— Naprawdę ładnie się rozwinęłaś, księżniczko — powiedział. — Jesteś śliczna jak obrazek, jak to się mówi.

Wyciągnął ręce, na chwilę się zawahał, a potem ujął obie piersi Lucy przez muślin koszulki.

— Przestań... — szepnęła, choć nie miała pewności, czy mówi to na głos.

Słyszał ją? Może wcale jej nie słyszał.

— Wiesz, jaka moim zdaniem powinna być idealna kobieca pierś? — spytał wuj. — Ma wypełniać dłoń mężczyzny... nie mniej i nie więcej. Idealna kobieca pierś ma takie właśnie proporcje. Wypełnia dłoń mężczyzny.

Kciukami i palcami wskazującymi pocierał przez muślin sutki. Lucy przełknęła ślinę i wzdrygnęła się. Dobrze, że przynajmniej przestał ją całować. Jego śmierdzące pocałunki, szczeciniaste i pełne kwaśnej śliny, były obrzydliwe.

— Widziałem kiedyś w San Francisco tańczącą nago dziewczynę — powiedział. — To było w barze przy Commercial Street. I wiesz co? Ani jeden mężczyzna w tym lokalu nie zdjął kapelusza. Ona była naga, cała nagusieńka, a wszyscy faceci byli zapięci pod samą szyję. Była najpiękniejszą dziewczyną, jaką kiedykolwiek widziałem. Oczywiście po Annie... a teraz po tobie.

Powoli podciągnął koszulkę Lucy i kolistym ruchem zaczął gładzić jej płaski biały brzuch.

— Prawdopodobnie tamta dziewczyna już nie żyje... biedna istota. Kiedy uroda mija, takie kobiety najchętniej używają brzytwy. Raz po gardle i żegnaj, rozpaczy!

Gładził brzuch Lucy przez dłuższą chwilę, nad czymś się zastanawiając, a potem nagle złapał muślinową koszulkę i rozerwał ją do samej góry. Lucy krzyknęła i zaczęła rzucać się na boki, ale wuj Casper natychmiast przycisnął ją swoim ciałem i przyłożył jej dłoń do ust.

— Ciii! Spokojnie!

— Mmmf! — wykrztusiła Lucy i próbowała ugryźć go w palce, jednak tak mocno przyciskał dłoń do jej warg, że nie była w stanie otworzyć ust i ledwie mogła oddychać.

Po chwili zabrał dłoń.

— Będziesz teraz cicho?

— Nienawidzę cię! Nienawidzę!

— Niech ci będzie. Tylko się nie drzyj.

Opuścił głowę i pocałował ją między piersiami.

— Piękne... pachniesz fiołkami. Co to jest? Mydło fiołkowe, perfumy czy jeszcze coś innego?

Objął prawą dłonią jedną pierś Lucy i wziął sutek w usta. Czuła, jak jego broda muska jej nagą skórę. Czuła, jak czubek jego języka uderza jej sutkiem o podniebienie.

— Pozwól mi odejść... — poprosiła. — Pozwól mi stąd iść...

Ale było oczywiste, że wuj Casper w ogóle jej nie słucha. Prawdopodobnie słuchał czegoś, co rozbrzmiewało mu w głowie.

Obrót w prawo, obrót w lewo i patrzymy, jak tańczą. Obrót w prawo i odbieramy nagrodę. Nagrodami są księżniczki, do wyboru, do koloru! Lucy uniosła nieco głowę. Wuj całował, lizał i ściskał jej piersi i od czasu do czasu mamrotał: „Doskonałe... idealne... i na dodatek pachną fiołkami...".

Patrzyła, jak wodzi językiem wokół jej sutków, które zrobiły się napięte i twarde. Wziął każdy z nich między zęby i lekko przygryzł, jakby zamierzał je zjeść. Potem podniósł wzrok i triumfalnie popatrzył na Lucy.

Dwoma szybkimi ruchami rozwiązał pasek brązowej bawełnianej spódnicy. Nie mógł jej ściągnąć z powodu szeroko rozłożonych nóg Lucy, więc wyciągnął scyzoryk i rozciął materiał do samego dołu. Spódnica spłynęła na podłogę i dziewczyna została w długich reformach i białych fildekosowych pończochach.

Wuj Casper przez chwilę stał nieruchomo — nie uśmiechał się, był nieobecny duchem i przepełniony szaleństwem. Lucy przemknęło przez głowę, że może zaraz się odwróci i odejdzie. Boże, proszę, spraw, aby sobie poszedł! Ale co powiedziałby ojciec, gdyby po powrocie do domu zastał ją w takiej pozycji? Kiedy chciała poprosić wuja Caspera, żeby ją rozwiązał, zaczął rozpinać koszulę, a potem pasek spodni.

Rozbierał się całkiem spokojnie, nucąc przy tym pod nosem. Rzucał wszystkie części garderoby na podłogę („aby nie spadły z haka i się nie zgubiły"). Nie miał pod spodem bielizny — musiał od samego rana dokładnie wiedzieć, co zrobi. Jego klatka piersiowa była opalona i porośnięta rzadkimi ciemnymi włosami, ale nie wyglądał na człowieka w dobrej formie fizycznej. Brzuch był obwisły od wieloletniego picia whisky, wokół bioder miał wałek tłuszczu, a krótkie krzywe nogi pod kępką czarnych włosów w kroczu były białe jak pończochy Lucy. Musiał opalić sobie górną część ciała, pracując jakiś czas temu bez koszuli — w ogrodzie, na polu albo kładąc tory.

— Byłem kiedyś w Bodie — powiedział, jakby kontynuował przerwaną na chwilę konwersację. — Widziałem dziewczynę, która skoczyła z dachu hotelu. Też była naga. Musiała bardzo pragnąć śmierci. Pamiętam, że była ruda. Leżała na ulicy goła, wszyscy się na nią gapili, ale ona oczywiście nie dbała już o to. Była bardzo ładna. Kobiety, kiedy są martwe, nabierają szczególnego blasku.

Powoli podszedł do Lucy i stanął przy niej całkowicie nagi. Trzymał w dłoni penis i ściskał go tak mocno, że jego lekko rozdwojony czubek był niemal kasztanowy.

— Widzisz to? — spytał.

Lucy odwróciła głowę. Jej serce galopowało jak szalone.

Wuj znowu złapał ją za włosy i zmusił, aby na niego patrzyła. Trzymał napęczniałą żołądź zaledwie cal od jej twarzy.

— Widzisz to? — powtórzył schrypniętym głosem.

Zacisnęła powieki i kiwnęła głową.

— Otwórz oczy.

Nie posłuchała go.

— Otwórz oczy! — wrzasnął i szarpnął ją za włosy. Miała wrażenie, że pęka jej skóra na głowie.

Kiedy spełniła polecenie wuja, w jej oczach migotały łzy.

— To jest teraz twoje, księżniczko — oświadczył. — Twoja przyjemność rano, w południe i w nocy.

Lucy wpatrywała się w to dziwne coś. Bardziej przypominało jakiegoś ślepego, rozzłoszczonego stwora niż część ciała wuja. Nie rozumiała, czego Casper od niej chce i co ma mu odpowiedzieć. Że jest śmiertelnie przerażona? Że mało brakuje, aby zwymiotowała? Że chciałaby, aby Bóg pokarał go nagłą śmiercią?

W niespodziewanym paroksyzmie strachu zmoczyła się — jak przerażone dziecko. Załkała z upokorzenia, ale wuj Casper zachowywał się, jakby niczego nie zauważył. A może było mu to zupełnie obojętne.

Wspiął się między jej uda, wziął nóż i rozciął przemoczone reformy.

— Piękne... — westchnął. — Jesteś nietknięta? — zapytał. — Dotykał cię już kiedyś jakiś mężczyzna? Ten prostacki adwokacina? Któryś z tych krostowatych chłopaków od rzeźnika?

Dygocząc ze strachu, Lucy pokręciła głową. Ta odpowiedź najwyraźniej zadowoliła wuja, bo uśmiechnął się, wyciągnął rękę i delikatnie pogładził jej krocze.

Dotyk jego palców sprawił, że Lucy się wzdrygnęła. Rozpaczliwie zaczęła szarpać dłońmi, aż więzy werżnęły się jej w skórę. Spróbowała przekręcić ciało na bok, była jednak tak mocno związana, że nie mogła się ruszyć. Łzy spływały jej po policzkach, ale była zbyt przerażona, aby krzyczeć.

Palce wuja otworzyły ją i zaczęły badać w środku. Mocno zacisnęła powieki, zagryzła zęby i próbowała sobie wmówić, że to wszystko nie dzieje się naprawdę. Że leży w swoim łóżku, śni jakiś koszmar i niedługo się obudzi.

Wuj Casper przesunął się do przodu i zaczął członkiem naciskać jej krocze.

— To się nazywa defloracja — wymamrotał. — De-flou-rrratsja.

Pchnął raz i drugi, a kiedy wcisnął się do środka, Lucy wrzasnęła.

— To jest za duże! Za duże! Wyjmij to! Jest za duże!

Ale wuj Casper wcisnął się do samego końca, po czym znieruchomiał, rozkraczony jak żaba.

— Wiesz, kim teraz jesteś? — wydyszał jej w twarz. — Jesteś kobietą. Wzięłaś do środka mężczyznę. Powinnaś być z siebie dumna. Jesteś kobietą.

Wysunął się z niej i przez chwilę Lucy sądziła, że jest już po wszystkim, wbił się jednak w nią ponownie — tym razem znacznie mocniej. A potem znowu i znowu. Nie przestawał pchać, dysząc, pojękując i śliniąc się, aż w końcu głośno zaryczał „Aaaaaahhhrrr!", zadygotał i zwalił się na nią jak rażony prądem.

◆ ◆ ◆

Przez długi czas — wciąż nagi — siedział na belach materiału, paląc i pijąc whisky prosto z butelki. Ani na chwilę nie odwrócił wzroku od dziewczyny.

— Czas otworzyć sklep — powiedział w końcu. — Ludzie zaczną się dziwić.

Lucy nie odezwała się, leżała bez ruchu i wpatrywała się w przestrzeń. Powieki szczypały ją od zaschniętych łez.

— Zastanawiam się, co zamierzasz powiedzieć tatusiowi — mruknął wuj Casper.

Lucy w dalszym ciągu się nie odzywała. Słyszała słowa wuja, ale nie docierały do niej. Mogła myśleć jedynie o równinie, ciągnącej się we wszystkie strony aż po horyzont, i srebrnoszarej trawie, falującej na wietrze niczym ocean.

Wuj Casper wstał. Podniósł spodnie, wcisnął się w nie z pewnym trudem i zapiął rozporek.

— Powiem ci, co powiesz tatusiowi: nic. Oto, co mu powiesz. Absolutnie nic. — Pochylił się nad Lucy i skończył zapinać koszulę. Jego oczy były purpurowe od alkoholu. — Nie powiesz tatusiowi ani słowa.

— Rozwiąż mnie — szepnęła Lucy.

Wuj Casper zapiął mankiety koszuli.

— Najpierw mnie posłuchaj, księżniczko... Nie powiesz niczego tatusiowi, bo jest ku temu bardzo dobry powód.

Lucy się odwróciła. Bolały ją nadgarstki i kostki nóg, a całe jej ciało było posiniaczone i opuchnięte.

— Nie powiesz niczego tatusiowi, ponieważ jeśli to zrobisz, ja też będę miał mu coś do powiedzenia. O mnie i twojej matce — oświadczył wuj Casper. — Nie odwracaj się ode mnie! O tak... Twoja matka i ja byliśmy jedynie przyrodnim rodzeństwem. No wiesz, mieliśmy różne matki. Za młodu byliśmy sobie bliscy jak dwa kurczaki w jednym garnku. Byliśmy przez jakiś czas kochankami. Może to w oczach Boga grzech, ale oboje byliśmy samotni i nie mieliśmy przyjaciół. Mieliśmy tylko siebie.

— Kłamiesz... — wyszeptała Lucy. — Nienawidzę cię.

— Wiem, że mnie nienawidzisz, ale nie kłamię.

— Mama nigdy nie zrobiłaby czegoś takiego. Nigdy.

— Może zrobiła, może nie zrobiła, ale nigdy się już tego nie dowiesz, prawda? A jeśli chcesz, żeby twój tatuś pozostał zdrowy na umyśle i był szczęśliwy, lepiej zadbaj o to, aby on także o niczym się nie dowiedział.

Lucy nie wiedziała, co na to odpowiedzieć. Dygotała z szoku i była przekonana, że wuj Casper nigdy jej nie uwolni. Opuściła głowę na bele materiału, a z jej oczu popłynęły łzy i ściekły do uszu.

Wuj Casper ponownie się nad nią pochylił.

— Więc jak będzie? — zapytał. — Co zamierzasz powiedzieć tatusiowi?

Lucy pokręciła głową. Była zbyt rozbita, aby móc mówić.

— Powiesz mu, co się stało? Powiesz, co zrobiliśmy? Nie za bardzo go to ucieszy, jak sądzę. Jego mała dziewczynka, brzydko bawiąca się z wujkiem... Poza tym wtedy będę musiał opowiedzieć mu wszystko o sobie i twojej mamusi. A potem powiem, że zachowywałaś się prowokująco, ponieważ chciałaś mi udowodnić, że jesteś tak samo dobra jak mamusia.

— Nie! — krzyknęła.

Złapał ją za włosy.

— „Nie" co? Nie zamierzasz mu powiedzieć? Czy może jakieś inne „nie"?

— Nie... nic mu nie powiem.

Przez chwilę przyglądał jej się uważnie, po czym uśmiechnął się i kiwnął głową.

— Jesteś dobrą dziewczynką, Lucy. Od razu to wiedziałem, kiedy ponownie cię zobaczyłem. Nie mędrkujesz, nie smętkujesz. Właśnie takie dziewczynki lubię.

Rozciął taśmę krępującą stopy Lucy, a potem uwolnił jej nadgarstki. Stał i patrzył, jak sztywnymi palcami zapina bluzkę i podnosi z podłogi spódnicę.

— Prędzej czy później musi być ten pierwszy raz — dodał. — Nie ma sensu czekać. Moim zdaniem najlepszy wiek to szesnaście lat. Zmarnowałaś już rok, nie marnuj więcej czasu.

Lucy zeszła ze sterty materiału, przytrzymując rękami rozciętą spódnicę. Nie patrzyła na wuja Caspera. Nie była w stanie na niego patrzeć, ale on ani na chwilę nie odrywał od niej wzroku — nawet gdy podniósł butelkę i pociągał z niej kolejny łyk whisky.

— Lepiej otwórz sklep — powiedziała tak cicho, że ledwie to usłyszał.

Przełknął alkohol, otarł usta i pociągnął nosem.

— W porządku — mruknął. — Wszystko gra? Nie zrobiłem ci krzywdy ani nic takiego?

Lucy minęła go, otworzyła drzwi magazynu i wróciła do sklepu. Przed wejściem czekali Samuel Blankenship i Henry McGuffey. Niecierpliwie zaglądali do środka, przyciskając twarze do szyby i szarpiąc klamką. Na widok Lucy Samuel pomachał jej.

— Spokojnie, do jasnej cholery! — krzyknął wuj Casper, po czym wyciągnął dłoń i dotknął ramienia Lucy. — Posłuchaj, jeśli zrobiłem ci jakąś krzywdę albo coś...

Lucy odsunęła się szybko.

— Ani się waż mnie dotykać! — Wzdrygnęła się. — Nigdy więcej nie waż się mnie dotknąć.

Wuj Casper chciał coś powiedzieć, zmienił jednak zdanie. Wydął policzki w milczącej zgodzie i wziął z lady klucze od drzwi wejściowych do sklepu.

— Chyba powinnaś się przebrać — stwierdził.

Lucy bez słowa otworzyła boczne drzwi, wyszła i zamknęła je za sobą. Wiatr jeszcze bardziej się nasilił i musiała trzymać spódnicę obydwiema rękami. Niepewnym krokiem weszła na piętro biegnącymi na zewnątrz budynku schodami. Poszła prosto do swojego pokoju, zamknęła drzwi na klucz i usiadła na łóżku.

Jej twarz w lustrze wyglądała jak twarz całkiem kogoś innego — była to twarz dziewczyny, której nie znała.

— Kim jesteś? — spytała Lucy, ale dziewczyna w lustrze nic jej nie odpowiedziała.

◆ ◆ ◆

Jack Darling wrócił tuż po zmroku. Lucy zamknęła sklep o szóstej i w chwili powrotu ojca stała w kuchni, szykując wieprzowinę i fasolę. Wuj Casper siedział zgarbiony nad talerzem, do połowy opróżniona butelka whisky stała przy jego łokciu.

— Na pewno się ucieszysz, kiedy się dowiesz, że Bank Farmerów i Hodowców powiększył mi kredyt — powiedział Jack Darling, zacierając dłonie.
— Chcesz się pakować w kolejne długi? — zapytał ze zdziwieniem wuj Casper.
— Czasy się zmienią — odparł Jack i usiadł za stołem. — Lucy, chętnie bym się napił maślanki, jeśli jeszcze coś zostało.
— Nie masz ochoty na whisky? — spytał Caspar.
Jack pokręcił głową.
— Raz w miesiącu to dla mnie dość.
Zaczął jeść fasolę. Dopiero po trzeciej łyżce dotarło do niego, że nikt nic nie mówi. Popatrzył na Lucy, na Caspera, a potem znów na Lucy.
— Coś się stało?
— O ile wiem, to nie — odparł wuj Casper. Zjadł dopiero pół porcji, ale odsunął talerz. — Chyba wszystko gra.
— Jak było dziś w sklepie?
— Dobrze.
— Jaki utarg?
— Szesnaście dolarów i dziewięć centów gotówką, trzydzieści siedem dolarów i czternaście centów kredytu.
— Przyszła pani Barnaby? — spytał Jack córkę.
— Oczywiście — odparł za nią Casper. — Kupiła trochę groszku, mydła i jedną niewywrotną spluwaczkę.
— Z tych za dwadzieścia czy za czterdzieści jeden centów?
— Za dwadzieścia.
Jack odłożył widelec.
— John Barnaby tak dużo pluje, że trzeba było jej sprzedać tę za czterdzieści jeden.
Lucy przyniosła ojcu szklankę maślanki. Chciała popatrzeć mu w oczy, ale nie mogła się do tego zmusić.
— Lucy? Co się stało, skarbie? — spytał, kiedy podeszła do zlewozmywaka.
— Nic — odparła szybko, nie odwracając się do niego.
Jeśli spróbuję z nim rozmawiać, na pewno wybuchnę płaczem, pomyślała.
— Daj spokój — powiedział Jack. — Wiem, kiedy coś jest nie tak.

Popatrzył na Caspera, ten jednak tylko wzruszył ramionami i pociągnął kolejny łyk whisky.

— Lucy... — zaczął Jack Darling, ale Lucy odwiązała fartuch, powiesiła go z tyłu drzwi i zasłoniła twarz dłońmi. Jack podniósł się i stanął obok niej. — Kochanie, co się stało?

Otarła łzy z oczu.

— Boli mnie głowa, to wszystko. Od pogody.

— Hej, dziewczyno! Wzięłaś jakieś lekarstwo?

Pokręciła głową. Miała zbyt mocno ściśnięte gardło, aby mówić. Ojciec objął ją ramieniem. Zesztywniała, ale udało jej się wytrzymać.

— Posłuchaj, kochanie... jesteś cała rozpalona. Idź do łóżka. Pozmywamy z Cassem, a potem przyniosę ci gorące mleko i trochę bromo vichy. Prawdopodobnie po prostu się przemęczyłaś, dbając o dwóch bezmyślnych mężczyzn.

Lucy kiwnęła głową, pozwoliła ojcu pocałować się w policzek i wyszła sztywno jak drewniana kukła. Zamknęła drzwi swojego pokoju i oparła się o nie plecami. Mocno zacisnęła powieki, próbując przekonać samą siebie, że ten dzień wcale się nie wydarzył.

Miała zaczerwienioną twarz, ponieważ zanim się przebrała, szorowała policzki i usta szczotką do paznokci i mydłem z oczarem wirginijskim, aby usunąć smak śliny wuja Caspera. Wyszorowała też szorstką flanelą piersi i wypłukała się w środku wiele razy za pomocą strzykawki, którą zabrała ze sklepu. Schowała ją potem za szafą i modliła się, aby ojciec nie zauważył braku jednej sztuki.

— Panie Jezu, wybacz mi, proszę, ten straszliwy grzech — modliła się.

Usiadła na łóżku, położyła dłonie na podołku i znowu zamknęła oczy — zbyt zmęczona, aby płakać.

Po jakimś czasie otworzyła oczy i spojrzała na stolik przy łóżku. Przez chwilę patrzyła na niego zamyślona, ze zmarszczonym czołem, a potem wyciągnęła rękę, wysunęła szufladę i wyjęła z niej szkatułkę z biżuterią matki.

Pół godziny później, kiedy ojciec zapukał do drzwi, ciągle jeszcze siedziała w tym samym miejscu.

♦ ♦ ♦

Właściciel lombardu rozłożył biżuterię na ladzie. Był drobnym człowieczkiem z szopą siwych włosów i pince-nez na nosie. Mankiety jego koszuli były postrzępione, więc Lucy uznała, że prawdopodobnie jest wdowcem. Wyjął chusteczkę i wydmuchał nos.

— Ile to jest twoim zdaniem warte?

Lucy popatrzyła na biżuterię. Była tu cała zawartość szkatułki: naszyjniki i pierścionki — z wyjątkiem broszki z kameą, którą miała przypiętą do bluzki.

— Nie wiem — odparła. — To wszystko należało do mojej matki.

— To rzeczy dobrej jakości — stwierdził właściciel lombardu. — Skromne, ale dobrej jakości. Problem w tym, że muszę brać pod uwagę ich wartość rynkową. Wiesz, co mam na myśli?

— Sądzę, że tak. Mój ojciec ma sklep ogólny.

— Wobec tego spójrz na mój skromny sklepik. Większości tego, co mam, nikt by nie wziął nawet za darmo... choć miało to być zabezpieczenie.

Tego, co przydarzyło się zachodniemu Kansas po wprowadzeniu kwarantanny, nic nie ilustrowało lepiej od lombardu Lilienthala w Hays City. Z sufitu zwisały rzędy niedzielnych garniturów, kapeluszy, parasolek, lasek i skrzypiec. Okno wystawowe było zastawione zakurzonym srebrem, a cały jeden kąt pomieszczenia zajmowały buty. Najsmutniejsza była szafka pełna obrączek ślubnych, na których wygrawerowano napisy w rodzaju: „Na zawsze Twój, Joshua". Nic jednak nie mogło być „na zawsze", kiedy dzieci były głodne, a bank groził zajęciem domu.

— Tutejszych ludzi nie stać na chleb, a co dopiero mówić o skrzypcach — powiedział z westchnieniem właściciel lombardu.

Lucy czekała, aż obejrzy naszyjniki przez lupę. Kiedy skończył, kiwnął kilka razy głową i popatrzył na nią.

— Dwieście osiemdziesiąt. Tylko tyle mogę ci za nie dać. Jeśli mam być szczery, są warte znacznie więcej, czterysta, może nawet pięćset dolarów, ale dwieście osiemdziesiąt to wszystko, co mogę zaoferować.

— Nie mógłby pan dać choć trochę więcej?

Wziął jeden z kolczyków i obrócił go w ręku.

— Może trzysta... ale z wielkim trudem.

— Potrzebuję trzystu pięćdziesięciu dolarów.
Właściciel lombardu pokręcił głową.
— Przykro mi, ale to niemożliwe. Naprawdę.
— Proszę... — powiedziała błagalnie Lucy. — To naprawdę ważne. Muszę mieć trzysta pięćdziesiąt dolarów.
— Co mogę zrobić? Postaw się na moim miejscu, panienko. Chcesz, żebym własnoręcznie poderżnął sobie gardło? Chcesz, żebym na twoich oczach podciął sobie żyły, abyś mogła patrzeć, jak wykrwawiam się na śmierć?
— Mogę zwrócić dodatkowe pięćdziesiąt dolarów za półtora miesiąca. Może za miesiąc.
Właściciel lombardu zdjął pince-nez.
— Mówisz, że będziesz mogła zwrócić mi dodatkowe pięćdziesiąt za sześć tygodni, ale co będzie, jeśli ci się nie uda? Zostałbym wtedy z niczym.
Lucy miała wrażenie, że się dusi. Z przerażeniem patrzyła, jak właściciel lombardu zaczyna zawijać biżuterię w irchę, w której ją przyniosła. Jeśli tutaj nie dostanie pieniędzy, nie będzie miała dokąd pójść. Nie mogła pojechać pociągiem do Saliny. Już i tak wystarczająco trudno było przekonać ojca, aby pozwolił jej pojechać do Hays — pod pretekstem spotkania z Marjorie Smith, której rodzice prowadzili w Oak City hotel Smith (teraz pusty i powoli popadający w ruinę). Gdyby musiała pojechać do Saliny, nie dałaby rady wrócić do domu przed jutrzejszym porankiem.
Położyła dłoń na broszce z kameą. Mamo, przepraszam, wiem, jak bardzo kochałaś tę broszkę. Kiedy właściciel lombardu podał jej irchowe zawiniątko, odpięła broszkę i wyciągnęła ją w jego stronę.
— A jeśli dam panu i to? Jest francuska, autentycznie francuska. Z Francji.
— Francuska z Francji? Nie żartuj. — Właściciel lombardu wziął broszkę i przyjrzał jej się przez lupę. — Też należała do twojej matki?
Lucy kiwnęła głową i przełknęła ślinę.
— Jej ulubiona.
— No cóż, nie jestem zaskoczony. Jest bardzo ładna. Choć tak naprawdę to nie francuska robota, ale holenderska. — Obrócił broszkę i obejrzał ją z tyłu. — Tak, oczywiście.
— Słucham?

— Tak, dam ci te pieniądze. Mogą być złote orły?

Kiedy odliczał trzysta pięćdziesiąt dolarów w złotych dziesięciodolarówkach i wsypywał je do niewielkiej płóciennej sakiewki, Lucy drżała na całym ciele. Odprowadził ją do drzwi i wręczył jej sakiewkę.

— Bądź ostrożna, młoda damo. Masz przy sobie mnóstwo pieniędzy. Zabijano już dla znacznie mniejszych sum.

— Dziękuję panu — szepnęła Lucy i wyszła na szeroki chodnik, biegnący wzdłuż Main Street.

Było pięć po dwunastej. Jeśli się pospieszy, zdąży jeszcze na pociąg do Oak City, odchodzący za piętnaście minut.

Kiedy wieczorem znalazła się w swoim pokoju i wysypała złote monety na łóżko, aby je policzyć, odkryła na dnie sakiewki małą paczuszkę. Zdziwiona, rozwinęła szary pakowy papier i zobaczyła broszkę z kameą.

Zacisnęła ją mocno w dłoni i jej oczy wypełniły się łzami. Jak po tym samym świecie mogli jednocześnie chodzić ludzie tak bardzo szczodrzy i tak straszliwie zepsuci? Zaczekała, aż minie jedenasta. Ojciec poszedł spać o wpół do dziesiątej, kiedy skończył remanent sklepu. Jego równomierny oddech świadczył o tym, że jest pogrążony w głębokim śnie. Kiedy zegar w salonie wybił kwadrans na dwunastą, Lucy wymknęła się ze swojego pokoju i poszła do znajdującego się na końcu korytarza pokoiku, w którym mieszkał wuj Casper. Z bijącym sercem zatrzymała się przed drzwiami, przez chwilę się wahała, po czym zapukała.

— Kto tam? — zapytał wuj Casper schrypniętym głosem.
— To ja, Lucy.

Na moment zapadła cisza, a potem sprężyny łóżka jęknęły głośno. Drzwi się otworzyły i stanął w nich wuj Casper — potargany, w kalesonach, ze zwisającym z kącika ust papierosem. W pokoju było gęsto od dymu tytoniowego i śmierdziało whisky.

— No, no... — mruknął. — Moja ulubiona księżniczka... Rozsmakowałaś się? Przyszłaś na kolejną specjalną kurację starego wuja?

Lucy miała na sobie koszulę nocną i mocno zawiązany szlafrok — dla większej pewności włożyła też zimowe reformy.

— Chcę porozmawiać — wyjaśniła.
— No tak, oczywiście — powiedział łagodnym tonem wuj

Casper. — Wejdź, moja droga. Co powiesz na drinka? To naprawdę dobra whisky.

Z wahaniem weszła do pokoju. W powietrzu było tyle dymu, że ledwie dało się oddychać. Wuj Casper usiadł na łóżku o żelaznej ramie i zapraszająco poklepał materac obok siebie.

— Chyba postoję, jeśli nie masz nic przeciwko temu — odparła.

— Jak chcesz — powiedział z uśmiechem.

Lucy oblizała wargi.

— Chciałabym, żebyś stąd wyjechał — oświadczyła łamiącym się ze zdenerwowania głosem.

Wuj Casper zlustrował ją od stóp do głów, ale nic nie powiedział.

— Przyjechałeś pożyczyć pieniądze od mojego ojca, aby mieć za co pojechać do Kalifornii szukać ropy, prawda? — zapytała.

Wuj Casper w dalszym ciągu milczał.

— No więc... mam trochę pieniędzy — dodała Lucy. — W każdym razie dość, abyś mógł zacząć wiercić. Możesz je wszystkie dostać, jeśli obiecasz wyjechać.

— Ile?

— Trzysta pięćdziesiąt dolarów.

Wuj Casper uniósł brew.

— W złocie czy w papierze?

— W złocie. Jeśli mi nie wierzysz, możesz je zobaczyć, ale musisz obiecać, że jutro wyjedziesz. Dziesięć po dwunastej jest pociąg do Denver.

Wuj Casper pociągnął kolejny łyk whisky.

— Bardzo ci się spieszy, żeby obejrzeć moje plecy — stwierdził.

— Zgadza się — odparła Lucy i jeszcze mocniej przycisnęła się do ściany.

Cały czas stała blisko drzwi, aby mieć klamkę na wyciągnięcie ręki. Jeszcze nigdy w życiu nikogo tak bardzo się nie bała — nawet nauczycielki ze szkoły w Oak City, która zawsze się na nią wydzierała i smagała ją po rękach skórzanym paskiem.

— Tylko tyle? — spytał wuj Casper. — Dasz mi pieniądze, a ja wyjadę?

— Nie. Zastawiłam biżuterię mamy, żeby dostać te pieniądze. Wszystko poza kameą.

— O! To dlatego z samego rana pojechałaś do Hays. Wcale nie po to, aby zobaczyć się ze swoją przyjaciółką. Nie jesteś taka niewinna, na jaką wyglądasz, moja panno. Mimo to cieszę się, że zatrzymałaś kameę. Zawsze miała dla mnie sentymentalną wartość. No i jest też warta parę dolców.

— Musisz obiccać, że zwrócisz mi te pieniądze, kiedy tylko znajdziesz ropę.

— Księżniczko, nie ma żadnej gwarancji, że tak się stanie, a nawet jeśli, to nie mam pojęcia kiedy. To może potrwać lata. Możesz razem z nami stracić ostatnią koszulę.

— Zdaję sobie z tego sprawę — odparła Lucy. — Ale tata nie wie, co zrobiłam, więc kiedy tylko będzie to możliwe, muszę wykupić tę biżuterię. Bardzo by się rozzłościł.

— No cóż, księżniczko, oczywiście. Jeśli Bóg zechce się do nas uśmiechnąć i znajdziemy ropę...

— Chcę też dostać procent — dodała Lucy, przełykając ślinę.

Wuj Casper wbił w nią wzrok — jedno oko szeroko otworzył, drugie zmrużył. Wypił tak dużo whisky, że miał kłopoty ze skupieniem wzroku na siostrzenicy.

— Procent?

— Zaoferowałeś tacie procent — powiedziała Lucy.

Choć starała się brzmieć odważnie i pewnie, wcale się tak nie czuła.

— No cóż... to, co mówiłem twojemu ojcu, było całkowicie inną parą kaloszy. Twój tata nie próbował wykurzyć mnie z miasta.

— Ale i tak chciałeś jechać, prawda? Jeśli dam ci trzysta pięćdziesiąt dolarów, to będzie inwestycja. Tak powiedziałeś tacie. Dziesięć procent... dokładnie tak mu powiedziałeś.

Wuj Casper pociągnął nosem i przełknął flegmę.

— Nie boisz się przeziębić ucha od podsłuchiwania przez dziurkę od klucza? Cóż, teraz, kiedy oboje tak dobrze się dogadujemy, nie pali mi się aż tak bardzo do wyjazdu...

— Uważam, że powinieneś dać mi procent.

Wuj Casper roześmiał się sucho.

— Twardy z ciebie orzech, nie ma co. W porządku. Możesz dostać dwa i pół procent od zysku, jaki będę miał, po potrąceniu wydatków i twojego wkładu.

Lucy nie bardzo zrozumiała, co ma na myśli, jednak odparła twardo:

— Pięć procent. Tacie zaproponowałeś dziesięć.

— Przecież ci mówię, księżniczko, że to było co innego. Ale w porządku, niech ci będzie. — Wyciągnął rękę. — Przybijemy piątkę?

Lucy otworzyła drzwi.

— Nie chcę, abyś jeszcze kiedykolwiek mnie dotykał... dopóki żyjesz.

— Daj spokój, księżniczko. Nie traktuj tego tak poważnie. Któregoś dnia wspomnisz ten dzień i pomyślisz o nim całkiem inaczej. — Wstał. — Przyklepmy to. Niech nasza umowa nabierze mocy prawnej.

Lucy się cofnęła.

— Wszystko mam mieć na piśmie, a ty to podpiszesz. Nie zamierzam pozwolić, abyś jeszcze kiedykolwiek mnie dotknął.

— Twardy z ciebie orzech — powtórzył wuj.

— Nienawidzę cię i gardzę tobą — wycedziła Lucy. — Zobaczymy się jutro rano, wtedy dam ci pieniądze i papier do podpisu. Nie zapomnij się spakować. A jeśli powiesz tacie choć jedno słowo o biżuterii mamy, zabiję cię. Przysięgam na Biblię... zrobię to którejś nocy, kiedy zaśniesz.

Wuj Casper uniósł szklaneczkę z whisky.

— Śpij dobrze, księżniczko, i niech pchły cię za bardzo nie gryzą. Zawsze lubiłem ogniste dziewczyny.

Lucy zamknęła za sobą drzwi i przez chwilę stała w ciemnym korytarzu, oddychając głęboko i słuchając szumu krwi w swojej głowie. Kiedy jednak w pokoju wuja Caspera zaskrzypiały sprężyny, szybkim krokiem ruszyła do siebie.

Zaraz potem usłyszała, jak wuj hałaśliwie idzie do wygódki, obijając się o meble. Zdjęła szlafrok i zimowe reformy, wsunęła się do łóżka i zaczęła modlić. Księżyc już zachodził, ale jej pokój wypełniało jeszcze przypominające werniks srebrne światło. „Do Pana w swoim utrapieniu wołałem... — szeptała. — Panie, uwolnij moje życie od warg kłamliwych i od podstępnego języka!"*.

W drodze powrotnej wuj Casper cicho zapukał do jej drzwi.

— Lucy? Lucy?

---

* Księga Psalmów 120, 1—2. Wszystkie cytaty z Biblii pochodzą z: Pismo Święte Starego i Nowego Testamentu, Biblia Tysiąclecia, Pallottinum, Poznań 2003.

Nie zareagowała. Leżała sztywno i próbowała zmusić go siłą woli, żeby sobie poszedł.

— Lucy... chcę ci powiedzieć tylko jedno. Jestem teraz szczery, Lucy. Kocham cię. Kocham cię bardziej, niż jesteś sobie w stanie wyobrazić.

◆ ◆ ◆

— Ależ, Lucy, nie mogę. Nie mam odpowiednich kwalifikacji — powiedział Jamie. — Załóżmy, że popełnię poważny błąd. Mogłoby to raz na zawsze zrujnować moją prawniczą karierę.

— Nie mam nikogo innego, kogo mogłabym o to poprosić. Pan Judd poszedłby prosto do taty i wszystko mu opowiedział.

Jamie oparł grabie o ścianę stajni i wygładził dłońmi koszulę. Właśnie wyrzucał gnój ze stajni. Miał wysoko zawinięte rękawy i słomę we włosach. Zdaniem Lucy wyglądał bardzo niechlujnie i przystojnie.

— Przecież to bardzo prosty dokument — powiedziała błagalnie. — Ma w nim być tylko stwierdzenie, że pożyczam wujowi Casperowi trzysta pięćdziesiąt dolarów na rozpoczęcie wierceń, i jeśli coś zarobi, musi mi je oddać plus pięć procent tantiem.

— No tak... — mruknął Jamie. — To chyba nie byłoby szczególnie skomplikowane. Powinno wystarczyć zwykłe przeniesienie praw własności. W takiej sprawie czasem sądowi wystarcza jedynie wymiana listów.

— A nie szkodzi, że jestem jeszcze niepełnoletnia?

Pokręcił głową.

— W żadnym wypadku. Niepełnoletni ciągle zawierają prawnie wiążące umowy. Nawet jeśli dzieciak kupuje torebkę cukierków na kaszel, zawiera wiążącą prawnie umowę. Tak naprawdę to jesteś dzięki temu w lepszej sytuacji od wuja Caspera, ponieważ jeśli nie odda ci pieniędzy, będziesz mogła go pozwać, a jeśli ty w jakikolwiek sposób złamiesz umowę, niewiele będzie mógł zrobić, bo jesteś za młoda. — Zamknął drzwi stajni i zaryglował je. — Mimo wszystko w dalszym ciągu uważam, że marnujesz czas. Przeniesienie praw własności jest tyle samo warte co intencje ludzi, którzy się pod takim dokumentem podpisują... a nie wierzyłbym w dobre intencje twojego wuja. Chodźmy teraz do domu. Muszę coś sprawdzić w *Prawie umownym* Sansoma.

Lucy poszła z nim torem konnym biegnącym wzdłuż zagrody. W głębi, w cieniu trzech gigantycznych dębów czerwonych, stał dom Cullenów — zbudowany na planie litery „L" drewniany budynek o jaskrawozielonych okiennicach.

W zagrodzie dla koni był brat Jamiego, Ned, i szarpał się z upartym kasztanowym kucem.

— Dokąd znowu uciekasz, Jamie?! — zawołał, kiedy go mijali. — Zdawało mi się, że tata kazał ci oczyścić stajnie!

— Damy najpierw, gnój potem! — odparował Jamie i ujął Lucy pod ramię.

Weszli do domu. Przez otwarte drzwi w głębi holu widać było krzątającą się w kuchni matkę Jamiego. Właśnie piekła ciasto i cały dom wypełniał zapach orzechów pekanowych, syropu i ciasteczek imbirowych. Dom miał bardzo ascetyczny wystrój — wyszorowane do białości ściany i proste meble. Jedynymi ozdobami były haftowane makatki z religijnymi motywami, wykonane przez dwie siostry Jamiego.

— Chodź na górę — powiedział chłopak.

Zaprowadził Lucy do swojego pokoju. Było to nieduże pomieszczenie na poddaszu, z widokiem na północny wschód — na rzekę Saline, za którą zaczynało się Oak City. Na dole, przywiązany do płotu, stał szary kuc, którego Lucy pożyczyła od pana Overbaya, aby tu przyjechać. Przy oknie stał domowej roboty regał, wypełniony oprawionymi w skórę prawniczymi księgami.

Jamie usiadł na łóżku i wyciągnął *Prawo umowne*.

— Nie zamykaj drzwi — powiedział. — Ojciec nie akceptuje przebywania w tym samym pokoju dwóch osób różnej płci niebędących małżeństwem. Nie przy zamkniętych drzwiach.

Lucy nic na to nie odpowiedziała. Gdybyś tylko wiedział, co tak naprawdę mnie tutaj sprowadziło, pomyślała.

Chłopak przez chwilę kartkował książkę, a potem wyrwał czystą kartkę z bloku i zaczął pisać wstępną wersję dokumentu. Była to umowa o przeniesienie praw własności, zawarta między Casperem Conroyem, zamieszkałym przy Wappoo Creek w Charlestonie w Karolinie Południowej, a Lucy Darling, zamieszkałą w Sklepie Ogólnym Jacka Darlinga przy Main Street w Oak City w Kansas.

— Jesteś pewna, że tego chcesz? — spytał w końcu Jamie,

unosząc brwi. — Nie pożyczyłbym twojemu wujowi nawet złamanego szeląga.

Lucy pokiwała głową.

— Jestem pewna — odparła.

— Trzysta pięćdziesiąt dolarów to mnóstwo pieniędzy. A co będzie, jeśli Casper nie znajdzie nic poza kurzem?

— Cóż... wtedy się okaże, że wydałam wszystkie oszczędności na kurz.

Jamie pomachał umową, aby atrament wysechł.

— Nie wyglądasz na szczególnie przejętą taką możliwością.

— Czasem trzeba zaryzykować. Inaczej można od razu wejść do grobu i zagwizdać na psa, aby nas w nim zasypał.

— Mówisz jak twój wuj...

Lucy nic na to nie odpowiedziała. Szybko przeczytała umowę i oddała ją Jamiemu.

— Chcesz, żebym pojechał z tobą do miasta na podpisanie tego dokumentu? — spytał.

— A nie miałbyś nic przeciwko temu? Przepraszam, że sprawiam ci kłopot.

— Skądże znowu. — Pocałował ją w policzek. — Jesteś księżniczką.

Przełknęła ślinę i wbiła w niego spojrzenie.

— Proszę, nie nazywaj mnie tak.

— Co w tym złego? Czy coś cię zdenerwowało?

Lucy próbowała się uśmiechnąć.

— Nic się nie stało. Chodzi tylko o to, że nie lubię robić nic za plecami taty. Gdybym mu powiedziała, że oddałam wszystkie oszczędności wujowi Casperowi... dostałby szału. Uważa, że wuj sam powinien zarobić na swój szyb.

— Całkowicie się z nim zgadzam.

— Nie spieraj się ze mną, Jamie. Chcę to zrobić, i tyle.

— Tak bardzo ci zależy na tym starym cwaniaku, że jesteś gotowa dać mu pieniądze bez względu na to, co o tym sądzi twój ojciec? Trudno mi w to uwierzyć. Rany Julek, Lucy, przecież nawet nie wiesz, czy on ma pozwolenie na wiercenie!

Lucy odwróciła spojrzenie. Nie zamierzała z nim na ten temat dyskutować.

Jamie milczał przez chwilę.

— W porządku, skoro tak chcesz. Chcę ci jednak powiedzieć, że nie akceptuję tego, co robisz.
— Wcale nie musisz tego akceptować.

♦ ♦ ♦

Wuj Casper czekał przy dworcu, chodząc tam i z powrotem i wachlując się kapeluszem. Miał na sobie beżowy garnitur i swoje najlepsze buty, a obok niego stały dwie torby. Nie było jeszcze widać pociągu, ale o tej porze roku zazwyczaj się spóźniał.

Powitał Jamiego szerokim uśmiechem i energicznie potrząsnął jego ręką.

— Oto gość, który może wypić — powiedział głośno, odwracając się do dwóch starszych pań, które również czekały na pociąg.

Lucy od razu przeszła do rzeczy.

— Mamy przygotowaną umowę — oświadczyła, nie patrząc na niego. — Pięć procent, tak mówiłeś, prawda?

— Zgadza się, pięć procent. To diabelnie hojne, jeśli nie masz nic przeciwko takiemu wyrażeniu. — Wziął umowę, szybko przebiegł ją wzrokiem i pociągnął nosem. — Myślę, że wszystko wygląda jak należy. Gdzie jest napisane o pięciu procentach?

Jamie podszedł do niego i dotknął palcem odpowiedniego miejsca.

— No tak, oczywiście — mruknął wuj Casper. — Dobrze.

Chłopak odkręcił pióro i nadstawił plecy. Wuj Casper podpisał się pod dokumentem, a po nim podpisał się Jamie. Kiedy ściskali sobie ręce, usłyszeli przenikliwy gwizd pociągu, zbliżającego się do Oak City.

— Teraz chyba czas na pieniądze — stwierdził wuj Casper.

Lucy otworzyła skórzaną torbę, którą miała na ramieniu, i wyjęła z niej sakiewkę.

— Sądzisz, że powinienem policzyć? — spytał wuj, rozluźniając sznureczek ściągający sakiewkę i zaglądając do środka.

— Jeśli chcesz, możesz. Jest tam cała suma.

— Doskonale. Ufam ci — odparł wuj Casper i wyszczerzył zęby w uśmiechu. — Wujek może chyba zaufać swojej siostrzenicy.

Na dworzec wjechał pociąg, hamując z przeraźliwym piskiem, co brzmiało, jakby wjechał w stado prosiaków. Wuj Casper wsiadł do wagonu i przeszedł do przedziału znajdującego się naprzeciwko Lucy i Jamiego. Otworzył okno i wystawił głowę.

— Możesz się nie martwić — powiedział do Lucy. — Wrócę, zanim zdążysz się zorientować, bogatszy od Mij-dassa.

Pociąg stał na dworcu przynajmniej przez kwadrans, posapując i pobrzękując luźnymi elementami. Jamie chciał wracać do domu, ale Lucy nie zamierzała odchodzić, dopóki na własne oczy nie ujrzy, jak wuj Casper znika w oddali. Dopiero wtedy będzie mogła zostawiać w nocy drzwi swojego pokoju niezamknięte na klucz.

W końcu konduktor wspiął się na stopień wagonu i lokomotywa wyrzuciła z komina ogłuszającą salwę pary.

— Wygląda na to, że jedziemy — stwierdził wuj Casper.

Lucy podeszła bliżej.

— Wujku! — zawołała.

Spojrzał na nią w dół.

— Zaczekaj — powiedział. — Wrócę.

Konieczność rozmowy z nim sprawiała, że niemal się dusiła, musiała jednak znać prawdę.

— Wujku, czy to, co powiedziałeś o sobie i mamie...

— Co z tym ma być?

— Wymyśliłeś to, prawda? Żebym była cicho.

Wuj Casper uśmiechnął się złośliwie.

— A jak sądzisz, księżniczko?

— Uważam, że to wymyśliłeś.

— Jeśli tak to sobie ułożyłaś, nie zamierzam wyprowadzać cię z błędu.

— Wujku, powiedz mi prawdę!

Pokręcił głową.

— Do widzenia, księżniczko. Kiedy będziesz starsza, zrozumiesz, że jedyną prawdą jest to, iż prawda nie istnieje.

Kiedy pociąg ruszył, Jamie podszedł do Lucy i ujął ją za ramię. Stała nieruchomo i patrzyła na pociąg, dopóki nie zniknął.

— Powiesz mi, co to miało znaczyć?

— Nie — odparła. — W każdym razie nie teraz.

Wyszli z budynku dworca i ruszyli do powozu. Jamie podał Lucy umowę.

— Trzymaj to w bezpiecznym miejscu. Nigdy nic nie wiadomo.

— Jamie... dziękuję za wszystko. I za to, że nie zadajesz zbyt wielu pytań.

Chłopak wszedł na kozioł wozu i zwolnił hamulec.

— Mogę zaczekać. Zobaczymy się w czwartek, kiedy przyjadę do miasta?

Kiwnęła głową i uśmiechnęła się do niego.

Jamie strzelił z bata i ruszył w stronę rodzinnej farmy. Lucy przez chwilę za nim patrzyła, pomachała mu, a potem — czując wewnętrzną pustkę i zmęczenie — poszła do domu.

◆ ◆ ◆

— Casper odjechał? — spytał ojciec, kiedy weszła do sklepu.

— Odjechał.

— Prawdopodobnie tym razem zniknął na dobre — mruknął Jack Darling, odważając półfuntowe porcje herbaty.

— Mam nadzieję — odparła Lucy.

— Tym razem niezbyt przypadł ci do gustu, co?

— Nie za bardzo.

— Pije jak wieloryb, to trzeba mu przyznać. Nigdy przedtem nie widziałem, aby ktokolwiek tak pił. — Jack Darling zrobił kolejną paczuszkę herbaty. — Chętnie bym się dowiedział, skąd zdobył te trzysta pięćdziesiąt dolarów.

— Nie powiedział ci tego?

Jack Darling pokręcił głową.

— Ten człowiek jest zagadką. Nigdy go nie rozumiałem i nigdy zbytnio mu nie ufałem. Gdyby nie był bratem twojej mamy...

Lucy weszła na górę, by przebrać się w prostą bawełnianą sukienkę, którą zazwyczaj nosiła w sklepie. Przeczesała włosy, po czym otworzyła pudełko na biżuterię, aby wyjąć spinki do włosów. Kiedy zajrzała do środka, zamarła.

Jeśli nie liczyć spinek z szylkretu, pudełko było puste. Broszka z kameą zniknęła.

2

W połowie stycznia Jamie przyjechał do sklepu Jacka Darlinga podczas burzy śnieżnej. Przywiązał okrytego derką konia do stojaka pod drzwiami i kiedy wchodził do środka, wpuścił chmurę śniegu i piskliwe wycie wiatru.

Piec był rozgrzany i wszyscy zwykli wałkonie siedzieli wokół niego, pijąc whisky i dyskutując o życiu miłosnym prezydenta Clevelanda. Był gruby, paskudny i zbliżał się do pięćdziesiątki, i huczało od plotek, czy naprawdę zamierza się ożenić z dwudziestodwuletnią Frances Folsom, czy bardziej zainteresowany jest jej matką.

Henry McGuffey stwierdził, że bez względu na to, ile mężczyzna ma lat, zawsze będzie go cieszyć towarzystwo ładnej młodej kobiety.

Lucy sprzedawała właśnie pani Ottinger wiązaną koszulkę dla jej rocznego synka Thomasa, który siedział w rogu i z powagą ssał jasnoczerwonego cukierka. Jamie pomachał do niej i czekał przy piecu, aż obsłuży klientkę.

— Jak się dziś czuje święty Jerrold? — spytał Samuel Blankenship, mając na myśli ojca Jamiego. — Uratował jeszcze paru grzeszników?

Jamie się uśmiechnął.

— Odrobina religii jeszcze nikomu nie zaszkodziła, panie Blankenship.

— Zgadzam się w zupełności — odparł Samuel i odgryzł kolejny kawałek tytoniu do żucia. — Ale problem w tym, że nigdy nie mogłem zrozumieć, jak można mieć na to smaka na śniadanie, na obiad i na kolację.

— Chce się pan najeść, panie Blankenship? — spytał Jamie. — Ojciec twierdzi, że Pismo Święte jest dla człowieka tak samo dobre jak wieprzowina z fasolą.

Samuel roześmiał się i splunął tytoniowym sokiem do stojącego przy piecu popielnika.

— Nigdy się nie spieram z synem świętego.

W końcu Lucy obsłużyła panią Ottinger. Kiedy żony farmerów przychodziły pooglądać towary i coś kupić, nigdy się nie spieszyła — nawet jeśli kazały sobie pokazywać muśliny, kretony i gotowe sukienki, na które nie było ich stać. Stawały przed lustrem w rogu, zasłaniając swoje proste wełniane sukienki delikatnymi, eleganckimi materiałami, i na chwilę ich twarze się rozjaśniały, a wzrok odpływał w dal. Nieważne, że fasony, które oglądały, wyszły już dawno z mody — w Oak City w stanie Kansas były nowością.

Jamie pochylił się przez ladę i pocałował Lucy w policzek. Nie pozwalała mu się całować w usta ani obejmować. Kiedy pytał dlaczego, odpowiadała zawsze: „Uważam, że powinniśmy jeszcze trochę zaczekać".

Wyciągnął z rękawiczki zwinięty list.

— Właśnie odebrałem go na stacji.

— Sprawdziłeś, czy jest coś dla nas? — spytała Lucy.

Z powodu śniegu dzisiejszy pociąg był pierwszym od czterech dni.

— Tylko kilka skrzynek owoców od Heinza. Niczego więcej nie widziałem.

Podał Lucy list. Powoli go przeczytała. W nagłówku była nazwa nadawcy: UNIWERSYTET STANU KANSAS, MANHATTAN, KANSAS.

— Będziesz studiować prawo na uniwersytecie stanowym? — spytała zaskoczona.

Kiwnął głową.

— Zgadza się. Trzy lata, pełen kurs.

— Kiedy zaczynasz?

— Od następnego semestru. Czy to nie wspaniale? Oczywiście najpierw będę musiał spytać ojca, ale ostatnio podchodzi do moich studiów prawniczych znacznie łagodniej. Nie powiem, że entuzjastycznie, ale mniej surowo.

— A co z panem Collamerem? Zdawało mi się, że dobrze cię uczy.

Jamie wzruszył ramionami.

— Nie może mnie już nauczyć niczego więcej. Sam to przyznaje. Nie praktykuje od piętnastu lat, a ja potrzebuję porządnych wykładów i praktyki. W Oak City poza Lloydem Juddem nie ma żadnej przyzwoitej kancelarii prawnej.

— Czy to oznacza, że będziesz mieszkał w Manhattanie? — zapytała Lucy.

Ze zdenerwowania brakowało jej tchu, miała wrażenie, że świat nagle rozpruł się w szwach. Aż dotąd nie uświadamiała sobie, jak bardzo od chwili napaści wuja Caspera uzależniła się od Jamiego. Nie traktowała go jak kochanka — kiedy jej dotykał, nie umiała powstrzymać sztywnienia ciała, był jednak zawsze przy niej. Był przyjacielem i obrońcą, pozwalał wierzyć, że niektórzy mężczyźni są delikatni i umieją chronić innych.

— Muszę tam mieszkać — odparł Jamie. — Ale będę przyjeżdżał na wakacje, może w niektóre weekendy także.

Lucy nie wiedziała, co na to odpowiedzieć. Złożyła list i oddała go Jamiemu.

— Nie wyglądasz na zadowoloną.

— Oczywiście, że jestem zadowolona. Jestem z ciebie dumna.

— Prawdę mówiąc, ja też jestem z siebie dumny.

— Słyszał pan, panie McGuffey?! — zawołała Lucy do Henry'ego McGuffeya. — Przyjęto Jamiego na uniwersytet stanowy, na wydział prawa!

Henry uniósł szklaneczkę z whisky.

— Gratulacje, młody Cullenie! Co powiesz na drinka?

— A może na pięć drinków bez oddechu i *Ojcze nasz* wspak? — zasugerował Samuel Blankenship, klepiąc się po udach.

Towarzystwo zbierające się wokół pieca w sklepie Jacka Darlinga nie pozwoliło Jamiemu zapomnieć o zakładzie z lata. Ta historia przeszła do zbioru legend Oak City.

Chłopak pokręcił głową.

— Muszę wracać. Przez ten śnieg na ziemi bydło jest głodne.

Lucy odprowadziła go do drzwi. Była blada, a odbijające się od śniegu na ulicy światło sprawiało, że wydawała się jeszcze bledsza. Jej bladość tylko po części była wynikiem zimy i braku słońca — najwięcej było w tym winy wuja Caspera i tego, co jej zrobił. Początkowo sądziła, że po jakimś czasie to okropne wspomnienie zblaknie, ale nadal było bolesne jak otwarta rana i zaskakująco wyraźne. Czasami, kiedy o tym myślała, uświadamiała sobie nagle, że pociera nadgarstki, jakby wuj Casper dopiero co rozciął jej więzy.

Jamie dotknął jej włosów.

— Wyglądasz, jakby przydał ci się tonik. Moja matka dałaby sobie rękę obciąć za specyfik doktora Bradfielda.

— Nic dziwnego — odparła Lucy. — Zawiera dwie piąte alkoholu.

— Zobaczymy się w niedzielę, dobrze? Jeśli nie spadnie więcej śniegu.

— Oczywiście. Naprawdę musisz jechać do Manhattanu?

Popatrzył na nią ze zdziwieniem.

— Jeśli chcę zostać prawnikiem, to tak.

— A co będzie z nami?

Jamie wziął głęboki wdech.

— Z nami?

— No cóż, jeśli wyjedziesz na trzy lata...

Czekał, aż skończy, nie powiedziała jednak nic więcej. Wyciągnęła rękę, złapała rogowy guzik jego płaszcza i zaczęła kręcić go w palcach.

— Lucy... — zaczął w końcu cichym, łagodnym głosem. — Myślę, że nie ma czegoś takiego jak „my". Co najmniej od sześciu, siedmiu miesięcy. Nigdy mnie nie całujesz, nie pozwalasz się objąć, nie mówisz, że mnie kochasz. Nie chciałaś pójść ze mną na festyn, nie poszłaś na karnawał ani na tańce w kawalerii w Hays City. Kiedy jesteśmy razem, ledwie się do mnie odzywasz. Bądźmy uczciwi: jesteśmy przyjaciółmi, ale trudno to nazwać „nami".

Szarpnęła go za guzik.

— Przepraszam, skarbie, ale tyle chcę zobaczyć i zrobić. Świat jest ogromny, a ja chcę być jego częścią. Nie zamierzam spędzić reszty życia, wymiatając w Oak City w Kansas gnój spod koni. Ty też miałaś kiedyś marzenie... O zostaniu damą z towarzystwa, bywaniu na przyjęciach i balach, przebywaniu wśród bogatych ludzi. Co się z nim stało?

— Może dojrzałam — odparła Lucy, choć nie było to prawdą.

Wcale nie czuła się doroślejsza — czuła się jedynie brudna i skalana, jak nowiutka lalka, którą ktoś podeptał, a potem wrzucił do błotnistego stawu.

Ciągle nie mogła przekonać samej siebie, że nie widać po niej utraty czystości.

Tamtego dnia w magazynie wuj Casper okradł ją z jej marzenia. Nie widziała nawet sensu w braniu dalszych lekcji tańca. Po co? Żyła z godziny na godzinę, pracowała w sklepie, sprzątała dom, zamiatała podłogi, przygotowywała posiłki i prasowała ojcu znoszone koszule, ale przynajmniej czuła się bezpieczna.

— Obiecuję, że będę pisał — powiedział Jamie.

— Myślałam, że chcesz się ze mną ożenić...

— No cóż... chciałem, ale czasami niektóre rzeczy się zmieniają.

— Czy to znaczy, że już mnie nie kochasz?

— Oczywiście, że cię kocham, jednak niełatwo kochać kogoś, kto w żaden sposób tego nie odwzajemnia.

Lucy spuściła głowę i wbiła wzrok w podłogę. Jamie przez chwilę patrzył na nią.

— Muszę iść — stwierdził w końcu. — Przykro mi.

— Nie musi ci być przykro.

— Może nie, ale szkoda, że sprawy nie potoczyły się inaczej.

Podniosła głowę i pocałowała go w usta.

— Ja też żałuję — powiedziała i odwróciła się.

Jamie włożył rękawiczki i otworzył drzwi. Do ciepłego wnętrza wpadł śnieg i Samuel Blankenship gwałtownie poderwał głowę.

— Wchodzisz czy wychodzisz? Zdecyduj się, zanim piec zamarznie.

◆ ◆ ◆

W nocy Lucy leżała w łóżku i cicho płakała. Po jakimś czasie przestała i jedynie wpatrywała się tępo w sufit. Wiatr nieco się uspokoił i w miasteczku panowała upiorna cisza. Ze zwisających z okapu sopli skapywały krople, dach pojękiwał pod ciężarem śniegu.

Lucy myślała o swoim marzeniu. O tańcach, śmiechu i lakierowanych powozach. O jedwabnych sukniach balowych i sznurach pereł.

Wuj Casper miał rację — była to jedna z fantazji, które nigdy się nie urzeczywistniają. Nie miała nawet biżuterii mamy, by coś założyć na tańce w Oak City — nie wspominając o brylantach, które musiałaby założyć na bal w Nowym Jorku.

Marzyła o podróżach po świecie, odkąd zaczęła czytać etykiety na towarach ze sklepu ojca. Bourjois' Violette de Parme z Paryża. Rum Myron Parker's Bay z Portoryko. Sos Worcestershire Lea & Perrins' z Anglii. Przyprawy z Bombay Trading Company w Indiach.

Teraz wszystkie te nazwy z powrotem zamieniły się w szeregi pustych dźwięków, nazw dalekich miast wydrukowanych maleńkimi literkami na etykietach. Lucy miała wrażenie, jakby cały ziemski glob skurczył się do rozmiarów Sklepu Ogólnego Jacka Darlinga, z którego nigdy nie uda jej się uciec.

Kiedy zasypiała, z oddali doleciał gwizd pociągu. Burza śnieżna musiała niemal zupełnie ucichnąć, skoro pociąg zdołał się przebić do Oak City. Ciekawe, skąd nadjeżdżał — ze wschodu, czyli od Kansas City, czy z zachodu, od strony Denver? Pociągi ze wschodu zazwyczaj przywoziły zamówione do sklepu towary — a zaczynało im już brakować cukru, proszku do prania i fasoli. No cóż, dowie się tego rano, kiedy sprawdzi na stacji.

Zanim minął kwadrans, na drewnianym chodniku pod oknem rozległ się odgłos kroków i ktoś zaczął wchodzić po zewnętrznych schodach na piętro. Zapukano do kuchennych drzwi, potem jeszcze raz i jeszcze raz. Pukanie było głośne i natarczywe i nie chciało ucichnąć. Ktokolwiek to był, nie zamierzał odchodzić.

Lucy usiadła na łóżku. Wątpliwe, czy ojciec usłyszał pukanie. Jego sypialnia znajdowała się w głębi domu, z oknem na podwórze, i kiedy szedł spać, był zazwyczaj tak zmęczony, że zasypiał jak kamień.

Wstała z łóżka, zdjęła z haczyka szlafrok i poszła do kuchni. Po drodze zawiązała szlafrok. Za szybkami kuchennych drzwi widać było ciemny kontur ludzkiej postaci — z jedną ręką uniesioną, przygotowaną do kolejnego zapukania.

Lucy podeszła do drzwi.

— Kto tam? Czego chcesz?

Zapadła długa cisza. Wiatr z wyciem wpadał przez szpary do środka.

— Lucy? — odezwał się w końcu schrypnięty głos. — To ty?

Poczuła się, jakby ktoś ją wrzucił do beczki lodowatej wody.

— Wuj Casper? — wyszeptała.
— Otwórz drzwi! — zażądał. — Umrę tu z zimna.
Chwyciła klucz w zamku, nie była jednak w stanie go przekręcić. Jej serce tańczyło powolnego walca: raz-dwa-trzy, raz-dwa-trzy. Wuj Casper ponownie załomotał w drzwi.
— Lucy, umieram! Na Boga, wpuść mnie!
Ale ona nadal nie mogła przekręcić klucza. Casper szarpał drzwiami, walił w nie i krzyczał.
— Lucy! Otwórz te przeklęte drzwi!
W kuchni pojawił się Jack Darling. Lucy nie mogła zobaczyć jego twarzy, ale kontury potarganych włosów były wyraźnie widoczne na tle ściany.
— Co tu się, do pioruna, dzieje? — zapytał. — Kto tak hałasuje?
— To wuj... Casper — wymamrotała i odwróciła się od drzwi.
— Wuj Casper? No to go wpuść, na Boga! Nie możesz w taką noc kazać człowiekowi czekać na dworze!
Lucy stała jednak bez ruchu, odwrócona plecami do drzwi. Dygotała ze strachu, jakby się spodziewała, że kiedy wuj Casper wpadnie do środka, zgwałci ją tam, gdzie stoi.
Jack Darling ujął córkę za ramię.
— Jesteś lodowata, skarbie. Dygoczesz z zimna.
— Tato... — zaczęła, ale ojciec przekręcił klucz i otworzył drzwi.
Wuj Casper szybko wszedł do kuchni, tupiąc i zabijając ręce, wielki, czarny i kudłaty jak niedźwiedź.
— Jezu, Jack! Mógłbym tu umrzeć!
Jack Darling zamknął drzwi i przekręcił klucz, po czym podszedł do kredensu i zapalił lampę. Wuj miał na sobie obszerne futro, futrzaną czapę i czarne buty. W dłoni trzymał skórzaną walizę. Jego broda i brwi były pokryte lodem, pod nosem zwisały sople. Na widok odwróconej plecami do niego Lucy nie powiedział ani słowa, ale kiedy ściągał futro, nawet na sekundę nie odrywał od niej wzroku. Pod spodem miał doskonale skrojoną marynarkę i bryczesy. Usiadł na krześle i Jack podał mu przyrząd do ściągania wysokich butów.
— Dotarcie tu z Kalifornii zajęło mi ponad tydzień — oświadczył, ściągając buty. — Utknęliśmy w High Sierras na całą dobę. Z Denver jechałem dwa dni.

— Jak twoje sprawy w Kalifornii? — spytał Jack. Podszedł do kuchenki i wziął do ręki emaliowany na niebiesko dzbanek. — Chcesz kawy? Jest jeszcze ciepła.

— To nie dla mnie — odparł wuj Casper. — Nie będę mógł potem spać. — Sięgnął do wewnętrznej kieszeni marynarki, wyciągnął srebrną piersiówkę i odkręcił ją. — Na zdrowie. Za dolara, whisky i niemoralne kobiety... gdziekolwiek są!

Pociągnął trzy łyki i beknął w pięść.

— Nie wiem, czy bez tej butelki bym przeżył. Jezu, ależ było zimno w wagonach! Zimno? Zastanawialiśmy się, czy nie podpalić siedzeń, aby się ogrzać.

— Wyglądasz naprawdę dobrze — stwierdził Jack Darling. — Znalazłeś ropę?

Wuj Casper opuścił butelkę i wbił w niego wzrok.

— Czy znalazłem ropę? Nie dostałeś mojego telegramu?

Jack pokręcił głową.

— Telegraf nie działa tu najlepiej.

Wuj Casper odrzucił głowę do tyłu i zaśmiał się głośno.

— Czy znalazłem ropę?! Patrz... — Rozpiął marynarkę i wyjął z kieszonki kamizelki zegarek. — Popatrz na to i wtedy pytaj, czy znalazłem ropę!

Jack wziął do ręki zegarek i zważył go w dłoni. Był wykonany ze złota, z przodu miał wygrawerowane misterne zawijasy.

— Odwróć go — powiedział wuj Casper.

Z tyłu zegarka była czerwona róża — płatki z rubinów i liście ze szmaragdów na tle ułożonych gęsto obok siebie brylancików.

— A niech mnie dunder... — mruknął Jack Darling. — Naprawdę znalazłeś ropę.

Wuj Casper kiwnął głową.

— Kompania Naftowa Ferrisa i Conroya z Seal Beach w Kalifornii.

— Niech mnie diabli...

Wuj Casper odebrał zegarek i uśmiechnął się od ucha do ucha.

— Teraz żałujesz, że mi nie pomogłeś, co? Gdybyś był nieco bardziej przewidujący, miał odrobinę więcej zaufania, nie ściskał tak bardzo każdego dolara... no cóż, mógłbyś być dzisiaj zamożny. Mówili nam, że jesteśmy szaleni, ja i Ferris, wiercąc tam, gdzie wierciliśmy... ale wierciliśmy dalej i pierwszego listopada natrafiliśmy na ropę. A teraz jestem bogaty, Jack. Zarabiam dziennie tysiąc dolarów, nie kiwając palcem.

Jack potarł nieogolony podbródek.

— Tysiąc dolarów dziennie?

— Tysiąc dziennie. Teraz może nawet więcej! Może i tysiąc pięćset!

— Tysiąc pięćset? — powtórzył Jack Darling.

Kiedy się odwrócił, na jego twarzy malowało się takie rozgoryczenie, że Lucy nie mogła na to patrzeć. Nalał do czajnika wody i postawił go na piecu.

— Na pewno nie chcesz whisky? — spytał wuj Casper. — Wyglądasz, jakby przydał ci się łyk.

— Nie, dziękuję — odparł Jack. — Muszę rano wstać. Prowadzę sklep.

— Ha! — zaśmiał się Casper. — Jasne! Oczywiście! Będziesz ważyć masło i fasolę! To niełatwe życie! Naprawdę trudne życie!

— Jeśli chcesz, możesz skorzystać z gościnnego pokoju — powiedział Jack. — Lucy, pościelisz wujowi łóżko?

Kiwnęła głową, pocałowała ojca i ruszyła do drzwi. Kiedy mijała wuja, wysunął nogę do przodu, aby zablokować jej przejście, i sugestywnie się do niej uśmiechnął.

— Nie pocałujesz wujka? Jest teraz ważną osobą. Kimś, z kogo należy brać przykład. Odkąd wszedłem przez te drzwi, nie powiedziałaś do mnie ani jednego słowa.

Lucy stała sztywno z przyciśniętymi do boków rękami.

— Muszę posłać ci łóżko — oświadczyła.

— Nawet małego buziaczka? — spytał Casper, stukając się palcem w usta.

— Przepraszam. Jestem zmęczona.

Wuj Casper uśmiechnął się i cofnął nogę, ale kiedy Lucy spróbowała przejść, jego ramię wystrzeliło jak bicz. Złapał ją za rękaw i posadził sobie na kolanach. Zanim udało jej się wyrwać, pocałował ją mokro i dziko prosto w usta.

Lucy wyszarpnęła się i zaczęła go bić pięściami. Kiedy próbował zasłonić twarz, stracił równowagę i spadł z krzesła. Wylądował z hałasem na podłodze, zaskoczony i pozbawiony tchu. Lucy raz po raz ocierała usta i wypluwała ślinę wuja. Czuła się, jakby zaraził ją wszelkimi możliwymi chorobami.

— Lucy! Co jest?! — zawołał zaskoczony Jack Darling. — Casper, nic ci się nie stało?

Wuj wstał ze śmiechem.

— Chyba posiniaczyłem sobie zadek, ale nic poza tym. Co za złośnica!

Lucy wpatrywała się w niego szeroko otwartymi oczami. Dygotała i wciąż tarła usta rękawem szlafroka.

— Daj spokój, Lucy — powiedział Jack Darling. — Sądzę, że powinnaś przeprosić wuja. Tylko żartował.

— Żartował? Popatrz na niego: jest zupełnie pijany! Nie znoszę być całowana przez pijanych!

Wuj Casper roześmiał się ponownie, pociągnął nosem i wyjął piersiówkę.

— A iluż to pijanych cię całowało, moja kochana?

— O jednego za dużo — odparowała Lucy.

Popatrzyła hardo na ojca, dając mu w ten sposób do zrozumienia, że nie zamierza przepraszać, po czym wyszła i zatrzasnęła za sobą drzwi.

— ...nieco zdenerwowana — mówił Jack Darling. — Jej chłopak wyjeżdża niedługo do szkoły prawniczej...

— Masz na myśli tego, co tak ostro pije? — Casper znowu się zaśmiał. — Pięć whisky bez oddechu... jeszcze nigdy nie widziałem, aby komukolwiek się to udało. Nawet nie sądziłem, że to w ogóle możliwe!

Lucy nie przygotowała wujowi łóżka. Niech go cholera... jeśli o nią chodziło, mógł spać na podłodze. Czuła do niego taką nienawiść, że ledwie mogła oddychać. Zamknęła drzwi pokoju na klucz, nalała wody do umywalki i zaczęła trzeć usta szmatką.

Zdmuchnęła lampę i poszła do łóżka, ale nie mogła zasnąć. Leżała na plecach i słuchała dolatującego z salonu pomruku rozmowy. W którymś momencie drzwi do kuchni się otworzyły i ponownie zamknęły. Dobrze wiedziała, co się dzieje: ojciec poszedł do sklepu po kolejną butelkę whisky. Niemal nienawidziła go za to uleganie wujowi, ale przecież nie miał pojęcia, co Casper jej zrobił. Poza tym zdawała sobie sprawę, iż zajmuje się nim jedynie dlatego, że matka by tego chciała.

Tuż po drugiej ojciec poszedł spać. Słyszała, jak idzie ostrożnie ciemnym korytarzem do pokoju gościnnego i mruczy pod nosem:

„A niech to diabli..." na widok nieprzygotowanego łóżka wuja Caspera. Spodziewała się, że zapuka do niej, ale nie zrobił tego. Otworzył szafkę z kocami i sam posłał łóżko.

— Tato... przepraszam... — szepnęła.

Tak bardzo go kochała za cierpliwość, delikatność i spokój, z jakim znosił codzienne cierpienie. Gdyby mu powiedziała, co się stało...

Zamknęła oczy i spróbowała sobie wyobrazić matkę. Próbowała ujrzeć ją roześmianą, w niebieskiej jedwabnej sukience. Próbowała przypomnieć sobie Boże Narodzenie, śpiewanie kolęd i przyrządzanie puddingu. I to, jak matka tańczyła... Była jednak w stanie przywołać tylko obraz wychudzonej, pożółkłej i przepełnionej rozpaczą twarzy, cienkich jak drewniane łyżki nadgarstków i pozbawionych blasku oczu.

Matka umarła tydzień po swoich trzydziestych szóstych urodzinach. Lucy zastanawiała się, jak to będzie, kiedy sama skończy trzydzieści sześć lat i zrobi się starsza od matki.

◆ ◆ ◆

Kiedy już niemal zasypiała, poruszyła się naciskana drżącą ręką klamka i rozległo się drapanie do drzwi. Zamarła. Leżała z otwartymi oczami, nawet nie oddychając.

— Lucy... — wyszeptał wuj Casper. — Lucy, słyszysz mnie?

Nie odpowiedziała. Czekała i czekała, i przez chwilę sądziła, że zrezygnował i poszedł sobie, ale znowu rozległo się drapanie do drzwi.

— Lucy... przyjechałem oddać ci pieniądze... twoje trzysta pięćdziesiąt dolarów. Mam wszystko... złote orły, takie same jak mi dałaś. Słyszysz mnie? Nie śpisz? Mam dla ciebie pieniądze. Chcę, żebyśmy byli kwita... żebyś mogła wykupić biżuterię mamy.

Lucy w dalszym ciągu nie zamierzała odpowiadać. Wuj Casper pociągnął nosem i poszurał nogami.

— Przebyłem długą drogę, żeby wyrównać rachunki, Lucy. Chcę tylko, żebyśmy byli kwita. Niczego więcej nie chcę, zupełnie niczego. Słyszysz mnie, księżniczko? Oddaj mi tylko ten kawałek papieru, tylko tego chcę... żebyśmy byli kwita.

A więc to po to przyjechał do Kansas, w dodatku w zimie! Chciał odzyskać umowę, żeby nie zapłacić pięciu procent zysku.

O nie, pomyślała. Pięć procent to twoja kara za to, co mi zrobiłeś. Nie odpuszczę ci tego, wujaszku. Wezmę swój udział i będę go brała, aż umrzesz albo skończy się ropa...

Wuj Casper znowu podrapał w drzwi.

— Lucy... słyszysz mnie? Mam twoje pieniądze plus odsetki, jeśli chcesz. Dwa procent, to uczciwe rozliczenie. Masz szczęście, że tak szybko dostaniesz swój wkład, księżniczko, mnóstwo ludzi traci pieniądze na zawsze. I powiem ci jedno: oddaję ci pieniądze, zanim sam cokolwiek zarobiłem. Jeszcze nie wyszliśmy z długów, ja i Ferris, i jeszcze przez lata nie będzie żadnych zysków. Może nawet nie będzie ich nigdy.

Mój Boże, jaki ty jesteś groteskowy! Przeczytała słowo „groteskowy" w jakimś czasopiśmie — pod ryciną przedstawiającą gargulce w katedrze w Rouen we Francji. Ich wybałuszone oczy i szeroko otwarte usta przypominały jej wuja Caspera z dnia, kiedy ją napadł.

— Lucy? — odezwał się znowu Casper, a potem zapadła cisza.

Wytężyła słuch. Poszedł do swojego pokoju? Zasnął na korytarzu? Kiedy zamierzała wyjść z łóżka i sprawdzić, Casper odchrząknął i znowu zaczął mówić:

— Lucy? Jeśli nie śpisz, to mnie posłuchaj, słodka istoto. Próbuję zachować się porządnie, rozumiesz? Próbuję ci wynagrodzić to, że tak źle cię potraktowałem. Możesz dostać swoje pieniądze i dodatkowo sto dolarów. Co ty na to? Aha, i jeszcze jedno: broszka z kameą. Chyba się domyśliłaś, że to ja ją wziąłem, ale uwierz mi, potrzebowałem każdego grosza, który mogłem zdobyć. Zastawiłem broszkę za trzydzieści dziewięć dolców, za co kupiłem prawo do wiercenia. Ale wykupiłem ją, kiedy pojawiła się ropa, i przywiozłem ze sobą. Jeśli dasz mi ten kawałek papieru, księżniczko, możesz dostać ją z powrotem, proszę bardzo, choć i dla mnie ma wartość sentymentalną.

Lucy usiadła na łóżku. Przez chwilę miała ochotę otworzyć drzwi i kazać sobie natychmiast oddać broszkę mamy, wzięła jednak tylko głęboki wdech, zacisnęła palce na kocach i milczała. Wuj Casper był podstępny i nie wiadomo, do czego mógłby się posunąć.

Pewnie zaraz pójdzie spać. Musi być zmęczony podróżą z Denver w taką pogodę, poza tym wypił chyba półtorej butelki whisky. Zaśnie jak kamień.

Bardzo się bała, była jednak zdecydowana załatwić tę sprawę raz na zawsze. Wydrze wujowi swoje pięć procent, a on już nigdy jej nie pocałuje ani nie dotknie.

Zaczekam, aż zaśnie, a potem przeszukam mu kieszenie i odzyskam broszkę.

Rozległo się głuche stuknięcie, jakby wuj Casper uderzył czołem o drzwi.

— Coś ci powiem, Lucy... może tak nie uważasz, ale naprawdę bardzo cię lubię. Kiedy byłem w Kalifornii, często o tobie myślałem... Mówię ci, to prawda. Myślałem o tym, jak leżysz związana tymi czerwonymi wstążkami, i dygotałem! I to nie z powodu kalifornijskich trzęsień ziemi... — Przerwał na chwilę i westchnął. — Związana tymi wstążkami, byłaś spełnieniem najegzotyczniejszego marzenia mężczyzny.

Po kilku kolejnych pociągnięciach nosem powlókł się do swego pokoju. Znowu zaszczękała butelka z whisky — musiał uderzyć nią we framugę. W końcu drzwi się zamknęły i Casper zwalił się na łóżko.

♦ ♦ ♦

Lucy była wykończona, ale starała się nie zasnąć. Zaczekała, aż zegar wybije trzecią, a potem wpół do czwartej. Kiedy w końcu była pewna, że wuj Casper zasnął, wstała z łóżka i owinęła się szlafrokiem.

Za oknem Oak City spało cicho pod mającą dwie stopy grubości warstwą śniegu — skupisko drewnianych domków dla lalek z zimowego dziecięcego snu. Lucy otworzyła drzwi i długo stała na korytarzu, wsłuchując się w nocne szmery. Słychać było jedynie głęboki, regularny oddech Jacka Darlinga i chrapanie wuja Caspera.

Lucy nigdy nie uważała się za odważną osobę i nigdy nie wyobrażała sobie, że mogłaby zapragnąć zemsty, teraz jednak zamierzała ukarać wuja — nawet nie za to, co jej zrobił, ale za to, że był, jaki był — więc w końcu ruszyła przed siebie z zaciśniętymi pięściami. Jedynie nagłe pojawienie się szatana we własnej osobie mogłoby skłonić ją do odwrotu.

Po chwili dotarła do drzwi pokoju wuja Caspera. Zamknął je, ale lampa przez cały czas się paliła i czuć było dym tytoniowy. Zatrzymała się i odczekała parę sekund, wpatrując się w spłowiały obrazek Charlotte w Karolinie Północnej, który matka powiesiła na ścianie korytarza, aby mieć wspomnienie z rodzinnego domu. Farma w hrabstwie Mecklenburg, z kaczkami na podwórzu.

W końcu nacisnęła klamkę i uchyliła drzwi.

Wuj Casper leżał na łóżku — w ubraniu i butach. Miał zamknięte oczy i otwarte usta i gdyby nie chrapał, można by go uznać za trupa. Smród whisky i potu był tak przytłaczający, że dla powstrzymania odruchu wymiotnego Lucy musiała zasłonić usta dłonią.

Skradając się wokół łóżka, zauważyła, że Casper zabrał butelkę z whisky do łóżka. Musiał zasnąć, kiedy pił, ponieważ butelka wypadła mu z rąk, a jej zawartość wylała mu się na kamizelkę i spodnie. Jedna dłoń lekko obejmowała butelkę, palce podrygiwały od czasu do czasu w rytm jakiegoś snu.

Dobry Boże, jakie sny może mieć ktoś taki... — pomyślała Lucy.

Podeszła do komody, na której Casper położył drobne pieniądze, kapciuch z tytoniem i bibułki do skręcania papierosów. Nie było tam broszki z kameą. Po kolei wysunęła dwie górne szuflady. Pierwsza była pusta, w drugiej leżał bezkurkowy kieszonkowy rewolwer kaliber .32 i kilka szarych od brudu chustek do nosa.

Pozostałe szuflady były puste. Wuj Casper nie zadał sobie jeszcze trudu wypakowania swoich rzeczy. Broszka musiała być w walizce albo w którejś kieszeni.

Przez cały czas go obserwując, Lucy uklękła przy łóżku i rozpięła paski walizy. Casper zachrapał, zadrżał i powiedział coś, co brzmiało jak: „Ferris, ty skurwielu... wcale nie jest tak dobrze". Lucy znieruchomiała, kolana drżały jej z napięcia, ale wuj Casper chrapał dalej.

Do otwartej walizy trudno było zajrzeć, ponieważ lampa stała po drugiej stronie łóżka i Lucy kucała w cieniu. Wyjęła dwie jedwabne koszule, kilka par pomiętych jedwabnych gaci i sztruksowe spodnie z podejrzaną sztywną żółtą plamą. Wymacała jakieś dokumenty, kilka piór i metalowe części, które prawdopodobnie miały coś wspólnego z wydobyciem ropy.

Wstała, obeszła łóżko i ostrożnie wzięła do ręki lampę naftową. Była to lampa salonowa o grubym szkle ozdobionym gronami zielonych winogron. Matka dostała ją w prezencie od swoich przyjaciół, ale choć musiała kosztować ponad trzy dolary, zawsze jej nienawidziła.

Trzymając lampę nad walizką, Lucy zaczęła w niej grzebać. Na dnie było pełno śmieci — kolejowe rozkłady jazdy, szelki, guziki, szczotki do włosów, sól kissingeńska (na otyłość), preparat metylenowy (na biegunkę), zawory, zatrzaski sprężynowe, pudełko z czterema fryzjerskimi brzytwami i pozaginany na rogach egzemplarz „Illustrated Day's Doings and Sporting World" z tytułem na okładce, obiecującym zdjęcia „rozbrykanych kobiet" w środku.

Lucy nie miała odwagi wysypać zawartości walizki na dywan, była jednak niemal pewna, że nie ma w niej broszki. Wepchnęła z powrotem koszule i majtki, po czym wstała. Z lampą w ręku wyglądała jak Statua Wolności. Wuj Casper musiał mieć broszkę w którejś kieszeni.

Zagryzając wargę, podeszła do łóżka. Wuj przestał chrapać i oddychał ciężko, choć powoli i równo. Lucy ostrożnie wyciągnęła mu z kieszonki na piersi fioletową jedwabną chustkę i wsunęła do środka dwa palce, aby sprawdzić, czy nie ma tam broszki.

Podniosła drugą połę marynarki Caspera i zaczęła przeszukiwać wewnętrzne kieszenie. Nie było tam nic poza złożoną na pół broszurą.

Sprawdziła kieszonki z przodu kamizelki, potem boczne kieszenie. Były puste. Drżała z zimna, skupienia i wysiłku, jakiego wymagało trzymanie ciężkiej lampy. Kiedy miała zabrać się do przeszukiwania kieszeni spodni, wokół nadgarstka dłoni, w której trzymała lampę, zacisnęła się silna dłoń.

— Och! — krzyknęła cicho i podniosła głowę.

Wuj patrzył na nią mętnym wzrokiem i uśmiechał się.

— No, no... — wymamrotał, jeszcze nie do końca rozbudzony. — A więc miałem rację. Chcesz jeszcze trochę przyjemności, tak? Wróciłaś do starego wuja Caspera po więcej zabawy i rozrywki.

— Puść mnie... — szepnęła. — Puszczaj...

Wuj wzmocnił chwyt.

— Czemu szepczesz? Boisz się, że tatuś się dowie? Możemy zachować twoją wizytę dla siebie, jeśli o to chodzi... mnie tam nie przeszkadza. Romantyczne pogawędki nie są konieczne.

— Puść mnie! Chcę tylko dostać broszkę mamy!

— Nie chcesz kochania? Przyszłaś ukraść mi moją własność? Coś ci powiem: wcale mi się to nie podoba. Nie podoba mi się ani trochę! — Ścisnął nadgarstek Lucy tak mocno, że lampa w jej dłoni zadrżała. — Ale możemy zawrzeć układ, ty i ja. Dasz mi teraz trochę miłości, a ja może się zastanowię, czy oddać ci broszkę mamusi.

Lucy pomyślała o leżącym w szufladzie pistolecie. Zastanawiała się, czy jest nabity — i jeśli tak, czy starczyłoby jej odwagi, aby go użyć.

Wuj Casper trzymał ją jednak tak mocno, że nie miała szans się uwolnić. Szczerzył zęby, jakby zamierzał wyrwać jej kawał żywego ciała. „Temu twojemu wujkowi diabeł siedzi na ramieniu", powiedziała pani Sweeney. Wiedziała, co mówi.

— Proszę, wujku... za chwilę lampa wypadnie mi z ręki.

Casper wolną dłonią posłał Lucy całusa i znowu się wyszczerzył. Między wargami, niczym pajęczyny, ciągnęły mu się pasemka śliny.

— Ty i ja jesteśmy dla siebie stworzeni. A nawet jeśli nie, to muszę przyznać, że bardzo cię polubiłem. — Pociągnął nosem. — Wygląda mi na to, księżniczko, że musisz podjąć decyzję. Albo potraktujesz mnie miło, albo zawołam twojego tatę i powiem, że przyszłaś do mojego pokoju, szukając okazji, aby się źle zachować. Jak myślisz, co na to powie? Dowody to potwierdzają: jesteś w moim pokoju.

— Wujku, proszę cię, puść mnie!

Jeśli jej natychmiast nie puści, podrapie mu twarz.

Wyciągnął rękę, aby wziąć od niej lampę. Przestraszona Lucy odruchowo przekręciła nadgarstek i lampa upadła Casperowi na pierś. Kulisty abażur potoczył się na podłogę, knot gwałtownie zapłonął i zanim wuj Casper zdążył wymamrotać: „A niech to cholera!", jego przesiąknięte alkoholem ubranie buchnęło płomieniem.

Zaczął wrzeszczeć, a Lucy — nagle uwolniona — zatoczyła się do tyłu.

— Palę się! — krzyczał. — Palę się, do pioruna!

Jego marynarka i kamizelka paliły się jak próchno. Próbował zrzucić z siebie lampę, ale tylko zbił szkło i zalała go płonąca nafta. Wydał z siebie przeraźliwe, ochrypłe wycie i wyskoczył z palącego się łóżka, od kolan w górę cały w płomieniach.

— Boże, pomóż mi! Palę się!

Szarpał ciałem, machał rękami i darł się wniebogłosy, próbując — palącymi się rękami — zgasić ogień. Płonęły mu włosy na głowie i broda, z ust wylatywał ogień. Cofając się z przerażeniem, Lucy patrzyła na jego udręczoną twarz, szeroko otwarte oczy i marszczące się, kurczące i rozpadające ciało.

— Tato! — krzyknęła. — Tato!

Wiedziała, że jeśli ktoś się pali, należy przewrócić go na ziemię i turlać albo zgasić ogień kocem, ale łóżko też się paliło. Pokój wypełniały wirujące kawałeczki bawełnianej narzuty i dymiące kłęby końskiego włosia, a wuj Casper płonął jak beczka smoły.

Drzwi sypialni gwałtownie się otworzyły i do środka wtoczył się Jack Darling w koszuli nocnej. Otwarcie drzwi dodało płomieniom tlenu i wuj Casper dosłownie eksplodował niczym bomba zapalająca. Lucy zobaczyła, że jego ciało zwija się na podłodze, przybierając płodową pozycję, jaką przyjmuje każdy palący się człowiek. Skurczona, poczerniała głowa przypominała bryłkę pokrytego smołą węgla.

Ojciec wypchnął ją z pokoju i wyszedł na korytarz. Choć chlipała i dygotała histerycznie, zatrzasnął drzwi sypialni.

— Gaśnice! — krzyknął. — Idź do sklepu i przynieś tyle, ile zdołasz unieść!

Lucy przez chwilę się wahała. Miała wrażenie, że noc zamyka się wokół niej z każdej strony. Jack Darling pociągnął ją za sobą do kuchni, otworzył drzwi i wcisnął jej w rękę klucze do sklepu.

— Zrozumiałaś?! Gaśnice! Ja wezmę wiadro!

Ślizgając się i potykając, zeszła na bosaka po oblodzonych schodach. Słyszała, jak ojciec próbuje uruchomić pompę w kuchni. Jeśli zamarzła w nocy, nie mieliby szans ugaszenia ognia i sklep mógł się spalić do fundamentów.

Walcząc z zimnem i szokiem, otworzyła magazyn i poszła w głąb, gdzie trzymali niebieskie szklane granaty ręczne do gaszenia ognia. Zdjęła ze skrzynki kilka parasoli i złapała ją. Ciężko dysząc z wysiłku i z trudem utrzymując równowagę, wróciła schodami do wypełnionej dymem kuchni.

Nie musiała się spieszyć. Kiedy doniosła do pokoju wuja Caspera skrzynkę z obijającymi się o siebie granatami, okazało się, że ogień został już ugaszony. Ojciec wylał na łóżko dwa wiadra wody i wystarczyło. Za łóżkiem — choć nie chciała tam patrzeć — widziała poskręcanego jak stos gałęzi stwora, który jeszcze niedawno był wujem Casperem. Zwęglone ciało leżało na brzuchu i szczerzyło zęby.

Jack Darling otworzył okno i dym zaczął uciekać w noc. Wyjął z rąk Lucy skrzynkę z granatami gaszącymi.

— Już wszystko dobrze, skarbie — powiedział cicho. — Już po wszystkim.

Zasłoniła twarz dłońmi. Oczy łzawiły jej od dymu, ale nie płakała. Czuła się, jakby była oddzielona od własnego ciała — jakby na jej miejscu znajdował się ktoś inny, dziewczyna, która patrzyła na nią z lustra po dokonanym przez wuja Caspera gwałcie. Boże przenajświętszy... chciała zemsty, ale nie takiej.

◆ ◆ ◆

Kiedy noc zaczęła przechodzić w dzień i niebo nabrało barwy wody z lodem, usiedli w salonie i nalali sobie kawy i brandy. W powietrzu wisiał zapach dymu, kwaśny i przenikliwy.

— Musiał wyciągnąć rękę, aby zgasić lampę, i przewrócił ją — mruknął Jack, próbując zachować spokój, myśleć logicznie i nie pozwolić wydobyć się szokowi na powierzchnię. Nie mógł jednak powstrzymać nerwowych ruchów rąk, które dygotały jak złapane we wnyki gołębie. — Dobry Boże... mówiłem mu, że whisky kiedyś doprowadzi go do śmierci, ale nie spodziewałem się, że to nastąpi w taki sposób...

— Co robimy? — spytała chrapliwie Lucy.

— Nie wiem. Chyba musimy wezwać Erniego Truelove'a z zakładu pogrzebowego. Potem będziemy musieli zawiadomić koronera hrabstwa, choć nie wiem, czy będzie mu się chciało jechać dwieście mil przez śnieg, aby rzucić okiem na kogoś, kto spalił się na popiół. Nie sądzę też, aby szeryf chciał coś wiedzieć. W końcu to przypadkowa śmierć... Usłyszałaś, jak krzyczał, tak? Wbiegłaś do jego pokoju i zobaczyłaś, że się pali?

Lucy zacisnęła usta i kiwnęła głową. Nie chciała o tym myśleć. Wiedziała, że będzie miała nocne koszmary.

Jack Darling przez chwilę milczał i dmuchał na unoszącą się nad kubkiem parę.

— Chyba los wziął sprawiedliwość w swoje ręce — stwierdził w końcu. — Albo Bóg. Prędzej czy później kara i tak by go dosięgła.

— Musimy w ogóle o nim mówić?

Wyciągnął rękę i przykrył jej dłoń swoją.

— Nie, oczywiście, że nie. Przepraszam. Może pojedź do Jamiego i spędź u niego ten dzień, a ja tymczasem posprzątam tu razem z Erniem Truelove'em?

— To dobry pomysł — odparła Lucy po chwili zastanowienia. — Chyba nie wytrzymałabym dzisiaj w domu... oczywiście, pojadę. Jamie zawsze był dla mnie dobry, nawet wtedy, gdy na to nie zasługiwałam.

Wstała, podeszła do ojca i pocałowała go w czoło. Ujął jej dłoń.

— Cokolwiek będziesz robiła, odpocznij. Wyglądasz na wykończoną.

— Tak, tato. Kocham cię

— Ja też cię kocham, skarbie.

Lucy nalała wody do czajnika i postawiła go na piecu. Kiedy ojciec poszedł do znajdującego się przy Cross Street zakładu pogrzebowego Erniego Truelove'a, umyła włosy i rozczesała je. Wreszcie przestały cuchnąć dymem. Gdy różowała policzki, aby nie wyglądać jak upiór, zdawało jej się, że z pokoju wuja dobiegł jakiś trzask, i natychmiast poczuła, jak kurczy jej się skóra na głowie. Wyobraziła sobie, jak Casper powoli wstaje z podłogi, cały zwęglony, i idzie korytarzem, aby się na niej zemścić.

Kiedy skrzypnięcie się powtórzyło, uświadomiła sobie, że to drzwi jej sypialni, poruszane wpadającym przez okno powietrzem.

Włożyła niebieski aksamitny strój do jazdy konnej. Był nowy — choć Jamie widział go już dziesiątki razy. Na wierzch narzuciła granatowy sukienny płaszcz, okręciła szyję szalem z białego lisa i wciągnęła buty do jazdy konnej. Gdy ojciec wrócił do domu, była gotowa do wyjazdu na farmę Cullenów.

— Jadę, tato — powiedziała.

Odchrząknął, pociągnął nosem i zaczął ostukiwać śnieg z butów.

— Dobrze, skarbie, ale uważaj na siebie. Wygląda na to, że przed obiadem jeszcze popada.

— Nie ma problemu. Jeśli spadnie zbyt wiele śniegu, zostanę u Jamiego na noc.

Pocałowała ojca i ścisnęła mu dłoń.

— Poradzisz sobie ze wszystkim sam? — spytała, spoglądając w stronę pokoju wuja Caspera.

— Na pewno. Boję się w życiu tylko paru rzeczy... Boga, samotności i diabła. Ale nie boję się martwych ludzi.

Lucy wyszła na zewnątrz i ruszyła zaśnieżoną ulicą do Overbayów, aby pożyczyć od nich szarego kuca. Choć zaspy były głębokie, kilka osób z położonych dość daleko farm przebiło się do miasta po zapasy jedzenia, lekarstwa albo w poszukiwaniu towarzystwa i ich okryte derkami konie czekały cierpliwie, przywiązane do znajdujących się przed każdym budynkiem belek.

Oak City leżało na olbrzymiej równinie, ale Lucy czuła się tu jak w więzieniu. Z trudem łapała oddech — jakby napierające ze wszystkich stron, przypominające grube poduchy śnieżne chmury chciały ją zadusić. Zmusiła płuca do przyjęcia dwóch głębokich haustów lodowatego powietrza, po czym podciągnęła skraj spódnicy i ruszyła przez zaspy do sklepu Overbayów.

◆ ◆ ◆

Jamie był na stryszku na siano, okutany w baranicę, miał uszy zasłonięte klapkami czapki i widłami zrzucał młodszemu bratu Martinowi bele siana. W środku było mroczno, zimno i aromatycznie, a Martin bez przerwy pociągał nosem.

— Lucy! — zawołał Jamie, strzepując siano z ubrania. — Co cię do nas sprowadza?

— Możemy porozmawiać?

— Oczywiście — odparł.

Zrzucił na dół ostatnią belę, która uderzyła o klepisko stodoły kilka cali od stóp jego brata.

— Hej, uważaj! — zawołał Martin. — Omal mnie nie trafiłeś!

Jamie zszedł po chyboczącej się drabinie i zdjął rękawice.

— Możesz załadować wóz? — zapytał brata. — Za minutę przyjdę ci pomóc.

Martin złapał każdą ręką po jednej beli siana i znowu pociągnął nosem.

— Wielkie dzięki — powiedziała Lucy.

— Nie przejmuj się, zawsze odwalam najgorszą robotę — odburknął Martin. — Kiedy szykuje się ciężka robota, Jamie zawsze znajduje polerowaną jak złoto wymówkę.

— Cieszę się, że uważasz mnie za polerowaną jak złoto — stwierdziła Lucy.

Jamie ujął ją za rękę.

— Jestem zaskoczony, widząc cię tutaj.

— Dlaczego? Chyba w dalszym ciągu jesteśmy przyjaciółmi.
— No tak... na pewno, ale ostatnio sprawy między nami nie były szczególnie kizi-mizi — powiedział Jamie.
Jego oczy błyszczały przekornie. Najwyraźniej ją prowokował.
— Och, Jamie... naprawdę byłam aż taka wredna?
Chłopak pchnął drzwi stodoły.
— Chodźmy do domu. Matka upiekła ciasteczka melasowe.
— Możemy porozmawiać w cztery oczy?
Wzruszył ramionami.
— Oczywiście.
— Mam na myśli teraz, tutaj.
— Jasne, pewnie... jeśli nie będzie ci przeszkadzać to cholerne zimno.
Lucy zakryła oczy dłonią. Nie wiedziała, od czego zacząć ani co powiedzieć. Wydarzenia minionej nocy wydawały jej się teraz absurdalnie teatralne i nierealne — jakby tak naprawdę nigdy nie miały miejsca. Odwróciła głowę w stronę pustej zagrody, domu Cullenów i zasypanych śniegiem dębów. Chciało jej się płakać, ale nie mogła. Była wstrząśnięta do głębi, jednak nie czuła żalu po wuju Casperze. Miała nadzieję, że będzie się smażył w piekle — tak samo jak smażył się na jej oczach.
— Coś się stało, prawda? — powiedział Jamie.
Kiwnęła głową.
— Wczoraj w nocy... wuj Casper wrócił z Kalifornii.
— O rany, tylko nie ten kanciarz...
— Jamie, posłuchaj: wrócił, ponieważ znalazł ropę.
— Znalazł ropę? Żartujesz sobie! Naprawdę?
— Naprawdę. — Lucy łzawiły oczy od wiatru. — Nie wiem dokładnie gdzie ani w jaki sposób. Powiedział tylko, że szyb jest w Seal Beach.
— No cóż, sądzę, że to dobre wieści. Dostaniesz swoje pięć procent! Gratulacje, jesteś teraz bogata! A przynajmniej możesz zostać!
— Jamie... on przyjechał, bo chciał zerwać naszą umowę.
Chłopak energicznie pokręcił głową.
— To niemożliwe. Nie może tego zrobić. Umowa ma moc prawną i jest wiążąca. Masz prawo do pięciu procent niezależnie od okoliczności.

— Prawdopodobnie mogłoby tak być... gdyby nie to, że on nie żyje.

Nagle uświadomiła sobie, że płacze. Nie spokojnie i cicho, ale wykrzywiając twarz jak dziecko i szlochając żałośnie. Jamie objął ją mocno i poklepał po plecach.

— Już dobrze, uspokój się. Jak to się stało?

— Spalił się — chlipnęła Lucy. — Ukradł broszkę mamy i... zaczęłam jej szukać... kiedy spał. Trzymałam lampę, a on... złapał mnie za rękę... był cały zalany whisky i...

— Jezu... chcesz powiedzieć, że się zapalił?

— Palił się jak drewno opałowe. — Odsunęła się łagodnie od Jamiego i wyjęła z rękawiczki chustkę do nosa. W nieostrym perłowym świetle poranka na jej powiekach migotały łzy. — Tata wezwał przedsiębiorcę pogrzebowego... powiedział, żebym przyjechała do was i spytała, czy mogę spędzić tu dzisiejszy dzień.

— Boże, Lucy, oczywiście! Możesz zostać, jak długo zechcesz! Wejdźmy do środka. Jest tak zimno, że nawet kurze gdakanie zamarza.

Ruszyli przez zaśnieżone podwórze. Jamie objął Lucy ramieniem i mocno przycisnął ją do siebie, a ona po raz pierwszy od długiego czasu nie odsunęła się ani nie wyrwała. Zdjęli płaszcze w holu wejściowym i weszli do salonu.

W odróżnieniu od większości salonów w domach farmerskich na High Plains, zapchanych meblami, zegarami, porcelaną i roślinami oraz obwieszonych obrazami, salon Cullenów był bardzo skromny — niemal ascetyczny. Przy kominku stał wielki skórzany fotel (ojca), obok niego, odrobinę dalej od ognia, mniejsze krzesło krawieckie (matki), na którym leżała niedokończona hafciarska robótka. Jeśli nie liczyć dwóch stolików pod lampy, były tu jeszcze tylko pianino i szafka na porcelanę ze szklanym frontem, w której stała prosta niemiecka porcelana, a jedyną dekorację stanowiła oprawiona w ramkę litografia z firmy Currier & Ives, przedstawiająca parę małżeńską, czytającą wspólnie Pismo Święte.

Ogień w kominku przygasał, więc Jamie dołożył drewna.

— Chodź, ogrzej się. Możesz usiąść na fotelu ojca, nie będzie miał nic przeciwko temu. Brakuje mu nieco cierpliwości, ale ma dość chrześcijańskiego miłosierdzia. Wyglądasz okropnie.

Ujęła go za rękę.

— Jesteś kochany, Jamie...
— Matka zaraz przyniesie ci kubek ciepłego mleka i cynamon.
Kiedy ogień zaczął buzować, Lucy poczuła się znacznie lepiej, choć w dalszym ciągu nie mogła powstrzymać drżenia rąk.
— Powinnaś się zobaczyć z doktorem Satchellem — stwierdził Jamie. — Wstrząs może wywołać poważną chorobę. Kiedy mieszkaliśmy na wschodzie, mieliśmy kuzyna, który widział, jak jego dziecko wkłada rękę do maszynki do mięsa. Potem przez kilka miesięcy nie mówił. Po prostu nie był w stanie.
— Nic mi nie będzie — zapewniła go Lucy. Uśmiechnęła się ze smutkiem i dotknęła jego dłoni. — Najgorsze w tym wszystkim jest to, że chyba jestem szczęśliwa, iż on nie żyje.
Jamie nic na to nie odpowiedział. Nie zadawał pytań i nie dziwił się niczemu. Lucy popatrzyła na niego i uśmiechnęła się słabo.
— Podejrzewam, że uważasz mnie za okropną osobę.
— Czy ja wiem? A co byś chciała, żebym myślał?
— Sama nie wiem. Jestem trochę zdezorientowana. To, co się stało wujowi Casperowi, przypomina akt sprawiedliwości, ale chyba nie może tak być. Nikt nie zasłużył na taką straszną śmierć.
Jamie wzruszył ramionami.
— Ojciec twierdzi, że nie nam oceniać wyroki boskie.
W tym momencie do salonu weszła matka Jamiego — z niebieskim porcelanowym kubkiem gorącego mleka na tacy. Była ładną jasnowłosą pół-Szwedką i Jamie oraz jego siostry i bracia byli do niej bardzo podobni.
— Zostaniesz na kolację? — spytała. — Będzie smażona wieprzowina i pierogi z jabłkami.
— Z przyjemnością — odparła Lucy.
Cieszyła się, że może spędzić ten dzień wśród przyjaznych i religijnych ludzi. Myśląc o domu, przypominała sobie jedynie wypaloną sypialnię, w której zginął wuj Casper, i jego szczerzące zęby zwęglone ciało.
Wiedziała, że ten obraz jeszcze długo będzie ją prześladować. Szczerząc zęby, wuj będzie ścigał ją w snach.
Kiedy matka Jamiego wyszła z salonu, chłopak przysunął sobie krzesło krawieckie i usiadł obok Lucy.
— Posłuchaj... o jedną rzecz na pewno nie musisz się teraz martwić: o swoje udziały w zyskach wuja Caspera z ropy.

— Nie rozumiem. Przecież on nie żyje, prawda? Jak mogę mieć udział w jego zyskach, jeśli on nie żyje?
— Czytałaś tę umowę? — zapytał Jamie.
Pokręciła głową.
— Było w niej napisane o pięciu procentach, tak?
— Za kogo ty mnie masz? To była umowa o wspólnictwo, skopiowana z *Kontraktów, Umów, Przenoszenia Praw Własności, Porozumień i Obligacji* Newmana. Kiedy twój wuj ją podpisywał bez przeczytania, miałem ochotę śmiać się w kułak. Odniosłem dziwne wrażenie, że chyba nie bardzo umie czytać...
— Ale co takiego jest w tej umowie?
Jamie pochylił się do przodu.
— Zapewniała ci pięć procent zysków z ropy wuja za jego życia. W przypadku śmierci, która przy jego piciu wcale nie była aż tak bardzo nieprawdopodobna, dziedziczysz po nim.
Lucy wbiła w niego zdumione spojrzenie. Nie do końca rozumiała, co do niej mówi, czuła jednak, że ważą się jej losy.
— Teraz, kiedy wuj Casper nie żyje, masz nie pięć procent jego ropy, ale wszystko — powtórzył Jamie.
— Wszystko? Jak to możliwe? Powiedział, że ma tysiąc dolarów dziennie. Może więcej. Może nawet tysiąc pięćset.
— Jesteś bogata!
Lucy nie wiedziała, czy ma głośno zapiszczeć, rozpłakać się, czy zatańczyć.
— Nie oszukujesz mnie? Naprawdę tak jest w tej umowie?
Jamie ujął jej dłonie i mocno uścisnął.
— Nie wiem, co tobą powodowało, że postanowiłaś powierzyć wujowi Casperowi wszystkie swoje oszczędności, i jeśli nie chcesz mi tego powiedzieć, nie będę pytał. To wyłącznie twoja sprawa. Jakikolwiek miałaś jednak powód, wybrałaś szczęśliwe rozwiązanie.
Oczy Lucy wypełniły łzy. Jeszcze nigdy w życiu nie miała tak silnego poczucia winy, ale była też absurdalnie szczęśliwa. Jak można czuć się tak bardzo źle i jednocześnie tak bardzo dobrze? Przez tyle miesięcy traktowała Jamiego per noga — odpychała go od siebie i odrzucała, a on zadbał o to, aby marzenie, za którym tęskniła przez całe życie, mogło się spełnić.
Było zupełnie jak w bajce — jakby zajrzała pod łóżko i odkryła

tam skrzynię po brzegi napełnioną złotem i brylantami piratów albo jakichś arabskich władców.

— Jest jeszcze jedno... — szepnęła. — Pieniądze, które dałam wujowi Casperowi, nie były moimi oszczędnościami. Zastawiłam biżuterię matki.

— Zastawiłaś biżuterię? Zaniosłaś ją do lombardu? Rany! Dlaczego? — Oburzony Jamie opadł na oparcie krzesła, omal nie rozgniatając przy tym robótki swojej mamy. Zaraz jednak przypomniał sobie, że właśnie dzięki temu Lucy stała się bogata. — Strasznie ryzykowałaś. Dlaczego?

— Chciałam się pozbyć wuja — odparła Lucy.

Nie zamierzała przyznawać się do niczego więcej, w każdym razie nie w tym momencie. Jamie oczywiście uważał, że jest dziewicą, i nie wiadomo, jak by zareagował, gdyby powiedziała mu, że została zgwałcona przez wuja Caspera. Z pewnością poczułby się głęboko zraniony — tym bardziej że wuj nie żył i nie mógłby się na nim zemścić.

Cały czas czuła, jak czerwone taśmy wrzynają się jej w nadgarstki i kostki, a wuj ze stękaniem wpycha w nią swoją męskość. Rozpaczliwie usiłowała zepchnąć to wspomnienie na dno umysłu, było to jednak tak samo daremne jak próba zatopienia kawałka drewna. Raz po raz wszystko wypływało na wierzch, tak samo paskudne i niemożliwe do wymazania z pamięci.

— Czy wuj nigdy cię nie zdenerwował? — spytał po chwili milczenia Jamie.

— Co masz na myśli? Oczywiście, że nie.

— Pytam o to, bo nie rozumiem, dlaczego tak bardzo chciałaś, żeby wyjechał. Mówiłaś kiedyś, że uwielbiasz tę biżuterię i jest wszystkim, co ci przypomina matkę.

Lucy wsypała cynamon do mleka.

— Po prostu go nie lubiłam. Pił za dużo. Był okropnie nieokrzesany. Dużo przeklinał. I denerwował tatę.

— To wszystko? Nie próbował zachowywać się wobec ciebie zbyt przyjaźnie?

Lucy zaczerwieniła się i spuściła wzrok, ale nic nie odpowiedziała.

— W porządku — mruknął Jamie. — Przepraszam. Nie powinienem o to pytać.

Siedzieli w milczeniu, wpatrując się w płomienie.

Trzasnęły tylne drzwi i w kuchni rozległy się głosy. Po chwili w salonie pojawił się ojciec Jamiego — miał brodę jak krzaki jeżyn, potężne barki, przenikliwe jasnozielone oczy i wielki, mięsisty nos, który zawsze kojarzył się Lucy z dojrzałym kabaczkiem.

— Witaj, moja droga — powiedział z uśmiechem, po czym odchrząknął i wytarł nos. — Przepraszam, ale to ten zimny wiatr. Sprawia, że człowiekowi leci z nosa jak z kranu.

— Chyba nie masz nic przeciwko temu, żeby Lucy trochę się u nas ogrzała? — zapytał Jamie. — Wczoraj w nocy przeżyła coś strasznego. Jej wuj wrócił z Kalifornii i podpalił się w gościnnym pokoju.

— Dobry Boże! — zawołał Jerrold Cullen, ciężko opadając na kanapę. — Jest poważnie ranny?

— Niestety, nie żyje — odparła Lucy.

— Nie żyje? To straszne... Tak mi przykro!

Pokręciła głową.

— Jeśli mam być szczera, panie Cullen, wujek i ja nie byliśmy najlepszymi przyjaciółmi.

— Rozumiem — mruknął Jerrold Cullen. — Ale był człowiekiem z duszą i Stwórca wezwał go tam, skąd przybył.

— Amen — dodał Jamie.

Jego ojciec odwrócił się i wbił w niego wzrok, nie do końca pewien, czy Jamie żartuje, czy nie. Bycie pobożnym mężczyzną to niełatwe zadanie w domu pełnym zuchwałych synów.

— Jak to się stało? — spytał po chwili.

— Nie sądzę, aby Lucy chciała się nad tym rozwodzić — powiedział Jamie.

— Jesteś jej adwokatem? Nie może mówić sama za siebie? — prychnął Jerrold Cullen i ponownie zwrócił się do Lucy: — Ten chłopak i jego pasja prawnicza... nigdy nie spotkałem kogoś tak upartego...

— Musi pan być jednak z niego dumny. Zdobycie miejsca na uniwersytecie stanowym to nie byle co.

— Hm... Jedynym miejscem, o jakie człowiek powinien się starać, jest miejsce w Królestwie Niebieskim.

— Ale puści go pan?

— Pewnie nawet wszystkie plemiona Izraela nie byłyby mu w stanie przeszkodzić — odparł Jerrold Cullen.

Choć marszczył brwi i próbował wyglądać marsowo, Lucy miała wrażenie, że tak naprawdę jest bardzo dumny z syna. Uważał się za surowego ojca i był przekonany, że jeśli Jamie był w stanie stawić mu czoła, sprosta wszystkiemu.

— Podejrzewam, że bardzo różnimy się z Jamiem w poglądach na to, co tworzy prawo — dodał po chwili. — Moim zdaniem prawo zostało nadane przez Boga na górze Synaj. Bóg jest moralnym władcą świata i Odkupicielem swego ludu i dlatego tylko On może określać, co jest odpowiednie dla Jego stworzeń i dla całej Ziemi.

— Amen — powiedział znowu Jamie.

— Możesz sobie ze mnie drwić, ale łamiesz rodzinną tradycję — warknął Jerrold, odwracając się w jego stronę. — Cullenowie od chwili przybycia ze Szkocji byli farmerami, ojcami rolników i synami rolników i zawsze byli z tego dumni. — Sięgnął do kieszeni po fajkę. — Nic jednak na to nie poradzę. Mogę tylko powiedzieć, co o tym myślę, i pomagać mu iść jego drogą. W końcu wszyscy ojcowie tylko do tego się przydają.

W tym momencie pani Cullen zawołała Jamiego, aby napompował jej wody. Chłopak wstał, pocałował Lucy w czoło i poszedł do kuchni.

— Będzie pan za nim tęsknił — stwierdziła Lucy.

— Hm... Na pewno będzie mi brakowało jego apetytu i wykłócania się, ale to wszystko. Jest najbardziej niezdarnym czyścicielem stajni, jakiego kiedykolwiek widziałem, a konno jeździ jak worek buraków. W kościele ssie miętowe pastylki i nigdy nie pamięta słów hymnów. Poza tym bez przerwy prowokuje krewnych i przyjaciół. Myślę, że prawo to coś w sam raz dla niego.

— Ja będę za nim tęskniła.

Jerrold popatrzył w ogień i w jego oczach zatańczyły maleńkie pomarańczowe ogniki.

— Jamie nie jest mężczyzną dla ciebie, Lucy — mruknął po chwili. — Powinnaś się rozejrzeć za kimś nadzianym i odpowiedzialnym... za prawdziwym mężczyzną.

— Nie mówiłam, że zamierzam za niego wyjść, panie Cullen. Stwierdziłam jedynie, że będę za nim tęsknić.

— Nie tęsknij za nim za bardzo. Ma niestały charakter.

Lucy chciała odpowiedzieć, że jeszcze nigdy nie spotkała nikogo bardziej lojalnego i odpowiedzialnego, jednak coś w wyrazie twarzy Jerrolda Cullena kazało jej milczeć. Ogień syczał i trzaskał, minuty mijały, a ojciec Jamiego wpatrywał się tępo w płomienie, jakby rozmyślał o czymś, co się mogło wydarzyć, ale nigdy się nie wydarzyło.

◆ ◆ ◆

Jack Darling cierpliwie wysłuchał wyjaśnień Jamiego dotyczących umowy o zrzeczeniu się praw własności i wyjaśnień Lucy, dlaczego zastawiła biżuterię matki, po czym rozwiązał długi brązowy fartuch.

— Nigdy o czymś takim nie słyszałem — stwierdził. Widać było, że jest rozgniewany na Lucy, ale panował nad sobą. — Skoro jednak twierdzisz, że to prawda, chyba muszę ci wierzyć.

— Bardzo mi przykro z powodu pańskiego szwagra — powiedział Jamie. — Ojciec też przesyła kondolencje. Niedobry to wiatr, który nikomu nie przywiewa ani odrobiny szczęścia.

— Co mamy teraz zrobić? — spytał Jack. — Powinniśmy zarejestrować nasze udziały?

— Zamierzałem zaproponować, abyście pojechali do Kalifornii albo wysłali tam kogoś w swoim imieniu, aby zapoznał się z sytuacją. W końcu nawet nie znamy dokładnego umiejscowienia szybu. Nie wiemy, na czyjej znajduje się ziemi, kto ją wydzierżawił ani kto miał o wszystko dbać podczas pobytu pańskiego szwagra w Kansas, i czy te osoby także mają udziały.

Jack usiadł. Było jeszcze wcześnie i słabe słoneczne światło malowało na podłodze nieregularne wzorki. Wałkonie jeszcze nie pojawili się w sklepie — przy tej pogodzie Henry McGuffey zwykle wyłaził z wyrka dopiero wtedy, kiedy nie mógł już w nim wytrzymać z głodu.

— Kogo mam posłać? — spytał Jack Darling. — Nie pojadę sam. Nie zostawię sklepu.

— Tato, przecież jesteśmy bogaci! — zawołała Lucy. — Jeśli masz ochotę, możesz zostawić sklep na zawsze! Możesz go zamknąć nawet teraz, wyjść na ulicę i nigdy nie wracać.

Jack popatrzył na nią.

— Zbudowaliśmy ten sklep razem z twoją matką. To dla mnie nie tylko sklep, ale też część życia. Kiedy w nim stoję i jestem sam, słyszę, jak twoja matka śpiewa. Ciągle widzę, jak się do mnie uśmiecha... tak jak to robiła, kiedy ważyła cukier. — Opuścił głowę. — Poza tym ten rzekomy szyb może się okazać niewypałem. Nic, co Cass kiedykolwiek zrobił w życiu, nie było warte funta kłaków. Mogłoby się okazać, że zamknę sklep i zostanę bankrutem.

— A ja mogłabym pojechać? — zapytała Lucy.

Jack podniósł głowę.

— Ty? Siedemnastolatka, sama? To najgłupsza rzecz, jaką kiedykolwiek słyszałem. Zresztą jestem przekonany, że to wszystko jest jakimś nieporozumieniem.

Jamie objął Lucy ramieniem.

— Proszę pana... uważam, że sprawa jest warta wyprawy. Jeśli pozwoliłby pan pojechać Lucy, mógłbym jej towarzyszyć. Zawsze chciałem zobaczyć Kalifornię, a do rozpoczęcia zajęć na uczelni mam jeszcze dwa miesiące. Oczywiście jeśli mi pan ufa.

— Czy ci ufam? — spytał rozkojarzony Jack. — A jest jakiś powód, dla którego nie powinienem?

Jamie uśmiechnął się szeroko.

— Więc nie miałby pan nic przeciwko temu?

— No cóż... bo ja wiem? Muszę się zastanowić. Ponieważ jesteś prawnikiem, miałoby to sens. A przynajmniej prawie prawnikiem. — Jack Darling odchylił krzesło i sięgnął po butelkę whisky. — Chyba ją otworzę. Chcesz przed wyjściem kielicha na rozgrzewkę? Jazda do domu będzie długa i zimna.

— Nie, dziękuję. W ogóle nie powinno mnie tu być, ale pomyślałem sobie, że lepiej będzie, jeśli przyjadę razem z Lucy, aby wszystko panu wyjaśnić.

— Zdajesz sobie sprawę z tego, że odrzucasz propozycję ważnej osoby? — spytała kpiąco Lucy.

Jamie znowu się uśmiechnął.

— Jak najbardziej. I jeszcze raz gratulacje.

Jack nalał sobie whisky.

— Dziękuję, Jamie. Za wszystko, co dla nas zrobiłeś.

◆ ◆ ◆

Kiedy chłopak wyszedł, Jack odstawił nietkniętego drinka i z poważną miną odwrócił się do Lucy.

— Chyba jesteś mi winna wyjaśnienie — powiedział.

Lucy nasypała kawy do czerwonego poobijanego emaliowanego dzbanka.

— Co masz na myśli? Powiedziałam ci o wszystkim.

— Ciebie i wuja Caspera, to mam na myśli, dobrze wiesz o tym. Jest w tej sprawie znacznie więcej, niż wydaje się na pierwszy rzut oka.

— Już ci mówiłam. Wuj Casper stwierdził, że szybko potrzebuje pieniędzy, inaczej może stracić okazję. Chyba zrobiło mi się go żal, to wszystko.

— Nie okłamuj mnie, Lucy. — Jack Darling sięgnął do kieszeni, wyciągnął broszkę z kameą i uniósł ją. — Znalazłem to w walizie twojego wuja. Sądziłem, że była ci bardzo droga. Tak samo jak reszta biżuterii twojej matki. Sądziłem, że coś dla ciebie znaczyła.

— Bo tak było — szepnęła Lucy.

— Więc jak mogłaś pomyśleć o zastawieniu tych rzeczy? Wuj Casper był dla ciebie cenniejszy niż pamięć matki? Zraniłaś mnie, Lucy, bardzo poważnie zraniłaś! W dodatku zachowałaś się wbrew temu, co uważam za odpowiednie! Doskonale wiedziałaś, że chcę, aby Cass zapracował sobie na te swoje wiercenia! Nawet gdybym miał pieniądze w ręku, wtedy też kazałbym mu pracować! A ty co? Nie tylko dałaś mu pieniądze za nic, ale także, aby je zdobyć, zastawiłaś biżuterię swojej zmarłej matki! Do pioruna, uważam, że mam prawo wiedzieć, dlaczego to zrobiłaś.

Lucy spuściła wzrok.

— Tatusiu... — zaczęła, ale ojciec był zbyt rozzłoszczony, aby pozwolić jej mówić.

— Przestań z tym „tatusiem"! Nie chciałem krzyczeć na ciebie przy Jamiem. Zrobił, co mógł, i dzięki umowie uratował ci skórę, ale nakrzyczę na ciebie teraz! To, co zrobiłaś, było złe. To wyraz braku szacunku i posłuchu!

Lucy czuła, jak po jej policzkach spływają łzy. Otworzyła usta, ale nie chciały się z nich wydobyć żadne słowa. Zakryła twarz dłońmi.

Jack Darling wstał i patrzył na nią przez chwilę.

— Chcesz się czegoś napić albo coś takiego? — spytał już znacznie łagodniejszym głosem.

— Nie, dziękuję — odparła szeptem.

— No tak... przepraszam, że na ciebie nakrzyczałem, ale

problem w tym, że mamy tylko siebie, nikogo innego. Jeśli nie możemy sobie ufać, to komu?

Lucy wytarła oczy.

— Ja też przepraszam.

— Chcesz mi spróbować powiedzieć, co się działo?

Lucy bardzo długo milczała — jakby zapomniała, kim jest.

W końcu usiadła, ułożyła wokół siebie spódnicę i opowiedziała ojcu, co zrobił jej wuj Casper.

◆ ◆ ◆

W następnym tygodniu pogoda nieco złagodniała — choć jeszcze nie zanosiło się na odwilż. Niebo było przejrzyste jak kryształ, śnieg niemal oślepiał, a północno-zachodni wiatr walił jak młot.

Lucy i Jamie pojechali koleją Kansas Pacific do Denver, gdzie spędzili dwie noce w tanim, ale czystym pensjonacie przy Szesnastej Ulicy, czekając na opóźniony pociąg do Cheyenne.

Denver zachwyciło Lucy. Dwa lata wcześniej, podczas pewnego upalnego letniego weekendu, była w Kansas City, ale Denver było znacznie wspanialsze: dumne, wysokie i bogate. Niemal wszystkie budynki (zgodnie z rozporządzeniem miejskim) zbudowano z cegły, a niektóre z nich były naprawdę zdumiewające — jak na przykład hotel Windsor ze 176 pokojami, łopoczącymi na neogotyckich dachach flagami i barem, w którego podłogę wpuszczono trzy tysiące prawdziwych srebrnodolarówek.

Poszli do parku Riverfront i stojąc na śniegu, słuchali muzyki na żywo. Potem poszli do Ogrodów Zoologicznych Elitcha, gdzie zobaczyli tygrysa, lwa i wielbłąda — ponure i apatyczne w środku zimy, ale fascynujące.

Po szerokich miejskich arteriach jechały ciągnięte przez konie tramwaje. Lucy lubiła patrzeć, jak wjeżdżają na okoliczne wzgórza i zjeżdżają z nich z końmi stojącymi na tylnej platformie jak pasażerowie. No i sklepy! Można było w nich kupić niemal wszystko — od wykonanych z masywnego złota zegarków, poprzez jedwabne paryskie szlafroki, po „odświętne" noże myśliwskie.

Spacerujący po dobrze zamiecionych chodnikach ludzie wyglądali modnie, zamożnie i nonszalancko.

Najbardziej jednak spodobały się Lucy góry. Kiedy stanęła na krześle w pensjonacie pani Miller i wychyliła się przez tylne okno, wystawiając twarz na podmuchy ostrego, mroźnego wiatru, widziała wysokie szczyty Rockies i daleką grań Pike's Peak. Góry wyglądały całkowicie nierealnie — jakby były wycięte z tektury. Lucy nie mogła uwierzyć, że mieszkańcy Denver chodzą po ulicach i w ogóle nie zwracają na nie uwagi.

Kiedy drugiego wieczoru pobytu w Denver czesała włosy przed pójściem do łóżka, do drzwi jej pokoju zapukał Jamie.

— Lucy? To ja. Możemy porozmawiać?

Poprawiła tasiemkę szlafroka i otworzyła drzwi. Jamie miał na sobie samą koszulę, spodnie i ozdobne, wyszywane szelki. Sprawiał wrażenie zmęczonego.

— Mogę wejść? — zapytał.

— Chyba tak. Może pani Miller cię nie zobaczy.

Usiedli na łóżku. Pokój był malutki, ale na palenisku buzował ogień, a grube zasłony zatrzymywały wpadający przez szpary w oknach przeciąg. Na wytapetowanych na żółto ścianach wisiały nieciekawe ryciny z religijnych czasopism, takich jak „Wierny Majordomus" czy „Tytus i Jego Rodzina".

— Nie mam ochoty spać — powiedział Jamie. — To chyba z nadmiaru wrażeń.

— Kiedy wyjeżdżamy?

— Jutro o szóstej rano, jeśli pociąg odjedzie. Powinniśmy dotrzeć do Cheyenne w porze lunchu, a o wpół do czwartej wjechać na Union Pacific.

Lucy po raz ostatni przeciągnęła szczotką po włosach.

— Bardzo mi się tu podoba. Kiedy będziemy wracać z Kalifornii, chciałabym się tu zatrzymać na dzień lub dwa. Mogłabym tutaj mieszkać. Wyobrażasz to sobie?

— Niedługo będziesz bogata — przypomniał jej Jamie. — Będziesz mogła jechać, dokąd tylko zechcesz. Do Nowego Jorku, a nawet do Paryża.

— Nie, chciałabym mieszkać gdzieś w górach.

Wzruszył ramionami.

— Górami można się chyba tak samo znudzić jak wszystkim innym.

Lucy odłożyła szczotkę i popatrzyła na niego.

— Chyba nie sądzisz, że mi się znudziłeś?

— Masz dopiero siedemnaście lat i będziesz bogata. Możesz mieć każdego, na kogo przyjdzie ci ochota... na przykład jakiegoś księcia.

— Prawdopodobnie w Kalifornii dowiemy się, że wcale nie jestem bogata.

Uśmiechnął się smutno.

— Zapomnij o tym, Lucy. Na pewno jesteś bogata. Obejrzałem sobie ubrania twojego wuja Caspera. Za cenę samych butów przez miesiąc mogłaby żyć rodzina z dziesięciorgiem dzieci.

W świetle lampy oczy Lucy wydawały się ciemne jak atrament.

— Więc myślisz, że odejdę, zostawię cię i nigdy więcej o tobie nie pomyślę? — zapytała.

— Nie ma tu miejsca na żadne „myślenie". Nie zostałabyś w Oak City nawet przez minutę, mając rocznie siedem tysięcy dolarów. A jeśli to, co mówił twój wuj, jest prawdą, masz tyle w tydzień.

— Przecież... — zaczęła, ale Jamie pokręcił głową.

— Dobrze wiesz, że to prawda. Odejdziesz, aby zostać damą z towarzystwa, a ja odejdę, aby zostać prawnikiem. To twoje powołanie, i tyle. Nie wolno sprzeciwiać się powołaniu.

— Ale jeśli jestem bogata, nie musisz zostawać prawnikiem, prawda? Oboje moglibyśmy żyć z ropy wuja Caspera! Moglibyśmy przez cały czas być razem!

— Lucy, nie rozumiesz mnie. Ja chcę być prawnikiem. To moje powołanie. Nie walczyłbym przez te wszystkie lata z moim ojcem tylko po to, aby leniuchować i jeść tureckie smakołyki.

Lucy zachichotała.

— Tak właśnie robią bogaci ludzie? Leniuchują i jedzą tureckie smakołyki?

— Jesteś niemożliwa, wiesz o tym?

— Ale chcę mieć cię przy sobie! Jeśli pójdziesz na studia, przez trzy lata nie będę cię widzieć! I kto wie, może spotkam kogoś innego?

Jamie popatrzył na nią.

— Muszę się pogodzić z tym ryzykiem. Zawsze o tym wiedziałem.

— A jeśli wyjdę za mąż i będę mieć dzieci?

— Nie wiem. Będę musiał się nad tym zastanowić, gdy do tego dojdzie. Jeśli dojdzie... a mam nadzieję, że nie.

Ujęła jego dłoń.

— Jamie... wiem, że nie było między nami różowo, ale to nie była twoja wina, tylko moja. W dalszym ciągu bardzo mi na tobie zależy. W dalszym ciągu cię kocham.

Mówiąc to, wierzyła, że mówi prawdę, że naprawdę go kocha. Kiedy siedział obok niej na łóżku, widziała w nim mężczyznę, który ma wszystko, czego mogłaby pragnąć. Był przystojny i łagodny, ale jednocześnie silny i niesamolubny. Wiedziała jednak, że nie zawsze będzie go kochać — jeśli nie zgodzi się z nią zostać właśnie teraz, być może nie da mu drugiej szansy. Życie było zbyt ekscytujące, aby marnować je na dawanie komuś drugiej szansy.

— Nie mogę zrezygnować z prawa, Lucy. To coś, co muszę robić... bez względu na to, czy cię stracę, czy nie. — Znowu na nią spojrzał. — Podejrzewam, że jesteś na mnie zła.

— Dlaczego miałabym być na ciebie zła?

— Że kocham prawo bardziej od ciebie. Czy nie to właśnie chodzi ci po głowie?

Ścisnęła jego dłoń.

— Nie jestem na ciebie zła. Nigdy nie mogłabym. Kocham cię. Jestem zła jedynie na siebie.

— Czyżby? A o co? Jesteś młoda, bogata, piękna. Czego jeszcze może chcieć dziewczyna?

Przez jedną szaloną chwilę chciała powiedzieć mu o wuju Casperze, ale po chwili doszła do wniosku, że nie może tego zrobić — zbyt ciężko by to przyjął. Odwróciła głowę i zapatrzyła się w ogień. Cały czas czuła jednak, że Jamie ją obserwuje.

— Mogę o coś zapytać? — odezwał się w końcu.

Kiwnęła głową.

— Naprawdę chcesz zostać ze mną przez resztę życia?

Odwróciła się do niego plecami.

— W tej chwili tak. Bardziej niż czegokolwiek innego na świecie.

— Dlaczego? Ponieważ nie zamierzam ci ustąpić?

— Nie, ponieważ cię potrzebuję.

Pocałował ją lekko w usta i popatrzył jej prosto w oczy. Widziała drobne zielone plamki w jego źrenicach i delikatne jasne włoski na policzkach.

Znowu się pocałowali, tym razem bardzo powoli. Lucy miała

wrażenie, że przypomina to zachód słońca na zimowej prerii, kiedy się spogląda na słońce, które jeszcze nie zniknęło, potem spogląda się jeszcze raz i nadal widać słońce, ale w końcu na horyzoncie pozostaje tylko migoczący czerwony pas, jakby dzień wpijał się płonącymi pazurami w krawędź świata. Zamknęła oczy. Zimno przestało istnieć, zima zniknęła. Czuła jedynie gorąco ognia i własnej krwi.

Jamie dotknął jej włosów i policzka.

— Lucy...

— Przepraszam, Jamie — szepnęła. — Byłam taka głupia i egoistyczna i dlatego wszystko poszło nie tak jak trzeba.

Ponownie ją pocałował.

— Nieważne. Każdy zachowuje się czasem egoistycznie. Ale ty i ja urodziliśmy się dla siebie. Ty o tym wiesz i ja o tym wiem.

— Jak ludzie mogą być dla siebie urodzeni?

— Zobaczysz. — Ściągnął z małego palca prosty srebrny sygnet i wsunął go na palec serdeczny Lucy. — Co moje, to twoje... bez względu na to, co się wydarzy. Zobaczysz.

Objęli się mocno. Jamie całował Lucy w usta i w szyję. Ich ubrania szeleściły, a oddechy się mieszały. Skrzypnęły sprężyny łóżka, strzelił ogień, górski wiatr zaśpiewał w szparach okiennej framugi. Kochała go! Kochała! Nawet jeśli zostanie damą z towarzystwa i będą ją otaczać pełni zachwytu młodzieńcy — mężczyźni niczym bogowie, noszący krochmalone kołnierzyki tak wysokie, że muszą przez cały wieczór patrzeć w sufit — Jamie zawsze będzie w pobliżu i będzie o nią dbał. Kochała go! Kochała ponad życie! Czuła, jak narasta w niej jakieś dziwne, nieznane odczucie, jakby jej brzuch zalewała ciepła woda. Mruczała: „Jamie... Jamie...", ale brzmiało to tak, jakby jego imię wypowiadał ktoś inny.

Dłoń Jamiego sunęła wzdłuż krzywizny jej pleców i po chwili przesunęła się po wygięciu bioder. Oddychał ciężko, miał zamknięte oczy. Przeniósł dłoń wyżej i przez szlafrok musnął jej pierś. Chwycił za tasiemkę wiążącą szlafrok i pociągnął.

W tym momencie Lucy otworzyła oczy i ujrzała wpatrującego się w nią płonącego wuja Caspera. Spomiędzy jego zębów buchały płomienie, a oczy marszczyły się jak sadzone jajka.

Nie krzyknęła, ale gwałtownie odepchnęła Jamiego i ciasno owinęła się szlafrokiem. Dygotała i wpatrywała się w niego z przerażeniem.

Zmarszczył czoło.

— Lucy, o co chodzi? Boże drogi! Nic ci nie jest?

Potrząsnęła głową.

— Jamie, ja...

Objął ją delikatnie i zaczął uspokajać cichym szeptem.

— Lucy... zawsze byliśmy dla siebie przeznaczeni, ty i ja. Lucy, kocham cię.

— Nie mogę... — wyszeptała. — Po prostu... nie mogę...

Pocałował ją w policzek. Jej skóra była zimna i spocona.

— Lucy, skarbie najsłodszy, nie masz się czego bać! Niczego. To najnaturalniejsza rzecz na świecie. I przecież cię kocham. Może moglibyśmy wziąć ślub w Cheyenne?

Przełknęła ślinę i pokręciła głową.

— No cóż, to była tylko propozycja — mruknął Jamie i popatrzył na nią uważnie. — Nie chodzi o mnie, prawda? Nie pachnę źle ani nic w tym stylu? No wiesz, stopy jak stary ser, te rzeczy... — zażartował, próbując rozładować napięcie.

Lucy znowu pokręciła głową.

— Nie chodzi o ciebie.

— Przykro mi. — Pocałował ją w czoło i wstał. — Chyba trochę się prześpię. Nie wiem, czy mi się to uda, ale spróbuję.

Ze łzami w oczach ujęła jego dłoń.

— Jamie, to nie twoja wina. Naprawdę.

— Nie ma sprawy — odparł i spróbował się uśmiechnąć.

— Rozumiesz to, prawda?

— Jasne. Oczywista sprawa. Rozumiem.

Wyszedł z pokoju i cicho zamknął za sobą drzwi. Lucy nie ruszyła się, nadal siedziała na łóżku ciasno owinięta szlafrokiem. Pragnęła Jamiego, bała się jednak, że chłopak natychmiast zauważy, iż nie jest dziewicą, i nie będzie chciał mieć z nią do czynienia. Choć sprzeciwiał się ojcu w sprawie studiów, był bardzo religijny, a Lucy dobrze wiedziała, co Biblia mówi o ladacznicach.

Ale najbardziej przeraziła ją wizja płonącego wuja Caspera. Nawet po śmierci nie pozwalał jej się od siebie uwolnić.

Przypomniała sobie twarz ojca, kiedy mu powiedziała, co Casper jej zrobił.

Mówiła spokojnie i powoli, z oczami pełnymi łez, od czasu do czasu przerywając i starannie dobierając słowa, aby za bardzo nie denerwować ojca.

W ostatniej chwili zdusiła w sobie chęć powiedzenia o tym, co wuj Casper mówił o jej matce. Rozpaczliwie chciała o tym porozmawiać — aby poznać prawdę. Trująca niepewność, jaką wuj zasiał w jej umyśle, dręczyła ją nie mniej niż wspomnienie gwałtu, nie potrafiła jednak tak straszliwie zranić ojca — choć wuj już nie żył i wydawało się nieważne, czy ojciec się o tym dowie, czy nie.

Ale dla niej ta sprawa była koszmarem.

„Byliśmy sobie bliscy jak dwa kurczaki w jednym garnku".

W końcu ojciec położył jej dłoń na ramieniu — jak robił to zawsze — i odchrząknął.

— Nie rozumiem, dlaczego nie powiedziałaś mi tego od razu — stwierdził. — Zabiłbym go.

— Wstydziłam się.

— Boże drogi, Lucy! To ja powinienem się wstydzić, że w ciebie zwątpiłem. — Jack Darling przez chwilę się wahał, po czym dodał: — Tylko ja powinienem się wstydzić, ponieważ cię nie ochroniłem... tak samo jak nie ochroniłem twojej matki. Na Boga, żałuję, że sam go nie spaliłem! Żałuję, że nie spaliłem się razem z nim!

Łzy spływały mu po policzkach i rozpaczliwie uderzał pięścią w dłoń.

Nie rozmawiali o tym więcej. Nie było na ten temat nic do powiedzenia, ale ojciec do końca dnia był rozdrażniony i zamknięty w sobie. Nie pomogły nawet zabawne wspominki Henry'ego McGuffeya o jego dzieciństwie w Mobile w Alabamie.

Widziała, jak stoi bez ruchu z opuszczonymi rękami i ze zmarszczonym czołem patrzy nie wiadomo na co. Kiedy wieczorem siedzieli w salonie, przyłapała go na tym, że wpatruje się w nią znad gazety, jakby nie potrafił sobie przypomnieć, z kim ma do czynienia.

Kiedy nadszedł dzień jej wyjazdu z Jamiem do Kalifornii (zapłacili za bilety z pieniędzy uzyskanych za ozdobiony szlachetnymi kamieniami zegarek wuja Caspera), pocałowali się na pożegnanie, okazując sobie wymuszoną czułość, która natychmiast zamieniła się w ulgę.

Nienawiść może wychłodzić człowieka, zawiść może go ukoić, ale poczucie winy pożera ducha jak ogień ciało.

◆ ◆ ◆

Z przewodnika Jamiego wynikało, że Cheyenne to największe miasto na linii Union Pacific między Omaha a Sacramento, i po luksusach Denver Lucy nie mogła się doczekać, kiedy je zobaczy. Ale gdy pociąg wjechał na dworzec, okazało się, że Cheyenne to jedynie skupisko drewnianych, byle jak skleconych budynków i namiotów.

Wokół stacji krążyło mnóstwo bezpańskich psów, owiniętych brudnymi kocami Indian i groźnie wyglądających mężczyzn w wielkich buciorach, kapeluszach z szerokimi rondami, z rewolwerami u pasa.

Zaczynał padać śnieg.

Pociąg z poślizgiem zahamował na zlodowaciałych szynach i co bardziej doświadczeni podróżni natychmiast zaczęli zeskakiwać ze schodków wagonów, by jak najszybciej ruszyć w kierunku jadłodajni. Mieściła się ona w baraku przy torach, była zastawiona długimi stołami i krzesłami z zaokrąglonymi oparciami, a na ścianach wisiały wypchane łby bawołów. Kiedy Lucy i Jamiemu udało się wepchnąć do środka, panował tam okropny hałas — wszędzie słychać było wrzaski, śmiechy i szczęk sztućców. Zanim udało im się zwrócić na siebie uwagę zabieganego chińskiego kelnera, minęło ponad dwadzieścia minut, po czym postawiono przed nimi (bez pytania, co chcieliby zamówić) dwa wielkie steki, spalone na zewnątrz i surowe w środku, smażone jajka, gotowaną kukurydzę, stertę placków i syrop.

Cena wynosiła dolara — albo siedemdziesiąt pięć centów, jeśli płaciło się srebrem.

Lucy zaczęła piłować mięso tępym jak kielnia nożem.

— Co to za stek? — zawołała do Jamiego. — Czuję się, jakbym miała zjeść klapki na końskie oczy!

— To wołowina, panienko, jeśli mogę się wtrącić! — zawołał siedzący naprzeciwko rudy mężczyzna. — Niedoświadczonym podróżnym mówią, że to antylopa. — Mężczyzna pociągnął nosem i pobulgotał w ustach gorącą herbatą. — Nie wiem, dokąd jedziecie, ale radzę trzymać się z daleka od jadłodajni w Sidney, w Nebrasce. Podają tam doskonale smakujący gulasz, który nazywają drobiowym, ale wiem na pewno, że jest z mięsa pieska preriowego.

◆ ◆ ◆

Przejechali przez Wyoming w niekończącej się burzy śnieżnej — choć dzięki ogrzewaniu w pullmanie było tak ciepło i wygodnie, jakby siedzieli we własnym salonie. Jedyną w miarę interesującą rzeczą były okazjonalne przystanki, na których odłączano wagony, po czym lokomotywa się rozpędzała i przebijała przez zasypane tory. Jak poinformował ich konduktor, nazywało się to „okiełznywaniem śniegu".

Kiedy wjechali do Utah, burze śnieżne odleciały w dal, a gdy pociąg z rykiem minął tunele prowadzące do kanionów Echo i Weber, nad którymi wysoko w niebo wznosiły się skały o fantastycznych i jednocześnie groźnych kształtach, Lucy nie mogła odejść od okna. Krajobraz był tak niezwykły, że pasażerowie nie umieli uzgodnić, czy mają przed sobą cudownie dziką krainę Boga, czy plac zabaw szatana.

Lucy i Jamie zachowywali się wobec siebie znacznie bardziej powściągliwie niż dawniej. Nie mieli ochoty na rozmowę o tym, co się między nimi wydarzyło w Denver — choć Lucy nieustannie o tym myślała. Chcę go, jestem pewna, że go kocham, i może mógłby mi pomóc zapomnieć o wuju Casperze, mówiła sobie. Ale co będzie, jeśli wciąż będę widziała tę płonącą twarz? Byłabym nic niewartą żoną.

Uśmiechała się do Jamiego, a on niepewnie odwzajemniał jej uśmiech.

Na szczęście byli zbyt zmęczeni, aby myśleć o czymkolwiek innym poza celem swojej podróży. Żadne z nich jeszcze nigdy nie było tak daleko od domu. Minęli Drzewo Tysiąca Mil, wyznaczające punkt znajdujący się dokładnie tysiąc mil na zachód od Omaha, i podróż robiła się coraz bardziej wyczerpująca, choć była także ekscytująca. Jedli, spali, rozmawiali z innymi pasażerami, czytali książki i gazety dostarczane przez stewarda i wyglądali przez okno, podziwiając mijane krajobrazy.

W końcu pociąg zaczął się wspinać na Sierra Nevada, ostatnią naturalną barierę broniącą dostępu do Kalifornii. Przez niemal czterdzieści mil jechali pod mrocznymi drewnianymi zadaszeniami, chroniącymi tory przed śniegiem. Dachy zakrywały nie tylko tory, ale także dworce, obrotnice, zapasowe tory i domy, w których w wiecznym półmroku mieszkali robotnicy kolejowi ze swoimi żonami i dziećmi.

Cały czas jadąc pod zadaszeniem, w porze śniadania wjechali na stację Summit — siedem tysięcy stóp nad poziomem morza. Pasażerowie otrzymali posiłek składający się z pstrąga tęczowego, świeżo upieczonego chleba i dobrej, gorącej kawy. Lucy owinęła się płaszczem i wyszła na zewnątrz. Powietrze migotało. Wokół wznosiły się góry — pokryte śniegiem, błyszczące w słońcu. Lucy miała wrażenie, że stoi na progu nieba. „Mamo..." — szepnęła, jakby na tej wysokości matka łatwiej mogła ją usłyszeć.

Podszedł do niej Jamie. Zdjął rękawiczkę i ujął dłoń Lucy. Przez długą chwilę się nie odzywał. W końcu wziął głęboki oddech, wypuścił z ust kłąb pary i powiedział:

— Chyba nie musimy zachowywać się wobec siebie tak chłodno.

Odwróciła się do niego. Jej oczy zwilgotniały od mrozu.

— To moja wina — odparła. — Gdybym tylko nie była tak okropnie otumaniona...

— Jesteś otumaniona? Z jakiego powodu? W związku z nami?

— Nie, ale zupełnie nie wiem, co ze sobą zrobić. Może jestem bogata, a ty wyjeżdżasz na uniwersytet. Sądziłam, że wszystko będzie wspaniale, ale teraz przestałam cokolwiek rozumieć. Czuję się, jakbym została spłukana przez wielką falę.

Pociąg zagwizdał, wzywając pasażerów do wsiadania.

Jamie objął ją mocno.

— Dorastasz, to wszystko — powiedział. — To się każdemu przydarza, prędzej lub później.

◆ ◆ ◆

Zachodnie zbocza Sierra Nevada na odcinku niecałych stu pięćdziesięciu mil opadają z ponad siedmiu tysięcy stóp nad poziomem morza do niecałych trzydziestu, więc pociąg gnał w dół, nie używając pary — sunął tak szybko i cicho, że Lucy miała wrażenie, jakby płynęła przez środek jakiegoś snu.

Lokomotywa pokonywała ostre zakręty, utrzymując się na szynach jedynie dzięki hamulcom. Łożyska osiowe dymiły od tarcia, w wagonach czuło się kwaśny smród palonego drewna. Koła były rozżarzone do czerwoności i kiedy pociąg pędził pod zadaszeniami, świeciły w mroku jak ogniste tarcze.

Sunęli po nasypach z głośnym metalicznym chrzęstem, przemykali cicho pod zadaszeniami, a potem nagle wystrzelili na rozświetloną słońcem przestrzeń i weszli w zakręt Cape Horn, o którym przewodnik Jamiego mówił, że w tym miejscu „nerwowi pasażerowie nie powinni wyglądać przez okna".

Dwa tysiące stóp w dole płynęła rzeka American — srebrna arteria w porannym świetle słońca.

Lucy z fascynacją patrzyła, jak pociąg objeżdża czoło kanionu, czasami zawracając tak ostro, że miała wrażenie, iż leżącą na stole bułką mogłaby trafić w tory, którymi przed chwilą jechali.

Kiedy zaczęli zjeżdżać do doliny Sacramento, zasnęła. Śnił jej się ojciec, siedzący w ponurym milczeniu w salonie („...dlaczego nie powiedziałaś mi tego od razu. Zabiłbym go".) i nie wiadomo po co liczący ziarna fasoli, które przesypywał z dłoni do dłoni. Śniło jej się stojące na półce zdjęcie matki. Matka mówiła cichym, niemal niesłyszalnym głosem: „Lucy... Lucy...".

Gdy otworzyła oczy, pociąg jechał wśród sadów i kwiatowych pól. Błękitne niebo było czyściusieńkie i tak się ocieplił, że pootwierano okna. Usiadła prosto i przetarła dłońmi oczy.

Zjawił się Jamie, świeżo ogolony, ręcznikiem wycierał szyję. Uśmiechnął się, pochylił i pocałował Lucy.

— Witaj w Kalifornii — powiedział.

◆ ◆ ◆

W drodze wyczarowywała w myśli wszelkie możliwe wizje Puebla de Los Angeles — Miasta Aniołów — kiedy jednak dotarli tam parostatkiem z San Francisco, odkryła, że daleko mu do miasta w chmurach, jakie sobie wyimaginowała. Choć niektóre sklepy sprawiały wrażenie doskonale prosperujących i dobrze zaopatrzonych, a w centrum stały dwa imponujące biurowce, otoczone eleganckimi prywatnymi domami mieszkalnymi, reszta miasta była zbieraniną nędznych budyneczków z suszonej cegły, barów, magazynów i odrapanych hoteli.

Ale nawet najwspanialsza architektura nie mogłaby konkurować z przyrodą. Miasto ze wszystkich stron otaczały gaje pomarańczowe i winnice. Kiedy Lucy rozpakowywała w Pico House walizkę i oparła się na łokciach na wyłożonym kafelkami parapecie, widziała przed sobą niewielki ciemnozielony gaj pomarańczowy i mogła słuchać smętnego dźwięku dzwonów misyjnego kościoła, dobiegającego z Sonory — dzielnicy hiszpańskiej.

Wszędzie były kwiaty — ostatniego dnia stycznia! Tuberoza, jaśmin i pachnące lewkonie w hotelowym ogrodzie, heliotrop pnący się po ścianie ograniczającej z jednej strony otwarte, wyłożone cegłą podwórze, przez które szło się do jadalni.

Po przyjeździe do Los Angeles przez cały dzień odpoczywali. Lucy spała — w ubraniu — na łóżku. Kiedy się obudziła, słońce świeciło jasno, poleżała więc jeszcze przez chwilę, myśląc o ojcu, marznącym w zaśnieżonym Kansas, i o Jamiem w pokoju za ścianą.

Po raz pierwszy pozwoliła sobie na heretycką myśl, że teraz, kiedy jest bogata, nie potrzebuje żadnego z nich. Może nie kochała ich tak mocno, jak powinna?

Ale zdawała sobie sprawę z tego, że jeszcze nie poradzi sobie sama, bez niczyjej pomocy. Nie wiedziałaby, od czego zacząć. Jak szuka się mieszkania? Jak kupuje się dom? Jak dostać się do towarzystwa?

Na pewno jednak był to punkt zwrotny. Każdy krok, jaki do tej pory zrobiła, każde słowo, jakie wypowiedziała, prowadziły ją do tego miejsca — raju, gdzie w połowie zimy dojrzewają pomarańcze, a farmerzy jeżdżą wozami pełnymi dyń, truskawek, zielonego groszku i cytryn.

Co będzie dalej? Towarzystwo, bale i tysiąc dolarów dziennie!

Sięgnęła do stolika przy łóżku i wzięła do ręki zdjęcie w ramce. Z sepiowej fotografii, która już zaczęła blaknąć, patrzyła na nią Anna Darling. Lucy pocałowała zdjęcie i poczuła się bliżej matki niż kiedykolwiek przedtem — jakby Anna wcale nie umarła i zawsze była w pobliżu, obserwując córkę i chroniąc ją.

◆ ◆ ◆

— Nie żyje, mówi pan? — spytał adwokat, ssąc pustą fajkę.

Położył nogi na biurku. Jego wyglansowane brązowe buty wyglądały jak dwie błyszczące wiewiórki.

— Tak, proszę pana, nie żyje — odparł Jamie.

Sięgnął do kieszeni i wyjął wystawiony przez doktora Satchella akt zgonu. Wiewiórki zeskoczyły z biurka i adwokat zaczął czytać dokument.

— Spalony na śmierć... — mruknął. — „Przyczyna śmierci: spalenie".

Lucy chciała się wtrącić, ale Jamie uniósł dłoń.

— Właśnie — powiedział. — Spalony na śmierć. Wypadek w domu.

Adwokat strzelał kostkami dłoni. Tabliczka na biurku informowała, że nazywa się Thurloe Daby, i Lucy pomyślała, że doskonale pasuje do swojego dziwacznego nazwiska. Wyglądał bardzo Thurloe i Daby.

— I co dalej? — spytał prawnik, oddając im akt zgonu.

Jamie rozłożył umowę o przeniesienie praw własności, którą wuj Casper podpisał na stacji w Oak City.

— Niniejsza umowa stanowi, że w przypadku jego śmierci wszelkie dzierżawy naftowe oraz wynikające z nich dochody mają przejść na pannę Lucy Darling.

Thurloe Daby skrzywił się na widok jego drobnego pisma. Znalazł okulary, założył je na owłosione uszy i uważnie przyjrzał się dokumentowi.

— Jak dla mnie, wygląda sensownie — stwierdził. — Muszę oczywiście poświadczyć podpis, ale poza tym... wszystko jest napisane po angielsku, tak? Nie wyobrażam sobie, aby jakikolwiek sąd w Unii zakwestionował prawa tej młodej i uroczej damy...

Buty-wiewiórki wskoczyły z powrotem na biurko i Thurloe Daby usadowił się wygodnie w swoim fotelu.

— To paskudna tragedia z tą Kompanią Naftową Ferrisa i Conroya, prawda? Jedna tragedia po drugiej. Ale chyba wszystko dobre, co się dobrze kończy.

— Nie bardzo rozumiem... — powiedziała Lucy.

— No cóż, moja droga, cały ten cyrk jest teraz pani.

— A co z panem Ferrisem?

Adwokat się skrzywił.

— Chyba raczej należałoby zapytać, co ze świętej pamięci panem Ferrisem.

— Chce pan powiedzieć, że on też nie żyje?

— Owszem. Od czwartku przed Bożym Narodzeniem. Został zastrzelony. Czyściutko i bez pudła.
— A niech mnie! — zawołał Jamie. — Jak to się stało?
Thurloe Daby wzruszył ramionami.
— Nikt nie wie dokładnie, ale poszlaki wskazują na Meksów, którzy próbowali okraść jego dom. Zaskoczył ich i okazali się zbyt szybcy. Mieli czterdziestkępiątkę, więc nie zostało mu zbyt wiele z głowy...
Jamie z trudem panował nad podnieceniem.
— Czy chce pan powiedzieć, że teraz cała ropa należy do panny Darling?
Adwokat kiwnął głową.
— Właśnie. Cały ten cyrk i cały kram wokół niego. Kazałem jednemu z moich ludzi znaleźć dokumenty dzierżawy. To na szczęście ziemia kongresu, a nie kolei. Będzie znacznie mniej papierkowej roboty i wtrącania się. Zachęta zamiast chciwości, jeśli rozumieją państwo, co mam na myśli.

Pochylił się nad biurkiem i otworzył puszkę na ciastka z podobizną Charlesa Fremonta na wieczku. Lucy rozpoznała smutne, zmartwione oczy wielkiego podróżnika i jego krótko przystrzyżoną bródkę.

— Skosztują państwo? — spytał Thurloe Daby, wyjmując z pudełka pełną garść ciasteczek. — Są całkiem niezłe. Służąca mi je piecze. Nigdy nie wyszła za mąż, nie mam pojęcia dlaczego. Promienna twarz i dobrze ukształtowane pęciny. No cóż, zawsze lubiłem promienne twarze i dobrze ukształtowane pęciny, ale małżeństwo... czy ja wiem? Chyba za bardzo zależy mi na spokoju i prywatności.

Obszedł biurko, łamiąc ciastka. Podszedł do okna i wysypał okruszki na parapet. Kalifornijskie słońce, do którego Lucy nie zdążyła się jeszcze przyzwyczaić, migotało i tańczyło na liściach palm oraz rosnących wokół ozdobnych krzewów o dziwnej nazwie cierń z Jeruzalem.

— Sypię to dla przepiórek — wyjaśnił adwokat.
— Co się teraz dzieje z szybem? — spytał Jamie. — Kto nim zarządza?
— Pompuje, i to zdrowo, tym akurat nie trzeba się martwić. Pan Ferris miał bzika na punkcie organizacji. Jest tam brygadzista,

gość o nazwisku Griswold, do tego szesnastu albo siedemnastu ludzi, wszyscy legalnie zatrudnieni. Kompania Naftowa Ferrisa i Conroya idzie jak samograj, choć oczywiście przyda się nieco państwa pomocy.

Jamie wyjął notes.

— Mógłby pan wymienić jakieś liczby dotyczące produkcji? Liczbę baryłek dziennie i cenę za baryłkę?

— Z głowy nie, ale niewiele zaryzykuję, twierdząc, że konto panny Darling powiększa się co tydzień o jakieś dwadzieścia pięć tysięcy dolarów — odparł adwokat, po czym pociągnął nosem i strzepnął okruszki z kamizelki. — John Ferris trafił za pierwszym razem, złoże okazało się bardzo bogate i nie szukał dalej.

— Ale na pewno robili to razem — wtrąciła Lucy. — Wuj Casper mówił mi, że byli wspólnikami i zanim znaleźli ropę, wiercili w dziesiątkach miejsc.

Thurloe Daby tak energicznie pokręcił głową, że zatrzęsły mu się policzki.

— John Ferris znalazł złoże któregoś dnia w maju.

— W takim razie czemu wuj potrzebował pieniędzy na zakup sprzętu wiertniczego? Zastawił nawet broszkę mojej matki, żeby kupić sprzęt!

— Może tak powiedział, ale prawda jest taka, że John Ferris sam wydzierżawił teren i dowiercił się do złoża. Pani wuja przez dłuższy czas nie było na horyzoncie. Kiedy się w końcu zjawił, ciągle na siebie wrzeszczeli. Nie byli przyjaciółmi. Dwa albo trzy razy widziałem, jak się biją. Pobili się nawet tu, w moim gabinecie. Walili się pięściami i rzucali w siebie czym popadnie. Widzi pani tego kanarka?

Odwrócili się, aby przyjrzeć się małemu biało-żółtemu ptaszkowi, siedzącemu w klatce zawieszonej w kącie pomieszczenia.

— Rzucali tym kanarkiem po całym gabinecie. Biedactwo od tamtej chwili nie wydało z siebie ani jednego piśnięcia. Nazywa się Chorus... bo tak pięknie śpiewał. Teraz jest taki cichy, że czasami się zastanawiam, czy nie nazwać go Ponurakiem.

— Jaki procent szybu pan Ferris dał panu Conroyowi? — spytał Jamie.

Thurloe Daby usiadł.

— Prawie połowę. Czterdzieści dziewięć procent albo coś koło tego. Spisali umowę.

— Pan Ferris dał panu Conroyowi czterdzieści dziewięć procent szybu naftowego, który już produkował ropę?
— Tak.
— Dlaczego to zrobił? Powiedział panu? Ludzie nie oddają nikomu prawie połowy swojej fortuny bez powodu.
— Chce pan znać prawdę? Nie wiem tego na pewno, ale mam pewne podejrzenia... Nie należy źle mówić o zmarłych, prawda? Nie żyją i nie mogą się bronić, ale z drugiej strony, jeśli nie mogą odpowiedzieć, jakie ma znaczenie, co sobie myślą?
— Co pan podejrzewa, panie Daby? — spytała Lucy.
— Naprawdę chce pani to wiedzieć? No cóż, powiem pani. Podejrzewam, że panowie Ferris i Conroy znali się od dawna, bo rozmawiali ze sobą jak starzy znajomi. Prawdopodobnie na Wschodzie prowadzili razem jakiś interes. Ale kto to wie? Natomiast wiem na pewno, że pan Ferris używał fałszywego nazwiska. Podejrzewam, że pan Conroy przez dłuższy czas go szukał, a kiedy się dowiedział, że jego dawny kumpel trafił do Kalifornii i pompuje stare czarne złoto, natychmiast tu przygnał, aby zażądać udziału w interesie.

Lucy odwróciła się do Jamiego i zmarszczyła czoło.
— No dobrze, ale w dalszym ciągu nie rozumiem, dlaczego wuj Casper tak rozpaczliwie potrzebował trzystu pięćdziesięciu dolarów.

Thurloe Daby zaczął po kolei otwierać szuflady, szukając kapciucha z tytoniem.
— Kto to wie? — mruknął. — Prawdopodobnie nigdy się tego nie dowiemy. Moje podejrzenia mogą być całkowicie bezpodstawne, ale pracuję tu od wojny i kiedy trafiam na dwóch skłóconych ze sobą złodziei, od razu ich rozpoznaję. A panowie Ferris i Conroy byli skłóconymi złodziejami.

Polizał palec i zakreślił w powietrzu znak krzyża.
— Wieczne odpoczywanie daj im Panie, oczywiście. Podejrzewam, że pan Conroy miał coś na pana Ferrisa... coś takiego, że pan Ferris musiał mu oddać czterdzieści dziewięć procent szybu, żeby sprawa nie wypłynęła — powiedział chrapliwym szeptem.

Jamie pokręcił głową.
— Naprawdę pan tak myśli?

— Cóż, panie Cullen... Najczęstszą przyczyną zmiany nazwiska jest mroczna przeszłość.

— Jednak to w dalszym ciągu wcale nie wyjaśnia, dlaczego chciał od obecnej tu panny Darling trzysta pięćdziesiąt dolarów.

Thurloe Daby w końcu znalazł kapciuch, otworzył go i z rozczarowaniem obejrzał jego zawartość.

— Ma pan rację — powiedział, nie podnosząc głowy. Wyglądało to, jakby rozmawiał z kapciuchem. — Nie wyjaśnia, przynajmniej nie jednoznacznie. Podejrzewam jednak, że pan Conroy potrzebował trzystu pięćdziesięciu dolarów, aby kupić zeznania określonych stron, gotowych stwierdzić, że pan Ferris wcale nie jest panem Ferrisem, lecz kimś zupełnie innym, poszukiwanym przez inne określone strony. Za co? Kto to wie? Może za malwersacje, oszustwo albo ucieczkę z cudzymi pieniędzmi. Spróbujmy się zastanowić, skąd pan Ferris mógł wziąć pieniądze na dzierżawę terenu i rozpoczęcie wierceń. Jest to jakaś myśl, prawda?

— Ale szyb w dalszym ciągu należy do panny Darling? — spytał Jamie.

— Oczywiście. Panowie Ferris i Conroy zawarli ze sobą wiążącą umowę spółki, a ponieważ pan Ferris nie ma żony, potomstwa ani nikogo innego, kto mógłby wysuwać roszczenia, jego udziały w chwili śmierci przeszły na pana Conroya. — Uniósł dokument przenoszący prawo własności na Lucy. — A teraz udziały pana Conroya i pana Ferrisa należą do pani. Gratulacje, panno Starling... jest pani bardziej niż zamożną kobietą!

— Darling — poprawił go Jamie.

Thurloe Daby popatrzył na niego zdziwiony, usadowił się wygodniej na krześle, mruknął: „Aha!" i poprawił krawat w grochy.

◆ ◆ ◆

Po południu poszli na spacer po plaży, by popatrzeć na pieniący się szarozłoty Pacyfik. Lucy zdjęła buty i kiedy szła, zostawiała ślady na piasku. Bryza szarpała jej żółtą sukienkę i powiewała wstążkami.

— A więc to już pewne, jesteś teraz naprawdę bogata — powiedział Jamie, mrużąc oczy przed wiatrem.

— Ciągle jeszcze nie mogę w to uwierzyć.

— Widziałaś szyb. Widziałaś ropę!

— Bo ja wiem... Wszystko wyglądało tak tandetnie. Ci ludzie w czerwonych flanelowych koszulach, te brudne czarne beczki...

— Jesteś bogata, Lucie — powtórzył Jamie.

Ujęła jego dłoń i weszli razem w przybój. Choć powietrze było ciepłe, woda pozostała lodowata i po chwili Lucy zaczęła drżeć z zimna.

— Nie uwierzę w to, dopóki nie sprawię sobie pierwszego naszyjnika z brylantami.

— To pierwsze, co zrobisz?

— Nie. Najpierw wykupię biżuterię mamy, potem kupię ojcu niedzielny garnitur, a potem zafunduję sobie torebkę za trzy dolary, którą widziałam w katalogu Searsa. Dopiero wtedy kupię sobie brylantowy naszyjnik.

— Będziesz mogła kupić sto brylantowych naszyjników — stwierdził z uśmiechem Jamie i zapytał: — Wyjedziesz z Kansas?

Lucy zatrzymała się i popatrzyła na wydmy, słońce i kłębiące się na wietrze mewy.

— O tak... chyba wyjadę z Kansas.

Ruszyli w stronę wynajętego powozu. Stary siwek szarpał zębami słoną wydmową trawę.

Wspinając się na kozioł, Lucy spojrzała na Jamiego.

— Chciałabym, abyś wyjechał ze mną — powiedziała.

Jamie pokręcił głową.

— Przykro mi, moja droga, ale to niemożliwe.

— Żadnego całodziennego leniuchowania i jedzenia tureckich smakołyków?

— Zjedz za moje zdrowie.

Zajął miejsce na koźle i złapał lejce. Zanim smagnął konia batem, pochylił się nad Lucy i pocałował ją — był to długi, powolny pocałunek.

— Nie zapomnij mnie — powiedział. — Ja ciebie na pewno nie zapomnę.

3

Jej uwagę zwrócił jego głos: wyraźny i czysty, idealny jak angielskie jabłko. Choć grał kwintet smyczkowy, dzieci biegały za pawiami po trawniku, a czterystu gości śmiało się głośno i rozmawiało, słyszała go przez cały czas.

Odwróciła się do Evelyn Scott i zmarszczyła czoło.

— Kto to? Kimkolwiek jest, jego głos brzmi, jakby był bardzo zadowolony z siebie.

— Och, masz na myśli jego! — Evelyn uniosła do oczu lorgnon i popatrzyła na ogród. — On zawsze jest z siebie zadowolony. To, moja najdroższa, Henry Carson.

— Powinnam go znać? Chyba o nim nie słyszałam.

— Moja najdroższa... To człowiek o najlepszych koneksjach w całej historii Anglii! Jest członkiem parlamentu, o którym dobrze się mówi! Człowiekiem z przyszłością! Naprawdę musisz się bardziej postarać, aby stać się *oh coorong*. Zwłaszcza jeśli chodzi o mężczyzn.

Lucy wydęła wargi.

— Jest tylu ludzi, których trzeba znać... i nigdy nie wiem, czy wolno mi ich lubić, czy nie.

— Na miłość boską, nie możesz mówić, że „lubisz" ludzi — skarciła ją Evelyn. — Równie dobrze mogłabyś jeść purée ziemniaczane, używając noża.

— Nie lubię purée, więc nie jem go niczym.

— Na Boga! Kiedyś umrę przez ciebie!

Lucy zakręciła parasolem, podskoczyła i roześmiała się. Wiedziała, jak bardzo denerwuje Evelyn, prezentując „maniery z Kansas". Jej nowa przyjaciółka była tak bardzo przeczulona na punkcie etykiety, że jeśli mężczyzna podczas dziesięciominutowej wizyty zdejmował rękawiczki, aż się kurczyła, a widok miseczek do obmywania palców na stole śniadaniowym przyprawiał ją o mdłości. Oczywiście Lucy drażniła ją z rozmysłem — na przykład dzwoniła do niej, umawiała się na spotkanie przed drugą po południu i wychodziła z domu dobrze po piątej, pytała jej służących, czy dobrze o nią dbają, albo podciągała spódnicę, zrzucała buty i biegała w samych jedwabnych pończochach po wielkiej rezydencji Scottów. Bogactwo było dla niej w dalszym ciągu zabawną nowością i nie przejmowała się etykietą.

Evelyn była jej jednak bardzo droga. Cała rodzina Scottów była jej droga. Odkąd przybyła na Wschód, cały czas doradzali jej i chronili ją — a Evelyn okazała się wspaniałą przyjaciółką.

Jej ojcem był pensylwański baron węglowy Dawson Scott (wąsy jak słoń morski, włosy z przedziałkiem pośrodku, wart obecnie 32 miliony dolarów). Kiedy Lucy razem z ojcem opuściła Oak City, polecił ich Scottowi pułkownik George McNamara, właściciel „Kansas City Journal", który dorastał wraz z Dawsonem Scottem na obskurnej ulicy w North Side w Pittsburghu. Obaj pamiętali swoich ojców o ziemistej cerze, chodzących w spodniach uszytych z worków po mące, oraz matki, którym dwie sukienki musiały wystarczyć na cały rok, i dobrze wiedzieli, jak przerażające może być nagłe stwierdzenie, że jest się bogatym.

Evelyn była drugą córką Scottów. Wszystkie trzy dziewczyny były drobne i „zbudowane jak należy", Evelyn była jednak szczególnie delikatna. Miała wyraźnie zarysowane piersi, słodką buzię i gęste miedziane włosy. Świergotała jak kanarek w klatce i miała szczególne upodobanie do żółtego koloru — do żółtych sukienek, żółtych rękawiczek i żółtych kapelusików.

Niemal wszędzie chodziły razem, a pani Cornelius Vanderbilt (w przypływie niecodziennego poczucia humoru) nazwała je Primrose'em i Westem — od nazwisk sławnych, malujących twarze spalonym korkiem showmanów. Primrose'em była oczywiście Evelyn, a Westem Lucy*.

---

* Primrose i West — Pierwiosnek i Zachód.

Kansaski akcent Lucy był dla pani Stuyvesant Fish „dźwiękiem przypominającym grę na drumli, brzęczącym i zabawnym, nie niemiłym, ale dość dziwnym". Fishowie należeli do „starych pieniędzy", jednak ponieważ niewiele im ich pozostało, nie mogli sobie pozwolić na nieuprzejmość wobec takich nuworyszy jak Lehrowie czy Darlingowie. Czasem majątek spychał w cień klasę. Lucy i jej ojciec byli parweniuszami, zostali jednak przyjęci przez damy z towarzystwa ze znacznie większą przychylnością niż większość innych nowobogackich. Lucy była bardzo ładna i zawsze się śmiała, a Jack Darling był melancholijny i uprzejmy, choć jeszcze się nie nauczył, że powinien unosić kapelusz, kiedy spotyka znajomego podczas popołudniowej przejażdżki, zamiast machać ręką i krzyczeć: „Jak leci?".

Rzadko jednak kogokolwiek obrażał i wszyscy go lubili, ponieważ się nie przechwalał i opowiadał pikantne historyjki — na przykład o kobiecie, która potrafiła palić jednocześnie trzy cygara. Okazał się też przydatny na jachcie, bo umiał wiązać węzły i śpiewać, a nawet usmażyć stek i jajka. Jachty były doskonałym sposobem demonstracji bogactwa pod pozorem „uprawiania sportu" i „dbania o tężyznę fizyczną".

Niekiedy bywał smutny i miał nieobecny wzrok, jakby czuł się zagubiony albo śnił na jawie o Oak City i paplaninie przy piecu z Henrym McGuffeyem i Samuelem Blankenshipem — nigdy jednak się nie skarżył, że tęskni za domem, i przez większość czasu wydawało się, że cieszy się dobrobytem tak samo jak ona.

Siedział teraz na kamiennej balustradzie biegnącej wokół domu, pojadał małą łyżeczką truskawkowy sorbet i opowiadał zasłuchanemu audytorium o ciężkim życiu kobiet mieszkających na High Plains w Kansas. Otaczające go damy w wielkich kapeluszach słuchały tej opowieści z westchnieniami rozkosznej niewiary — jakby opisywał żywot jakiegoś prymitywnego afrykańskiego plemienia.

— No i oczywiście prędzej czy później następuje moment, że muszą gdzieś wyjść i trzeba wybrać między szeleszczącą halką a kupnem mydła kuchennego na dwa tygodnie — mówił. — Ale kto na farmie usłyszy szelest nowej halki poza ich mężem, który jest zbyt zmęczony, aby cokolwiek zobaczyć, nie wspominając już o słyszeniu czegokolwiek.

Henry Carson zaśmiał się krótko. Zabrzmiało to jak echo rąbania drzewa.

— Przedstaw mnie — poprosiła Lucy przyjaciółkę. — Brzmi tak zabawnie...

— Moja najdroższa, byłabym zdumiona, gdyby pani Harris dopuściła cię do niego na mniej niż pięćdziesiąt stóp — odparła Evelyn. — Chce połączyć go ze swoją Henriettą. Henry ma trzydzieści jeden lat i jest jednym z faworytów lorda Salisbury. Jest tak inteligentny, że aż robię się chora, kiedy go słucham, a jego rodzina ma dom w Derbyshire w Anglii, przy której Breakers wygląda jak szopa na narzędzia.

Lucy popatrzyła w stronę Henry'ego Carsona, który właśnie unosił dłoń do policzka, jakby pozował do reklamy wentylatora.

— No cóż, musi być szalony, jeśli myśli o ślubie z Henriettą — powiedziała po dłuższej chwili. — Ona jest taka płytka! I chyba nawet nie umie czytać. Ale posłuchaj tylko: śmieje się jak szaleniec!

— Jesteś niepoprawna — stwierdziła Evelyn. — Anglicy właśnie tak się śmieją... przynajmniej ci bogaci. Być może ma to jakiś związek ze szkołami, do których chodzą. Albo chowem wsobnym, albo czymś jeszcze. — Zamilkła na chwilę, po czym dodała: — Tata mówi, że jeżeli chce się sprawdzić, czy Anglik jest zdrowy psychicznie, trzeba go zapytać, co sądzi o Irlandczykach. Jeśli stwierdzi, że są całkiem przyzwoici, sprawa jest pewna.

— Czyli co?

— Jest szalony. Na sto procent.

Lucy przez chwilę milczała, obserwując Henry'ego Carsona. Od czasu do czasu obracała głowę, gdy inni uczestnicy pikniku zasłaniali jej widok.

— Nie gap się tak — szepnęła z zażenowaniem Evelyn. — Pomyśli sobie, że jesteś nim zainteresowana.

— Przecież jestem nim zainteresowana.

— Wiem, ale nie należy tego okazywać — odparła Evelyn. Jeśli chodziło o mężczyzn, według niej nie należało okazywać niemal niczego. Konwenans był narażony na szwank nawet wtedy, jeśli któryś z przyjaciół chciał kupić dla niej bilet do teatru — bo mogło to zagrozić jej reputacji.

— Jest niski, prawda? — powiedziała po chwili Lucy.

— No cóż, większość Anglików taka jest — stwierdziła Eve-

lyn. — Mama mi mówiła, że to od jedzenia podrobów. Wątroby, mózgu i tak dalej.
— Niski i szalony — mruknęła Lucy, otworzyła parasolkę i zaczęła okręcać ją na barku. — I na dodatek bardzo przystojny... Musi mieć też najwyższy kołnierzyk, na jakim kiedykolwiek zawiesiłam wzrok.
— „Widziałam" — poprawiła ją Evelyn.
— Słucham?
— Najwyższy kołnierzyk, jaki kiedykolwiek widziałam. Ale nieładnie jest robić uwagi o kołnierzykach dżentelmenów.

Kwintet smyczkowy grał poloneza i kilkoro dzieci tańczyło na werandzie — dziewczynki obwieszono girlandami kwiatów. W głębi, między wielkimi wiązami, wznosił się ozdobiony marmurami i barwionym szkłem dom, który Harrisowie nazywali „domkiem letniskowym". Była to czterdziestopokojowa rezydencja przypominająca niemiecki zamek — z wieżyczkami, szpicami, stustopową salą balową i ogromną wozownią. Wyglądała jak jeden z zamków w chmurach, których tak wiele przepływało nad głową Lucy, kiedy leżała nad rzeką Saline w Kansas, dzięki pieniądzom zamieniony w kamienną konstrukcję.

Pani Harris uwielbiała pikniki, a dzisiejszy dzień doskonale się nadawał na piknik. Ciepła południowo-zachodnia bryza owiewała ogród, w którym krzyczały pawie, a po zielonej murawie spacerowały bogate i piękne kobiety w lnie, koronkach i ogromnych kapeluszach, przypominających pozostawione samopas ogrody.

Od czasu do czasu przez muzykę i śmiechy przebijało uderzenie młotka do krokieta. Przechodzący nieopodal mężczyzna mówił do swojej towarzyszki: „...ale z drugiej strony potrzebny jest wysoki ogólny poziom kultury, aby wynaleźć... powiedzmy... rower".

— Chyba pójdę się z nim przywitać — oświadczyła Lucy.
Evelyn złapała ją za rękaw.
— Nie możesz!
— Dlaczego? To przecież zwyczajny mężczyzna!
— No właśnie, mężczyzna! Nie zostałaś mu przedstawiona!
— I dlatego idę przedstawić się sama.
Ale Evelyn nie puszczała jej rękawa.
— Nie możesz przedstawić się sama, musi przedstawić cię ktoś inny!

— W takim razie ty mnie przedstaw.
— Nie znam go! Poza tym tak nie wypada. Pani Harris eksploduje.
— Uwielbiam eksplozje! Wiesz, że w Kansas wojsko strzelało kiedyś z armat w chmury, aby sprawdzić, czy uda się wywołać deszcz? Ale był hałas!
— I zadziałało? — spytała Evelyn, zastanawiając się z niepokojem, co jej przyjaciółka zrobi.
— Co zadziałało? — spytała rozkojarzona Lucy, ruszając w stronę Henry'ego Carsona i jego kompanów.

Evelyn pobiegła za nią.

— Zaczęło padać?

Lucy odwróciła się i popatrzyła na nią ze zmarszczonym czołem.

— Kiedy?

Henry Carson już parę razy na nią spojrzał. Ale który mężczyzna mógłby nie spojrzeć na wysoką blondynkę w jasnej jedwabnej sukience, w szerokim kremowym kapeluszu ozdobionym stertą żółtych jedwabnych róż i naszyjniku z czterech sznurów pereł, który musiał kosztować kilkadziesiąt tysięcy dolarów?

W pewnym momencie uśmiechnął się do niej — a przynajmniej skrzywił usta w półuśmieszku. W każdym razie sprawiał wrażenie zainteresowanego. Nie miała wątpliwości, że kiedy zacznie z nim rozmawiać, od razu go polubi, a ona też przypadnie mu do gustu.

Pani Harris była jednak najbardziej doświadczoną (po słynnej Pembroke Jones) gospodynią imprez w Newport i wyczuwała nawet najlżejsze zmiany w zachowaniu swoich gości. Zanim Lucy zdążyła pokonać trzydzieści stóp dzielących ją od Henry'ego Carsona, przeprosiła towarzystwo, z którym prowadziła konwersację, jak rakieta przecięła ostrym skosem trawnik i zatrzymała dziewczynę przy schodach.

— Chciałam ci powiedzieć, że bardzo ciekawie dziś wyglądasz! — zawołała.

— Dziękuję — odparła Lucy, nie wyczuwając, że określenie „ciekawie" jest drobną, ale wyrachowaną obelgą. — Doskonale się bawię.

Pani Harris chwyciła ją za łokieć i poprowadziła z powrotem przez trawnik, odciągając od schodów. Jak na kobietę w wieku sześćdziesięciu lat, miała nieskazitelną cerę, choć jej twarz przypominała nieco porcelanową maskę. Nosiła zawsze bardzo falbaniaste i frymuśne stroje. Tego dnia miała na sobie białą suknię z ciemnoczerwonymi wstążkami.

— Musisz poznać młodego Charltona Brighta — oświadczyła. — Pochodzi z Omaha, więc byliście prawie sąsiadami!

— Miałam nadzieję, że mogłaby mnie pani przedstawić panu Carsonowi — powiedziała Lucy.

Pani Harris zacisnęła usta.

— Obawiam się, że pan Carson jest w tej chwili zbyt zajęty... Przybył tu w oficjalnej misji dla brytyjskiego rządu.

— Nie sprawia wrażenia zbyt zaabsorbowanego tą misją — zauważyła Lucy, odwracając głowę — Śmieje się.

— Moja droga, nawet politykom wolno się śmiać. A wiesz, jak podoba mu się Henrietta? Patrz! Oto Charlton!

— Pani Harris...

— Drogi chłopcze, chodź tutaj i poznaj Lucy Darling! Czyż nie jest piękna jak obrazek?

Charlton Bright okazał się tak samo nudny jak wysoki. Miał orli nos, krzaczaste brązowe wąsy i zapadniętą pierś. Stojąc przed Lucy, zaczął mówić o hodowli koni, patrząc na kogoś, kto (sądząc po kierunku spojrzenia) musiał siedzieć na jej kapeluszu. Trzy zdania były wszystkim, co Lucy mogła znieść. Kiedy dał do zrozumienia, że zamierza wypowiedzieć czwarte, przeprosiła go i ruszyła w stronę przyjaciółki.

— A nie mówiłam?! — zawołała triumfująco Evelyn.

— Jeśli kiedykolwiek w życiu usłyszę jeszcze jedno zdanie o hodowli koni, utopię się! — oświadczyła Lucy.

— Kiedy się bliżej go pozna, bardzo zyskuje... — zapewniła ją Evelyn. — Jest słodki i zrobi wszystko, o co się go poprosi! Wszystko bez wyjątku!

— Nie zależy mi na mężczyznach, którzy robią wszystko bez wyjątku — odparła Lucy, próbując brzmieć nonszalancko. — Zdecydowanie wolę mężczyzn, którzy mówią „nie", kiedy się ich o coś prosi... a przynajmniej mogliby.

Evelyn popatrzyła na nią — było jej żal przyjaciółki, ale jednocześnie trochę jej zazdrościła.

— Kiedyś znałam dziewczynę taką jak ty.

— I co?

— Wyszła za mąż za aktora i przez jakiś czas była sławna. Bił ją jednak tak bardzo, że w końcu umarła albo oszalała. Nikt tego dokładnie nie wie.

— Mnie się to nie przydarzy — powiedziała Lucy. — Musisz mieć nieziemski tupet, jeśli sądzisz, że mogłoby.

— Moja droga, nie wypada mówić: „nieziemski".

◆ ◆ ◆

Lunch podano przy długich stołach pod drzewami — na wykrochmalonych białych obrusach i ozdobionej kwiatami porcelanie z Limoges. Lucy zjadła odrobinę zimnej sałatki z homara i plasterek pasztetu z dziczyzny oraz wypiła jeden kieliszek szampana. Za bardzo pochłaniało ją obserwowanie Henry'ego Carsona, aby mogła skupić się na jedzeniu.

Była zafascynowana posłuchem, jaki miał u ludzi — wszyscy kiwali głowami i śmiali się aprobująco. Kiedy udało jej się nieco do niego zbliżyć, przekonała się, że rzeczywiście jest bardzo przystojny. Miał wysokie czoło, krótki nos z lekkim garbkiem u nasady i mocną szczękę z dołeczkiem na podbródku. Gdyby nie wiedziała, że jest politykiem, wzięłaby go za sportowca.

Jack Darling rozmawiał z panią Curwen Phelps, grymaśną babą w wielkim kapeluszu przystrojonym białymi strusimi piórami, odwrócił się jednak do córki i uśmiechnął do niej.

— Zapomniałem ci powiedzieć, że dziś rano miałem wiadomość od pana Hardenbergha — oświadczył. — Dom powinien być gotów za mniej więcej sześć tygodni.

— Tak szybko? To wspaniale!

— Obiecałem mu premię, jeśli się pospieszy. Chyba można to nazwać łapówką.

Od przybycia na Wschód wynajmowali apartament w Holland House na rogu Piątej Alei i Trzydziestej Ulicy, podczas gdy w rozrastającej się dzielnicy Central Park West budowano dla nich dom. Bankierzy uważali, że wkrótce stać ich będzie na budowę domu letniego w Newport — choć może nie tak wielkiego jak dom Harrisów.

Ropa w dalszym ciągu leciała szerokim strumieniem i wkrótce stali się ludźmi, których Evelyn nazywała „średnio bogatymi".

Jack Darling upił łyk szampana i obrócił się na krześle, aby zobaczyć, czemu Lucy tak uparcie się przygląda.

— Masz oko na jakiegoś faceta? — zapytał.
Uśmiechnęła się.
— Na Henry'ego Carsona. Chciałam, aby pani Harris mnie przedstawiła, ale nie zrobiła tego. A Evelyn uważa, że nie wypada, abym przedstawiła mu się sama.
Jack się roześmiał.
— Ech, ta etykieta... muszę powiedzieć, że czasami ma sens, ale czasami jest okropnym utrapieniem. Dałbym pięćdziesiąt dolarów, żeby móc podłubać sobie w zębach.
— Mimo wszystko z nim porozmawiam.
— Czyżby? Jak to zrobisz?
— Jakoś sobie poradzę.
Jack Darling wbił wzrok w kieliszek szampana. Na obrus padała półkolista plama światła.
— Czasami się zastanawiam, czy nadajemy się do takiego życia.
Lucy spojrzała na niego.
— Nie jesteś szczęśliwy?
— Chyba jestem, skarbie. Nie narzekam. Mam wszystko, czego można sobie życzyć, czasami jednak miałbym ochotę poluzować kołnierzyk, położyć stopy na stole, nalać sobie szklaneczkę whisky i trochę pobyć sobą. — Zamilkł na chwilę, po czym dodał: — Chciałbym, aby była tu twoja matka. Tyle lat ciężkiej pracy i nie dożyła nagrody. Bardzo za nią tęsknię, Lucy. Bardziej niż przedtem. Tutaj nawet nie mogę zobaczyć jej ducha.
Lucy ujęła jego dłoń.
— Och, tato... poradzisz sobie z tym i kiedyś zapomnisz.
Pokręcił głową.
— Nie chcę sobie z tym radzić i zapominać, Lucy. Chcę opłakiwać twoją matkę aż do dnia, gdy do niej dołączę.
Lunch trwał dalej. Rzucane przez chmury cienie żeglowały milcząco po trawnikach, a kiedy posiłek się skończył, czterdziestoosobowy chór z nowojorskiego musicalu *Dzień ojca* zaśpiewał kilka lekkich arii operowych i operetkowych, co zostało nagrodzone girlandami kwiatów i kieliszkami szampana.
Po występie kobiety zaczęły grać w krokieta, a mężczyźni poszli się przebrać, aby popływać w krytym basenie lub pograć w tenisa. Lucy i Evelyn usiadły pod rosnącym w pobliżu kortu wiązem i popijały szampana.

— Jesteś jakaś milcząca? — powiedziała Evelyn.
— Naprawdę? — zdziwiła się Lucy.
— Naprawdę. I niemal odpowiednio się zachowujesz.

Lucy się wyprostowała, bo od strony domu nadchodził Henry Carson z przyjaciółmi. Wszyscy mężczyźni byli w białych strojach do tenisa. Głośno się śmiali, a Henry Carson machał na boki rakietą, jakby przebijał sobie drogę przez niewidoczny busz.

— ...nie zmusisz Bengalczyków nawet do kiwnięcia palcem, jeśli będziesz tak do nich mówił — powiedział, gdy mijał Lucy. — Musisz sprawić, aby sądzili, że to był ich pomysł i robią ci niezwykłą przysługę.

Kiedy przechodził, nie odrywała od niego wzroku, a on przez ułamek sekundy popatrzył nad ramieniem idącego obok kompana i ich spojrzenia się spotkały. Nie uśmiechnął się, nawet nie mrugnął, ale widać było, iż jest nią zainteresowany. Miał piękne ciemnobrązowe oczy wywołujące niepokój — były to oczy mogące rozpuszczać czekoladę.

— Ależ on jest przystojny... — szepnęła Lucy bez tchu.
— Na twoim miejscu poluzowałabym gorset — stwierdziła Evelyn.
— I ten akcent! Ciach-ciach-ciach! Nie dostajesz od niego dreszczy?
— Lucy, na Boga! Sądziłam, że wreszcie zamierzasz się odpowiednio zachowywać.

Mężczyźni zaczęli grać — nieszczególnie ostro, choć Henry Carson dwa lub trzy razy uderzył z bekhendu. Za każdym razem, kiedy ktoś wygrał piłkę, klaskano z aprobatą, a czasem nawet wołano „Brawo!".

Służący pani Harris dyskretnie krążyli między gośćmi, dolewając szampana.

Henry Carson i jego partner wygrali pierwszego gema. Kiedy zmieniali strony, rozmawiając ze sobą i ocierając twarze ręcznikami, Lucy wstała. W dalszym ciągu nie mogła złapać tchu — nie z powodu ciasnego gorsetu, ale dlatego, że właśnie przyszedł jej do głowy szalony pomysł, jak zwrócić na siebie uwagę Henry'ego Carsona. Zdawała sobie sprawę, że pani Harris tego nie zaakceptuje, nie wspominając już o Evelyn. Prawdopodobnie ojciec również nie będzie zachwycony.

— Dokąd idziesz? — spytała Evelyn.

— Na przechadzkę — odparła Lucy i ruszyła w stronę kortu, ciągnąc za sobą krzesełko.

— Zaczekaj! — zawołała Evelyn, ale Lucy udawała głuchą.

Podeszła do słupka podtrzymującego siatkę i postawiła krzesło obok. Złapała za siatkę, aby sprawdzić jej napięcie, i obróciła trzy razy korbkę, żeby ją jeszcze podciągnąć.

— Co pani zamierza zrobić, panno Darling? — zapytał Barry Wentworth, idąc w jej stronę. — Takie sprawy pozostawiamy obsłudze!

Lucy nic na to nie odpowiedziała, nawet nie odwróciła się w jego stronę. Weszła na krzesło i postawiła jedną stopę na słupku siatki.

— Chyba lepiej będzie, jeśli pani zejdzie! — zawołał Barry Wentworth.

Lucy wzięła głęboki wdech, po czym ostrożnie wysunęła drugą stopę i postawiła ją na siatce.

Ludzie zaczęli się odwracać i wokół kortu zaszumiało. Lucy zabujała się lekko na boki. Skup się, nakazała sobie. Pamiętaj, co mówiła pani Sweeney. Nie spoglądaj na stopy. Plecy proste, patrz przed siebie. I bądź całkowicie pewna tego, co robisz.

Ruszyła po siatce z rozłożonymi na boki ramionami, próbując wyczuć zmieniający się przy każdym ruchu środek ciężkości. W odróżnieniu od płotu pani Sweeney siatka kortu drgała i po paru krokach Lucy ogarnęła obawa, że sobie nie poradzi i będzie musiała zeskoczyć.

Wszystko zależało od przejścia od słupka do słupka.

„Spacer po linie" w poprzek kortu pani Harris miał być dramatyczny. Gdyby w jego połowie spadła na ziemię, tylko by się ośmieszyła.

Kiedy dotarła do połowy siatki, tłum ucichł. Nawet kwintet przestał grać. Siatka ostro zachybotała się w prawo i Lucy pomyślała, że zaraz straci równowagę, przestawiła jednak tylną nogę do przodu i zrobiła kolejny krok.

Ktoś głośno westchnął, a ktoś inny zawołał: „Nie! O nie! Uda jej się! Uda się!".

Szła teraz „w górę", do słupka po przeciwległej stronie kortu. Do celu pozostało jej jeszcze sześć, może siedem kroków. Przy korcie gromadziło się coraz więcej gości, zafascynowanych i rozbawionych.

Podeszwy stóp piekły, jakby rozcinano je na pół, a łydki drgały w niemożliwy do opanowania sposób. Na sekundę zamknęła oczy i powiedziała sobie: „Plecy prosto! Uda ci się!". Kiedy otworzyła oczy, stwierdziła, że osiągnęła pożądany skutek, bo Henry Carson przebił się przez tłum i stał przy słupku siatki z dłońmi opartymi na biodrach.

Jeszcze trzy kroki, potem kolejne dwa — tak bardzo się koncentrowała, że nie mogła odwzajemnić jego uśmiechu. Kiedy w końcu wyciągnął do niej ramiona, zabujała się i lekko zeskoczyła na trawę.

Uniósł jej rękę.

— Trzy razy HURRA! — zawołał.

Rozległy się gwizdy, oklaski i śmiechy.

— Powinniśmy założyć cyrk! — krzyknął jeden z gości. — Barry, stary byku! Umiesz jeździć na rowerze, prawda?

Lucy, czerwona z wysiłku i zażenowania, obracała się i dygała. Rozległy się kolejne oklaski i zaraz potem w tłumie mignęła pani Harris, wyglądająca jak cyklon na prerii. Nigdzie nie było widać Evelyn.

Henry Carson okazał się wyższy niż widziany z daleka.

— No, no — powiedział z uśmiechem. — Muszę stwierdzić, że jestem pod wrażeniem! Musiała pani długo ćwiczyć.

— Pokazała mi tę sztuczkę moja nauczycielka tańca. Chodziła po linie w cyrku Forepaugha i Sellsa.

Henry Carson roześmiał się głośno.

— Forepaugh i Sells! Co za nazwiska! Mam nadzieję, że nie ma to nic wspólnego z psami i więzieniem?

— Nie, panie Carson. To wędrowni artyści, kiedyś dość znani na Zachodzie.

— Nie musi pani zwracać się do mnie per pan. Samo Henry w zupełności wystarczy. George, mógłbyś przynieść nam dwa kieliszki szampana? Mam nadzieję, że ma pani ochotę na szampana, panno...

W tym momencie udało się do nich dotrzeć pani Harris.

— Cóż za niedbalstwo — powiedział Henry Carson, zanim gospodyni zdążyła otworzyć usta. — Nie przedstawiła mnie pani swojej chodzącej po linie protegowanej...

Policiczki pani Harris poróżowiały z irytacji.

— No cóż, panie Carson — wycedziła przez zaciśnięte wargi. — Nie wiedzieliśmy, że ma zamiar wystąpić. Ukrywała swoje umiejętności pod korcem.

— To prawda? — spytał Henry, patrząc na Lucy. — Bardzo chciałbym, aby pokazała mi pani, jak to się robi. Premier ciągle mi powtarza, że powinienem ukrywać swoje umiejętności pod korcem, a ja nie potrafię.

— Pozwoli pan, że przedstawię mu pannę Lucy Darling — powiedziała pani Harris. — Panno Darling, mam zaszczyt przedstawić ci Jego Ekscelencję Henry'ego Carsona, członka parlamentu Southport.

Henry ujął dłoń Lucy i ucałował ją.

— Jestem oczarowany.

— Cóż, ja chyba też — odparła Lucy.

Pani Harris uniosła oczy do nieba.

◆ ◆ ◆

Powoli szli przez trawniki, kierując się w stronę sztucznego jeziora, które powstało, gdy Harrisowie zbudowali zaporę w poprzek dopływu rzeki Wansicut.

Płynęła ku nim flotylla gągołków, mających nadzieję na okruchy chleba.

— Przypomina mi to mój rodzinny dom w Brackenbridge — powiedział Henry Carson, popijając szampana. — A dokładniej mówiąc, nasz park. Nie przypomina aż tak bardzo dzieła Capability'ego Browna, ale jest mnóstwo podobieństw. Próbowałem w nim zbudować kaskadę... coś w rodzaju schodów w rzece.

Lucy patrzyła na niego, ale się nie odzywała.

— Mówiono mi, że pochodzi pani z Kansas — dodał Henry. — Nie powiem, abym kiedykolwiek miał przyjemność odwiedzić Kansas.

— Nie jest to zbyt wielka przyjemność — odparła. — Jest tam bardzo płasko.

— Więc nie żałuje pani, że stamtąd wyjechała?

Odwróciła głowę.

— Nie wiem. Czasami tęsknię za ludźmi z miasteczka. W Oak City nie trzeba było udawać, że się kogoś lubi, jeśli się go nie lubiło, i nie trzeba było się zastanawiać, jaki widelec jest do czego.

Henry się roześmiał.

— Nigdy nie udaję, że kogoś lubię, jeśli go nie lubię! I na pewno się nie przejmuję, jaki biorę widelec! Tak naprawdę, kiedy tylko mogę, najchętniej jem palcami. Jedynie matrony z towarzystwa przejmują się etykietą. Obawiają się, że mogą zdradzić swój... — ściszył głos do konfidencjonalnego szeptu i dokończył: —...brak okrzesania.

— No cóż, ja chyba też nie mam żadnego okrzesania — odparła wyzywająco Lucy.

Nie lubiła myśli, że wszystkie lekcje Evelyn — jakiego noża należy używać do łupacza z masłem i co należy robić z serwetką po zakończeniu posiłku (nie wolno składać jej z powrotem!) — były próżnym trudem.

Henry popatrzył na nią, nie potrafiła jednak zinterpretować wyrazu jego twarzy. Jeszcze nigdy nie rozmawiała z mężczyzną tak opanowanym i dojrzałym.

— Nie powinna się pani tym przejmować — powiedział. — Niektórzy ludzie przez całe życie próbują zdobyć odrobinę okrzesania i nigdy im się to nie udaje, a inni otrzymują je bez żadnego wysiłku. Mam przynajmniej trzech rówieśników, którzy są okropnymi wieprzami. Poza tym po co martwić się o okrzesanie, skoro ma się tyle ropy?

Lucy przyjrzała mu się podejrzliwie.

— Wygląda na to, że sporo pan o mnie wie.

— Oczywiście. Pytałem o panią.

— Kogo?

— Kiedy po raz pierwszy panią ujrzałem, spytałem George'a, kim jest ta urzekająca istota, a on odparł: „To Lucy Darling, córka milionera naftowego Jacka Darlinga, który odziedziczył ropę po szwagrze i jest na najlepszej drodze do prawdziwego majątku. Wszyscy uważają, że panna Darling jest najładniejszą debiutantką sezonu".

Lucy poczerwieniała. Żałowała, że nie przyniosła niczego, co mogłaby porzucać kaczkom. Czegokolwiek, co odwróciłoby uwagę Henry'ego Carsona. Wciąż na nią patrzył i było to okropnie żenujące.

— Nie mógłbym wyjechać z Newport, nie poznając najładniejszej debiutantki sezonu, prawda? Blanche nigdy by mi tego nie wybaczyła.

— Blanche?

— Moja siostra. Nie może się doczekać, kiedy się ożenię. Uważa, że małżeństwo dobrze mi zrobi. No cóż, wiele osób chciałoby mnie ożenić. Na przykład pani Harris.

— Ta dama opowiada wszystkim, że pan i Henrietta jesteście praktycznie zaręczeni.

Henry Carson kiwnął głową.

— Wiem. Przerażające, prawda? Jak powiedzieć czułej amerykańskiej matce, że jej ukochana córka jest męcząca, grymaśna i prosta jak trzonek od łopaty? — Henry zamilkł na chwilę, po czym dodał: — Przepraszam... nie powinienem był tego mówić. W rzeczywistości to bardzo miła dziewczyna, ale panie na Brackenbridge zawsze miały w sobie coś szczególnego i kiedy zdecyduję się ożenić, chcę, aby moja żona też była niezwykła.

Lucy nie do końca wiedziała, o co mu chodzi, jednak jego słowa sugerowały, jak jej się zdawało, iż mówi o niej — jakby już podjął decyzję, że to właśnie ją chciałby wybrać.

Poszli dalej wzdłuż jeziora i po chwili dotarli do schodzących do wody kamiennych stopni, przy których zacumowano łódkę. W wodzie odbijał się dom Harrisów.

— Zatopiony pałac — powiedziała Lucy.

Henry Carson popatrzył na nią.

— Powinna pani zobaczyć Tadż Mahal.

— W Indiach? Bardzo chciałabym pojechać do Indii.

— Byłaby pani zachwycona. Indie są... Indie są nie do opisania.

— Naprawdę pan tam był?

Kiwnął głową.

— Dwa razy. I za drugim zakochałem się jeszcze bardziej niż za pierwszym. Czasami mam wrażenie, że Indie są moim przeznaczeniem. — Uśmiechnął się. — Oczywiście jeśli premier tak zadecyduje. Równie dobrze mogę skończyć w Irlandii... Boże uchowaj!

— Nie lubi pan Irlandczyków?

— Cóż... nie da się ich zrozumieć, poza tym palą fajki do góry nogami.

— W takim razie jest pan normalny.

Henry Carson roześmiał się, ujął Lucy za łokieć i powoli wrócili na szczyt zbocza. Trawa była zielona jak trucizna i błyszczała jak nieprawdziwa. Lucy najchętniej by się na niej położyła i zapatrzyła w przepływające chmury.

Było to jedno z tych niezwykłych popołudni, kiedy ma się wrażenie, że świat obraca się pod stopami i unosi człowieka ze sobą.

— Chyba już zbyt długo mam panią tylko dla siebie — powiedział Henry, kiedy doszli do domu. — Poza tym muszę teraz porozmawiać z kimś o taryfach handlowych.

Orkiestra grała menueta — dziarskiego, lekko napuszonego i jednocześnie swawolnego.

— Mam nadzieję, że nie uznał mnie pan za bezczelną osobę. No wie pan, z tym chodzeniem po linie...

Henry się roześmiał.

— Według mnie to było magiczne. Nie jestem pewien, czy podobało się pani Harris, ale proszę się tym nie przejmować. Gdybyśmy chcieli przejmować się paniami Harris tego świata, nikt nigdy nie chodziłby po siatkach na tenisowych kortach, nie połykał mieczy, nie zachowywał się źle i nie zakochiwał od pierwszego wejrzenia. — Ujął jej dłoń. — Bardzo chciałbym panią znowu zobaczyć przed moim powrotem do Anglii. Mógłbym przyjść z wizytą?

Lucy zrobiło się gorąco i nie wiedziała, co odpowiedzieć. Evelyn uważała, że wyrażanie zgody na męskie wizyty jest sprawą niezwykle delikatną, bo może narazić na szwank reputację kobiety. Otworzyła usta, ale zaraz je zamknęła. Nie miała pojęcia, czy wypada się zgodzić i czy „nie" zostałoby zrozumiane jako „nie", czy może mogłaby powiedzieć coś jeszcze, co uświadomiłoby Henry'emu Carsonowi, że z przyjemnością przyjęłaby jego wizytę.

— Zostanie pani w Newport na całe lato? — spytał.

Kiwnęła głową.

— Do drugiego tygodnia sierpnia.

— Ja mogę być tu jeszcze tylko przez dziesięć dni. Potem będę musiał wracać do domu.

— Nie zwykłam miewać gości... — wykrztusiła w końcu Lucy. — W Kansas, kiedy dżentelmen chce się spotkać z kobietą...

— Tak?

— Po prostu przychodzi i pyta: „Masz ochotę czegoś się napić?".

Henry Carson roześmiał się głośno i z rozbawieniem klepnął

się w udo. Jego oczy błyszczały i Lucy pomyślała, że jeszcze nigdy nie spotkała nikogo tak przystojnego i wytwornego.

— Nie musi się pani tym martwić — powiedział. — Złożę pani wizytę w odpowiedni sposób. Jest pani bardzo rzadkim egzemplarzem i będę ją traktował z takim szacunkiem, na jaki zasługuje rzadki egzemplarz.

Podbiegła do nich pani Harris, wytrącona z równowagi i rozpalona.

— Zatańczy pan z Henriettą, panie Carson? — zapytała.

— Jeśli pani nalega, pani Harris...

Gospodyni wzięła go pod ramię i odciągnęła na bok. Po kilku krokach obejrzała się i wbiła w Lucy spojrzenie, które mogłoby rozbić szkło, jednak Lucy się od niej odwróciła. Co powiedział Henry Carson? „Gdybyśmy chcieli martwić się paniami Harris tego świata, nikt nigdy nie chodziłby po siatkach na tenisowych kortach, nie połykał mieczy, nie zachowywał się źle i nie zakochiwał od pierwszego wejrzenia".

Zamierzała poszukać Evelyn, ale nagle coś ją tknęło i popatrzyła za odchodzącym z panią Harris Henrym. Miłość od pierwszego wejrzenia? Naprawdę właśnie to miał na myśli? Miłość od pierwszego wejrzenia do niej?

Kiedy przyjaciółka ją zobaczyła, stwierdziła:

— Wyglądasz, jakbyś ujrzała ducha. Lepiej napij się szampana.

— Nie, dziękuję. Chyba sobie usiądę.

— Nigdy mi nie mówiłaś, że umiesz chodzić po linie! — zawołała Evelyn. — Powinnaś słyszeć, co ludzie mówią! Nie mogą się zdecydować, czy jesteś debiutantką roku, czy cyrkówką! I Henry Carson pomógł ci zejść! Co powiedział? Jest oszałamiający, prawda? Henrietta pozieleniała!

— Spodziewałam się tego — odparła Lucy i usiadła pod wiązami.

Była cała rozedrgana i czuła się, jakby znalazła się w innym ciele albo zbyt wiele wypiła.

Po chwili pojawiła się pani Stuyvesant Fish, wahała się przez chwilę, przeszła obok, po czym zatrzymała się, zawróciła i położyła dłoń na ramieniu Lucy. Wokół niej roztaczał się zapach perfum, a jej pierścionki z brylantami migotały w słońcu.

— Moja droga Lucy... — szepnęła. — Byłaś nie z tej ziemi... Od lat nie widziałam Wilheminy Harris tak udręczonej!

— Dziękuję — odparła Lucy.

W tym momencie ujrzała zbliżającego się do niej ojca — w łopoczących na wietrze białych spodniach do jachtingu. Jack Darling w spodniach na jacht! Kiedy zdjął kapelusz i uśmiechnął się do niej, pomyślała, że wszystko będzie dobrze.

◆ ◆ ◆

Przez trzy noce z rzędu śnił jej się Henry Carson. Wszystkie sny były mroczne i podniecające, ale także frustrujące. W każdym z nich słyszała jego angielski akcent, wyraźne odcinanie słów od siebie i wołanie: „Lucy! Lucy!", ale kiedy podchodziła bliżej, Henry odwracał się od niej i nie mogła zobaczyć jego twarzy.

W jednym z tych snów stał na trawniku pani Harris, w pozostałych dwóch w Oak City — przed sklepem jej ojca. Niemal udało jej się go dosięgnąć, jednak w ostatniej chwili się odwrócił, więc widziała tylko jego czarne proste włosy, kładące się na kołnierzyk.

We wszystkich snach grała muzyka — cicha, smutna, niesiona wiatrem.

Trzeci sen obudził ją tuż po siódmej rano. Przez chwilę leżała z otwartymi oczami, wpatrując się w wiszące nad łóżkiem kremowe zasłonki. Sypialnia miała ściany pokryte tapetą w drobne szkarłatne kwiatki i stały w niej pozłacane orzechowe meble sprowadzone z Francji.

Wynajęli tę rezydencję od McPhersonów, którzy dorobili się majątku na handlu nieruchomościami. Według standardów Harrisów lub Vanderbiltów był to nieduży domek — osiem sypialni, siedem salonów, barek na kółkach i wozownia na dwa jednokonne powozy, był jednak położony na niewielkim zalesionym pagórku, z którego w pogodny dzień można było widzieć Sakonnet.

Lucy popatrzyła na emaliowany zegar na stoliku przy łóżku, odrzuciła kołdrę i wstała. Miała włosy podwiązane bladobłękitnymi wstążkami.

Wsunęła stopy w jedwabne kapcie, zarzuciła na jedwabną koszulę nocną szlafrok, podeszła do okna i wyjrzała na ogród. Wody cieśniny Rhode Island migotały przez cedry, w porannym wietrze szalały mewy.

Otworzyła drzwi i wyszła na podest. W holu, oświetlonym

stonowanym bursztynowym światłem wpadającym przez świetlik, jedna z pokojówek myła wyłożoną marmurowymi płytkami podłogę, a druga polerowała klamki. Z jadalni dolatywał szczęk sztućców.

Lucy zeszła na dół i przywitała się ze służącymi.

— Dzień dobry, Jane! Dzień dobry, Dorothy!

— Bardzo wcześnie panienka dziś wstała — powiedziała pokojówka myjąca podłogę. Była krępa i bardzo irlandzka i kiedyś chciała zostać zakonnicą. — Po raz pierwszy widzę panienkę przed dziewiątą.

— Nie mogłam dłużej spać. Taki piękny dziś dzień!

— To jedyna rzecz, jaką mamy za darmo. Słońce od Boga.

Lucy przeszła na palcach po mokrej podłodze. Dorothy cofnęła się i otworzyła przed nią frontowe drzwi. Była pełną wdzięku, piękną Mulatką, choć miała lekko zezowate, uciekające oko.

— Panienka wychodzi? — spytała Jane.

— Tak, wychodzę.

— W takim razie proszę na siebie uważać. Jeśli tata panienki się dowie, że pozwoliłam panience biegać po ogrodzie w nocnym stroju, obedrze mnie ze skóry jak wiewiórkę.

Lucy, która była już na dole schodów, odwróciła się i pomachała do niej.

— Powiedz mu, że lunatykowałam i nie miałaś odwagi mnie obudzić!

Przeszła przez ogród w angielskim stylu, minęła półkoliste rabaty róż i kamienne posągi lwów i gryfów i po chwili znalazła się na skraju lasu.

Wyszła na zbocze z widokiem na morze. Fale migotały, na wiatr kładły się pierwsze tego dnia jachty.

Stanęła z szeroko rozłożonymi ramionami. Wiatr szarpał jej koszulę nocną. Zamknęła oczy i pomyślała, że tak właśnie jest być ptakiem albo jachtem.

Tak właśnie jest, kiedy człowiek się zakocha.

— Jestem szczęśliwa! — zawołała. — Jestem szczęśliwa! Szczęśliwa... szczęśliwa... szczęśliwa!

Otworzyła usta. Miała wrażenie, że może ugryźć wiatr, jeść go jak chleb. Smakował solą, świeżością i słońcem.

Nagle usłyszała kaszlnięcie. Grzeczne i formalne, najwyraźniej mające poinformować ją, że nie jest sama. Otworzyła oczy i skrzyżowała ramiona na piersi.

Na skraju drzew z kapeluszem i szpicrutą w dłoni stał Henry Carson. Za nim, na tle cedrów, stał jego arab.

— Dzień dobry, panno Darling! — zawołał. — Proszę wybaczyć mi ten okropny brak manier, ale kiedy panią ujrzałem, nie mogłem się powstrzymać...

Lucy się zaczerwieniła.

— Och! To pan! — zawołała, nie będąc w stanie wykrztusić z siebie nic więcej.

Była zachwycona jego widokiem. To znaczy byłaby, gdyby nie stała na wietrznym wzgórzu w koszuli nocnej i szlafroku, bez pudru, różu i biżuterii, z włosami we wstążkach. Nie wiedziała, czy ma zbiec ze wzgórza, schować się za drzewem czy udać, że wcale jej tu nie ma.

— Panno Darling, niech się pani nie przejmuje — powiedział Henry, wychodząc z cienia. — Wygląda pani doskonale. Perfekcyjnie! Oczywiście jeśli pani chce, odejdę.

— Nie, skądże... nie... musi pan iść — wydukała. — Ja tylko... patrzyłam na morze.

Henry pokiwał głową.

— Piękny dzień. Ten widok przypomina mi wyspę Wight.

— Jest tak pięknie, że postanowiłam tu przyjść z samego rana — powiedziała Lucy. — Zazwyczaj nie wychodzę z łóżka niemal do lunchu.

Przygryzła wargę. Nie wiedziała, czy wypadało, aby młoda kobieta w obecności ledwie poznanego mężczyzny używała słowa „łóżko".

Ale Henry nie wyglądał na zszokowanego.

— Też chciałbym móc poleżeć rano w łóżku — odparł. — Zmieniłem jednak ten zwyczaj, a gdy człowiek wyrobi w sobie nowy nawyk, trudno mu potem powrócić do starego. Osobiście wolę wczesną przejażdżkę na koniu. Przygotowuje umysł do spraw dnia. Wyostrza dowcip. Dziś pomyślałem sobie, że upiekę dwie pieczenie na jednym ogniu i zostawię pani bilet wizytowy.

— Teraz już pan nie musi.

— O nie, panno Darling! Muszę! Inaczej nie byłoby to odpowiednie. Poza tym zamierzałem zapytać panią i jej ojca, czy zechcielibyście jutro wieczorem zjeść ze mną kolację. Niestety, muszę w piątek wyjechać i byłaby to ostatnia okazja, żeby móc panią zobaczyć.

— Wyjeżdża pan tak szybko?

— Przykro mi to mówić, ale sprawy państwowe mają pierwszeństwo przed sprawami serca.

Spojrzała na niego pytająco. Opuścił głowę i zaczął stukać szpicrutą w kapelusz, jakby zamierzał wyciągnąć z niego królika.

— Zdaję sobie sprawę z tego, że łamię wszelkie konwenanse, które tu, w Newport, mają tak wielkie znaczenie. Nie powinienem z panią rozmawiać sam na sam, bez przyzwoitki, na polu, ale kiedy ujrzałem panią na pikniku u pani Harris, uczyniła pani ze mną coś, czego nie uczyniła jeszcze żadna kobieta.

Lucy domyślała się, co będzie dalej, i jej serce zaczęło unosić się w piersi jak balon wypełniony gorącym powietrzem.

Henry podniósł głowę.

— Prawda jest taka, panno Darling, że pani mnie zauroczyła. Od tamtego dnia nie mogłem myśleć o niczym innym poza możliwością ujrzenia pani ponownie.

— Czyżby?

Miał minę jak mały chłopiec, który zaraz ma się rozpłakać.

— No cóż, więc jestem — powiedziała Lucy i roześmiała się. — Widzi mnie pan!

Henry kiwnął głową.

— Tak. I jest to dla mnie największa przyjemność. — Wyciągnął do niej rękę. — Jeśli nie byłoby zbytnią zuchwałością z mojej strony prosić o taką przychylność, może pozwoli pani, abym odprowadził ją do domu. Chciałbym zostawić zaproszenie w nakazany zwyczajowo sposób.

Lucy dygnęła i zapytała:

— Czy w dalszym ciągu wolno mi mówić do pana „Henry"?

— Oczywiście! Musi pani!

— W takim razie może niech pan mi mówi po prostu „Lucy" zamiast „panno Darling".

— W „Lucy" nie ma nic prostego. Ale bardzo dobrze, niech będzie Lucy! Mogę zaoferować ci ramię?

— Oczywiście — odparła z uśmiechem.

Poszli pod rękę między drzewami. Na drzewo obok wbiegła

wiewiórka. Lucy zawołała „Iiiiii!" i roześmiała się, gdy przestraszone zwierzątko czmychnęło.

— Widzę, że z ciebie panna żartownisia — stwierdził Henry.
— Czy w Anglii nie wypada żartować, Wasza Ekscelencjo?
— Nie możesz mnie tak tytułować. Jestem zwykłym mężczyzną. Ani lepszym, ani gorszym od innych.
— Nie spotkałam jeszcze lepszych mężczyzn, choć bez wątpienia miałam do czynienia z gorszymi — odparła Lucy.

Popatrzył na nią zmrużonymi oczami.
— Nie wierzę, że w ogóle znasz mężczyzn.

Lucy odwróciła się szybko, nagle zaniepokojona, że dostrzeże w jej oczach brak dziewictwa.
— Chyba rzeczywiście nie znam.
— Nie... nie spotykasz się z nikim? Nie jesteś z kimś zaręczona ani komuś obiecana?

Popatrzyła na niego.
— Znałam w Kansas chłopaka. Ma na imię Jamie. Wszyscy sądzili, że któregoś dnia weźmiemy ślub, ale potem pojechał studiować prawo w Manhattanie w Kansas, a ja przyjechałam tutaj.
— Kochałaś go?

Nie wiedziała, co na to odpowiedzieć, jednak Henry ją wyręczył.
— Przepraszam, jeśli jestem zbyt dociekliwy. To nie moja sprawa.
— Nie mam nic przeciwko temu. Chyba go kochałam, w pewien sposób. Z pewnością byłam od niego zależna, ale być od kogoś uzależnionym to nie to samo co go kochać, prawda?
— Myślę, że to dwie całkiem różne rzeczy. Kiedy się kocha, to... — Henry popatrzył na Lucy. Jego oczy pociemniały i widać było w nich rozbawienie. — Kiedy się kocha, to się płonie.

Lucy znowu ujrzała przed sobą płonącą twarz wuja Caspera, ale szybko się otrząsnęła.
— Czy coś się stało? — spytał zaniepokojony Henry.

Pokręciła głową.
— Nie, wszystko jest jak należy. Tylko przez chwilę trochę dziwnie się poczułam.
— Zaprowadzę cię do środka. Nie jest chyba zbyt gorąco? Może za wcześnie wstałaś?

Lucy czuła suchość w ustach.

— Prawdopodobnie tak — odparła.
Henry pomógł jej wejść po szerokich schodach do holu. Jane i Dorothy przerwały pracę i grzecznie dygnęły.
— Jane, mogłabyś poprosić Herricka, aby podszedł do drzwi? — spytała Lucy. — Pan Carson chce zostawić bilet wizytowy.
— Oczywiście, panno Darling — odparła Jane i poszła szukać lokaja.
Henry ujął dłonie Lucy.
— Przepraszam. Wygląda na to, że cię zdenerwowałem.
— Nie, to nie twoja wina. Chyba muszę zjeść śniadanie, to wszystko. Zbyt wiele wieczorów spędzonych na grze w backgammona, za dużo szampana.
— Młode damy powinny na siebie uważać — powiedział Henry i gorąco uścisnął jej dłonie.
Zauważyła, że nad prawym okiem ma niewielką łukowatą bliznę, nadającą jego twarzy wyraz lekkiego zdumienia — jakby dziwiło go własne szczęście. Nie śmiała jednak zapytać, skąd się wzięła.

◆ ◆ ◆

Henry był w Newport gościem Widgerych, bogatej jak diabli, ale dość kulturalnej rodziny, przyjaźniącej się z prezydentem. Dokładnie mówiąc, liznęli na tyle kultury, aby wiedzieć, kim był Mozart, i nie sądzić, że Szekspir pisał sztuki tylko w weekendy.
Państwo Widgery jedli tego dnia kolację z Pembroke Jonesami w Yacht Clubie, zaczekali jednak na Lucy i jej ojca, aby ich przywitać w Seasons, ogromnej rezydencji w stylu Drugiego Imperium, wzniesionej pośrodku siedemdziesięcioakrowego parku. Jej budowa kosztowała Milforda Widgery'ego ponad cztery miliony dolarów, była bowiem dokładną reprodukcją Château de Larroque z Gaskonii, lecz znacznie staranniej wykonaną.
Kiedy skrzypiący powóz przejechał kawałek dwumilowej alei prowadzącej do posiadłości, pojawiła się przed nimi potężna ciemna budowla. Szeregi oświetlonych okien sprawiały, że wyglądała jak nadmorski klif z mnóstwem jaskiń, w których płoną ogniska.
Siedzący obok Lucy Jack Darling odchrząknął.
— Wiedziałem, że Milford Widgery nie mieszka w przybudówce, ale, do diaska, popatrz tylko na to cacko...
— Tato, nie mów tak po kansasku.

Jack Darling jęknął.

— Nie przesadzaj z tymi bzdurami. Powinnaś posłuchać rozmów mężczyzn przy drinku i cygarach. Im kto bogatszy, tym paskudniejszy ma język.

Kiedy dotarli do budynku, ubrany na zielono służący otworzył drzwiczki powozu i opuścił schodki, a drugi pomógł im wysiąść. Henry Carson czekał na nich na szczycie schodów, ubrany we frak, w koszuli z wysokim białym kołnierzykiem.

— Panie Darling, panno Darling, jestem zachwycony, że państwa widzę! Zapraszam do środka, przedstawię państwu gospodarzy. Zaraz wyjeżdżają, ale chcieli się przywitać.

Weszli do holu, wielkiego i akustycznego jak katedra. Wysoko nad ich głowami wisiały kryształowe kandelabry, a z półpiętra spływały marmurowe schody. Milford Widgery najwyraźniej gustował w dopuszczalnej przez konwenans erotyce, gdyż każdą z licznych wnęk w ścianach holu zajmowała pseudoklasyczna Wenus, a na ścianach wisiały obrazy przedstawiające baraszkujące różowe golaski i szczerzących się w uśmiechu satyrów.

Państwo Widgery byli już gotowi do drogi, ale jeszcze żywo o czymś rozprawiali.

— Henry! — zawołał Milford. — Podejdź, proszę! Może twoi przyjaciele będą mogli rozstrzygnąć nasz spór.

Był niskim, zadbanym i gładkim mężczyzną, przypominał fokę, która właśnie wypłynęła na powierzchnię wody. Ethel stanowiła jego przeciwieństwo: była dużą, masywną kobietą, a kontury jej postaci sprawiały wrażenie rozmazanych — jakby nie miała cierpliwości stać spokojnie. Jej obszyte frędzlami ubranie wydawało się postrzępione i tak samo postrzępione wydawały się jej siwe włosy. Miała wprawiający w zakłopotanie zwyczaj machania rękami, więc ludzie, z którymi rozmawiała, ciągle musieli się pochylać i uciekać z zasięgu jej rąk. Powitała Lucy głośnym okrzykiem i przyciągnęła ją do swojej pokrytej biżuterią piersi.

— Moja droga! — zawołała. — Słyszałam o twoim wyczynie u pani Harris! Coś wspaniałego! Oddałabym Brylant Perry'ego, żeby to zobaczyć! Wiesz, że Milly dał mi ten brylant? Zawsze mówiłam, że pikniki u Harrisów potrzebują więcej ognia. Ale chodzić po siatce kortu! Henry'ego zatkało!

— Byłem pod wrażeniem, to prawda — przyznał Henry Carson.

— Panna Darling to czarująca młoda dama, bez dwóch zdań — stwierdził Milford.

— Mówili państwo, że chcą coś rozstrzygnąć — wtrąciła Lucy.

Uwielbiała komplementy, ale ciągle jeszcze nie wiedziała, jak powinna na nie reagować. „Dziękuję" wydawało jej się próżne — jakby dobrze wiedziała, że jest czarująca — poprzestała więc na nieśmiałym uśmiechu.

— Za miesiąc mamy piętnastą rocznicę ślubu naszej córki — powiedziała pani Widgery. — Milton twierdzi, że to rocznica kości słoniowej, a ja uważam, że kryształowa.

Henry pokręcił głową.

— To nie moja dziedzina. Nie mam pojęcia.

— Szanowna pani ma rację — oświadczył Jack Darling. — Kryształowa.

— Pogratulować wiedzy, panie Darling — powiedział Henry Carson. — Skąd pan to wie?

— Matka Lucy zmarła dzień przed naszą kryształową rocznicą.

— Ojej... bardzo mi przykro. Nie zamierzałem przywoływać bolesnych wspomnień.

— Proszę się nie przejmować. Długo chorowała. Kupiłem jej wtedy kandelabr z czystego kryształu. Zawsze chciała mieć taki kandelabr. Na pewno by się jej spodobał, nigdy go jednak nie ujrzała. Umarła, nie otworzywszy oczu.

— No cóż, obawiam się, że musimy już jechać — stwierdził Milford. — Pani Pembroke Jones ma kręćka na punkcie punktualności. To sport książąt!

— Masz chyba na myśli uprzejmość książąt — poprawiła go pani Widgery.

— Grzeczność królów, jeśli ma być dokładnie — powiedział Henry. — Przypisuje się to powiedzenie Ludwikowi Osiemnastemu.

— Nawet nie wiedziałem, że istniał jakiś Ludwik Osiemnasty — mruknął zaskoczony Milford. — Brzmi jak imię chłopca noszącego kije golfowe.

— Ty nigdy nic nie wiesz — prychnęła pani Widgery.

— Żartowałem, na Boga!

Lokaj przyniósł im płaszcze i wyszli. Pani Widgery wyglądała, jakby wybierała się na całodzienną wycieczkę pociągiem nad

morze. W dalszym ciągu się spierali — tym razem o to, czy mówi się „o kapuście i królach" czy „o kalafiorze i królach"*.
Henry podał Lucy ramię.
— Zapraszam na kieliszek szampana.
Jedwab błękitnej jak niebo sukienki Lucy zaszeleścił cicho, ocierając się o perskie dywany. Salon miał wielkość hali dużego dworca. Było w nim mnóstwo kandelabrów i olbrzymich luster w złoconych ramach, a cały sufit pokrywały malowidła. Kominek był taki wielki, że mogłaby w nim wygodnie mieszkać rodzina rolników z Kansas.

— Państwo Widgery zawsze się ze sobą kłócą, ale poza tym to uroczy ludzie — powiedział Henry, prowadząc Lucy do jednej z ośmiu zarzuconych aksamitnymi poduszkami otoman. — Są bardzo bogaci, lecz nic sobie z tego nie robią. Co roku przekazują na cele dobroczynne więcej, niż wynosi budżet stanu Delaware. Wszystkim o tym opowiadają, ale w końcu warto o tym mówić, prawda?

Lucy popatrzyła na swoje odbicie w jednym z luster. Podwiązała wysoko włosy i spięła je grzebykami z szafirami i brylantami, które migotały przy każdym ruchu głowy. Jej sukienka z jedwabnej mory miała głęboko wycięty dekolt, ozdobiony brylantowym naszyjnikiem.

— Wygląda pani wspaniale — skomplementował ją Henry. — Panie Darling, ma pan zniewalającą córkę.
— No cóż, to po matce — odparł Jack.
Usiadł i podciągnął nogawki spodni.
Wszedł lokaj, niosąc srebrną tacę z szampanem. Jack wziął kieliszek, popatrzył na córkę, pociągnął nosem i odchrząknął.

— Panie Carson, nie obrazi się pan, jeśli poproszę o odrobinę whisky?
— Skądże znowu. Leonardzie, możesz przynieść panu Darlingowi szklaneczkę?
Kiedy lokaj wrócił z whisky, Jack wziął ją i wlał do szampana.
— Dość oryginalne — zauważył Henry. — To ośmioletni prieur-pageot.
— Zbyt słaby, w tym problem — odparł Jack, pociągając duży łyk. — Miarka whisky dodała mu mocy.

---

* *Alicja po drugiej stronie lustra*, przełożył Robert Stiller.

Lucy poczerwieniała z zażenowania, ale Henry nie sprawiał wrażenia zakłopotanego.

— To doskonały pomysł — powiedział. — Leonardzie, przynieś więcej whisky.

Lokaj przyniósł całą butelkę i Henry wlał trochę do swojego szampana.

— Wznieśmy toast — zaproponował, wstając. — Za Lucy, która jest najbardziej urzekającą dziewczyną, jaką kiedykolwiek spotkałem. A także za pana, panie Darling... za to, że dał nam pan nie tylko Lucy, ale i ten wspaniały koktajl!

Kiedy wypili, zakaszlał i uderzył się pięścią w pierś, aby odzyskać oddech.

— To niesamowite... — stwierdził. — Moi przyjaciele z Londynu będą zachwyceni!

— No cóż, chyba zdecydowanie lepsze niż dźgnięcie w oko szydłem — mruknął Jack.

— Trzeba jakoś go nazwać — oświadczył Henry.

— Może Oak City Special?

— Nie, nie! Nazwijmy go linoskoczkiem! Dzięki temu nigdy nie zapomnę, jak poznałem ten wspaniały trunek.

— Dla mnie może być — odparł Jack Darling i zanim lokaj zdążył to zrobić za niego, nalał sobie drugą porcję whisky i dopełnił ją szampanem.

◆ ◆ ◆

Kolacja trwała cztery godziny. Siedzieli we troje na końcu ogromnego mahoniowego stołu Widgerych, jedząc, śmiejąc się i popijając linoskoczki, a w ich oczach odbijało się światło dwudziestoramiennego kandelabru.

Służący dyskretnie pojawiali się i znikali, podając zupę szparagową, tymbaliki z homara, pieczoną dziką kaczkę i na koniec owoce. Milford Widgery podchodził do jedzenia niemal tak samo poważnie jak do pieniędzy i zatrudnił jednego z najlepszych kucharzy w Delmonico.

Henry przez cały czas rozprawiał z zapałem. Jak powiedział potem Jack Darling, „zdecydowanie nie brakowało mu melodii w gębie". Najwięcej mówił o Brackenbridge, swoim rodzinnym domu.

— W styczniu w Derbyshire jest oczywiście zimno i przygnębiająco, ale kiedy zimowe słońce oświetla rzeźby nad portykiem, a po parku we mgle latają dzikie gęsi, nie ma nic piękniejszego.

Opowiedział też o swojej nauce w Eton i o tym, ile kłopotów sprawiał profesorom.

— Zwykle wymykałem się na wyścigi do Ascot... nie dlatego, że mnie interesowały, ale dlatego, że było to zakazane. Jednak podczas egzaminów okazał się najlepszy.

— Pierwszy w całej szkole! Moi nauczyciele byli wściekli! Oczywiście nie rozumieli, że zawsze będę pierwszy... we wszystkim, czymkolwiek się zajmę.

Po piątym linoskoczku Jack zaczął wspominać matkę Lucy, a Henry opowiedział o śmierci swojej matki. Przez skorodowaną rurę do sypialni dostał się gaz i doszło do pożaru. (Nie było w tym nic niezwykłego. Nawet przy Downing Street 10 rury kanalizacyjne są tak zniszczone, że premier często dostaje gorączki, a jeden z jego prywatnych sekretarzy — dobry przyjaciel Henry'ego — omal nie zmarł na tyfus).

— Choć dusza ją opuściła, leżała na łóżku uśmiechnięta i wyglądała jak zawsze. Ciotka Elisabeth zasypała całe łóżko białymi kameliami. Do dziś mam jedną z nich, przechowuję ją między kartami mojej pierwszej książki.

Lucy popatrzyła na niego z podziwem.

— Napisałeś książkę?

— Owszem, jednak nie sprzedaje się zbyt dobrze. Jest dość gruba i kosztuje dwie gwinee.

— Opisuje jakieś twoje przygody?

Roześmiał się.

— Obawiam się, że nie. Ale przygodą było samo jej pisanie. Jest zatytułowana *Persja i Persowie* i jest w niej wszystko, co można chcieć wiedzieć o Persji, oraz kilka rzeczy, o których wolałoby się nie wiedzieć.

— Persja! To brzmi tak romantycznie! — zawołała Lucy.

— W tym kraju nie ma nic romantycznego. Persowie są eleganccy i bardziej skrupulatni od paryżan, a jednocześnie nieprzyzwoici, skorumpowani i kłamliwi. Są także zupełnie obojętni na cierpienie. — Nabił na widelec plasterek kaczki. — Kiedy ostatnim razem szach Persji odwiedził Londyn, co rano na oczach całego dworu zabijał owcę. Miał też zwyczaj wysmarkiwania nosa w zasłony i oświadczył lady Margaret Beaumont, że chciałby ją kupić do swojego haremu za pół miliona funtów. Spędziłem w Persji więcej czasu niż jakikolwiek inny Europejczyk, ale niczego romantycznego w niej nie dostrzegłem.

— W takim razie chyba zostanę w Newport — mruknął Jack Darling.

— Wcale się panu nie dziwię — odparł z uśmiechem Henry. — Ale niektórzy z nas mają obowiązek chronić orientalne rasy przed ich własną ignorancją i okrucieństwem. Musimy także chronić Imperium Indyjskie przed zakusami Rosji.

— Jest pan wykształconym człowiekiem, Henry — stwierdził Jack Darling. — I odnalazł pan swoje przeznaczenie. Z przykrością muszę stwierdzić, że znacznie mnie pan przerasta.

— Każdy ma do odegrania własną rolę, panie Darling — odparł Henry. — Jednak człowieka, który sprowadził na świat taką córkę jak Lucy, trzeba uznać za błogosławionego. Chciałbym wam przedstawić pewną propozycję... Jak wiecie, w przyszłym tygodniu muszę wracać do Anglii, gdzie będę musiał poświęcić sporo czasu sprawom parlamentarnym. Ale na jesieni z przyjemnością ugościłbym was w Brackenbridge. Mogę wszystko zorganizować z Londynu i napisać do was.

— Henry! Naprawdę? — zawołała Lucy.

— No, no... — mruknął Jack Darling, próbując skupić wzrok na swoim drinku. — Ani przez chwilę nie sądziłem, że kiedykolwiek ujrzę Anglię.

Henry popatrzył na niego.

— Prawda jest taka, panie Darling, że nie mogę znieść myśli, iż mogą minąć miesiące albo nawet lata, zanim znowu ujrzę Lucy.

Jack uniósł głowę.

— Co ty na to, skarbie? — spytał córkę. — Decyzja należy do ciebie.

Lucy uśmiechnęła się niepewnie. Henry w tak bezpośredni sposób wyrażał zainteresowanie jej osobą, że poczuła się lekko zażenowana. Jeszcze nigdy nie miała do czynienia z podobną szczerością — zwłaszcza podczas zalotów. Bob Wonderly w ramach gry wstępnej próbował zaoferować jej funt wątroby.

— Chętnie przyjadę — odparła, próbując brzmieć skromnie.

Na twarzy Henry'ego pojawił się szeroki uśmiech.

— Wiedziałem, że zechcesz mnie odwiedzić. Dziękuję! Zobaczysz, wspaniale spędzimy czas. Pokażę ci Londyn i Brackenbridge, przedstawię wszystkim moim przyjaciołom! Jestem pewien, że mój ojciec zachwyci się tobą nie mniej ode mnie!
— Henry... — zaczęła ostrożnie.
Była trochę zbita z tropu, gdyż wszystko wskazywało na to, że jej zgodę na przyjazd do Anglii potraktował niemal jak zgodę na małżeństwo.
— Żadnych „ale"! Uczcijmy to jeszcze jednym linoskoczkiem! Za Anglię i za szczęśliwe okazje! I za ciebie, Lucy... za rozjaśnienie mi życia!

♦ ♦ ♦

Wstali od stołu dobrze po północy. Lokaje ziewali, zasłaniając usta dłońmi w białych rękawiczkach.

Jack Darling wężykiem ruszył do łazienki, aby pozbyć się skroplonych uczuć, a Lucy i Henry czekali na niego w holu.

Henry ujął dłoń Lucy.

— Mam nadzieję, że to nie było zbyt oczywiste — powiedział. — Ale nie miałem wyboru, było zbyt mało czasu.

— Pochlebia mi to — odparła Lucy.

— No cóż, nie jestem zbyt dobry w skrywaniu uczuć. Chyba to nie bardzo angielskie, ale jest tak niewiele czasu... Tyle chcę od życia, a nie jestem zbyt bogaty. Muszę pisać, pracować i nigdy nie mam dość czasu na bywanie w towarzystwie. Mogę skończyć jak Robert Browning, który sam siebie musiał zapraszać na obiad na mieście. — Zamilkł na moment i mocniej ścisnął dłoń Lucy. — Musisz mi wybaczyć bezpośredniość, moja droga. Nie chciałbym cię wystraszyć.

— Chyba ci się nie uda — odparła Lucy. — Ale to wszystko jest dla mnie takie nowe... Nowy Jork, Newport, pikniki, jachty. Czasami nie mogę uwierzyć, że to się dzieje naprawdę.

Szybko ścisnęła jego dłoń, po czym ją wypuściła.

— Bądź wyrozumiały, o nic więcej nie proszę — dodała po chwili. — Do ubiegłej wiosny nigdy nie widziałam domu, który ma wychodek w środku, a nie na podwórzu.

Roześmiał się głośno.

— Kocham cię! Jesteś doskonała! Zaszokujesz każdego! Nie mogę się doczekać, kiedy będę mógł zabrać cię do Londynu!

— Nie chcę, abyś robił ze mnie widowisko...

Henry sięgnął do kieszeni fraka i wyjął równo złożony arkusz papieru.

— Wczoraj wieczorem napisałem dla ciebie wiersz, najdroższa. Zabierz go do domu i przeczytaj. To, co w nim napisałem, jest najszczerszą prawdą.

Lucy wzięła od niego kartkę.

— Wiersz? — zapytała ze zdumieniem. — Napisałeś wiersz?

— Oczywiście! Dla ciebie!

— Napisałeś książkę i napisałeś wiersz?

— Najdroższa dziewczyno, napisałem tysiące wierszy i napiszę jeszcze wiele książek! W Oksfordzie pisałem wiersze niemal o wszystkim. O profesorach, kolegach, rządzie... o wszystkim, co było dla nas ważne.

W tym momencie w holu pojawił się Jack Darling. Lucy szybko schowała wiersz do torebki.

— Dobranoc — powiedział Henry. — Nie zapomnę tego wieczoru do końca życia.

Jack poklepał go po plecach.

— Jesteś szczęściarzem, przyjacielu. Ja nie tylko o nim już zapomniałem... zapomniałem nawet, kim jestem.

♦ ♦ ♦

Lucy z masochistyczną rozkoszą zwlekała z czytaniem wiersza od Henry'ego. Dopiero kiedy się umyła i przebrała w koszulę nocną, przyciągnęła do siebie lampę i rozłożyła kartkę, pokrytą lekko skośnym pismem.

Choć słońca wschód w wielu widziałem krajach,
I w Hindustanie, i w dalekim Kitaju,
Stokroć piękniejszy był jego poblask
Na panny Darling złotych włosach.

W życiu mym widzę pierwszy raz
Piękno, co czystsze jest niż łza.
Nigdym nie widział też ni razu
Piękniejszego od jej twarzy obrazu.

Gdy w Samarkandy kraj nogi mnie poniosą,
Przez deszcz i piach, co siecze ostro,
Uśmiech panny Darling w mej głowie
Skróci każdą milę o połowę.

Czytała wiersz raz po raz, z wilgotnymi ze wzruszenia oczami. W szkole oczywiście czytywała poezję, pamiętała *Rymy o sędziwym marynarzu* i wersy o Gościu Weselnym, który „co sił się w piersi bił"*, nigdy jednak nie postrzegała wierszy jako czegoś, co powstaje w czyjejś głowie. Nigdy też nie myślała, że mogą w nich występować nie tylko królowie, książęta i bohaterowie, ale także zwykli ludzie, tacy jak ona.

Wydawało jej się, że unosi się w powietrzu, i miała ochotę wykrzyczeć całemu światu: „Jestem taka szczęśliwa! Taka szczęśliwa! Jestem taka szczęśliwa, że mogłabym już umrzeć!".

Do pokoju zajrzał Jack Darling w pikowanym szlafroku, z oczami zaczerwienionymi od nadmiaru linoskoczków.

— Mogę wejść? — zapytał.
— Oczywiście — odparła. — Sądziłam, że poszedłeś już spać.

Jack usiadł na łóżku i pocałował Lucy.

— Nie mogę zasnąć. Trochę kręci mi się w głowie.
— Nic dziwnego, po takiej ilości whisky i szampana...

Popatrzył na kartkę z wierszem, którą Lucy położyła na poduszce.

— Co czytasz? List miłosny?
— Henry napisał dla mnie wiersz.

Jack Darling wziął kartkę i zaczął czytać.

— Ładny — mruknął, kiedy skończył. — Bardzo romantyczny.
— Lubisz go, tato?
— Oczywiście, że lubię. Kiedy widziałem go po raz pierwszy, wydał mi się nieco napuszony, jednak wcale taki nie jest. Tobie też się podoba, prawda? Można by sądzić, że jako Anglik, członek parlamentu i tak dalej, będzie bardziej ceremonialny, ale jest bezpośredni i szczery... choć potrafi zagadać człowieka na śmierć.

Lucy popatrzyła na ojca. Widziała, że coś go niepokoi. Ujęła jego rękę i lekko ścisnęła.

---

* Przełożył Stanisław Kryński.

— Martwisz się czymś.
— No cóż... czy ja wiem? Może moje obawy są bezpodstawne, ale w Oak City zawsze byłaś taka szczęśliwa...
— Teraz też jestem szczęśliwa.
— Jeśli zadasz się z tym Henrym, zaczniesz całkiem nowe życie. Będziesz się obracać w wytwornym towarzystwie, wśród hrabiów i hrabin. Czy naprawdę tego chcesz?

Uśmiechnęła się i pocałowała go. Pachniał wodą toaletową Hilbert's Wood Violet. Próbowała nakłonić go do używania francuskich wód kolońskich, ale Hilbert's zawsze była jego ulubioną wodą i nie chciał z niej zrezygnować.

— Nie musisz się o mnie martwić, tatusiu. Pozostanę sobą nawet wśród hrabiów i hrabin.
— Powinnaś o czymś wiedzieć — powiedział cicho. — Nigdy ci tego nie mówiłem, ponieważ nie miało to znaczenia i nie chciałem budzić licha. Teraz jednak dorosłaś, zaczęłaś flirtować z mężczyznami i prędzej czy później jakiś młodzieniec zechce się z tobą ożenić... dlatego sądzę, że lepiej będzie, jeśli ci o tym powiem.
— O co chodzi?

Jack potrząsnął głową.
— Prawda jest taka, że... A niech mnie, nawet nie wiem, jak zacząć.
— Przecież wiesz, że możesz mi powiedzieć o wszystkim. Odkąd to mamy przed sobą sekrety?
— Skarbie, przez całe życie trzymałem coś przed tobą w tajemnicy.

Był tak zdenerwowany, że Lucy wyciągnęła rękę i dotknęła jego policzka.
— O jaką tajemnicę chodzi?
— Chodzi o to, że... nie jestem twoim ojcem. Prawdziwym ojcem.
— Co to ma znaczyć?
— Wychowałem cię i zawsze uważałem za własną córkę, ale na twoim akcie urodzenia napisano, że twój ojciec jest nieznany.

Lucy zmarszczyła brwi.
— Nie mogę w to uwierzyć. Dlaczego nigdy mi tego nie powiedziałeś?

— Twoja mama nie chciała, żebyś o tym wiedziała. Chyba się wstydziła. Zresztą co by to dało? Kochałaś nas oboje i tylko to miało znaczenie.

— Ale dlaczego mój ojciec nie jest znany? Mama musiała wiedzieć, kto nim jest.

Jack pokiwał smutno głową.

— Oczywiście, ale nigdy mi tego nie powiedziała. Nie chciała. Kiedy ją o to zapytałem pewnego niedzielnego poranka, oświadczyła, że jeśli kiedykolwiek zrobię to ponownie, spakuje się i zostawi mnie na zawsze. Wiedziałem, że nie żartuje.

Lucy nagle uświadomiła sobie, że trzyma za rękę mężczyznę, który nie jest jej ojcem. Nie mogła zrozumieć, czemu matka ją przez te wszystkie lata oszukiwała. Nawet umierając, nie powiedziała swojej córce prawdy. Lucy poczuła, że zaciska jej się gardło, a do oczu napływają łzy. Nie wiedziała, kogo jej bardziej żal — siebie samej czy ojca.

— To się stało zaraz po tym, jak przeprowadziliśmy się do Kansas — powiedział Jack Darling. — Mieliśmy ciężką zimę i wszystko się waliło. Ze zmartwienia zacząłem pić, a kiedy piłem, zdarzało mi się ją uderzyć. Któregoś dnia oświadczyła, że nie ma zamiaru tego znosić, i pojechała do Charlotte, gdzie się wychowała. — Pociągnął nosem i wytarł go grzbietem dłoni. — Nie było jej do wiosny. Powoli zaczynałem wszystko naprawiać. Nietrudno urabiać sobie ręce po łokcie, kiedy jest się pozostawionym samemu sobie i nic nie odwraca uwagi. Na początku maja pojawiła się w drzwiach, oświadczyła, że mnie kocha, i zapytała, czy przyjmę ją z powrotem. Powiedziałem, że oczywiście, jak najbardziej. Zanim weszła do środka, dodała jeszcze, że jest w ciąży, ale zamierza urodzić to dziecko i chciałaby, abym wychowywał je jak własne.

— I na to też się zgodziłeś?

— Skarbie, kochałem twoją matkę każdym włóknem ciała. Gdyby oświadczyła, że oczekuje sześcioraczków, też bym się zgodził.

Lucy wyjęła chusteczkę i otarła oczy.

— I nigdy nie powiedziała niczego, z czego można by wywnioskować, kto jest moim ojcem?

Jack Darling pokręcił głową.

— Mógł to być jakiś chłopak, którego znała z dzieciństwa. Ktoś, kogo kochała w czasach, zanim ją poznałem. Wolę nie myśleć, że był to ktoś zupełnie przypadkowy... mężczyzna poznany w pociągu, portier hotelowy czy ktoś w tym rodzaju. — Odchrząknął. — Przykro mi, że musiałem ci o tym powiedzieć, nie chcę jednak, aby to wyszło na jaw w dniu twojego wesela i zniszczyło twoją przyszłość.

— Tato...

Pochylił się i uścisnął ją mocno.

— W dalszym ciągu jestem twoim tatą i nigdy nim nie przestanę być.

— Wiesz co? Zawsze uważałam, że jesteśmy do siebie podobni.

— Bóg był chyba dla nas bardzo łaskawy.

Posiedzieli jeszcze trochę, ale w końcu Jack wstał.

— Chyba czas iść do łóżka — stwierdził.

Kiedy doszedł do drzwi, Lucy zawołała: „Tato!".

Odwrócił się do niej.

— Kocham cię, tato — powiedziała.

— Ja też cię kocham, skarbie — odparł i cicho zamknął drzwi.

♦ ♦ ♦

Lucy jeszcze długo nie mogła zasnąć. Noc była cicha i wilgotna, słabiutki wiaterek lekko poruszał zasłonami. Farmerzy na Wschodzie nazywają taką pogodę „kukurydzianą", bo w takich warunkach najlepiej dojrzewa kukurydza. Od czasu do czasu niebo rozświetlały dalekie „kukurydziane błyskawice".

Kiedy zegary wybiły drugą, Lucy wstała z łóżka, podeszła do okna i otworzyła je szeroko. Błyskawice znacznie się zbliżyły i na południowym zachodzie słychać było grzmoty. Wzdłuż wybrzeża, od Westerly, nadciągała burza. Drzewa zaczynały coraz mocniej szeleścić, po trawniku przebiegł wiatr.

Lucy przysunęła krzesło i ustawiła je pod oknem, po czym wspięła się na nie i ostrożnie wyszła na zewnętrzny parapet.

Popatrzyła na ogród w dole. Żwirowa ścieżka biegła czterdzieści stóp niżej, ale Lucy nie bała się wysokości. Balansując ciałem, ruszyła wzdłuż rynny, aż dotarła do rogu dachu, skąd przez drzewa widać było cieśninę Rhode Island i rozbijające się o brzeg spienione fale. Usiadła ze skrzyżowanymi nogami, owinęła się ciaśniej białą koszulą nocną i wystawiła twarz na ciepłą bryzę.

Lucy Darling, czyją jesteś małą dziewczynką? Uniosła dłonie i zaczęła je obracać. Po kim odziedziczyła palce? Do kogo była podobna? Zawsze uważała, że jej osobowość jest mieszanką żywego temperamentu matki i łagodnej rezerwy ojca, teraz jednak czuła się rozbita na kawałki — jak potłuczony gliniany garnek, który nie chce dać się poskładać.

Jak mogła zacząć rozumieć otaczający ją świat, jeśli nie była w stanie zrozumieć siebie samej?

Patrzyła na błyskawice nad oceanem, rozświetlające fale niczym flesz. Zaczęła liczyć: „sto dwadzieścia jeden... sto dwadzieścia dwa..." — ale więcej nie zdążyła, bo w tym momencie zagrzmiało i o dach zastukały pierwsze krople deszczu.

Czyją jesteś małą dziewczynką, Lucy Darling? Nie, przecież nie jesteś Darling...

Kiedy matka wróciła do Charlotte, kogo tam spotkała? Znajomego z dzieciństwa, jak chciał wierzyć Jack? Kogoś obcego? Jakiegoś uwodziciela, amatora ładnych cudzych żon?

Z mrocznego zakamarka pamięci co chwila wypełzało natrętne wspomnienie, które sprawiało, że Lucy zaczynała drżeć ze strachu.

„Byliśmy przez jakiś czas kochankami, twoja matka i ja — powiedział wuj Casper ze złośliwym uśmieszkiem. — Może w oczach Boga to grzech, ale byliśmy samotni i mieliśmy tylko siebie nawzajem".

Błyskawica trzasnęła tak blisko, że Lucy poczuła swąd spalenizny. Zaraz potem huknął grzmot i zaczęło gwałtownie padać.

W jednej chwili Lucy cała przemokła. Deszcz skapywał jej z nosa i brody, włosy przykleiły się do czaszki jak ciemna czapka, a mokra koszula nocna oblepiła ciało.

„Byliśmy przez jakiś czas kochankami, twoja matka i ja".

A jeśli matka wróciła do wuja Caspera? Może mówił prawdę. I może to właśnie on był jej prawdziwym ojcem?

Z westchnieniem uklękła i zaczęła ściągać z siebie przemoczoną koszulę. Materiał kleił się do ciała i twarzy jak zimny śluz, w końcu jednak zsunął się przez głowę.

Lucy klęczała naga na rynnie. Znowu zamigotała błyskawica, niebo pękło na pół, dom zadygotał, a deszcz jeszcze bardziej się nasilił.

Dygocząc, Lucy umyła twarz deszczówką, a potem zaczęła myć

barki i piersi. Musiała się oczyścić. Musiała być całkowicie czysta. Musiała zmyć z siebie najmniejszy ślad wuja Caspera i tego, co jej zrobił.

Koszula nocna zatkała odpływ rynny i zebrało się w niej sporo wody. Lucy pochyliła się i gorączkowo zaczęła płukać włosy. Tarła skórę głowy, aż zaczęła ją piec. Położyła się na wodzie i szeroko rozłożyła nogi. Ochlapywała się raz po raz garściami zimnej deszczówki — z mocno zamkniętymi powiekami i zaciśniętymi zębami.

Drogi Boże, chcę znów być czysta. Dobry Boże, chcę być czysta!

Po kilku minutach przekręciła ciało i położyła się w rynnie na brzuchu, dygocząc z zimna. Burza przeszła dalej — niczym cyrk, który zwinął namioty i pojechał do następnego miasta — a pomruki grzmotów tłumiła krawędź dachu. Odpływy bulgotały, z kominów kapała woda. Po chwili kolejna błyskawica rozświetliła ogród, jednak była już znacznie słabsza.

Lucy znowu zamknęła oczy, ale przestała płakać. Deszcz smagał jej nagie plecy, włosy pływały w rynnie jak wodorosty.

W końcu podniosła się i otarła wodę z twarzy. Wreszcie czuła, że oczyściła się z grzechu — choć może nie odkupiła ani grzechów matki, ani wuja Caspera. Ciągnąc za sobą mokrą koszulę nocną, wróciła przez okno do sypialni i na paluszkach poszła do łazienki.

Owinęła się puszystym tureckim ręcznikiem i przysiadła na chwilę na krawędzi wanny, aby się uspokoić i odzyskać oddech.

Po jakimś czasie przestała dygotać. Wstała z wanny i zaczęła powoli rozczesywać włosy, robiąc długie przerwy między pociągnięciami szczotki.

Z lustra patrzyła na nią pozbawiona wyrazu blada twarz dziewczyny o nienaturalnie błękitnych oczach i nosie pokrytym bladymi piegami. Wyszczerzyła do niej zęby. Wyglądasz jak wuj Casper? Masz oczy wuja Caspera albo jego nos? Czy kiedy się śmiejesz, twoje usta wydymają się jak u wuja Caspera?

Nie umiała sobie odpowiedzieć na te pytania.

Wróciła do pokoju, cały czas czesząc włosy.

Deszcz, który wpadł przez otwarte okno, zmoczył kartkę z wierszem od Henry'ego. Wyglądał teraz, jakby zrosiły go łzy. Lucy podniosła go i przeczytała głośno dwa wersy:

W życiu mym widzę pierwszy raz
Piękno, co czystsze jest niż łza.

Jednak najbardziej podobał jej się inny wers: „Uśmiech panny Darling w mej głowie". Kiedy go powtarzała raz po raz, wiedziała, że Henry naprawdę się w niej zakochał.

Zasnęła przy zapalonej lampie. Przed świtem nafta się skończyła i lampa zgasła, ale Lucy spała i spała. Nie obudziło jej słońce, które zaczęło suszyć kałuże po nocnej burzy, spała, kiedy jachty jeden po drugim wypływały przez cieśninę Rhode Island na ocean, spała, kiedy ogrodnicy przycinali róże i strzygli trawniki.

◆ ◆ ◆

Do swojego nowego domu przy Central Park West mogli się wprowadzić dopiero na początku września. Stał dwie przecznice na północ od budynku Dakota — między Siedemdziesiątą Czwartą i Siedemdziesiątą Piątą Ulicą, na wprost parku.

Cała dzielnica kipiała. Jeszcze kilka lat wcześniej były tu jedynie nagie skały, drewniane budy i gospodarstwa warzywne. Budynek Dakota znajdował się tak daleko od eleganckich domów stojących przy Piątej Alei, że równie dobrze mógłby znajdować się w samej Dakocie — stąd jego nazwa. Jednak wszędzie wokół wyznaczano już ulice i doradcy finansowi Darlingów uważali, że budowa domu przy Central Park West będzie najlepszą inwestycją.

Po ujrzeniu gotowego budynku Lucy wcale nie była pewna, czy jej się podoba. Była to trzypiętrowa budowla w stylu zamku nad Loarą — z okrągłymi wieżyczkami na wszystkich rogach. Szesnaście sypialni, pięć łazienek, wielki salon z lustrami i wyłożony mozaiką hol z dwoma ciągami schodów — po jednej i drugiej stronie.

Lubiła widok z sypialni z wieżyczką — była to panorama Central Parku, w którym niedawno zlikwidowano wysypiska śmieci i baraki, dzięki czemu stał się jednym z najładniejszych miejskich parków. Czuła się tu jak księżniczka, odizolowana od całego świata — od ruchu ulicznego, hałasów budowlanych i metalowego szczęku na Dziewiątej Alei.

Jednak w całej reszcie domu było coś zimnego. Wszystko wyglądało zbyt elegancko i było przesadnie wystylizowane —

wyłożone marmurem ściany, kolumny o idealnych proporcjach, pokryte grubą warstwą złota balustrady schodów. Może po części była to także jej wina — może nie potrafiła przekazać domowi swego entuzjazmu i energii, jaką emanowała.

Jack był zachwycony — przynajmniej na początku. Przez pierwszy tydzień po przeprowadzce wychodził na frontową werandę i stał na niej z kciukami w kieszonkach kamizelki, aby przechodnie wiedzieli, że dom należy do niego. Od czasu do czasu, kiedy ktoś unosił kapelusz albo kiwał mu głową, wyjmował z ust cygaro i oznajmiał: „Cały dom ma światło elektryczne! I windę!".

Wysłał telegramy do Samuela Blankenshipa, Henry'ego McGuffeya i kilku innych wałkoni z Oak City i zaprosił ich na swój koszt do Nowego Jorku (choć Lucy zaprotestowała w przypadku Osage Pete'a). Gdy nikt mu nie odpowiedział, doszedł do wniosku, że prawdopodobnie zniechęciła ich perspektywa długiej podróży i konieczność zachowywania „eleganckich manier".

Któregoś deszczowego poranka w połowie września natknęła się na niego w dziennym salonie. Stał przy oknie i obserwował spływające po szybie krople. Kiedy podeszła i dotknęła jego ręki, zobaczyła, że ma oczy pełne łez.

— Co się stało, tato?

Pociągnął nosem i wytarł oczy grzbietem dłoni.

— Nic wielkiego. Ale czemu mówisz do mnie „tato", skoro nim nie jestem?

— Przecież zawsze tak mówię. Chyba nie płaczesz z tego powodu?

— Bo ja wiem? Może czuję się samotny albo zagubiony? Może po prostu deszcz sprawia, że jest mi smutno?

Pocałowała go w policzek. Wiadomość, że nie jest jej biologicznym ojcem, wcale nie osłabiła jej uczuć wobec niego. Kochała go jak zawsze i ufała mu, jednak w ich wzajemne relacje wkradła się pewna rezerwa — przede wszystkim z jej strony. Wieczorami nie siadała mu już na kolanach, kiedy rozmawiali przy kominku. Nie całowała go w usta, nie opowiadała mu o zaprzyjaźnionych chłopakach i o tym, co o nich myśli. Mimo że nadal był jej bardzo bliski i choć ją wychował, nie mogła już myśleć o sobie jako o jego córce.

— Dlaczego gdzieś nie pójdziesz, nie poznasz nowych ludzi? — zapytała. — Harold Stuyvesant wprowadził cię przecież do Sportsman's Club. W każdej chwili możesz tam iść.

— Żeby wysłuchiwać sztywniaków bredzących o akcjach i różnych transakcjach, o tym, kto się w czyją fortunę wżenił i dlaczego ciągle spada cena miedzi? Też mi sport! W zeszły czwartek spędziłem tam dwie godziny i nikt nie powiedział „Jak leci?", nikt nie znał wyniku ostatniego meczu baseballu i nikt nie zauważyłby dowcipu nawet wtedy, gdyby wspiął się na tylne łapy i ugryzł ich w tyłek.

— Tato, należymy teraz do towarzystwa! Nie możesz oczekiwać od tych ludzi, że będą pluli, żuli tytoń i opowiadali sobie przy piecu sprośne historyjki.

Jack wydmuchał nos.

— Może powinni spróbować. Może by im się to przydało.

— A może to ty powinieneś jeszcze raz spróbować?

Popatrzył na nią. Nagle wyszło słońce, od dachu stajni odbiło się złote światło i przez chwilę Jack Darling wyglądał całkiem inaczej niż zwykle. Z jego włosów i oczu zniknęły wszystkie kolory i można mu było dać nawet sto lat.

— No tak, może masz rację — mruknął. — Może powinienem jeszcze raz spróbować.

Poszedł na górę, aby się przebrać. Zaraz potem zadzwoniła Evelyn, żeby zabrać Lucy na zakupy i lunch. Lucy była w trakcie przymiarek czterech nowych sukienek — jedna była pokryta skomplikowanymi wzorkami z drobniutkich pereł hodowlanych, druga z czarnej tafty, trzecia ze szkarłatnego jedwabiu, a czwarta z przepysznego bladego aksamitu z szerokim kołnierzem z brukselskiej koronki.

Zjadły lunch w hotelu New Netherland — pastę z łososia i sałatkę z rokietty — po czym poszły kupować wieczorowe torebki i buty.

Lucy została u Scottów aż do piątej i zanim ich powóz dowiózł ją do domu, dochodziła szósta.

— Ojciec wrócił? — spytała pokojówkę Amy, która otworzyła jej drzwi.

— Tak, panienko — odparła dziewczyna i mocno zacisnęła usta.

— Proszę to zostawić tutaj — powiedziała do woźnicy Scottów, który wnosił do domu jej zakupy.

Kiedy stawiała paczki na marmurowej ławeczce w holu, z salonu doleciał głośny śmiech. Nie był to jednak śmiech Jacka. Zaraz po nim rozległ się piskliwy chichot kobiety.

— Amy, kto to? — zapytała zdziwiona Lucy.

— Przyjaciele pana Darlinga, panienko — odparła dziewczyna i dygnęła.

Lucy zdjęła rękawiczki i kapelusz z piórami rybołowa, a pokojówka pomogła jej zdjąć płaszcz. Szybkim krokiem podeszła do drzwi salonu i szeroko je otworzyła.

Z początku nie mogła uwierzyć w to, co widzi. Jack siedział ze skrzyżowanymi nogami na podłodze, palił cygaro i rozdawał karty, kładąc je na podłodze. Obok niego klęczała roześmiana i dość rozmemłana młoda kobieta o kruczoczarnych włosach i wielkich piersiach, które niemal wylewały jej się z sukienki.

Naprzeciwko Jacka, na stercie poduszek, leżał na plecach pulchny młodzieniec o wypomadowanych czarnych włosach, ubrany w szmaragdową satynową kamizelkę, którą w sklepie Jacka Darlinga w Oak City nazwano by „arystokratyczną". Palił wielkie cygaro i popijał szampana z butelki, co chwila wybuchając śmiechem.

Ale Lucy najbardziej zaskoczył inny widok. Choć nie grała muzyka, w głębi salonu, na tle okna, tańczyła młoda szczupła dziewczyna. Jeśli nie liczyć koronkowego stanika bez ramiączek i zrolowanych jedwabnych pończoch, była zupełnie naga. Jej jasne, kędzierzawe włosy były zebrane na czubku głowy i spięte grzebykami z szylkretu. Miała zamknięte oczy i śpiewała coś cicho. Pod jej nagimi pośladkami falował wielki, jaskrawoniebieski ogon z pawich piór, a kiedy dziewczyna uniosła nogę w parodii baletowego kroku, Lucy zobaczyła, gdzie wetknęła pióra.

Zszokowana odwróciła się do Jacka. Powietrze w salonie było gęste od cygarowego dymu i zapachu tanich perfum. Jack tak się śmiał, że z początku nie zauważył córki. Rozwalony na poduszkach młodzieniec zobaczył ją od razu, jednak wcale się tym nie przejął. Odstawił butelkę, ułożył się wygodniej i obserwował Lucy przez półprzymknięte powieki, nie wyjmując z zębów cygara.

— A więc to jest klasa przez duże „K"... — mruknął.

Jack przestał się śmiać i podniósł głowę. Kiedy ujrzał Lucy, zesztywniał, nerwowo potarł nos, przestał rozdawać karty i popatrzył na nią spłoszonym wzrokiem.

Dziewczyna przy oknie otworzyła oczy, przestała tańczyć i podbiegła do pianina, na którym leżała jej spódnica. Ogon z pawich piór podskakiwał przy jej każdym kroku.
— Tato... — zaczęła Lucy.
Jack Darling wskazał głową pulchnego młodzieńca.
— Lucy, poznaj Toma Bracha.
Młody człowiek nawet nie podjął próby dźwignięcia cielska z poduszek.
— Siemanko — wymamrotał i zasalutował Lucy cygarem.
— Proszę nie wstawać — wycedziła Lucy.
Jack odchrząknął.
— To jest... Alice — powiedział, wskazując kobietę z kruczoczarnymi włosami. — A to... jak masz na imię, skarbie?
— Mavis — zasepleniła tancerka.
Nie mogła mieć więcej niż trzynaście albo czternaście lat.
— A to Mavis, mój śpiewający ptaszeczek — dodał Jack i posłał jej całusa.
— Mogą już wyjść — oświadczyła Lucy.
Jack przez chwilę patrzył na nią, a potem energicznie pokręcił głową.
— O nie. Powiedziałaś, żebym znalazł sobie przyjaciół, więc znalazłem sobie przyjaciół.
— Ale nie w Sportsman's Club — odparła Lucy.
Była tak wściekła na niego, że ledwie mogła mówić.
— Nieprawda, właśnie że w Sportsman's Club. Siedziałem w sali klubowej przez dwadzieścia minut i uwierz mi, było to najbardziej nużące dwadzieścia minut w moim życiu. Znacznie lepiej się bawię, kiedy patrzę, jak schnie farba. Zapytałem odźwiernego Cyrila, czy wie może, gdzie dzieje się coś ciekawego, dałem mu dwadzieścia dolarów i skierował mnie do lokalu Miss Collings przy Zachodniej Dwudziestej Piątej, gdzie poznałem Toma, Alice i Mavis. Przez cały dzień świetnie się bawiliśmy.
— Tato, chcę, aby ci ludzie natychmiast opuścili mój dom.
— Nie nazwałbym tego zbyt miłym zachowaniem — stwierdził Tom Brach.
— Zwłaszcza że zostaliśmy zaproszeni — dodała Alice.
Ale Lucy nie zamierzała ustępować. Wpatrywała się w ojca

z taką furią, że po chwili rzucił karty, wstał i popatrzył na swoich nowych przyjaciół.

— No cóż, chyba musimy uznać ten dzień za zakończony — oświadczył.

— Nie będziesz miał nic przeciwko temu, abyśmy się ubrały? — spytała Alice.

— Tato, ty i pan Brach możecie zaczekać na zewnątrz — powiedziała Lucy.

Została w salonie razem z Alice i Mavis, która wyjęła sobie ogon, po czym obie kobiety się ubrały. Ale nawet całkowicie ubrane nie wyglądały zbyt dobrze. Z kapelusza Alice odrywała się połowa piór, a Mavis — w obcisłym zielonym aksamitnym staniku i poszarpanym na brzegach słomkowym kapeluszu — wyglądała jak zaniedbana uczennica.

W końcu wyszły, szurając zniszczonymi butami, odprowadzane przez pokojówkę wzrokiem pełnym niesmaku i zdumienia.

Kiedy drzwi frontowe się za nimi zamknęły, Lucy poszła poszukać Jacka. Siedział w bibliotece z wielką szklanicą whisky na kolanie, koszula wysunęła mu się ze spodni. Pociągnął wielki łyk i wbił w Lucy zaczerwienione, pełne urazy oczy.

— Kiedy czuję się samotny, działam ci na nerwy. Ale kiedy znajduję sobie towarzystwo, też cię to denerwuje. Co mam robić, do pioruna?

— Twój przyjaciel już sobie poszedł? — zapytała.

— Możesz się założyć. Stwierdził, że wszystkie lodowate kobiety, jakich potrzebuje, ma u siebie.

— Tato, wcale nie jestem lodowata, a to nasz dom. Nie możesz do niego sprowadzać hazardzistów i dziwnych kobiet. Co mama by sobie pomyślała?

Jack odstawił szklankę na stolik.

— Sądzisz, że to, co zrobiła mi twoja mama, było lepsze od sprowadzenia przeze mnie do domu dwóch kobiet?

— Nie wiem, co mama zrobiła... wychowywała mnie najlepiej, jak umiała, i umarła.

— Twoja mama była moją żoną, jednak ty nie jesteś moją córką. Tylko Bóg wie, czyją córką jesteś... twoja mama nigdy mi tego nie powiedziała. Właśnie to mi zrobiła. A ty jeszcze śmiesz twierdzić, że nie mogę sprowadzić do domu paru kobiet?

Lucy podeszła do niego i zamachnęła się, zamierzając uderzyć go w twarz, ale złapał ją za nadgarstek. Wyrwała mu rękę i popatrzyła na niego z wściekłością.

— Nazywasz je „kobietami"? Jedna z nich jeszcze nie przestała być dzieckiem. I ten pijany szuler! Co to za przyjaciele?

— Tacy, którzy nie są skwaśniali ani snobistyczni... Przyjaciele, z którymi mogę się razem pośmiać.

— Chyba nie... nie z tymi dziewuchami? — jęknęła Lucy.

Wydął policzki i pokręcił głową.

— Tylko dla nas tańczyły. To był taniec siedmiu woalek. — Zamachał ramionami, próbując naśladować egipską hurysę. — Nie bawiłem się tak od wyjazdu z Oak City.

Lucy najchętniej by mu przyłożyła, ale pohamowała się. Podeszła do okna i wyjrzała na ulicę.

Jack Darling znowu pociągnął whisky i zakaszlał.

— Najwyższy czas, abyś przypomniał sobie, do kogo należą pieniądze i kto jest właścicielem domu — powiedziała po chwili Lucy.

— Nie zapomniałem o tym, ale niezależnie od tego, czyj to dom i do kogo należą pieniądze, nie muszę żyć jak święty Jack. Nikt z tych bogaczy tak nie żyje. Powinnaś zobaczyć, co wyprawia się na jachtach w Newport...

Lucy odwróciła się do niego.

— Tato, wychowałeś mnie i co jest moje, jest także twoje, ale uwierz mi: te pieniądze kosztowały mnie znacznie więcej, niż kiedykolwiek mógłbyś pojąć, więc nie będziesz sprowadzać do naszego domu hazardzistów ani dziwek. To moje ostatnie słowo. Jeśli potrzeba ci takiej rozrywki, poszukaj jej sobie gdzie indziej. Nie chcę tu widzieć takich ludzi. Jeśli jeszcze raz sprowadzisz kogoś podobnego do domu, wszystko między nami będzie skończone.

Jack Darling milczał przez chwilę, po czym powiedział:

— Wiesz, że cię kocham, prawda?

— Wiem, tato.

— W takim razie zachowam moje rozrywki dla siebie. Nie myśl jednak, że będę żył jak święty Jack... bo nie będę.

Ten dzień całkowicie zmienił ich relacje — nie tylko na tydzień lub dwa, ale na zawsze. Jack zaczął traktować ich majątek jak bajkowe przekleństwo. Jego prosta sklepikarska moralność, która kierowała nim przez całe życie, załamała się pod ciężarem pieniędzy jak spróchniałe deski meliny złodziejskiej bandy. Coraz częściej był pijany i chełpił się swoim bogactwem jak dzieciak, więc w końcu Lucy zaczęła go unikać.

Rano pozostawała dłużej w łóżku, marząc o małżeństwie. Chciała mieć męża i dzieci, które mogłaby pokazać całemu światu. Kiedy schodziła na śniadanie, Jacka zwykle już nie było — oddawał się hazardowi albo pijaństwu, albo siedział na nowym stadionie Polo Grounds i oglądał Giantów. Wraz z tysiącami osób w całej Ameryce nagle poczuł namiętność do baseballu.

Przez ostatnie dwa tygodnie września niemal się nie widywali.

Lucy, leżąc we francuskim łóżku w swoim szarozłotym pokoju, z burskim kotem Rangoonem w nogach, gryzmoliła na kartkach: „Henry. Henry, Henry, Henry" — z zawiniętymi „y" i „H" wysokimi jak most Brooklyński.

Kiedy rudowłosa pokojówka Nora zobaczyła jedną z takich zapisanych kartek, powiedziała:

— Bardzo musi panienka lubić tego Henry'ego. Który to? Chyba nie Henry Massenheim? Nie wydaje mi się, żeby panienka mogła się nim zainteresować. Z takim nosem!

— To Henry Carson, członek parlamentu — odparła Lucy. — Angielski dżentelmen pierwszej wody — dodała. Nauczyła się tego zwrotu od Evelyn.

— Znam go? — zapytała Nora.

Była bardzo bezpośrednia i miała ostry język, ale Lucy wolała ją od sztywnych pokojówek, mówiących wyłącznie „tak, proszę pani" i „nie, proszę pani", które zjawiły się po anonsie w prasie.

— Nie znasz. Jest teraz w Anglii i mam jechać do niego z wizytą. Nie mam jednak od niego żadnej wiadomości, więc marzę i na wszystkim wypisuję jego imię.

— Młoda dama, której tak doskonale się wiedzie jak panience, nie powinna się niczym zamartwiać — stwierdziła Nora. — Może panienka mieć każdego mężczyznę, którego zechce. Wystarczy pstryknąć palcami. Każdego mężczyznę w Nowym Jorku.

— Moja droga, ale ja chcę właśnie Henry'ego...

Jej fortuna naftowa osiągnęła pułap jedenastu milionów dolarów i można było powiedzieć, że jest znakomitą partią. Nie brakowało zamożnych młodych kawalerów, którzy chcieliby ją poznać. Opowieść o jej spacerze po siatce tenisowej rozeszła się jak pożar buszu i gdziekolwiek Lucy się pojawiła, wszystkie głowy odwracały się w jej stronę i rozkładano wachlarze, za którymi kobiety szeptały: „To ta dziewczyna, która...".

Evelyn przedstawiała ją tłumom zabawnych chłopaków, z wielką wprawą unikając awanturników i dandysów oraz osobników o nadszarpniętej reputacji. Były niemal codziennie eskortowane przez kogoś do teatru, na kolację albo na dancing. Życie Lucy zamieniło się w migoczącą karuzelę błyszczących powozów, kandelabrów i mężczyzn o kołnierzykach tak wysokich, że przez cały wieczór musieli się wpatrywać w sufit.

Wybrały się na sztuki Williama Gillette'a *Za dużo Johnsona* i *Więzień na zamku Zenda*, które Lucy uznała za zachwycające. Poszły na kolację z Jerome'ami, Stewartami i W.K.Vanderbiltami. Lucy po raz pierwszy w życiu jadła trufle i oświadczyła, że już nigdy nie będzie jeść nic innego. Trufle i szampan! Poszły na Wrześniowy Bal Dobroczynny pani Douglas, organizowany na trzecim piętrze restauracji Delmonico, skąd był doskonały widok na Madison Square, i Lucy tańczyła i tańczyła w migoczącym świetle — radosna, roześmiana, ładniejsza niż kiedykolwiek.

Pod kierownictwem przyjaciółki czarowała nowojorskie towarzystwo, a „New York Post" nazwał ją Panną Żarówką, bo gdziekolwiek się znalazła, mężczyźni ciągnęli do niej jak ćmy do światła.

Choć poznała pięciu albo sześciu chłopców, których naprawdę polubiła — zwłaszcza Johna B. Harriota IV, którego ojciec był właścicielem połowy Nevady — czekała na zaproszenie z Anglii. Głównym bohaterem jej snów na jawie o małżeństwie był Henry Carson i Derbyshire w zimie. Kiedy zamykała oczy, widziała słońce na rzeźbach Brackenbridge House i lecące przez srebrną mgłę gęsi.

Wiersz Henry'ego leżał między kartkami Biblii — razem z różową różą ze stołu w domu Widgerych. Czytała go codziennie i przeglądała się w lustrze. Zaczynała się zastanawiać, czy Henry jej nie zwodzi i czy kiedykolwiek napisze.

◆ ◆ ◆

Kiedy pierwszego października Jack grzał plecy przy kominku, a Lucy wyszywała chusteczkę, do salonu wszedł nowy lokaj Jeremy i z wielkimi ceregielami podał Lucy na srebrnej tacy bilet wizytowy. Pracował kiedyś u pani James P. Kernochan i był szczytem wyniosłej dyskrecji. Jack chciał go zatrudnić ze względu na imponujący wygląd z profilu: „przypomina orła bielika, zastanawiającego się, czy złożyć jajko", a Lucy zachwycił jego angielski akcent. Pochodził co prawda z Massachusetts, ale ciężko pracował nad swoją wymową.

— Na zewnątrz jest pewien dżentelmen — powiedział, wskazując głową drzwi.

Lucy przeczytała bilet.

— To Jamie! Tato, to Jamie! Jeremy, wprowadzaj go!

— Oczywiście, panno Darling — odparł lokaj i odwrócił się na pięcie swojego specjalnego buta z gumową podeszwą, ale Jamie zdążył już wejść przez otwarte drzwi i stał z kapeluszem w ręku, rozglądając się po salonie. — Pański kapelusz — powiedział lodowato Jeremy, nieprzywykły do ludzi, którym wydawało się, że wolno im wędrować po domu jego pracodawcy bez zaproszenia.

— Dziękuję — odparł Jamie i podał mu kapelusz.

Jeremy strzepnął z niego niewidzialny pyłek i zabrał go do holu.

Lucy wstała i ruszyła w stronę gościa. Miała poskręcane włosy i była ubrana w elegancką sukienkę z aksamitu barwy rdzy, wyszywaną perłami. Ujęła dłonie Jamiego.

— Dlaczego nie zatelegrafowałeś? Mogłeś przysłać telegram! Cóż za niespodzianka!

Jamie pocałował ją i uśmiechnął się.

— Jeszcze godzinę przed odjazdem pociągu nie wiedziałem, że przyjadę.

— Co słychać, Jamie? — zapytał Jack spod wielkiego kominka. — Miło cię widzieć, wspaniale, że mogłeś przyjechać. Jesteś naszym pierwszym gościem z Kansas!

Jamie podszedł do niego i uścisnął mu dłoń. Wciąż z podziwem rozglądał się po pokoju — patrzył na łukowaty złocony sufit, sięgające do podłogi zasłony z bladożółtego aksamitu, złocone kandelabry, lustra, wiszące na ścianach malowidła i francuskie meble.

— Niesamowity dom... — mruknął. — Jeszcze nigdy podobnego nie widziałem.

— I wszędzie światło elektryczne — oświadczył Jack. — Mamy też własną windę.

— Jak długo zostaniesz? — spytała Lucy. — Zostaniesz oczywiście u nas, prawda?

— Mogę tu zostać tylko przez tydzień, bo potem jadę do Waszyngtonu. Jestem związany z kancelarią prawniczą Van Cortland and Parey w Manhattanie, gdzie odbywam staż. Występujemy z roszczeniem o prawa ziemskie przeciwko Indianom i muszę sprawdzić mnóstwo rzeczy w Biurze do spraw Indian. No wiesz, umowy dotyczące praw własności do ziemi i tym podobne.

— Więc w końcu dostałeś prawdziwą pracę — stwierdził Jack Darling.

— Nie do końca, proszę pana. Na razie jestem tylko chłopcem na posyłki, nic więcej.

— Podoba ci się nasz dom? — spytał Jack. — Coś takiego nazywa się „sza-to". Kosztował ponad trzy miliony dolarów, nie licząc złotej zastawy. Jadłeś kiedyś złotymi nożami i widelcami? Naprawdę są ze szczerego złota. Zostań dziś na kolację!

— Tak się cieszę, że cię widzę! — zawołała Lucy. — Doskonale wyglądasz! To wąsy?

Jamie z zażenowaniem potarł górną wargę.

— Chyba ciągle jeszcze nie mogą się zdecydować...

Lucy objęła go i pocałowała.

— Nie napisałeś!

— Mówisz o listach? Nawet nie miałem czasu jeść, nie wspominając już o pisaniu listów. Zresztą ty też nie napisałaś. No cóż... nieważne. Ciągle czytałem o tobie w gazetach. „Kansas City Journal" informuje nas na bieżąco, co robi ulubiona córa Stanu Słonecznika.

— Poręcze schodów są wykładane prawdziwym srebrem — wtrącił Jack. — Francuska robota, ręczna. Same poręcze warte są pięćdziesiąt dwa tysiące dolarów!

— Czytałem o tym, jak chodziłaś na czyjejś siatce na korcie tenisowym. To prawda?

Lucy kiwnęła głową i uśmiechnęła się.

— Wywołałam w towarzystwie straszliwe zamieszanie, ale chyba w końcu jakoś to przełknięto. Tylko się popisywałam.

— Może trochę szampana? — zaproponował Jack Darling.

— Oczywiście, z przyjemnością, ale nie chciałbym sprawiać kłopotu.

— Nie sprawiasz żadnego kłopotu — odparła Lucy. Widok Jamiego sprawił jej ogromną radość. — Wejdź i usiądź. Gdzie masz bagaż? Musisz u nas zostać! Mamy mnóstwo pokoi gościnnych!

— Mam zarezerwowany pokój w Metropolitan. Pan Van Cortland mi go polecił.

Zmarszczyła nos.

— Nie możesz mieszkać w Metropolitan. Jest tam tak... bleee! Strasznie podupadli.

— Jak na mój gust, nie wyglądało tak źle — odparł Jamie. — Choć jeśli ktoś jest przyzwyczajony do takich luksusów jak tutaj...

— Wybacz — powiedziała Lucy i ujęła jego dłoń. — Nie chciałam być złośliwa. To dlatego, że całe nowojorskie towarzystwo ciągle się zastanawia, które miejsca są modne, a które nie. Tylko o tym się teraz mówi! Wszystko tak szybko się zmienia! Dlatego zbudowaliśmy dom właśnie tutaj, na Upper West Side. Wielu ludzi zaczęło budować ogromne posiadłości przy Piątej Alei, ale gdy budowa się skończyła, okolica zeszła na psy!

— Trochę tu inaczej niż w Oak City.

Lucy popatrzyła na niego. Zrobił się starszy, może sprawiał wrażenie nieco zmęczonego, ale nie przestał być przystojny — choć w bardzo „zachodniowybrzeżowy" i „wsiowawy" sposób. Jego garnitur był trochę przyciasny w ramionach, zamiast mokasynów nosił buty za kostkę i miał niemodny krawat. Jak ktoś mógł chodzić w takim wąskim krawacie?! Nie mogła też nie zauważyć, jak bardzo przeciąga zgłoski — każde słowo wlokło się w nieskończoność. A to właśnie ją Evelyn oskarżała, że mówi jak Calamity Jane! Wprawdzie przyjaciółce nie udało się jej nauczyć mówić „dobrze" zamiast „dooopszsze" czy „szczególnie" zamiast „szszechulllnie", jednak Lucy skróciła większość samogłosek i wyostrzyła część spółgłosek, więc przynajmniej różne panie Vanderbiltowe tego świata nie marszczyły czoła i nie pytały, czy mówi po chińsku.

— Zostaniesz u nas, prawda? — zapytała. — Umieram z ciekawości, co nowego wydarzyło się w Oak City.

— Na pewno nie będę sprawiał kłopotów?

— Mamy czternaście sypialni gościnnych i wszystkie błagają o mieszkańca. Wybieraj. Poślę do Metropolitan chłopaka po twoje rzeczy.

Jamie zawahał się i spuścił głowę, po czym popatrzył na Jacka. Ale Jack zajęty był zapalaniem cygara i stał na tyle daleko, że nie mógł słyszeć ich rozmowy.

— Chyba powinienem ci powiedzieć, że nie pisałem specjalnie...
— Specjalnie nie pisałeś? Dlaczego?
— No cóż... popatrz na nas. Nigdy nie moglibyśmy do siebie pasować. To niemożliwe. Księżniczka z towarzystwa i wsiowy adwokat? Co ja mógłbym ci dać? Drewniany dom w Manhattanie w stanie Kansas? Kancelarię prawniczą, mającą trzy tysiące dolarów rocznego obrotu? Pożegnaliśmy się tamtego dnia na plaży, w Los Angeles. — Zamilkł na chwilę i uśmiechnął się do niej. — Kochałem cię kiedyś, panno Darling, i bardzo kocham cię w dalszym ciągu. Myślałem o tobie dzień i noc, noc i dzień... od chwili, gdy odeszłaś. Nie chcę, abyś czuła się zobowiązana mnie gościć, jeśli naprawdę tego nie chcesz. Nie chcę siedzieć blisko ciebie, całować cię, trzymać za rękę i udawać, że serce mi nie wali i nie skręca mi się żołądek, skoro tak się dzieje... i sądzę, że będzie tak zawsze, po wsze czasy.

— Och, Jamie, ja też cię kocham. Przecież o tym wiesz.
— Tak, ale istnieją różne rodzaje miłości. Sądzę, że gdyby nie pojawił się ten twój wuj Casper, moglibyśmy zostać małżeństwem. Wszyscy się tego spodziewali. Pojawił się jednak i być może uchronił nas oboje przed popełnieniem głupiego błędu.

— To wcale nie byłby błąd. Jak możesz tak mówić?

Jamie rozejrzał się po salonie.

— Wtedy może nie, ale teraz... rozejrzyj się! Wiedziałem, że wasz dom będzie wspaniały, ale nie miałem zielonego pojęcia, co zobaczę! Musisz się teraz wżenić w towarzystwo, Lucy. Wżenić w majątek. Wyjść za kogoś, kto nie stoi z szeroko rozdziawioną paszczą, kiedy wchodzi do takiego miejsca.

— Jamie...

— Nic nie mów. Chciałem tylko być szczery. Musisz wiedzieć, na czym stoisz.

— Bardzo chciałabym, żebyś został — szepnęła Lucy.

— Możesz powiedzieć to głośniej, jeśli tego naprawdę chcesz.

Rozpromieniła się, objęła go i pocałowała w nos.

— Chcę, żebyś został! — zawołała.

Jack Darling, wydmuchując kłęby dymu, odwrócił się i popatrzył na nich.

— Jest coś jeszcze — powiedział po chwili Jamie. — Przywiozłem kogoś ze sobą.

— Kogoś z domu? Kogo?

Jamie pokręcił głową.

— Czeka na zewnątrz. Nie chciała wchodzić nieproszona, dopóki z tobą nie porozmawiam. — Wskazał dłonią drzwi. — Mogę ją tu zaprosić?

Lucy patrzyła ze zdziwieniem, jak przechodzi przez salon, otwiera drzwi i znika w holu. Stuknęły frontowe drzwi, kiedy je otworzył i zamienił z kimś parę słów — choć nie dało się dosłyszeć, z kim rozmawia.

Kiedy wrócił, przez chwilę stał oświetlony perłowym październikowym słońcem. Za nim stała pani Sweeney — Podskakująca Kozica — w tanim kapeluszu ze stertą sztucznych róż i nurkujących drozdów i znoszonym, ale dobrze utrzymanym futrze, z parasolką o rączce w kształcie kaczki.

— Pani Sweeney, moja droga! — zawołała Lucy i ruszyła jej na spotkanie. — Nie mogę uwierzyć, że pani tu jest!

Żebra pod futrem pani Sweeney wydawały się bardzo kruche, uśmiechała się jednak szeroko i mocno uścisnęła Lucy.

— Czytałam o tobie wszystko w gazetach! Jak przeszłaś po siatce na korcie tenisowym! Powiedziałam sobie: „Molly, ty ją tego nauczyłaś", i byłam taka dumna! A kiedy przeczytałam, że jesteś *belle* Nowego Jorku, no cóż, musiałam to zobaczyć na własne oczy. Musiałam znowu zobaczyć Nowy Jork... ostatni raz przed śmiercią. Błyszczące powozy, lampy gazowe, młodych mężczyzn podobnych do bogów.

— Jak się pani tu dostała? Tato, zobacz: przyjechała pani Sweeney!

Jack Darling nigdy nie przepadał za panią Sweeney, bo była czepialską klientką — twierdziła, że rozcieńcza pastę do butów spirytusem i nigdy nie doważa cukru. Była jednak Irlandką, a on zawsze miał słabość do Irlandczyków, poza tym wiedział, jak wielką przyjemność sprawiały Lucy jej lekcje tańca.

— No, no, pani Sweeney... — powiedział i pomachał cygarem. — Dobrze panią zobaczyć.

— I pana też — odparła pani Sweeney, z ciekawością rozglądając się po wspaniałym salonie. — Jack Darling, sklepikarz! W takim domu jak ten! W Nowym Jorku!

Jack wetknął cygaro między zęby, wbił dłonie w kieszenie i zaczął bujać się na piętach jak człowiek, który ma wiele do powiedzenia, ale postanowił nic nie mówić.

— Nie poznałabym Nowego Jorku — stwierdziła pani Sweeney. — Koleje, kolejki linowe, budynki... takie wysokie, że można odchylić głowę do samej ziemi i nie widać ich końca! I te linie telefoniczne... cóż za plątanina kabli!

— Jak długo zamierza pani tu zostać, pani Sweeney? — spytał Jack.

— Nie za długo, proszę się nie martwić. Tylko tyle, by odnowić kilka starych znajomości i po raz ostatni zatańczyć... jeśli już nie zapomniałam, jak to się robi.

— Jutro wieczorem w Waldorfie jest bal dobroczynny, podczas którego będą zbierane pieniądze na ośrodek pomocy społecznej przy Henry Street — powiedziała Lucy. — Jeśli ma pani ochotę, możemy iść razem. Oczywiście ty też, Jamie... bardzo by mi było miło, gdybyś zechciał nam towarzyszyć.

— Nie masz innego towarzystwa? Widziałem kolumny towarzyskie. Panna Żarówka, prawda?

— Tak... Miał mnie na ten bal zabrać John... John B. Harriot Czwarty, ale sądzę, że nie będzie miał nic przeciwko temu, żebyś był ze mną. A jemu będzie towarzyszyć moja przyjaciółka Sylvia Park... choć raczej jej nie polubi, kiedy ją bliżej pozna. Ona strasznie rządzi mężczyznami, a John nienawidzi, kiedy ktoś nim rządzi.

— Nie zmieniłaś się, prawda? — powiedział Jamie z uśmiechem.

Spuściła wzrok, ukrywając swoje błękitne jak morze oczy.

— Chciałabym móc powiedzieć, że to prawda.

◆ ◆ ◆

Wieczorem Jamie i pani Sweeney zostali zakwaterowani w posiadłości Darlingów i jedli kolację złożoną z dorsza oraz upieczonych na chrupko przepiórek. Siedzieli wokół olbrzymiego okrągłego stołu z wiśniowego drewna, który Lucy i Jack sprowadzili z Anglii — w pokoju, który Jack nazywał „małą jadalnią".

Stół był tak wypolerowany, że przypominał czarny staw, w którym odbijał się elektryczny kandelabr. Lucy miała na sobie popołudniową sukienkę bez ramion z różowego jedwabiu, naszyjnik z białych brylantów i brylantowe kolczyki. Jamie nie mógł oderwać od niej wzroku.

— Jak mają się sprawy w Oak City? — spytał Jack, kiedy Jeremy po raz kolejny napełnił jego kieliszek szampanem, bardzo popularnym w owym czasie w Nowym Jorku Dry Royal de Saint Marceaux. — Trochę tęsknię za dawnymi czasami i rozmowami wokół pieca.

— Pieniądze zawsze nakładają mężczyźnie różowe okulary — stwierdziła pani Sweeney. Była jak zwykle ubrana na czarno, a włosy sczesała do tyłu i spięła grzebykami. — Życie w Oak City jest teraz trudniejsze niż kiedykolwiek. Samuel Blankenship zmarł tego lata, a Osage Pete jest tak ślepy, że ledwie może się sam poruszać.

— Samuel Blankenship umarł? — spytał wyraźnie poruszony Jack. — Dlaczego nikt mnie o tym nie zawiadomił?

— Czym jest śmierć zwykłego inżyniera kolejowego, mieszkającego na końcu świata, dla jednego z najbogatszych nowojorczyków? — zapytała pani Sweeney.

Lucy nie rozumiała jej zjadliwości.

— Samuel Blankenship nie był dla mnie kimś nieważnym — zaprotestował Jack. — Był moim przyjacielem.

— Naprawdę? Kiedy położył pan łapy na pieniądzach, uciekł pan, Jacku Darling, i nigdy nie przyjechał go odwiedzić. Ani cent z pana bogactw nic nie zrobił dla Oak City.

— Droga pani... anulowałem wszystkie zakupy na kredyt — odparł Jack. — Ludzie z Oak City byli mi winni setki dolarów. Za same buty na obcasach anulowałem tysiąc pięćset dolarów.

— A ile kosztowały te pokryte złotem poręcze schodów? — zapytała pani Sweeney, po czym uniosła wyżej złoty widelczyk do ryby. — A to? Rodzina z Oak City mogłaby za niego przez parę lat kupować wieprzowinę i fasolę.

Jack zgarbił się i poszarzał na twarzy.

— Tato... zrobiłeś, co mogłeś — powiedziała Lucy. — Nie możesz wspierać całego świata.

— Czy wszyscy mieszkańcy Oak City mają mi tylko tyle do powiedzenia? — wybuchnął Jack. — Twierdzi pani, że byłem skąpy? Sądzi pani, że mogłem cokolwiek zrobić, aby ulżyć ich losowi? Jedyną rzeczą, która mogłaby ulżyć ich losowi, byłby powrót spędów bydła, a oboje wiemy, że to już historia.

— Uważają pana za skąpego, to prawda. Mówią, że zapomniał pan o swoich korzeniach i odwrócił się do nich plecami. Sprawy mają się całkiem źle, a teraz jeszcze przyszła epidemia ostrej biegunki dziecięcej.

— Pani Sweeney... zmieńmy temat — wtrącił Jamie. — Jesteśmy gośćmi pana Darlinga i powinniśmy być wobec niego uprzejmi.

Jack dźgnął powietrze przed nauczycielką.

— Zobaczymy, kto tu jest skąpy. Niech pani chwilkę poczeka, Molly Sweeney. Zobaczymy, kto jest skąpy.

Odepchnął krzesło do tyłu, wstał, wyszarpnął serwetkę zza kołnierzyka i na sztywnych nogach wyszedł z jadalni.

Zapadła długa, niezręczna cisza. W końcu pani Sweeney odwróciła się do Lucy i uśmiechnęła niepewnie.

— Przepraszam, moja droga. Chyba skrewiłam, mówiąc tak do twojego taty, ale to siedzenie tutaj, jedzenie złotymi sztućcami i picie z kryształowych kieliszków... nie mogę przestać myśleć o biedzie w Kansas... o dzieciach chodzących w ubraniach zrobionych z worków po mące i zniszczonych pracą żonach. A twój tata uważa się za Bóg wie kogo.

— Tata oddał Oak City wszystko, co miał, pani Sweeney — powiedziała Lucy. — Całe swoje życie i życie mojej mamy. Proszę nie osądzać go zbyt surowo. Pieniądze przyszły przypadkiem. Nie prosił się o nie i z początku wcale ich nie chciał. Zresztą mogą nie być wieczne. Złoże może się któregoś dnia skończyć, więc proszę nie żałować mu tego.

— Przepraszam — powtórzyła pani Sweeney. — Ale ten świat jest taki trudny... bogaci żyją, jakby biedni nie istnieli, jakby wszyscy mieli pieniądze i dla wszystkich świeciło słońce.

— Nie dla wszystkich ludzi zawsze świeci słońce, pani Sweeney — odparła Lucy. — Nawet bogatych. Pieniądze jeszcze nikogo nie uleczyły z bólu serca.

Lucy popatrzyła na Jamiego. Nie uśmiechał się, ale przez cały czas obserwował ją z ostrożnym skupieniem mężczyzny, który nie śmie myśleć, że jego miłość mogłaby kiedykolwiek zostać odwzajemniona.

4

Kiedy schodziła po schodach w ciemnoczerwonej wieczorowej sukni z tafty, Jamie nic nie powiedział, jedynie cofnął się dwa kroki — wyraźnie poruszony — i popatrzył na panią Sweeney. Suknia Lucy miała głęboki dekolt, a do jej białej skóry doskonale pasował krwistoczerwony naszyjnik z czeskich granatów.

— Magiczny widok, prawda? — powiedziała pani Sweeney, patrząc na Lucy z taką dumą, jakby dziewczyna była jej córką. — I pomyśleć, że to ja nauczyłam ją zamiatać podłogę nogą. Wyglądałam kiedyś dokładnie tak samo. Dokładnie tak! Może tylko byłam odrobinę chudsza.

Kiedy Lucy szła przez hol, Jamie wyciągnął do niej dłoń.

— Wyglądasz wspaniale — stwierdził.

Dygnęła.

— Pan też wygląda elegancko, drogi panie — odparła.

Miał wysoki wykrochmalony kołnierzyk i nowy czarny frak, który Lucy zamówiła dla niego u Woodbury'ego. Przysłano go dziś rano — wraz z dwoma krawcami na wypadek konieczności dokonania poprawek.

We fraku Jamie wyglądał zupełnie inaczej niż zwykle i Lucy jeszcze wyraźniej uświadomiła sobie, jakim atrakcyjnym jest mężczyzną. Frak dodał mu męskiego autorytetu — mimo młodego wieku i wiejskiego dialektu.

— Lepiej już idźmy — powiedziała. — Jeremy! Powóz gotowy? Gdzie tata?

— Powóz czeka na zewnątrz, panno Lucy — odparł stojący przy drzwiach Jeremy. — Ojciec panienki zaraz będzie na dole.

— Mam nadzieję, że nie dąsa się z powodu tego, co powiedziałam mu wczoraj — mruknęła pani Sweeney. — Uważam, że mężczyzna powinien umieć przyjąć krytykę. Prosto w podbródek. Twój ojciec potrzebuje tańca! Potrzebuje rozrywki!

W tym momencie na szczycie schodów pojawił się Jack Darling. Zrobił dwa lub trzy kroki i zatrzymał się. Miał purpurową twarz i kiwał się lekko na boki, jakby jechał tramwajem.

— Czekacie na mnie? — zapytał. — Czekacie na kutwę z Oak City w stanie Kansas, który odwrócił się plecami do przyjaciół w potrzebie?

Lucy weszła kilka stopni w górę.

— Tato, piłeś...

Spiorunował ją wzrokiem.

— No i co z tego? Jestem w doskonałym nastroju! Nie ma nic lepszego od kilku szklaneczek liku-foru, aby mężczyzna poczuł, że stoi na szczycie świata! Jesteś, Molly Sweeney! Zatańczysz dla mnie dziś wieczorem? Pokażesz mi, z czego jesteś stworzona?

— W trupa zalany... — mruknęła pani Sweeney.

— Tato... — jęknęła Lucy, podciągnęła sukienkę i ruszyła w górę schodów. — Nie możesz iść na bal w takim stanie! Wszyscy tam będą! Pani Vanderbilt! Nawet pani Astor. Pan McKinley, pan Hanna też. Tato, proszę!

Jack stał i patrzył na nią, jakby jej nie rozpoznawał.

— Czuję się wspaniale... — wymamrotał i pochylił się do przodu. Poczuła w jego oddechu zapach whisky. Pił linoskoczki, ale we wzmocnionej wersji: ponad połowa whisky, reszta szampana. — A tak w ogóle to kim ty jesteś, aby mi mówić, gdzie mam iść i kiedy? Nawet nie jesteś moją...

Zanim dokończył, złapała go za rękaw i przysunęła mu usta do ucha.

— Tato, jesteśmy teraz w towarzystwie! Pamiętasz, ile miesięcy trwało, zanim zaprzyjaźniliśmy się z tymi ludźmi i nauczyliśmy, jak należy się odpowiednio zachowywać? To Nowy Jork, nie Kansas! Jeśli wyjdziesz dziś z domu pijany, co wszyscy powiedzą? Zostaniemy odizolowani, nigdy nam tego nie zapomną.

Jack lekceważąco wykrzywił usta.

— Czy ci ludzie z tego twojego towarzystwa aż tak bardzo rozcieńczają wino wodą, że nigdy przedtem nie widzieli wesołego gościa?

— Nie, ale to bal dobroczynny. A ty nie jesteś wesoły, tylko walisz się z nóg. Nie pójdziesz pijany jak bela na bal dobroczynny!

Jack zesztywniał. Spojrzał w dół i wyciągnął palec w stronę pani Sweeney.

— Ta kobieta oskarża mnie o skąpstwo. Oskarża mnie o odwrócenie się plecami do przyjaciół i twierdzi, że bieda w Oak City też mnie nic nie obchodzi.

— Na miłość boską, Jacku! Nigdy nic takiego nie powiedziałam!

Ale Jack odwrócił się już do Lucy. W jego oczach lśniły łzy.

— Co ja narobiłem? Popatrz tylko na ten dom! Popatrz na mnie! Popatrz na siebie! Twoja biedna matka! Co ja zrobiłem?!

— Tato, idź teraz do łóżka. Proszę... nie próbuj przychodzić na bal, jesteś zbyt zdenerwowany. Znajdę pani Sweeney innych partnerów do tańca.

— Skąpy! — wymamrotał Jack. — Skąpy i obojętny.

— Tato...

Odsunął się od niej.

— Nie ty! Tylko nie ty! Wszyscy mi współczuli... nawet Casperowi było mnie żal, i kto może mieć do niego o to pretensję? Niewierna żona, brak własnych dzieci i sklep, który był jedynie harówką! A teraz to! Fortuna, na którą nie zasługuję, ciążąca jak sakwy pełne kamieni! Przygniata mnie to, przygniata! I nie mam siły wstać!

Lucy jeszcze raz spróbowała złapać go za ramię, ale wyrwał się tak gwałtownie, że złamał jej paznokieć.

— Nie dotykaj mnie, bo nie jesteś moją krewną — warknął. — Jesteś niczyim dzieckiem.

Lucy poczuła ból, jakby wpadła w lustro i szkło pocięło ją do kości.

Odwróciła się i popatrzyła na Jamiego, ale chyba nie zrozumiał, o czym mówi Jack, bo zmarszczył czoło, poruszył bezgłośnie ustami i pokręcił głową.

Na schody weszła pani Sweeney i stanęła dwa stopnie pod Jackiem — skupiona, lekko zirytowana, ale i skruszona.

— Jacku Darling, palnęłam głupstwo — powiedziała z największą kansaską wytwornością. — I bardzo cię za to przepraszam.
— Nigdy o nich nie zapomniałem, o żadnym z nich — wybełkotał Jack. Chyba nawet nie słyszał, co mówi pani Sweeney. — Ani o Samuelu, ani o Henrym, ani o Osage Pecie. Nigdy nie zapomniałem o Lappach ani Foresterach, ani o van Houtenach. — Powoli stukał palcem w skroń, jak ślepiec próbujący znaleźć przycisk dzwonka. — Wszyscy są tutaj, zapisani w mojej pamięci. Każdy z nich, na zawsze, po wsze czasy.

Pani Sweeney zgięła łokieć, zapraszając go, aby podał jej ramię.

— Chodź, Jacku Darling. Trochę zimnego wieczornego powietrza pozwoli ci nieco ochłonąć, a reszty dokona kilka tańców. Popatrz na mnie: wystroiłam się w nową sukienkę! Nie możesz pozwolić mi wyjść samej.

— Nie zapomniałem żadnego z nich — powtórzył Jack. — Słyszysz mnie? Słyszysz, co mówię? I nigdy nie byłem niewierny matce Lucy... nigdy, ani razu.

— Słyszę, co mówisz — odparła pani Sweeney. — A teraz ty posłuchaj tego...

Dała znak, aby podszedł bliżej, złapała go za głowę i przyciągnęła sobie jego ucho do ust. Przez chwilę się wahała, a potem wyszeptała coś, co tylko on mógł usłyszeć.

Efekt był niezwykły. Jack Darling wyprostował się gwałtownie i popatrzył najpierw na Lucy, potem na Jamiego. Cała alkoholowa czerwień zniknęła z jego twarzy.

— Tato? — spytała Lucy.

Pani Sweeney znowu przywołała Jacka i szepnęła mu coś jeszcze do ucha. Jack kiwnął głową.

— Tato? — powtórzyła Lucy.

— Wszystko w swoim czasie — powiedziała pani Sweeney. — Twój tata już doszedł do siebie.

Zeszła razem z Jackiem Darlingiem na dół, do holu, gdzie Jeremy udrapował wokół ramion swojego pana wieczorową pelerynę.

Jamie podał dłoń Lucy i popatrzył na nią pytająco. Niczyje dziecko? Co to ma znaczyć? Ale Lucy była nie mniej od niego zdumiona i zdezorientowana tym, co się przed chwilą wydarzyło.

❖ ❖ ❖

Pojechali do Waldorfa lakierowanym kasztanowym powozem. W środku pachniało skórą i perfumami. Kiedy mijali kolejne latarnie i do wnętrza powozu wpadały plamy światła, twarz Lucy pojawiała się i znikała pod rondem kapelusza ozdobionego szarymi wstążkami. Jamie wpatrywał się w nią z siedzenia naprzeciwko, swój operowy kapelusz trzymał na kolanach.

Pani Sweeney nie zamykały się usta — komentowała wszystko, co mijali.

— Popatrz na to! — zawołała, kiedy skręcili na południe przy Grand Army Plaza. — Powinniście widzieć to miejsce, kiedy byłam tu jako mała dziewczynka! Wszędzie wysypiska śmieci, kamieniołomy i place magazynowe. Prawie nie było domów mieszkalnych i zamiast po bruku jechało się po piachu. Popatrzcie na te budynki! To istny cud!

— Same hotele — mruknął Jack Darling, przysuwając twarz tak blisko szyby, że zaparowała od jego oddechu. — Savoy, New Netherland, Plaza. Same hotele.

Minęli olbrzymią posiadłość Vanderbiltów — zbudowany przez Corneliusa Vanderbilta II dom zajmujący całą przestrzeń między dwoma przecznicami, ulicami Pięćdziesiątą Ósmą i Pięćdziesiątą Siódmą, piękny neogotycki dom wzniesiony przez jego brata Williama Kissama Vanderbilta przy Pięćdziesiątej Drugiej Ulicy i dwie renesansowe rezydencje zbudowane przez ich ojca, Williama Henry'ego Vanderbilta, przy Pięćdziesiątej Pierwszej i Pięćdziesiątej Drugiej Ulicy, z których jedna była przeznaczona dla niego, a druga dla córek.

— Jakie koszta! — zawołała pani Sweeney. — Ile te domy musiały kosztować!

— A.T. Stewart wydał na swój dom cztery miliony — powiedział Jack Darling. — A Vanderbiltowie piętnaście. Mogliby mnie kupić i sprzedać dwadzieścia razy dziennie. Większość innych też... Astorowie, Gouldowie i Carnegie'owie. Jestem tylko drobną płotką. Powinnaś o tym powiedzieć ludziom z Oak City, którzy obrzucili mnie czarnym słowem.

Pani Sweeney pochyliła się i dotknęła jego dłoni.

— Powiedziałam przecież, że cię przepraszam, i powiedziałam ci to, co powinieneś wiedzieć, więc nie utrudniaj wszystkiego. Nie ma powodu rozdymać tej sprawy.

— Przestań się na mnie gapić — powiedziała Lucy do Jamiego. Kiedy mijali następną latarnię, dostrzegła, że poczerwieniał.
— Przepraszam. Nie miałem zamiaru wprawiać cię w zakłopotanie, ale pod tym kapeluszem ledwie cię widzę.
— O czym myślałeś?
— O tobie.
— Daj spokój, powiedz prawdę. Na pewno myślałeś o swojej pracy. O tym, jak pozbawić Indian ich ziemi, i o delikatach.
— O deliktach — poprawił ją Jamie. — Ale nie, wcale nie myślałem o pracy. Myślałem o tobie. Wiesz co? Nie zmieniłaś się. To znaczy masz teraz inne maniery i jesteś dzieckiem szczęścia, ale w dalszym ciągu pozostałaś Lucy Darling, prawda? Marzycielką. Zastanawiałem się, czy nad tymi wszystkimi wysokimi budynkami wciąż widzisz chmury. Nadal wyglądają jak statki, zamki i wyspy?

Lucy popatrzyła na niego.
— Sprawiasz, że czuję się zażenowana.
Jack zakaszlał.
— Są bogaci i bogaci — powiedział. — Niektórzy są tak bardzo bogaci, że nawet nie potrafią obliczyć, ile mają pieniędzy, i ci są najbardziej skąpi... ale czy ktoś kiedykolwiek słyszał złe słowo na ich temat? Do dziś widzę wszystko, co zostawiłem w Oak City... Sklep, piec i moją Annę, sięgającą po słój z cukierkami. — Spojrzał na nauczycielkę tańca. — Gdzie to się podziało? Gdzie to wszystko zniknęło?

Pani Sweeney wydęła usta.
— Zginęło w czasie, Jacku Darling. Odeszło tam, gdzie ciągle żyją Sean, Samuel Blankenship i wszyscy inni, którzy umarli przed nimi.

Jack zaczął bić się pięściami po kolanach i po jego policzkach popłynęły łzy. Pani Sweeney próbowała go uspokoić, ale bez powodzenia.

Jamie bezradnie obserwował tę scenę.

Co można zrobić dla człowieka, którego życie okazało się jednym wielkim pasmem goryczy i utraconych szans?

Lucy objęła ojca.
— Tato, oni są po prostu zazdrośni, to wszystko. Ludzie zawsze zazdroszczą komuś, komu się poszczęściło. Ale nie chcą ci za-

szkodzić. Gdybyś jutro wrócił do Oak City, przywitaliby cię jak zwykle. Wybacz im, tato.
— Mądre słowa jak na tak młodą głowę — stwierdziła pani Sweeney. — Jacku Darling, wybacz im i wybacz także mnie. A przede wszystkim wybacz sam sobie. I nie smuć się, teraz czas na tańce!
Jack wytarł oczy i wydmuchał nos.
— Tato, uśmiechnij się — poprosiła go Lucy.
Uśmiechnął się do niej, ale miał zaciśnięte usta.
— Na początek wystarczy — stwierdziła Lucy.
Kiedy Jack przestał się uśmiechać, jego oczy w dalszym ciągu latały na boki, a palce bębniły niecierpliwie o skraj kapelusza. Stukotały jak grad o dach stojącego na krawędzi świata domu, pomalowanego na żółty kolor, jaki mają bezpańskie psy.

◆ ◆ ◆

— Wiecie, co mówi Biblia — powiedział Jamie. — Mateusz, rozdział dziewiętnasty: „Łatwiej jest wielbłądowi przejść przez ucho igielne niż bogatemu wejść do królestwa niebieskiego"*.
Tańczyli walca w sali balowej Waldorfa, pod migoczącymi elektrycznymi kandelabrami, razem z innymi gośćmi. Muzyka, śmiech i hałas rozmów sprawiały, że Lucy niemal nie słyszała Jamiego. Orkiestra grała *Świat marzeń miłości* oraz *Wiosnę i miłość*.
Widziała się już z Evelyn Scott i kilkoma innymi przyjaciółkami i została przedstawiona pani Astor oraz Johnom Pierpontom Morganom (poznała kiedyś Jane Morgan i była nią zachwycona). Zatańczyła też z Jamesem Gore'em Kingiem, który beztrosko deptał po jej kasztanowych aksamitnych mokasynach.
Wiedziała, że powinna się dobrze bawić, ale stan, do jakiego doprowadził się Jack, zaniepokoił ją bardzo i ciągle rozglądała się za nim. Nie widziała go tak bardzo pijanego i zachowującego się tak dziwacznie od dnia śmierci matki. Zastanawiała się, co powiedziała mu pani Sweeney. Bała się, że może zrobić coś głupiego. Zawsze był dobroczynnym i pokornym człowiekiem, jednak ostatnio zauważyła, że głównym powodem jego hojności i pokory było to, iż sądził (oczywiście całkowicie błędnie), że popełnił jakieś niewybaczalne czyny i zasługuje na boską karę. Być może dziś

---
* Ewangelia według świętego Mateusza 19,24.

wieczorem uzna, iż zasługuje na większą karę niż dotychczas, i upokorzy się tak bardzo, że nigdy nie da się tego odrobić.

Jeśli to zrobi, upokorzy także ją — a to zagroziłoby jej niepewnej jeszcze pozycji w nowojorskim towarzystwie. Pani Astor nazywała ją „słodką dziewczynką", ale słodycz nie uratuje jej przed skandalem, jaki mógłby wywołać jej pijany ojciec.

— Widzisz gdzieś tatę? — spytała Jamiego.

Popatrzył nad głowami tańczących. Miał sześć stóp i dwa cale wzrostu i górował „nad wężami", jak określiłaby to pani Sweeney.

— Nigdzie go nie widzę — odparł po chwili. — Może poszedł coś zjeść. Albo wypić, co bardziej prawdopodobne.

— Lepiej się za nim rozejrzę — powiedziała Lucy. — Nie powinien tu dziś przyjeżdżać. Szkoda, że pani Sweeney go do tego namówiła.

— Ale ją widzę. Popatrz tylko na nią! Podskakująca Kozica! A podobno nie uważa się za siedemnastolatkę!

Pani Sweeney przepłynęła obok nich w ramionach Henry'ego Sturgisa Grewa, bostońskiego milionera — z ekstatycznie zamkniętymi oczami.

— Pani Sweeney! — zawołała Lucy, ale jej nauczycielka tańca najwyraźniej śniła o innych czasach i nic nie słyszała.

— Nie budźcie jej — powiedział z uśmiechem pan Grew. — Jeszcze nigdy tak dobrze mi się z nikim nie tańczyło. Twierdzi, że chodzi także po linie!

— Owszem, kiedyś chodziła — odparła Lucy.

Tańczyli obok młodzieńca w okularach z dopiero sypiącym się wąsem i nieładnej dziewczyny z blond lokami i wielkim nosem. Młodzieniec zawołał: „Dobry wieczór, panno Darling!", a Jamie odruchowo odparł: „Co słychać?".

— To byli Teddy Roosevelt i Hester French — powiedziała Lucy, kiedy pomknęli dalej. — Teddy pracuje dla marynarki wojennej i ma przed sobą wspaniałą przyszłość. Niektórzy nazywają go Mojżeszem, bo zawsze jest bardzo uczciwy i prawy. A Hester to jedna z tych głupawych dziewuch, tańczących z każdym chłopakiem, który im się nawinie, a potem płaczących w kącie, bo żaden z nich nie proponuje im małżeństwa.

— Cóż... to wszystko chyba niewiele się różni od każdego innego towarzystwa — stwierdził Jamie. — A co z tobą?

— Co ma być ze mną?
— Sądzisz, że kiedyś wyjdziesz za mąż?
— Nikt mnie jeszcze nie poprosił o rękę. W każdym razie nikt, za kogo chciałabym wyjść.
— A co z tym twoim Anglikiem, członkiem parlamentu?

Lucy wzruszyła ramionami i odwróciła głowę. Przestała już wierzyć, że Henry kiedykolwiek do niej napisze, ale trudno jej było o nim zapomnieć. Jakby ciągle wyjmowała jego zdjęcie z torebki z zamiarem wyrzucenia go, a potem, po chwili wahania, z powrotem chowała je w torebce.

— Ciągle jeszcze jestem młoda — odparła.

Orkiestra skończyła grać walca, goście zaczęli klaskać i wołać „Brawo!", i odpowiedź Jamiego została zagłuszona.

— Chciałabym się napić ponczu — powiedziała Lucy.

Jamie poprowadził ją do Evelyn — w ładnej zielonej sukience z wstążkami, w towarzystwie sztywnego młodzieńca, który wyglądał, jakby bał się uśmiechnąć, aby nie zniekształcić swojego idealnego greckiego profilu.

— Zaraz przyniosę ci poncz — powiedział.
— Wspaniały chłopak! — zawołała Evelyn, kiedy zniknął. — Czyżbym jednak usłyszała jakiś cień kansaskiego akcentu w jego wymowie?
— Jest moim przyjacielem z domu.
— Najwyraźniej hodują ich tam do odpowiedniej wielkości — stwierdziła Evelyn.

Było to pomyślane jako szpila dla jej towarzysza, ale on wciąż gapił się w przestrzeń przed sobą, jakby nie myślał o niczym innym poza swym profilem.

— To Ronald Prout — powiedziała Evelyn, unosząc lekko brwi dla zasugerowania, że Ronald to nic wielkiego. — Kolejny chłopak z Gas House. — Był to z towarzyskiego punktu widzenia najważniejszy ze wszystkich klubów na Harvardzie, znacznie bardziej prestiżowy od Porcelliana czy AD.

Ronald na chwilę wyostrzył spojrzenie swoich jasnoszarych oczu.

— Kansas? — spytał kostycznie. — To gdzieś za Pięćdziesiątą Dziewiątą Ulicą?

Lucy miała właśnie spytać Evelyn o mający się odbyć w przyszłym tygodniu bal w Holland House, kiedy przez tłum przebiegło dziwne poruszenie — jakby zanosiło się na burzę. Głowy wszystkich gości zaczęły odwracać się w stronę portalu prowadzącego do hotelowego holu.

— Nie dotykaj jej! — zawołał jakiś męski głos. — Nie dotykaj jej!

— Odsuńcie się! — krzyknął ktoś inny. — Nie stójcie pod spodem!

Przez salę balową przepychał się młodzieniec o wysmarowanych brylantyną włosach.

— Co się dzieje? — spytała go Lucy.

— Starsza pani balansuje na balustradzie! Mogłaby być moją babcią!

O Boże, to na pewno pani Sweeney! — pomyślała Lucy. Nikt inny!

Evelyn zmarszczyła czoło.

— Co się dzieje?

Lucy bez słowa zaczęła przebijać się przez podniecony tłum gości. Po chwili przeszła przez łukowaty portal i znalazła się we wspaniałym, wykładanym marmurem holu recepcyjnym Waldorfa. Kiedy szła, kilka kobiet krzyknęło, a mężczyźni zabuczeli z niepokojem — jak potężne stado pędzących przez prerię bawołów.

— Proszę zejść! — zawołał któryś z gości. — Na miłość boską, proszę pani, proszę zejść!

Henry Sturgis Grew stał przed tłumem i ze zdumieniem rozpościerał ramiona.

— Powiedziała: „Pokażę ci!". Dokładnie tak powiedziała: „Pokażę ci!". Zaraz potem stała już na poręczy!

Kiedy Lucy spojrzała w górę, po jej kręgosłupie przeleciał dreszcz przerażenia. Pani Sweeney stała na marmurowej balustradzie antresoli — jedną ręką podciągała swoją czarną wdowią sukienkę, a w drugiej trzymała czarny wieczorowy but. Uśmiechała się, ale jej spojrzenie świadczyło o tym, że myślą jest bardzo daleko stąd. Miała spojrzenie osoby, która zupełnie zapomniała, gdzie się znajduje.

Na dole kłębili się ludzie, na całych schodach też stali, ale ci na antresoli nie podchodzili bliżej, aby nie wytrącić starszej pani z równowagi. Powietrze było gęste od cygarowego dymu i drogich

francuskich perfum i wszędzie — jak świetliki — migotały brylanty.
— Czy ktoś wezwał strażaków? — zapytał dyrektor Waldorfa. — Ned! Przynieś koce! Jeśli spadnie, może uda nam się ją złapać!

Przez krzyki można było usłyszeć, że pani Sweeney śpiewa pod nosem drżącą piosneczkę, której historia musiała sięgać Forepaugha i Sellsa.

Chociaż w miłości głupiej farsie
Grać próbowałeś każdy cień...

Lucy z szaleńczo walącym sercem przepchnęła się do stóp schodów. Wielka kobieta w niebieskiej aksamitnej sukience odwróciła się do niej z oburzeniem i jej biały biust zadrgał jak budyń.
— To moja znajoma — powiedziała szybko Lucy. — Proszę mnie przepuścić!

Kiedy była w połowie schodów, zaczęła krzyczeć:
— Pani Sweeney! Pani Sweeney!

Ale tłum zachowywał się zbyt głośno, aby jej nauczycielka tańca mogła cokolwiek usłyszeć. Zresztą nawet gdyby usłyszała wołanie Lucy, prawdopodobnie nie zwróciłaby na nie uwagi. Balansowała na poręczy trzydzieści stóp nad marmurową podłogą, jedną stopę stawiała ostrożnie przed drugą i była duchem zupełnie gdzie indziej, w innym czasie.

Szła po linie w Omaha, Valley Falls albo w Sutro i wszyscy obserwowali ją z zachwytem.

Odpocznij, pewien, że nie żyjesz,
By ślubu swego ujrzeć dzień.

Kiedy dotarła do końca balustrady, zatrzymała się na moment i zachwiała. Zgromadzone na dole kobiety zaczęły krzyczeć i ich głosy musiały przebić się przez fantazję pani Sweeney, bo zmarszczyła czoło, popatrzyła na tłum i uśmiechnęła się lekko.
— Pani Sweeney! — zawołała Lucy, biegnąc w górę schodów. — Pani Sweeney!

Niemal w tym samym momencie rozległ się głos jej ojca:
— Molly Sweeney! Masz stamtąd natychmiast zejść, ty stara, pokręcona belo bawełny! Co ty sobie wyobrażasz?
Czerwony na twarzy Jack gwałtownie przepychał się przez tłum, machając rękami jak próbujący dopłynąć do brzegu pływak.
— Co się pan pchasz? — zaprotestował jakiś starszy mężczyzna. Jack obrzucił go takim spojrzeniem, że mężczyzna szybko się odwrócił.
— Molly Sweeney, ty przeklęta pożeraczko herbatników! Masz stamtąd natychmiast zejść!
Był znacznie bardziej pijany niż w chwili przybycia na bal. Musiał większą część wieczoru spędzić w barze, wlewając w siebie kolejne linoskoczki. Pchnął Lucy, prychnął i pociągnął nosem. „Twoja matka, na Boga", warknął. Miał spoconą twarz, a jego wypomadowane włosy odstawały od czaszki. Opary whisky unosiły się nad nim jak niewidoczna woalka.
— Tato, nie! — powiedziała błagalnie Lucy. — Jeśli ją zdekoncentrujesz, spadnie!
Pani Sweeney nadal stała na balustradzie z szeroko rozłożonymi ramionami i była na granicy utraty równowagi. Ale uśmiechała się i w dalszym ciągu śpiewała.

Odpocznij, pewien, że...

— Molly Sweeney! — krzyknął Jack Darling, kiedy dotarł do szczytu schodów.
Wszyscy się cofnęli.
— Oszalał? — spytała starsza pulchna kobieta, obserwująca Jacka przez lorngnon.
— Raczej jest po prostu pijany — odparł jej towarzysz.
— Chyba i jedno, i drugie. Jest szalony i pijany — stwierdziła wysoka dziewczyna.
Lucy odwróciła się do niej.
— To mój ojciec — oświadczyła odważnie.
— O Boże... — westchnęła starsza pani.
Pani Sweeney kiwała się na boki, jednak jakoś udało jej się zawrócić i ruszyć po balustradzie w stronę schodów. Była bardzo blada i mocno zagryzała dolną wargę.

...nie żyjesz, by...

Jack przysunął się do niej. Poła koszuli wysunęła mu się ze spodni i stracił jedną ze spinek kołnierzyka.

— Molly... Molly... Molly... — powtarzał cicho. — Jeśli to kara, nie przyjmuję jej. Tak chcesz mi się odwdzięczyć? Tak ma to wyglądać?

Pani Sweeney nawet na niego nie popatrzyła, ale podchodziła coraz bliżej — drżącymi, ostrożnie odmierzanymi kroczkami, z wyprostowanymi plecami i wyciągniętymi na boki rękami, z wyrafinowaną elegancją, która jeszcze dodawała dramatyzmu jej popisowi.

Prawa stopa do przodu, oparcie ciężaru ciała na podbiciu. Przerwa, złapanie równowagi, a potem lewa stopa naprzód.

Lucy wiedziała, że pani Sweeney wcale nie chce ukarać Jacka. Zbyt często słyszała, jak jej nauczycielka mówi o swoich „dniach blasku", kiedy wszyscy gromadzili się, aby ją zobaczyć. Myślała tylko o sobie i o nikim więcej. „Demenencja starsza" — tak pewnie nazwałby to doktor Cooper, który ostrą biegunkę dziecięcą nazywał „siostrą bierunką".

Dni blasku starej kobiety powracały.

Pani Sweeney zatrzymała się, po czym zrobiła następny krok.

— ...ślubu swego... — wydyszała.

Tłum w dole cofnął się jeszcze bardziej. Po drugiej stronie holu dwóch portierów wyciągało z kabiny windy koce i poduszki — wszystko, co mogłoby zamortyzować upadek, gdyby pani Sweeney spadła.

— Molly... — powiedział Jack Darling, przysuwając się coraz bliżej. Wyciągał do przodu drżące ręce. — Nigdy nie byłem aż takim złym człowiekiem, Molly, wiesz o tym. Pomyliłem się, przyznaję. Miałem trudne okresy, to prawda. Masz rację, że chcesz mnie za to ukarać, ale nie w taki sposób, Molly. Zejdź, zatańczę teraz z tobą.

...ujrzeć...

Pani Sweeney uśmiechnęła się i sztywno opuściła ramiona. Po raz pierwszy popatrzyła na Jacka — naprawdę popatrzyła, naprawdę go dostrzegła. Na jej twarzy malowała się ekstaza. Podobne twarze Lucy widywała jedynie na malowidłach przedstawiających świętych i Jezusa.

...dzień.

Pani Sweeney ześlizgnęła się z poręczy i zaczęła spadać. Tłum zawył, ale natychmiast zamilkł.

Kiedy spadała, uśmiechała się. Żegnaj, Forepaughu! Żegnaj, Sellsie! Cóż za moment na upadek — w najwyższym punkcie młodzieńczego marzenia! Żegnajcie, uniesione w zachwycie głowy, żegnajcie, entuzjastyczni adoratorzy!

Jack Darling dwoma wielkimi susami pokonał odległość dziesięciu stóp dzielącą go od pani Sweeney, wyskoczył za balustradę, złapał nauczycielkę w pasie — dużo za późno — i mocno ze sobą spleceni, polecieli w dół.

Tłum milczał, więc kiedy spadli na rozciągnięte koce, a potem uderzyli w marmurową podłogę, wszyscy usłyszeli trzask kręgosłupa pani Sweeney, pękającego jak drewniana laska.

Wybuchł chaos. Wszyscy krzyczeli i machali rękami. Kobiety mdlały, tłum na schodach niebezpiecznie falował. Przerażona Lucy zaczęła przepychać się do holu.

W połowie drogi zatrzymały ją szerokie plecy dyrektora Waldorfa.

— Cofnąć się! — wrzeszczał. — Dajcie im powietrza!

Lucy spróbowała przecisnąć się obok niego, ale ją odepchnął.

— To mój ojciec! — krzyknęła i załomotała pięściami w opięte frakiem plecy. — To mój ojciec!

Mężczyzna cofnął się, niemal miażdżąc przy tym palce stóp dziewczyny w pomarańczowej sukience, która wołała:

— Przepuśćcie mnie! Dajcie mi zobaczyć! Jeszcze nigdy nie widziałam trupa!

Dyrektor objął Lucy ramieniem.

— Przykro mi, proszę pani — powiedział. — Najlepiej będzie się pożegnać. Wygląda na to, że pani ojciec złamał sobie kręgosłup.

Jack Darling i pani Sweeney leżeli obok siebie — pani Sweeney na plecach, Jack twarzą do dołu. Beżowy koc zaplątał się wokół ich ciał i wyglądali, jakby właśnie skończyli uprawiać na podłodze hotelowego holu dziki seks.

Wyblakłe zielone oczy pani Sweeney były szeroko otwarte, jej połamane okulary leżały na podłodze. Zdawała się wpatrywać w Lucy ze zdziwionym uśmiechem na twarzy, jakby pytała: „Co ja tu robię, Lucy? Powinnam tańczyć". Nie było krwi, nic nie wskazywało na to, że nauczycielka nie żyje — poza tym, że w ogóle nie mrugała. Jej czarna wdowia sukienka zapadła się jak materiał połamanej parasolki.

Jack gwałtownie dygotał. Miał przyciśniętą do podłogi twarz i widać było tylko jego prawe oko. Źrenica skakała gwałtownie na boki.

Lucy uklękła obok niego i delikatnie dotknęła jego włosów.

— Tato... tato, to ja, Lucy.

Po jej policzkach spływały łzy, migocząc jak sznur brylancików. Stojące wokół kobiety w jedwabiach i aksamitach patrzyły na nią z pełną przerażenia fascynacją.

— Tato, odezwij się do mnie. Powiedz coś.

Jack Darling próbował na nią spojrzeć, ale nie mógł skupić wzroku.

— Lu... cy... — wymamrotał. — Co się ze mną stało, skarbie? Umieram czy może już umarłem?

— Nie, tato. Wszystko będzie dobrze. Zraniłeś się tylko w szyję, to wszystko. Już posłano po doktora.

— A co z Molly? Też jest ranna?

Lucy spojrzała na zapadnięte ciało pani Sweeney i jej nieruchome zielone oczy. Jeszcze parę sekund wcześniej nauczycielka wyglądała, jakby spała, teraz jednak zawładnęła nią śmierć i zesztywniała jak woskowa figura.

Lucy przez chwilę się zastanawiała, czy nie powiedzieć ojcu, że pani Sweeney żyje, aby czuł, że nie skręcił sobie karku na darmo, nie mogła go jednak okłamać. Nie w takiej chwili. Pogłaskała Jacka po pokrytym zimnym potem czole i pokręciła głową.

— Nie żyje, tato.

Jego oko wpatrywało się obojętnie w podłogę.

— Nie żyje? Prawdopodobnie zasłużyła sobie na to. Chyba nie powiesz, że nie zrobiłem co w mojej mocy, aby ją uratować.

— Nigdy nie miała do ciebie pretensji.

Jack Darling przez długi czas się nie odzywał. Tylko drżenie jego ciała świadczyło o tym, że żyje. W końcu wypluł trochę zabarwionej krwią śliny.

— Nie miałem pojęcia, że Molly tak źle o mnie myśli... Nie miałem pojęcia...

Klęcząc obok mężczyzny, który ją wychował, ale nie był jej ojcem, Lucy zrozumiała, że mężczyźni i kobiety nic nie wiedzą o swoich ambicjach i lękach.

Uniosła głowę — obok niej stał Jamie.

— Przyszedł lekarz — powiedział.

Jego głos brzmiał, jakby stał w wielkim dzwonie.

— Czy mój ojciec umrze? — spytała Lucy.

Doktor miał siwe bokobrody i poplamioną sosem czerwoną kamizelkę. Jego miękka brązowa torba ciągnęła się za nim jak senny spaniel.

Odchrząknął i rozejrzał się wokół, jakby nie mógł się zorientować, skąd dobiega głos Lucy.

— Czy umrze? Dobry Boże, skądże. Żaden mój pacjent nigdy nie umarł. — Ukląkł obok Jacka Darlinga i zapytał głośno: — Jak się czujesz, staruszku?

— Jesteś doktorem? — wymamrotał Jack.

— Oczywiście, że jestem doktorem.

Jack wypluł kolejną porcję flegmy.

— Czuję się, jakbym odchodził, doktorze.

— Tato! — krzyknęła Lucy.

— Nic na to nie poradzę. Jest ciemno i zimno. Twoja mama mnie wzywa.

Doktor otworzył torbę i zaczął w niej grzebać.

— Jeśli mi tu umrzesz, przyjacielu, przed tymi wszystkimi ludźmi, skopię cię po tyłku.

— Nic na to nie poradzę... — wyszeptał Jack, dygocząc coraz gwałtowniej.

— Nie umrzesz — powiedział z przekonaniem doktor i delikatnie ścisnął jego szyję. — Czujesz to, przyjacielu? — zapytał.

— Boli — odparł Jack.

Doktor uniósł jego frak, rozerwał tył eleganckiej jedwabnej kamizelki, wyciągnął koszulę ze spodni i odsłonił ciało. Rozejrzał się po tłumie bogatych gapiów.

— Czy ktoś mógłby mi pożyczyć broszkę albo szpilkę do kapelusza?

Pani Grew odpięła gwiazdę z brylantów i szmaragdów, która

musiała kosztować przynajmniej dwieście tysięcy dolarów, i podała mu ją bez wahania.

Zaczął kłuć ostrzem zapinki plecy Jacka — tak mocno, że pojawiła się krew.

— A co z tym? Czuje pan to? — spytał.

— Co mam czuć?

Lekarz zakrył plecy Jacka i zaczął kłuć grzbiety jego dłoni.

— A to? — zapytał znowu.

— Nie mam pojęcia, o czym pan mówi. Niczego nie czuję.

Doktor wstał, pociągnął nosem i oddał pani Grew broszkę.

— Dziękuję — powiedział, po czym wyciągnął z kieszeni wielką poplamioną chustkę i hałaśliwie wydmuchał w nią nos.

— No i co? — spytała Lucy. — Będzie żył?

— To zależy, co ma pani na myśli, mówiąc o życiu, moja droga. Nie umrze, Bóg jeszcze go nie chce, ale już nigdy nie będzie chodził ani nie poruszy żadnym mięśniem poniżej podbródka — odparł lekarz.

— Chce pan powiedzieć, że jest sparaliżowany? — jęknęła przerażona Lucy.

Miała w głowie pustkę, w której każde słowo odbijało się echem, i czuła się, jakby zaraz miała zemdleć.

— Jest bogaty? — spytał doktor. — Podejrzewam, że tak, jeśli tu jest.

Jamie, który kilka chwil wcześniej przepchnął się przez tłum, ujął Lucy za rękę.

— Tak, jest bogaty — powiedział. — To Jack Darling, milioner naftowy.

— Będzie to bardzo pomocne — stwierdził doktor i zamknął torbę.

— Zna pan kogoś, kto przywróci mu czucie? — spytała Lucy.

— Niestety, nie. Kiedy kark jest złamany, pozostaje złamany. Nie można tego w żaden sposób cofnąć. To tak, jakby pobić kogoś aż do utraty rozumu... nie da się go potem przywrócić. Na szczęście może płacić pielęgniarkom, żeby go karmiły i myły. Do końca życia będzie jak niemowlak, ale ponieważ jest bogaty, przynajmniej będzie rozpieszczanym niemowlakiem.

◆ ◆ ◆

Oświetlaną gazowymi lampami noc zaczęła moczyć drobna migocząca mżawka. Na chodniku przed hotelem zebrał się tłum i cała Piąta Aleja została zatarasowana powozami, bo mnóstwo gości wezwało woźniców, by wrócić wcześniej do domu. Gwizdały policyjne gwizdki, ludzie krzyczeli, przepychali się i zderzali ze sobą.

W hotelu dwóch odźwiernych uniosło głowę Jacka Darlinga nad podłogę, aby mógł się napić odrobinę brandy — jakby już nie był wystarczająco pijany. Przeniesiono go potem na nosze, cały czas twarzą w dół, i ambulans zabrał go do szpitala Bellevue. Panią Sweeney przykryto kocem i położono na stole pod ścianą holu. Po jakimś czasie pojawiło się dwóch chudych jak śmierć policjantów, aby przewieźć ją do kostnicy.

Lucy siedziała na pozłacanym krześle. Miała przezroczyście bladą twarz, ramiona owinęła pożyczoną od kogoś etolą z gronostajów. Chciała zostać w hotelu, aż Jack zostanie zabrany do szpitala, ale po dziesiątej pozwoliła Jamiemu i Evelyn zabrać się do domu.

W drodze powrotnej przez Central Park siedziała w najciemniejszym kącie powozu i nie odzywała się do nikogo. Czuła tak wielkie zmęczenie, że ledwie udało jej się wejść na frontowe schody. W dodatku czuła się winna. Miała wrażenie, że wszystko, co doprowadziło do śmierci pani Sweeney i kalectwa Jacka Darlinga, jest jej winą — że do skoku obojga z balustrady doprowadziły jej próżność, upór i niemoralność.

Gdyby za utratę dziewictwa nie wytargowała od wuja Caspera umowy, nie stałaby się bogata. Jack nadal byłby biedny i musiałby ciężko pracować, ale przynajmniej byłby zdrowy. Pani Sweeney nie wskrzesiłaby swoich dawno utraconych marzeń o tańcach w Nowym Jorku, ale by żyła.

Lucy miała wrażenie, że to, co się stało w magazynie sklepu Jacka Darlinga, rozlewa się po jej życiu jak lepka plama ropy naftowej chlapniętej na płótno.

Mycie nie wystarczyło do oczyszczenia. Nie pomogła modlitwa. Kiedy się myła lub modliła, wciąż pojawiało się pytanie: „A może ci się to podobało, księżniczko, bo stale o tym myślisz?". W takich chwilach przed jej oczami zawsze pojawiała się uśmiechnięta, płonąca twarz wuja Caspera, z której wystrzeliwały płomienie, robiło jej się sucho w ustach i zaczynała drżeć na całym ciele.

Evelyn siedziała z nią w jej pokoju, kiedy Nora, wytrącona z równowagi przez szok i współczucie, rozbierała ją i przygotowywała gorącą kąpiel.

Jamie był w salonie na parterze, popijał whisky i krążył jak tygrys w klatce przed płonącym kominkiem.

— Czy powiedzieli, jak długo twój tata będzie musiał zostać w szpitalu? — spytała Evelyn przez uchylone drzwi łazienki.

— Przynajmniej miesiąc, nie umieli tego dokładnie określić. Lekarz oświadczył, że będą musieli sprawdzić, które kręgi szyjne popękały, i zadbać o to, aby się odpowiednio zrastały. Inaczej mogłyby nastąpić komplikacje.

Do pokoju na paluszkach wślizgnęła się Frances, pomoc kuchenna o rumianych policzkach. Przyniosła filiżankę gorącej czekolady, którą postawiła na małym stoliku w wieżyczce.

W końcu Lucy wyszła z łazienki w długiej, obszytej koronkami, batystowej koszuli nocnej. Za nią szła pokojówka, próbując wycierać jej włosy.

— Nie musisz tego robić, Noro — powiedziała Lucy. — Owinę je ręcznikiem i usiądę przy ogniu.

— Na pewno, panienko? Nie chcę być odpowiedzialna za panienki grypę.

Lucy przytuliła ją do siebie i uścisnęła mocno.

— Jesteś dla mnie taka dobra, Noro...

Pokojówka zamrugała, próbując usunąć łzę z oka.

— Biedny człowiek, ten pani tata. Zawsze taki zdezorientowany... Często wołał mnie do salonu i pytał: „Noro, jesteś taka mądra... powiedz mi, co należy robić, jeśli się nie rozumie, dokąd życie nas zaprowadziło?".

— I co mu odpowiadałaś? — spytała Evelyn.

— Cóż mu miałam powiedzieć? To takie trudne pytanie! Zazwyczaj powtarzałam słowa mojego dziadka: „Dziś i jutro są jak złoto i srebro: jedno dziś jest warte szesnaście jutr i nie zapominaj o tym, że jutro to dzień po twojej śmierci".

— Chyba nie bardzo poprawiało mu to nastrój — mruknęła Evelyn.

Nora owinęła włosy Lucy ręcznikiem.

— Za jakiś czas przyjdę, aby je rozczesać. Bardzo mi przykro z powodu biednego taty panienki...

Wyszła z pokoju, a Lucy usiadła w wiklinowym fotelu przy kominku i patrzyła na ogień.
— Jak się czujesz? — spytała Evelyn.
— Nie wiem. Jakbym była odrętwiała.
— Powinnaś wziąć proszek, który proponował ci doktor.
Pokręciła głową.
— Nie chcę spać. Jeszcze nie teraz.
— Jak sądzisz, dlaczego twój ojciec to zrobił?
Lucy podniosła głowę. W jej oczach migotały odblaski płomieni.
— Myślisz, że zrobił to z rozmysłem?
Evelyn przez chwilę milczała.
— Słyszałam, jak zasugerował to jeden z policjantów — powiedziała w końcu. — „To klasyczne samobójstwo", stwierdził. Poza tym widziałam to na własne oczy. Twój tata skoczył, choć nie mógł uratować ani jej, ani siebie.

Lucy długo się nie odzywała. Miała ochotę się rozpłakać — i wiedziała, że to zrobi, ale jeszcze nie teraz. Znowu popatrzyła na ogień w kominku.

— Jack zawsze uważał, że jeśli cokolwiek idzie źle, dzieje się tak z jego winy. Kiedy matka go zostawiła, też uważał, że to jego wina. Wróciła, ale potem umarła, i o to także siebie obwiniał. Nigdy nie mógł uwierzyć, że jest coś wart.

O to, że wuj Casper mnie zgwałcił, również siebie obwinił, pomyślała, ale nie powiedziała tego głośno. Gdyby to zrobiła, przed obiadem następnego dnia wiedziałoby o tym całe nowojorskie towarzystwo, a pod koniec tygodnia plotkowano by na ten temat w San Francisco.

Stwierdzenie pani Sweeney, że nikt w Oak City dobrze o nim nie myśli, okazało się ostatnią kroplą goryczy, która sprawiła, że Jack Darling się załamał. Lucy nie miała pojęcia, co pani Sweeney wyszeptała mu do ucha na schodach. W Oak City nie osiągnął zbyt wiele: stworzył sklep, miał tyle pieniędzy, że nie groziła mu śmierć głodowa, i zdobył niewielki krąg przyjaciół. Wszystko to osiągnął sam i mógł być z tego dumny. Kiedy to ostatnie wspomnienie zamieniło się w proch, mimo pieniędzy nie pozostało mu nic.

Był sklepikarzem na High Plains i dobrze wiedział, co dzieje się z ludźmi, których wszystkiego pozbawiono.

Lucy popijała czekoladę. Była gęsta, gorzka i bardzo gorąca.

— Chyba już pójdę — powiedziała Evelyn. — Rodzice zawsze chodzą spać o dziesiątej. Tata twierdzi, że wczesne chodzenie do łóżka to gwarancja długowieczności. A jutro na lunch przychodzi jakiś milion Mellonów. Mieć w rodzinie takie hordy ludzi to chyba niedorzeczne, prawda?

— Ja nie mam nikogo, oczywiście poza tatą.

— No cóż, najwyższy czas, abyś wyszła za mąż. Ale, na Boga, nie rozmnażajcie się jak Mellonowie! Powinnaś być milsza wobec Johna. Może ci się przytrafić coś złego, a on jest niemal nie do wytrzymania bogaty. — Evelyn wstała, podeszła do Lucy i ją objęła. — Zadzwonię jutro, moja droga, i sprawdzę, jak się czujesz. Nie popadaj w rozpacz, dobrze? Wielu ludzi szczerze cię kocha.

Kiedy wyszła, Lucy stała w wieżyczce i patrzyła, jak powóz zawraca na Dziesiątej Alei, aby zawieźć przyjaciółkę do domu. Do drzwi zapukała Nora.

— Rozczesać paniencie włosy? Powinnam to zrobić, zanim wyschną.

Lucy kiwnęła głową, poszła do garderoby i usiadła przed lustrem. Miała bardzo bladą twarz i wyglądała jak duch Lucy Darling.

Nora zaczęła ją czesać.

— Co robi Jamie? — spytała Lucy.

— Chyba wybiera się spać. Jeremy przygotował mu kąpiel.

— Mogłabyś mu powiedzieć, że chciałabym się z nim zobaczyć?

W oczach Nory błysnęła dezaprobata.

— Gdzie, panno Lucy?

— Tutaj, oczywiście, w moim salonie. Będziemy tu bezpieczni, na Boga! Znam Jamiego od dzieciństwa!

— Ale nie jest już panienka dzieckiem, jeśli wolno mi się wtrącić. A taty nie ma w domu.

— Powiedz mu, żeby przyszedł i powiedział mi „dobranoc".

— Jak panienka sobie życzy.

— I poproś kucharza o jeszcze dwie filiżanki czekolady.

— Tak jest, panno Lucy.

◆ ◆ ◆

Kiedy zapukał do drzwi, osobiście mu otworzyła. Wykąpał się, zaczesał włosy do tyłu i pachniał wodą kolońską. Miał na sobie ciasno zawiązany długi kasztanowy szlafrok, a pod spodem piżamę w zielono-niebieskie paski — był to popularny wzór piżam sprzedawanych przez Searsa Roebucka.

— Witaj, Jamie — powiedziała i mocno go przytuliła.

Rozejrzał się po pokoju.

— Nie sądzę, aby twojej pokojówce podobała się moja wizyta.

— Ech, ta Nora! Ciągle grymasi. Wchodź, kucharz zaraz przyśle nam czekoladę.

Usiedli przy kominku. Ogień przygasł, więc Lucy sięgnęła po dzwonek, aby wezwać służącą.

Jamie powstrzymał ją w pół ruchu.

— Daj spokój — powiedział. — Mimo że mieszkam z bogaczami, jeszcze nie zapomniałem, jak się dokłada węgla do paleniska.

Podszedł do kominka, nasypał węgla i przez długą chwilę siedział przykucnięty, patrząc, jak spod czarnych bryłek zaczynają wypełzać cienkie języczki ognia.

— Nie umiem wyrazić, jak mi przykro — powiedział w końcu. — No wiesz, z powodu tego wszystkiego... Twojego ojca, pani Sweeney.

Lucy była zmęczona, ale ogień z kominka sprawiał, że wyglądała bardzo ładnie. Jej wyszczotkowane przez Norę włosy błyszczały i były związane bladobłękitnymi wstążkami.

— Jamie, mogę cię o coś zapytać?

— Jasne, co tylko chcesz.

— Czy sądzisz, że jestem... zła?

— Zła? Skąd takie pytanie? Oczywiście, że nie jesteś zła.

Otarła palcami łzy.

— Nie mogę przestać o tym myśleć... niemal chciałabym, aby tata umarł. Czy to nie brzmi strasznie? Nie wiem, jak on to wytrzyma... paraliż i karmienie łyżeczką. Nawet nie mam pojęcia, jak o niego dbać.

— Podejrzewam, że będziesz mogła zatrudnić pielęgniarki, które z wami zamieszkają. Stać cię na to, prawda?

— Tak, ale nie chodzi tylko o opiekę. Chodzi o życie z nim jako inwalidą. Jak mogłabym go opuścić i wyjść za mąż? Strasznie mi go żal, lecz jednocześnie jestem na niego wściekła. Wszystko popsuł.

Do pokoju zapukała Frances, po czym weszła z dwoma parującymi kubkami czekolady i tacą ciasteczek. Postawiła wszystko na stole, dygnęła i wyszła, zostawiając uchylone drzwi.

Lucy dotknęła dłoni Jamiego i wskazała drzwi.
— Mógłbyś je zamknąć? Nie chciałabym, aby Nora słyszała, o czym mówimy.
Wstał, podszedł do drzwi i zamknął je zdecydowanym ruchem.
— Chyba nigdy nie przyzwyczaiłbym się do służących — stwierdził. — Za bardzo cenię sobie prywatność.
Lucy bez słowa odwróciła się do kominka. Jamie przez chwilę patrzył na jej smukły kark, pokryty krótkimi błyszczącymi włoskami.
— Chyba masz prawo być wściekła — mruknął. — Jesteś młoda, masz wszystko, o czym młoda dziewczyna może marzyć. A teraz to... ciężko ranny ojciec. I to zupełnie bez powodu.
Lucy spuściła głowę.
— Był powód.
— Czyżby?
Wyciągnęła do niego rękę.
— Chodź tu i usiądź przy mnie. Nic mu nie pozostało. Kiedy pani Sweeney powiedziała, że nikt z jego starych przyjaciół w Oak City dobrze o nim nie myśli...
— Przecież miał ciebie. Dlaczego miałby się martwić o to, co o nim sądzą jego dawni kolesie?
— Nie — odparła Lucy. — Nie miał mnie. Nie miał nic.
— Coś faktycznie słyszałem... — przyznał ostrożnie Jamie. — Na początku wieczoru, na schodach, zanim wyszliśmy na bal. Że nie jesteś jego rodziną.
Lucy kiwnęła głową. Nie potrafiła dłużej powstrzymać łez.
— Prawda jest taka, że nie jestem jego prawdziwą córką. Mama była moją prawdziwą mamą, ale on...
Ukląkł obok niej i mocno ją objął.
— Nie musisz mi o tym opowiadać, przynajmniej nie dziś. Najlepiej będzie, jak wypijesz czekoladę i trochę się prześpisz.
— Ona umarła, a ja nie dowiedziałam się... nigdy nie powiedziała tacie, kto jest moim prawdziwym ojcem.
— Daj spokój... ciii... przecież zawsze był dla ciebie dobry, prawda?
Lucy wtuliła twarz w rękaw jego szlafroka, rozmazując na nim łzy.
— Boże, Jamie, czuję się tak okropnie...

Trzymał ją i kołysał w ramionach, aż zegar na kominku wybił jedenastą. Podał jej kubek z czekoladą, wytarł oczy i pocałował w czoło.

— Wyszoruj zęby i kładź się do łóżka.

Znowu wtuliła mu głowę w ramię. Przygnębienie niemal ją dusiło, gardło i pierś bolały od tłumionego płaczu, a Jamie tak bardzo ją uspokajał... Złapała go za rękę. Chciała, aby trzymał ją jak w tej chwili nie tylko przez cały ten wieczór, ale też dzień za dniem i noc za nocą, rok za rokiem, aż w końcu nie będzie dłużej mogła odwzajemniać uścisku. Gdyby zawsze ją tak trzymał, nie musiałaby się każdego ranka ubierać ani stawiać czoła światu pełnemu bólu, niespodzianek i irracjonalnego poczucia winy.

— Zostaniesz ze mną, aż zasnę? — spytała, nie podnosząc głowy.

Jamie nie puścił jej, ale był bardzo spięty.

— Przypomnij sobie, co się stało w Denver — powiedział schrypniętym głosem.

— Chcę tylko, żebyś mnie trzymał w ramionach. Czuję się taka samotna...

— Tylko cię trzymać? — spytał ostrożnie po dłuższej chwili.

— Tak jak teraz... aż zasnę.

— Tutaj? Przy kominku? Tylko aż zaśniesz?

— Hmhhh... — wymamrotała Lucy.

Niemal już spała. Zmęczenie ogarnęło ją jak przypływ w bezksiężycową noc i nie miała siły utrzymać otwartych powiek.

— No cóż... chyba nic w tym złego.

Jeszcze mocniej się w niego wtuliła.

— Wybaczyłeś mi Denver, prawda?

Pogłaskał ją po włosach.

— Nie wiem, czy kiedykolwiek byłem za to na ciebie zły.

— To po prostu nie był odpowiedni moment...

Przez cały czas głaskał ją po włosach.

— Sądzisz, że kiedyś mógłby nadejść odpowiedni? — zapytał.

Choć przyciskała twarz do jego szlafroka i nie widział jej, podejrzewał, że się uśmiecha.

— Musisz dalej próbować... — odparła.

— A co się stanie, jeśli nie będę?

— Wiesz, jak się mówi: „Kto nie prosi, ten nie dostaje".

— A co będzie, jeśli znajdę sobie kogoś innego? Kogoś, kto zamiast „nie" powie „tak"?
— Wtedy będę płakała. Ale spróbuję nie być egoistką i cieszyć się twoim szczęściem. — Znowu się do niego przytuliła i dodała: — Nie chcę o tym rozmawiać.

Zapadła długa cisza. Zadzwonił zegar na kominku, a węgiel zaczął się zapadać.

Z oddali doleciał spłaszczony przez noc dźwięk dzwonu pożarowego.

— Naprawdę nie wiesz, kto jest twoim ojcem? — spytał Jamie.
— Mama nigdy nie chciała mi tego powiedzieć. Kiedy zmarła, zabrała tę tajemnicę ze sobą do grobu i nikt już nie dowie się prawdy.
— Nie dręczy cię to?
— Bo ja wiem? Czasami tak, czasami nie. Kiedy jestem wściekła albo przygnębiona, czasem myślę, że może odzywa się we mnie zły charakter ojca. Mama zawsze wydawała się taka słodka... Kiedy czuję się dobra i grzeczna, też myślę, że może taki był mój ojciec, bo nie potrafię sobie wyobrazić mamy z mężczyzną, który nie byłby jej wart.

Zamierzała dodać coś jeszcze, ale się powstrzymała. Wolała nie mówić Jamiemu o wuju Casperze. Tylko Jack wiedział, co jej zrobił, ale nawet jeśli podejrzewał, że wuj Casper jest jej prawdziwym ojcem, nigdy tego nie powiedział.

Znowu zaczęła zasypiać. Czuła, że Jamie nadal ją obejmuje, słyszała trzaskający w kominku ogień, jednak nie mogła dłużej myśleć o Jacku ani o pani Sweeney. Oboje jakby zamarli w jej głowie — byli splątani ze sobą jak na podłodze hotelowego holu, ale nie spadali. Może w jej snach nigdy nie dotkną podłogi?

Nie wiedziała, ile czasu minęło, ale w pewnym momencie poczuła, że Jamie się od niej odsuwa.

Położył ją delikatnie na dywaniku i wstał, lekko utykając, jakby zdrętwiała mu kostka.

— Nie idź... — wyszeptała.
— Ciii... nigdzie nie idę.

Usłyszała, jak z cichym trzaskiem siada na wiklinowym fotelu. Na ułamek sekundy uchyliła powieki, zobaczyła jego pasiastą piżamę i zamknęła je ponownie.

Ziewnął i westchnął. Ostatnią myślą Lucy było, że musi być bardzo zmęczony, po czym zasnęła.

Nic jej się nie śniło, wydawało jej się jednak, że słyszy głosy. W pokoju obok siedziała matka i mówiła: „Jack, nie przysłali nam wstążek". Lucy chciała ją zawołać, ale bała się, że jeśli krzyknie, może się obudzić i matka zniknie. „Mamo — szepnęła. — Nie odchodź".

Jamie ukląkł obok niej i zaczął ją ostrożnie podnosić.

Mruknęła coś, co brzmiało jak: „Nie... wieczór...", już ją jednak podniósł, mocno przyciskając do piersi. Nie otwierała oczu, pozwalała ręce luźno zwisać i oddychała jak człowiek pogrążony w głębokim śnie.

Jamie zaniósł ją do sypialni i położył na łóżku, a wtedy oprzytomniała. Gdy przykrył ją kołdrą i pochylił się, aby pocałować w czoło na dobranoc, otworzyła oczy, wyciągnęła rękę i przytrzymała połę jego szlafroka.

— Jamie...
— Dobranoc, Lucy.
— Chyba nie idziesz?
— Muszę. Nie mogę tu zostać.
— Jeszcze nie zasnęłam.

Uścisnął jej dłoń.

— Lucy... to nie wypada. Muszę iść.

Mimo zmęczenia Lucy nie chciała, aby odchodził. Mocniej zacisnęła dłoń na jego szlafroku i nie pozwoliła mu odejść. Kiedy delikatnie oderwał jej palce, drugą ręką złapała go za mankiet.

— Zostań! — zażądała.

Nagle stało się to dla niej bardzo ważne. Miał zostać i miał ją trzymać, inaczej nigdy nie zaśnie i będą ją prześladować dwie przerażające zjawy: wuj Casper, wybuchający jak skrzynka petard, i Jack Darling — bełkoczący paralityk.

Znowu zamknęła oczy i zapadła w drzemkę. Czuła, że Jamie siada obok niej na łóżku, była jednak zbyt zmęczona, aby puścić jego mankiet. Kiedy odsuwał się choćby o cal, łapała go za rękę — jeszcze bardziej zaborczo — i mruczała: „Zostań".

Miał nigdzie nie iść, potrzebowała go. W głębi snu czekali na nią Jack i wuj Casper — nie mogła stawić im czoła sama.

Kiedy zegar wybił kwadrans po pierwszej, Jamie powoli zaczął osuwać się na bok, aż w końcu jego głowa oparła się o jej biodro. Ocknęła się, gdy zegar wybijał drugą. Jamie w dalszym ciągu się o nią opierał i cicho pochrapywał.

Potrząsnęła nim.

— Jamie? Jamie?
— Szszszeso?
— Idź do łóżka. Jesteś bardzo zmęczony.
— Mhmhmmm...

◆ ◆ ◆

Kiedy po raz kolejny otworzyła oczy, sypialnię wypełniało ziarniste szare światło. Lucy odwróciła się, by popatrzeć na zegarek. Pięć po siódmej. Gdy uniosła głowę, zobaczyła Jamiego — zajmował całą drugą połowę łóżka i spał.

Zmierzwiła mu włosy i pocałowała w ucho.

— Jamie?

Nawet nie drgnął.

— Jamie? Jamie?

Uniósł głowę i wbił w nią półprzytomne spojrzenie.

— O rany... musiałem zasnąć.
— Nieważne. Nie idź.

Patrzył na nią przez długą chwilę.

— Jesteś pewna?

Kiwnęła głową i uśmiechnęła się.

— Oczywiście. Poza tym jest już za późno. Minęła siódma.

Usiadł i potarł twarz dłońmi.

Nie odzywali się. Po dłuższej chwili Jamie odwrócił się do Lucy.

— Przepraszam.
— Za co?
— Że zasnąłem. Co teraz pomyśli sobie twoja Nora?
— Nie wiem, ale nie interesuje mnie to. Przecież to tylko pokojówka. Jeśli przestanie mi się podobać, mogę ją zwolnić.
— Chyba nie przywykłem do służących. Nora potrafi człowieka przestraszyć.

Lucy wyciągnęła rękę i rozpięła górny guzik jego piżamy.

— Mogę ją wyrzucić, kiedy tylko zechcę — powtórzyła.

Pochylił się i pocałował ją w czoło.

— Chyba tak — mruknął.

Wsunęła mu palce we włosy — nie zamierzała teraz pozwolić mu odejść.

— Mogę zrobić wszystko, co zechcę. Mogę zatrudniać ludzi i wyrzucać ich z pracy. Kto mógłby mi tego zabronić?

— Jack?

— To nie są pieniądze Jacka, tylko moje! Poza tym Jack nie jest moim ojcem. — Zamilkła na chwilę, po czym dodała: — Zresztą nawet gdyby nim był, i tak nie mógłby mi mówić, co mam robić, a czego nie.

Pocałowała Jamiego w usta. Nie zamknął oczu.

Ponownie go pocałowała.

— Kocham cię — powiedziała.

— Nie, nie kochasz. Choć bardzo chciałbym, aby tak było.

— Kocham cię, głuptasie.

Skrzyżowała ręce, złapała nocną koszulę i pociągnęła ją do góry, odsłaniając biodra i piersi. Ściągnęła ją przez głowę i odrzuciła na bok. Naga przytuliła się do Jamiego i pocałowała go. Całowała go raz za razem, choć próbował ją odepchnąć i odwrócić głowę.

W końcu się wyprostował i musiał na nią spojrzeć. Na jej potargane jasne włosy i drobne piersi o różowych sutkach. Na wąskie biodra i długie, szczupłe nogi.

Popatrzyła na niego i z rozmysłem rozsunęła uda. Próbował odwrócić wzrok, ale nie był w stanie. Lucy chciała, aby jej pragnął, choć przepełniał ją irracjonalny strach, że zauważy, co jej zrobił wuj Casper.

Był to sprawdzian i jednocześnie wyzwanie.

Jej serce łopotało jak u królika.

Jamie z dziwnie poważną miną do końca rozpiął piżamę. Miał mocno opaloną i dobrze umięśnioną pierś — zawdzięczał to dzieciństwu spędzonemu na farmie i ciężkiej pracy. Pośrodku, tak drobne, że wyglądały jak cień, rosły ciemne włoski. Poluzował troczki spodni i ściągnął je. Jego członek zabujał się sprężyście — gruby i żylasty, wyprężony w oczekiwaniu.

Lucy przełknęła ślinę. Jej policzki płonęły, jakby podeszła zbyt blisko kominka. Tak bardzo się bała, że zamknęła oczy. Po chwili poczuła, że Jamie gładzi jej policzek. Zaraz potem ją pocałował.

— Marzyłem o tym... — wyszeptał. — Wiesz o tym? Marzyłem o tym przez lata.
— Ciii... nic nie mów... — odparła i wygięła głowę do tyłu.
Objął dłońmi jej piersi. Były nieduże i idealnie pasowały do wnętrz jego dłoni — jakby urosły takie właśnie specjalnie dla niego. Stwardniała brodawka ocierała się o biegnącą przez jego dłoń linię życia. Przesunął ustami po jej ustach, a potem jeszcze raz.
— Jamie... — szepnęła Lucy, choć nie była pewna, czy powiedziała to na głos.
Ukląkł między jej rozsuniętymi udami. W dalszym ciągu miał bardzo poważną twarz. Ojciec uczył go szacunku do kobiet i lęku przed Bogiem, a nie grzechu. Kciukami rozdzielił bladoróżowe wargi sromowe i z fascynacją patrzył, jak spomiędzy nich powoli wypływa przejrzysta jak kryształ kropla gęstego płynu i znika w cieniu między pośladkami.
Lucy spojrzała mu w oczy. Uśmiechał się do niej i pomyślała, że gdyby okazało się to konieczne, nie zawahałby się dla niej zabić.
Zahipnotyzowana wyrazem jego twarzy patrzyła, jak unosi ciało i wciska czubek swojego napęczniałego członka między jej wargi sromowe. Wsuwał się powoli do środka, coraz głębiej i głębiej, aż w końcu ciemne, kręcone włosy łonowe Jamiego splątały się z jej jasnymi i jedwabistymi.
To, co się działo, całkowicie różniło się od gorączkowej kopulacji wuja Caspera. Było powolne, rytmiczne, pełne pocałunków i czułych słów. Z początku Lucy nie sądziła, że się podnieci. Może była ladacznicą, która czuje przyjemność tylko wtedy, gdy jest poniżana i przymuszana do miłości? Ale rytmiczny ruch członka Jamiego wywołał w niej falę gorąca i zawrót głowy — było to odczucie, jakiego jeszcze nigdy nie doświadczyła. Trzymała mocno Jamiego, całując i gryząc jego muskularne ramiona, a jego członek z każdym pchnięciem jakby rósł w niej coraz bardziej.
Spojrzała w dół i kiedy się z niej wysunął, wyraźnie zobaczyła gruby, ciemnoczerwony trzon i swoje wilgotne wargi sromowe, obejmujące go ciasno jak dwa płatki kwiatu. Przez głowę przemknęła jej myśl, że jeszcze nigdy nie widziała czegoś tak dziwnego i zarazem pięknego. Dwoje ludzi — mężczyzna i kobieta — połączeni ze sobą, jedno wewnątrz drugiego.
Jamie przyspieszył ruch i zaczął coraz szybciej oddychać. Jego

pierś błyszczała od potu, a uda się napięły. Lucy chwyciła pośladki Jamiego i przyciągnęła go jeszcze bliżej do siebie. Jego członek w dalszym ciągu rósł.

Skąd wzięło się u niej tyle miejsca? Miała wrażenie, że Jamie wypełnia całe jej ciało.

Nie bardzo wiedziała, gdzie się znajduje. Miała ochotę krzyczeć i wgryźć się z całej siły w ciało Jamiego. On zaś pchał i pchał, i nagle westchnął, wysunął się z niej gwałtownie i poczuła, że coś ciepłego i mokrego opryskuje jej brzuch i piersi, a jedna kropla spada na policzek.

Nagle wszystko się skończyło. Otworzyła oczy — Jamie klęczał między jej nogami i ciężko oddychał. Jego członek opadał. Dotknęła palcami policzka i poczuła coś lepkiego. Takie same kropelki migotały na jej brzuchu, jedna spływała z sutka.

Jamie był wyraźnie zażenowany. Wziął ze stolika przy łóżku koronkową chusteczkę i szybko, ale z czułością, wytarł jej twarz.

— Przepraszam — powiedział chrapliwie. — Naprawdę przepraszam. Nie powinienem był tego robić.

Wyciągnęła rękę i pogłaskała go po twarzy.

— Bardzo mi się podobało — szepnęła. — Mogłabym to powtarzać do końca świata... dopóki robiłabym to z tobą.

Zaczął wycierać jej pierś.

— Bałem się, że zajdziesz w ciążę. Dlatego tak...

Popatrzyła na swój brzuch i z ciekawością dotknęła kropelek na skórze.

— To z tego są dzieci? Naprawdę? Wyobrażałam sobie, że można je widzieć... oczywiście bardzo małe. — Ze zmarszczonym czołem popatrzyła na lepki płyn na swoich palcach i powąchała go. — Ale ma dziwny zapach... Naprawdę w środku są dzieci? Chyba jeszcze niczego nie czują, prawda? Nie boli to ich?

— Czy matka... — zaczął Jamie, ale natychmiast się zreflektował. — W środku są nasiona, to wszystko. Nasiona ludzi. Zanim zaczną rosnąć, trzeba je zasiać.

Lucy sięgnęła po koszulę nocną.

— Myślisz, że było to z naszej strony bardzo złe? — spytała.

Nieoczekiwanie poczuła, że zgrzeszyła bardziej niż z wujem Casperem. Widziała Jamiego nago, pozwoliła mu wejść w swoje ciało, widziała nasiona, z których powstają dzieci, i nawet ich dotknęła. Czuła się grzeszna jak Maria Magdalena, ale wiedziała, że to, co się działo, było ważne — ważne jak życie, jak umieranie. Czy coś tak wspaniałego i ważnego mogło być grzeszne?

Jamie zapiął piżamę i dotknął jej dłoni.

— To nie było złe. Bóg wybacza ludziom namiętność... tak mówi mój ojciec. Zwłaszcza że zostaniemy małżeństwem.

— Małżeństwem?

— Będziemy musieli oczywiście zaczekać, aż twój ojciec lepiej się poczuje. Nie możemy się zaręczyć bez jego zgody. Może nie jest twoim prawdziwym ojcem, ale jest twoim opiekunem prawnym i na pewno będziesz chciała, żeby poprowadził cię do ołtarza.

— Jamie... — zaczęła niepewnie Lucy.

Kochała Jamiego, miłość z nim była cudowna, nie mogła jednak zrozumieć, dlaczego traktuje ten akt jak formalne zaręczyny.

— Możemy zaczekać, aż zakończę swoje sprawy z Indianami, prawda? — dodał Jamie. — Poza tym nie powinniśmy nic ogłaszać, dopóki pani Sweeney nie zostanie pochowana i opłakana. Prawdopodobnie najlepszym terminem byłoby Boże Narodzenie... co o tym sądzisz?

Kiedy Lucy szukała słów, które w miarę łagodnie uświadomiłyby Jamiemu, że nie powinien myśleć o małżeństwie — na pewno nie teraz, a nie wiadomo, czy kiedykolwiek — do drzwi zapukała Nora.

— Panno Lucy? Przyniosłam herbatę.

Jamie błyskawicznie włożył spodnie piżamy, sturlał się z łóżka i zaczął gorączkowo rozglądać za jakąś kryjówką.

— Za zasłonami... — szepnęła Lucy.

Wszedł szybko we wnękę okienną i owinął się żółtą aksamitną zasłoną.

Nora weszła do pokoju — niosła tacę z herbatą i muffinkami oraz gazetę.

— Dzień dobry, panno Lucy — powiedziała jak automat.

Jej mina wyraźnie świadczyła o tym, że domyśla się obecności Jamiego. Zwykle wchodziła bez pukania, odstawiała tacę i paplając, rozsuwała zasłony i poprawiała poduszki. Teraz odstawiła tacę, położyła obok gazetę i natychmiast się odwróciła, zamierzając wyjść.

— Nie ma jeszcze żadnej wiadomości ze szpitala — dodała. — Ale doktor Crossley ma zadzwonić o dwunastej, by podać najnowsze informacje o stanie zdrowia pana Jacka. — Zamilkła na chwilę, jakby się nad czymś zastanawiała. Chodziła do kościoła i nie akceptowała błazenad z mężczyznami, tak naprawdę w ogóle nie akceptowała mężczyzn, ale za bardzo lubiła Lucy, aby zachowywać się wobec niej odpychająco. — Może powinna panienka zajrzeć do gazety. Obawiam się, że dziennikarze mocno się podniecili.

— Dziękuję, Noro. Zadzwonię, kiedy będę cię potrzebowała.

Gdy pokojówka zamknęła za sobą drzwi, Lucy trzęsącymi się dłońmi chwyciła „New York World". Tytuł na pierwszej stronie krzyczał: TRAGEDIA W WALDORFIE! KOBIETA GINIE NA MIEJSCU — PARWENIUSZ NAFTOWY POWAŻNIE RANNY! SPADLI Z WYSOKOŚCI TRZYDZIESTU TRZECH STÓP!

Lucy wzięła „Sun". Nagłówki były jeszcze większe. ŚMIERTELNY UPADEK! BARON NAFTOWY SPARALIŻOWANY — KOBIETA GINIE!

Obie gazety opisywały wypadek w hotelu z zapierającą dech w piersi ordynarnością. „Kiedy spadali z antresoli, wszystkich ogarnęło przerażenie. »Tylko cud mógłby ich uratować!« — krzyknęła jakaś kobieta obwieszona biżuterią".

Jeszcze gorsze od sensacyjnego tonu artykułu w „Sun" było stwierdzenie w „World", że „koroner Donlin stwierdził, iż pan Jack Darling był w stanie ostrego upojenia alkoholowego, niemal na granicy zatrucia. Według pana Donlina nie byłby w stanie uratować pani Sweeney, a jego skok mógł się nawet przyczynić do jej śmierci".

Zza zasłony wyszedł Jamie.

— Zapomniałaś o mnie?

Lucy podała mu gazetę. Miała oczy pełne łez.

— Piszą, że to była wina taty.

Jamie przez chwilę czytał artykuł.

— Przecież wiemy, że to nieprawda. Kiedy za nią skoczył, znajdowała się już w powietrzu.

— Ale był pijany. Kompletnie. Temu nie zaprzeczysz. Nawet jeśli powiemy, że to nie jego wina, kto nam uwierzy?

Podniósł szlafrok i włożył go.

— Napiszę do tych gazet i wyjaśnię, co się naprawdę wydarzyło.

— Jamie... — jęknęła Lucy.
Miała wrażenie, że już nigdy nie będzie szczęśliwa.

♦ ♦ ♦

Doktor Crossley pojawił się tuż przed lunchem. Był bardzo elegancki i pachniał miętówkami. Usiadł w salonie, postawił obok siebie torbę i złożył dłonie. Lucy usiadła naprzeciwko niego — w szarej jedwabnej sukience. Nora zaplotła jej warkocz i upięła na głowie mały toczek z czarnej koronki, ozdobiony paciorkami z gagatu. W mglistym złotym powietrzu wyglądała na znacznie więcej niż osiemnaście lat.

Jamie stał za nią w opinającym ciało garniturze ze sklepu Hunt & Maxwell w Manhattanie w stanie Kansas i nerwowo odchrząkiwał.

— Widziałem pani ojca przed godziną — powiedział doktor Crossley. — Jego stan się nie pogorszył, co mówię z przyjemnością, ale też nie polepszył. Ma pęknięty kark, jednak nie to jest bezpośrednią przyczyną paraliżu. Podczas upadku dziesiąty i jedenasty krąg zostały przemieszczone, co spowodowało nieodwracalne uszkodzenie rdzenia kręgowego.

— Co to znaczy? — spytała Lucy.

— Ogromnie mi przykro, moja droga... Rozmawiałem na ten temat z chirurgiem naszego szpitala i obaj jesteśmy zdania, że pani ojciec już nigdy nie będzie czuł niczego poniżej klatki piersiowej. Za jakiś czas, kiedy jego stan nieco się poprawi, będzie mógł używać rąk i jeść, ale wszystkie inne czynności będą musiały być wykonywane przez pielęgniarki. Nigdy nie będzie chodzić.

Lucy położyła dłoń na ręce Jamiego.

— Boże... — jęknęła. — Równie dobrze mógłby być martwy.

Doktor Crossley pokręcił głową.

— Wcale nie, moja droga, choć rozumiem pani uczucia. Większość niepełnosprawnych ludzi prowadzi wygodne, przyjemne, a często nawet użyteczne życie. Pani ojciec będzie w stanie używać rąk, co umożliwi mu swobodne poruszanie się na wózku inwalidzkim.

Lucy nie mogła powstrzymać łez.

— Miał takie ciężkie życie, stracił wszystko, co udało mu się osiągnąć, a teraz jeszcze to...

— Zostawię pani listę agencji pielęgniarskich. Jeśli mógłbym, chciałbym też polecić innego lekarza...
— Innego lekarza? Po co?
Doktor Crossley próbował się uśmiechnąć, ale nie bardzo mu to wyszło.
— Obawiam się, że nie będę mógł w dalszym ciągu być lekarzem państwa.
— Nie rozumiem...
— Kiedy w lecie dopisałem panią i pani ojca do mojej listy... no cóż, może nie powiedziałem tego zbyt wyraźnie, ale miało to tylko tymczasowy charakter. Konieczność dbania o moich licznych pacjentów zmusza mnie do pewnego ograniczenia ich liczby. Z pewnością pani zrozumie, jak bardzo mi przykro... jednak naprawdę nie mam wyboru.

Wyjął wizytówkę, odkręcił pióro i napisał z tyłu kartonika nazwisko.

— Jestem pewien, że będą państwo zadowoleni z doktora Schumanna.
— Ale pana polecili nam Scottowie — zaprotestowała Lucy.

Evelyn powiedziała wtedy: „Doktor Crossley jest je-dy-nym doktorem w Nowym Jorku. Bez niego pani Astor już by nie żyła. Poza tym ilu znasz lekarzy, którzy spędzają lato na jachcie E.C. Benedicta?".

Doktor Crossley wstał.

— Panno Darling, poznanie państwa było dla mnie zaszczytem i cieszę się, że mogłem być w jakiś sposób przydatny, ale to kwestia skuteczności. Nie mogę doglądać ponad stu pacjentów... zwłaszcza że wszyscy wymagają mojej osobistej uwagi. Jeden z nich oczekuje mnie właśnie w tej chwili, więc proszę o wybaczenie, naprawdę muszę się spieszyć. — Podał Lucy wizytówkę z nazwiskiem i adresem doktora Schumanna i ukłonił się. Zauważyła, że przyciął sobie włosy w nosie. — Moje najszczersze kondolencje z powodu pani tragicznej straty i wyrazy najgłębszego żalu z powodu nieszczęścia pani ojca.

Lucy zadzwoniła stojącym na stole srebrnym dzwoneczkiem i po chwili zjawił się Jeremy, by odprowadzić doktora Crossleya do drzwi.

— Czy mogę odwiedzić ojca? — spytała jeszcze, gdy lekarz wychodził.

— Oczywiście. W każdej chwili, kiedy tylko będzie pani sobie tego życzyła. Muszę jednak ostrzec, że w tej chwili bardzo cierpi i może nie być w najlepszym humorze.

— Dziękuję, doktorze.

— To ja dziękuję pani, panno Darling — odparł doktor Crossley i wyszedł.

Jamie wbił ręce w kieszenie.

— Nie podobał mi się — stwierdził. — Nie mógł się doczekać, kiedy będzie mógł stąd wyjść.

Lucy popatrzyła na wizytówkę. DOKTOR ELI SCHUMANN, 210 ZACHODNIA 23 ULICA. Nie był to zbyt elegancki adres.

— Powiedział przecież, że się spieszy — mruknęła.

— Wiał, jakby mu się ogon palił.

— Nie wiesz, jak to jest w towarzystwie. Czasami wydaje się, że ktoś zachowuje się niegrzecznie albo nie okazuje współczucia, ale to tylko etykieta. Moja przyjaciółka mówi, że przedłużanie wizyty albo zbyt przyjacielskie odnoszenie się do kogoś nie należy do dobrych manier. Dżentelmen nie powinien zdejmować rękawiczek, dopóki się go o to nie poprosi. Evelyn twierdzi, że najbezpieczniejsze jest zachowywanie obojętności.

— No cóż, niezbyt mi się to podoba. Nie zdejmować rękawiczek? A jeśli jest okropnie gorąco i człowiek poci się jak wieprz?

— Jamie...

Od spędzonej razem nocy pojawiła się między nimi pewna konspiracyjna czułość, jednak Lucy w dalszym ciągu nie chciała rozmawiać o zaręczynach i za każdym razem, kiedy Jamie próbował to robić, zmieniała temat, wzywała Norę albo wołała dziewczynę z kuchni, by dorzuciła węgla do kominka.

— Zamierzasz odwiedzić teraz tatę? — zapytał.

Kiwnęła głową.

— Tyle wycierpiał... Pójdziesz ze mną? Możemy zanieść mu słodycze. Bardzo lubi krówki z orzeszkami pekanowymi.

Posłała po Jeremy'ego, aby kazał stangretowi podjechać pod frontowe drzwi, i po Norę, żeby przyniosła jej płaszcz. Choć jeśli nie liczyć picia whisky, rozrzucania po dywanach popiołu z cygar i instruowania kucharza, co ma mu przyrządzić — pręgę jagnięcą czy galaretkę cielęcą z chrzanem — Jack niewiele wnosił w prowadzenie domu, Lucy dopiero tego ranka poczuła, że jest gospodynią. Gdyby nie przygnębienie z powodu śmierci pani Sweeney i wypadku Jacka, bardzo by ją to cieszyło. Zamiast tego, czekając w holu z milczącym Jamiem, zastanawiała się, czy nie powinna odczuwać większego żalu — bo wcale nie chciało jej się płakać. Może wzięcie Jamiego na kochanka w noc śmierci pani Sweeney i wypadku Jacka było dowodem, jaka jest płytka i niegodziwa?

Jednak z drugiej strony wiedziała, że pani Sweeney dokonała wyboru: umarła tak, jak chciała, otoczona przez zachwycony tłum. Nie zakończyła żywota sama i chora w Kansas. Może to dziwne, ale Lucy czuła się z tego powodu niemal szczęśliwa. A jeśli chodzi o Jacka... przez tyle lat obwiniał się i karał, że paraliż mógł być dla niego czyśćcem, na który tak długo czekał.

Zastanawiała się, co dziś czułaby jej matka. Był czas, kiedy odwróciła się do Jacka plecami. Czy było to dla niej łatwe? Czy kochała mężczyznę, z którym zaszła w ciążę, i czy łatwo było jej go zostawić?

Czekając na powóz w jednym z najwspanialszych domów w Nowym Jorku, uświadomiła sobie nagle, że nie ma pojęcia o naturze i potędze miłości.

Nie miała nigdy nikogo, kto by jej to pokazał.

◆ ◆ ◆

Jako człowiek bogaty Jack Darling leżał w pojedynczym pokoju z widokiem na East River. Pokój był pomalowany na biało i pełen oślepiającego październikowego słońca, a w powietrzu unosił się zapach sosnowego mydła.

Skóra na kościach policzkowych Jacka była mocno napięta i gdyby jakiś znajomy spotkał go teraz na ulicy, prawdopodobnie by go nie poznał. Jego oczy nieustannie skakały na boki, tak samo jak wtedy, gdy leżał na podłodze w holu Waldorfa. Szyję unieruchamiał wysoki kołnierz z celuloidu, a głowę miał obwiązaną bandażami.

— Tato... to ja, Lucy.

Na twarzy Jacka pojawił się bolesny uśmiech, ale jego oczy nie przestały skakać na boki.

— Jak się czujesz, tato? Doktor Crossley mówił, że bardzo cierpisz.

Jamie przyniósł jej krzesło, więc usiadła przy łóżku. Ujęła dłoń

Jacka. Była zimna i bezwładna jak kawał wieprzowiny, więc szybko odłożyła ją na kołdrę.

— Przyniosłam ci trochę słodyczy, krówek z orzeszkami pekanowymi.

— Mówią, że jestem sparaliżowany i nic nie czuję. Złamałem sobie kręgosłup, skręciłem kark. Ale skoro jestem sparaliżowany, dlaczego wszystko mnie tak piekielnie boli?

— Nic nie mów, tato. Doktor Crossley powiedział, że twój stan wkrótce się poprawi.

Jack chciał odkaszlnąć, aby oczyścić gardło, ale nie mógł wciągnąć do płuc dostatecznej ilości powietrza.

— Przez większość czasu mam wrażenie, że się duszę. Jeszcze nic nie jadłem, a podobno przez najbliższe kilka tygodni będę dostawał tylko rosół.

Popatrzył na Jamiego.

— To ty, Jamie?

— Tak, proszę pana.

— Kiedy wyjeżdżasz?

— Muszę być w Waszyngtonie w poniedziałek.

— A co potem?

— Wracam do Manhattanu w Kansas, proszę pana.

Jack przez chwilę nic nie mówił, tylko głośno i chrapliwie oddychał.

— Znajdziemy ci pielęgniarkę, tato — zapewniła go Lucy. — Kogoś, kto będzie się tobą zajmował przez cały dzień.

— Powiedzieli mi, że nie będę chodził. Nie z połamanym kręgosłupem. Doktor Crossley to potwierdził, prawda? Pamiętasz starego Dana Leucharsa? Przetoczył się po nim wół i połamał mu kręgosłup... był najsmutniejszym człowiekiem, jakiego spotkałem w życiu.

— Tato, jesteśmy bogaci, więc dostaniesz wszystko, czego ci będzie potrzeba. Nie musisz być nieszczęśliwy tylko dlatego, że nie możesz chodzić. W dalszym ciągu będziemy mogli jeździć na spacery i bywać w teatrze, będziesz też mógł żeglować z naszymi przyjaciółmi.

— Jasne. Jack inwalida, szczęśliwy jak diabli. Wiesz, jak nazywano mnie w szkole? Zwinny Jack, bo umiałem świetnie biegać i skakać. A teraz popatrz na mnie... Szkoda, że się nie zabiłem. — Miał oczy pełne łez. — Pewnie ty też obwiniasz mnie o śmierć Molly Sweeney. Ale co mogłem zrobić, aby ją uratować? Już leciała w powietrzu, nie pchnąłem jej ani nic takiego. Pomyślałem wtedy, że muszę skoczyć, i zacząłem się modlić: „Dobry Boże, spraw, abym mógł latać!".

Lucy wyjęła chusteczkę i otarła mu oczy. Pociągnął nosem i stęknął, jakby się dławił.

— Wygląda na to, że Bóg nie chciał mi pomóc. Nie będziesz latał, Jacku Darling, o nie! W swej nieskończonej dobroci zdecydował, że nie obdarzy mnie łaską cudu. Wie jednak, że zrobiłem, co w mojej mocy, aby uratować Molly. Mam nadzieję, że któregoś dnia mnie poinformuje, dlaczego nie pozwolił mi odejść razem z nią.

— Tato, dlaczego to takie strasznie ważne? Kochałam ją, wiesz o tym. Była jednak stara i nie bardzo wiedziała, co robi. Chyba wydawało jej się, że znowu jest w cyrku. Zrobiła, co chciała.

Skrzywił się.

— Kłuje mnie — mruknął i spróbował zmienić ułożenie ciała.

— Tato, dlaczego za nią skoczyłeś?

Zaczął boleśnie kasłać i gwałtownie wciągać powietrze w płuca. Kręcił głową, aby pokazać, że nie może odpowiedzieć, bo brakuje mu oddechu.

— Lepiej zawołam lekarza — powiedział Jamie i wybiegł z pokoju.

Lucy siedziała przy łóżku i trzymała Jacka za rękę. Czuła bezradność — nie tylko dlatego, że nie mogła mu pomóc, ale także dlatego, że nie potrafiła go zrozumieć. Nigdy się z panią Sweeney nie lubili. Lucy doskonale pamiętała, że często nazywał ją „zezowatym, starym, wścibskim babskiem", a kiedyś w sklepie zachował się wobec niej tak niegrzecznie, że matka ostro go skarciła i zaczęli się kłócić w obecności klientów.

Do pokoju wbiegł doktor — z wielkimi wąsami, w żółtej kraciastej kamizelce, jakie mężczyźni wkładają, kiedy idą na wyścigi. Tuż za nim podążała pielęgniarka o wielkiej jak młyńskie koło twarzy i postrzępionych włosach, ubrana w sięgający do podłogi kitel.

— No i proszę, panie Darling! — zawołał lekarz. — Znowu pan dostał bezdechu! Co powiedziałem o oddychaniu?

— Oddychać powoli i spokojnie! — powiedziała karcąco pielęgniarka.

♦ ♦ ♦

Choć Lucy upierała się, że wcale nie jest głodna, Jamie zabrał ją na lunch do Delmonico. Po pierwsze zawsze chciał tam zjeść, po drugie uważał, że Lucy może zemdleć.

Było tam jeszcze stosunkowo spokojnie. Widoczne przez okno głównej sali jadalnej drzewa na Madison Square szeleściły smutno, czekając na zimę.

Lucy przełknęła kilka łyżek zupy szparagowej, zjadła trochę sałatki z kurczakiem i wypiła kieliszek słodkiego białego wina. Jamie robił, co mógł, aby powstrzymać apetyt, ale błyskawicznie rozprawił się z wołowymi żeberkami — choć nie wiedział, czy jedzenie ich palcami zalicza się do dobrych manier.

Mówił o swoim powrocie do Kansas i planach wzięcia dodatkowej pracy, by więcej zarabiać. Napomknął, że może zajmie się polityką. Stanowy aparat legislacyjny potrzebował młodych, pełnych zapału prawników. Nawet kiedy mówił tylko o sobie, Lucy czuła, że zakłada, iż do świąt Bożego Narodzenia będą już zaręczeni, a najpóźniej na wiosnę poślubieni.

W Kansas nawet pozwolenie chłopakowi na trzymanie się za rękę i całowanie w policzek wiele znaczyło, więc zaproszenie go do łóżka musiało być dla Jamiego jednoznaczną deklaracją.

Najwyraźniej zupełnie zapomniał o zdecydowanej różnicy ich przeznaczenia oraz o tym, że Lucy jest niewyobrażalnie bogata i nigdy nie zostanie panem w jej domu — tak jak jego ojciec był panem w swoim.

Zapomniał, co powiedział jej na plaży w Los Angeles — że nigdy nie pojedzie z nią do Nowego Jorku, nie będzie leniuchował przez cały dzień ani jadł tureckich smakołyków.

Ale Lucy już się nauczyła, że nie wolno majstrować przy swoim przeznaczeniu i rzucać wyzwania losowi. Radosne założenie Jamiego, że wkrótce będą małżeństwem, napełniało ją strachem — jakby sama myśl o tym otwierała pod jej nogami zapadnię i mogła spowodować katastrofę.

Jeszcze nigdy w życiu nie czuła się tak spanikowana.

— Wszystko w porządku, skarbie? — spytał Jamie. — W dalszym ciągu jesteś bardzo blada.

Lucy miała wrażenie, że w restauracji jest okropnie gorąco, a wszystkie odgłosy odbijają się zdwojonym echem. Nawet szczęk talerzy i sztućców ją denerwował.

— Sama nie wiem... Chyba chciałabym stąd wyjść.

Jamie wytarł usta serwetką i uśmiechnął się do niej.

— Jesteś zmęczona, to wszystko. Wczorajszy dzień nieźle nami wszystkimi potrząsnął. Mnie też przydałoby się wcześniejsze pójście do łóżka.

— Jamie... — zaczęła ostrożnie Lucy. Jeszcze przed chwilą blada, teraz się zaczerwieniła. — To, co się wydarzyło minionej nocy... między nami. Przykro mi, Jamie, ale to się nie może zdarzyć ponownie.

Popatrzył na nią z powagą.

— Dobry Boże, Lucy, oczywiście, że nie! — Położył dłoń na stole, ale Lucy jej nie ujęła. — Nigdy tego nie oczekiwałem. To było... jak to nazwać? Gestem. Wyrażeniem czegoś, czego nie mogliśmy powiedzieć słowami. Deklaracją wzajemnego uczucia. Nie, nie oczekiwałbym tego ponownie. Nie do czasu, aż... no wiesz. Nie do czasu, aż będziemy razem w odpowiedni sposób... w oczach Boga i w świetle prawa.

Lucy nie wiedziała, co na to odpowiedzieć. Bawiła się łyżeczką do brzoskwiniowego sorbetu.

— Problem w tym, że to wszystko dzieje się za szybko — mruknęła po chwili.

Miała ochotę wyjaśnić, że na razie nie rozważa małżeństwa z nikim — nawet z Johnem T. Hollisem, który był zatrważająco przystojny, skandalicznie dowcipny i pięćdziesiąt razy bogatszy, niż ona kiedykolwiek mogłaby być.

— Rozumiem, Lucy, rozumiem! — zawołał Jamie, choć nic nie rozumiał i nie mógł rozumieć, bo Lucy sama nic nie rozumiała.

W tym momencie dostrzegła Evelyn Scott w towarzystwie matki i dwóch starszych, najwyraźniej bardzo zamożnych dam. Panie z wchodzącej do restauracji grupy były przystrojone piórami i koronkami, a *maitre d'* kłaniał się im nisko.

— Przyszła Evelyn — powiedziała Lucy i kiedy damy się zbliżyły, uśmiechnęła się do nich.

Ku jej zdumieniu wszystkie panie lekko uniosły głowy, odwróciły je — z Evelyn włącznie — i minęły ich stolik w odległości niecałych trzech cali, z pogardliwym szelestem sukna, aksamitu i *faille*.

Lucy okręciła się na krześle.

— Evelyn! — zawołała, ale jej przyjaciółka się nie obejrzała.

Kobiety podeszły do stolika w głębi i natychmiast zostały otoczone przez kelnerów. Nawet nie spojrzały w kierunku Lucy. Równie dobrze mogłaby być niewidzialna.

— Co się dzieje? — spytał Jamie. — Evelyn nie rozmawia z tobą?

— Jest moją najlepszą przyjaciółką!

To był jakiś koszmar.

— Jest twoją najlepszą przyjaciółką i nie rozmawia z tobą? Powiedziała dlaczego?

— Nie powiedziała ani słowa!

Jamie się skrzywił.

— Podejdź do niej i spytaj.

— Nie mogę!

— Dlaczego?

— To nie wypada!

Ale Jamiego to nie przekonało.

— A ja sądzę, że nie wypada mijać najlepszej przyjaciółki, nie mówiąc nawet: „Co słychać?".

Lucy przycisnęła dłoń do ust.

— Boże... a jeśli to z powodu wczorajszego wieczoru?

— Nie rozumiem.

— Jeśli z powodu wczorajszego wieczoru wykluczyły mnie z towarzystwa?

Pokręcił głową.

— Nie rozumiem, jak mogłyby cię o to obwiniać. Nie ty spadłaś z antresoli. I nie ty byłaś pijana.

Serce Lucy waliło jak oszalałe.

— Idź tam — powiedział Jamie. — Idź i spytaj. Jeśli Evelyn kiedykolwiek była przyjaciółką, którą warto mieć, powie ci, o co chodzi. Jeśli nie, nie warto jej znać. Ojciec zawsze uczył mnie stawać twarzą w twarz z tym, czego się boję.

Lucy spuściła głowę.

— Dobrze, pójdę — odparła.

Położyła serwetkę na stole i natychmiast podszedł kelner, by odsunąć krzesło. Wstała i uświadomiła sobie, że wielu gości ukradkowo jej się przygląda.

Wiedzą, pomyślała. Wszyscy wiedzą. Zostałam wyrzucona z ich kręgu i nawet najlepsza przyjaciółka nie ma odwagi stanąć po mojej stronie.

Podeszła do stołu, przy którym Evelyn, pani Scott i ich znajome właśnie dostały menu. Pani Scott szybko spojrzała na Evelyn, jednak żadna z pań nie podniosła głowy.

— Proszę mi wybaczyć — zaczęła Lucy — ale może ucieszy panie informacja, że mój tata całkiem dobrze się dziś czuje, choć w dalszym ciągu wszystko bardzo go boli i na pewno stracił władzę w nogach.

Pani Scott westchnęła jak męczennica i uniosła głowę znad karty. Na skraju jej kapelusza drżały dwie wypchane jaskółki, unieruchomione drutem kapelusznika.

— Każdy, kto chce śledzić nieszczęścia pani ojca, panno Darling, może to robić, czytając brukowce.

— I dlatego żadna z pań nie chce ze mną rozmawiać?

— Moja droga, wszystkie społeczności, nawet te najbardziej prymitywne, mają określone normy postępowania. Dzięki temu mogą przetrwać i zachować ważne dla nich wartości.

— Chce pani powiedzieć, że zostałyście napadnięte z bronią w ręku?

Pani Scott zacisnęła usta.

— Nasze towarzystwo, niezależnie od tego, co pani sobie o nim myśli, zazwyczaj jest przyjaźnie nastawione wobec osób, które do siebie przyjmuje. Nie dbamy o pochodzenie, nie możemy tego robić w naszym młodym narodzie. Dbamy jednak o formy i odpowiednie zachowanie. A pani ojciec i jego starsza przyjaciółka nie dbali wczoraj ani o jedno, ani o drugie i choć konsekwencje ich zachowania były tragiczne, były także skandalem pierwszego stopnia. Bal dobroczynny został przerwany, a komitet dobroczynny oskarżono o zapraszanie pijaków i cyrkowych kuglarzy. Mogę jedynie zacytować panią Astor, która po tym incydencie stwierdziła, że można ludzi zabrać z wiochy, ale nie da się zabrać wiochy z ludzi.

— Pani Scott... — zaczęła Lucy, jednak pani Scott ostentacyjnie odwróciła głowę i pokazała jej tył kapelusza. Dwa przeplatające się koła i rozrzucone po nich suszone kwiaty.

Lucy była bliska łez. Chętnie powiedziałaby pani Scott, co myśli o formach i odpowiednim zachowaniu, nie była jednak pewna, czy się nie rozpłacze. Rzuciła krótkie spojrzenie Evelyn i wróciła do Jamiego.

— Chcę stąd natychmiast wyjść — oświadczyła.

— Chyba nie pozwolisz, aby te zakłamane stare zdziry cię stąd wygnały?

— Jeśli tu zostanę, zaraz się rozpłaczę, a nie chcę, aby myślały, że potrafią mnie doprowadzić do płaczu.

— Co ci powiedziały? Naprawdę zamierzają cię wykluczyć ze swego grona? A ty nie możesz ich wykluczyć ze swojego?

Do ich stolika podszedł kelner i zapytał, czy coś było niesmaczne.

— Proszę przynieść rachunek — polecił mu Jamie, po czym zwrócił się do Lucy. — Mógłbym do nich podejść i powiedzieć im coś do słuchu, jeśli to poprawi sytuację.

— Nie. To by wszystko dziesięć razy pogorszyło.

Jamie odprowadził ją do toalety.

— Kto ich potrzebuje? Uważają się za lepszych od innych, bo chodzą w jedwabiu i satynie i zbudowali sobie kibel w domu? — zapytał, świadomie przesadnie przeciągając zgłoski.

Najwyraźniej sądził, że rozbawi to Lucy, ona jednak odwróciła się do niego z wściekłością.

— Potrzebuję ich... — syknęła. — Bardzo potrzebuję! To jedyni przyjaciele, jakich mam.

◆ ◆ ◆

Gdy Harry, ich woźnica, rozłożył już schodki powozu i Lucy miała wejść do środka, z restauracji wybiegła Evelyn.

— Zaczekaj, proszę! — zawołała.

Lucy pospiesznie wytarła oczy rękawiczką, ale się nie odwróciła.

— Lucy... — wysapała Evelyn. — Przepraszam! Strasznie mi przykro!

— I właśnie w taki sposób to okazujesz? Unosząc wysoko nos? — spytał Jamie.

— Jamie, cicho...
— To było straszne! — jęknęła Evelyn. — Ludzie dzwonili od samego rana, biedna mama omal nie wyszła ze skóry. Co wstąpiło w twojego tatę, że się tak upił? I ta kobieta, ta biedna kobieta, balansująca na balustradzie balkonu!
— To tylko stare, dobre wiejskie zachowanie — odparła Lucy. — Przekaż to swojej biednej mamie.
— Lucy... nie złość się na mnie. Do świąt wszyscy o tym zapomną. Ale teraz potrzebują winnego.
Lucy wreszcie na nią spojrzała.
— A co mam robić do świąt? — wycedziła. — Siedzieć w posiadłości, z nikim nie rozmawiając i nigdzie nie wychodząc? Jestem w dalszym ciągu zaproszona w przyszłym tygodniu do pani Vanderbilt... Czy wszyscy odetchną z ulgą, jeśli podam jakiś pretekst i nie przyjdę?
Evelyn poczerwieniała.
— No cóż, naprawdę byłoby lepiej, gdybyś...
— ...podała jakiś pretekst i nie przyszła — dokończyła za nią Lucy. — Dziękuję ci. Prawdopodobnie masz rację.
— Lucy, muszą istnieć jakieś reguły.
— Oczywiście... — prychnął Jamie. — Takie, które pozwalają oczyścić sumienie, kiedy odwracasz się od najlepszej przyjaciółki.
— Jamie, proszę... — powiedziała błagalnie Lucy. — Evelyn przynajmniej przyznała, że jest jej przykro. Przyznałaś to, prawda? Pamiętasz, jak nazywała nas pani Vanderbilt? Pierwiosnkiem i Zachodem.
Evelyn, która była Pierwiosnkiem, miała mokre oczy.
— Nic na to nie poradzę, Lucy. Mama i tak jest wściekła, że z tobą rozmawiam. Tyle osób od samego początku było podejrzliwych w stosunku do ciebie i twojego biednego taty. A pani Harris nigdy ci nie wybaczyła tego numeru z siatką tenisową. — Evelyn zamilkła na chwilę, próbując się uspokoić. Cała była rozdygotana. — Byli gotowi was zaakceptować, bo stanowiliście dla nich nieszkodliwą rozrywkę, teraz jednak uważają, że im zagrażacie. Uważają, że na każdym przyjęciu, na którym się pojawicie, będzie pijaństwo i chodzenie po linie. Lucy, wybacz im... oni po prostu się was boją.
Lucy popatrzyła na nią uważnie.

— A ty? — zapytała. — Ty też się mnie boisz?
Evelyn złożyła dłonie i nerwowo przełknęła ślinę.
— Tak. Ja też się ciebie boję.

◆ ◆ ◆

Kiedy w poniedziałek rano Lucy zeszła na śniadanie, stwierdziła, że nakryte jest tylko jedno miejsce.
— Pan Cullen nie je? — spytała.
— Już jadł, panno Lucy — odparł Jeremy. — Jest spakowany i gotów do wyjazdu.

Lucy, ubrana w wydymającą się jedwabną sukienkę w biało- -niebieskie pasy, z wielką kokardą na plecach, przeszła po wypolerowanej podłodze i otworzyła podwójne drzwi salonu dziennego — Jamie siedział przy małym francuskim biurku i pisał list.
— Nie zamierzałeś chyba wyjeżdżać bez pożegnania?
Podniósł wzrok, uśmiechnął się i pokręcił głową.
— Właśnie pisałem do ciebie... chciałbym, abyś to przeczytała, kiedy mnie już nie będzie. To tylko kilka refleksji, nic więcej.
Lucy podeszła do biurka i stanęła za Jamiem, kładąc dłonie na oparciu krzesła.
— Wrócisz, kiedy załatwisz swoje sprawy w Waszyngtonie?
— Spróbuję, choć nie bardzo to widzę. Kiedy dostanę zgodę na usunięcie Indian ze spornej ziemi... no cóż, im szybciej stamtąd znikną, tym bardziej zadowolona będzie legislatura Kansas. — Odwrócił się na krześle i popatrzył na Lucy. — W każdym razie przyjadę, gdy wszystko tutaj się wyjaśni. O ile oczywiście rachunki restauracyjne nie będą tak wysokie jak w Delmonico... — zażartował.

Lucy stała w milczeniu, nie bardzo wiedząc, co na to odpowiedzieć. Brakowało jej doświadczenia i opanowania. Dotknęła językiem przednich zębów, jakby chciała wyjaśnić, że bardzo go kocha, wie na pewno, że go kocha, ale nawet nie mogą myśleć o małżeństwie. Zrujnowałby ją, a co gorsza, ona zrujnowałaby jego. Jej dochody wynosiły czterdzieści tysięcy dolarów tygodniowo, on zarabiał sześć tysięcy na rok. Nie mógłby jej kupić nawet trzech łyżeczek zupy i połowy porcji sałatki z kurczakiem bez okazywania zdziwienia wysokością rachunku. Siedem dolarów i pięćdziesiąt osiem centów! Plus napiwek!

Czubek jej języka pozostał jednak tam, gdzie był — przyciśnięty do zębów. Choć zdawała sobie sprawę z tego, że powinna coś powiedzieć, nie była w stanie.

Kochał ją i nie miała nikogo innego, kto by ją kochał. Mogła mu powiedzieć prawdę — prostą i oczywistą, zrozumiałą dla każdego — że kochała się z nim, ponieważ była zszokowana, czuła się samotna i chciała wymazać z pamięci wuja Caspera. Zbyt dobrze jednak znała Jamiego. Gdyby mu to powiedziała, wyszedłby bez słowa i nigdy więcej by go nie ujrzała. Zostałaby sama — bogata dziewczyna bez rodziny i przyjaciół — w mieście, które się jej bało.

Jamie wyjechał tuż po jedenastej. Powietrze tego dnia było ostre jak nóż rzeźnika, a kiedy machała mu na pożegnanie, stojąc w drzwiach, z jej ust leciała para.

Po chwili powóz zawrócił i z terkotem pojechał w stronę Pennsylvania Station. Lucy długo za nim patrzyła, rozcierając ramiona w cienkich jedwabnych rękawach.

W końcu zjawiła się Nora.

— Ogień w salonie dziennym już się rozpalił, panno Lucy. Proszę wejść do środka.

Kiwnęła głową i weszła do domu, a pokojówka zamknęła olbrzymie drzwi. Ruszyły razem przez hol.

— To dobry chłopak — zauważyła Nora.

Robienie podobnych uwag nie bardzo przystawało pokojówce i to, że Nora sobie na coś podobnego pozwoliła, wynikało z wykluczenia Lucy z nowojorskiego towarzystwa (o czym oczywiście wiedzieli wszyscy służący).

— Tak, to prawda — przyznała Lucy.

— Powiedział mi... — Nora się zawahała. — Powiedział, że będziecie brać ślub. Panienka i on. Kiedy wróci z Zachodu, a pani Sweeney zostanie pochowana i wszyscy zapomną o tej strasznej sprawie w Waldorfie.

— Tak ci powiedział?

— Tak, panno Lucy, tak mi powiedział.

— No cóż. Może i tak będzie.

— Nie chciałam być wścibska, panno Lucy. O nic go nie pytałam, powiedział to sam z siebie.

— Dziękuję, Noro. To byłoby wszystko.

Pokojówka przechyliła głowę na bok.

— Muszę powiedzieć, że początkowo miałam podejrzenia co do jego honoru, ale to naprawdę świetny chłopak. Każda dziewczyna byłaby z niego zadowolona. Do tego jest takim przyjemnym widokiem! Moja matka zwykła mawiać, że mężowie powinni być jak widok z kuchennego okna: zawsze przyjemni dla oka.

— Noro — powiedziała zimno Lucy. — Nie jesteś mi już potrzebna.

Ale pokojówka nie dała się zniechęcić.

— To tylko rada, panienko. Czasami nawet najmądrzejszej głowie przyda się rada.

Lucy się nie odezwała.

Spędzili ostatni weekend razem, ale odnosili się do siebie z pewną rezerwą. W niedzielę przez most Brooklyński pojechali powozem na plażę na Coney Island, gdzie spacerowali brzegiem na wietrze, który smagał im piaskiem stopy. Nie rozmawiali o miłości ani obietnicach — ani nawet o całodziennym leniuchowaniu i jedzeniu tureckich smakołyków.

Tego dnia nie poszli do kościoła, pomodlili się w salonie razem ze służącymi i zaśpiewali *O Wiekuista Skało*.

Wieczorem, kiedy zrobiło się ciemno, Jamie zapukał do drzwi pokoju Lucy. Stała przy oknie i wyglądała na Central Park. Zatrzymał się w pewnej odległości, nic nie mówiąc — nie było ku temu potrzeby. Powiedzieli już sobie wszystko, co należało, aby utrzymać przyjaźń. Każde słowo więcej mogłoby okazać się niebezpieczne.

Jamie zadał jej tylko jedno pytanie:

— Co zrobisz, kiedy wyjadę?

Odwróciła się do niego.

— Będę zastanawiała się nad tym wszystkim i czekała na właściwy moment. Cóż innego mi pozostaje?

— Mogłabyś wyjechać z Nowego Jorku. Zawsze pozostaje jeszcze Waszyngton... tam też jest towarzystwo. A także Denver, San Francisco, Los Angeles czy Chicago.

— Tak... — mruknęła Lucy, ale ta odpowiedź nic nie znaczyła.

Ponownie odwróciła się do okna. Była smutna, ale nie płakała. Choć czuła, że jej obecne życie jest puste jak pomieszczenie bez mebli, była przekonana, że czeka na nią Nowe. Tę pewność czuła jeszcze także po wyjeździe Jamiego, gdy zamknęły się za nim drzwi dziennego salonu.

Kiedy Jack Darling skakał z balustrady w hotelu Waldorf, Bóg odmówił mu cudownej mocy latania, ale nadal obdarzał łaskami młodych, niewinnych i pięknych.

◆ ◆ ◆

Minęły trzy tygodnie. Październik umarł, listopad rozwiał jego popioły.

Pani Sweeney została pochowana podczas pewnego rześkiego, słonecznego dnia. Ziemia była tak twarda, że trzeba było dopłacić grabarzom. Ksiądz powiedział, że zmarła tańczyła, więc będzie błogosławiona. Na pogrzeb przyszły jedynie Lucy, Nora i reszta służących. Włożyły czarne płaszcze, na głowach miały kapelusze ozdobione czarnymi piórami, a w rękach trzymały czarne modlitewniki. Zaprzężony w spokojne, kiwające łbami konie karawan stał w głębi cmentarza i wyglądał na tle nieba jak rysunek piórkiem. Pani Sweeney nie miała krewnych, o których by wiedziano. Brodaty artysta z „New York World" naszkicował Lucy, kiedy rzucała na trumnę różę, a wykonana na podstawie tego rysunku rycina ukazała się następnego dnia na pierwszej stronie gazety — wraz z nagłówkiem: ODRZUCONA MILIONERKA ŻEGNA SWOJĄ TRAGICZNIE ZMARŁĄ NAUCZYCIELKĘ TAŃCA Z DZIECIŃSTWA.

Po pogrzebie Lucy pojechała do Bellevue, aby odwiedzić Jacka. Była zmęczona i smutna, a jej twarz miała barwę namokniętej gazety i wyglądała, jakby łatwo mogła pęknąć.

Jack przysypiał, mamrotał i od czasu do czasu popłakiwał. Wąsaty doktor w żółtej kamizelce nie chciał niczego obiecywać. Pielęgniarka o wielkiej twarzy z uporem karmiła Jacka kleikiem, ale wszystko wypływało na poduszkę.

— Jack? — szepnęła bez większej nadziei Lucy, bo oczy Jacka nieustannie uciekały na boki i przestał mówić z sensem. — Jack, to ja, Lucy.

Do końca wizyty nie powiedziała więcej. Tuż przed wyjściem ścisnęła palce Jacka, nadal przypominające wyjęte z lodówki mięso, i zapytała cicho:

— Dlaczego to zrobiłeś? Dlaczego to zrobiłeś? Dlaczego? Dlaczego musiałeś latać?

Pielęgniarka o wielkiej twarzy stała przy drzwiach i obserwowała ją uważnie. Lucy ostrożnie położyła dłoń Jacka na kołdrze, wstała

215

i próbowała się uśmiechnąć, ale nie mogła. Pielęgniarka nie ruszała się z przejścia i kiedy Lucy przeciskała się obok niej, nie ustąpiła nawet na cal.

Ciekawe, co Jack jej nagadał?

— Do widzenia — powiedziała Lucy łamiącym się głosem.

Pielęgniarka patrzyła za nią i czekała, aż dotrze do schodów.

♦ ♦ ♦

Kiedy Lucy wróciła ze szpitala, w holu czekał na nią jakiś młodzieniec. Był blady, miał zadarty nos i wypomadowane ciemne włosy pokryte łupieżem i był ubrany w znoszony frak, za duży na niego przynajmniej o dwa i pół numeru.

Gdy Lucy weszła, wstał.

— Panna Darling? — spytał z bardzo angielskim akcentem.

— Tak?

— Przyniósł dla panienki list — wyjaśnił Jeremy.

— Panno Darling, jestem zaszczycony, mogąc panią poznać. Nazywam się Clive Mallow i pracuję w Biurze do spraw Indii.

— W Biurze do spraw Indii?

— W Londynie, panno Darling. Jestem urzędnikiem służby cywilnej. Mam dla pani list. Zobowiązano mnie do dostarczenia go do rąk własnych.

Wyciągnął rękę, podając Lucy duży list w białej kopercie.

Popatrzyła na Jeremy'ego i wzięła kopertę. Adres napisano zdecydowanym, eleganckim pismem, ciemnoczerwonym atramentem. PANNA LUCY DARLING, NOWY JORK.

Od razu wiedziała, kto jest nadawcą, przeszła jednak przez hol, do salonu dziennego, i otworzyła kopertę złotym nożem do listów, który Jack kupił u Tiffany'ego.

St Ermin's Mansions, SW,
1 października 1894

Droga Lucy!
Ogromnie przepraszam, że nie pisałem wcześniej, odbywałem jednak rozliczne podróże związane ze sprawami parlamentarnymi i dopiero teraz mam okazję zaprosić Ciebie i Twego Ojca do Anglii.

Oczywiście nie wiem, czy nie poczyniłaś już jakichś planów na sezon świąteczny, gdybyście jednak mieli ochotę przyjechać na święta Bożego Narodzenia i Nowy Rok, byłbym zachwycony, mogąc gościć Was oboje w Brackenbridge, gdzie zawsze najbardziej uroczyście obchodzimy wszystkie święta. Zawsze jemy, aż eksplodujemy, i rozpieszczamy naszych gości mnóstwem prezentów.

Moja droga, choć list ten może brzmieć jowialnie, od dnia wyjazdu tęskniłem za Tobą całym sercem i kilka razy siadałem, aby napisać, opowiedzieć Ci o moich podróżach i uczuciach, jednak za każdym razem niszczyłem to, co napisałem, gdyż brzmiało zbyt ckliwie.

Proszę, odpisz jak najszybciej i powiedz, że będziesz w stanie uszczęśliwić moje Boże Narodzenie swoją obecnością. Wysyłam ten list z pocałunkiem. Nie, nie pojedynczym, ale całą masą pocałunków, oszałamiającym ciągiem pocałunków, całym żarliwym łańcuchem.

Twój Henry

Kiedy Lucy odwróciła się do Clive'a Mallowa, jej oczy błyszczały.

— Mam nadzieję, że wieści są dobre? — spytał, choć musiał mniej więcej wiedzieć, co zawiera list.

— Tak. Bardzo dobre — odparła.

5

Alfred George, czwarty baron Felldale, ojciec Henry'ego, maszerował przez mgłę, waląc wokół laską z gałką i wrzeszcząc na swoje dalmatyńczyki. Miał sześćdziesiąt sześć lat i był ojcem nie tylko Henry'ego, ale także jedenaściorga innych dzieci — spłodził czterech synów i siedem córek — i choć codziennie spożywał na śniadanie jajka i brandy, parł przez wyschnięte paprocie tak szybko, że musiał się zatrzymywać i czekać na Henry'ego i Lucy.

— No, ruszajcie się, ruszajcie, jest jeszcze dużo do obejrzenia — mówił.

Nosił kapelusz derby i wielką kraciastą pelerynę. Miał nieco wyłupiaste oczy — podobnie jak Henry — i krzaczaste siwe bokobrody. Jego buty były mokre i okropnie zabłocone, ponieważ w odróżnieniu od Henry'ego i Lucy w ogóle nie dbał o to, gdzie stawia stopy.

— Z tego miejsca jest wspaniały widok na jezioro — powiedział do Lucy. — Ale oczywiście wtedy, gdy nie ma takiej mgły. Chodź tu, Willy, ty niesforny draniu!

Henry szedł obok Lucy. Miał na sobie prosty szary płaszcz i szarą czapkę leśniczego. Jego twarz była blada, a nos poróżowiał od zimna, był jednak tak samo przystojny jak kiedyś. Lucy miała na sobie doskonale skrojony płaszcz z malinowego tweedu oraz aksamitny czepek ozdobiony srebrną broszką i pawimi piórami.

— Ojciec uwielbia Brackenbridge — powiedział Henry, wypuszczając z ust wielki kłąb pary. — Czuje każdy nerw tej okolicy!

Kiedyś, jeszcze za czasów pierwszego barona Felldale, przyjechał tu doktor Johnson z Boswellem*. Johnson nie był zbyt zachwycony posiadłością, a przynajmniej tak mówił. Stwierdził, że doskonale nadawałaby się na ratusz, ale na niewiele więcej. Mój przodek chyba nigdy mu tego nie wybaczył.

Gdy przeszli aleją potężnych, wiekowych dębów, przez ozłoconą słońcem mgłę zaczęły przebijać kontury Brackenbridge. Był to wielki palladiański budynek z setkami okien i dwoma ciągami schodów, szerokimi łukami spływającymi na dziedziniec przed głównym wejściem.

W chłodzie późnego listopada powierzchnia sztucznego stawu przed domem wyglądała jak zaparowane lustro, ale nadal pływały po nim kaczki, tworząc na wodzie drobne fale, które załamywały promienie słońca i migotały jak szkło.

Do stawu prowadziły białe marmurowe stopnie — była to klasyczna kaskada.

— Ten dom to dla mnie wszystko — oświadczył Henry. — Jest romantyczny, historyczny i szlachetny. Trwa przez całe moje życie jak świetlista nić. Kiedy miałem osiem lat, byłem wściekły na siostry, że zaśmiecają kominki ozdóbkami, gdyż zaburzało to ich szlachetne linie.

— Nie sądzę, aby twoje siostry za bardzo się tym przejmowały — zauważyła z uśmiechem Lucy.

Henry wzruszył ramionami.

— Ludzie, którzy próbują stać na straży takich drobiazgów, nigdy nie są szczególnie lubiani przez innych — stwierdził.

Lord Felldale schodził już ze wzgórza i niemal dotarł do stawu. Wokół niego skakały dalmatyńczyki, które wyglądały jak koniki na biegunach.

— Chodź, Jumper, ty głupi cymbale! Billy, jeśli jeszcze raz spłoszysz kaczki, wypruję ci flaki!

— Dziarski staruszek z twojego ojca — powiedziała Lucy.

— Carsonowie zawsze tacy byli. Mamy to we krwi. Nie znosimy, jak nic się nie dzieje.

Lucy uniosła skraj płaszcza, by nie dotykał mokrej trawy.

---

* Samuel Johnson (1709—1784) — angielski pisarz i leksykograf; James Boswell (1740—1795) — znany angielski pamiętnikarz.

— Nie miałem szczególnie dużo doświadczeń z kobietami — wyznał nieoczekiwanie Henry, kiedy ruszyli w dół wzgórza.

Lucy zatrzymała się i odwróciła. Henry stał przez chwilę w zielonym cieniu pod dębem, po czym wyszedł na perłowoszarą jasność mglistego poranka.

— Wiele podróżowałem, dwa razy objechałem cały glob — mówił. — Wyrobiłem sobie nazwisko w polityce i kiedy ten nędzny liberalny rząd będzie musiał ustąpić, czeka mnie wspaniała przyszłość. Przynajmniej tego się spodziewają zarówno moi przyjaciele, jak i prasa, ale przy tobie nie będę o tym mówił... zresztą brakuje mi słów. Jestem tobą zauroczony od chwili, gdy cię po raz pierwszy ujrzałem. Po Brackenbridge nigdy nie chodził i nigdy nie będzie chodził nikt o piękniejszej twarzy i lepszym sercu.

Wcale nie sprawiał wrażenia, że brakuje mu słów — wprost przeciwnie, był niezwykle rozmowny. Mówił bez ustanku — o brytyjskiej polityce w Indiach, o pracach naprawczych w Brackenbridge, o pisarzach, których znał, o sztuce, Persach, lordzie Rosebery i liberałach, o jedzeniu, pieniądzach, służących i życiu w Londynie. Opowiadał dowcipy i anegdoty, opisywał swoje długie podróże po Persji, które z powodu wycieńczenia musiał przerwać, aby udać się na rekonwalescencję na górę Athos i do klasztorów na Meteorach.

— Kiedyś wciągnięto mnie w sieci setki stóp w górę skalnego klifu, abym mógł popatrzeć na ocet i gąbkę, z której pił Chrystus na krzyżu.

Być może trudniej mu się mówiło o sprawach serca. Specjalnie poprosił ojca o zorganizowanie tego spaceru, aby móc porozmawiać z Lucy o swoich uczuciach, ale jak dotąd nie padło ani jedno słowo na ten temat.

Zapadła długa cisza. Lord Felldale, który właśnie obchodził staw, zatrzymał się, osłonił oczy przed blaskiem słońca i przez dwie lub trzy minuty obserwował młodych, po czym wrzasnął na psy: „Dranie! Łobuzy!" — i znowu ruszył w stronę domu.

— Kochasz mnie? — spytała w końcu Lucy.

Henry zdjął czapkę.

— Najdroższa, czuję się jak kompletny amator. Chciałbym, abyś została moją żoną.

Lucy uśmiechnęła się, ale nic nie odpowiedziała. Henry odwrócił się i uderzył czapką w płaszcz.

— To nie ma sensu... — jęknął. — Nie mogę znaleźć odpowiednich słów. Lucy, to jest miłość od pierwszego wejrzenia! Kiedy ujrzałem cię idącą po siatce tenisowej, chwyciłaś mnie za serce, ścisnęłaś je w swojej małej rączce i od tamtej pory ani przez chwilę go nie puściłaś. Chcę, abyś za mnie wyszła. W maju, najdroższa, kiedy wszystko rozkwita. Tutaj, w Brackenbridge, w naszej rodzinnej kaplicy.

Rozpiął rękawiczkę, ściągnął ją i zaoferował Lucy dłoń. Bawił ją i czuła się przy nim zażenowana, ale jednocześnie niezwykle kobieca. Zawsze droczyła się z chłopakami, których znała — zwłaszcza zakochanymi, nawet z Jamiem, stwierdziła jednak, że z Henrym nie powinna pozwalać sobie na żadne gierki. Mimo pozornej nieśmiałości miał stalową wolę i był zdecydowany ją zdobyć.

— Oczywiście nie musisz podejmować decyzji od razu — powiedział. — Możesz się zastanawiać, jak długo chcesz, choć im szybciej podejmiesz decyzję, tym bardziej mnie uszczęśliwisz — dodał. Najwyraźniej nie brał pod uwagę ewentualności, że Lucy może go odrzucić.

Odwrócił się i przez chwilę patrzył na falujący kontur Brackenbridge, park i widmowy staw.

— Nie mogę ci zbyt wiele zaoferować, najdroższa. Choć możemy tu przyjeżdżać tak często, jak zechcemy, w tej chwili ta wspaniała posiadłość nie należy do mnie. Ale pewnego dnia to wszystko będzie moje. Teraz jednak mogę złożyć u twoich stóp jedynie moje parlamentarne stypendium, które raczej nie pozwoli mi obsypać cię szmaragdami, oraz tantiemy z książek, które w ubiegłym roku wyniosły niecałe trzydzieści cztery funty szterlingi. Ale zamiast tego — podniósł palec i uśmiechnął się triumfalnie — mogę ci zaoferować świetność.

Jeszcze nigdy nie ofiarowywano Lucy świetności i nawet nie była całkiem pewna, co to takiego. Proponowano jej pieniądze, różnego rodzaju rozrywki i namiętność — nigdy jednak świetności.

— Musisz mi dać czas do zastanowienia — odparła z wahaniem.

Ujął jej dłoń.

— Jaka zimna! — zawołał. — Lepiej wracajmy do domu. Ale nie każesz mi zbyt długo czekać? Kiedy ujrzałem cię schodzącą z pokładu, wiedziałem, że nie popełniłem błędu. Jesteś niemal doskonała, zarówno jeśli chodzi o wygląd, jak i temperament. Małżeństwo z tobą byłoby koronnym osiągnięciem mojego życia. Zeszli nad staw — idąc blisko siebie, ale nie trzymając się za ręce. Lord Felldale wpuścił swoje dalmatyńczyki do kuchni na obrośnięte mięsem kości i prawdopodobnie poszedł się wykąpać i przebrać, by potem zejść do salonu na herbatę, babeczki i półgodzinną drzemkę przed kominkiem.

— Kiedy musisz jechać do Londynu? — spytała Lucy Henry'ego.
— Niestety, jutro rano. Ale nie na długo, najwyżej na dwa dni. W najbliższą niedzielę chciałbym cię zabrać do mojej najdroższej przyjaciółki, Margie Asquith. Z pewnością się zaprzyjaźnicie!

Przecięli szeroki, wyłożony kamieniami podjazd i dotarli do podnóża łukowatych schodów. Lucy się zatrzymała.

— Henry... nie jestem całkiem pewna...
— Ależ, moja droga, czego tu można nie być pewnym?! — zawołał. — Mój Boże, popatrz tylko na to! Ten podjazd nie był pielony od miesiąca.

Pochylił się, po czym wyrwał kilka kępek trawy i wybujałego mleczu.

— Henry, moje pieniądze zdobyłam przypadkiem. Nie jestem szlachetnie urodzona ani nie zapracowałam na to, co mam. Wzbogaciłam się przypadkiem, to wszystko.

— Wiem — odparł, cały czas trzymając chwasty w dłoni. — Wiem o tym, ale to naprawdę nie ma dla mnie żadnego znaczenia.

Zasłoniła oczy dłonią w malinowej rękawiczce.

— Nie bardzo wiem, co próbuję ci powiedzieć, Henry. Chyba to, że nie otrzymałam zbyt dobrego wykształcenia i wkrótce możesz uznać, iż jestem nieciekawą partnerką do rozmowy. A także to, że nie przyswajałam sobie manier w naturalny sposób, więc niezależnie od tego, jak długo będę się uczyć odróżniać widelec do ryby od widelczyka do ciasta, może się zdarzyć, że cię zawiodę. Chyba chcę ci też powiedzieć, że jestem trochę przerażona tym wszystkim.

Wyciągnął do niej dłoń.
— Lucy...
— Spotykałeś się z królową, lordami i innymi arystokratami. Któregoś dnia sam będziesz lordem. Mówiłeś, że rozmawiałeś z tym jak-mu-tam z Afganistanu... A ja urodziłam się i wychowałam jako córka sklepikarza w miejscu-którego-nie-ma i wiem

tylko tyle, co nauczycielka napisała kredą na tablicy. Nigdy nijak do siebie nie przypasujemy.

Henry wpatrywał się w nią bez wyrazu. Stał sztywny, jakby kij połknął. Ale po chwili na jego twarzy pojawił się uśmiech.

— Powtórz to — powiedział.
— Wszystko?
— Nie, tylko ostatnie zdanie, to, że nijak do siebie nie przypasujemy.

W jego ustach zabrzmiało to komicznie — jak gulgot indyka.

— Nijok do siebia nie przyjpasujymy — powtórzyła Lucy najczystszym dialektem z High Plains w Kansas.

— Jeszcze raz! — poprosił Henry.
— Nijok do siebia nie przyjpasujymy.

Henry spróbował naśladować jej wymowę.

— Niok do seba ni kszypazujemy. Ha, ha! Niok do seba ni kszypazujemy

Lucy się zaśmiała.

— Nie kszypazujemy, ale przyjpasujymy. Nijok do siebia nie przyjpasujymy.

Wziął ją w ramiona i przytulił.

— Mylisz się, Lucy Darling. Pasujymy do siebie znakomicie!
— W Kansas, jeśli chcemy być wytworni, mówimy: „straszliwą masę".
— W porządku. Pasujymy do siebia straszliwą masę.

Przez chwilę patrzyła mu w oczy, po czym delikatnie go odepchnęła.

— Nie ma nikogo innego? — spytał.

Pokręciła głową.

— Nie ma — odparła.
— W takim razie rozważ wyjście za mnie za mąż, Lucy. I proszę, nie każ mi zbyt długo czekać. Już i tak za długo na siebie czekaliśmy. Tak, moja najdroższa, wiem, że to była moja wina, nie twoja! Napisałem dla ciebie mnóstwo wierszy, ale żadnego nie śmiałem wysłać. Codziennie o tobie myślałem i wypowiadałem twoje imię... nawet w forcie w Baltit, gdzie w drodze do Pamiru byłem gościem władcy Hunzów. Kiedy jako pierwszy podróżnik przekroczyłem lodowce Pamiru i ujrzałem źródła Amu-darii, także szepnąłem wiatrowi twoje imię.

Uśmiechnął się i złożył dłonie.
— Nie rozumiesz? — spytał po chwili. — Imię i nazwisko Lucy Darling zostały wypowiedziane w miejscach, do których nigdy dotąd nie dotarł człowiek... jeśli to nie dowód siły mojego uczucia do cebie, najdroższa, nie wiem, co mogłoby nim być.

Lucy patrzyła na niego szeroko otwartymi oczami, nie wiedząc, co ma powiedzieć. Jej emocje wirowały jak bąk. Słowa Henry'ego bardzo jej pochlebiały. Była przekonana, że Henry jest wszystkim, czego może chcieć. Od chwili otrzymania od niego zaproszenia do Anglii wiedziała, że jeśli poprosi ją o rękę, powie „tak", teraz jednak przeraziła się, że nie potrafi sprostać jego oczekiwaniom i nigdy nie będzie w stanie go zadowolić. Kiedyś kurczowo czepiała się słupków płotów, gdy po czarnym niebie Kansas przechodziły tornada, potem pływała na jachtach z milionerami i jadła lunche z goszczonymi przez nich książętami, w środku nocy tańczyła na Piątej Alei w białej jedwabnej sukni balowej, przepłynęła Atlantyk na niemieckim parowcu (przez większość czasu wymiotując) i liznęła trochę świata — ale czym było to wszystko w porównaniu z dokonaniami tego młodego Anglika?

Był w Persji, Chinach i Indiach, a także w miejscach, o których większość ludzi nawet nie słyszała — w Czitralu, Mastuju, Bozai Gumbaz.

Stykał się z najmożniejszymi tego świata. Pił herbatę z królową Wiktorią i opowiadał jej o manierach Persów. („Nie mają manier, Wasza Wysokość").

Choć Lucy przyjechała do Brackenbridge poprzedniego dnia po południu, niezwykła energia Henry'ego i jego erudycja zdążyły już sprawić, że poczuła, iż być może dla nich obojga lepiej by było, gdyby nie przyjeżdżała.

Letni flirt na Rhode Island to jedno, ale propozycja małżeństwa to zupełnie co innego.

Henry znał biegle francuski, włoski i klasyczną grekę, cytował zagranicznych autorów, pisał artykuły i wiersze i od świtu do lunchu pracował, a lampa w jego pokoju codziennie paliła się jeszcze długo po północy. Był ekspertem w każdej dziedzinie — od renowacji tynków w wielkiej galerii Brackenbridge, przez polityczną przyszłość Indii, po wartość odżywczą tego, co przygotowywano w kuchni.

Kiedy kucharz zaproponował na lunch homara w majonezie i zimną potrawkę z królika, natychmiast zaprotestował.

— W taki ostry, chłodny dzień jak dziś?! — zawołał. — Chyba postradaliście zmysły!

Lucy bardzo pochlebiało, że zechciał poprosić ją o rękę. Był przystojny, silny i chciał jej ofiarować świetność. Gdyby za niego wyszła, towarzystwo z hotelu Waldorf dostałoby po nosie. Nie tylko mogłaby wrócić do towarzystwa, ale nawet błyszczałaby w nim jeszcze jaśniej niż poprzednio. Obawiała się jednak, czy potrafi być żoną Henry'ego. Nie miała pojęcia o polityce, a jej doświadczenia towarzyskie ograniczały się do jednego letniego sezonu na Rhode Island oraz kilku miesięcy tańców i chodzenia do teatru w Nowym Jorku.

Poza tym musiałaby mieszkać w Anglii, która wydawała jej się niezbyt przyjemnym krajem — zbyt często tu lało, a powietrze przypominało mokrą zimną kołdrę. Nikt nie był tu mile widziany ani miły. Celnicy w Liverpoolu bardzo długo grzebali w jej bagażu i zamienili perfekcyjną pracę Nory w kłąb pogniecionych bibułek i pomiętych sukienek. Grubonoga dziewucha, która zaprowadziła Lucy do jej pokoju w Brackenbridge, powiedziała tylko jedno zdanie: „Będzie ograniczenie ciepłej wody, rozumie?" — dając jej do zrozumienia, że gorąca woda to kłopot, bo trzeba ją przynieść.

— Postarasz się szybko podjąć decyzję? — spytał niecierpliwie Henry.

— Pytałeś już o to mojego tatę?

— Próbowałem.

— I co odpowiedział?

Henry skrzywił się lekko.

— Prawdę mówiąc, najdroższa, nie wiem. Zaśpiewał mi tylko jakąś piosenkę.

Lucy uśmiechnęła się z przymusem. Henry'ego nie peszył widok Jacka Darlinga — mimo jego częstych ataków, latających na boki oczu i unieruchomienia na wózku inwalidzkim. Był przyzwyczajony do kontaktu z szaleństwem i starczym otępieniem, ale Lucy czuła się zażenowana stanem ojca i odczuwała jego obecność jako ogromny ciężar. A nawet więcej niż ciężar, bo za każdym razem, gdy na niego spoglądała, przypominał jej o bezwzględności wuja Caspera, niewierności matki i tajemnicy własnych narodzin. „Czyją dziewczynką jesteś, Lucy Darling?", pytał ciągle, patrząc na nią bezradnie jak dziecko.

— W ciągu ostatnich dwóch dni jego stan się pogorszył — powiedziała. — Prawdopodobnie jest zmęczony.

— Może powinienem poprosić doktora Robertsa, żeby rzucił na niego okiem? — zapytał Henry. — Jest bardzo nowoczesnym lekarzem, uczył się w Wiedniu. Zrobił cuda z drażliwością ojca. Przepisał mu sól kissingeńską i jakąś kurację elektryczną na skórę.

— Naprawdę tata ci zaśpiewał?

Kiwnął głową, wyraźnie rozbawiony.

— To było coś o tańcu. „Obracaj je do prawej, w lewo obracaj je...".

— „...obracaj dziewczętami pięknymi wokół mnie" — dokończyła Lucy.

— Znasz to?

— Znam.

Henry milczał przez chwilę, po czym odchrząknął i oświadczył:

— Moja droga, zmieniłaś sposób mojego myślenia. Przedtem uważałem, że jedyny odpowiedni styl życia to bezżenność, a małżeństwo jest zagadką. Teraz uważam, że bezżenność to zagadka, a małżeństwo przyniesie odpowiedź na wszystkie pytania.

— Daj mi tylko trochę czasu — poprosiła Lucy.

— Oczywiście, najdroższa — odparł Henry, choć widać było, że jest nieco rozczarowany. — Ale nie każ mi zbyt długo czekać.

◆ ◆ ◆

Następnego poranka, kiedy przysłano po niego dorożkę ze stacji, lało jak z cebra. Lucy stała w portyku z wysokimi kolumnami w zapiętej wysoko pod szyją śliwkowej sukience i machała na pożegnanie chusteczką. Czuła się jak postać z powieści Jane Austen (znalazła w sypialni jedną z jej wczesnych książek, *Miłość i przyjaźń*).

Henry uniósł kapelusz.

— Poważnie się zastanowisz, prawda, moja droga? I spróbujesz powiedzieć „tak"? — zapytał.

Kiwnęła głową i dorożka odjechała z chrzęstem mokrego żwiru. Lejący się z gałęzi dębów deszcz, strugi wody smagające krzewy laurowe wokół domu i wylewające się kaskadami z rynien —

wszystko to sprawiało, że Brackenbridge wyglądało tego dnia wyjątkowo ponuro. Przez podjazd szedł chłopak stajenny z zarzuconym na głowę płaszczem, prowadząc wielką gniadą klacz przykrytą derką, która zrobiła się czarna od deszczu.

Tessie, antypatyczna grubonoga służąca, czekała na Lucy w holu.

— Doktor Roberts przyjdzie dziś rano obejrzeć pani ojca — oznajmiła. — Spotka się z nim panienka w salonie czy w bibliotece?

Lucy była zaskoczona.

— Nie wiem. Pan Carson nic mi nie wspomniał, że ma przyjechać doktor.

Tessie pociągnęła nosem.

— Wcale mnie to nie dziwi. To cały pan Carson. Aranżuje różne sprawy, ale nigdy nikomu o niczym nie mówi.

— No cóż, skoro już to zorganizował... Spotkamy się z doktorem w salonie.

— Dobrze, panienko.

Lucy dałaby wszystko, aby mieć przy sobie Norę — choć była grymaśna i wścibska. Ale w drodze z Nowego Jorku pozwoliła pokojówce zejść na ląd w irlandzkim Dun Laoghaire, aby mogła odwiedzić rodzinę w hrabstwie Carlow. Nora nie widziała swojej babci od trzeciego roku życia, kiedy rodzice zabrali wszystkie dzieci do Ameryki. Miała przyjechać do Brackenbridge zaraz po Bożym Narodzeniu, teraz jednak Lucy czuła się nieznośnie samotna — nie miała nikogo, z kim mogłaby porozmawiać o swoich uczuciach wobec Henry'ego. Jack robił się z każdym dniem coraz bardziej ponury i niekomunikatywny, a Mary — pielęgniarka, którą Lucy zatrudniła w Nowym Jorku do opieki nad nim na czas podróży po Europie — okazała się tak nieprzyjemną osobą, że ledwie śmiała się do niej odzywać.

Gdyby ją zapytała, czy powinna wyjść za Henry'ego, z pewnością odpowiedziałaby: „Proszę nie zadawać mi takich pytań. Mnie nikt nigdy nie poprosił o rękę".

Poszła do salonu, gdzie Mary czytała Jackowi traktat na temat zła wynikającego z podróżowania w niedzielę. Jej ojciec leżał pod dziwnym kątem na rozłożonym wózku inwalidzkim, z głową tylko częściowo opartą na poplamionej haftowanej poduszce, a jego oczy gwałtownie skakały na boki. Choć siedział blisko ognia, był owinięty wielkim zielonym kocem, okręconym wokół talii skórzanym paskiem. Był bardzo blady i zalatywało od niego octem, moczem oraz czymś jeszcze, kojarzącym się z nieświeżą kapustą.

Mary uniosła głowę znad książki. Pochodziła z Litwy, wyglądała jak gargulec i według Lucy w ogóle nie nadawała się na pielęgniarkę. Miała na głowie własnego projektu czepek pielęgniarski z brązowego sukna, przypominający kapelusz rybaka, i była ubrana w zgrzebny beżowy fartuch z grubego płótna. Jej gęste zrośnięte brwi wyglądały jak krzaki, a na policzku miała półkolistą jaskrawoczerwoną bliznę — była to pamiątka po pracy w publicznej służbie zdrowia, kiedy jeden z pacjentów szpitala Bellevue próbował ją zabić rozbitą butelką jodyny.

— Mary, czy wiesz o tym, że pan Carson poprosił tu dzisiaj doktora?

— Wspomniał o tym, panno Darling — odparła pielęgniarka.

Miała dziwny akcent, a jej słowa brzmiały, jakby mówiła je wspak: „Darling panno, tym o wspomniał".

Wyraz jej twarzy wyraźnie świadczył o tym, że nie jest zachwycona spodziewaną wizytą.

— Nie będziesz miała nic przeciwko temu, jeśli doktor rzuci okiem na mojego ojca? — zapytała ją Lucy.

— Nie mam prawa wyrażać niechęci, panno Darling. To dom pana Carsona i jeśli życzył sobie posłać po doktora, muszę się na to zgodzić.

— Podobno to bardzo nowoczesny lekarz.

— Z pewnością, panno Darling. Nie sprawi jednak, że moje obowiązki staną się mniej uciążliwe, prawda? Wprost przeciwnie, prawdopodobnie doda mi znacznie więcej pracy. „Siostro, proszę zacząć stawiać mu bańki cztery razy dziennie i podawać sól Vichy osiem razy dziennie". Dobrze znam lekarzy i wiem, że tak będzie.

Lucy usiadła po drugiej stronie kominka.

— Jestem pewna, Mary, że nie będzie żadnej dodatkowej pracy. A jeśli temu doktorowi uda się poprawić stan taty, może nawet będzie jej mniej.

— To najmniej prawdopodobna rzecz, jaką słyszałam — mruknęła ponuro pielęgniarka.

— Jestem jednak zaskoczona, że pan Carson zapomniał mi powiedzieć o tej wizycie.

— Na długo wyjechał?
— Nie, tylko na dwa dni. Tak mi przynajmniej powiedział. Ma jakieś ważne sprawy do załatwienia. To coś związanego z parlamentem.

— W takim razie prawdopodobnie będzie musiał podróżować w niedzielę — stwierdziła Mary i tak gwałtownie pokręciła głową, że jej wielki brązowy czepek załopotał. — Cóż za bezbożność. Lucy popatrzyła na Jacka, nie odezwała się jednak do niego ani nie próbowała zwrócić na siebie jego uwagi. Leżał ukośnie na wózku, oczy latały mu na boki i nikt nie wiedział, o czym myśli — jeśli w ogóle o czymkolwiek myślał.

Mary wyjęła z kieszeni zegarek.

— Wykąpię go, kiedy doktor wyjdzie, na syrop z maku też może zaczekać — oświadczyła, po czym znowu zaczęła czytać: — „Podróżowanie w niedzielę, do którego nakłania się poprzez niskie ceny biletów, to wielkie zło. Zachęca do próżniactwa, palenia złego tytoniu i picia złych napojów, używania złego języka i przebywania w złym towarzystwie, ale oczywiście kompanie kolejowe czerpią z tego zyski".

Nie wiadomo było, czy Jack tego słucha. Lucy sądziła, że raczej ukrył się w głębi własnej głowy — aby tkwić tam w ciemnościach, nie czując bólu ani rozpaczy.

— W przyszłym tygodniu odwiedzimy Londyn — powiedziała, przerywając Mary czytanie. — Pan Carson obiecał pokazać mi warte obejrzenia miejsca.

— Mam nadzieję, że ojciec panienki będzie w stanie nadającym się do podróży — odparła pielęgniarka. — Moim zdaniem sprowadzanie go do Anglii nie było dobrym pomysłem, zwłaszcza przy takiej surowej pogodzie.

Lucy nic na to nie odpowiedziała. Rozmawiała już o tym z Mary wcześniej, przed wyjazdem. Najchętniej nie brałaby Jacka ze sobą, ale wymagała tego przyzwoitość i nalegał na to Henry. Nie chciał narażać na szwank reputacji Lucy ani własnej kariery parlamentarnej, goszcząc ją w Brackenbridge przez cały świąteczny sezon bez przyzwoitki — zwłaszcza że pod koniec jej pobytu zamierzał ogłosić, iż na wiosnę biorą ślub.

Londyńskie gazety były bardziej dyskretne od nowojorskich brukowców Hearsta i Pulitzera, ale w oksfordzkim kręgu Henry'ego, w Biurze do spraw Indii, a nawet w Marlborough House na pewno uśmiechano by się znacząco i padłoby kilka zgorszonych „Aj-aj", a Henry w żadnym razie nie mógł sobie na to pozwolić. Poza tym uważał, że zmiana otoczenia dobrze zrobi Jackowi, poprawi mu nastrój i przyspieszy jego rekonwalescencję. Może uwierzy, że życie mimo wszystko jest ciekawe. Jeśli nastąpiłaby poprawa, do świąt mógł pozbyć się gipsu.

Dla Lucy podróż do Anglii byłaby znacznie zabawniejsza i przyjemniejsza, gdyby zamiast Jacka mogła zabrać ze sobą Evelyn albo którąś z dawniejszych przyjaciółek, jednak sześć albo nawet siedem telefonów, jakie wykonała do posiadłości Scottów przed opuszczeniem Nowego Jorku, zostało skwitowanych przez lokaja słowami: „Niestety, nie ma jej w domu, panno Darling". To samo było w przypadku McPhersonów, Vanderbiltów oraz Frostów. Żadna z przyjaciółek nie przyszła pomachać Lucy na pożegnanie, choć jej wypłynięcie na pokładzie „Fürsta Bismarcka" zostało zapowiedziane w kolumnie towarzyskiej.

Mary zamknęła broszurę.

— Jego stan wciąż się pogarsza. Kiedyś jeszcze coś mówił, teraz w ogóle się nie odzywa. Nigdy nie wiem, czego mu potrzeba. Nie wiem, kiedy jest głodny, kiedy chce pić, kiedy chce, abym mu poczytała albo przestała czytać. Nie wiem, kiedy życzy sobie spać ani kiedy chciałby się obudzić. To nie do zniesienia. Zawsze uważałam, że pacjenci powinni okazywać pielęgniarkom choć odrobinę względów.

Jeszcze narzekała, gdy do salonu weszła Tessie i powiedziała, że przybył doktor Roberts. Lucy kazała go wprowadzić, a Mary odwróciła się ostentacyjnie.

Lucy nie bardzo wiedziała, czego ma się spodziewać po „nowoczesnym" doktorze Henry'ego. Podejrzewała, że ujrzy nadpobudliwego młodzieńca w okularach, kiedy jednak w drzwiach pojawił się doktor Roberts — bardzo wysoki, niezwykle przystojny, o czarnych, zaczesanych do tyłu włosach, lekko siwiejących bakach i wykrzywionych w półuśmiechu ustach — zarumieniła się i szybko wstała, jakby przyłapano ją na czymś, czego nie powinna robić.

— Proszę mi wybaczyć — powiedział doktor niskim, głębokim głosem. — Nie zamierzałem pani przestraszyć. Mam zaszczyt rozmawiać z panną Darling, prawda? Doktor William Roberts, do usług.

Ujął dłoń Lucy. Pod oczami miał ciemne kręgi, jakby rzadko sypiał.
— Pan Carson przekazał mi, że pani ojciec spadł i złamał kręgosłup.
— To się stało w Nowym Jorku, dwa miesiące temu. Ciągle jeszcze jest w gipsie, ale lekarze uważali, że nie będzie mu to przeszkadzało podróżować. Uznali także, że podróż może poprawić mu nastrój.
— Co najwyraźniej nie nastąpiło — stwierdził doktor Roberts. Podszedł do Jacka i zdjął rękawiczki.
— Jest w gorszym stanie niż kiedykolwiek — wtrąciła Mary. — Nie mówi, nie próbuje sam jeść. Stałam się jego niewolnicą.
— Kim jest ta osoba? — spytał doktor Roberts.
— To Mary, pielęgniarka ojca — wyjaśniła Lucy.
Doktor Roberts pochylił się nad Jackiem i spojrzał mu w twarz.
— No cóż, moja droga — powiedział, nie patrząc na Mary — pielęgniarka zawsze jest w pewnym sensie niewolnicą pacjenta. Musi się angażować bez pytania o koszty. Przez cały czas musi być delikatna i uważna i nie powinna myśleć o niczym innym oprócz dobra swojego podopiecznego.
Mary popatrzyła na Lucy, zmarszczyła brwi i wydęła usta.
— Jak chory ma na imię? — spytał doktor Roberts.
Lucy podeszła bliżej.
— Jack. On chyba nie umiera?
Doktor Roberts nic na to nie odpowiedział, ale uniósł kciukiem powiekę Jacka i zaczął obserwować jego skaczące na boki oczy.
— Jack, słyszysz mnie? Jestem lekarzem. — Odwrócił się do Lucy. — Może normalnie mówić? To znaczy, czy mówił zaraz po wypadku?
— Moim zdaniem on udaje — wtrąciła Mary. — Chce budzić we wszystkich współczucie.
— Nie pytałem pani — uciął doktor Roberts, po czym wstał. — Jakie leki mu podajecie?
— Coś na ból, to wszystko — odparła Lucy.
— Laudanum — dodała Mary.
— Ile i jak często?
— Tak dużo i tak często, jak potrzebuje.
— A co to za niemiły zapach?

— Czekałam z kąpielą, aż pan go obejrzy.
— Kiedy miał ostatnią kąpiel?
Mary milczała.
— Kiedy ostatni raz pani go kąpała?
— Nie jestem pewna. Kilka dni temu. Ostatnim razem skarżył się, że go boli, więc zrobiłam przerwę. Sam sobie tego życzył.
— Podejrzewam, że nie trzyma moczu.
Pielęgniarka pokręciła głową.
— Co je? Co pije?
— Głównie owsiankę i wodę — odparła Mary. — Nie może nic gryźć. Ciągle prosi o whisky, ale mu jej nie daję... jest zbyt chory.
Doktor Roberts rozpiął pasek przytrzymujący koc, którym owinięty był Jack. Uniósł nieco jeden róg, zajrzał do środka, puścił koc i odwrócił się do Lucy.
— Panno Darling?
Lucy zamierzała właśnie poprawić stojące na obrzeżu kominka suszone kwiaty. Widziała po wyrazie twarzy doktora Robertsa, że coś jest bardzo nie w porządku.
— Wygląda na to, że pani ojciec jest w bardzo poważnym stanie. Powinna pani teraz wyjść. Może mogłaby pani kazać podstawić powóz, aby odwieźć go do szpitala.
Lucy ogarnęła nagła fala paniki.
— Co z nim jest? — zapytała.
Od chwili wypadku modliła się potajemnie, aby Jack umarł, przekonana, że śmierć będzie dla niego wybawieniem, teraz jednak przestraszyła się tego. Doktor Roberts patrzył na nią z taką powagą, że nie miała odwagi usłyszeć, co ma jej do powiedzenia. Może rzeczywiście byłoby lepiej dla Jacka, gdyby umarł, ale wtedy nie miałaby już nikogo.
— Muszę dokładnie zbadać pani ojca — oświadczył doktor Roberts. — Powinna pani na kilka minut opuścić pokój. Ale ta... hm... pielęgniarka może zostać, aby mi pomóc.
Lucy przełknęła ślinę i kiwnęła głową.
— Oczywiście. Zapytam o powóz. Czy szpital jest daleko?
— Dwadzieścia mil stąd, jednak chory musi do niego pojechać. Może się okazać, że potrzebny jest zabieg chirurgiczny.
Lucy wyszła i zamknęła za sobą drzwi. Tessie, która właśnie szła korytarzem, zatrzymała się przed nią.

— Wszystko w porządku, panno Darling?
— Tak — odparła Lucy. — Mogłabyś poprosić woźnicę o podjechanie powozem do wejścia?

Zrobiła trzy kroki w stronę holu i nagle zrobiło jej się ciemno przed oczami, a nogi ugięły się pod nią. Usłyszała krzyk Tessie i szelest własnej sukni, kiedy padała. Czuła, że tracąc przytomność, mocno uderzyła głową o marmurową podłogę, ale z zaskoczeniem stwierdziła, że wcale jej to nie zabolało.

◆ ◆ ◆

Kiedy otworzyła oczy, pochylał się nad nią ciemnowłosy mężczyzna o błyszczących czarnych włosach, z dołeczkiem w brodzie. Nie budził w niej strachu, wolałaby jednak wiedzieć, co robi w jej sypialni. I dlaczego tak uważnie jej się przygląda? Miał ciemny podbródek, jakby natarł go sadzą. Nie wyobrażała sobie, aby ktokolwiek chciał nacierać sobie podbródek sadzą.

— Sadza. Dlaczego? — powiedziała na głos.

Mężczyzna odwrócił się od niej w stronę stojącej przy drzwiach kobiety z umierającym ptakiem na głowie. W pomieszczeniu było tak mroczno, że ledwie dało się cokolwiek dostrzec. Ktoś rzucał żwirem w okno, po chwili ulicą przetoczył się łoskot werbli.

Ciemnowłosy mężczyzna z powrotem odwrócił się do Lucy.

— Panno Darling?

Uświadomiła sobie, że walący w okna żwir to ulewny deszcz, a werble to grzmoty. W kobiecie z umierającym ptakiem na głowie rozpoznała Mary, pielęgniarkę Jacka, a umierający ptak okazał się jej czepkiem. Jednak w dalszym ciągu nie rozpoznawała ciemnowłosego mężczyzny ani nie rozumiała, co robi w jej pokoju.

— Zemdlała pani, panno Darling — powiedział. — Proszę chwilę odpocząć. Wszystko będzie dobrze.

Lucy rozejrzała się i zobaczyła, że leży na łóżku w żółtym pokoju w Brackenbridge. Wyciągnęła rękę i wyczuła na poszewce poduszki wyszywane F — Felldale. Po przeciwnej stronie pokoju stała wielka mahoniowa komoda. Nad nią wisiał portret Agnes, drugiej baronowej Felldale, zmarłej w połogu w tym samym roku, w którym wyszła za mąż. Baronowa miała bladą twarz i lekko wytrzeszczone, pełne smutku oczy.

— Zemdlałam? Nie pamiętam. Ale boli mnie głowa. Uderzyłam się w nią?

Do łóżka podeszła Mary, a ciemnowłosy mężczyzna zniknął. Pielęgniarka sprawiała wrażenie jeszcze bardziej niezadowolonej z życia niż zwykle.

— Doszła już pani do siebie, panno Darling?

Lucy opuszkami palców zaczęła macać czoło i po chwili znalazła na nim wielkiego, bolesnego guza.

— Auu! Jest! Jaki wielki! W jaki sposób go sobie nabiłam?

Ciemnowłosy mężczyzna pojawił się ponownie — po drugiej stronie łóżka.

— Całe szczęście, że nie stało się nic poważniejszego, panno Darling. Obawiam się też, że będzie pani miała wielkiego sińca pod okiem... przez tydzień albo nawet dwa tygodnie. Powinna pani regularniej jadać. Jedzenie wcale nie musi oznaczać tycia, a małe posiłki doskonale zabezpieczają przed podobnymi omdleniami.

— Pan jest... doktorem Robertsem? — zapytała Lucy.

— Tak, moja droga. Zgadza się.

— Jak tata? Miał pan czas go obejrzeć?

Doktor kiwnął głową.

— Była pani nieprzytomna prawie przez godzinę. Zbadałem pani ojca na tyle, na ile pozwoliły mi okoliczności. Jednak przed odesłaniem go do szpitala chciałem porozmawiać z panią.

Lucy próbowała skupić na nim wzrok, ale wszystko jeszcze jej się rozmazywało i nie potrafiła określić, czy lekarz się uśmiecha, czy nie.

Doktor Roberts usiadł na skraju łóżka i ujął jej dłoń. Teraz, kiedy znalazł się bliżej, zobaczyła, że ma bardzo poważną minę — tak poważną, że miała ochotę się roześmiać.

— Muszę być z panią szczery. Pani ojcu zostało bardzo niewiele życia. Amputacja nóg prawdopodobnie opóźni jego odejście o kilka tygodni. Może nawet wytrzyma do Bożego Narodzenia, ale niewiele dłużej. Z pewnością ucieszy panią wiadomość, że nie będzie cierpiał. Dostanie wystarczającą ilość opiatów, aby mógł wytrzymać ostatnie godziny.

— Co mam robić?

Doktor Roberts spuścił wzrok. Jak wielu ciemnowłosych mężczyzn, miał piękne rzęsy. Lucy wpatrywała się w nie z fascynacją.

— Najlepiej by było, gdyby pani ojciec został przeniesiony do szpitala, a pani się z nim pożegnała.
— Dlaczego? Lekarze z Nowego Jorku powiedzieli mi, że będzie żył.
— Nie mam powodu pani okłamywać, panno Darling. Pani ojciec cierpi na coś, co nazywamy martwicą. Innymi słowy, jego nerwy i naczynia krwionośne uległy takiemu uszkodzeniu, że nogi od kolan w dół są martwe. Reszta ciała szybko podąży tą samą drogą. — Zamilkł na chwilę, po czym dodał: — Może będzie dla pani pociechą świadomość, że nie da się już dla niego nic zrobić... nie mogli tego dokonać lekarze w Nowym Jorku, nie zdołaliby też tego dokonać tutejsi lekarze. Choć pielęgnacja była nieco niedbała, nie przyczyniła się do jego obecnego stanu. Nie było dla niego nadziei już w chwili, gdy złamał sobie kręgosłup.

Oczy Lucy wypełniły się łzami. Czuła się tak podle, jakby stan Jacka Darlinga był wyłącznie jej winą, jakby już od momentu swojego przyjścia na świat była jego krzyżem. Położyła głowę na poduszce i zaczęła gorzko płakać. Mary stała przy drzwiach, wyglądając w swoim wielkim czepku jak rybak wybierający się właśnie na morze. Doktor Roberts szeptał uspokajająco: „Cii... cii...". Ale przecież wszystko ma być dobrze, Jack nie będzie cierpiał, umrze spokojnie, a Pan przyjmie go do swego domu.

◆ ◆ ◆

Weszła na palcach do pokoju Jacka i patrzyła na niego przez długi czas. Było to dość ponure pomieszczenie o granatowych ścianach wyłożonych rzeźbioną dębową boazerią. Za oknami majaczyły zielonoszare zarysy dębów, wyginających się i tańczących na deszczu. Jack leżał na plecach. Nie spał, jego oczy cały czas skakały na boki, ale był jakby mniej rozdrażniony niż zwykle. Lucy podeszła do łóżka i uśmiechnęła się do niego smutno.
— Jack?
— Witaj... skarbie... — wycharczał.
Od tygodnia nie odzywał się do niej, teraz jednak sprawiał całkiem rozsądne wrażenie.
— Jack, niedługo zabiorą cię do szpitala.
— Równie dobrze mogą mnie od razu zawieźć na cmentarz.
— Przecież nie umierasz.

— Ależ tak, skarbie. Umieranie to jak bycie zakochanym. To coś, co się na pewno wie. Nikt cię w tej sprawie nie oszuka. — Zakaszlał. — W każdym razie tak powiedział doktor Roberts. Zapytałem go o to wprost i odpowiedział mi wprost. Sucha gangrena... tak powiedział. Zamiast od razu, umieram po kawałku. Mam tylko nadzieję, że głowa umrze ostatnia. Nie chciałbym, aby moje ręce jeszcze żyły, a głowa już o tym nie wiedziała.

Lucy przyciągnęła sobie krzesełko i usiadła przy łóżku. Nie ujęła Jacka za rękę — nie była w stanie. Jego dłonie były tak zimne w dotyku, jakby nie żył już od tygodni.

— Bardzo kochałem twoją mamę. Kochałem ją i gdybym nigdy jej nie uderzył... Oto moja kara: to, że tu dziś leżę w połowie martwy.

— Ona też musiała cię kochać.

Oczy Jacka wypełniły się łzami, które spłynęły na poduszkę.

— Jeśli kiedykolwiek tak było, zabiłem jej miłość. Potem zabiłem ją, a teraz siebie.

Milczeli przez długi czas. Światło za oknem umierało, deszcz nie przestawał stukać o szyby. Rynny bulgotały, jakby śmiały się ze stanu Jacka, a pod drzwiami cicho zawodziły przeciągi.

— Jack... — powiedziała w końcu Lucy. — Dlaczego to zrobiłeś?

Znowu przez długą chwilę panowała cisza.

— Dlaczego co zrobiłem?

— Dlaczego skoczyłeś? Dlaczego próbowałeś ratować panią Sweeney?

— A, o to ci chodzi. Nie powiedziałem ci? Po prostu musiałem skoczyć. Musiałem ją uratować. Była jedyną osobą, która wiedziała.

— Co wiedziała?

Jack znowu zaczął kaszleć, po czym nieporadnie otarł usta.

— Powiedziała mi to na schodach... jeszcze zanim wyszliśmy na bal. Powiedziała: „Jeśli będziesz się dobrze zachowywać, Jacku Darling... i zatańczysz ze mną... wtedy może, ale tylko może, powiem ci coś, co naprawdę chciałbyś wiedzieć".

Zamilkł na długą chwilę i głośno, chrapliwie oddychał. Ponownie zakaszlał, złapał oddech i jeszcze kilka razy zakaszlał.

— A co tak naprawdę chciałbyś wiedzieć? — spytała Lucy bezbarwnym głosem. — Z pewnością nie było to nic takiego, za co warto umrzeć.

Jack odwrócił głowę w jej stronę i po raz pierwszy od chwili, kiedy odjechała wraz z Jamiem ze stacji kolejowej w Oak City, znowu ujrzała człowieka, który ją wychował — smutnego, uprzejmego mężczyznę, którego zawsze uważała za ojca.

— O tak... za to warto było umrzeć. Więcej niż warto. Molly Sweeney powiedziała, że wie, kto jest twoim ojcem. Prawdziwym. Wiedziała to.

— Skąd?

— Przyjmowała twój poród. Była w Oak City akuszerką i twoja mama musiała jej powiedzieć. Zawsze się przyjaźniły. Molly traktowała twoją mamę jak własną córkę i dlatego dawała ci lekcje tańca za darmo.

Lucy miała wrażenie, że ciągle jeszcze nie w pełni odzyskała przytomność.

— Pani Sweeney wiedziała?

Kiwnął głową i znowu zakaszlał.

— Była jedyną osobą, która wiedziała. Powiedziała mi o tym wtedy na schodach... „Jeśli będziesz się dobrze zachowywać, Jacku Darling, i zatańczysz ze mną... powiem ci coś, co naprawdę chciałbyś wiedzieć".

— Ale nie powiedziała?

Jack przez chwilę walczył o odzyskanie oddechu.

— Ona... tylko się ze mną drażniła. Wiesz, co o tym sądzę? Torturowała mnie. Odpłacała mi się. Nigdy mnie nie lubiła... ani trochę. Odpłacała mi się. Twoja mama była dla niej jak córka... przynajmniej zawsze tak mówiła. A kiedy umarła... znaczy twoja mama... Molly Sweeney obarczyła mnie winą za jej śmierć. — Westchnął i zakaszlał kilka razy. — Po to właśnie przyjechała do Nowego Jorku. Zatańczyć i wyrównać rachunki. No cóż, wyrównała je. Powiedziała, że wie, a potem umarła, nic mi nie mówiąc. I będę to musiał zawieźć razem ze sobą na taczkach do piekła.

— Jack... nie pójdziesz do piekła. Mama czeka na ciebie. Zobaczysz. I wszyscy ludzie, o których zadbałeś w życiu.

Zamknął oczy.

— Bardzo bym chciał. Ale gdyby Molly mi powiedziała, mogłabyś iść do ślubu, wiedząc, kto jest twoim prawdziwym ojcem.

W pokoju było tak ciemno, że Lucy prawie nic nie widziała.

— Jack... — powiedziała po chwili.
— Tak, skarbie?
— Chcesz iść do szpitala?
Nie odpowiedział.
— Jeśli nie chcesz, zajmiemy się tobą tutaj. Mogę poprosić Henry'ego, żeby znalazł ci inną pielęgniarkę.
Zakaszlał.
— Pójdę, skarbie. Nie chcę, abyś patrzyła, jak umieram. Wiem, jak to jest oglądać czyjeś umieranie. Niezależnie od tego, czy się tego kogoś kocha, czy nie.

Jego oddech stał się jeszcze bardziej chrapliwy. Przesunął dłoń po kołdrze i przez chwilę Lucy wydawało się, że chce dotknąć jej ręki, ale po prostu zasypiał.

— Jack?
— Broszka... — wymamrotał.
Lucy poczuła mrowienie na plecach.
— Broszka? Jaka broszka?
Jednak Jack już zasnął, a jego mamrotanie zamieniło się w głośne, urywane chrapanie.

Lucy siedziała w ciemności i słuchała, jak walczy o powietrze. „Broszka" — powiedziała mu pani Sweeney. Musiał to być jakiś trop. Jack go nie zrozumiał, ale ona zrozumiała. Potwierdzało to obawę, którą skrywała głęboko w sercu od chwili, gdy wuj Casper powiedział jej o sobie i matce. Jeśli broszka stanowiła trop mogący wyjaśnić tożsamość jej ojca, oznaczało to, że był nim wuj Casper. Była córką brata i siostry — dzieckiem grzesznego związku.

Nie chciała jednak więcej płakać. Dość już się napłakała. Siedząc u boku umierającego przybranego ojca i słuchając, jak krople deszczu stukają o szyby niczym kościste palce śmierci proszącej o wpuszczenie do środka, podjęła decyzję, że wszystko, co wydarzyło się w Kansas, zostanie zapomniane, a ona wyjdzie za Henry'ego i zostanie panią Lucy Carson.

Lucy Darling — kimkolwiek była — umrze wraz z Jackiem Darlingiem.

Kiedy skrzypnęły drzwi, nie odwróciła się, bo cały dom był pełen trzasków, jęków i nagłych skrzypnięć.

Po długiej chwili ciszy usłyszała zdumiony głos:

— Vanessa?

Uniosła głowę. W otwartych drzwiach ujrzała lorda Felldale w szerokiej wełnianej koszuli nocnej, ciężko opartego na lasce.

— Vanessa? — powtórzył ojciec Henry'ego.

Lucy odsunęła krzesło i podniosła się. Podeszła do drzwi i zatrzymała się w takim miejscu, aby trójkąt światła z korytarza padał na jej twarz.

— To ja, Lucy, lordzie Felldale — powiedziała.

Stary człowiek cofnął się, próbując skupić na niej wzrok.

— Lucy? Lucy? A niech mnie cholera! Mógłbym przysiąc, że to Vanessa. Identyczny kark! Dobry Boże! Strach mnie obleciał, nie powiem.

Lucy spojrzała w głąb pokoju, po czym zamknęła drzwi.

— Mój tata właśnie zasnął.

Lord Felldale pokiwał głową.

— Kiepsko z nim, prawda? Doktor Roberts mówił, że może nie dotrwać do końca tygodnia.

— Jest bardzo chory, lordzie.

— Jeśli chcesz, może tu zostać. Nie przeszkadza mi, kiedy goście tutaj umierają... było tu już takich mnóstwo.

— Powiedział, że woli iść do szpitala.

Lord Felldale podał Lucy ramię i ruszyli wokół galerii do schodów. Wszędzie wisiały ogromne obrazy olejne, ukazujące klasyczne sceny, wraki statków, burze i nagich ludzi.

— Najlepiej jeśli mężczyzna umiera we własnym domu, w towarzystwie niewielkiej orkiestry grającej jego ulubione melodie — stwierdził ojciec Henry'ego. — Ja chciałbym zamknąć oczy przy dźwiękach *Eton Boating Song*.

Zaczęli powoli schodzić po schodach. Kiedy byli już niemal na dole, Lucy zatrzymała się i spytała:

— Kto to jest Vanessa?

— Ach... to moja piąta córka, o rok młodsza od Henry'ego. Jest mężatką, wyszła za jakiegoś bankowego frajera. Nazywa się jakoś dziwacznie... Y-Stancombe albo coś podobnie absurdalnego. Bardzo bogaty, ale powinnaś usłyszeć, jak się śmieje! Wolałbym nie dopuszczać go w pobliże koni, bo mógłby je spłoszyć. Ale jest przystojny, no i bogaty, jak już mówiłem, a Vanessa jest bardzo ładna, naprawdę bardzo ładna. Ma jasne włosy, zupełnie takie same jak twoje, więc przez chwilę myślałem, że to ona. Jesteś też tak samo ładna jak ona.

— Dziękuję za komplement.

— Zasługujesz na komplementy, moja droga — powiedział, a kiedy kamerdyner otworzył przed nimi drzwi salonu, dodał: — Nic dziwnego, że Henry tak się w tobie zadurzył. Kiedy wrócił z Ameryki, nie mówił o nikim innym. I nigdy nie widziałem, żeby tyle pisał. Kiedy się zakocha, zawsze pisze. To oczywiście rozpaczliwe brednie, ale dziewczynom się podobają.

Ze słów Henry'ego Lucy wywnioskowała, że znał niewiele panien, za bardzo pochłaniały go inne sprawy — polityka, badanie świata i kolacje z przyjaciółmi z uczelni.

— Często jest zakochany? — spytała.

— Nie często, ale zawsze. Nigdy jednak nie widziałem go aż tak zauroczonego. Nigdy. Mówi zbyt wiele, to jego podstawowy problem, i jest przekonany, że wszystko wie najlepiej. Ale nie powinnaś się tym przejmować. W głębi duszy jest bardzo sentymentalny. To cecha wszystkich Carsonów. Albo słabość, jeśli wolisz. Jesteśmy też trochę bezbożni i wierzymy, że wszystko, do czegokolwiek się zabieramy, robimy bardzo dobrze. No i lubimy wieprzowinę, którą podają w niedzielę w Bell Inn w Derby.

Lucy nie wiedziała, co o tym sądzić, zanim jednak odpowiedziała, lord Felldale pochylił głowę i mrugnął do niej porozumiewawczo.

— Wiem, moja droga, że Henry poprosił cię o rękę... Jeśli znajdziesz w swym sercu miejsce dla niego i odpowiesz „tak", będę bardzo zadowolony.

Niespodziewanie dla samej siebie Lucy poczerwieniała.

Doktor Roberts czekał na nich w salonie, obok niego na obrzeżu kominka stał kieliszek portwajnu. Lekarz był bardzo poważny i sprawiał wrażenie zmęczonego. Salon był utrzymany w różnych odcieniach zieleni i złota, jedwabne zasłony były zielone, tapicerka mebli też. W lecie musiało to wyglądać niezwykle świeżo, ale w mokry listopadowy wieczór, przy zasuniętych zasłonach i ogniu w kominku wypełniającym całe wnętrze kwaśnym dębowym dymem było tu nieprzyjemnie i klaustrofobicznie jak na okręcie podwodnym.

— Jeszcze kieliszeczek portwajnu, Roberts? — spytał lord Felldale.

Doktor pokręcił głową.

— Muszę iść. Czy rozmawiała pani z ojcem o konieczności przewiezienia go do szpitala?

— Zgodził się pojechać, panie doktorze — odparła Lucy. — Uważa, że tak będzie lepiej, wolałby jednak jechać jutro. Poza tym teraz śpi.

— W jego obecnym stanie sen to najlepsze lekarstwo — stwierdził doktor Roberts. — Mogę przyjechać jutro rano, ale trzeba przygotować powóz i koce do owinięcia go.

Dokończył portwajn i podszedł do Lucy.

— A jak pani głowa?

— Nadal boli.

— Proszę pamiętać, co powiedziałem o regularnym odżywianiu się.

Wziął kapelusz, płaszcz i rękawiczki, po czym ruszył do wyjścia.

— Mam nadzieję, że w dalszym ciągu dobrze się pan czuje, lordzie — powiedział jeszcze, zanim wyszedł. — Nie skarżył się pan na kłucia, prawda?

— Jeśli miałoby to oznaczać kolejne porcje pańskiej ohydnej soli, nigdy bym się nie przyznał do tego, że mnie cokolwiek boli — mruknął lord Felldale.

◆ ◆ ◆

Jeden ze służących został wysłany do najbliższego telegrafu, aby nadać do Londynu wiadomość, wzywającą Henry'ego z powrotem do Brackenbridge.

Lucy nie pozostawało nic innego, jak wziąć kąpiel, którą przyszykowała jej Tessie, i przygotować się do spania.

Podczas kolacji nie mogła wmusić w siebie więcej niż kilka kęsów. Podano zimną baraninę i zupę z soczewicy, a nie przepadała za żadną z tych potraw. Pomyślała, że Henry miał rację, narzekając na kuchnię w Brackenbridge. Sama lepiej gotowała.

Dziewczyna kuchenna nawet nie zwróciła uwagi na to, że Lucy prawie nic nie zjadła. Wszystkie resztki były natychmiast odsyłane na dół. Henry opowiedział jej na ten temat zabawną historyjkę. Kiedyś zmienił zdanie w sprawie kotleta, który odłożył na bok talerza, i zawołał lokaja, aby przyniósł mu go z powrotem. Gdy lokaj odwrócił się do niego od drzwi, trzymał już kotlet w zębach.

Tuż po siódmej wielki dom zaczynał zamierać. Zastawiano kominki metalowymi osłonami albo je wygaszano i zamykano stukające na wietrze okiennice. Lucy poszła do Jacka sprawdzić, czy czegoś nie potrzebuje, ale spał. Nie podchodziła zbyt blisko. Pachniał kwaśno, jak umierający człowiek. Stała kilka kroków od łóżka i patrzyła na niego, myśląc o Kansas, pełnym kurzu miejscu składającym się głównie z nieba, zamieszkanym przez ludzi o smutnych oczach, próbujących z niczego wyskrobać cokolwiek na życie.

— Dobranoc, Jack — powiedziała po chwili i poszła do swojego pokoju.

◆ ◆ ◆

W środku nocy deszcz przestał padać, ale wiatr jeszcze bardziej się nasilił. Wył i z furią potrząsał okiennicami, przewiewał liście i gałęzie, które wirowały po parku — szkielety jeźdźców na szkieletach koni.

Wielki zegar na końcu korytarza wybił trzecią. Lucy przez chwilę leżała z otwartymi oczami, a potem odrzuciła kołdrę i wstała. W pokoju hulały przeciągi, ale ponieważ przestało padać i wiał południowo-zachodni wiatr, zrobiło się wyraźnie cieplej. Stanęła przy oknie i patrzyła na uciekające na wschód chmury i wyginane na boki drzewa.

Usłyszała skrzypnięcie — takie samo jak wtedy, gdy lord Felldale uchylił drzwi pokoju Jacka. Wsłuchała się w ciszę i po kilku minutach skrzypnięcie się powtórzyło. Podeszła na paluszkach do drzwi, cicho je uchyliła i wyjrzała na korytarz.

Wydało jej się, że widzi jakiś cień na dębowej boazerii. Przypominał mnicha, może rybaka, ale po sekundzie zniknął i niczego więcej nie zobaczyła ani nie usłyszała — tylko zawodzenie wiatru, stukot okien i przypominający jąkanie się klekot furtki z zepsutym skoblem, prowadzącej na kuchenne podwórko.

Wypiła szklankę letniej wody i wróciła do łóżka. Przez chwilę się zastanawiała, czy nie powinna się pomodlić, nie wiedziała jednak, o co ma prosić. Miała nadzieję, że nie jest bezbożna jak Carsonowie. Bardzo potrzebowała teraz Boga, potrzebowała Jezusa i Matki Boskiej, ale uznała, że ochronią ją i Jacka nawet wtedy, gdy się nie pomodli.

Miała nadzieję, że ochronią przybranego ojca przed cierpieniem, a jej samej dadzą siłę i pomogą odkryć, kim naprawdę jest.

❖ ❖ ❖

Tessie obudziła ją tuż po siódmej, potrząsając jej ramieniem.
— Co się stało? — spytała Lucy.
Odepchnęła pokojówkę i chwyciła się za ramię, jakby Tessie ją zraniła albo zabrudziła jej koszulę nocną. Nie do pomyślenia, aby służąca tak się zachowywała!
— Przepraszam, panno Darling, ale chyba powinna pani wstać.
Lucy usiadła na łóżku. Tessie już szła ku niej ze szlafrokiem, który wydymał się jak żagiel.
— Co się stało? — spytała, choć domyślała się, jaka może być odpowiedź.
— Już posłano po doktora Robertsa.
Poszły szybko do pokoju Jacka. Drzwi były szeroko otwarte — jak więzienna cela, z której w nocy uciekł skazaniec (co w pewnym stopniu odpowiadało prawdzie). Przed nimi stał lord Felldale — sprawiał wrażenie zmęczonego. Obok przestępował z nogi na nogę jego osobisty kamerdyner Michael, ze szklaneczką brandy i wrzątkiem, w którym pływało jajko.
Lord Felldale objął Lucy. Był bardzo kościsty i pachniał tytoniem.
— Tak mi przykro, drogie dziecko... — powiedział.
Lucy miała tak zaciśnięte gardło, że nie mogła wykrztusić z siebie ani słowa, ale udało jej się nie rozpłakać. Nie chciała płakać. Już nigdy — z żadnego powodu.
— Doktor Roberts uznał, że może jakoś dotrwa do świąt — mruknął lord Felldale — więc ani przez chwilę nie sądziłem, że to tak diabelnie szybko nastąpi. Diagnoza i śmierć jednego dnia...
Lucy zajrzała do pokoju. Mary stała przy oknie, na tle przypominającego rozwodnione mleko porannego światła, z twarzą ukrytą w cieniu swojego wielkiego pielęgniarskiego czepka. Nie można było stwierdzić, czy jest smutna, czuje ulgę lub obojętność. Jack leżał z lekko przechyloną na bok głową, a jego źrenice — po raz pierwszy od upadku z balkonu w Waldorfie — były nieruchome. Wydawało się, że patrzy na jakiś punkt znajdujący się z lewej strony łóżka, więc Lucy odruchowo tam spojrzała, jednak niczego

nie zobaczyła. Nie sprawiał wrażenia martwego, ale i nie wyglądał jak żywy człowiek. Jego prawa dłoń leżała otwarta na kołdrze, lewa była zwinięta w pięść.

Mary wymamrotała coś pod nosem. Zabrzmiało to jak „Darling panno, przykro mi bardzo...".

— Dziękuję... — odparła Lucy.

Miała usta pełne śliny i nagle zrobiło jej się gorąco.

— Jestem pewna, że nie cierpiał — dodała pielęgniarka.

Lucy zbierało się w ustach coraz więcej śliny i miała wrażenie, że tonie. Spojrzała po raz ostatni na Jacka, przecisnęła się dość gwałtownie obok lorda Felldale, który pił brandy z jajkiem, i na sztywnych nogach ruszyła do swojego pokoju. Z początku szła powoli, potem coraz szybciej i szybciej. Kiedy dotarła do drzwi, poczuła silny ucisk w żołądku. Tessie dreptała za nią, próbując dotrzymać jej kroku.

— Miałaby pani na coś ochotę, panno Darling? — zapytała. — Może na filiżankę herbaty?

Usta Lucy wypełniła żółć. Zaciskając wargi, pokręciła głową.

— Może trochę ciepłego mleka? Krowy są właśnie dojone.

Lucy nie mogła wydusić z siebie ani słowa. Zatrzasnęła drzwi, trzema szybkimi krokami dopadła umywalni i zwymiotowała do dzbanka z wodą.

Po kilku chwilach uniosła głowę. Miała oczy pełne łez. Znowu poczuła ucisk w żołądku i ponownie zwymiotowała.

Zaniepokojona Tessie zapukała do drzwi.

— Panno Darling? Panno Darling?

Lucy nie odpowiedziała. Niepewnym krokiem podeszła do łóżka i usiadła na nim. Dygotała na całym ciele i miała zapchany nos. Tessie znów zapukała i w końcu otworzyła drzwi.

— Panno Darling, źle się panienka czuje?

Lucy upadła na łóżko i ciasno owinęła się kołdrą. Jak to możliwe, aby jednocześnie było jej zimno i gorąco? Nie mogła powstrzymać drżenia ciała. Miała wrażenie, że straciła wzrok i słuch i nie może oddychać, a gardło piekło ją od kwasu żołądkowego.

— Właśnie przyjechał doktor Roberts — powiedziała Tessie. — Zawołam go, dobrze?

Lucy tak dygotała, że nadal nie mogła nic z siebie wykrztusić. Wiedziała, że Tessie stoi przy łóżku, a potem wychodzi i zamyka drzwi. Widziała własną dłoń leżącą na poduszce — tak blisko, że nie potrafiła skupić na niej wzroku. Widziała bladozielone żyłki na swoim nadgarstku. Dłoń Jacka wyglądała tak samo. Nie martwo, ale i nie żywo. Czyżby ona też umarła?

Po jakimś czasie drzwi pokoju ponownie się otworzyły i z korytarza dobiegły głosy — pokojówki i doktora Robertsa. Kiedy wszedł do środka, okrążył łóżko i przyciągnął sobie krzesło.

— Przynieść panu herbaty, doktorze? — zapytała Tessie.

— Nie teraz — odparł doktor Roberts. — Zaczekaj przy drzwiach. Musimy pamiętać o konwenansach.

— Tak, doktorze.

Lekarz wyciągnął rękę i położył dłoń na czole Lucy. Potrzymał ją przez chwilę, a potem opadł plecami na oparcie krzesła i zaczekał, aż Lucy otworzy oczy.

— Jak pani się czuje? — spytał.

Miał na sobie tweedowy płaszcz i żółty jedwabny krawat, ale wyglądał, jakby ubierał się w wielkim pośpiechu.

— Nie wiem. Raz jest mi okropnie gorąco, a za chwilę trzęsę się z zimna.

Doktor Roberts podciągnął koc, który zsunął się jej z ramienia.

— Przeżyła pani silny wstrząs. Chciałbym, aby została pani dziś w łóżku, jutro może też, jeśli będzie pani zdenerwowana. — Zamilkł na chwilę, po czym dodał: — Nic złego się nie dzieje, panno Darling, proszę się nie niepokoić. Śmierć kogoś bliskiego różnie wpływa na ludzi.

— Widziałam, jak umiera mój wujek. Spalił się na śmierć... na moich oczach. Bardzo mnie to zdenerwowało, ale nie wymiotowałam. I nie czułam się tak okropnie jak teraz.

— No tak, ale zmarłym, na którego pani dziś patrzyła, był pani ojciec. To zupełnie inna sprawa. W pani żyłach płynie jego krew. Byliście spokrewnieni ciałem i duszą.

Mało brakowało, a Lucy by mu zdradziła, że była z Jackiem Darlingiem spokrewniona nie bardziej niż z nim, ale nie chciało jej się szukać odpowiednich słów. Doktor Roberts pogłaskał ją po włosach i czole.

— Potrzeba pani dużo odpoczynku i świeżego powietrza — oświadczył. — Trzeba dobrze wietrzyć pokój. Na lunch powinna pani wypić bulion wołowy, na kolację też proszę zjeść coś lekkiego. Kiedy wstrząs minie, poczuje się pani zdrowa jak ryba.

Kiedy chciał wstać, chwyciła go za dłoń.

— On nie żyje, prawda? — zapytała.

Musiała mieć całkowitą pewność. Nie wierzyła w duchy ani ożywające w nocy trupy, ale wolała się upewnić.

— Tak, panno Darling, jest teraz z Bogiem.

— Mówił, że pójdzie do piekła.

Uśmiechnął się.

— Nie sądzę. Modliła się pani za niego, prawda?

— Tak. Modliłam się.

Doktor Roberts przez chwilę się wahał, jakby się zastanawiał, czy nie powinien powiedzieć czegoś jeszcze. W tym momencie w drzwiach stanął pokojowy lorda Felldale.

— Szypraszym, doktyrze. Lord Felldyle pyty, czy szyczy pyn pysłać po pylicję.

— Nie teraz... — powiedział z irytacją doktor Roberts i odprawił go machnięciem dłoni.

— Szypraszym, doktyrze.

Lucy uniosła głowę.

— Czy on powiedział: „policja"?

— Nie musi się pani niczym przejmować, panno Darling.

— Ale po co policja?

Doktor Roberts przeciągnął dłonią po włosach.

— Muszę niestety stwierdzić, że pani ojciec nie odszedł w naturalny sposób.

— Co to znaczy?

— O ile jestem to w stanie ocenić bez badania *post mortem*, pani ojciec zmarł w wyniku znacznego przedawkowania jakiegoś narkotyku... prawdopodobnie laudanum.

— Został zabity? Ktoś go zamordował? — Lucy próbowała unieść się na łokciu, ale doktor Roberts natychmiast ujął ją za ramiona i zdecydowanie przycisnął do łóżka.

— Panno Darling, za wcześnie, by cokolwiek wiedzieć na pewno, mam jednak podstawy przypuszczać, że pielęgniarka pana Darlinga była znacznie mniej niż uważna przy odmierzaniu nocnej porcji leku... To wszystko. Nie mogę mówić o morderstwie, nie wolno mi tego robić. Pani także nie powinna.

Lucy leżała z dłońmi skrzyżowanymi na czole i wpatrywała się w niego. Lekarz usiadł przy niedużej francuskiej komodzie stojącej po drugiej stronie pokoju i sięgnął do wewnętrznej kieszeni marynarki po pióro.

— Coś pani przepiszę. Coś, co panią uspokoi, pozwoli odzyskać równowagę. *Laxative lithia...* to niezbyt mocny środek. Powinien pobudzić pani organizm do pracy i poprawić apetyt.

— Chcę się zobaczyć z Mary — oświadczyła Lucy.

— Słucham?

— Chcę się zobaczyć z Mary, pielęgniarką ojca.

— Nie jestem pewien, czy...

Angielskość lekarza nagle zirytowała Lucy.

— Zatrudniam ją i płacę jej. Pracuje dla mnie. Chcę się z nią zobaczyć.

Doktor Roberts skończył wypisywać receptę.

— Skoro pani sobie tego życzy... Chciałbym jednak, aby pani wiedziała, że jeśli nie będzie odpoczywać i brać lekarstw, nie mogę wziąć odpowiedzialności za pani stan zdrowia.

Wyszedł z pokoju z wysoko uniesionym podbródkiem, a Lucy opadła na poduszkę. W dalszym ciągu czuła silne mdłości — nie była pewna, czy za chwilę znowu nie będzie wymiotować, udało jej się jednak powstrzymać do przybycia Mary.

Pielęgniarka weszła tak cicho, że Lucy niczego nie usłyszała. Kiedy otworzyła oczy, Mary stała obok łóżka, tak groteskowa, że aż nierealna. Równie dobrze mogłaby być odmieńcem albo trollem. Zdjęła swój wielki pielęgniarski czepek i jej rozczochrane siwe włosy wyglądały jak kabel telefoniczny, który coś rozsadziło od środka.

Lucy popatrzyła na jej bezkształtną brązową sukienkę i beżowy fartuch.

— Doktor powiedział, że chce mnie pani widzieć.

— Tak, Mary.

— Jeśli chodzi o pana Jacka i laudanum, odpowiedź brzmi: tak.

Lucy nic na to nie odpowiedziała.

— Poprosił mnie o to — dodała Mary.

— Poprosił cię?

— Doktor twierdzi, że byłam wobec pana Jacka niedbała, ale to nieprawda. To, co mu się przytrafiło, obojgu nam się nie podobało. Był dla wszystkich ciężarem i wiedział o tym, a ja nie udawałam, że jest inaczej.

— Poprosił cię? — powtórzyła Lucy.

— Oczywiście — odparła Mary. — Wiele razy mówił, że lepiej by dla niego było, gdyby umarł, a ja uważałam tak samo. Zresztą i tak był już martwy... dobrze o tym wiedziałam i on też dobrze o tym wiedział. Kości udowe miał martwe.

— Ale żył. Żył!

— Tak, ale po co, skoro wolałby nie żyć? Tylko pani chciała, aby żył, ponieważ nie ma pani rodziny i nikogo w Nowym Jorku, kto chciałby z panią rozmawiać. No i oczywiście pan Carson, który chciał go utrzymać przy życiu ze względu na pozory.

— Co ty mówisz? Co... ty... mówisz?

Mary zaczęła kiwać się na piętach swoich pielęgniarskich butów z gumową podeszwą.

— Panno Darling, on bardzo panią lubił i był z pani dumny, ale wiedział, że nikt nie chce, aby żył. Ani pani, ani nikt spośród jego znajomych. Nawet ja nie... i dlatego lepiej, że umarł. Nikt nie chciał, aby żył. Tak mi powiedział. Mówił, że nikt nie kocha sklepikarza. Im więcej sklepikarz daje na kredyt, tym bardziej ludzie go nienawidzą, bo przecież muszą ten kredyt spłacić. Dlatego sklepikarz musi się w końcu pogodzić z nienawiścią ludzi. Sam sobie na nią zapracował... nigdy nie powinien dawać niczego na kredyt. Sklepikarz, który współczuje ludziom, jest głupcem, bo kto może żądać od kogokolwiek zapłaty za fasolę, którą dał na kredyt? Została zjedzona i wydalona. Pieniądze za fasolę to oczywista sprawa, ale pieniądze za odchody już nie.

— Nie rozumiem z tego ani słowa — wymamrotała Lucy, bo plątał jej się język. — Zabiłaś go! Dałaś mu za dużo lekarstwa!

— Tak, dałam mu za dużo laudanum. Poprosił mnie o to. I nie wstydzę się tego. Był okropnym ciężarem dla mnie, a ja byłam okropnym ciężarem dla niego. To było najlepsze wyjście. Jeśli jest się niewolnikiem pacjenta, odbiera mu się ludzką godność... tak samo z ludzkiej godności odziera swojego pana niewolnik. Odbiera mu powód, aby żyć.

Lucy nie nadążała za tymi wywodami, ale brzmiały rozsądnie, więc nie potrafiła się rozzłościć ani zaprotestować. Wydawało jej się, że słyszy samego Jacka. Wprawdzie Mary mówiła z innym akcentem i inną intonacją, ale z jej ust płynęły słowa Jacka. Kiedy zamilkła, Lucy niemal wierzyła, że to, co się stało, było najlepsze, a jej przybrany ojciec został uwolniony od życia, które było dla niego tak bardzo trudne do zniesienia.

W drzwiach stanął doktor Roberts.

— Panno Darling?

Lucy odwróciła się do niego.

— Doktorze Roberts, sądzę, że z zawiadamianiem policji powinniśmy poczekać do powrotu pana Carsona z Londynu — oświadczyła. — Wygląda na to, że mój ojciec z rozmysłem wziął zbyt dużą dawkę leku, a Mary próbowała go uratować, ale jej się nie udało.

— Jeśli to prawda, w jaki sposób sięgnął po lekarstwo? — spytał doktor Roberts. — Stało na komodzie, po drugiej stronie pokoju.

— Doktorze Roberts... nie będziemy chyba dzielić włosa na czworo?

Lekarz patrzył na nią ciemnymi, błyszczącymi oczami. Po chwili uśmiechnął się lekko i kiwnął głową. Niech będzie, *nolo contendere*. Skoro wszyscy uważają, że śmierć Jacka to najlepsze wyjście, on też będzie zadowolony. Oskarżenie Mary o zabójstwo oznaczałoby śledztwo na terenie Brackenbridge, rozprawę sądową i sensacyjne artykuły w gazetach. Tymczasem liberalny rząd coraz bardziej tracił grunt pod nogami i zakładano, że Henry Carson wkrótce zostanie powołany na jakieś ważne stanowisko.

Lepiej nie bujać łódką.

Zjawił się lord Felldale.

— Moja droga! — zawołał. — Wszystko w porządku? Doktor Roberts powiedział mi, że trochę słabo się czujesz.

— Wszystko jest w najlepszym porządku, dziękuję.

— Cholernie mi przykro z powodu twojego ojca. Ale wszystkich nas to w końcu czeka, prawda? Nie mam racji?

— Tak. Chyba tak.

◆ ◆ ◆

Jeszcze kilkanaście tygodni wcześniej Jack Darling nigdy by nie uwierzył, że zostanie pochowany w Anglii, pod rozrywanym grzmotami niebem, obok maleńkiego średniowiecznego kościółka w Brackenbridge.

Siedzące na rosnących nieopodal wiązach gawrony wrzeszczały

żałobnie jak żony rybaków. Kiedy zadzwonił kościelny dzwon, pastor Kościoła Wszystkich Dusz oznajmił: „I tak jak Jack Darling przybył na ten świat bez ciężaru grzechów, niech tak samo go opuści i stanie w obliczu Stwórcy".

Nie mogło być miejsca pochówku mniej podobnego do Kansas. Pastor miał niezdrowe rumieńce na policzkach, a twarze pozostałych żałobników były białe jak grzyby. Cyprysy przy grobie szeleściły, opłakując nieznajomego, ale Lucy czuła, że Jackowi będzie tu dobrze — w końcu była to przecież poświęcona ziemia — i kiedy odwróciła się od grobu, by podejść do Henry'ego, który stał przy kościelnym murze z kapeluszem w ręku, nie przepełniał jej smutek, lecz ulga.

W oddali przetoczył się grzmot, jednak cmentarz oświetlały jeszcze ostatnie promienie słońca, a cyprysy wyglądały, jakby płonęły żywym ogniem.

— Dobrze się czujesz, moja droga? — spytał Henry. — Chcesz jechać prosto do domu?

— Chyba tak.

Podał jej ramię.

— Napijemy się czegoś w salonie, a potem zjemy lunch. Szkoda, że jest tak mało ludzi.

Grupa żałobników nie mogła być mniejsza: kamerdynerzy, lokaje i pokojówki — odziani w odświętną niedzielną czerń — oraz doktor Roberts i Mary. Lord Felldale wczesnym rankiem dostał ataku podagry, więc nie mógł uczestniczyć w pogrzebie, nie mógł też przyjechać nikt z braci i sióstr Henry'ego.

— Byłeś dla mnie taki dobry — powiedziała Lucy.

Poklepał jej dłoń.

— Jesteś teraz naszą rodziną... bez względu na to, jaką podejmiesz decyzję. Carsonowie zawsze dbają o wszystkich Carsonów. Zobacz, co jest napisane na tym nagrobku: COURSONOWIE TRWAJĄ TYM, CO COURSONÓW UCZYNIŁO. Moja rodzina jest w Derbyshire od ośmiuset lat, od czasów Wilhelma Zdobywcy.

Lucy nigdy nie słyszała o Wilhelmie Zdobywcy, ale osiemset lat to było nie byle co. Ruszyła razem z Henrym do ozdobionego czarnymi wstążkami powozu — wytworna dama w czarnej aksamitnej sukni i czarnym aksamitnym płaszczu, w czarnym kapeluszu i czarnej woalce, z czarnym naszyjnikiem na szyi.

Milczeli, kiedy powóz wjeżdżał na wzgórze, zbliżając się do Brackenbridge. Służący poszli krótszą drogą przez park. Okna powozu były pokryte kroplami deszczu, które czepiały się szkła jak łzy. Za dębami pojawiła się tęcza, szybko jednak rozpłynęła się w powietrzu.

— Och, Blanche przyjechała! — zawołał Henry, kiedy dotarli do domu.

Przy schodach stała mała zielona victoria, służący wnosił do środka bagaże. Henry pomógł Lucy wysiąść i podał jej ramię, kiedy ruszyli do domu.

Blanche zdjęła pelerynę i czepek i podała je Tessie, po czym zaczęła ją instruować, jak ma powiesić ubrania, poprawić kwiaty na kapeluszach, przygotować płyn do mycia włosów i oczyścić buty.

— Melasa, oliwa i uncja sadzy. I zrób to jeszcze dziś wieczorem, żeby do rana stwardniało.

— Moja droga! — zawołał Henry. — Jak dobrze znów cię widzieć!

Blanche również ubrała się na czarno. Była wysoka i wiotka jak wierzba, jasnowłosa i zupełnie niepodobna do Henry'ego — choć garbek na nosie miała taki sam.

— Blanche, poznaj Lucy Darling. Lucy, to moja ukochana starsza siostra.

— Biedna dziewczyna — powiedziała Blanche. — Przyjmij moje najserdeczniejsze kondolencje! — Pocałowała powietrze po obu stronach twarzy Lucy i dodała: — Henry nieustannie o tobie mówi!

Lucy nie wiedziała, czy nie powinna dygnąć.

— Czuję się zaszczycona, panno Carson.

— Musisz mi mówić Blanche. Albo Sha-sha, jeśli wolisz. Tak nazywał mnie Henry, kiedy był mały. Tessie, uważaj z tym pudłem na kapelusze!

— To bardzo miło z twojej strony, że przyjechałaś — powiedziała Lucy.

— Moja droga, i tak miałam przyjechać w przyszłym tygodniu, aby wziąć udział w przygotowaniach do Bożego Narodzenia. Przyspieszenie przyjazdu o tydzień nie było zbyt wielkim poświęceniem. Poza tym ojcu przyda się ktoś, kto go przypilnuje.

Mniej portwajnu, mniej tabaki, mniej pieczonych bażantów, a za to więcej świeżych warzyw i zupy z soczewicy. I mniej udawania, że ma dwadzieścia lat. Tessie! Powiedz kuchennej, kiedy wróci, żeby posłała po więcej imbiru i korzenia Kolombo. Był doktor Roberts?

— Przyjechał rano, przed pogrzebem — odparł Henry. — Zaaplikował ojcu trochę soli kissingeńskiej i trochę na niego naburczał.

— Sól kissingeńska! — prychnęła Blanche.

Deszcz znowu zaczął smagać drzewa w parku i Lucy kątem oka zauważyła służbę pokonującą ostatnie jardy do domu, z podciągniętymi spódnicami i kapeluszami mocno przyciskanymi do głów. Pod dom podjechał kolejny powóz — z pastorem Williamsem i jego żoną.

— Dołącz do nas w salonie, kiedy będziesz gotowa — powiedział Henry do siostry, po czym popatrzył na Lucy.

Miała nieruchome spojrzenie, nie uśmiechała się, ale podjęła już decyzję — albo raczej podjął ją za nią los.

— Mój drogi Henry! — zawołał pastor Williams, wytrząsając frak tak energicznie, jakby się spodziewał, że powypadają z niego króliki. — I droga panno Darling!

◆ ◆ ◆

Lucy siedziała razem z siostrą Henry'ego w salonie z widokiem na staw. Poranek był mętny, mglisty i cichy, typowy dla końca listopada. Blanche wyszywała chusteczkę. Pokazała Lucy, jak robić węzełki francuskie, jednak po półgodzinie Lucy zrezygnowała, usiadła we wnęce okiennej z podwiniętymi pod siebie nogami i obserwowała pływające po wodzie kaczki. Był pierwszy wtorek po pogrzebie. Henry pracował w bibliotece na dole, ale obiecał zabrać ją po południu do Derby, na herbatę i drobne zakupy. Z powodu śmierci Jacka przesunęli swój wyjazd do Londynu na późniejszy termin, po Nowym Roku.

Blanche nie odwracała od niej wzroku.

— Powinnaś się czymś zająć. Bóg dał nam czas, abyśmy go użytecznie wykorzystywali.

Lucy nie wiedziała, czy wyszywanie chusteczek jest użytecznym wykorzystaniem czasu, zwłaszcza że takie chusteczki można było bez trudu kupić. Przyzwyczaiła się już jednak do nieustannej aktywności członków rodziny Carsonów i ich obsesji na punkcie szczegółów. Kiedy Henry był niezadowolony ze sposobu, w jaki jeden z robotników zbudował mur z luźno układanego kamienia, poświęcił dwie i pół godziny na własnoręczne rozebranie go i ułożenie na nowo.

Od chwili pojawienia się siostry Henry'ego służący zaczęli zwijać się jak w ukropie: wszystko polerowano, odkurzano i czyszczono. Na dzisiejszy dzień Blanche zaplanowała odkurzanie kapeluszy, a Lawrence'owi, kamerdynerowi, dała własny przepis na olej i proszek Tripoli i kazała mu do czwartej usunąć wszystkie plamki z tapicerki powozu.

— Henry czeka na twoją odpowiedź — powiedziała.

Lucy oparła się o żaluzję, ale nie odzywała się.

— Jest tobą całkowicie zauroczony — mówiła Blanche, nie przerywając wyszywania. — Prawie nie może spać, czekając na twoją odpowiedź.

— Nie chcę go denerwować — odparła Lucy.

— Wyjdziesz za niego?

Lucy lekko wzruszyła ramionami.

— Zależy ci na nim? — spytała Blanche.

— Zależy. Bardzo.

— Kochasz go?

— Myślę, że tak.

— Więc dlaczego nie przyjmiesz jego oświadczyn? Tak bardzo by go to uszczęśliwiło!

— Nie wiem. Obawiam się, że nie okażę się dla niego wystarczająco dobra. Wystarczająco interesująca. Próbuję podążać za wszystkim, co mówi, i interesować się wszystkim, co robi, ale nie otrzymałam zbyt dobrej edukacji. Co będzie, jeśli go zawiodę w obecności lorda Salisbury albo samej królowej? Co będzie, jeśli znudzi go mój wygląd i uzna, że ożenił się z kobietą bez kindersztuby i wykształcenia, która ma jedynie pieniądze?

Blanche odłożyła wyszywankę na podołek.

— Nie masz pojęcia, jak bardzo Henry cię uwielbia, prawda? Nie przeszkadzałoby mu, gdybyś była głucha i tępa i nie znała się kompletnie na niczym. Po prostu się w tobie zakochał. Gdyby nie był całkowicie pewien swoich uczuć, nie poprosiłby cię o rękę.

— Chcę odpowiedzieć „tak". Z całego serca.

— W takim razie pomogę ci — oświadczyła Blanche. — Udzielę ci lekcji we wszystkich dziedzinach, którymi Henry się interesuje. Nauczę cię historii, geografii i wiedzy o sztuce. Zapoznam cię z polityką, protokołem i prowadzeniem angielskiego gospodarstwa. Dam ci do przeczytania trochę książek. Horacego, Owidiusza i Platona. Ale nie Wergiliusza, bo jest zbyt liberalny: *deus nobis haec otia fecit...* jeszcze tego brakowało! Nauczę cię też francuskiego. Uwielbiam twój amerykański akcent, będziesz wspaniale brzmiała, mówiąc po francusku!

Lucy opuściła nogi na podłogę.

— Naprawdę to zrobisz?

Blanche odłożyła wyszywankę, wstała i rozpostarła ramiona.

— Moja droga, znam cię dopiero od kilku dni, ale mam wrażenie, jakbym znała cię od dzieciństwa! Masz taką słodką naturę. Właśnie w niej Henry się zakochał. Uwielbia twoją niewinność i niepewność! Nie bądź jednak niepewna wobec niego. Zostaniesz panią jego serca po wsze czasy!

Lucy objęła ją.

— Naprawdę nauczysz mnie mówić po francusku?

Blanche się roześmiała.

— Oczywiście! To wcale nie takie trudne! A przynajmniej nie tak, jak może się wydawać na początku! Podejdź do lustra i stań przy mnie. Możemy zacząć od razu.

Stały obok siebie przed wielkim owalnym lustrem — dwie szczupłe, wysokie młode damy w czarnych żałobnych sukniach.

— Patrz na moje usta, kiedy mówię, a potem naśladuj ich ruchy.

— W porządku.

— I nie wolno ci mówić: „w porządku".

— W porządku. Nie będę.

— Doskonale... powtórz za mną: *faites énergiquement votre tâche longue et lourde*. „Wykonaj to długie i uciążliwe zadanie z energią".

Lucy wahała się przez chwilę, po czym zaczęła dukać:

— Fate sener... fate sener...

— Brawo! — zawołała Blanche. — Spróbujmy jeszcze raz! *Faites énergiquement votre tâche longue et lourde.*

Lucy powoli powtórzyła francuskie zdanie, dokładnie naśladując wymowę siostry Henry'ego.

— Bardzo dobrze — stwierdziła Blanche. — Złapałaś akcent. Teraz jeszcze musimy nauczyć się gramatyki.

Objęły się mocno, a kiedy Lucy popatrzyła w lustro, była zaskoczona, jak bardzo są do siebie podobne. Mogłyby być siostrami.

◆ ◆ ◆

Po południu Henry wyszedł do ogrodu, aby nadzorować prace wykończeniowe przy kaskadzie. Miała ona sprowadzać wodę trzysta pięćdziesiąt stóp w dół z potoku Brackenbridge do stawu przy domu. Pomysł tej instalacji przyszedł do głowy już drugiemu baronowi Robertowi Adamowi podczas budowy Brackenbridge, ale kiedy podupadł finansowo (z powodu hazardu i wymagającej kochanki), wszystko pozostało jedynie na papierze. Gdy Henry zabrał się do pisania historii Brackenbridge, odkrył jego rysunki w bibliotece.

Postanowił zbudować kaskadę dokładnie według planów Adama — wraz ze schodami z marmuru kararyjskiego i mostkiem weneckim na szczycie — i niemal w całości pokrył koszty budowy z własnej kieszeni.

Lucy — z ukrytą za woalką twarzą, ciągnąc skraj czarnej aksamitnej sukni po trawie — szła trawersem w górę wzgórza od południowo-zachodniej strony domu. Henry stał na samym szczycie kaskady, gdzie trzech robotników walczyło z mechanizmem śluzy. Miał na głowie stary myśliwski kapelusz, ubrany był w zabłocony płaszcz i rękawice z jednym palcem i cały czas warczał na robotników:

— Zablokowało się, nie widzisz? Odblokuj to, głupcze! Czym się zakleszczyło?! Gałęziami? Czym? Gałęziami?

Lucy weszła na szczyt i stanęła w pewnej odległości, obserwując go. Wyciągał ramiona jak pingwin i potrząsał nimi gwałtownie.

— Na Boga, uważajcie z tym, cholerni tępacy! To maszyneria, nie muł!

Otarł usta grzbietem dłoni. Jego policzki i nos były jasnoczerwone jak pierś rudzika. Cofnął się i omal nie nadepnął Lucy na stopę.

— Nie zauważyłem, że tu jesteś! Moje drogie dziecko, musisz mi wybaczyć mój język!

Lucy uśmiechnęła się i pokręciła głową. Rozpaczliwie próbowała przypomnieć sobie francuskie słowa, których Blanche nauczyła ją przed wyjściem z domu.

Henry ujął ją za łokieć i poprowadził w stronę śluzy.

— Popatrz na to! Przyszłaś akurat na czas! Kiedy ci idioci otworzą wrota śluzy, woda ze strumienia zostanie skierowana w dół i wpadnie prosto do stawu! — Triumfalnie uniósł pięść. — Dokończenie tego projektu zajęło mi trzy i pół roku! Ale czyż nie jest wspaniały? Dokładnie taki, jak wyobrażał sobie Adam!

Jeden z robotników uniósł głowę.

— Chyba już wszystko oczyściliśmy — powiedział. — To były gałęzie nawiane przez wiatr... nic dziwnego, że się zablokowało.

— Doskonale. W takim razie otwieraj, kiedy tylko dam znak — odparł Henry i wbił dłonie w kieszenie. — To będzie niesamowite! Bardzo chciałbym, aby ojciec to zobaczył, ale jest zbyt cierpiący, a nie mogę wszystkiego wstrzymywać tylko dla niego.

Lucy dotknęła jego ramienia. Odwrócił się szybko i uśmiechnął do niej, wypuszczając z ust chmurę pary.

— *Je... t'aime* — powiedziała bardzo powoli.

Uśmiech zamarł Henry'emu na ustach.

— Co powiedziałaś?

Lucy czuła napływające do oczu łzy, ale przecież obiecała sobie, że już nigdy w życiu się nie rozpłacze.

— *Je... t'aime* — powtórzyła, starając się wymawiać francuskie słowa dokładnie tak, jak nauczyła ją Blanche. — *Ma reponse... c'est oui.*

Henry długo wpatrywał się w nią bez słowa. Choć miał na sobie zabłocony i zbyt obszerny płaszcz, wyglądał jeszcze przystojniej niż zwykle — dobrze zbudowany mężczyzna o szerokiej twarzy, z głębokim dołkiem na brodzie, o oczach skrzących się entuzjazmem, zdecydowaniem i pewnością siebie. Patrząc na niego, Lucy nie potrafiła zrozumieć, jak mogła wątpić, czy potrafi go uszczęśliwić. Henry od początku wiedział, jak bardzo jest nieobyta, jak mało wie o polityce, literaturze klasycznej czy sztuce. Właśnie dlatego wydała mu się atrakcyjna — cieszyła go perspektywa przekazania jej wszystkiego, co sam wiedział, perspektywa wprowadzenia pięknej młodej dziewczyny w świat, nie wspominając już o nauczeniu jej reguł Carsonów, a zwłaszcza Henry'ego Carsona.

— Więc chcesz za mnie wyjść? — zapytał w końcu.

W dole, przy obramowanej kamieniami śluzie, czekali na niego robotnicy — z cierpliwością ludzi, którzy od dzieciństwa musieli wykonywać czyjeś polecenia.

— Tak — szepnęła Lucy zza woalki i kiwnęła głową.

Henry ujął jej dłonie w czarnych rękawiczkach i ścisnął je mocno.

— Lucy... Lucy! Nie masz pojęcia, jak bardzo zmieniłaś moje życie! Wniosłaś w nie jasność i radość, nadałaś mu sens. A jako moja żona...

Urwał, po czym delikatnie uniósł woalkę Lucy. Popatrzył jej w oczy, jakby nie mógł uwierzyć, że to prawda. W jego spojrzeniu nie było nic sentymentalnego ani romantycznego. Patrzył na Lucy z radością i dumą posiadacza, ale także z odrobiną niepokoju.

Przestraszyłam go? — przemknęło Lucy przez głowę.

— Zawsze wierzyłem, że powiesz „tak". Zawsze w to wierzyłem, ale dopóki to nie nastąpiło... no cóż... nie spałem najlepiej.

— Sha-sha powiedziała mi o tym.

— I dlatego zdecydowałaś się powiedzieć „tak"?

Pokręciła głową.

— Nie. Zdecydowałam się to powiedzieć, ponieważ postanowiłam wyjść za ciebie.

Po odejściu Jacka nie został mi nikt z rodziny, pomyślała. Mam tylko ciebie, Sha-shę i waszego ojca.

— Jestem bardzo szczęśliwy — powiedział Henry z szerokim uśmiechem, po czym odwrócił się do robotników przy śluzie i zawołał: — Teraz! Otwierajcie! Teraz!

— Tak jest, proszę pana! — odkrzyknęli robotnicy i zakręcili kołem.

Drewniane wrota zaczęły się unosić i po białych marmurowych schodach popłynęła woda. Spieniła się na pierwszym, potem na drugim i trzecim stopniu i migoczącą kaskadą pomknęła w dół, do stawu.

Henry odetchnął głęboko.

— Zapamiętam ten dzień do końca życia! Mój Boże, Lucy, tak bardzo mnie uszczęśliwiłaś!

Daleko w dole Blanche i służący wyszli z domu, by popatrzeć na kaskadę. Po kilku minutach pojawił się lord Felldale — w wózku inwalidzkim, pchanym przez kamerdynera Lawrence'a. Blanche pomachała im, a lord Felldale uniósł laskę.

Henry złożył wokół ust trąbkę z dłoni.

— Powiedziała „tak", tato! Powiedziała „tak"!

6

Rankiem w dzień Bożego Narodzenia, jeszcze zanim się rozwidniło, na Derbyshire spadła gruba warstwa miękkiego białego puchu. Kiedy Lucy się obudziła, od razu wiedziała, że coś się zmieniło. Jej pokój wypełniała niezwykła błękitna fluorescencja, a gdy wstała z łóżka i odsunęła aksamitne zasłony, aż westchnęła na widok tego, co ujrzała.

Brackenbridge było zupełnie białe, w powietrzu wirowały płatki śniegu. Staw zniknął. Lucy stała zauroczona, przyciskając dłonie do zimnej szyby. Zupełnie jakby podczas snu zostali przeniesieni do innego świata. Świata ciszy. Świata miękkości. Świata bieli.

Jeszcze stała przy oknie, kiedy do drzwi zapukała Tessie i weszła z poranną herbatą na tacy.

— Wesołych świąt, panno Darling!

Lucy odwróciła się do niej.

— Wesołych świąt, Tessie — odparła.

— Kościół jest o ósmej, panno Darling — powiedziała pokojówka i postawiła tacę przy łóżku. — Jestem gotowa panienkę ubrać.

— Dziękuję, Tessie.

— Och... i jeszcze jedno, panno Darling... — dodała dziewczyna, zanim wyszła z pokoju. — Pan Carson prosił, abym przekazała panience prezent od niego... jest tutaj, na tacy.

Lucy spojrzała w tamtą stronę. Na tacy leżało niewielkie ośmiokątne pudełeczko, owinięte czerwoną bibułką i przewiązane białą jedwabną wstążeczką. Odwróciła się do Tessie i uśmiechnęła, a pokojówka zachichotała i wybiegła, zamykając za sobą drzwi.

— Kochany Henry... — szepnęła Lucy.

Podeszła do tacy, podniosła pudełeczko, obróciła je i potrząsnęła. Wydawało się dość ciężkie, ale w środku nic nie terkotało. Usiadła na łóżku, rozwiązała wstążkę i kciukiem rozerwała bibułkę. Pudełko z tektury, które się pod nią znajdowało, było ozdobione papierem we wzorki. Ostrożnie podniosła wieczko — w środku również była bibułka, starannie poskładana. Tylko Henry mógł ją tak ciasno złożyć.

Kiedy rozłożyła papier, w środku znalazła naszyjnik. Był przeznaczony na wieczorowe okazje i na tyle długi, aby ozdabiał nawet głęboki *décolletage*. Wyglądał jak trzy wybuchy złota — dwa mniejsze i jeden większy, centralny — wszystkie wysadzane brylantami. Środkowy brylant był niemal tak duży jak ten w naszyjniku pani Widgery — bez najmniejszej skazy, barwy herbaty, z rodzaju tych, którymi wielu kolekcjonerów by wzgardziło, ale inni gotowi byliby za niego zabić. Dziewięć karatów, może nawet dziesięć.

Lucy drżącymi rękami wzięła naszyjnik i poszła z nim do garderoby.

— Henry, mój najdroższy... — wyszeptała.

Przyłożyła naszyjnik do koszuli nocnej, ale nie wyglądał zbyt dobrze. Rozpięła guziki, zsunęła koszulę i stanęła przed lustrem z nagimi piersiami. Zapięła naszyjnik i ułożyła go na nagiej skórze. Efekt okazał się zaskakujący — wyglądała jak klasyczna piękność. Uniosła włosy na karku i odwróciła głowę w bok. Mogła być Kleopatrą, Heleną Trojańską albo Marią Antoniną, o której opowiadała jej Sha-sha.

Jeszcze siedziała przed lustrem, kiedy drzwi pokoju znowu się otworzyły. Natychmiast podciągnęła koszulę nocną.

— Tessie? — zapytała.

Odpowiedziała jej cisza. Lucy miała nadzieję, że nie jest to pociągający nogą obrzydliwiec, który czyścił kominki. Kilka razy przyłapała go na tym, jak próbował zajrzeć do jej pokoju przez dziurkę od klucza. Sha-sha powiedziała, że jest epileptykiem i powinno się go odizolować.

— Tessie? — zapytała ponownie Lucy.
— Nie, to ja — odparł Henry.
— Henry?

— Przepraszam cię, moje dziecko. Wybacz mi. To naprawdę nieodpowiednie, ale tak bardzo chciałem złożyć ci życzenia wesołych świąt i zobaczyć, czy naszyjnik ci się spodobał. Obawiam się, że niecierpliwość odebrała mi poczucie przyzwoitości.

— Henry, jeszcze nie jestem ubrana...

— Wiem, oczywiście, powinienem wyjść. Przymierzyłaś naszyjnik? Dobrze na tobie wygląda? Dostałem ten brylant na pożegnanie od emira Afganistanu, Abdura Rahmana Chana, prawdopodobnie najbardziej okrutnego człowieka, jakiego spotkałem w życiu. Nie wiedziałem, co z nim zrobić... dopóki nie poznałem ciebie.

— Kazałeś zrobić naszyjnik specjalnie dla mnie?

— Tak, u Aspreya. Posłaniec przywiózł go dwa dni temu. Byłem przerażony, że nie zdążą go skończyć do świąt.

— Ależ, Henry, to musi być warte fortunę!

— Mój najdroższy skarbie... w porównaniu z tobą nie jest wart nic.

Lucy popatrzyła na swoje odbicie w lustrze. W maju będą małżeństwem — lord Felldale miał to dziś ogłosić po świątecznej kolacji. Będą mężem i żoną, będą dzielić się wszystkim. Czy było coś, czego nie mogła z własnej woli pokazać Henry'emu, a co musiała pokazać — zmuszona do tego siłą — wujowi Casperowi, własnemu ojcu?

— Wejdź, Henry. Wejdź i zobacz, jak pięknie wygląda twój naszyjnik.

Odwróciła się na krześle i Henry wszedł do garderoby. Miał na sobie granatowy chiński szlafrok. Lucy znowu pozwoliła opaść swojej koszuli nocnej.

Henry zamarł, wpatrzony w jej nagie piersi. Lucy również na niego patrzyła — rzucała mu wyzwanie.

— Wyglądasz wspaniale... — powiedział w końcu.

Lucy wstała, trzymając koszulę nocną wokół talii, aby nie zsunęła się niżej. Podeszła do Henry'ego i stanęła przed nim.

— Dziękuję — powiedziała. — Naszyjnik jest bardzo piękny. Jeszcze nigdy nie widziałam czegoś tak pięknego.

Poszukał oczami jej oczu. Co chciał w nich znaleźć? Co spodziewał się znaleźć? Jakiś znak, świadczący o tym, że Lucy nie jest osobą, za którą ją uważa? Uniosła odrobinę podbródek i przymknęła oczy, a Henry ją pocałował. Niezbyt mocno ani długo, raczej poszukująco — ten pocałunek był pytaniem.

Uniósł lewą rękę, wahał się przez chwilę, po czym dotknął jej nagiej piersi. Mały różowy sutek natychmiast stwardniał. Lucy popatrzyła na Henry'ego — chciała spojrzeć mu w oczy, ale je zamknął.

— Henry?

— *Couvrez ce sein que je ne saurais voir* — wymamrotał. Choć Lucy nie wiedziała, co powiedział, lekcja z Sha-shą pozwoliła jej stwierdzić, że to francuski. — *Par de pareils objets les âmes sont blessées, et cela fait venir de coupables pensées.*

Jego palce zatrzymały się cal od sutka. Gdyby go dotknął, zrobiłaby dla niego wszystko. Dotknij go, pocałuj, prosiła w myślach. Ale nie zrobił tego. Cofnął się o krok i otworzył oczy.

— To był Molier — wyjaśnił. — „Ażeby przykryć piersi odkryte nieskromnie. Takim przedmiotem duszę bliźnich ranisz srogo, bo grzeszne myśli przez to do głowy przyjść mogą"*.

— Czy to grzeszne patrzeć na żonę? — spytała Lucy.

Henry pokręcił głową, ale nic nie powiedział.

— Nie jestem jeszcze twoją żoną, tak?

— Nie. Jeszcze nią nie jesteś.

— Jesteś taki poprawny, Henry...

— A ty taka niewinna. Co ty możesz wiedzieć o poprawności i niepoprawności? W dodatku mamy Boże Narodzenie! Nie powinno mnie tu być!

— Henry...

Nie wiedziała, co zamierzała mu powiedzieć. Nie było nic do powiedzenia. Nie oddała swojej niewinności dobrowolnie, w każdym razie nie wujowi Casperowi. Dym. Ogień. Śmiech. Wiedziała, że nie można jej o to obwiniać, ale jak każda ofiara, podświadomie czuła się winna. Nie mogła wyznać Henry'emu, co się stało, zresztą nic by to nie dało. Nie przyniosłoby jej ulgi ani rozgrzeszenia. Wciąż jeszcze nie chciała uwierzyć, że mogło jej się przydarzyć coś tak okropnego.

Ciągle jeszcze śniły jej się wcinające się w nadgarstki wstążki. Ciągle jeszcze budziła się, czując na twarzy kwaśny, gorący oddech wuja Caspera.

---

* Przekład Kazimierza Zalewskiego.

— Kocham cię, Lucy — powiedział Henry. — Gdybyś mogła być gotowa za dziesięć ósma... będą już na nas czekały powozy, pojedziemy do kościoła.

Lucy zrobiła krok do przodu i pocałowała go w policzek. W odbijającym się od śniegu świetle zimowego poranka wyglądała bardzo ładnie. Jej nawinięte na papierowe wałki jasne włosy, opuszczona do pasa koszula nocna, naszyjnik z brylantem od najokrutniejszego z emirów i małe, białe, sterczące ku górze piersi — tworzyły niezwykłą mieszankę.

— Niszczysz mnie — stwierdził po chwili Henry. — Ale mimo wszystko wesołych świąt.

♦ ♦ ♦

Podczas świąt Brackenbridge ożywało. Dzień wcześniej pojawiło się kilkunastu przyjaciół Carsonów oraz większość braci i sióstr Henry'ego ze swoimi dziećmi. Od ścian korytarzy odbijały się echa krzyków, śmiechów i tupotu drobnych stópek. Henry okazał się wspaniałym wujkiem, jednak choć był najstarszy, sam jeszcze się nie ożenił ani nie spłodził dzieci.

W drodze powrotnej z kościoła brat Henry'ego Charles zaczął opowiadać, jak kiedyś chiński dyplomata Li Hung Chang w rozmowie z Henrym wyraził zdziwienie, że trzydziestoczteroletni mężczyzna nie ma dzieci. Cesarz niemiecki miał ich siedmioro.

— Henry powiedział wtedy sztywno: „Niestety, jeszcze nie jestem żonaty", na co Li Hung Chang odparł: „Tak? A co pan robił przez cały ten czas?" — Charles zaśmiał się głośno. — Powinniście byli widzieć minę Henry'ego! Gdyby Li Hung Chang dzisiaj zadał mu to pytanie ponownie, mój braciszek nadal nie potrafiłby na nie odpowiedzieć!

Henry próbował nie wyglądać na zirytowanego, a Lucy uśmiechała się, zasłaniając usta rękawiczką. Bardzo polubiła Charlesa. Był jakby szerszą i masywniejszą wersją Henry'ego — i wydawało się, że niewiele sobie robi z konwenansów. Zdumiało go, że Henry kazał Blanche wszystko rzucić i natychmiast przyjeżdżać, aby mogła być przyzwoitką Lucy.

— To cały Henry, nieustannie chroniący plecy! Po odejściu Elgina chce zostać wicekrólem Indii, więc nie zamierza pozwolić na to, aby wzięto go na języki. Wszystko musi być stosowne i lepiej, aby skądś nie wyskoczył jakiś dzieciak i nie zawołał „Tato!".

— Charles, mój drogi chłopcze... — skarcił go Henry. — To nie jest odpowiedni dzień ani odpowiednie miejsce na tego typu uwagi.

— Czyż jednak nie wybrałeś dzisiejszego dnia na powiedzenie nam czegoś szczególnego? — odparował Charles.

— Co masz na myśli? — zapytał Henry.

— Nie wygłupiaj się, braciszku! Ojciec już nie może wytrzymać. Dobrze wiesz, jak brzmi nasze motto: CARSONOWIE TRWAJĄ TYM, CO CARSONÓW UCZYNIŁO. Na zawsze, po wsze czasy, a nie da się trwać po wsze czasy bez synów!

— Nie wiem, co mi próbujesz sugerować — odparł Henry.

— Jeśli naprawdę nie wiesz, to wodzisz za nos pewną młodą damę — stwierdził Charles, po czym poklepał go po plecach i pomachał do Lucy.

◆ ◆ ◆

Po powrocie do domu zostali powitani w salonie gorącym ponczem i małymi miętowymi ciasteczkami obtaczanymi w cukrze. We wnęce okiennej stała pachnąca choinka, migocząca dziesiątkami świeczek i ozdobiona mnóstwem wstążek. U stóp drzewka piętrzyła się sterta prezentów owiniętych w zielony, srebrny i złoty papier, a na podłodze leżało mnóstwo orzechów, słodyczy i piernikowych ludzików, co miało sprawiać wrażenie, że prezenty spadły z nieba.

Lord Felldale krążył po pokoju w swoim wózku inwalidzkim, przepijając do gości i członków rodziny.

— Doktor Roberts twierdzi, że nie powinienem się podniecać. Do diabła z nim! To przecież święta Bożego Narodzenia! I będą to święta najlepsze w historii! — Zastukał laską w bok wózka i zwrócił się do Blanche: — Wpuść dzieci, Sha-sha! Nie mogę się już doczekać, kiedy zobaczę buźki tych małych drani!

Blanche uśmiechnęła się do niego.

— Oczywiście, ojcze.

Dała lokajom znak, aby otworzyli drzwi salonu, i wszystkie dzieciaki — piętnaścioro albo szesnaścioro — wpadły do środka, piszcząc i chichocząc. Zaczęły na wyścigi zbierać orzechy i słodycze — dziewczynki w podciągniętych sukienkach, chłopcy w pumpach — a ich rodzice śmiali się i klaskali.

Potem nadszedł czas wręczania prezentów. Lucy jeszcze nigdy nie widziała tylu nakręcanych małpek, porcelanowych lalek i lakierowanych modeli jachtów. Jeden z synów Charlesa, Edgar, podszedł do Henry'ego i pokazał mu pudełko ołowianych żołnierzyków z 15. Pułku Kawalerii Bengalskiej.

— Bardzo dziękuję, wujku!

Henry zmierzwił mu czuprynę.

— Teraz będziesz mógł się bawić w rozgramianie sipajów, ale musisz pamiętać, że w tamtym czasie ten regiment nazywano multanami Curetona.

— Oczywiście, wujku!

Kiedy chłopiec odszedł, Lucy powiedziała do Henry'ego:

— Byłabym zachwycona, mogąc pojechać do Indii. Tata trzymał indyjskie przyprawy w głębi sklepu. Kiedy byłam mała, zdejmowałam pokrywki z puszek, wąchałam je i wyobrażałam sobie Indie. Słonie, księżniczki, pałace! Tata zawsze się wtedy na mnie złościł... twierdził, że od ciągłego otwierania puszek przyprawy tracą zapach.

— Na pewno zobaczysz Indie — obiecał jej Henry. — To najważniejsza rzecz, jaką chciałem osiągnąć w życiu. Zawsze widziałem siebie w roli zarządcy Indii. A kiedy nim zostanę, będziesz przy mnie.

— Posłuchajcie go tylko! — zawołał William, jego najmłodszy brat. — Wicekról Marzenia Ściętej Głowy!

— Powinieneś coś zrobić ze swoimi wąsami — odparował Henry. — Najlepiej będzie, jeśli je zgolisz i skrócisz ich cierpienia.

— Czy poznałam już całą twoją rodzinę? — spytała Lucy.

— Prawie... z wyjątkiem Vanessy.

— Nie przyjedzie?

— Nigdy nie przyjeżdża na rodzinne spotkania. Z ojcem widuje się dwa albo trzy razy w roku, ale zawsze wtedy, gdy nie ma nikogo z pozostałych.

— Pokłóciliście się?

Henry odwrócił spojrzenie.

— We wszystkich rodzinach zdarzają się drobne różnice zdań, prawda? Masz jeszcze ochotę na poncz? Zaraz będziemy otwierać prezenty dla dorosłych.

— Tej nocy, kiedy umarł Jack, twój ojciec wziął mnie za Vanessę...

— Naprawdę? Cóż, trochę się zestarzał i pewnie już mu nie bardzo dopisuje wzrok. No proszę, mamy pierwszy z prezentów!

— Ale ja już dostałam wspaniały naszyjnik! — zawołała Lucy.

Henry ujął jej dłonie i uścisnął.

— Mówiłem ci, że w czasie Bożego Narodzenia zawsze się rozpieszczamy. A ty masz być rozpieszczana najbardziej!

Lucy zdążyła się już przyzwyczaić, że za pieniądze można mieć wszystko, czego się zapragnie — sukienki, biżuterię i kosztowne drobiazgi — nie wiedziała jednak, co to dobry gust. Kiedy otworzyła pudełka ze swoimi prezentami i zobaczyła elegancki srebrny komplet przyborów toaletowych, emaliowany na rdzawo i złoto, wazon ze szpatu wapiennego z Derbyshire i parę pięknych osiemnastowiecznych miniaturek, podróżny zestaw kryształowych flakonów do perfum zdobionych płatkami złota oraz francuskie kolczyki z perłami — poczuła, że wkroczyła do zupełnie innego świata. Był to świat, w którym majątek wcale nie oznaczał drogiego szampana czy powozów i kolacji w Delmonico. W tym domu majątek miał treść, umożliwiał zachowanie tradycji i rozwijanie artystycznej wrażliwości. Za sto lat jej jedwabne suknie zamienią się w strzępy, ale córka jej córki będzie nosić kolczyki po niej i czesać włosy szczotką z jej srebrnego kompletu.

Prezentów było znacznie więcej. Broszki, pierścionki, bransoletki, porcelanowy puchar z fabryki porcelany w Derbyshire. Lucy też przygotowała parę prezentów, między innymi oprawny w masywne srebro pamiętnik dla Blanche oraz srebrną piersiówkę z monogramem dla lorda Felldale — obie rzeczy kupiła w Derby.

Dla Henry'ego miała szczególny prezent. Była to duża płaska paczka, ozdobiona białymi kwiatami z papieru i zielonymi jedwabnymi wstążkami. Zaczął ją ostrożnie otwierać z niepewnym uśmiechem, który był u niego objawem niepokoju.

— Nie spodziewałem się niczego — powiedział, patrząc na Lucy.

Cała rodzina zebrała się wokół niego, aby zobaczyć, co dostał.

W końcu zdjął papier i pokazał wszystkim swój prezent. Była to oleografia w złoconej ramie, przedstawiająca Lucy w czarnej aksamitnej sukni i takim samym czepku, stojącą przy jego ukochanej kaskadzie.

— Wybacz, mój drogi, ale nie miałam czasu na prawdziwy portret — tłumaczyła się Lucy. — A Sha-sha mogła namalować mnie tylko akwarelą. Nie masz nic przeciwko oleodrukowi?

Henry bez słowa pokręcił głową. Dając mu taki prezent, ostatecznie potwierdziła to, czego oczekiwali wszyscy członkowie rodziny Carsonów: że zanim skończy się Boże Narodzenie, zostanie ogłoszony termin ich ślubu.

W tym momencie podjechał do nich lord Felldale.

— Co tam masz, Henry? — spytał. — Pozwól rzucić okiem!

Henry pochylił portret, aby ojciec mógł go obejrzeć. Lord Felldale przez chwilę patrzył na oleodruk, a potem mruknął coś pod nosem.

— Podoba ci się, ojcze?

— Tak, oczywiście. Wystarczająco ładny.

— Ojcze? — powtórzył Henry, słysząc rezerwę w jego głosie.

— Przecież powiedziałem, że ładny. Ale po co ci portret Vanessy?

W salonie zapadła niezręczna cisza. Świąteczną atmosferę podtrzymywały jedynie śmiechy nieświadomych niczego dzieci. Blanche uklękła obok ojca i pogłaskała go po pokrytej grubymi żyłami dłoni.

— Tato... to Lucy, a nie Vanessa. Dwa tygodnie temu z Matlock przyjechał pan Entwistle, żeby zrobić jej zdjęcia przy kaskadzie. Przecież pamiętasz.

Lord Felldale wyczuł, że zrobił coś niewłaściwego, ale nie bardzo rozumiał, o co chodzi. Zdziwiony odwrócił się do Blanche.

— Nie jestem pewien, żebym... nie jestem pewien, żebym... — Pochylił się nad córką i chrapliwym szeptem zapytał: — To nie Vanessa?

— Nie, tato, pomyliło ci się. To Lucy.

— Och... Lucy... — wymamrotał lord Felldale. — Oczywiście, że Lucy! Tak, to Lucy!

Henry wstał i uniósł rękę.

— Zamierzałem wygłosić to oświadczenie nieco później, kiedy uraczylibyśmy się już pieczoną gęsią i dobrym czerwonym winem, ale silne uczucia bardzo trudno ukrywać... zwłaszcza w otoczeniu rodziny i przyjaciół. Zresztą wszyscy obecni doskonale wiedzą, jakim uczuciem darzę naszego amerykańskiego gościa, pannę Lucy Darling.

Rozległy się oklaski.
— Brawo! — zawołał Charles.
Do aplauzu dorosłych dołączyły okrzyki dzieci, choć nie były wznoszone na cześć Henry'ego. Przez szeregi multan Curetona przebiły się właśnie oddziały lalek i zwierząt z arki Noego, odwracając bieg historii Indii.
— Poznałem pannę Lucy Darling w okolicznościach, które w amerykańskim towarzystwie przeszły do legendy — powiedział Henry. — W domu pani Gregory Harris, w Newport na Rhode Island, szła po siatce kortu tenisowego jak po linie. Swoją urodą i gracją zrobiła wtedy na mnie takie wrażenie, że się w niej zakochałem, zanim zamieniłem z nią choćby jedno słowo. Nie spocznę, dopóki nie zostanie moją żoną. — Zamilkł na chwilę, po czym dodał: — Wszyscy doskonale mnie znacie i wiecie, że zawsze byłem jednym z najbardziej zatwardziałych kawalerów. Jednak od chwili poznania panny Lucy Darling myśl o pozostaniu kawalerem wydaje mi się absurdalna. Nie potrafiłbym już teraz sobie wyobrazić, że mógłbym żyć bez niej.
— Popatrz, popatrz... — mruknął William, ale Blanche natychmiast go uciszyła.
— Spytałem Lucy, czy zechce zostać moją żoną, i ku mej bezgranicznej radości odpowiedziała „tak". Weźmiemy ślub w maju, w Brackenbridge. Członek parlamentu Southport będzie związany nie tylko ze swoim krajem i swoją partią, ale także z najpiękniejszą kobietą na całej zachodniej półkuli.
— Trzy razy hurra na cześć Henry'ego i Lucy! — zawołał Charles. — HIP, HIP, HURRA!
— Musimy wznieść toast — stwierdził William.
Lord Felldale postukał laską w bok swojego wózka.
— Dajcie dzieciakom trochę ponczu, niech się biedne dranie nie męczą! — wychrypiał.
Henry i Lucy przepili do siebie z pucharu, który dostali od Maude, siostry Henry'ego. Wszyscy klaskali i radośnie pohukiwali.
Henry ujął dłoń Lucy.
— Kocham cię z całego serca, najdroższa — powiedział. — Zawsze będę cię kochał.
— Ja też cię kocham — odparła Lucy.
Popatrzyła na swoją nową rodzinę — na Charlesa i Williama,

na Blanche i Maude, nawet na lorda Felldale, który wrócił do zabawy z dziećmi. Znowu poczuła się bezpieczna i szczęśliwa. Już nie była sama na świecie.

◆ ◆ ◆

Zaraz po bożonarodzeniowym lunchu, koło trzeciej, zrobiło jej się niedobrze. Mężczyźni wybrali się na spacer i zaczęli bitwę na śnieżki, a kobiety przeszły do małego salonu na plotki. Po paru minutach Lucy poczuła, że kęsy pieczonej gęsi zaczynają jej się przewracać w żołądku, jakby połknęła je bez gryzienia. Kiedy przycisnęła grzbiet dłoni do czoła, okazało się, że jest zimne i spocone.

— Musisz nam zdradzić, co chciałabyś dostać w prezencie ślubnym — oświadczyła Sha-sha. — Nigdy byś nie zgadła, co Arthur Balfour dał Charlesowi i Elisabeth: posrebrzaną wazę w kształcie galeasu Sebastiana Veniera z bitwy pod Lepanto. Coś wspaniałego, ale raczej nie nadaje się do zupy porowo-ziemniaczanej.

Lucy próbowała się uśmiechnąć, jednak nie bardzo jej to wyszło.

— Musicie mi wybaczyć — powiedziała. — Nie czuję się zbyt dobrze.

— Pewnie za dużo wrażeń jak na jeden dzień — zasugerowała żona Charlesa, Elisabeth.

— Najlepiej będzie, jak się położysz — uznała Sha-sha.

Zadzwoniły po Tessie, która pomogła wejść Lucy na piętro i dotrzeć do łóżka.

— Jest za ciasna — stwierdziła, rozpinając czerwoną aksamitną suknię Lucy i zdejmując bluzkę nakładaną na gorset. — Powinna panienka robić to, co zawsze robi lady Brett: odpuszcza sobie przyjazdy na święta do rodziny, a kiedy patrzy na nią jakiś dżentelmen, za każdym razem bierze wdech.

Lucy zrobiło się nagle okropnie zimno. Złapała pokojówkę za rękaw i chciała powiedzieć, żeby ją przykryła, ale w tym momencie jedzenie podeszło jej do gardła i zwymiotowała sobie na kolana. Gęsinę, pastę grochową, potrawkę z cynaderek, dorsza i bezy — najwytworniejszy posiłek, jaki kiedykolwiek przygotowano w Brackenbringe.

Tessie nie mogła nic zrobić poza podtrzymywaniem jej głowy.

Kiedy Lucy skończyła wymiotować, pomogła jej zdjąć sukienkę i przyniosła gorące ręczniki. Lucy czuła się, jakby za chwilę miała umrzeć, a zęby tak jej dygotały, że nie mogła mówić.

— Panienko, już wszystko w porządku... — uspokajała ją pokojówka. — Obmyję panienkę, włożymy koszulę nocną i będzie mogła panienka iść do łóżka. Potem poślę młodego Kevina po doktora Robertsa.

— Co się ze mną dzieje, Tessie? — zapytała Lucy i wzdrygnęła się. — To nie tyfus, prawda?

Henry naopowiadał jej tyle ponurych historii o zepsutych rurach, przez które zmarła jego matka i kilku przyjaciół, że bała się korzystać w Brackenbridge z toalety i unikała otwartych otworów drenażowych, jakby były wejściami do piekła.

— Jest panienka zmęczona, to wszystko — powiedziała Tessie. — I zbyt pobudzona. Doktor Roberts na pewno da panience coś na uspokojenie. Mój Boże, tyle się dziś działo! Nic dziwnego, że panienka nie najlepiej się czuje.

Lucy udało się napić nieco wody. Leżała na plecach i próbowała zasnąć, ale sen nie chciał nadejść. Tessie siedziała przy niej i obie czekały na doktora Robertsa.

Ogień malował na suficie zygzaki.

Na zewnątrz zrobiło się niemal zupełnie ciemno. Okna były czarne. Z zewnątrz dobiegał śmiech wracających ze spaceru mężczyzn. Lucy dotknęła dłoni Tessie.

— Powiesz Henry'emu, dobrze? Ale nie denerwuj go. Powiedz mu, że jestem zmęczona, i tyle. Że za bardzo się wszystkim podnieciłam.

— Oczywiście, panno Darling. Cokolwiek panienka sobie życzy.

Po paru minutach do pokoju zapukał Henry.

— Lucy! — zawołał. — To ja, Henry! Sha-sha właśnie mi powiedziała, że się rozchorowałaś.

Tessie podeszła do drzwi i powiedziała mu, żeby się nie denerwował.

— ...za bardzo się podnieciła, to wszystko... nie ma się czym martwić... tak, wezwałam doktora... nie, na wszelki wypadek...

— Dobrze zrobiłaś — pochwalił ją Henry. — Jesteś za nią odpowiedzialna, informuj mnie na bieżąco.

Pokojówka wróciła do sypialni.

— Pan Henry był bardzo zaniepokojony, panno Darling. Ale powiedziałam mu, że to nic poważnego. Zwykła niestrawność.

— Dziękuję, moja droga.

Tessie się uśmiechnęła.

— Będzie z panienki śliczna panna młoda. Już nie mogę doczekać się maja.

— Mam nadzieję, że nie będę się wtedy tak okropnie czuła.

Po chwili pojawił się doktor Roberts z poszarzałą od zimna twarzą. Energicznie zacierał ręce.

— Przepraszam, że w taki dzień musiałam panu kazać jechać aż tutaj — powiedziała Lucy.

— Nic się nie stało. Jeśli nie moglibyśmy pomagać bliźnim w Boże Narodzenie, to kiedy? Jak się pani czuje? Sądząc po wyglądzie, niezbyt dobrze. Jest pani bardzo blada.

Zbadał Lucy puls i zmierzył temperaturę.

— Nie ściągnęła pani zbyt mocno gorsetu?

Pokręciła głową.

— Nigdy go za bardzo nie ściągam.

— Czy zauważyła pani jakiś obrzęk w okolicy piersi albo brzucha?

Lucy się zaczerwieniła. Doktor Roberts uśmiechnął się łagodnie.

— Przepraszam, że zadaję tak osobiste pytanie, ale muszę to wiedzieć.

— No cóż... nieco przytyłam, jednak pan Carson bardzo nalega, abym jadła trzy posiłki dziennie, nawet jeśli nie mam na to zbytniej ochoty.

— Widziała pani coś w tym miesiącu?

— Czy coś widziałam? Na przykład co?

— Pani okres. Miała pani z nim jakieś trudności?

Lucy przełknęła ślinę i spojrzała na Tessie, szukając wsparcia.

— Muszę przyznać, że od przyjazdu do Anglii...

— Tak, panno Darling?

— Od przyjazdu do Anglii nie miałam okresu.

Doktor Roberts potarł nos grzbietem dłoni.

— Nic? Ani śladu?

Lucy pokręciła głową.

— No tak... — mruknął doktor Roberts.

— Wie pan, na co jestem chora? To nie tyfus, prawda? Mamy z Henrym w maju wziąć ślub.
— Tak, słyszałem o tym. Gratuluję. Nie, to nie tyfus. Miałaby pani coś przeciwko temu, żebym zbadał jej brzuch?

Lucy popatrzyła na niego.

— Nie, skądże. Proszę bardzo.

Doktor Roberts potarł dłonie.

— Moje palce mogą być dość chłodne... w taki wieczór jak ten podróż z Matlock to cała wyprawa.

Badając palpacyjnie brzuch Lucy, wpatrywał się gdzieś w przestrzeń ponad jej prawym ramieniem. Choć się nie spieszył, szybko skończył.

— Dziękuję. Może się pani przykryć.

Brzuch nieco bolał Lucy od ucisku jego palców.

— Już pan wie, co mi jest?
— Tak sądzę. Czy pani pokojówka mogłaby wyjść, abyśmy mogli zamienić kilka słów w cztery oczy? Oczywiście niech zostawi drzwi uchylone.
— Tessie, zostaw nas na chwilę samych — powiedziała Lucy.
— Jak panienka sobie życzy — odparła pokojówka i wyszła na korytarz.

Doktor Roberts pochylił się do przodu.

— Jest pani w ciąży — wyjaśnił cicho. — Rozumie pani? Będzie pani miała dziecko.

Lucy wbiła w niego wzrok.

— W ciąży? — powtórzyła ze zdumieniem.

Chyba sobie z niej żartował. Nie mogła być w ciąży. Kochała się tylko raz — z Jamiem — a on przecież zadbał o to, aby jego nasienie nie dostało się do niej do środka. Przeczytała wystarczająco dużo w *Co młoda kobieta wiedzieć powinna*, aby wiedzieć, że kobieta nie może zajść w ciążę, dopóki nasienie mężczyzny nie wniknie „do świątyni jej ciała".

— Nie mogę być w ciąży — szepnęła.
— Będę musiał zrobić kilka badań kontrolnych, ale pani objawy są jednoznaczne — odparł doktor Roberts. — Jest pani w ciąży od dwóch i pół do trzech miesięcy. Może się pani spodziewać dziecka gdzieś w połowie lipca.
— Nie mogę... mam w maju wyjść za Henry'ego...

— Panno Darling, „nie mogę" nie wchodzi w rachubę. Jest pani w ciąży.

Lucy opadła na poduszkę. Doktor Roberts patrzył na nią swoimi czarnymi błyszczącymi oczami — w jego wzroku nie było potępienia, ale nie było też współczucia. Z korytarza dobiegło szuranie — to Tessie zmieniała pozycję, aby lepiej słyszeć.

— Wie pani, kto może być ojcem?

Lucy przełknęła ślinę.

— Wiem — odparła po chwili.

— To nie... — Doktor Roberts wskazał głową w stronę drzwi, mając na myśli Henry'ego Carsona.

— Nie... to nie pan Carson.

— No cóż, musi się pani zastanowić, co dalej. Prawdopodobnie wie pani, że można przerwać ciążę, muszę jednak ostrzec, że nie byłbym w stanie pomóc w tym pani... mam do takich zabiegów zastrzeżenia natury etycznej. Samo rodzenie jest wystarczająco niebezpieczne... — Uśmiechnął się do Lucy. — Śmierć podczas dawania nowego życia to boska nagroda, ale śmierć w trakcie próby jego zniszczenia to kara.

— Kiedy zacznie być widać? — zapytała Lucy.

Doktor Roberts wzruszył ramionami.

— Już pani dostrzegła wzrost wagi oraz powiększanie się piersi i brzucha. Jeszcze przez jakiś czas będzie można ukrywać ten stan za pomocą bardziej obcisłych ubrań, ale utrzymanie tajemnicy do maja będzie niezwykle trudne. No i oczywiście niemożliwe podczas nocy poślubnej.

Lucy opadła na poduszkę.

— On się teraz ze mną nie ożeni... — powiedziała bardziej do siebie niż do doktora Robertsa.

— Znam mężczyzn, którzy żenili się z kobietami spodziewającymi się dziecka z kimś innym. Godzi się na to określony typ mężczyzn... są to zazwyczaj mężczyźni chorobliwie nieśmiali, widzący w tym jedyną szansę założenia rodziny.

— Henry z pewnością do nich nie należy — stwierdziła Lucy. — Cieszę się z tego, bo nie zniosłabym, gdyby mężczyzna ożenił się ze mną z litości.

Doktor Roberts sięgnął po swoją torbę i zamknął ją. Kiedy wstał, sprawiał wrażenie zasmuconego — jakby sam należał do mężczyzn gotowych ożenić się z ciężarną kobietą. Sha-sha mówiła Lucy, że nie ma żadnej rodziny, mieszka zupełnie sam w wielkim domu z szarożółtego kamienia w Matlock i krążą plotki, że pali opium, opłakując kogoś dawno utraconego.

— Panno Darling... mogę tylko powiedzieć, że... jeśli będzie mnie pani potrzebować, zawsze może pani po mnie posłać. Otoczę panią wszelką opieką, na jaką pani zasługuje i jakiej wymaga. Teraz mogę jedynie zalecić regularne zażywanie ruchu, na przykład podczas spacerów, i zdrowe odżywianie się. Proszę też zrezygnować z noszenia gorsetu i próbować zachować pogodę ducha.

— Ale urodzić muszę?

Doktor Roberts kiwnął głową.

— Czy chciałaby pani mieć przyjaciela mordercę? Sama myśl o tym jest straszna, prawda? Jak mogłaby pani rozmawiać z samą sobą, gdyby zniszczyła pani ludzkie życie?

Lucy milczała. Nie wiedziała, co powinna powiedzieć ani co myśleć. Doktor Roberts odczekał chwilę, po czym odwrócił się w stronę drzwi.

— Tessie! — zawołał. — Sądzę, że twojej pani przydałaby się teraz herbata.

Kiedy pokojówka pojawiła się w drzwiach, uważnie przyjrzała się najpierw Lucy, a potem doktorowi Robertsowi, próbując się domyślić, o czym rozmawiali. Słyszała szepty i zdenerwowane mamrotania, ale nic poza tym.

— Herbata — powtórzył doktor Roberts, a potem zwrócił się do Lucy: — Jeśli pani sobie życzy, jutro znowu mogę przyjechać, panno Darling. Aby się upewnić, że gorączka minęła i czuje się pani lepiej.

Gdy wyszedł, Tessie poprawiła Lucy poduszkę.

— Miałaby panienka ochotę na świąteczne ciasto do herbaty?

Lucy przygładziła splątane włosy.

— Nie, Tessie, dziękuję. Jeszcze nie czuję się zbyt dobrze.

— Doktor Roberts powiedział, co pani dolega?

— Nic poważnego. Kobieca choroba, to wszystko.

— Podejrzewam, że to wina zmiany klimatu. Kiedyś spędziłam dwa tygodnie w Whitby i potem przez kilka miesięcy bardzo źle widziałam. Musiałam brać czopki z gliceryny.

Lucy próbowała się uśmiechnąć.

— No i do tego śmierć pana Jacka... — dodała Tessie.
— Chyba się trochę prześpię.
Pokojówka skończyła poprawiać łóżko.
— Jak panienka sobie życzy. Powiem panu Henry'emu, żeby panience nie przeszkadzał.

Na palcach wyszła z pokoju i zamknęła za sobą drzwi tak delikatnie, jakby jej pani już spała. Ale Lucy leżała z otwartymi oczami i nie mogła zasnąć do samego rana.

◆ ◆ ◆

— Wyglądasz doskonale — stwierdził Henry. — Myślisz, że stan zdrowia mógłby ci umożliwić jutro wycieczkę do Londynu?

Lucy zeszła na rodzinne śniadanie pierwszego dnia po świętach — była blada, ale poza tym sprawiała wrażenie zdrowej. Miała na sobie wełnianą sukienkę w kratę, której nigdy nie lubiła, bo jej pofałdowany przód ukrywał talię, z której zawsze była taka dumna. Teraz jednak cieszyła się, że ją ze sobą wzięła, bo dobrze maskowała jej stan.

Blanche walczyła z dwoma śledziami, pełnymi drobnych ości. Spojrzała na Lucy.

— Wyglądasz, jakbyś mogła dziś wbiec na East Moor Peak.
— Zarezerwowałem dla nas przedział w pociągu, który odchodzi zaraz po dziewiątej — oznajmił Henry. — Dojechalibyśmy do Londynu akurat na lunch i spotkalibyśmy się w King's Cross z Wilfredem Bluntem. Jutro po południu jesteśmy zaproszeni na kolację z lordem Salisbury. Sobotę i niedzielę spędzilibyśmy z Hawthorne'ami. W poniedziałek pojechalibyśmy do Reigate... mój przyjaciel Billiam znalazł tam dom, który moglibyśmy wynająć. Zobaczysz, będzie wspaniale, moje drogie dziecko!

Lucy próbowała wmusić w siebie dwa trójkątne tosty i odrobinę jajecznicy.

— Przepraszam, Henry, ale nie jestem pewna, czy wystarczająco dobrze się czuję.

Był wyraźnie zawiedziony.

— Ależ, kochanie... wszystko jest przygotowane. Na pewno się nie zmęczysz. Tak bardzo chciałbym cię wszystkim pokazać! A najbardziej lordowi Salisbury! W przypadku awansu dobre małżeństwo ma duże znaczenie.

Lucy dała lokajowi dyskretny znak, żeby zabrał jej talerz. Nie udało jej się zjeść ani jednego kęsa.

— Wybacz, Henry, z przyjemnością bym pojechała. Nie masz pojęcia, jak bardzo chciałabym zobaczyć Londyn, czuję się jednak jeszcze tak słabo... Byłabym dla ciebie tylko ciężarem. Chyba nie chciałbyś, aby lord Salisbury zaczął myśleć, że twoja żona jest chorowita. W polityce chorowita żona na pewno jest czymś znacznie gorszym od braku żony.

Henry dokończył herbatę i odstawił filiżankę.

— Nie wiem, co powiedzieć. Naprawdę. Zależy mi na tobie, Lucy... bardziej niż na czymkolwiek innym w życiu, nie mogę jednak powiedzieć, że nie jestem rozczarowany. Najpierw musieliśmy odwołać podróż do Londynu z powodu śmierci twojego ojca, teraz ty sama jesteś niedysponowana. A ja po prostu nie mogę się doczekać, by przedstawić cię wszystkim swoim znajomym!

— Może dzięki temu nie popełnisz błędu.

Blanche nadal walczyła ze śledziami i nie uczestniczyła w tej konwersacji, teraz jednak gwałtownie podniosła głowę.

— Błędu? Jakiego błędu?

— Przepraszam, nie jestem sobą — odparła Lucy. — Bardzo próbuję nie zawieść Henry'ego, ale... naprawdę źle się czuję...

Odsunął krzesło i ukląkł przy niej.

— Moja najsłodsza dziewczyno! Przepraszam! Pozwoliłem zapanować nad sobą mojej ambicji i uczuciom. Nie martw się! Jeśli nie czujesz się na siłach, nie musisz jechać. Będziemy mogli pojechać w marcu, kiedy zejdą śniegi. Lord Salisbury nie musi cię oglądać osobiście, aby się dowiedzieć, jaki jestem szczęśliwy.

Lucy położyła dłoń na ramieniu narzeczonego, po czym pochyliła się do przodu i przysunęła policzek do jego policzka.

— Och, Henry, czasami chciałabym, abyś nie był tak wyrozumiały.

Blanche popatrzyła na niego i wróciła do swoich śledzi, ale Henry przechwycił jej spojrzenie.

— Nie zawsze jestem wyrozumiały. To nie moja przywara.

Lucy czuła niejasno, że doszło do wymiany nieprzyjaznych komunikatów między bratem i siostrą, nie miała jednak pojęcia, o co chodzi. Jakby dla wzmocnienia tego przekazu Henry powiedział:

— Strasznie znęcasz się nad tymi rybami, Sha-sha... Co takiego ci uczyniły, aby sobie na to zasłużyć?
— Gdyby tylko śledzie mogły mówić... — mruknęła Blanche.

◆ ◆ ◆

Wieczorem, kiedy lord Felldale poszedł już spać, a Lucy i Blanche siedziały w zielonym salonie i zajmowały się wyszywaniem, wszedł Henry, zabębnił palcami o tył kanapy i odchrząknął, jakby miał coś ważnego do powiedzenia. Blanche wychowywała się w rodzinie, w której przeważali mężczyźni, i wiedziała, czego się od niej oczekuje. Zawiązała supełek i odłożyła robótkę.
— Chcesz porozmawiać z Lucy sam na sam?
Henry kiwnął głową.
— Owszem — odparł.
— Doskonale — odparła Blanche i wstała z krzesła. — Wobec tego zajmę się jutrzejszym lunchem. Oczywiście jeśli sam już tego nie zrobiłeś. Myślałam o zupie groszkowej na wywarze z wieprzowiny, do tego może gotowany kurczak z sosem selerowym i na deser pierogi z pieczonymi jabłkami. Co o tym myślicie?
— Wszystko, czego sobie życzysz — odparł obojętnie Henry. — Zresztą mnie i tak jutro nie będzie.
Zaczekał, aż Blanche zamknie za sobą drzwi, po czym podszedł do kominka, przy którym siedziała Lucy.
— No cóż... — zaczął i urwał.
Lucy nie podniosła wzroku znad robótki.
— Jesteś na mnie zły, prawda? — zapytała.
Henry usiadł na krześle obok niej. Uniósł dłoń, jakby chciał jej dotknąć, nie zrobił tego jednak — jakby dotknięcie było zobowiązaniem, którego jeszcze nie mógł złożyć. Nie do chwili, dopóki się nie upewni, że Lucy naprawdę go kocha.
— Chciałem... eee... zadać ci jedno pytanie.
Lucy przestała wyszywać. Igła w jej dłoni migotała pomarańczowo, odbijając płomienie w kominku.
— Chciałem zapytać, czy twoja choroba to coś naprawdę poważnego, czy jedynie wybieg, żeby nie jechać ze mną do Londynu?
Popatrzyła na niego ze smutkiem.

Z frustracją machnął dłonią. Bardzo rzadko brakowało mu słów.

— Pytam... no cóż, mam nadzieję, że rozumiesz, dlaczego uważam, że muszę o to zapytać. Może robię z siebie głupca, ale przed świętami, zanim ogłoszone zostały nasze zaręczyny, wszystko wskazywało na to, że nic ci nie dolega. Teraz ledwie się do mnie odzywasz i spędzasz cały czas z Sha-shą na wyszywaniu. A przecież twierdziłaś, że nienawidzisz robótek...

Lucy dotknęła kwiatowego wzoru, który właśnie wyszywała. Kiedy to robiła, wyobrażała sobie wszystkie dziecięce ubranka, które mogłaby wyszyć, wszystkie małe sukieneczki, płaszczyki i nocne koszulki, śliniaczki i czepeczki. Niemal natychmiast po tym, jak doktor Roberts przekazał jej tę informację, postanowiła, że utrzyma ciążę. Nie chodziło o to, że zabójstwo płodu było przestępstwem. Nie chodziło także o śmierć Jacka i o to, że nowe życie w jakiś tajemniczy sposób miało zastąpić stare.

Nie mogła usunąć dziecka, którego ojcem był Jamie, pochodzący ze świata, za którym ciągle rozpaczliwie tęskniła, jej najwierniejszy przyjaciel, zawsze szczerze ją kochający.

Henry miał wobec niej poważne zamiary i wiele od niej oczekiwał — akurat teraz, kiedy była najsłabsza psychicznie, znajdowała się daleko od domu, właśnie pochowała Jacka, a pagórkowate Derbyshire było takie ponure i zimne.

Jego oczekiwania i perspektywa zostania jego żoną ją przerażały — ale jeszcze bardziej przerażająca była możliwość, że nie zostanie jego żoną.

Chcesz być moim mężem, a ja spodziewam się dziecka innego mężczyzny, pomyślała, gdy popatrzyła na stojącego przed kominkiem Henry'ego. Chcesz być moim mężem, a ja jeszcze nigdy nie widziałam cię nagiego. Był we mnie inny mężczyzna i sprawił, że zaszłam w ciążę, a ja jeszcze nigdy nie widziałam twojej męskości, nie wspominając o jej dotknięciu.

Zarumieniła się. Te myśli w jakiś dziwny sposób ją podniecały, ale nie czuła z ich powodu zażenowania. Wręcz przeciwnie, dawały jej jakąś przewagę.

— Zgodziłaś się za mnie wyjść — powiedział Henry. — Nie zmieniłaś zdania?

— Nie, Henry.

— Lucy, potrzebuję cię i bardzo kocham. Wiesz o tym, prawda?

— Wiem, Henry.

Głęboko zaczerpnął powietrza.

— Czy mogłabyś również powiedzieć, że mnie kochasz?

Lucy popatrzyła na niego śmiało.

— Tak, mogę powiedzieć, że cię kocham.

— A ta twoja choroba...

— Ta choroba to prawdziwa choroba. Może to przemęczenie albo wpływ pogody. W każdym razie doktor Roberts jest pewien, że przeżyję.

— Nie sądzisz, że jesteś mi winna jakieś wyjaśnienie?

Ogień na kominku zasyczał. Zbliżała się dziewiąta wieczorem. Pozostało już niewiele dni do rozpoczęcia 1895 roku. Lucy niemal czuła przechodzenie jednego roku w drugi w ten ściszony tydzień między Bożym Narodzeniem i Nowym Rokiem. Słychać wtedy jedynie wydymanie się pokrowców mebli, które poszły w odstawkę, oraz jedwabisty szelest pokrowców mebli wracających do łask. Słychać szepty, przepełnione frustracją modlitwy i puste wyrazy żalu. W króciutkich godzinach tego tygodnia jakże błahe się wszystko wydaje! Nawet nadzieje na przyszłość wydają się małe i gorzkie jak ziarenka kminku, wciskane kciukiem w bezpłodną glinę.

Ale mimo to na powitanie Nowego Roku zadzwonią wszystkie zegary, a po dolinach rozniesie się dźwięk dzwonów — nawet jeśli nie będzie nikogo, kto by mógł je usłyszeć.

◆ ◆ ◆

Nastąpiły dni straszliwej niepewności. Sha-sha wyczuła, że coś się zmieniło, jednak nic nie mówiła ani o nic nie pytała — to nie było w jej stylu. Lord Felldale podchodził do Lucy (znowu samodzielnie się poruszał) i po ojcowsku kładł dłoń na jej ramieniu, choć był nieobecny duchem. Czasami stał przy niej pięć albo nawet dziesięć minut.

— Dobra dziewczyna — mruczał. — Dobra dziewczyna.

Lucy odprowadziła Henry'ego na stację, by pomachać mu na pożegnanie. Jego rozczarowanie i niepokój były tak widoczne, że miała ochotę się rozpłakać, nie mogła jednak powiedzieć mu prawdy. Kiedy stała na peronie w czarnym płaszczu — w hałasie i parze, na przenikliwym zimnie — Henry wychylił się przez okno i zrobił z dłoni trąbkę wokół ust.

— Kocham cię! Nigdy o tym nie zapominaj! Kocham cię! — zawołał.

Cóż mu miała powiedzieć w rewanżu — poza tym, że również go kocha, ale właśnie odezwało się w niej inne życie, które jest dla niej ważniejsze? Nie dlatego, że spłodził je Jamie, ale dlatego, że należało do niej. Nawet gdyby już nigdy miała nie wyjść za mąż, mogła powiedzieć do swojego dziecka: „Twoim ojcem jest Jamie Cullen z Oak City w Kansas, adwokat. Wiesz też, kto jest twoją matką, bo to ja nią jestem".

Rankiem ostatniego dnia starego roku, kiedy na stole pod oknem układała puzzle, do jej pokoju weszła Sha-sha.

— Dostaliśmy telegram od Henry'ego.

Lucy próbowała właśnie dopasować brązowy element do obrazka *Stanley w Afryce*.

— Co pisze? — spytała, przerywając na chwilę układanie puzzli.
— Że będzie musiał zostać kilka dni dłużej. W czwartek rano jedzie do Reigate. I że bardzo za tobą tęskni.
— Rozumiem — odparła Lucy, próbując powiedzieć to w taki sposób, aby nie zabrzmiało chłodno.

Nie chciała brzmieć chłodno.

Sha-sha podeszła bliżej i stanęła za nią.

— Lucy, moja droga... nikt z nas nie chce oglądać Henry'ego zranionego. Jeśli nie ma w tobie miłości do niego... no cóż, w takim razie powinnaś mu to powiedzieć. Lepiej, żeby poznał prawdę teraz, niż pakował się w małżeństwo, w którym nie będzie miłości.

Lucy odłożyła brązowy element układanki do pudełka. Nigdy nie znajdzie miejsca, do którego będzie pasował.

— Prawda jest taka, Sha-sha, że ja go kocham.
— Ale Henry obawia się, że to poczucie obowiązku, a nie namiętność.

Lucy nie wiedziała, co na to odpowiedzieć. Zdawała sobie oczywiście sprawę z tego, że Henry nie jest pewien jej uczuć, jednak nie potrafiła określić, ile jest w tym jej winy. Zaczynała dostrzegać, że miłość to niebezpieczna sprawa — w tej walce każdy jest pozostawiony samemu sobie i nie bierze się jeńców. A ciąża nauczyła ją jeszcze jednego: że miłość pojawia się w różnych, często bardzo zaskakujących postaciach. Czasem przybywa z odsłoniętą twarzą, jednak często jest zamaskowana. Ale Jack powiedział niedawno: „To coś, o czym wie się na pewno. Nikt cię w tej sprawie nie oszuka".

Kochała rosnące w niej dziecko. Kochała Henry'ego. Kochała też Jamiego — w pewien szczególny sposób. Ale najbardziej kochała swoje dziecko, tę maleńką tajemnicę zwiniętą w jej wnętrzu.

— O co chodzi? — spytała Sha-sha.

Lucy popatrzyła na nią i nie mogła powstrzymać uśmiechu.

— Nie mogę ci powiedzieć, ale uwierz mi, wszystko dobrze się skończy.

— Płaczesz?

— Nie, nie płaczę. Kiedy tata umarł, obiecałam sobie, że już nigdy nie zapłaczę, nigdy w życiu.

— Płaczesz — powtórzyła Sha-sha nieco ciszej niż za pierwszym razem i położyła dłonie na jej ramionach.

◆ ◆ ◆

Decyzję podjęła w jasny poranek pierwszego poniedziałku nowego roku. Słońce świeciło mocno i o jedenastej sople na rynnach zaczęły się roztapiać, a kucharz zameldował o powodzi w komórce przy kuchni. Lord Felldale zabrał swoje dalmatyńczyki na spacer i podążył za nimi, pokrzykując i pogwizdując. Blanche pakowała kufry, ponieważ pod koniec tygodnia zamierzała wyjechać. W powietrzu niemal czuło się już wiosnę, choć trzeba było jeszcze przetrzymać styczeń i luty, a w obu tych miesiącach w Derbyshire — podobnie jak w Kansas — ludzie często umierali.

Lucy stała przy oknie, dłonie bezwiednie położyła na brzuchu. Zastanawiała się, co powie jutro Henry'emu, kiedy wróci z Londynu. W końcu doszła do wniosku, że — niezależnie od tego, jak bardzo go to zrani — powinna powiedzieć mu prawdę. Przynajmniej się dowie, że naprawdę go kocha, a jej choroba nie była wymówką. Największym problemem było jego wielkie przywiązanie do honoru i reputacji. I tak bardzo chciał zostać wicekrólem Indii! Wicekról był zastępcą królowej. Czy ktoś aspirujący do takiego stanowiska mógł ożenić się z dziewczyną, która była dzieckiem z nieprawego łoża i w dodatku zaszła w ciążę z jakimś adwokaciną z Kansas?

Jak mogła oczekiwać, że Henry zrezygnuje dla niej ze swojego przeznaczenia?

Właśnie miała odwrócić się od okna, kiedy ujrzała przebijający się przez śnieg powozik. Uniosła zasłonę, by lepiej widzieć. Powozik zatrzymał się kilka jardów od wejścia, więc mogła zobaczyć, kto z niego wysiada. Długi zielony płaszcz, blada twarz, przekrzywiony czarny kapelusz. Nora!

Podciągnęła spódnicę i pobiegła korytarzem. Gdy dotarła do schodów, zatrzymała się i wzięła głęboki wdech. Schody były śliskie i nie chciała spaść. Nie z panem Darlingiem w środku. Albo panną Darling. Zaczęła powoli schodzić ze schodów, trzymając się balustrady, więc kiedy znalazła się na parterze, Nora już była w środku, otupywała śnieg z butów i strzepywała go z płaszcza. Jak zwykle sprawiała wrażenie poirytowanej.

— Noro! — zawołała Lucy. Jej głos odbił się echem w całym holu.

Pokojówka podniosła głowę i z radością klasnęła w dłonie.

— Witam, panno Darling! Tak panienka rozkwitła, że z trudem ją poznałam! A proszę popatrzeć na mnie... jaki ze mnie smętny baleron po tylu tygodniach napychania się ziemniakami!

Objęły się mocno.

— Woźnica mówił mi, że panienki tata odszedł — powiedziała Nora. — Niech Bóg ma go w swojej opiece, biedaka. Będę za nim tęskniła... i za jego ponurymi nastrojami. Jest narzeczony panienki? Woźnica mi opowiedział, że w święta poprosił panienkę o rękę. Mówił, że we wsi bito w dzwony, a lord Felldale każdemu wysłał butelkę wina!

Lucy dała znak jednemu ze służących, aby do nich podszedł.

— Moglibyście zostawić te torby w holu?

Nora popatrzyła na nią pytająco.

— Czy mój pokój jeszcze nie jest przygotowany?

— Nie o to chodzi — odparła Lucy. — Musimy wyjechać, i to jak najszybciej. Dzisiaj, najlepiej zaraz, jeśli uda mi się wszystko zorganizować.

— Dzisiaj? A dokąd jedziemy? Przecież dopiero przyjechałam!

W tym momencie u szczytu schodów pojawiła się Blanche.

— Lucy? To twoja pokojówka? — zapytała.

— Tak, Sha-sha. To Nora, właśnie przyjechała z Irlandii.

Blanche zeszła do połowy schodów.

— Może wziąć pokój obok Tessie. Jest bardzo ładny. Z okna widać staw.

— Właściwie to...

— Tak?

— Skoro Nora już jest, postanowiłam pojechać do Londynu, żeby zobaczyć się z Henrym.

— Nareszcie... — Blanche uśmiechnęła się szeroko. — Miałam nadzieję, że to usłyszę. Noro, Matthew zaniesie twoje torby na górę, a pokojówka nagrzeje ci wody, jeśli masz ochotę na odświeżenie się po podróży.

— Myślę, że najlepiej będzie, jeśli od razu wyjedziemy — powiedziała Lucy.

— Teraz? Nie rozumiem... Nawet jeśli się pospieszycie, nie dotrzecie do Londynu przed szóstą albo i siódmą! Musisz spakować tyle rzeczy!

Lucy ujęła ramię Nory.

— Moja pokojówka mi pomoże. Prawda, Noro? Spakujemy wszystko we dwie! Będą nam potrzebne najwyżej dwa kufry!

— Lucy... — zaczęła nieco protekcjonalnie Sha-sha. — To niemożliwe. Nie możesz wyjechać bez przygotowania. Nie z minuty na minutę. Zaaranżowałam menu na lunch, wszystko zaraz będzie gotowe, a na herbatę przyjadą Pearsonowie. Diana Pearson nie może się już doczekać, kiedy opowie ci o swojej podróży po Turcji!

— Przykro mi. Przepraszam, Sha-sha, ale teraz, kiedy Nora się zjawiła, od razu poczułam się znacznie silniejsza. No i może mi służyć jako przyzwoitka. Tak bardzo tęsknię za Henrym...

— Mówi panienka jak prawdziwa Angielka — wtrąciła Nora.

— Cóż, w każdym razie jadę — oświadczyła Lucy.

Na chwilę zapadła niezręczna cisza, jednak w końcu Sha-sha klasnęła w dłonie.

— Czemu nie! — zawołała. — Cóż to będzie za niespodzianka! Henry nie uwierzy własnym oczom, kiedy pojawisz się u niego na progu! Ja też pomogę ci się pakować! Matthew, każ zawołać Lawrence'a! Powiedz, żeby zajeżdżał powozem przed dom! A kiedy zadzwonię, przyprowadź go po kufry panny Darling!

Nora rozpięła płaszcz.

— Panno Lucy, czy zanim zaczniemy się pakować, mogłabym dostać maleńką filiżankę herbaty?

◆ ◆ ◆

Składały i pakowały ubrania Lucy, chichocząc i paplając jak pensjonarki. Ubrania fruwały po sypialni jak widmowe mewy. Słońce świeciło, dłonie Nory wygładzały i składały jedwab. Kochana grymaśna Nora! Spotkała się ze wszystkimi swoimi wujami, ciotkami i kuzynami i traktowano ją jak członkinię rodziny królewskiej. Karmiono ją najlepiej, jak umiano — najlepszym drobiem i ziemniakami, a do wszystkiego podawano najlepsze piwo. W całym hrabstwie Carlow uznano Norę za piękność i osobę bardzo majętną.

Skończyły pakowanie tuż przed lunchem. Blanche uparła się, aby zjadły pieczonego zająca z galaretką z czerwonych porzeczek. Z napięcia i podniecenia Lucy prawie nic nie przełknęła, ale Blanche — zachwycona niespodzianką, jaką Lucy sprawi jej bratu w Londynie — gadała i jadła za dwie.

— Zastanawiam się, jaką będzie miał minę, gdy cię zobaczy! Chciałabym być niewidzialna i stać obok, kiedy otworzy drzwi! W wolnej chwili musisz zatelegrafować i napisać, jak było! — zawołała i radośnie uśmiechnęła się do Lucy. — Przynajmniej kiedy stąd wyjadę, będę wiedziała, że Henry wreszcie jest szczęśliwy.

O wpół do drugiej powóz był załadowany i nadszedł czas pożegnania. Gdy Lucy i Blanche mocno się objęły, oczy siostry Henry'ego wypełniły się łzami.

— *Au revoir*, Sha-sha — powiedziała Lucy. — Dziękuję za wszystko. Tylu rzeczy mnie nauczyłaś.

— Do widzenia, moja droga — odparła Blanche i pocałowała ją w policzek. — Bardzo chciałabym, żebyś była szczęśliwa.

Lord Felldale czekał przy powozie z psami. Ucałował Lucy i poklepał ją po ramieniu, jakby była młodą klaczą.

— Dobra dziewczyna, dobra dziewczyna. Dbaj o siebie. I o mojego syna. Nie pozwól mu się pysznić. Mniej mądrusiowania, rozumiemy się?

Lawrence wspiął się na kozioł i wziął lejce, a obok niego usiadł Gerry, jeden z kamerdynerów Carsonów. Kiedy odjeżdżali, Blanche i lord Felldale machali na pożegnanie. Kilka kroków za nimi stała Tessie i tak energicznie wywijała chusteczką, jakby chciała ostrzec maszynistę pociągu ekspresowego, że rzeka zerwała most.

Okrążyli staw, przejechali między drzewami i w końcu dom zniknął za żywopłotem z głogu i murem z płaskich kamieni.

— Powitanie z pożegnaniem... — mruknęła Nora.
— Nie jesteś zmęczona?
— Ani trochę. Pobyt u rodziny był doskonałym wypoczynkiem. Mam mnóstwo siły. I nie zaszkodzi pozbyć się odrobiny z tej góry ziemniaków, które musiałam zjeść w Irlandii.

Otworzyła torebkę, wyjęła paczuszkę fioletowych pastylek i poczęstowała swoją panią, ale Lucy odmówiła ruchem głowy.

— Są wspaniałe na oddech, jeśli ma się rozmawiać z kimś ważnym po zjedzeniu cebuli — powiedziała Nora i przez chwilę ssała pastylkę. — Bardzo się cieszę, że zobaczę Londyn. Zawsze marzyłam o tym, aby tam pojechać.

Lucy wyglądała przez okno.

— Nie jedziemy do Londynu — oświadczyła po paru minutach.
— Nie jedziemy? Ale panienka powiedziała tej pani Szu-szu czy jak jej tam...
— Nieważne, co powiedziałam. Nie jedziemy do Londynu, tylko do Liverpoolu.
— Przecież ja dziś rano wysiadłam w Liverpoolu ze statku...
— I niedługo ponownie na niego wsiądziesz. Kupimy bilety na pierwszy rejs do Nowego Jorku.

Nora była zdruzgotana.

— A co z panienki narzeczonym? Co z panem Carsonem? Nie ucieka chyba panienka przed nim? Będziecie brać ślub?
— Nie mogę wziąć z nim ślubu.
— Jak to: nie może panienka? Nie kocha go panienka? Przecież powiedziała panienka, że go kocha!
— Kocham go, i to bardzo, ale nie mogę za niego wyjść. A najgorsze, że nie mogę mu powiedzieć dlaczego.

Nora bardzo długo milczała. Słychać było jedynie skrzypienie kół powozu, z trudem przebijającego się przez śnieg.

— A mnie panienka może powiedzieć?
— Daj mi trochę czasu, to ci powiem. Teraz jednak chcę tylko uciec.

Wkrótce dotarli do stacji kolejowej w Derby. Lawrence i Gerry zeszli z kozła i zaczęli zabijać ręce, skostniałe mimo grubych jednopalczastych rękawic. Ich szaliki były pokryte zamarzniętą parą z ust.

— Panno Darling, zaprowadzę panią do londyńskiego pociągu — powiedział Lawrence. — A tymczasem Gerry poszuka bagażowego i kupi bilety.

Nora popatrzyła na Lucy i zmarszczyła czoło, ale jej pani jedynie przystawiła palec do ust. Nie chciała, aby ktokolwiek wiedział, dokąd pojechała — dopóki nie napisze listu do Henry'ego. Z Liverpoolu przez dwa albo trzy dni mogły nie odpływać żadne statki, a nie chciała, by się tam pojawił i zaczął ją przekonywać do powrotu. Przed odpłynięciem na pewno będzie miała dość czasu, aby napisać list. Nie mogła zniknąć z jego życia bez wyjaśnienia, nie miała jednak odwagi powiedzieć mu prawdy w twarz.

Stację przewiewały podmuchy zimnego wiatru. Lawrence zaprowadził obie kobiety na londyński peron, na który lada chwila miał wjeżdżać pociąg, po czym zawołał bagażowego. Zdyszany Gerry przybiegł z biletami niemal w tej samej chwili, gdy skład ze zgrzytem i piskiem hamulców zaczął wtaczać się na peron. Za nim niemal biegło trzech bagażowych z kuframi na wózkach. Łoskot zatrzaskiwanych drzwi, echa gwizdków i ryk pary tworzyły piekielną, ale jednocześnie ekscytującą mieszankę. Kufry zapakowano do wagonu bagażowego, a potem Lawrence zaprowadził damy do przedziału pierwszej klasy. W każdym było sześć miejsc, ale Gerry wykupił cały przedział.

— Proszę nie czekać, aż pociąg odjedzie — powiedziała Lucy i wcisnęła kamerdynerowi do ręki dwie półkoronówki. — Bardzo dziękuję za zajęcie się nami.

— Zawsze może pani na nas liczyć, panno Darling. Już nie możemy się doczekać, kiedy ponownie ujrzymy panią w Brackenbridge.

Gdy Lawrence wysiadł z wagonu, Lucy natychmiast otworzyła okno. Patrzyła, jak kamerdyner mija barierkę i dzieli się napiwkiem z Gerrym. Zaczekała, aż obaj znikną za jedną z żelaznych kolumn, po czym gwałtownie pomachała na niskiego kierownika pociągu z wąsami à la hrabia Kitchener, który w jednym ręku trzymał zegarek, a w drugim zwiniętą zieloną flagę i czekał na odpowiedni moment, aby dać znak do odjazdu.

— Konduktorze! — zawołała. — Konduktorze!

Kolejarz się rozejrzał.

— Mówi pani do mnie? Jestem kierownikiem pociągu.

— Panie kierowniku, doszło do strasznej pomyłki! Miałam jechać do Liverpoolu, ale służący wsadzili mnie do złego pociągu!

Kierownik pociągu patrzył na Lucy, lekko zezując. Londyński ekspres miał opuścić stację w Derby za pięćdziesiąt pięć sekund. Szlabany przy wejściach na peron zostały już opuszczone, wszystkie drzwi były pozamykane, maszynista wychylał się z kabiny, czekając na sygnał odjazdu, a przez okno przedziału pierwszej klasy wychylała się blada młoda kobieta w czarnym kapeluszu i mówiła mu, że siedzi w złym pociągu!

Na sąsiedni peron z piskiem hamulców wjeżdżał właśnie pociąg do Liverpoolu.

Nie spuszczając Lucy z oka, kierownik pociągu uniósł gwizdek. Lucy natychmiast otworzyła torebkę, wyjęła suwerena i trzymając go między palcem wskazującym a kciukiem, uniosła dłoń.

— Panie kierowniku... konduktorze... proszę! To wyjątkowa sytuacja!

Gwizdek zatrzymał się w połowie drogi.

— Baaagażowyyyy! — wrzasnął kolejarz. — Bagażowy! Natychmiast do mnie!

Błyskawicznie otwarto wagon bagażowy, wyładowano ich kufry i walizki i w szaleńczym tempie przeniesiono przez mostek nad torami. Pasażerowie z ciekawością otwierali okna i wystawiali głowy na zewnątrz, aby zobaczyć, co się dzieje. Pociąg do Liverpoolu został zatrzymany przez samego zawiadowcę stacji, stojącego na peronie z czerwoną flagą w dłoni.

Bagaże znowu załadowano, odgwizdano londyński ekspres, a Lucy i Norę ulokowano w przedziale pierwszej klasy na początku drugiego pociągu. Po chwili rozległ się kolejny gwizd i skład do Liverpoolu ruszył z gwałtownym szarpnięciem.

Kiedy pociąg powoli wyjeżdżał ze stacji, leniwie nabierając rozpędu, Lucy ujrzała znajomą postać, stojącą w kolejce przy wyjściu z sąsiedniego peronu. Opadła na oparcie siedzenia i zasłoniła twarz dłońmi.

— Panno Lucy? — spytała Nora, ciągle jeszcze zdyszana od biegu między peronami. — Co się stało, panno Lucy?

— To Henry! — jęknęła przerażona Lucy. — Musiał wcześniej wrócić! Musiał przyjechać z Londynu tamtym pociągiem!

Po chwili ich pociąg zaczął wyjeżdżać z Derby. Za oknem widać było bezładne skupiska domów, zagracone podwórka i plamy śniegu. Dym z komina lokomotywy wił się nad polami. Lucy nagle poczuła się zupełnie wyzuta z energii. Boże, biedny Henry! Wyobrażała sobie jego powrót do Brackenbridge i jego reakcję na wiadomość, że właśnie wyjechała. Na pewno natychmiast zatelegrafuje do Londynu albo wróci tam popołudniowym pociągiem — tylko po to, aby się dowiedzieć, że jej tam nie ma!

Uciekając, oszczędziła własne uczucia, cóż jednak uczyniła Henry'emu?

Pociąg był spóźniony i z turkotem pędził przez Belper, Clay Cross i Chesterfield, z łomotem pokonywał tunele i mosty. Lucy patrzyła na przesuwające się za oknami doliny i szare wioski. Nora przez długą chwilę w zamyśleniu przyglądała się swojej pani, a potem splotła ramiona, oparła brodę na kołnierzu i zaczęła drzemać.

Lucy nie chciało się spać. Choć była zmęczona, nie mogła teraz myśleć o śnie. Przerażała ją niewiadoma przyszłość, musiała jednak zadbać o bezpieczeństwo dziecka — niezależnie od okoliczności.

Liverpool, 9 stycznia 1895
Na pokładzie „St Louis" American Line

Najdroższy Henry!
Mam nadzieję, że nie przysporzyłam Ci zbyt wiele cierpienia. Za godzinę na pokładzie liniowca „St Louis" odpływam do Nowego Jorku. Nie wrócę do Anglii ani już nigdy nie będę Cię niepokoić — przyniosłam Ci dość zmartwień.

Jestem przekonana, że rozczarowałabym Cię na wiele sposobów. A rozczarowując Ciebie, rozczarowałabym także siebie. Jako angielski arystokrata, zasługujesz na żonę szlachetnie urodzoną i wykształconą, a ja nie jestem taka. Cały francuski, jaki znam, to nauka Blanche — jedynie kilka słów.

Mimo całej swojej dobroci prawdopodobnie nie będziesz w stanie mi wybaczyć, są jednak chwile, kiedy musimy być wobec siebie szczerzy, i taka chwila właśnie nadeszła.

Nigdy się nie dowiesz, jak głębokie było moje uczucie do Ciebie ani jak bardzo chciałam być Twoją żoną. Będę o tym śniła przez wiele nadchodzących lat. Nie myśl o mnie źle ani nie karz mnie, będąc nieszczęśliwym.

Z całą moją miłością,

Lucy

Nie ma gorszej pory roku na pokonywanie północnego Atlantyku — choć „St Louis" zwodowano niecały rok wcześniej i sam prezydent Grover Cleveland ochrzcił go amerykańskim szampanem. Zaraz po opuszczeniu osłony irlandzkiego brzegu statek zaatakował wściekły styczniowy sztorm i przez dwa dni wznosili się i opadali na ogromnych falach.

Lucy bez przerwy cierpiała na chorobę morską. Większość czasu spędzała w kabinie, leżąc i modląc się, aby Bóg już jej nie karał. Ze wszystkich stron dolatywały groźne trzaski i Lucy była pewna, że statek za chwilę rozpadnie się na kawałki i pójdą na dno. Natomiast Norze zdecydowanie podobała się narowistość statku i jadła więcej niż zwykle — pochłaniała nie tylko własne posiłki, ale także przeznaczone dla Lucy przecierane zupy i gotowane w mleku ryby, których jej pani nawet nie dotykała.

Trzeciego dnia wiatr osłabł i morze się uspokoiło. „St Louis" płynął po oceanie ciemnym i gładkim jak rozlany czarny atrament. Powietrze w dalszym ciągu było lodowate i nawet najodważniejsi pasażerowie mogli pozostawać na pokładzie spacerowym nie dłużej niż pięć, dziesięć minut. Mijali płaty kry, jarzące się bielą na czarnej wodzie, i Lucy spodziewała się zobaczyć na nich foki lub niedźwiedzie polarne, ale wielkie płaty lodu były puste.

Kilku mężczyzn próbowało z nią flirtować. Budujący mosty inżynier z Saint Louis, bardzo przystojny, ale stary — z pociętymi głębokimi zmarszczkami policzkami i śmierdzącym oddechem. Niemiec ze świeżym oddechem i bez zmarszczek, za to z mnóstwem potówek i złamanym nosem. Francuz, aktor i awanturnik, bez przerwy popijający brandy i niemogący sobie przypomnieć, dlaczego postanowił pojechać do Ameryki (może tylko udawał).

Lucy próbowała rozmawiać z nim po francusku, ale nie chciał jej rozumieć i stale całował ją po rękach. *Mam'selle, ce n'est pas le temps d'être prude à dix-huit ans.*

Przez większą część podróży trzymała się na uboczu i rozmawiała tylko z Norą — choć też rzadko. Zamierzała przyznać jej się do ciąży zaraz po wypłynięciu z Liverpoolu, teraz jednak, gdy uciekła Henry'emu, nie czuła już aż tak wielkiej potrzeby zwierzeń. W miarę rozwoju ciąży coraz rzadziej o nim myślała. Nie chciało jej się też rozmawiać z Norą. Straciła zainteresowanie całym bożym światem — interesowało ją tylko to, co w niej rosło. Nie wstydziła się swojego stanu, była szczęśliwa i pogodzona z samą sobą. Nie wierzyła, iż w urodzeniu dziecka może być coś nagannego.

◆ ◆ ◆

Port nowojorski zamarzł i „St Louis" musiał czekać przez cały dzień na kotwicy. Lucy siedziała w kabinie i grała z Norą w karty. Z pokładu spacerowego za zwałami spiętrzonego lodu widać było Nowy Jork — wysokie szpice dzielnicy biznesowej, Washington Building, giełdę produktów rolnych, Manhattan Life Building i redakcję nowojorskiego „Timesa".

Słońce pozłacało budynki i sprawiało, że każdy wyglądał jak książęcy zamek.

Nora próbowała nie być wścibska, kiedy jednak nadszedł wieczór, nie wytrzymała.

— Powie mi panienka, dlaczego w takim pośpiechu uciekała przed panem Carsonem?

— Chyba nie kocham go dość mocno, aby wyjść za niego — odparła Lucy, nie podnosząc wzroku znad kart.

— Przecież zamiast uciekać, mogła mu to panienka powiedzieć. Nie wygląda na jegomościa, z którym nie można byłoby szczerze porozmawiać.

— Po prostu nie mogłam za niego wyjść.

Nora rozdała karty.

— Przykro mi, że panienka nie może mnie wtajemniczyć.

— Wtajemniczę cię, tylko daj mi trochę czasu.

— Panienka jest w ciąży...

Lucy podniosła głowę i popatrzyła na nią. Przenikliwość Nory całkowicie ją zaskoczyła. Takie rzucenie prawdy w twarz nie było przyjemne, ale jednocześnie poczuła ulgę, że pokojówka sama się domyśliła.

— Skąd wiesz?

— Ależ, panienko... podejrzewałam to już od kilku dni. Pochodzę z dużej rodziny. Moja kuzynka Kathleen znowu jest w ciąży, w trzecim miesiącu, i zachowuje się zupełnie tak samo jak panienka: w jednej sekundzie jest słodka, a zaraz potem zaczyna kaprysić. Jedyną rzeczą, o której panienka w tej chwili może myśleć, jest dziecko, prawda?

Lucy opuściła dłoń z kartami.

— Tak, jestem w ciąży — przyznała.

— Ale to nie jest dziecko pana Henry'ego.

— Pan Carson i ja...

Nora uniosła dłonie.

— Proszę, panno Darling. Przy mnie nie musi panienka zachowywać się jak Angielka. Jeśli panienka chce, może mnie wyrzucić za impertynencję, ale nie ma już panienka rodziny ani żadnych przyjaciół i dopiero niedawno skończyła osiemnaście lat. W dodatku jest panienka w odmiennym stanie, więc nie może teraz zostać sama.

— Noro...

— Mówiła już o tym panienka panu Cullenowi?

Lucy pokręciła głową.

— Zakładam, że to dziecko pana Jamiego, chowającego się za zasłoną i tak dalej...

— Tak — odparła Lucy. — Pana Jamiego, chowającego się za zasłoną i tak dalej.

— Zamierza mu panienka powiedzieć?

— Nie wiem. Boję się.

— Boi się panienka? Czego?

— A jak sądzisz? Tego, że zechce się ze mną ożenić.

Nora rozłożyła trzymane w dłoni karty w wachlarz. Król trefl, dama kier.

— Mogło się panience przytrafić gorzej — stwierdziła.

— Chcę wyjść za mąż z miłości.

Pokojówka się skrzywiła.

— Hm... Jest wiele starych panien, które mówiły dokładnie tak samo.

— Noro, nie mogę wyjść za Jamiego tylko dlatego, że urodzę jego dziecko. To nie jest wystarczający powód. To nie byłoby uczciwe. Skończylibyśmy jak Jack i moja matka, a dziecko stałoby się takie jak ja!

Przez chwilę milczała.

— Nie chcę, aby jakiekolwiek dziecko skończyło jak ja! — dodała.

Nora ze spuszczonym wzrokiem czubkiem palca przesuwała karty. Nic nie mówiła — nie było nic więcej do powiedzenia. Nikt nie przekona rozpieszczonej bogatej osiemnastolatki, żeby wyszła za kogoś, za kogo nie chce wyjść, prawda? Zwłaszcza jeśli nie zamierzała także poślubić mężczyzny, którego naprawdę chciała poślubić.

A ludzie zarzucają Irlandczykom, że są pełni sprzeczności.

◆ ◆ ◆

Nowy Jork wydawał się jeszcze zimniejszy niż Derbyshire. Nowojorski mróz jest bardzo charakterystyczny, twardy — gdy wychodzi się na ulicę, ma się wrażenie, jakby ktoś uderzył człowieka w twarz pokrytą drobnymi kamykami cegłą. Wydawał się także obcy — nie nieprzyjazny, ale wyrachowany. Był miastem, które podczas nieobecności Lucy zajmowało się własnymi sprawami, miastem, którego kompletnie nie obchodziła.

Zostawiły bagaże w biurze American Lines i wynajętym powozem pojechały do domu przy Central Park West. Była to powolna jazda w nieustannym zatorze. Przy krawężnikach piętrzyły się sterty brudnego śniegu, więc właściwie wszystkimi ulicami mógł jechać tylko jeden strumień pojazdów. Lucy siedziała w milczeniu i drżała z zimna.

W końcu dotarły do Central Park West. Lucy była pod tak wielkim wrażeniem Brackenbridge, że zapomniała, jak wspaniała jest jej własna posiadłość. W szarym jak łupek świetle styczniowego popołudnia dom wyglądał bardzo okazale. Kiedy Nora płaciła woźnicy, Lucy stała na oblodzonym chodniku i patrzyła na zwieńczone wieżyczką okno swojej sypialni.

Weszły na schody i pokojówka zadzwoniła. Długo trwało, zanim Jeremy otworzył drzwi. Nie sprawiał wrażenia zaskoczonego, ale miał dziwnie niepewną minę.

— Panno Darling... proszę wejść.

Wziął od Lucy futro. W środku było ciemno i zimno i każdy dźwięk odbijał się długim echem.

— Otrzymałem panienki telegram o ojcu. Wieść o jego śmierci bardzo mnie zasmuciła. Choć może, biorąc pod uwagę okoliczności, było to błogosławieństwem.

— Strasznie tu zimno! — powiedziała Lucy. — Wręcz lodowato! Jeremy, nie paliłeś dziś w piecu?

— Od tygodnia nie mamy węgla, panno Darling.

— Nie macie węgla? Dlaczego nie zamówiłeś?

Oczy Jeremy'ego uciekły w bok.

— Najwyraźniej panienka nie dostała mojego listu.

— Listu? Jakiego listu?

— Panno Darling... w dużym salonie pali się ogień. Proszę iść się ogrzać, a ja wszystko wyjaśnię.

Lucy ruszyła za nim do salonu. Jego buty popiskiwały żałośnie. Lucy czuła, że wydarzyło się coś strasznego. Dom wydawał się dziwnie martwy i cichy. Gdzie się podziali wszyscy służący? Poza Jeremym nikt nie przyszedł jej przywitać.

Mały ogień z odpadowego węgla sprawiał, że z komina leciał gęsty żółty dym. Na dachach stajni leżała gruba warstwa śniegu, co było dziwne, ponieważ powinno go rozpuścić bijące od koni ciepło.

Lucy usiadła przy kominku. Mimo ognia było tak zimno, że nie zdejmowała rękawiczek.

— Co się stało? — spytała.

Pokojówka stała w drzwiach i słuchała.

— Noro, to nie jest twoja sprawa — stwierdził Jeremy. — Lepiej zajmij się rozpaleniem kominka w pokoju swojej pani i rozpakowaniem jej rzeczy.

— A dlaczego to ja mam rozpalać w kominku? — spytała pokojówka.

— Ponieważ nie ma nikogo innego, kto by to zrobił, moja droga. Dlatego.

Nora zamierzała dalej protestować, ale Lucy uniosła dłoń.

— Moja droga, gdybyś mogła... Muszę porozmawiać z Jeremym w cztery oczy.

— Oczywiście, panienko — odparła pokojówka i dygnęła, jakby

chciała w ten sposób pokazać, że bliskość, jaka łączyła je podczas podróży z Anglii, właśnie się skończyła.

Jeremy poczekał, aż zamknie drzwi.

— Drugiego stycznia złożyli mi wizytę panienki adwokaci. Zjawił się osobiście pan Greenbaum. Powiedział, że wysłał panience telegram i napisał list, najwyraźniej jednak telegram do panienki nie dotarł, a z listem panienka minęła się w połowie Atlantyku.

— Co powiedział? Co się dzieje?

— Nie mógł mi powiedzieć zbyt wiele, ponieważ jestem tylko panienki *major domo*, musiał mnie jednak poinformować, że w Kalifornii podjęte zostały działania prawne, w efekcie których szyby naftowe, które panienka uważała za swoje, zostały przez kalifornijski sąd uznane za własność kogoś innego.

— Słucham? Co to znaczy, że zostały uznane za własność kogoś innego?

— Proszę... panno Lucy... pan Greenbaum powiedział mi tylko to, co musiał. Oświadczył, że wszystkie pani konta bankowe zostały zamrożone, i kazał zredukować domowy budżet do absolutnego minimum. Aby spłacić służbę, musiałem sprzedać konie i powóz i już od dwóch tygodni nie biorę wynagrodzenia.

— Nic nie rozumiem... — mruknęła Lucy.

Było jej zimno i słabo i miała wrażenie, że to jakiś żart. Lada chwila na kominku zapłonie węgiel i zapali się światło, a służący przyjdą ją przywitać.

Stojący w mętnym styczniowym świetle Jeremy miał policzki pomarszczone jak zmięta chusteczka i patrzył na nią ze śmiertelną powagą. Jego słowa musiały być prawdą.

— Co ja teraz zrobię? — jęknęła.

W ciągu kilku tygodni z ulubienicy nowojorskiej elity towarzyskiej, Panny Żarówki, rozpieszczanej, komplementowanej i ściganej przez zajmujących się plotkami reporterów, planującej małżeństwo z angielskim arystokratą, stała się niewartą wzmianki dziewczyną z Oak City w Kansas, pozbawioną rodziny i bez grosza przy duszy. Wszystkim, co jej pozostało z błyskotliwej, ale krótkiej kariery, było nieślubne dziecko i kilka kufrów wypakowanych jedwabnymi sukienkami.

— Zacząłem już szukać innej pracy, panno Darling. Mam nadzieję, że mi panienka to wybaczy. Pozostanę jednak z panienką, aż wszystko się wyjaśni.

Lucy przełknęła ślinę i kiwnęła głową.

— Dziękuję — odparła, choć nie czuła wobec Jeremy'ego wdzięczności.

Powinien o nią dbać, zwłaszcza teraz, kiedy była w ciąży — tak samo jak powinni o nią dbać inni służący, pan Greenbaum, Jamie i Henry. Dlaczego Henry miał takie rozbuchane ego? Gdyby był bardziej wyrozumiały, mogłaby powiedzieć mu o dziecku, zaakceptowałby ten fakt i nie musiałaby od niego uciekać.

Jeśli zaś chodzi o Jamiego, nawet się nie zainteresował, co się z nią dzieje — choć przecież nosiła jego dziecko. Kiedy była w Anglii, ani razu do niej nie napisał. A Nora? Potrafiła się tylko dąsać. Wprawdzie nie została zaproszona do udziału w rozmowie i potraktowano ją jak służącą, ale w końcu nią była!

— Pan Greenbaum zostawił mi dla panienki trochę pieniędzy — powiedział Jeremy. — Dwieście dolarów. Na bieżące wydatki: jedzenie i przejazdy.

— Dziękuję — powtórzyła cicho Lucy.

Za oknem zawirował śnieg, ale był to tylko ostry podmuch wiatru, który wypadł zza rogu domu i wzbił tuman białego puchu na dachu stajni.

◆ ◆ ◆

Ira Greenbaum miał masywny kanciasty tułów, a jego głowa kołysała się nad kołnierzykiem jak wielki śliwkowy pudding, który lada chwila zamierza spłynąć z talerza. W jego gabinecie było mroczno jak w jaskini, a w powietrzu unosił się zapach kurzu, kiełbasy i wilgotnych flanelowych spodni.

Mówiąc, adwokat nieustannie przerzucał papiery i listy, jakby szukał w nich czegoś ważnego, ale tak naprawdę nie spodziewał się tego znaleźć.

— Niedługo po tym, jak wraz z ojcem wyjechała pani do Europy, skontaktował się z nami... jak on się nazywał... prawnik pani firmy z Los Angeles...

— Pan Thurloe Daby — podpowiedziała mu Lucy.

Czuła się bardzo zmęczona i wiedziała, że ma pod oczami fioletowe półksiężyce, była jednak znacznie bardziej opanowana niż poprzedniego dnia.

— Daby, tak właśnie się nazywał... Daby. Dziwne nazwisko...

brzmi jak Baby. W każdym razie przekazał mi, że w połowie grudnia policja aresztowała w Charlestonie w Karolinie Południowej niejakiego Beaumonta, który w porcie śmiertelnie ranił nożem kapitana statku. Oskarżono go o morderstwo pierwszego stopnia. Najwyraźniej ów Beaumont zamierzał zemścić się na kapitanie za jakąś dawną przemytniczą sprawę, która do tej pory nie wypłynęła. Ale nie o to chodzi. Kiedy policja zaczęła przeszukiwać dom Beaumonta w poszukiwaniu kontrabandy, wśród wielu podejrzanych przedmiotów znaleziono złoty sygnet i pudełko dokumentów należących do niejakiego Nathaniela Touchstone'a z Los Angeles w Kalifornii.

— Co to ma wspólnego ze mną? — zapytała Lucy. — Nie znam i nigdy nie znałam nikogo o nazwisku Touchstone.

— Proszę o chwilę cierpliwości — powiedział Ira Greenbaum, ciągle grzebiąc w swoich papierach. — To nie jest aż takie skomplikowane. Kiedy policja z Karoliny Południowej napisała do policji Los Angeles, prosząc o informacje dotyczące miejsca zamieszkania Nathaniela Touchstone'a, aby mógł wystąpić o zwrot sygnetu i dokumentów, przekazano jej, że Touchstone mieszkał kiedyś w Charlestonie, wiele lat temu, ale wyjechał do Kalifornii szukać ropy naftowej. Szło mu nawet całkiem nieźle. Miał wspaniały dom i mnóstwo ziemi, należała do niego duża plantacja pomarańczy. A jednak mimo to jakieś trzy lata temu popełnił samobójstwo. Połknął truciznę.

Głowa adwokata zabujała się na boki, jakby przemawiał do ławy przysięgłych.

— Dlaczego to zrobił? No cóż, najwyraźniej doskwierały mu wyrzuty sumienia. Zostawił list, w którym wyznał, co mu się przydarzyło rok wcześniej. Pewnego wieczoru bardzo się upił wraz z przyjaciółmi z Karoliny Południowej i zakończyli wieczorne rozrywki w domu o złej reputacji w meksykańskiej dzielnicy. Gdy następnego dnia rano Touchstone się obudził, w jego łóżku leżała dziesięcioletnia meksykańska ladacznica... martwa, zakłuta nożem. On sam również cały był we krwi, a w pościeli leżał jego rozkładany nóż, więc pomyślał, że to właśnie on jest mordercą. „Niech Bóg mi wybaczy to, co zrobiłem tej dziewczynie", napisał w swoim liście. Na początku policja Los Angeles sądziła, że sprawa jest zamknięta. W Kalifornii mnóstwo ludzi popełnia samobójstwo...

z powodu rozczarowania życiem i niemożności zrealizowania marzeń, nadmiernego picia i innych takich rzeczy. Teraz jednak, gdy w Charlestonie, w domu owego Beaumonta, znaleziono sygnet i papiery Nathaniela Touchstone'a, sytuacja się zmieniła. Policja porozmawiała z Beaumontem i w zamian za odrobinę wyrozumiałości w sprawie zasztyletowanego kapitana opowiedział o Nathanielu Touchstonie. Wiele lat temu byli wspólnikami w przemycie... razem z panami Weale'em i Conroyem.

— Conroyem? Ma pan na myśli Caspera Conroya, mojego wuja?

Ira Greenbaum kiwnął głową.

— Tego samego. Cała ta czwórka żyła z przemycania wszystkiego, co się dało: broni, alkoholu, dzieci... długo można by wymieniać. Jednak po jakimś sporze się rozeszli i każdy z nich poszedł własną drogą. Weale otworzył bar w Charlestonie, a pani wuj pojechał do Denver. Touchstone zniknął bez śladu, ale wkrótce Weale przypadkowo dowiedział się od kalifornijskiego kapitana żeglugi wielkiej, że jego dawny wspólnik przebywa w Los Angeles i wzbogacił się na ropie naftowej. Spotkał się z Beaumontem i razem pojechali do Los Angeles na spotkanie z Touchstone'em. Beaumont twierdzi, że Touchstone nie był zachwycony widokiem Weale'a. Nigdy nie byli przyjaciółmi, ale mimo to Weale'owi udało się go namówić na wspólny wypad do baru. Wiedział z doświadczenia, że Touchstone ma słabą głowę. Kiedy prowadzili go potem do wspomnianego domu o złej sławie w meksykańskiej dzielnicy, Touchstone był już prawie nieprzytomny.

Adwokat przerwał, popatrzył na Lucy i uniósł brew.

— Źle się pani czuje, panno Darling? Jest pani bardzo blada.

— Nic mi... nie jest — odparła Lucy, choć miała wrażenie, że pełne półek z książkami ściany gabinetu coraz bardziej się wokół niej zaciskają i lada chwila zostanie przywalona kodeksami i uduszona stęchłym papierem.

— Może poproszę sekretarkę, aby przyniosła pani szklankę wody? Albo herbaty? Robi bardzo mocną herbatę, każdego doprowadzi do przytomności.

Lucy pokręciła głową.

— Przez chwilę poczułam się trochę nieswojo, to wszystko.

Ira Greenbaum pokręcił głową.

— To pewnie przez tę zimową pogodę. *Paskudnak*, obrzydlistwo. Ja też nie czuję się najlepiej.
— Mówił pan właśnie, co się stało z Touchstone'em...
— Ach tak... To dość ponura i skomplikowana sprawa. Weale i Beaumont znaleźli młodą Meksykankę i zabili ją. Ot tak, po prostu... Potem zawinęli ją w koc i zanieśli do pokoju, w którym spał Touchstone. Według Beaumonta zabójstwa dokonał Weale, choć oczywiście nie ma już nikogo, kto mógłby stwierdzić, czy naprawdę tak było. W każdym razie zaaranżowali wszystko w taki sposób, aby Touchstone myślał, że sam zabił to biedactwo w alkoholowym zamroczeniu. Tak się oczywiście stało, ich dawny wspólnik wpadł w panikę, pokazał ciało dziewczynki Weale'owi i zaczął go błagać o pomoc. Był już wtedy potentatem naftowym i nie mógł sobie pozwolić na tego rodzaju skandal. Weale pomógł mu pozbyć się zwłok i obiecał, że zatrze ślady i usunie dowody. W zamian za to Touchstone miał mu przekazać pewien procent akcji firmy Seal Beach. Ponieważ Touchstone w innej części wybrzeża miał jeszcze dwie dochodowe spółki, żądanie Weale'a nie wydało mu się szczególnie wygórowane... zwłaszcza jeśli miało go to uratować od stryczka.

Adwokat zamilkł na chwilę, po czym podjął:
— Tak więc za pomocą morderstwa Weale uzyskał prawo do części udziałów naftowego przedsiębiorstwa i na nazwisko Ferris założył nową spółkę. Ale ponieważ zyski okazały się zbyt małe, znowu zaczął szantażować Touchstone'a. Wszystko wskazuje na to, że doszło wtedy do kłótni, nie wiemy jednak, jak się zakończyła, bo Beaumonta przy niej nie było. Następnego dnia Touchstone'a znaleziono martwego. Wcześniej napisał długi list o „poczuciu winy" z powodu zabicia meksykańskiej dziewczynki i cały majątek przekazał w spadku Weale'owi. Jeśli to właśnie on otruł Touchstone'a, co jest niemal pewne, był to bardzo sprytny ruch... Policja stwierdziła, że udało jej się za jednym zamachem wyjaśnić sprawę dwóch śmierci. Dwa wróble za jednym strzałem. Nie musieli dalej szukać zabójców. Ale cała ta sprawa wcale się na tym nie kończy. Weale powiedział Beaumontowi, że szyb daje nie więcej niż kilka baryłek kiepskiej ropy dziennie, i spłacił go, wręczając mu pięćdziesiąt albo sześćdziesiąt tysięcy dolarów. Beaumont pojechał do Charlestonu, kupił sobie wspaniały dom z piwnicą na wino i powóz

i co noc sprowadzał inną kobietę. Zanim minął rok, wydał wszystko, co dostał. Pojechał wtedy do Kalifornii i odkrył, że został okłamany, bo szyb doskonale prosperuje, a Weale jest krezusem. Sam nie miał odwagi go zaatakować, napisał więc do pani wuja i poprosił go o pomoc. Pan Conroy znalazł aptekarza, który zgodził się przysiąc, że sprzedał Weale'owi arszenik i że tamten mu powiedział, iż potrzebuje trucizny do „załatwienia sporu z panem Touchstone'em". Zamierzał zaszantażować Weale'a w taki sam sposób, w jaki Weale zaszantażował Touchstone'a, potrzebował jednak pieniędzy, aby zapłacić aptekarzowi i dziewczynie, która by zeznała, że widziała, jak Touchstone pisze list pożegnalny, i byłaby gotowa powtórzyć to zeznanie w sądzie.

— Ile?

— Słucham?

— Ile potrzebował, żeby zapłacić tym ludziom, aptekarzowi i dziewczynie?

— Nie wiem dokładnie. Wspomniano chyba o trzystu dolarach.

Lucy natychmiast przypomniała się biżuteria matki i obserwujące ją oczy wuja Caspera.

— Potem pani wuj pojechał do Kalifornii. Spotkał się z Weale'em i prawdopodobnie zagroził mu, że jeśli nie dostanie udziałów w Ferris Oil, powie policji o Touchstonie. Pan Daby twierdzi, że dochodziło wtedy do straszliwych kłótni, ale w końcu Weale się zgodził i przepisał na Conroya dziewięćdziesiąt procent udziałów. Hm... Pani wuj był prawdziwym poszukiwaczem złota, bez dwóch zdań. Potem miała miejsce dziwna strzelanina i Weale został zastrzelony, podobno przez Meksykanów, choć nikt nie wie dlaczego. Nie wie tego także Beaumont, a jeśli wie, to się z tym nie zdradza. Szyb naftowy przeszedł w całości na pani wuja, a po jego śmierci na panią.

— Ale mój akt własności jest prawnie bez zarzutu! — zaprotestowała Lucy. — Sporządził go dla mnie mój znajomy, Jamie Cullen! A nikt nie udowodnił, że to mój wuj zabił pana Ferrisa albo pana Weale'a, czy jak oni się tam nazywali, prawda?

Ira Greenbaum wzruszył ramionami.

— Pani akt własności jest prawnie bez zarzutu tylko w tym sensie, że nie zrobiła pani nic nielegalnego, ale Weale zdobył udziały w nafcie Touchstone'a za pomocą oszustwa, morderstwa i fałszerstwa. Tak więc bez względu na to, czy pani wuj był zamieszany w śmierć pana Weale'a, czy nie, jego udziały powinny przejść w ręce najbliższego członka rodziny Touchstone'a lub wrócić do towarzystwa kolejowego, a nie trafić do pani.

Lucy milczała przez długi czas i w końcu wstała. Nie bardzo wiedziała, co innego mogłaby zrobić.

— Chce pan powiedzieć, że nie mam już nic?

— Obawiam się, że tak właśnie wygląda sytuacja. Mówiąc dokładniej, jest pani winna prawowitym dzierżawcom szybu mnóstwo pieniędzy... wszystko, co pani do tej pory wydała. Mam jednak nadzieję, że uda mi się panią z tego wyciągnąć.

— Ale ja nawet panu nie mogę zapłacić.

Adwokat pochylił głowę i uśmiechnął się lekko.

— Powiedzmy, że lubię zamykać prowadzone przez siebie sprawy. Co zamierza pani teraz zrobić? Z czego będzie pani żyła?

— Nie wiem. Jeszcze się nad tym nie zastanawiałam.

Popatrzył na nią w zamyśleniu.

— Może mógłbym zaprosić panią do znajomej restauracji... — powiedział. — Nie jest to może Delmonico, ale i nie Bode.

— Dziękuję, panie Greenbaum, to niekonieczne.

— Przecież musi pani coś jeść.

— Dziękuję bardzo... znajdę jakiś sposób, aby nie umrzeć z głodu.

Na chwilę przestał grzebać w papierach i znowu na nią popatrzył.

— Musi pani opuścić dom do końca miesiąca.

Lucy przełknęła ślinę i kiwnęła głową, jednak nic nie powiedziała.

— Przykro mi, że sprawy tak się potoczyły. Mój ojciec zawsze mówił, że być biednym to nie ujma, ale też i nie zaszczyt — mruknął adwokat.

— Pana ojciec musiał być mądrym człowiekiem.

— Czy ja wiem? Nie miał wykształcenia i nigdy nie był bogaty. Często powtarzał, że Ameryka to *Goldeneh medina*, „Złota kraina", choć nie wiem, czy rzeczywiście tak myślał, czy tylko chciał być sarkastyczny.

— Życzę panu miłego dnia, panie Greenbaum.

— Do widzenia, panno Darling.

◆ ◆ ◆

Lucy i Nora przejechały przez Indianę i Missouri podczas jednej z najgwałtowniejszych lutowych burz śnieżnych, jakie kiedykolwiek widział Środkowy Zachód. W Kansas City przesiadły się do pociągu Union Pacific, by pokonać ostatni etap podróży — przez Topekę, Fort Riley i Salinę. Nazwy miast na wszystkich przystankach były zasypane przez śnieg, który zamienił ich podróż w wirujący, zamarznięty sen.

Lucy wydawało się, że jedyne ciepłe miejsce na całym świecie znajduje się w niej samej, w jej łonie. Kiedy pociąg powoli sunął przez zamieć, trzymała dłonie na brzuchu i z zamkniętymi oczami zastanawiała się, co czuje jej dziecko, o czym myśli. Maleńkie życie, całkowicie zależne od niej.

Nora nigdy przedtem nie była dalej na zachód niż Elizabeth w New Jersey i podróż do Kansas była dla niej wielką przygodą. Między obydwiema kobietami nawiązała się przedziwna więź, która nasiliła się i stała znacznie bardziej skomplikowana od chwili, gdy Lucy straciła cały swój majątek. Ani jedna, ani druga nie zastanawiała się nad tym, czy Nora ma towarzyszyć Lucy w drodze powrotnej do domu — było to dla nich oczywiste.

Kiedy dotarły do Oak City, burza ciągle jeszcze się srożyła. Zeszły na peron po oblodzonych schodkach. Nikt nie wyszedł im na spotkanie — nikt nie wiedział o ich przyjeździe. Same przeniosły walizki do budynku stacji. Śnieg sunął wężowatymi pasmami wokół ich butów, a szale łopotały i smagały je po policzkach.

— Okropnie tu zimno! — zawołała Nora, przekrzykując syk pary z lokomotywy. — To chyba najzimniejsze miejsce na ziemi!

— Może być jeszcze zimniej!

— To niemożliwe! Chyba właśnie odpadł mi czubek nosa!

Miały szczęście, bo pod stacją czekał ze swoim powozem stary Maeterlinck, mając nadzieję, że ktoś będzie potrzebował transportu. Ze swoją białą brodą i czerwonym nosem, owinięty grubym zielonym płaszczem, jeszcze bardziej niż zwykle przypominał Świętego Mikołaja. Był już za stary na zajmowanie się stolarką, zarabiał więc, podwożąc ludzi i przyjmując drobne dorywcze prace. Pomógł im nieść torby i wsiąść do powozu, gdzie otrzepały płaszcze ze śniegu i odwinęły szale. W środku pachniało tytoniem i nie było o wiele cieplej niż na zewnątrz, ale przynajmniej nie wiało.

— Jak sprawy? — spytał Maeterlinck. — Wydawało mi się, że dorobiłaś się już własnego pociągu i dwudziestki czarnych do noszenia bagaży.

— Nie chciałam sprawiać wrażenia, że zadzieram nosa — skłamała Lucy.

— No cóż, zawsze się mawia, że biedacy nie mają prawdziwych wrogów, a bogacze prawdziwych przyjaciół — mruknął i pociągnął nosem. — Przykro mi z powodu tego, co się stało z twoim ojcem... A Podskakująca Kozica?

— Słyszał pan o tym?

— Wszystko było w gazetach. Jak oboje spadli z balkonu i tak dalej. Nie mam pojęcia, co Molly Sweeney sobie myślała, ale zawsze taka była, prawda? Zawsze tańczyła i marzyła, marzyła i tańczyła.

— Są gorsze rzeczy — wtrąciła się Nora.

— Pewnie, że są — zgodził się stary. — Na przykład jak duży palec od nogi utknie w kranie albo jak człowiek ugryzie kawałek pszennego chleba i znajdzie w nim przedni ząb żony.

Lucy nie powiedziała mu, że Jack umarł. Po co?

Zaczęli zjeżdżać w dół, ku rzece Saline. Śnieg ciągle padał, ale już nie tak gwałtownie jak wcześniej, wiatr także osłabł. Nie mieli o czym rozmawiać, więc jechali w milczeniu. Resory wozu skrzypiały, stary Maeterlinck pociągał nosem i pochrząkiwał, płatki śniegu miękko uderzały w okna powozu. Mogłyby być duszami kobiet, które zmarły na równinach Kansas — od zbyt ciężkiej pracy, rodzenia dzieci, chorób czy z powodu złamanego serca.

W końcu dotarli do farmy Cullenów. Stary Maeterlinck zatrzymał konie przy frontowych drzwiach i pomógł Lucy i Norze wysiąść. Zanim jeszcze znalazły się na ziemi, pojawił się Jerrold Cullen — w grubym baranim kożuchu z podniesionym kołnierzem i czapce z piżmowca z opuszczonymi na uszy klapkami.

— Lucy Darling! — zawołał zaskoczony. — Cóż za zaszczyt!

Idąc przez zaspy, Lucy podciągnęła spódnicę, po czym ujęła dłoń Jerrolda Cullena i mocno ją uścisnęła.

— Panie Cullen, miło pana widzieć. To jest Nora, moja... towarzyszka. I przyjaciółka.

Stary Maeterlinck ściągnął ich bagaż i rzucił torby w śnieg.

— Zaniesiesz je do środka, przyjacielu? — spytał go Jerrold Cullen.

— Robię się już za stary na dźwiganie damom kuferów — odparł Maeterlinck i znowu zakaszlał.

Jerrold popatrzył na obie kobiety.

— Nie martwcie się. Każę je wnieść Martinowi.

Stary Maeterlinck podszedł do Lucy i zdjął kapelusz.

— Ile jestem winna? — zapytała.

— Równo trzy dolary.

Uniosła torebkę, ale nie otworzyła jej. Doskonale wiedziała, że po kupieniu biletów i posiłków został jej tylko jeden dolar i siedemdziesiąt osiem centów. Miała nadzieję, że następnego dnia uda jej się zdobyć trochę pieniędzy w Hays City, kiedy zastawi w lombardzie resztki biżuterii matki.

Spojrzała na Jerrolda. Nie od razu się zorientował, że zadaje mu nieme pytanie, czy mógłby za nią zapłacić, kiedy jednak zerknęła na Maeterlincka i znów na niego, zrozumiał.

— Och... przepraszam — mruknął, po czym sięgnął do kieszeni kożucha, wyjął dwa srebrne dolary i podał je Maeterlinckowi.

Stary zagryzł monety, pociągnął nosem, wsunął je w rękawicę i począłapał do powozu. W drzwiach pojawił się Martin.

— Tak, tato?

— Mógłbyś zanieść bagaże do środka? Wygląda na to, że obie panie zostaną u nas na jakiś czas.

— Cześć, Lucy — powiedział z szerokim uśmiechem Martin. — Wydawało mi się, że bogacze mają niklowane powozy i setki służących.

— Ja nie — odparła z uśmiechem.

— Wspaniale znowu cię widzieć. Jamie wie, że miałaś przyjechać? Ma wrócić z Manhattanu w piątek albo w sobotę. Oszaleje na twój widok.

— Ja też się cieszę, że go zobaczę.

Weszli do domu. Purytańskie wnętrze nic się nie zmieniło, ale w kominkach buzował ogień i wszędzie było ciepło. Pani Cullen — jak zwykle z rękami w mące — wyszła z kuchni, by pocałować Lucy na powitanie.

— W sklepie mówią nam wszystko o tobie — oświadczyła. — Nowy właściciel jest dobrym człowiekiem. Nie do porównania z twoim biednym tatą, ale to naprawdę bardzo dobry, prostolinijny człowiek.

Lucy dostała urządzony na niebiesko pokój z widokiem na dolinę rzeki, a Nora nieco mniejszy nad kuchnią. Pokój Lucy był skromny — pojedyncze mahoniowe łóżko przykryte niebieską narzutą, niebieski dywan szmaciak, owalne lustro i miska do mycia. Ściągnęła buty i upadła na łóżko. Nie mogła uwierzyć, że znowu znalazła się w Oak City — tak samo biedna jak kiedyś. A może nigdy stąd nie wyjeżdżała? Minione miesiące, pełne przyjęć, szampana i przystojnych młodzieńców, wydawały się jej teraz nie bardziej realne od opowieści w książce. Pobyt w Anglii również.

Miała kiedyś jedwabne suknie oraz noże i widelce z litego złota. Teraz wszystko, co posiadała, znajdowało się w dwóch kufrach i jej brzuchu, ale miała wrażenie, że to wystarczy.

Na ścianie wisiała wyszywanka z biblijnym cytatem: *Nagi wyszedłem z łona matki i nagi tam wrócę. Dał Pan i zabrał Pan. Niech będzie imię Pańskie błogosławione**.

Lucy zamknęła oczy. Kiedy na chwilę zasnęła, śniła o pociągach, wirującym śniegu i na wpół zapomnianych twarzach wyłaniających się z zimowej bieli.

◆ ◆ ◆

— Powiedz mi, co się dzieje — poprosił Jerrold Cullen, kiedy po kolacji usiedli przy kominku.

W oczach Lucy migotały płomienie. Nora pomagała pani Cullen w kuchni, a chłopcy poszli zamknąć bydło i konie. W całym domu jeszcze unosił się aromat potrawki z kurczaka i świeżo pieczonego chleba. Tykał zegar, ogień trzaskał wesoło. Na podłodze przed kominkiem leżał kot z półprzymkniętymi ślepiami i śnił o Egipcie.

Dłonie Lucy odcinały się jasno od ciemnoczerwonej sukni. Jedyną biżuterią, jaka jej pozostała, była broszka matki z kameą.

— Nie dzieje się nic złego — odparła. — Naprawdę.

— Co sprawiło, że wróciłaś do Oak City? Nie mów mi, że przyjechałaś z wizytą. Gdybyś zamierzała nas odwiedzić, przyjechałabyś tu w lecie.

Lucy w milczeniu wpatrywała się w ogień.

---
* Księga Hioba 1,21.

— Wiesz, jak jest napisane w Biblii — powiedział po chwili Jerrold. — „A prawda was wyzwoli"*.

Lucy uśmiechnęła się, nie odwracając wzroku od kominka.

— Straciłaś pieniądze, tak? — spytał łagodnie Jerrold.

— Tak...

— Wszystko? Straciłaś wszystko?

— Wszystko. Szyb naftowy od samego początku nie należał do mnie, nie mieliśmy do niego żadnych praw. Dla ich zdobycia zabito człowieka, potem zabity został ten, który zabił, a na koniec zginął drugi zabójca.

Kiedy się do niego odwróciła, na jej twarzy malował się taki smutek, że miał ochotę wziąć ją w ramiona i pocieszyć jak córkę.

— Nigdy nie należał do mnie, ani przez minutę — powtórzyła. — Mam szczęście, że nie kazano mi zwrócić tych wszystkich pieniędzy, które zdążyłam wydać. Nigdy nie byłam Panną Żarówką... byłam nikim.

— Jak Jack to znosi? Przyjedzie?

— On nie żyje. Zmarł w Anglii. Pochowaliśmy go tam.

— Przykro mi. Naprawdę bardzo mi przykro.

— Rozlane mleko... — mruknęła Lucy.

— Nie cierpiał?

— Nie. W każdym razie nie fizycznie.

— Wybacz, że to powiem, ale twój ojciec był udręczonym człowiekiem.

— Wiem — odparła Lucy i jej oczy wypełniły się łzami. — Tak, był udręczonym człowiekiem.

Jerrold wyciągnął rękę i położył dłoń na jej dłoni.

— Co zamierzasz? Mam nadzieję, że zostaniesz u nas przez jakiś czas.

— Na kilka dni, jeśli pan pozwoli. Muszę pojechać do Hays City po pieniądze. Potem zacznę szukać pracy. Może weźmie mnie nowy właściciel sklepu?

— Możesz tu zostać, jak długo chcesz. Na naszej farmie jest mnóstwo pracy i zawsze brakuje ludzi. Twoja towarzyszka wygląda na silną i pracowitą osobę. Obie możecie zostać u nas, jak długo zechcecie.

---

* Ewangelia według świętego Jana 8,32.

Lucy uklękła na dywanie i ujęła jego dłonie.

— Proszę mi wybaczyć, że przyjechałam. Kiedy się dowiedziałam, że nie mam już niczego poza pieniędzmi na bilet na zachód i Norą, przypomniałam sobie, jaka wspaniała jest wasza rodzina. Może nas pan wyrzucić, kiedy tylko staniemy się dla pana ciężarem. Nie chcę jałmużny, ale ten dom jest dla mnie prawdziwym domem... jedynym, jaki mam.

Pogłaskał ją po włosach.

— Jeśli chcesz, możesz tu zostać. Poza tym nie możesz wyjechać przed powrotem Jamiego.

Jego głos dudnił jak daleki grzmot, był to jednak grzmot dający poczucie bezpieczeństwa. Taki, który sprawia, iż cieszymy się, że jesteśmy w domu.

Kiedy do salonu weszła Nora, stanęła przy drzwiach i uśmiechnęła się, Lucy wiedziała, że wszystko obróci się na dobre.

◆ ◆ ◆

Jamie przyjechał w sobotę po południu, pociągiem o trzeciej z Manhattanu. Kiedy Lucy ujrzała jadący ze stacji powóz, schowała się za drzwiami, a gdy Jamie wpadł do domu i zaczął tupaniem strząsać śnieg z butów, wyskoczyła z ukrycia, wołając: „Niespodzianka!".

Jamie zahukał jak pasterz, uniósł ją i zawirował.

— Ostrożnie! — zawołała. — Uważaj!

— Nie wypuszczę cię przecież. Jesteś dla mnie cenna jak porcelana.

— Kiedy byłeś dzieckiem, zbiłeś połowę karlsbadzkiego serwisu mamy — wypomniał mu Martin.

— A ty mi w tym pomogłeś — odparł Jamie.

Zdjął czapkę i powiesił płaszcz.

— Co cię do nas sprowadza, Lucy? Sądziłem, że będąc w Europie, wybierzesz się na zwiedzanie. Paryż, Rzym, Madryt...

Do domu wszedł Jerrold Cullen, uścisnął syna na przywitanie, po czym objął Lucy ramieniem.

— Przytrafiło jej się nieszczęście — powiedział. — Bądź dla niej dobry.

Poszli do salonu, Nora przyniosła kawę — z kropelką whisky dla Jamiego, aby się rozgrzał po podróży. Lucy opowiedziała

o tym, co jej się przydarzyło. Jamie słuchał bez słowa, a kiedy skończyła, dopił kawę i otarł usta.
— Więc nie wyjdziesz za Henry'ego? — zapytał.
— Oczywiście, że nie. Nie mogę.
Jamie potarł dłonią kark.
— Nie możesz? Tylko dlatego, że straciłaś pieniądze? Jeśli naprawdę cię kocha, nie powinno to stanowić dla niego żadnej różnicy.
— Oczywiście, że stanowi różnicę. Henry zakochał się w milionerce naftowej. Nigdy nie zakochałby się w sprzedawczyni z Oak City.
— Nie rozumiem tego. Bogactwo czy bieda, to dla mnie żadna różnica. Jedynym bogactwem, o jakie warto zabiegać, jest bogactwo szczęścia.
— Amen — dodał Jerrold. — Bogactwo szczęścia to „niezgłębione bogactwo Chrystusa"*.
Lucy przez chwilę milczała.
— Nie tylko dlatego nie mogę za niego wyjść. Jest jeszcze jeden powód...
Jamie czekał, aż go wyjawi, ale się nie doczekał.
— Jaki? — zapytał w końcu.
— Moglibyśmy porozmawiać na osobności?
— Nie sądzę, aby ojciec zdradził jakikolwiek z naszych sekretów. Prawda, tato?
Jerrold mruknął coś pod nosem. Czytał właśnie *Prawdziwą miarę chrześcijańskiej wyrozumiałości*: „Jeśli więc pokarm gorszy brata mego, przenigdy nie będę jadł mięsa, by nie gorszyć brata"**.
— Mimo wszystko wolałabym, abyś ty pierwszy się o tym dowiedział.
Jerrold zamknął książkę i obciągnął kamizelkę.
— Nie przejmujcie się mną. Mam coś do zrobienia, więc zostawię was samych.
Kiedy wyszedł, Jamie wygodnie usiadł z filiżanką w dłoni i Lucy pomyślała, że nie tylko zaczął mówić jak prawnik, ale

---

* List do Efezjan 3,8.
** Pierwszy List do Koryntian 8,13.

również wygląda jak prawnik. Był przystojny jak zawsze, jednak od przesiadywania w gabinetach i salach sądowych zrobił się blady.
— Cóż to za straszliwa tajemnica? — spytał, ssąc łyżeczkę. Wcześniej nigdy tego nie robił. Biurowy nawyk.
— Nie chodzi o pieniądze... — zaczęła Lucy. — Wcale nie chodzi o pieniądze. O stracie pieniędzy dowiedziałam się dopiero po powrocie do Nowego Jorku.
— Jeśli nie chodzi o pieniądze, to w takim razie o co? — spytał Jamie.
— Nie musisz mi wiercić dziury w brzuchu. Nie jestem świadkiem w sądzie.
— Przepraszam, ale przecież możesz mi powiedzieć, o co chodzi. Obiecuję, że nikomu nie doniosę i nie będę gryzł.
— Może i nie, ale mógłbyś się rozzłościć.
Roześmiał się.
— Dlaczego miałbym się rozzłościć? Już dawno temu pogodziłem się z faktem, że mnie nie kochasz. Napisałaś mi to przecież w liście.
— Ależ nie, Jamie. Wiesz przecież, że cię kocham. Miałam tylko mętlik w głowie.
— Miałaś mętlik w głowie? A czy wiesz, jak ja się wtedy czułem?
— Przepraszam, Jamie. Naprawdę mi przykro. Ale Henry był taki... — Na myśl o porzuconym narzeczonym nie mogła powstrzymać łez. Niech to diabli! Akurat w tym momencie!
Jamie odstawił filiżankę i z kieszonki kamizelki wyjął czystą chusteczkę.
— Był jaki? — spytał cicho.
Lucy otarła oczy.
— Nie chciałam płakać. Kiedy Jack umarł, obiecałam sobie... obiecałam sobie, że już nigdy nie zapłaczę.
— To dość niemądra obietnica. Jak można jej dotrzymać?
— Pomyślałam, że muszę spróbować.
Milczała przez chwilę, po czym znowu zaczęła mówić:
— Henry ma wszystko, o czym zawsze marzyłam. A nawet więcej. Pochodzi z arystokratycznego rodu, jest wykształcony, pełen energii i nigdy się nie poddaje.
Jamie milczał i czekał, aż Lucy zdradzi swoją wielką tajemnicę

i powie, dlaczego nie może wyjść za mężczyznę, o jakim zawsze marzyła.

Kiedy mu w końcu powiedziała, o co chodzi, zabrzmiało to dla niego jak chińszczyzna. Słyszał każde słowo i wydawało mu się, że wszystko rozumie, ale jego umysł nie chciał przyjąć tej informacji do wiadomości.

— Jesteś co? — spytał w końcu. — Co jesteś?

◆ ◆ ◆

Zaproponował jej oczywiście małżeństwo, ale Lucy podjęła już decyzję. Nie chciała myśleć o małżeństwie aż do narodzin dziecka. Nie bardzo wiedziała, co naprawdę czuje do Jamiego, a nie zamierzała zamieniać jego życia w czyściec nieodwzajemnionej miłości. Widziała, co takie małżeństwo zrobiło z Jackiem Darlingiem. Brak miłości zżerał go po kawałku jak kwas i w końcu go zabił.

Jerrold ani się nie rozzłościł, ani nie okazał dezaprobaty. Byłoby zrozumiałe, gdyby ten chrześcijański zelota wyrzucił Lucy na śnieg — i Jamiego razem z nią — kiedy jednak syn przekazał mu wiadomość o dziecku (Lucy czekała za drzwiami), nie powiedział ani słowa. Sprawiał wrażenie speszonego — jakby ciąża Lucy postawiła przed nim problem moralny, którego nie rozumiał. Kiwał głową i marszczył czoło, a jego siwe włosy niemal świeciły w bladoniebieskim świetle, odbijającym się od śniegu za oknami.

Gdy Jamie wyszedł, Jerrold pozostał w gabinecie. Lekko zgarbiony, z dłońmi złożonymi na podołku, siedział nieruchomo w bujanym fotelu.

◆ ◆ ◆

Jeszcze tego samego dnia zajrzał do salonu i popatrzył na Lucy, która coś wyszywała. Uśmiechnęła się do niego i odłożyła robótkę.

— Nie jest pan na mnie zły? — zapytała.

— Zły? Dlaczego miałbym być zły? Wiesz przecież, co Pan powiedział: „Nie sądźcie, abyście nie byli sądzeni"*.

— To pański wnuk — powiedziała Lucy, kładąc dłoń na brzuchu.

---

* Ewangelia według świętego Mateusza 7,1.

Wszedł do pokoju, usiadł w fotelu i długo jej się przyglądał.
— Wiesz, że bardzo dobrze znałem twoją matkę? — zapytał w końcu. — Często do nas przychodziła... po kwiaty, po ser albo po prostu porozmawiać z moją żoną, kiedy czuła się samotna. Twoja matka była niezależnym duchem, zupełnie inaczej niż twój ojciec. Uważała, że należy pełnymi garściami czerpać ze wszystkiego, co oferuje życie.

Lucy nie przerywała mu. Czuła, że próbuje jej coś przekazać, dać jakąś wskazówkę.

— Problem w tym, że twoja matka postępowała według własnej oceny tego, co jest dobre, a co złe — dodał Jerrold Cullen, patrząc na swoją dłoń leżącą na kolanach. — Czasem jej słowa mnie szokowały. Wierzyła w Boga, ale wierzyła także w szczęście i była przekonana, że każdy powinien szukać swojego spełnienia. Uważała, że nasz Pan oczekuje od każdego, aby był szczęśliwy i spełniony.

Zamilkł na chwilę i w pokoju zapanowała cisza.

— Na pewno słyszałaś, jak czasem rozmawiam z Jamiem o jego studiach prawniczych — podjął Jerrold. — Ale on nigdy nie bierze sobie moich słów do serca... i prawdę mówiąc, nie powinien. Będzie szczęśliwy niezależnie od tego, co powiem. Będzie spełniony, ponieważ podąża za głosem serca. Pan wskazał mu ścieżkę, jaką ma do przejścia, więc nią podąża. Myślę, że powinnaś postąpić tak samo. Widziałaś już słonia, prawda? Widziałaś Nowy Jork i Londyn, widziałaś też, jak żyją bogaci ludzie. W Kansas nie ma niczego, co mogłoby się z tym równać.

— Próbuje mi pan powiedzieć, że powinnam wyjechać?

— W żadnym wypadku, skarbie. Jeśli chcesz, możesz tu zostać na zawsze.

— Więc o co chodzi? Nie rozumiem.

Jerrold zaczerpnął powietrza.

— Kocham Jamiego, doskonale o tym wiesz... I kocham też ciebie. Według chrześcijańskich zasad powinnaś wyjść za niego za mąż. W końcu jest biologicznym ojcem twojego dziecka. Jeśli jednak mam być szczery, uważam, że miałaś rację, nie zgadzając się za niego wyjść. Gdybyście wzięli ślub, w waszym małżeństwie nie byłoby nic poza bólem.

Najwyraźniej uznał, że już wszystko powiedział, bo opadł na oparcie fotela.

Podeszła bliżej i dotknęła jego ręki.
— Dziękuję, panie Cullen. Chyba się domyślam, jak ciężko było panu to powiedzieć.
— Nie możesz tego wiedzieć — mruknął, po czym wstał, pocałował ją w czoło i poszedł doić krowy.

Lucy długo jeszcze siedziała przy kominku, zastanawiając się nad jego słowami, i czuła, jak cały świat wokół niej wiruje.

♦ ♦ ♦

Na płaskowyże Kansas zawitała wiosna, a potem lato. Trawy falowały jak ocean. Lucy pomagała pani Cullen w kuchni, obierając warzywa, albo szyła. Miała wielki, nisko zwisający brzuch, ale ponieważ nie przybrała zbyt wiele na wadze, pani Cullen była pewna, że urodzi chłopca.

— Jak będzie się nazywał? — spytała pewnego jasnego poranka, kiedy siedziały w kuchni, przygotowując na lunch młode pędy pióropusznika.

Lucy czuła, jak dziecko powoli porusza się w jej brzuchu. Kiedy siadała do kolacji, kopało jak rozbrykany kucyk, ale w ciągu dnia przeciągało się leniwie, jakby budziło się z długiego, głębokiego snu. Zastanawiała się, czy takie jeszcze nienarodzone maleństwa miewają sny albo czy pamiętają raj.

„Śniło mi się, że nigdy nie istniałem, ale teraz istnieję...".

— Myślałam o Thomasie — odparła.
— To dobre imię — stwierdziła pani Cullen. — A co z nazwiskiem?
— Nie mam pojęcia.

Pani Cullen przestała zdrapywać meszek z pióropusznika i popatrzyła na Lucy swoimi przenikliwymi szarymi skandynawskimi oczami.

— Jamie cię uwielbia, wiesz o tym?

Lucy spuściła wzrok.

— Umarłby dla ciebie, gdybyś go o to poprosiła.
— Nigdy bym tego nie zrobiła. Nigdy nie zrobiłabym niczego, co mogłoby go zranić.
— Ranisz go właśnie teraz... nosząc w łonie jego dziecko i odmawiając małżeństwa z nim.
— Gdybym za niego wyszła, nie kochając go wystarczająco,

byłoby to wobec niego nieuczciwe i nie przyniosło mu szczęścia. Mogłabym po jakimś czasie zrobić się irytująca i zacząć go nienawidzić.

Pani Cullen pokręciła głową.

— Nie przypuszczam, aby to mogło się tak skończyć. Nie sądzę, żebyś miała w sobie tyle zła.

— Moja mama też nie była zła, ale zrujnowała tacie życie. Zniszczyła go. Nie chcę, żeby Jamie skończył jak on.

— Może Jamie jest silniejszy od Jacka — powiedziała pani Cullen.

Lucy popatrzyła na nią ze zdziwieniem.

— Żadna siła nie pomoże, jeśli osoba, którą się kocha, nie odwzajemnia miłości.

Pani Cullen wyciągnęła rękę i ujęła jej dłoń.

— Co ty wiesz o miłości i małżeństwie? Masz dopiero osiemnaście lat. Niektórzy ludzie żenią się z miłości, niektórzy dla pieniędzy, ale jeśli spotyka się mężczyznę, który kocha tak mocno jak Jamie ciebie, należy się poważnie zastanowić nad jego propozycją. Mój syn może zapewnić ci opiekę i zawsze będzie twoim najwierniejszym, najbardziej oddanym przyjacielem. Skoro doszło między wami do zbliżenia, musiałaś uważać, że jest atrakcyjny.

— W dalszym ciągu tak uważam.

— Więc może jednak się zastanowisz i zechcesz dać małemu Thomasowi jego nazwisko?

Lucy odsunęła krzesło, wstała i podeszła do otwartych drzwi.

Wiał ciepły majowy wiaterek. Na trawiastym horyzoncie galopowało sześć, może siedem koni — wyglądały, jakby uciekły z karuzeli w wesołym miasteczku. Na rabacie obok ceglanej ścieżki prowadzącej do kuchni kwitły żółtopomarańczowe nasturcje.

Jamie jest dla mnie taki dobry, pomyślała Lucy. Ale nigdy nie chciałam nazywać się Cullen i nigdy nie chciałam, aby moje dzieci nosiły to nazwisko. Wiem, że na świecie istnieje coś więcej... widziałam to przecież!

Boże, nie pozwól, abym skończyła tutaj jako żona Jamiego. Dobry Boże, proszę... Inaczej moja twarz wyblaknie jak twarze wszystkich kobiet w Kansas, a dusza, zamieniona w płatek śniegu, przyklei się do okna jakiejś dziewczyny, próbując ją ostrzec, ale roztopi się zbyt szybko, aby go dostrzegła.

♦ ♦ ♦

Pewnej upalnej lipcowej nocy śniło jej się, że księżyc wypełnił całe niebo i wciąga wszystko w powietrze. Drzewa były wyrywane z korzeniami, dachówki odrywały się od dachów. Kobiety krzyczały ze strachu, bydło ryczało. Potem powyrywane zostały płoty i w niebo gigantycznym wirem zaczęły lecieć grudy ziemi.
— Nie! — krzyknęła Lucy i obudziła się.
Była cała spocona, jej mokra koszula nocna kleiła się do ciała. Brzuch miała napięty jak bęben, a jej mięśnie zaciskały się tak gwałtownie jak łapy wuja Caspera.
— Nie... — powtórzyła szeptem.
Wiedziała, że jej krzyk był bezgłośnym wołaniem śpiącej osoby.

♦ ♦ ♦

Gdy pani Cullen wyjęła z niej dziecko, przeżyła wstrząs. Miała maleńkie żywe dziecko! Kaszlało i zaciskało maleńkie piąstki. Ale nie mogło otrzymać imienia Thomas, bo było dziewczynką. Policzyła paluszki u rąk i nóg noworodka.
— Urodziłaś córeczkę, niech Bóg ją błogosławi! — zawołała pani Cullen.
Choć Lucy była bardzo zmęczona i cała spocona z wysiłku, nie mogła się powstrzymać przed radosnym klaskaniem w dłonie i powtarzaniem: „Dzięki Ci, Panie!".
Minęła już siódma i promienie słońca zamieniły światło lamp wokół łóżka w migotliwe przezroczyste plamki, nie gaszono ich jednak. Piętnastoletnią siostrę Jamiego, Sarah, tak bardzo wzruszyło nagłe pojawienie się dziecka, że jednocześnie śmiała się i łkała, co wyglądało, jakby miała czkawkę. Pani Cullen zawiązała i przecięła pępowinę dziecka (nie był to pierwszy odebrany przez nią poród), po czym podała je Norze jak wyjęty z pieca bochenek chleba.
— Umyj malutką, a potem zawiń w ręcznik — poleciła jej. — A ty, Lucy, jeszcze trochę poprzyj, żeby wypchnąć łożysko.
— Chciałabym na nią popatrzeć... — powiedziała błagalnie Lucy.

— Dobrze, ale za chwilę. Teraz przyj — odparła pani Cullen. Zawinęła łożysko w stary egzemplarz gazety, umyła Lucy chłodną wodą i swoim najlepszym mydłem o zapachu konwalii, a potem pomogła jej włożyć koszulę nocną. Kiedy skończyła, do łóżka podeszła Nora z dzieckiem na rękach — umytym, wytartym i owiniętym kocykiem w stokrotki.

— Czemu nie płacze? — zapytała Lucy. — Nie powinna płakać?

— Będzie, obiecuję ci, że będzie — uspokoiła ją pani Cullen. — Jak tylko zgłodnieje albo zrobi jej się zimno.

Lucy ostrożnie trzymała dziecko, czując radosne podniecenie. Patrzyła na maleńkie, czerwone, pomarszczone rączki z miniaturowymi paznokietkami, na brzydką pomarszczoną buzię z oczkami jak śliwki i ustami wydętymi jak u złotej rybki, i uświadomiła sobie, że jej życie od tej pory całkowicie się zmieniło.

Do pokoju wszedł Jerrold i zatrzymał się z opuszczonymi wzdłuż ciała rękami.

— Mam wnuczkę? — zapytał.

Pani Cullen kiwnęła głową.

Jerrold podszedł do Lucy i usiadł na skraju łóżka. Delikatnie dotknął paluszków dziecka, musnął jego podbródek i powoli pokręcił głową.

— Zapomniałem, jak to jest — powiedział cicho. — Po prostu zapomniałem. Wiesz już, jak ją nazwiesz?

— Dam jej na imię Blanche — odparła Lucy.

Nagle jęknęła, złapała Jerrolda Cullena za ramię i zaczęła tak niepohamowanie płakać, że straciła oddech i pani Cullen musiała zabrać jej dziecko.

— O Boże... — łkała. — Boże... Boże... Boże...

W końcu udało jej się pohamować płacz. Otarła oczy rękawem.

— Już dobrze... — uspokajała ją pani Cullen. — To przez poród. Urodzenie dziecka wymaga od nas całej siły, jaką daje nam Bóg. Każda kobieta płacze, rodząc pierwsze dziecko.

Lucy popatrzyła na swoją maleńką córeczkę i próbowała coś powiedzieć, ale nie była w stanie. Rozpłakała się, ponieważ kiedy wymówiła imię „Blanche", po raz pierwszy od chwili ucieczki z Brackenbridge pomyślała o Henrym i znowu poczuła, jak bardzo go kocha — i przypomniała sobie, jak bardzo sama była przez niego kochana.

— Chcesz ją z powrotem? — spytała pani Cullen.

Lucy kiwnęła głową i wzięła córeczkę na ręce.

— Sha-sha — wyszeptała do delikatnego jak płatek kwiatu uszka Blanche.

— Posłaliśmy Martina na stację, żeby zatelegrafował do Jamiego — powiedziała pani Cullen.

— Dziękuję — odparła Lucy, nie odrywając oczu od małej.

Jerrold popatrzył na żonę, jakby zachęcając ją do mówienia. Pani Cullen oblizała wargi.

— Nie myślałaś o tym, aby twoje dziecko miało ojca? — spytała.

— Sha-sha — szepnęła znowu Lucy. — Moja piękna Sha-sha...

— Czy nie przemyślałaś wyjścia za Jamiego? — powtórzyła pani Cullen.

Lucy udała, że tego nie słyszy. Pocałowała Blanche w czoło i zaczęła jej coś nucić.

7

Dziewiątego sierpnia we wtorek, nieco po jedenastej, na High Plains między dębami pojawił się z turkotem powóz Maeterlincka. Staruszek podszedł do kuchennych drzwi, załomotał w nie i gwizdnął przez zęby.
— List! — zawołał.
Nora wzięła od niego przesyłkę i dała mu dwie drobne monety napiwku.
— Do ciebie. Z Waszyngtonu — powiedziała do Lucy, wręczając jej list.

Lucy siedziała w plamie słonecznego światła, które wpadało do pokoju przez kuchenne drzwi, i obszywała koronką jeden z czepków swojej córeczki, jednocześnie bujając jej kołyskę stopą.

Blanche była najspokojniejszym dzieckiem świata — z wyjątkiem kąpieli. Wyginała się wtedy jak wściekła, krzyczała i dygotała, dopóki znowu nie została zawinięta w becik, ukołysana i upewniona, że jest kochaną małą Darlingówną.

Jamiego bardzo bolało, że jego córkę nazywa się "Darling", ale Lucy wciąż odmawiała rozmowy o małżeństwie. Była zbyt szczęśliwa, aby na ten temat rozmawiać. Kochała Blanche, kochała rodzinę Cullenów, kochała także Jamiego, ale bardzo się bała, że jeśli za niego wyjdzie, zacznie go nienawidzić — a razem z nim siebie.

Poza tym gdyby to zrobiła, uniemożliwiłaby sobie powrót do wspaniałego i uprzywilejowanego świata ludzi bogatych.

Może było to egoistyczne, ale bujając po południu kołyskę, aby mała usnęła po karmieniu, często zamykała oczy i wyobrażała sobie, jak pływa jachtem w Newport albo tańczy w Waldorfie. Nie potrafiła zrezygnować z tych marzeń.

Po tygodniu czy dwóch Jamie przestał mówić o ślubie, ale gdy tylko mógł, tulił małą, bawił się z nią, mówił do niej „panienko" albo „moja mała damo" i śpiewał jej kołysanki. W nocy Blanche spała w pokoju matki, do którego Jamie nie miał wstępu, karmienie piersią też odbywało się za zamkniętymi drzwiami.

Lucy wiele razy słyszała, jak Jerrold próbuje powiedzieć synowi, co powinien zrobić, ale Jamie nie zamierzał go słuchać.

— Jeśli nie chce za mnie wyjść, nic na to nie poradzę — odpowiadał.

Kiedy spędzał kilka dni w domu, zawsze wczesnym wieczorem szedł z butelką whisky do swojego pokoju. Czasami Lucy słyszała, jak w nocy, oszołomiony alkoholem, potyka się o własne buty albo o nocny stolik.

Gdy Nora podała jej list z Waszyngtonu, natychmiast rozpoznała pismo na kopercie i serce jej się ścisnęło. „Gdy w Samarkandy kraj nogi mnie poniosą, przez deszcz i piach, co siecze ostro...".

Ostrożnie otworzyła kopertę. W środku była pojedyncza kartka z nagłówkiem Ambasady Brytyjskiej w Waszyngtonie. Kiedy Lucy czytała list, pokojówka przez cały czas ją obserwowała, próbując odgadnąć jego treść.

Waszyngton, 3 sierpnia 1895

Najdroższa Lucy!

Napisałem do Ciebie mnóstwo listów, ale jak do tej pory ani jednego nie wysłałem. Muszę przyznać, że Twój nagły wyjazd z Brackenbridge napełnił mnie najgłębszą rozpaczą i mimo Twojego listu nadal wydaje mi się niewyjaśniony. Miałem poczucie tak okropnej straty, jak jeszcze nigdy w życiu — z wyjątkiem śmierci matki. Z czasem to poczucie zastąpiła głęboka uraza, że nie potrafiłaś mi się zwierzyć.

Lucy, jeśli naprawdę mnie nie kochasz, musisz mi to tylko powiedzieć. Przyjmę wszystko, co powiesz — może nie z radością, ale z godnością. Zanim Cię po raz pierwszy ujrzałem, kawalerstwo wydawało mi się doskonałym stanem rzeczy — jednak kiedy wyjechałaś, stałem się człowiekiem, dla którego kawalerstwo jest jedyną przyszłością.

Moim przeznaczeniem jest nie mieć żony albo mieć tylko jedną — a tą jedyną jesteś Ty.

Jeżeli wtrącam się do Twojego nowego życia, wybacz mi to. Odkryłem miejsce Twojego pobytu za pośrednictwem kolegi z tutejszej ambasady w Waszyngtonie, którego poprosiłem o przeglądanie nowojorskich gazet. Dwa miesiące temu przesłał mi informację z „Wall Street Journal", że Twoja firma naftowa została przekazana Southern Pacific RR, a Ty wróciłaś do Oak City.

Lucy, jeśli to utrata majątku skłoniła Cię do ucieczki przede mną, zrobiłaś to zupełnie niepotrzebnie. Nie kocham Cię dla pieniędzy, ale za to, jaka jesteś.

Może o tym nie słyszałaś, ale w czerwcu liberalny rząd lorda Rosebery przepadł w Izbie Gmin i odbyły się wybory ogólne, które wygraliśmy większością 152 głosów.

Lord Salisbury powierzył mi stanowisko podsekretarza stanu w Ministerstwie Spraw Zagranicznych, co jest nieco mniej eksponowaną pozycją, niż spodziewali się moi przyjaciele, ale aby złagodzić moje rozczarowanie, mianował mnie członkiem Tajnej Rady Królewskiej (co zwykle jest zarezerwowane dla starszych ministrów) i zostałem zaprzysiężony w obecności Jej Wysokości.

Dzięki temu stanowisku jestem teraz w stanie zadbać o nas oboje i wynająłem już apartament przy Carlton House Terrace.

Moja droga, niewinna Lucy — złamałaś mi serce. Jeśli naprawdę chcesz, aby pozostało złamane, niech tak będzie. Ale obiecaj mi, że przynajmniej przemyślisz swoją ostateczną decyzję i odpowiesz — nawet jeśli tą odpowiedzią będzie miało być „nie". Pozostanę w Waszyngtonie do końca sierpnia, a potem wracam do Anglii. Możesz do mnie zatelegrafować albo napisać.

Zawsze jesteś w moim sercu.

Kochający Henry

Lucy ponownie przeczytała list. Drżały jej ręce.
— Co się dzieje? — spytała Nora. — Co pan Henry pisze?
— W dalszym ciągu chce, abym za niego wyszła. Chce, żebym wróciła razem z nim do Anglii. Wie, że straciłam majątek, ale twierdzi, że to nieważne.
— A co z Blanche? Wie o Blanche?
— Nie sądzę. Wie tylko to, o czym napisano w „Wall Street Journal".
— Nadal chcesz za niego wyjść?
Lucy odłożyła list na stolik.
— Sama nie wiem... Tak, oczywiście, że chcę.
— Wzięłabyś ze sobą dziecko?
Lucy popatrzyła na Blanche, śpiącą w kołysce.
— Henry uważa, że jestem niewinna.
— Jest pewna różnica między niewinnością a czystością...
— Uważa też, że jestem czysta.
Nora pokręciła głową.
— Nie zostawiłabyś Blanche, prawda? — zapytała. — Nie zostawiłabyś jej?
— Nie mogłabym — odparła Lucy.

◆ ◆ ◆

Nie spała przez całą noc. Raz po raz czytała list od Henry'ego. Członek Tajnej Rady Królewskiej! Królowa! Carlton House Terrace! A przede wszystkim te pełne czułości słowa: „Moim przeznaczeniem jest nie mieć żony albo mieć tylko jedną — a tą jedyną jesteś Ty".

Siedząc na łóżku i czytając list, słyszała, jak Blanche oddycha. Dziewczynka dostała lekkiego kataru i miała zatkany nosek. Lucy wstała i popatrzyła na nią. W jej oczach mała była najwspanialszym dzieckiem świata.

Kiedy spojrzała na swoje odbicie w lustrze, ujrzała ładną osiemnastolatkę w długiej bawełnianej koszuli nocnej — dziewczynę, która posmakowała bogactwa, zetknęła się z eleganckim towarzystwem i wszystko straciła. Nigdy nie dostała drugiej szansy. Nie tylko drugiej — nie dostała nawet ostatniej szansy. Gdyby teraz odrzuciła Henry'ego, mogła tylko wyjść za Jamiego i pozostać do końca życia w Kansas. Pikniki w ogrodzie z pozawieszanymi na sznurze do bielizny kocami, aby zatrzymać preriowy wiatr, spotkania w kościele i na bazarze. Wiek średni, który nadchodzi szybciej, niż człowiek zdąży się zorientować. „Chcesz przepis na to ciasto?". Tak wiele razy to słyszała.

— Sha-sha... — wyszeptała. — Sha-sha, moja kochana...

Blanche się poruszyła. Lucy podniosła ją, przytuliła mocno, wciągnęła w nozdrza słodki zapach dziecięcej skóry i zaśpiewała:

> *Weź me serce, słodyczy mych dni,*
> *I szczerość obiecaj mi.*
> *A nadejdzie, co obiecać chcę:*
> *Kochać zawsze będę cię.*

Blanche opierała główkę na jej szyi, malutkimi paluszkami mocno ściskała wstążki koszuli nocnej. Nawet gdyby widziała spływające po policzkach matki łzy, nie byłaby w stanie zrozumieć, co je wywołało.

◆ ◆ ◆

Pani Cullen siedziała w oknie salonu, oświetlana światłem przesączającym się przez wyszywane w ptaki firanki za jej plecami, więc Lucy nie widziała jej twarzy, ale słyszała smutek w jej głosie.

— Nie wiem, kogo najbardziej zranisz... swoje dziecko, mojego syna czy siebie.

— Nie mogę zostać w Kansas. Uduszę się tutaj.

Pani Cullen pochyliła się w jej stronę.

— Naprawdę potrafiłabyś zostawić Blanche? Sądzisz, że starczy ci na to siły?

— Nie mogę zabrać jej ze sobą i nie mogę zostać.

— Czy ten Henry aż tak wiele dla ciebie znaczy? Co on może ci dać? Gdybyś została, mogłabyś wyjść za Jamiego. Bylibyśmy wtedy wszyscy twoją rodziną i zawsze byśmy o ciebie dbali.

— Wiem o tym i jestem wam bardzo wdzięczna. Nigdy nie będę w stanie odwdzięczyć się za to, co dla mnie zrobiliście.

— Możesz nam się odwdzięczyć, zostając.

Lucy zasłoniła twarz dłonią. Cały czas myślała o liście od Henry'ego. Od chwili, gdy go otworzyła, wiedziała, co powinna zrobić. Wiedziała, że bez względu na to, jak bardzo bolesne będzie porzucenie Blanche, bez względu na to, jak bardzo zrani to Jamiego i resztę rodziny Cullenów, musi jechać do Anglii. Nie potrafiła tego jednak wyjaśnić pani Cullen.

Bardzo kochała Blanche, ale za wyszywanymi firankami, za podwórzem i za trawiastym horyzontem High Plains, niczym książęce zamki, wznosiły się szpice Nowego Jorku, a za nim rozciągał się Atlantyk, za którym leżały Włochy, Anglia i Indie.

Jak mogłaby wytłumaczyć to pani Cullen, która przez całe swoje życie poznała nie więcej niż pięćdziesiąt osób — i prawdopodobnie była z tego zadowolona?

Nawet gdyby została w Oak City, by wychowywać córkę, co mogłaby powiedzieć jej o świecie za horyzontem? Kiedy Blanche skończyłaby osiemnaście lat i chciała odejść, by zacząć własne życie — co by jej wtedy powiedziała? Nie możesz, ponieważ ja tak nie zrobiłam?

— Będę szczęśliwa, mogąc wychowywać Blanche jak własną córkę — powiedziała w końcu pani Cullen.

Lucy kiwnęła głową. Nie płakała, ale nie odsłoniła twarzy. W ciemności za dłonią nie trzeba było podejmować decyzji.

◆ ◆ ◆

Jeszcze tego samego wieczoru napisała do Henry'ego i osobiście — konno — zawiozła list na stację. W drodze powrotnej przywiązała konia przy Zakręcie Overbaya, gdzie tyle razy kładli się z Jamiem na trawie, aby patrzeć na zamki w chmurach. Niebo było czyste i wiał ciepły wiatr, marszcząc powierzchnię wody.

Był to dziwny czas w jej życiu. Czuła się zbyt dojrzała, aby marzyć, ale jednocześnie była zbyt młoda, aby brać na siebie odpowiedzialność.

Kiedy wróciła na farmę, pani Cullen karmiła Blanche w kuchni.

Lucy czuła, że już porzuciła małą. Mogła jeszcze oczywiście zmienić zdanie, mogła pojechać do Waszyngtonu i tam zmienić zdanie — wiedziała jednak, że coś na nią czeka daleko na wschodzie. Niezależnie od tego, co to było — miłość, przeznaczenie czy cokolwiek innego — wiedziała, że musi jechać.

◆ ◆ ◆

Kiedy Jamie przyjechał do domu w następną sobotę, siedziała w sadzie jabłkowym. Blanche leżała na kocu w wysokiej trawie, patrząc na przeświecające przez liście słońce i gulgocząc. Przeszedł między szeregami drzew i oparł się o jabłonkę.

— Witaj, Lucy — powiedział bezbarwnym głosem.

Popatrzyła na niego spod słomkowego kapelusza. Miała na sobie bluzkę w biało-zielone prążki i zieloną spódnicę. Słońce tworzyło wokół jej głowy złotą aureolę.

— Przyniosłem ci ze stacji telegram — dodał Jamie. — Pan Perkins powiedział, że właśnie przyszedł z Waszyngtonu.

Podszedł do niej i podał jej kopertę.

— Matka powiedziała mi o tobie i Henrym.

Telegram brzmiał: PRZYJEŻDŻAM JAK NAJSZYBCIEJ STOP WYŚLĘ TELEGRAM STOP KOCHAM HENRY.

Lucy złożyła kartkę i z powrotem włożyła ją do koperty. Po chwili znowu ją wyjęła, rozłożyła i przeczytała ponownie.

— Nie mogę uwierzyć, że zamierzasz zostawić Blanche... — mruknął Jamie.

Lucy przez chwilę milczała, a potem powiedziała:

— Ja też nie mogę uwierzyć, że muszę was wszystkich opuścić.

— Więc dlaczego jedziesz?

— Muszę, Jamie.

— Nie rozumiem cię.

— Dlaczego? Bo kieruję się impulsem? Czy ty nigdy niczego nie zrobiłeś, kierując się impulsem?

— A niby skąd wzięła się Blanche?

Lucy uśmiechnęła się do małej, która wierzgała nóżkami w powietrzu.

— Z miłości, Jamie. Tylko miłości. Nie potrzebuje goryczy ani niczyjego żalu, że się urodziła.

— Żałujesz, że się urodziła?

— Nie, ale mam też własne życie, którego jeszcze nawet nie zaczęłam.

— Kocham cię i mogę dać ci wszystko, o czym może marzyć żona.

Lucy znowu popatrzyła na Blanche, próbującą łapać plamy słonecznego światła. Pomyślała, że może sama też próbuje złapać złotą ułudę — coś, czego nie ma. Musiała jednak spróbować.

— Spytam o to jeszcze raz, Lucy, a potem nie spytam już nigdy — powiedział Jamie. — Chcesz za mnie wyjść, chcesz zostać moją żoną? Pozwolisz, abym został ojcem Blanche?

— Już nim jesteś. Nikt ci tego nie odbierze.

Nie powiedziała nic więcej. Wystarczająco trudne było wyjaśnienie samej sobie, dlaczego musi jechać, a wyjaśnienie tego Jamiemu — niemożliwe.

Gałęzie jabłoni kłaniały się na wietrze, szeptały trawy, pszczoły buczały głośno, jakby śpiewały urywki w połowie zapomnianych piosenek. Na zachodzie zaczynały gromadzić się ciemne chmury i o zmroku należało spodziewać się burzy.

— Czas nakarmić Blanche — stwierdził Jamie. — Wezmę ją do środka.

Zabrał małą do domu i Lucy została sama — wśród owocujących jabłonek, z kocykiem jeszcze ciepłym od ciała córki. Znów była niewinna, czysta i bezdzietna — nie wiadomo jednak, jaką cenę przyjdzie jej za to zapłacić.

◆ ◆ ◆

Wysiadła z pociągu na stacji linii Baltimore & Potomac Railroad, podciągając kawową sukienkę podróżną i poprawiając kapelusz z piórami. Tuż za nią podążała Nora.

Ledwie postawiła stopę na ziemi, para rozpłynęła się niczym zdmuchnięta kurtyna i zobaczyła Henry'ego — z gołą głową, w szarym fraku, z laską w dłoni.

Szli do siebie powoli przez odpływające kłęby pary. Wokół nich ludzie krzyczeli i wołali bagażowych, ale Lucy widziała jedynie Henry'ego. Nie wydawał się aż taki wysoki, jakim go zapamiętała, ale nadal był bardzo przystojny. Miał sczesane do tyłu włosy, a na szyi szarą jedwabną muchę ze szpilką z perłą.

Podali sobie ręce.

— Witaj, moja kochana. Nie mogłem uwierzyć, że przyjedziesz...

Po ośmiu miesiącach spędzonych w Kansas jego angielski akcent wydał jej się zachwycający.

— Przecież napisałam, że przyjadę — odparła.

— Mam pod stacją powóz, a w ambasadzie czeka na ciebie pokój. Zajmie się tobą lady Spiers. Jest bardzo sympatyczna. To twoja torba?

Przeszli przez poczekalnię. Za nimi szli Nora i bagażowy, niosący dwa kufry podróżne.

— Właśnie w tej poczekalni drugiego lipca tysiąc osiemset osiemdziesiątego pierwszego roku postrzelono prezydenta Jamesa Garfielda — powiedział Henry. — Kiedy leżał w szpitalu, Alexander Graham Bell, ten sam, który wynalazł telefon, skonstruował detektor metalu, aby lekarze mogli zlokalizować pocisk w ciele prezydenta. Niestety, jego pracę zakłócały stalowe sprężyny w materacu szpitalnego łóżka, więc nie udało się znaleźć pocisku i prezydent zmarł... — Henry urwał, odwrócił się do Lucy i ujął jej ręce. — Dlaczego, do diabła, opowiadam ci o prezydencie Garfieldzie, skoro od Bożego Narodzenia jeszcze ani razu cię nie pocałowałem?!

Pocałował ją tam, gdzie stali — w poczekalni, w której postrzelono Garfielda — z nieoczekiwaną namiętnością. Kiedy pasażerowie zaczęli gwizdać, śmiać się i klaskać, Lucy się zaczerwieniła, ale Henry wcale się nie speszył. Popatrzył na nią rozjaśnionymi radością oczami.

— Kocham cię ponad życie, Lucy. Jesteś dla mnie wszystkim.

Podał jej ramię i wyszli ze stacji. Na zewnątrz czekał powóz ambasady, z Murzynem w cylindrze na koźle.

— Dziś zjemy kolację w prywatnym gronie, ale jutro mam oficjalny obiad z panem McKinleyem i panem Hanną, podczas którego będziemy rozmawiać o taryfach handlowych i protekcjonizmie — powiedział Henry. — Pojutrze idziemy do teatru na *Jerzego i smoka*, a za trzy dni organizujemy przyjęcie z tańcami i obsługą *à la Russe*.

Lucy opadła na oparcie siedzenia z kasztanowej skóry i roześmiała się.

— Zapomniałam, jaki zawsze jesteś zajęty...

— Zajęty? Skądże! To przecież tylko rozrywki! Od dziś do najbliższego czwartku mam dwadzieścia trzy spotkania, trzy lunche, uczestniczę w posiedzeniu dziewięciu komitetów i składam oficjalną wizytę w Gallaudet College.

— A co ja mam robić w tym czasie?

— Mam nadzieję, że zakupy. Jeden kufer raczej nie pomieści wszystkich sukni, które będą ci potrzebne na kilka oficjalnych obiadów, dwa wyjścia do opery, dwie wizyty w teatrze i przyjęcie w ambasadzie.

— Henry...

Dotknął opuszkami palców jej ust.

— Nie próbuj rozmawiać o pieniądzach. Wiem, co ci się przytrafiło. Kocham cię za to, kim jesteś, i dam ci wszystko, co tylko będę mógł dać.

Norze najwyraźniej bardzo się to spodobało, bo entuzjastycznie pokiwała głową.

Jechali Pennsylvania Avenue pod niebem o barwie bibuły. Obok nich z hurgotem przejeżdżały inne powozy, ale wydawało się, że koniom to nie przeszkadza. Po pobycie w Kansas, gdzie niemal zawsze wieje wiatr, Lucy miała wrażenie, że Waszyngton ją przytłacza. Był wilgotny i duszący, a w powietrzu unosił się zapach letniej gorączki.

— Niepokoją cię te wszystkie przyjęcia? — spytał Henry.

Miał na myśli list, który do niego napisała. Wyjaśniła w nim swoją nagłą ucieczkę z Brackenbridge „przerażeniem wywołanym wszystkimi obowiązkami, jakie wiążą się z małżeństwem z politykiem".

— Nie — odparła Lucy. — Nie niepokoją.

Myślała o swojej malutkiej córeczce i o chwili, kiedy powóz starego Maeterlincka z turkotem odjeżdżał między dębami. Blanche w ramionach pani Cullen machała do nieba i wiatru, nie zdając sobie sprawy, że właśnie żegna matkę.

Lucy powiedziała sobie, że taką właśnie drogę wybrała i musi wytrzymać. Zawsze jednak, kiedy myślała o Blanche, czuła straszliwy ból — jak po okropnym poparzeniu.

— To Biały Dom — powiedział Henry. — Mieszka tu prezydent Cleveland. Ma najłatwiejszy do zapamiętania numer telefonu w Waszyngtonie: jeden.

Lucy kiwnęła głową, nie podnosząc wzroku. Nie chciała, aby Henry lub Nora zauważyli, że ma łzy w oczach.

◆ ◆ ◆

Dzień, w którym wyjeżdżali z Waszyngtonu, był ciemny i ponury. W towarzystwie Nory i prywatnego sekretarza Henry'ego, Waltera Pangborna, pojechali pociągiem do Nowego Jorku, gdzie wsiedli na statek Cunard Line „Oregon", płynący do Southampton. Kiedy statek przepływał obok Statuy Wolności, Lucy i Henry stali przy relingu pokładu spacerowego pierwszej klasy. Ciepły wiatr szarpał długi biały szal Lucy, który łopotał jak skrzydło albatrosa.

Do samotnego kufra podróżnego dołączyły trzy nabijane mosiądzem kufry dalekomorskie, wypełnione nowymi sukniami Lucy. Ponieważ w tak krótkim czasie udało się uszyć jedynie trzy wieczorowe kreacje, kupowała głównie gotowe suknie, ale Henry jej obiecał, że w Londynie będzie się mogła ubrać jak należy.

Już zapomniała, jakim zabawnym potrafi być kompanem i jak kobieca się przy nim czuła. Jego nieustanna aktywność mogła być męcząca, a kontrolowanie najdrobniejszych szczegółów życia codziennego czasem irytowało, ale zawsze był niezwykle żywiołowy i nawet gdy mówił o polityce zagranicznej, nigdy jej nie nudził.

Bardzo zabawnie opisywał pompatyczność Wilhelma II, naśladując przy tym niemiecki akcent. Choć cesarz był kuzynem księcia Walii, życzył sobie, aby wuj Bertie zwracał się do niego jak do imperatora nie tylko publicznie, ale także prywatnie — i przekazał mu to życzenie przez niemieckiego ambasadora w Londynie. Królowa była oburzona. W rozmowie z lordem Salisbury nazwała to „kompletnym szaleństwem" i stwierdziła, że „jeśli Wilhelm ma takie pomysły, nie powinien był tu nigdy przyjeżdżać".

Lord Salisbury powiedział kiedyś księciu Walii, że jego zdaniem kajzer „nie do końca ma poukładane".

— Spotkam się z królową? — spytała Lucy. — I z księciem Walii?

Henry uśmiechnął się szeroko.

— Oczywiście! W tym roku już dwa razy jadłem w Windsorze, a w sezonie zawsze są dziesiątki okazji towarzyskich, podczas których mógłbym cię przedstawić. Jej Wysokość na pewno będzie tobą zachwycona. No i Jego Wysokość też.

Przepłynęli Atlantyk tak gładko, jakby sunęli po marmurowej podłodze sali balowej. Rozmawiali, grali w oczko i snuli weselne plany. Henry kompletował listę rodziny i gości i na wielkim arkuszu papieru szkicował, kto gdzie powinien siedzieć w kaplicy w Brackenbridge. Ustalili, że Lucy zostanie poprowadzona do ołtarza przez lorda Felldale, a gospodynią wesela będzie Blanche. Druhny i paziowie mieli zostać wybrani spośród najmłodszego pokolenia Carsonów.

Po południu Henry szedł do kabiny pracować — siedział nad dokumentami Ministerstwa Spraw Zagranicznych lub wysyłał telegramy do swojego parlamentarnego sekretarza Iana Bruce'a i innych oficjeli z ministerstwa. Lucy bawił sposób, w jaki zwracał się do kolegów: „Mój drogi Beano" albo „Mój drogi Giglampsie", ale większość jego najbliższych współpracowników pochodziła z tej samej klasy społecznej co on i wszyscy studiowali razem w Eton albo w Oksfordzie.

Z niepokojem patrzyła, jak mało pracy pozostawia Walterowi Pangbornowi. Kiedy pisał o jedenastej w nocy listy, jego asystent stał na pokładzie i paląc krótkie cygaro, obserwował gwiazdy.

— Henry za dużo pracuje — poskarżyła się pewnego wieczoru Walterowi, gdy Henry zostawił ich po kolacji w salonie „Oregona", aby dokończyć długie memorandum.

— To dlatego, że nikomu nie ufa — odparł Walter. Był szczupłym młodzieńcem o haczykowatym nosie. — Zamiast wyjaśniać ludziom, jak powinni coś zrobić, woli zrobić to sam.

Nalał sobie czekolady, która sprawiała wrażenie nieświeżej.

— Nigdy nie trzyma służących dłużej niż sześć tygodni. Najdłużej chyba był u niego pewien Francuz... ponad rok. Kiedy złożył wymówienie i Henry poprosił go o polecenie kogoś odpowiedniego, oświadczył: „Jedyną osobą, jaka przychodzi mi do głowy, jest Jezus Chrystus". Henry oczekuje od służących absolutnej perfekcji, więc nigdy nie spełniają jego oczekiwań. Zresztą od siebie też wymaga perfekcji.

— Sądzi pan, że ode mnie również będzie wymagał perfekcji?

Walter się uśmiechnął.

— Moja droga panno Darling, pani już jest perfekcyjna. Henry to wielki szczęściarz.

Tego wieczoru w kabinie, kiedy Nora pomagała jej się rozbierać, Lucy zauważyła, że przód gorsetu jest poplamiony mlekiem. Przyjrzała się sobie w lustrze.

— Nie powinnam była zostawiać małej, prawda? — powiedziała głucho.

Pokojówka rozłożyła jej koszulę nocną.

— Zrobiła panienka, co uważała za odpowiednie.

— Odpowiednie dla mnie, tak, ale czy dla Blanche także?

Nora ujęła jej dłoń.

— Nie może panienka dłużej o niej myśleć. Dobrze się nią zajęto i rozkwitnie tak samo jak panienka, choć nie wiedziała panienka, kto jest jej ojcem.

— Tak bardzo za nią tęsknię...
Pokojówka udała, że tego nie słyszy.
Lucy źle spała tej nocy. Zbliżał się świt, kiedy monotonne dudnienie maszyn „Oregona" wreszcie sprawiło, że zamknęła oczy. Śniło jej się, że idzie brzegiem rzeki Saline do farmy Cullenów, a Blanche czeka na nią w sadzie pod jabłoniami.

❖ ❖ ❖

Wzięli ślub w październiku, w kaplicy w Brackenbridge, węzłem małżeńskim połączył ich pastor Kościoła Wszystkich Dusz. Chór odśpiewał *Salve Regina* ze śpiewnika Eton, a potem *Witaj, szczęśliwe światło*.

Choć w kaplicy panował taki chłód, że oddechy zamieniały się w parę, na zewnątrz było ciepło i słonecznie, a leżące na jasnozielonej trawie liście wyglądały jak wielkie płaty rdzy. Głos dzwonów odbijał się echem od kolejnych dolin, kiedy Lucy — w białej jedwabnej sukience, wysokiej koronie z belgijskiej koronki i trzywarstwowej woalce — zeszła po schodach kaplicy. Piętnastostopowy tren jej sukni niosła gromada najmłodszych Carsonów, paziów i druhen. Chłopcy mieli na sobie niebieskie aksamitne marynarki i kremowe jedwabne pumpy, a dziewczynki kremowe jedwabne sukienki.

Na schodach kaplicy nowożeńcom i gościom zrobiono kilka zdjęć. Po latach historycy, wodząc palcami po twarzach uwiecznionych na nich osób, mówili: „Ten siwobrody łysiejący mężczyzna z kapeluszem w dłoni to premier, lord Salisbury. Tutaj jest lord Felldale... tu sir Thomas Sanderson, podsekretarz Ministerstwa Spraw Zagranicznych... Francis Bertie, asystent podsekretarza, syn szóstego hrabiego Abingdon... Eric Barrington, syn szóstego wicehrabiego Barrington... a tam wszyscy pozostali etończycy: Ian Malcolm, Pom McDonnell i Eyre Crowe... Henry Asquith (sprawia wrażenie nieobecnego duchem) i Margot Asquith (wygląda na rozbawioną), jej siostra Charty, obecnie lady Ribblesdale, wraz z mężem, lordem Ribblesdale, oraz przyjaciel Henry'ego, George Wyndham, ze swoją żoną, hrabiną Grosvenor, którą Henry — jak to określił jego brat Charles — „lubił zepsutą".

Gdy fotograf złożył trójnóg i spakował płyty fotograficzne, Henry ujął dłoń Lucy.

— Szczęśliwa?

Kiwnęła głową.

— Gdyby tylko moja matka mogła tu dziś być...

— Jestem pewien, że jest z nami duchem.

Podeszła do nich Margot Asquith w obszytym futrem lawendowym płaszczu i kapeluszu ozdobionym kwiatami lawendy. Pocałowała Lucy i Henry'ego, po czym cofnęła się i przyjrzała im uważnie.

— Wspaniale wyglądasz, Lucy... — stwierdziła. — Z pewnością wiele dam ci zazdrości.

— Dziękujemy za wspaniałą drezdeńską porcelanę — powiedział Henry. — Zabierzemy ją na Carlton House Terrace.

— Charty uznała, że to zbyt napuszone — odparła Margot.

Henry pokręcił głową.

— Jest naprawdę piękna.

W miarę poznawania jego kolejnych przyjaciółek Lucy zaczynała zauważać wyraźny schemat, wedle którego z nimi rozmawiał. Najczęściej wciągał je w żartobliwe erotyczne przekomarzanki, jakie zwykle mają miejsce między dorastającymi chłopcami i dziewczętami wstydzącymi się przyznać, że się nawzajem pociągają. Było oczywiste, że w młodości miał mnóstwo wielbicielek, ale chyba żaden z tych flirtów nie przekształcił się w poważny związek. Chodzili razem na bale, bawili się w chowanego w wiejskich posiadłościach, a kiedy niania na nich nie patrzyła, próbowali się dotykać.

Zawsze jednak podkreślał, że szlachetny charakter mogą mieć tylko przyjaźnie między mężczyznami. Dlatego tak bardzo fascynował go krykiet — choć nie grał zbyt dobrze.

W czułości, jaką okazywali sobie przyjaciele Henry'ego, nie było homoseksualnego podtekstu, wprost przeciwnie — takie związki ich przerażały (Henry w swoich listach nazywał je „gn-k--mi"). Do maja tego roku jednym z jego najlepszych przyjaciół ze świata literackiego był Oscar Wilde. Mimo bulwersującego zachowania Oscara i jego często krępującej wylewności (kiedyś nazwał przyjaciela *un jeune guerrier du drapeau romantique*), Henry był zdruzgotany, kiedy uznano go za winnego miłości, o której nie mówi się w towarzystwie.

Choć starał się wciągać Lucy w te rozmowy, czuła się jak piąte koło u wozu. Właściwie czuła się tak niezależnie od tego, z kim rozmawiał. Niemal wszyscy jego znajomi pochodzili z angielskiej lub irlandzkiej arystokracji i niemal wszyscy studiowali w Eton (a w najgorszym wypadku w Haileybury), chadzali na te same przyjęcia i krążyli po tych samych trasach. Zaśmiewali się, gdy wspominali, jak Henry posyłał wszystkie piłki tenisowe George'a Levesona Gowera w stronę warczącego psa — choć Lucy nie mogła pojąć, co ich tak bardzo rozbawiło. Albo kiedy wspominali jakiś bal w wiejskiej posiadłości, podczas którego Henry wysłał lokaja na poszukiwanie swojego brata Charlesa, mówiąc mu: „wygląda jak ja i będzie bardzo rozgrzany" — i dziesięć minut później przyprowadzono mu kogoś obcego (i okropnie irytującego).

Miała nadzieję, że z czasem się dowie, co oznaczają te wszystkie żarty i sztubacki język. Na razie wolała nie włączać się do rozmowy, bo kiedy zapytała Henry'ego, czy pan Laxer zdążył na ślub, wywołało to salwy śmiechu. Mąż wyjaśnił jej później, że „Laxer" to uniwersyteckie przezwisko Levesona Gowera, w dodatku nieco obraźliwe*.

Kiedy weselnicy szli starannie wygrabioną żwirową ścieżką do salonu, Lucy czuła dumę i radość, że wyszła za Henry'ego. Przyjaciele i koledzy go uwielbiali, a kobiety uważały za wspaniałą partię. Cieszyło ją też, że rodzina Carsonów jest do niej tak serdecznie nastawiona. Lord Felldale nazywał ją „swoją gołąbeczką", a Blanche „słodyczą". Żałowała, że nie może powiedzieć siostrze Henry'ego o tym, iż swojej córeczce nadała jej imię.

Salon wypełniało tak jaskrawe światło, że kiedy się do niego wchodziło, trzeba było osłaniać oczy. Z Oksfordu sprowadzono kwintet smyczkowy i kiedy państwo młodzi szli między dwoma długimi stołami z weselnym śniadaniem, lutniarz zagrał siedemnastowieczny madrygał ze zbioru *Triumf Oriany*.

Henry ujął dłoń Lucy i uniósł ją jak średniowieczny król wkraczający na dwór z królową, po czym uśmiechnął się i ukłonił. Rozległy się oklaski i wesołe okrzyki:

— Brawo, Henry! Brawo, Lucy!

— Moja droga, czuję się jak Aleksander po zdobyciu Troi — powiedział Henry. — Albo Cortés po wkroczeniu do Tenochtitlán.

---

* Laxerem można nazwać kogoś, kto ma zbyt „luźne" jelita.

— Naprawdę? To znaczy?
— Jak triumfator, moja najdroższa!
Wcześniej osobiście zajął się aranżacją weselnego śniadania. Wybrał menu i porcelanę, zaprojektował ułożenie kwiatów, wyznaczył wszystkim miejsca i eleganckim pochyłym pismem, które chwaliła nawet królowa Wiktoria, wypisał trzysta wizytówek z nazwiskami.
— Wszystko będzie idealne — obiecał Lucy.
I rzeczywiście takie było. A ponieważ Henry wszystko nadzorował, Lucy czuła się niemal jak gość.
Na każdym z obu długich stołów królował łeb dzika w auszpiku. Podano też ptactwo w majonezie, gotowany drób pod beszamelem, szynki i ornamentowane ozorki, pasztet z dziczyzny i galantynę cielęcą, pieczone bażanty, naszpikowane słoniną kapłony, sałatki z homara i krewetki oraz bezy, kremy i galaretki owocowe.
Obawiając się, że menu Henry'ego może być atrakcyjne dla oka, lecz raczej nijakie dla podniebienia, Lucy ostrożnie zaproponowała ostrygi z patelni, zapiekanego indyka i kurczaka na ostro z Delmonico — przyprawionego papryką i otoczonego w bułce tartej. Ale Henry, nie podnosząc wzroku znad swoich papierów, pokręcił tylko głową.
— Najdroższa moja, smaki i tekstury wszystkiego są idealnie zrównoważone.
— Umiem gotować, Henry.
— Do gotowania mamy kucharzy. Będziesz moją królową, a królowe nie gotują.
— Ale ja lubię gotować.
Roześmiał się.
— Pozwól, że coś ci powiem, najdroższa... Zbudowany przez lorda Wellesleya w Kalkucie Dom Rządowy jest repliką Brackenbridge. Radzie Dyrektorów Kompanii Wschodnioindyjskiej niezbyt odpowiadała azjatycka wystawność, więc kiedy postanowiono zbudować rezydencję dla wicekróla, zdecydowano, że powinna to być kopia Brackenbridge... ze względu na elegancję bryły. To niemal doskonała replika, tyle że zamiast z alabastru kolumny są wykonane z desek i tynku.
Jego akcent z Derbyshire sprawiał, że brzmiało to mniej więcej tak: „zamiast alabuestru koulumny sou wykounane z duesek

i tuynku". Gdyby słyszeli to jego londyńscy przyjaciele, mieliby kolejny powód do żartów i drwin.

— Jeśli Bóg da, niedługo zostanę wicekrólem Indii i zasiądę w Brackenbridge w Kalkucie. Kiedyś obejmę również Brackenbridge w Anglii. Nie postawisz tam stopy w kuchni, tak samo jak nie postawisz stopy w kuchni tutaj. Jesteś moją królową, moją panią. Możesz być tylko adorowana i wychwalana.

Podczas swojej przemowy robił notatki na marginesie bloku listowego. Stalówka skrzypiała, atrament powoli wysychał. Lucy rozejrzała się po ogromnym salonie z wyblakłymi aksamitnymi zasłonami na oknach i pociemniałą dębową boazerią na ścianach. Kiedy zatrzymała na chwilę wzrok na pochylonej głowie Henry'ego, przemknęło jej przez myśl, czy przypadkiem nie pomyliła się co do niego — może był całkiem inną osobą, niż sobie wyobrażała?

Ale wesele było wspaniałe, a śniadanie weselne przebiegło w radosnej atmosferze. Lucy została wycałowana przez wszystkich gości, wśród których nie brakowało przystojnych młodzieńców. Lord Salisbury, dobroduszny brodaty mężczyzna o łagodnym głosie, dał jej „najświętsze błogosławieństwo", a lord Felldale traktował ją tak opiekuńczo, że czuła się, jakby wraz z mężem znalazła nowego ojca.

Kiedy owinięta w futro stała w portyku, żegnając ostatnich odjeżdżających gości, lord Felldale ujął jej dłoń i mocno uścisnął.

— To wielki dzień dla Brackenbridge, moja gołąbko — powiedział. — Brackenbridge będzie miało nową panią, a Henry doczeka się wreszcie spadkobierców. Choć ja już być może nie będę tego oglądać, jestem bardzo szczęśliwy.

— Bardzo się cieszę, że jest pan szczęśliwy — odparła Lucy i pocałowała go w czoło. — Wiem, że Henry uwielbia Brackenbridge. Ja zresztą też.

Z domu wyszedł Henry, z cygarem w ustach i przerzuconym przez ramię czarnym astrachańskim płaszczem.

— Wspaniały dzień — stwierdził. — Powinniśmy codziennie brać ślub, moja droga. Przyjeżdżaliby wtedy wszyscy nasi przyjaciele.

— Ten jeden raz wystarczy — odparła Lucy.

Pocałował ją.

— Dla ciebie, moja najdroższa, nic nie będzie wystarczające.
— Twoja druga siostra nie przyjechała, prawda? Tak bardzo chciałam ją poznać...
Lord Felldale zszedł po schodach i gwizdnął na psy. Henry wzruszył ramionami.
— No cóż... Vanessa nie przepada za rodzinnymi spotkaniami. Zawsze tak było. Wejdziesz do środka? Na kolację mamy ostrygi, ostrygi i szampana.
— Akurat na noc poślubną — stwierdził lord Felldale.
— Ojcze... — skarcił go Henry.
Lucy odwróciła się do niego z promiennym uśmiechem szczęśliwej panny młodej. Jej jasne włosy były poskręcane w loki i upięte pod obszytym futrem kapeluszem. Miała podniesiony kołnierz i futro migotało w świetle lamp jak dmuchawiec. Wyglądała jak zimowa wróżka i czuła się odmieniona, jakby nagle stała się kimś innym. Lucy Carson. Pani Lucy Carson. Elegancka dama z towarzystwa, z doskonałymi koneksjami, ktoś, komu się zazdrości. Korespondent „Timesa" zadał jej kilka pełnych szacunku pytań, a kiedy odchodził, ukłonił się. Wszyscy patrzyli na nią z podziwem — jakby nie była realną osobą, ale oleografią.
Kiedy wzięła Henry'ego pod rękę i ruszyli przez tłum klaszczących lokajów i pokojówek, dziewczyn kuchennych i woźniców, poczuła wreszcie, że jest u siebie. Była zdecydowana uczynić to miejsce swoim domem.
— *Nunc scio quid sit amor* — powiedział Henry. — Teraz wiem, czym może być miłość.

◆ ◆ ◆

Jednak noc poślubna była przerażająca — niczym noc spędzona w niebezpiecznym obcym kraju. Rano, kiedy Lucy została sama, czuła się zupełnie zdezorientowana. Henry ją kochał, co do tego nie miała wątpliwości, ale dziwił ją sposób, w jaki to okazywał. Jeśli nie liczyć delikatnej czułości Jamiego i brutalnej gwałtowności wuja Caspera, nie miała doświadczenia w sprawach seksu i mimo wszystkich romansów, jakie przeczytała, nie była przygotowana na niecierpliwość Henry'ego i jego kapryśne żądania.
Lord Felldale dał im Słoneczny Pokój — z namalowanymi na ścianach słonecznikami i szafranowymi zasłonami z aksamitu.

Kiedyś jego ściany były niebieskie, ale ponieważ okna wychodziły na północny wschód, wydawał się chłodny i niemiły. Próbując go jakoś ocieplić, matka Henry'ego kazała go przemalować, jednak w dalszym ciągu emanował z niego pewien chłód. Zresztą nie chodziło tylko o samą aurę pokoju — było tu rzeczywiście dość zimno. Lucy wyczuła to, gdy pokojówka przyszła ją rozebrać. W kominku trzaskał ogień, ale sufit był tak wysoko, że prawie znikał w mroku, a spod drzwi wiało.

Kiedy jedwabna koszula nocna z szelestem opadła na nagą skórę Lucy, Nora powiedziała:

— Moja matka przed laty nauczyła mnie pewnej piosenki... „W wesela swego noc wyznała dziewczyna: »Nie mam nic, o mój panie, z wyjątkiem tego naczynia«. Zanim minął tydzień, błagała: »Napełnij je natychmiast, bardzo bym tego chciała!«".

Lucy zaczerwieniła się, kiedy przypomniała sobie nasienie Jamiego rozpryśnięte na jej piersi. Wystarczyło parę kropelek — i została spłodzona Blanche.

Nora wyszczotkowała jej włosy i Lucy popatrzyła na siebie w lustrze. Pokojówka uśmiechnęła się i pocałowała ją w czubek głowy.

— Kochasz go, prawda?

Lucy kiwnęła głową.

— Skoro tak, nie musisz się niczego bać.

— Zauważy, że rodziłam, prawda?

— Tym się martwisz?

— Myśli, że jestem nietknięta.

— Nie bój się, niczego nie zauważy. Wszystko, co większość mężczyzn wie o kobietach, zmieściłoby się na jednopensowym znaczku...

Lucy nerwowo przełknęła ślinę.

— Ale jeśli jest się dziewicą, to czy... nie powinno być... krwi? Czytałam coś o włoskich kobietach sprawdzających prześcieradła po nocy poślubnej.

— Nie zawsze tak jest. Dziewczyna może przerwać sobie błonę dziewiczą podczas jazdy konnej, nosząc węgiel albo szorując podłogę w kuchni, a każdy mężczyzna, który sprawdza prześcieradło, jest głupcem. Poza tym jakie to ma znaczenie? — zapytała Nora, po czym wyjęła z poduszeczki na igły małą szpilkę do kapelusza. — Jeśli uważasz, że tak będzie lepiej, możesz się tym ukłuć w kciuk, kiedy zaśnie, i pomazać krwią prześcieradło. Nazwij to małym czerwonym kłamstwem.

W tym momencie do drzwi zapukał Henry i natychmiast wszedł do środka, uśmiechnięty i lekko zaczerwieniony. Miał na sobie długi wełniany szlafrok w kolorze butelkowej zieleni. Wypomadował włosy i zaczesał je do tyłu. Pachniał wodą toaletową Floris.

Popatrzył na wielkie łoże z potężnymi rzeźbionymi kolumnami i rozpiętymi między nimi zasłonami. Kołdry po obu stronach były już odrzucone.

— No cóż, chyba... — zaczął i odchrząknął.

— Proszę się nie niepokoić, już kończę — zapewniła go pokojówka, poprawiając srebrne szczotki na toalecie.

— Dobra z ciebie kobieta, Noro — mruknął Henry.

— Dziękuję panu — odparła pokojówka. — Życzę państwu szczęścia w małżeństwie.

— Na pewno będziemy szczęśliwi — oświadczył Henry i nie patrząc na nią, dodał: — Mogłabyś przed wyjściem dorzucić nieco węgla do kominka?

Nora wykonała jego polecenie, ale Lucy wiedziała, jak się czuje, wykonując pracę zwykłej służącej.

— Dobranoc panu. Dobranoc pani — powiedziała wreszcie i zamknęła za sobą drzwi.

Henry podszedł do Lucy, uśmiechając się ostrożnie, jakby właśnie przypomniał mu się dobry dowcip, ale nie był pewien, czy spodoba się jego słuchaczom.

— No cóż, najdroższa, jesteśmy teraz mężem i żoną — stwierdził. — Nigdy bym nie przypuszczał, że kobieta może być taka piękna. Nigdy bym nie pomyślał, że możliwe jest takie szczęście.

Wziął Lucy w ramiona, pocałował ją w czoło i zamknięte powieki, a potem w usta.

— Nie jestem zbyt religijny, dobrze o tym wiesz, ale każdej nocy dziękuję Bogu za to, że się spotkaliśmy. Gdyby któryś z moich przyjaciół powiedział mi półtora roku temu, że ożenię się z córką sklepikarza z Kansas, roześmiałbym mu się w twarz. A teraz trzymam cię w ramionach!

Lucy nie otwierała oczu, cieszyła się dotykiem jego ramion, jego ciepłem i siłą.

— Zawsze chciałam wyjść za księcia i udało mi się — wyszeptała. — Gdyby ktoś mi to powiedział półtora roku temu, roześmiałabym mu się w twarz.

— Sądzisz, że jesteśmy gotowi? — spytał, całując jej brwi i policzki.

Kiwnęła głową, otworzyła oczy i przyjrzała mu się z bliska — widziała każdy szczegół jego twarzy, pieprzyk na policzku, bliznę nad czołem.

— Połóżmy się — zaproponował.

◆ ◆ ◆

Pomógł Lucy zdjąć koszulę nocną, po czym rozwiązał szlafrok i przewiesił go przez podłokietnik szezlonga. Lucy weszła do łóżka, a on chodził po pokoju w koszuli nocnej z żabotem i po kolei gasił lampy.

— Mam szczególny sentyment dla tego pokoju — powiedział. — Przypomina mi moją drogą matkę. Zawsze była pełna radości.

Lucy zerknęła na stolik przy łóżku. Pod koronkową chustką leżała igła do kapelusza, gotowa do użytku.

Henry wszedł do łóżka i zaczął lekko podrzucać ciałem, jakby sprawdzał sprężyny.

— No tak... — mruknął.

Pochylił się nad Lucy i pocałował ją mocno, naciskając jej wargi zębami. Kiedy próbował ułożyć się wygodniej, znowu kilka razy podrzucił ciało — podciągając przy tym koszulę nocną, która zaplątała mu się między udami. Zderzył się czołem z Lucy i natychmiast znieruchomiał.

— Przepraszam, przepraszam, najdroższa! — zawołał, niechcący trącając ją łokciem.

Lucy zaczęła ogarniać panika. Przez cały dzień, otoczona gośćmi, czuła się ekstatycznie szczęśliwa, teraz jednak, sam na sam z Henrym, zaczynała mieć wrażenie, że nie wyszła za niego z miłości, ale dla tego, co mógł jej dać — domu, rodziny i pozycji w społeczeństwie. Mąż ponownie ją pocałował, a potem jeszcze raz. Jej panika coraz bardziej narastała. Miała wrażenie, że Henry składa się z samych łokci, zębów, kolan i ciasno splecionych prześcieradeł, że ją posiniaczy, poddusi i zgniecie.

Ścisnął jej piersi przez koszulę nocną. Próbowała się wyrwać, ale był zbyt silny i ciężki. Poza tym był jej mężem, więc czy mogła odmówić mu siebie podczas ich najważniejszej nocy?

Najwyraźniej uznał, że przyczyną jej oporu jest nieśmiałość, bo zamiast dać jej czas na uspokojenie się, dalej ją natarczywie całował, ściskał i poklepywał.

— Henry, proszę... — wysapała, próbując wyplątać się z prześcieradeł, ale ściągnęła sobie tylko na twarz poduszkę, jeszcze bardziej się podduszając. — Henry, mhmfhfff! Henry, proszszsz...

Podciągnął jej koszulę nocną, obnażając ją aż do talii. Poczuła na nagich nogach sunący od drzwi przeciąg. Henry przycisnął twarz do jej twarzy.

Jego oddech huczał jej w uchu.

— Moja droga Lucy... moja najdroższa Lucy...

Przerzucił nogę przez jej nogi i poczuła na udzie gumowatą sztywność jego członka.

— Nie, Henry! Proszę, nie... — jęknęła.

Uniósł się na łokciu i wbił w nią wzrok. Ciężko dyszał, na jego czole perlił się pot.

— Henry... — wyszeptała. Wyciągnęła dłoń i dotknęła opuszkami palców jego ust. — Nie możesz być taki szorstki.

Poczuła, że jego członek się kurczy. Zsunął się z niej powoli. Nie odzywał się, ale nadal nie spuszczał z niej wzroku. Obciągnął w dół jej koszulę nocną i wygładził prześcieradło.

— Nie... — wymamrotał po chwili.

— Jestem twoją żoną — powiedziała.

Była już spokojna, ale w dalszym ciągu miała wrażenie, że Henry jest kimś obcym. Kimś tak samo obcym jak Jack. A także wuj Casper. Pogłaskała męża po policzkach. Zastanawiała się, czy kiedykolwiek zdoła zrozumieć mężczyzn. Wydawało jej się, że zawsze znajdują się w stanie emocjonalnego pobudzenia. Stanowili niemożliwe do rozwikłania kłębowisko inteligencji i dowcipu, sprytu, brutalności, agresji i sentymentalizmu.

Henry leżał na brzuchu z zaciśniętymi nad głową pięściami i twarzą wbitą w poduszkę.

— Gdybyś mógł być łagodniejszy...

— Nie znałem zbyt wielu kobiet — powiedział stłumionym głosem. — Nie mam dużego doświadczenia. Miałem do czynienia tylko z dziwkami, jak każdy w Oksfordzie, a im jest obojętne, co się robi. Nigdy nie byłem blisko z kimś, kogo naprawdę kochałem. No, może raz, ale to doświadczenie mnie ukrzyżowało.

— Henry, kochany, ja nie chcę cię krzyżować.

— Może na to zasługuję...

Wyciągnęła rękę i pogłaskała go po karku, jednak nie chciał podnieść głowy.

— Henry, kocham cię. Jestem twoją żoną.

— Ale nie chcesz, abym się z tobą kochał.

— Oczywiście, że chcę.

Naprawdę chciała? Nie miała pojęcia, musiała mu jednak pokazać, że chce — niezależnie od swoich rzeczywistych chęci.

Leżała, wpatrując się w jego kark i zastanawiając, co powinna zrobić. Była żoną Henry'ego, ale dopóki nie sięgnął po nią, pozostawała panną Darling. Bardziej niż z Henrym była związana z Jamiem, jeśli miarą małżeństwa jest jego konsumpcja. Jeśli tak, była również znacznie bardziej żoną wuja Caspera — własnego ojca. Poczuła, że w jej oczach zbierają się łzy.

— Nie chciałam cię rozzłościć...

— Wszystko w porządku. Cokolwiek powiedziałaś, zasłużyłem na to.

Objęła go i pocałowała w głowę.

— Henry, proszę. To nasza noc poślubna.

— Wiem. Ale zachowałem się okrutnie i bezmyślnie, więc powinnaś mnie ukarać.

— Ukarać cię? Henry, o czym ty mówisz? Nie zrobiłeś niczego, za co należałaby ci się kara. Jestem twoją żoną!

W końcu odwrócił się do niej. Lucy zaniepokoił wyraz jego oczu. Zastanawiała się, czy nie jest pijany. Mógł być pijany. Mężczyźni przez cały dzień i większą część wieczoru pili szampana, ale Henry nie wyglądał na pijanego. Sprawiał raczej wrażenie przestraszonego — jak pies, który spodziewa się lania za złe zachowanie i wie, że na nie zasłużył.

U mężczyzny o takim wyrobieniu towarzyskim wydawało się to dość dziwne i niepokojące.

— Kochany... może byś się nieco przespał... — zaproponowała.

— Czyżbyś była aż tak okrutna?

— Nie rozumiem, o co mnie prosisz.

Henry wziął dwa głębokie wdechy. Jego oczy były tępe i szkliste.

— Proszę cię o to, o co poprosiłby swoją oblubienicę każdy mężczyzna... gdyby ją źle potraktował.

— Henry, karanie cię nie do mnie należy.

— Zostałaś źle potraktowana i aby sprawiedliwości stało się zadość, musisz to zrobić! Musisz!

Lucy usiadła, podpierając się ręką. Na jej odgiętym do tyłu nadgarstku wystąpiły błękitne żyłki.

— Co chcesz, abym zrobiła? — zapytała.

Musiał istnieć jakiś sposób wyjścia z tego impasu, ale tylko Henry mógł go wskazać.

Nie odwracając od niej wzroku, odrzucił prześcieradło i podciągnął swoją koszulę nocną. Jego członek był w niepełnym wzwodzie, żołądź kiwała się w rytm uderzeń serca.

— Oto prawdziwy winowajca — powiedział Henry chrapliwym głosem. — Jego musisz ukarać. Był zbyt niecierpliwy. Zbyt pazerny.

Lucy nic nie mówiła, czekała, aż jej wyjaśni, czego od niej oczekuje.

Henry wyciągnął ręce i rozwiązał wąskie jedwabne wstążki jej koszuli nocnej. Podał je Lucy niczym lejce, cały czas patrząc jej w oczy.

— Potrzebuje ostrej dyscypliny. Trzeba go nauczyć odpowiednio się zachowywać.

— Henry...

— Owiń wokół niego wstążki. Musisz to zrobić. Owiń wstążki... właśnie tak... i jeszcze raz.

Kiedy drżącymi dłońmi owijała różowe wstążki wokół jego członka, w rowku tuż za żołędzią, oddychał chrapliwie. Po chwili członek zaczął sztywnieć i unosić się.

— Nigdy nie wolno ci pozwolić, aby uchodziło mu to na sucho... bo wtedy jeszcze bardziej się rozbestwi... straci poczucie dyscypliny. Teraz ukarz go! Zaciągnij wstążki!

Lucy nie mogła zrozumieć, czego od niej chce, więc sam złapał za wstążki i zaciągnął je z całej siły. Żołądź pociemniała, a wstążki werżnęły się głęboko w ciało.

— Zasłużył na to, aby go zabolało! Jeśli pozwolisz, aby uszło mu to na sucho, następnym razem będzie się jeszcze gorzej zachowywał! Zaciągnij wstążki mocniej! — zażądał.

Mimo obawy, że zrobi mu krzywdę, owinęła końce wstążek wokół palców i pociągnęła.

— Mocniej! — krzyknął Henry. — Jeszcze ciaśniej! Spraw, aby cierpiał!

Lucy z ociąganiem wykonała jego polecenie. Członek Henry'ego uniósł się jak finiszujący koń wyścigowy, żołądź błyszczała purpurą, trzon nabrzmiał krwią. Wstążki były tak mocno ściągnięte, że niemal ginęły w ciele.

— Teraz... — stęknął Henry. Jego głos nie przypominał głosu, który znała.

Przetoczył się na plecy, chwycił ją za biodra i pomógł wspiąć się na siebie. Bez słowa wepchnął w nią swoją męskość, cały czas obwiązaną różowymi wstążkami — brutalnie i głęboko — tak głęboko, że Lucy zadygotała.

Wystarczyły nie więcej niż trzy pchnięcia. Henry krzyknął: „Boże, mój Boże, Lucy!" i wytrysnął w niej, z ostrym świstem wciągając powietrze.

Tkwiła na nim przez prawie pięć minut, czując na skórze muśnięcia włosów na jego piersi i słuchając bicia jego serca. W kominku przez cały czas się paliło, ale w Słonecznym Pokoju nadal było zimno. Nasienie Henry'ego wypływało z Lucy i ściekało po jej udach, przylepiając do nich zimne mokre wstążki. Nie pojmowała, co się stało. Przypuszczała, że jest teraz w pełni żoną Henry'ego, ale czy było to święte dopełnienie aktu małżeńskiego, czy karanie? Tak ciasne owinięcie członka musiało sprawiać Henry'emu ogromny ból, jednak mimo to bardzo go podnieciło. Zachowywał się, jakby tego potrzebował.

Pomyślała, że chyba nigdy nie zrozumie mężczyzn i ich przerażających żądz. Cóż to za miłość, jeśli mąż chce, aby żona go raniła? Albo jeśli mężczyzna chce ranić kobietę, tak jak wuj Casper ją? Czy ból jest składnikiem miłości? Czy będzie musiała karać męża przed każdym stosunkiem?

Henry objął ją ramieniem.

— Twoje ciało jest całe zimne. Chodź pod kołdrę.

Znowu brzmiał jak Henry, którego dźwięczny głos niósł się wyraźnie po całej posiadłości pani Harris.

Zeszła z niego i położyła się obok. Rzucane przez ogień w kominku cienie tańczyły na suficie. Kiedy po latach po raz pierwszy ujrzała indonezyjski teatr cieni, przypomniała jej się noc poślubna i skaczące po suficie cienie o haczykowatych nosach, spiczastych uszach i trzęsących się owadzich odnóżach.

— Droga, kochana Lucy... — powiedział Henry, jakby zaczynał list.

Odwróciła się do niego. Leżał na plecach i wpatrywał się w sufit. Płomienie obrysowywały jego wyrazisty arystokratyczny profil i migotały w oczach. Miała ochotę zadać mu mnóstwo pytań, ale nie wiedziała, jak zacząć. Była bardzo młoda, nie ukończyła jeszcze dwudziestu lat, a jej mąż, choć był przekonany, że nigdy wcześniej nie zaznała fizycznej miłości, bez wahania włączył ją w swój erotyczny rytuał bólu i upokorzenia.

— Henry...

Nie odpowiedział — leżał nieruchomo z otwartymi oczami.

— Henry?

— Przepraszam, najdroższa — powiedział i odwrócił się do niej z uśmiechem. — Myślałem o Indiach.

♦ ♦ ♦

Rozmyślania o Indiach nie trwały jednak całą noc. Tuż po północy, kiedy ogień zaczął przygasać, Henry przekręcił się na bok i ponownie podciągnął swoją koszulę nocną.

Lucy spała. Miniony dzień był pełen wrażeń, poza tym wypiła sporo szampana. Obudził ją dotyk dłoni męża, pieszczących jej nagie pośladki i zsuwających się między uda.

— Lucy, najdroższa moja, śpisz?

— Nie...

— Musisz mi wybaczyć.

— Wybaczyć? Co?

Henry milczał przez chwilę, a potem odwrócił się do Lucy plecami i powiedział:

— Jestem taki egoistyczny i nietolerancyjny. Nie wiem, co mogłaś sobie o mnie pomyśleć. Jesteś najdelikatniejszym dzieckiem, najsłodszą oblubienicą, a ja potraktowałem cię jak najbardziej zepsuty Pers...

Westchnął i jęknął cicho.

On płacze, pomyślała przerażona Lucy. Leżała w milczeniu, ogień w kominku dogorywał.

— Lucy, odezwij się do mnie, proszę — powiedział po chwili Henry. — Spróbuj znaleźć w swoim sercu wybaczenie dla mnie.

— Nie ma nic, co musiałabym ci wybaczać — odparła, ale miała wrażenie, że mówi to ktoś inny.

— Obiecuję, że już nigdy cię nie poproszę, abyś mnie karała.

— Ciii... nie rozmawiajmy już o tym.

— Obiecuję, to się już nie powtórzy. Nigdy.

— Ciii... — szepnęła i wplotła palce w jego włosy.

Może jednak przesadził z alkoholem i pomieszało mu się w głowie jak wujowi Casperowi? Była w nim ta sama brutalna niecierpliwość.

Kiedy ją pocałował, poczuła, że jego twarz jest mokra od łez. Całował ją raz po raz. Przesunął się nad nią, po czym rozłożył jej uda. Zdawało się, że tkwi gdzieś poza rzeczywistością, w jakimś innym wymiarze. Palcami rozchylił wargi sromowe Lucy i po chwili tępe, mięsiste dłuto jego członka zaczęło wpychać się w jej ciało.

Mimo dzielącej ich plątaniny nocnych koszul i prześcieradeł, przypominającej wciągający pod wodę wir, przytuliła się do Henry'ego i przycisnęła policzek do jego barku, pachnącego świeżym płótnem, potem i kwiatową wodą toaletową. To właśnie jest miłość, pomyślała z ulgą. Wszystko, co wydarzyło się wcześniej, było spowodowane alkoholem, wstydem i niedoświadczeniem. W końcu do tej pory jej mąż miał do czynienia tylko z dziwkami.

Wbijał się w nią coraz głębiej i mocniej, a jej pochwa przy każdym pchnięciu całowała go z cichym mlaśnięciem. Lucy zamknęła oczy i pozwoliła głowie opaść na poduszkę.

— Najdroższy... tak bardzo cię kocham...

W tym momencie jego członek zaczął mięknąć. Henry próbował uderzać szybciej, napinając mięśnie i klnąc pod nosem, jednak nic to nie dało. Z wściekłością uderzył kilka razy pięścią w materac, po czym sturlał się z Lucy i odwrócił do niej plecami, dygocząc z furii.

Przez chwilę leżała w milczeniu, a potem uniosła się i dotknęła jego ramienia.

— Kochany, to nie twoja wina... — powiedziała cicho. — To tylko alkohol. Musisz też być zmęczony.

Ale jej mąż nadal dygotał z upokorzenia i złości. Zegar na

korytarzu wybił pierwszą, ogień zgasł i Słoneczny Pokój ogarnęły ciemności. Lucy jeszcze kilka razy słyszała bicie zegara, zanim Henry w końcu zasnął.

◆ ◆ ◆

Mieli spędzić miesiąc wakacji na południu Francji, w departamencie Var, w domu należącym do malarza Alfreda Dunninga, który zaprzyjaźnił się z Henrym u Oscara Wilde'a przy Tite Street w Chelsea. Drogi Dunninga i Wilde'a rozeszły się przed rokiem po bardzo delikatnej uwadze pisarza na temat dzieła Dunninga *Triumf Świętej Opatrzności*. Wilde był teraz w więzieniu w Reading, a Dunning malował największe *Porwanie Sabinek*, jakie kiedykolwiek zamówiono.

Lucy spodziewała się, że po nieudanej nocy poślubnej Henry będzie zgorzkniały i ponury, ale obudził się uśmiechnięty i pocałował Lucy tak słodko, jakby przez całą noc kochali się radośnie. Henry poszedł do łazienki, a Lucy wstała, odsunęła zasłony, wyjrzała na zamarznięty ogród i słuchała, jak jej mąż — myjąc ręce i czesząc włosy — śpiewa *Love's Sweet Delight*.

Po kilku minutach wrócił do sypialni, zacierając dłonie.

— Będę musiał zadzwonić, żeby rozpalono ogień. Nie chcieli nam przeszkadzać i dlatego jeszcze nie napalili. Moglibyśmy też zjeść małe śniadanie... Co byś powiedziała na wędzonego wątłusza, jajka, bekon i filiżankę mocnej chińskiej herbaty?

Lucy popatrzyła na skotłowane łóżko i przypomniała sobie, że miała ukłuć się w kciuk i poplamić prześcieradło krwią. Spojrzała z niepokojem na Henry'ego, zastanawiając się, czy coś zauważył, ale on tylko wygładził pościel i usiadł na łóżku, czekając na śniadanie.

— Henry... — zaczęła, siadając obok niego.

Uśmiechnął się do niej. Bardzo go kochała, ale było to takie trudne...

Ujął jej dłoń i pocałował.

— Moja oblubienica — powiedział z dumą.

◆ ◆ ◆

Siedzieli na zacienionej werandzie domu Dunninga, pod rdzawą markizą, pijąc schłodzone różowe wino i obserwując migotanie gorącego powietrza nad doliną. Henry był ubrany bardzo elegancko: miał na sobie białą marynarkę, białe drelichowe spodnie i kapelusz — autentyczną panamę, którą można było przeciągnąć przez ślubną obrączkę (czego Henry nie omieszkał zademonstrować Dunningowi, aby pochwalić się zarówno kapeluszem, jak i obrączką). Lucy włożyła tego dnia elegancką białą sukienkę z lnu, z szerokim koronkowym kołnierzem, a na głowie miała biały słomkowy kapelusz, który wyglądał, jakby lada chwila zamierzał odlecieć.

Alfred Dunning spędzał z nimi ostatni dzień. Miał jechać do Algieru, by spotkać się tam z jednym z artystów poznanych przy Tite Street. Był potężnym mężczyzną o grubo ciosanych rysach i większość ludzi prawdopodobnie wzięłaby go za węglarza albo woźnicę. Mówił bardzo głośno, był zabawny (przez większość czasu) oraz doskonale poinformowany o wszystkim, co się działo na świecie. Jego chropowatość miała w sobie atrakcyjną bezpośredniość i wszyscy wiedzieli, że Alfredowi Dunningowi nigdy nie brakuje towarzystwa kobiet. Plotkowano, że każda z pięćdziesięciu trzech modelek, które pozowały mu do *Triumfu Świętej Opatrzności*, miała wiele okazji do rozprostowania nóg między sesjami.

— Nie wydaje mi się, abym miał ci czego zazdrościć, Henry — powiedział, wachlując się poplamionym białym kapeluszem. — Londyńskie zimy i wieczna mgła, na ulicach tłumy urzędników pachnących jak mokre spodnie...

— Mój drogi Dunners, Londyn to centrum cywilizowanego świata — odparł Henry. — Jeśli stanę na stacji Charing Cross i będę się obracać na pięcie, mam świadomość, że w każdą stronę rozciąga się przede mną Imperium Brytyjskie. Cywilizując i oświecając. Wprowadzając prawo tam, gdzie go wcześniej nie było, oraz pokój w krajach, w których dotąd były tylko konflikty.

— I wyciskając z biednych ciemniaków, ile się da.

— Oświecenie też ma swoją cenę.

Alfred jednym haustem dopił wino i jeszcze go nie przełknąwszy, ponownie napełnił sobie kieliszek.

— Najlepszą rzeczą na południu Francji jest światło. Idealne do malowania. Ale w polityce raczej przeszkadza, prawda, Henry? Trzymać ludzi w ciemności, oto twoje motto.

— Jesteś niesprawiedliwy — odparł Henry.
— W dalszym ciągu masz ochotę na Indie?
Henry kiwnął głową i zmrużył oczy, spoglądając na pokryte dachówką dachy okolicznych domów. Zawsze mrużył oczy, kiedy nie miał ochoty odpowiadać na jakieś pytanie. Rozmazane przez upał drzewka oliwkowe wyglądały jak zielonkawe duchy, milcząco machające do nich ze zbocza naprzeciwko.
— No cóż, Indii też ci nie zazdroszczę — stwierdził Alfred. — Algier mi w zupełności wystarczy. Jest tam też trochę czarujących dam, absolutnie czarujących. Brzuchy jak słabo wypełnione aksamitne poduszki... Ale co tam będę ci opowiadał, masz przecież przy sobie swoją własną czarującą damę, nie musisz szukać innych.
— Dunners, uważaj na język — skarcił go Henry.
— Wcale mnie to nie denerwuje ani nie obraża — odparła Lucy z uśmiechem.
— Ten kansaski akcent! — zawołał Alfred i opadł na oparcie fotela. — To niesamowite przeccccciągannnnie zgłosssekkkkk! Biegną po moim kręgosłupie w górę, okrążają dwa razy głowę i wylatują przez uszy!
Lucy się roześmiała. Henry próbował do nich dołączyć, był jednak zbyt zirytowany. Ich życie erotyczne nadal wyglądało dość dziwnie i po dziesięciu dniach małżeństwa napięcie zaczynało być odczuwalne. Przez większość czasu Henry'emu udawało się zachowywać równowagę, ale od czasu do czasu nerwy go zawodziły. Bębnił wtedy wściekle piórem o biurko albo nieruchomiał nagle i wbijał wzrok w przestrzeń, jakby zapomniał, kim jest.
Kochali się dwa albo trzy razy, jednak za każdym razem Lucy miała wrażenie, że robią to w pośpiechu — jakby Henry uważał, że ma ważniejsze rzeczy do zrobienia. Nic nie rozumiała. Kiedy rozprawiał o polityce i Imperium Brytyjskim, robił to z wielkim zapałem i zaangażowaniem. W dalszym ciągu potrafił ją rozbawić i wiedziała, że bardzo ją kocha, więc tym bardziej niezrozumiałe było dla niej jego postępowanie. Kiedy się kochali, zachowywał się jak ktoś, kto próbuje nie spóźnić się na pociąg. Lęk, jaki odczuwała podczas nocy poślubnej, zamienił się w niepokój, a potem w rozczarowanie. Kochała go i chciała być dla niego najlepszą żoną, ale Henry tylko ją pobudzał, nie dając zadowolenia.

Czuła się jak człowiek, któremu podano tacę wybornego jedzenia, ale po dwóch lub trzech kęsach wszystko zabrano.

Po południu Henry poszedł popracować i Lucy przyłapała się na tym, że flirtuje z malarzem. Alfred nie miał nic przeciwko temu, choć był ostrożny i nie reagował na jej zaczepki, gdy Henry znajdował się w pobliżu. Teraz jednak założył nogę na nogę, patrzył na Lucy spod ronda swojego wyświechtanego kapelusza i uśmiechał się prowokująco.

— *Truite bleue* był znakomity — powiedziała Lucy.

— Twoja francuska wymowa staje się coraz lepsza. Twój gust kulinarny również.

— Zawsze lubiłam pstrąga. Kiedyś jadłam go w High Sierras, w drodze do Kalifornii.

— Kalifornia! Muszę przyznać, że nigdy tam nie byłem.

— Jest tam bardzo pięknie.

— Tak słyszałem. Ale nie ma tam artystów, są tylko hodujący fasolę wieśniacy, prawda? Choćby jakiś kraj był od horyzontu po horyzont obsadzony fasolą, nie istnieje naprawdę, dopóki się go nie namaluje.

Lucy się uśmiechnęła. Alfred nie miał skarpetek i bujał na boki opaloną stopą.

— Jesteś tu szczęśliwy? — zapytała.

— W pewien sposób. Lubię, kiedy odwiedzają mnie przyjaciele. Miejscowi są nieco prymitywni.

Odwróciła głowę, jednak on w dalszym ciągu ją obserwował.

— A ty? — spytał po chwili.

— Jestem tuż po ślubie, więc muszę być szczęśliwa — odparła Lucy.

— Niekoniecznie. Znam mnóstwo par tuż po ślubie, które nie są szczęśliwe.

— Ale ja jestem. Naprawdę.

Dolał jej wina.

— Małżeństwa potrzebują czasu. Są trochę jak puzzle. W kolorowych pudełkach, ze ślicznym obrazkiem na wierzchu. Po otwarciu takiego pudełka większość ludzi doznaje rozczarowania, bo okazuje się, że w środku jest mnóstwo pomieszanych ze sobą kawałków, które trzeba samemu poukładać. — Upił łyk wina. — Czasami brakuje kilku kawałków, ale dowiadujemy się tego dopiero po jakimś czasie.

Przez chwilę siedzieli w milczeniu.

— Może chciałabyś zobaczyć moje ostatnie dzieło? — zapytał w końcu Alfred. — Weź swoje wino.

Sprowadził Lucy schodkami na dół i poszli przez ogród do jego pracowni — dużej stodoły porośniętej winoroślą. Alfred otworzył popękane dębowe drzwi. Ceglane ściany w środku pobielono wapnem, a całą północną ścianę zajmowało wielkie brudne okno składające się z małych szybek, z których kilkanaście było wybitych. Wszędzie stały płótna — głównie włoskie pejzaże i klasyczne sceny — oraz fragmenty kamiennych posągów (głównie kobiece torsy, choć było także kilka męskich). Wpadające z zewnątrz światło oświetlało studio równomiernym perłowym blaskiem, o okno uderzały liście winorośli.

Na środku stało wielkie płótno, prawie dwa razy wyższe od Alfreda, zasłonięte gazą. Malarz ściągnął zasłonę, ukazując kłębowisko nagości i nabitych mięśniami końskich zadów.

— Sabinki — oświadczył. — Moje *chef d'oeuvre*.

— Bardzo dramatyczne — stwierdziła Lucy. — Mnóstwo tu nagich kobiet.

Alfred wzruszył ramionami.

— Nikt nie kupi dużego obrazu, jeśli nie jest pełen gołych postaci.

— Ale kobiety nie chodzą nago, prawda?

— Boże, nie pytaj mnie o to. Gdyby te z obrazu chodziły, prawdopodobnie natychmiast zostałyby zgwałcone.

Lucy się roześmiała. Obeszła pracownię, zafascynowana duszącymi, oleistymi zapachami, wijącymi się srebrnymi robakami wyciśniętej z tubek farby, pędzlami i butelkami z terpentyną. Węgiel drzewny w białym szklanym słoju wyglądał jak spalony bukiet kwiatów. Podeszła do ustawionych na podłodze torsów i upiła łyk wina.

— Wszystkie są połamane.

— Ludzie sądzą, że zniszczył je czas, jednak w rzeczywistości porozbijali je Wandalowie...

Lucy odwróciła się do niego i odstawiła kieliszek. Malarz podszedł bliżej i zdjął kapelusz. Przez chwilę patrzył jej prosto w oczy, po czym rzucił kapelusz w drugi koniec pracowni.

— Jesteś bardzo piękna — powiedział. — Masz oryginalną

urodę. Jesteś jak słońce przeświecające przez płatki słonecznika. Byłbym zachwycony, mogąc cię namalować.

— Mam nadzieję, że nie jako Sabinkę.

Ujął jej dłonie.

— Jako ciebie.

Odwróciła głowę. Budził w niej emocje, których nie rozumiała. Miała wrażenie, że Alfred zna ją na wylot i wie, o czym myśli. Może pozwalało mu to dostrzec oko artysty, a może ujawniała o sobie więcej, niż sądziła.

— Czy nie byłoby impertynencją, gdybym dał ci pewną radę? — spytał. — Nie znam Henry'ego zbyt długo, ale myślę, że wiem, jaki jest.

— Sądzisz, że potrzebuję twojej rady?

— Tylko ty możesz to osądzić.

Znowu ujął jej dłonie i zaczął kciukami obwodzić nadgarstki. Było to przyjemne i jednocześnie podniecające doznanie.

— Henry należy do ludzi, którzy czują się osobiście odpowiedzialni za wszystko i wszystkich — powiedział cicho. — Żyje dla pracy. Je na śniadanie odpowiedzialność i posypuje zupę poczuciem winy. Jak myślisz, dlaczego tak bardzo zależy mu na zarządzaniu Indiami? Bo tylko Indie są wystarczająco chaotyczne! Tylko Indie dostarczą mu wystarczająco wielu trudności administracyjnych i obciążą dostatecznie skomplikowaną biurokracją. Będzie musiał się zmierzyć z politycznymi niepokojami, biedą, pompatycznością, małostkowością i fanatyzmem. Nigdzie indziej by tego wszystkiego nie miał... a przynajmniej nie w takim stężeniu. Rządzenie Indiami to marzenie męczennika.

Zamilkł na chwilę, po czym dodał:

— Z jakiegoś powodu Henry uważa, że musi cierpieć. Ma to związek z poczuciem historycznej misji, jakim zawsze będzie obarczony człowiek z jego pochodzeniem i wychowaniem, ale jest w tym coś jeszcze... Albo jakiś inny obowiązek, do którego wypełnienia może czuć się zobowiązany, albo jakaś plama na jego duszy, którą usiłuje zetrzeć. Jednak cokolwiek to jest, odnoszę wrażenie, że już to sobie uświadomiłaś.

Znowu przerwał, musiał jednak wiedzieć, że ma rację, bo Lucy milczała i nie próbowała zabrać mu swojej dłoni.

— Jesteś żoną Henry'ego. Zgodziłaś się dzielić z nim życie,

ale nie musisz dzielić jego cierpienia. To tylko jego sprawa. Powinnaś pamiętać o tym, że jesteś wolnym człowiekiem... masz własne cele i pragnienia. — Uśmiechnął się. — Poza tym jesteś młoda i bardzo piękna. Masz obowiązek korzystać z życia.

Pochylił się i Lucy uświadomiła sobie, że chce ją pocałować. Ich twarze były tak blisko siebie, że czuła na policzku jego oddech.

— Nie powinnaś się nim tak bardzo przejmować — powiedział i pocałował ją.

Czubek jego języka przesunął się po jej wargach, wsunął się między nie i dotknął zębów. Rozchyliła usta i wpuściła go do środka.

Stali przez długą chwilę w perłowym świetle, mocno objęci. Za ich plecami kotłowały się na płótnie Sabinki, różowe i pulchne jak brzoskwinie, a winorośl drapała o okno.

Alfred ponownie pocałował Lucy, delikatnie dotknął jej piersi i odsunął się.

— Henry na ciebie nie zasługuje. Nie daj mu się zamienić w memoriał, sprawozdanie albo kolumnę rachunkową.

— Czemu mnie pocałowałeś?

— Uważasz, że zrobiłem coś złego?

— Jestem żoną Henry'ego.

— Jesteś Lucy. Najpierw jesteś Lucy, a dopiero potem jesteś żoną Henry'ego. Nie powinnaś o tym zapominać. Jesteś żoną Henry'ego, ale przede wszystkim jesteś Lucy.

— Lepiej wracajmy do domu.

Wzruszył ramionami.

— Jak sobie życzysz. Boisz się, że Henry posądzi nas o złe prowadzenie się, jeśli będziemy tu zbyt długo siedzieć?

— Chyba nie rozumiem mężczyzn — stwierdziła Lucy, wygładzając sukienkę.

— Nikt nikogo nie rozumie. Gdyby ludzie się rozumieli, natychmiast doszłoby do najgwałtowniejszej i najbardziej niszczycielskiej wojny w historii. Jedynie niezdolność do wzajemnego rozumienia się powstrzymuje nas od poroszarpywania sobie gardeł.

Wyszli z pracowni i wstąpili na prowadzące przez ogród schody. Po obu stronach ścieżki rosły żółte róże, popołudniowe powietrze pachniało piżmem. Róże zrzucały płatki, przypominające gęsty żółty krem. Na szczycie Lucy odwróciła się do Alfreda, przytrzymując kapelusz szarpany schodzącym po zboczu wiatrem.

— Dlaczego nie chciałeś się ze mną kochać? — spytała.
Roześmiał się.
— Ależ chciałem! Bardzo chciałem!
W tym momencie na werandzie pojawił się Henry. Był w samej koszuli i sprawiał wrażenie rozpalonego.
— Jak się czujesz, moja droga? — zapytał.
Lucy ujęła dłoń malarza.
— Dziękuję, bardzo dobrze — odparła. — Alfred pokazywał mi swoje obrazy.
— Mam nadzieję, że nic ryzykownego, Dunners?
Alfred lekko ścisnął dłoń Lucy.
— Znasz mnie przecież, Henry.

◆ ◆ ◆

Wrócili do Anglii pod koniec listopada, do domu, który Henry wynajął przy Carlton House Terrace. Kiedy w drodze do Francji spędzili dwa dni w Londynie, Lucy nie zdążyła prawie nic zobaczyć, a teraz stolicę spowijała gęsta, nieprzenikniona mgła. Z okna garderoby można było jedynie dostrzec przypominające duchy cienie powozów i koni, bezlistne pająkowate drzewa i maszerujących po Mall gwardzistów.

Henry wrócił do pracy z furią, która doprowadzała Lucy do rozpaczy. Codziennie wstawał o szóstej rano, golił się, ubierał i pracował przy świetle lampy do śniadania. O wpół do ósmej wychodził do Ministerstwa Spraw Zagranicznych, które znajdowało się parę minut spaceru od ich domu — schodami w dół, a potem przez Mall i plac do parad konnych.

Zanim wyszedł, na palcach wchodził do sypialni, całował lekko Lucy w oba policzki i w usta, po czym mówił: „Dobra dziewczynka, zobaczymy się wieczorem". Widziała go ponownie dopiero około dziewiątej albo dziesiątej, czasami nawet później. Wracał blady, oszołomiony i prawie nie mógł mówić ze zmęczenia. Czasami miała wrażenie, że wcale nie wyszła za mąż. Henry był obcym człowiekiem, który przychodził i odchodził.

Trudności w pożyciu, jakich doświadczali w pierwszych dniach małżeństwa, wkrótce przestały ich martwić. Po powrocie z ministerstwa Henry był zwykle taki zmęczony, że kwestia spania ze sobą stała się czysto akademickim problemem. Próbując odreagować frustrację, Lucy chodziła wraz z Norą na zakupy i niemal codziennie widywano je w najmodniejszych sklepach przy Regent Street.

Carlton House Terrace była tak blisko, że kiedy wracały, większość zakupów czekała już na nie w domu, dostarczona przez posłańców. Najczęściej były to kapelusze i biżuteria, torebki na wieczorowe okazje i rękawiczki. Czasami kupowała prezenty dla Henry'ego: piersiówki do brandy, stołki myśliwskie albo kapelusze myśliwskie — których i tak miał bardzo dużo. Pewnego razu, chcąc zrobić mu niespodziankę, kupiła w galerii przy Bond Street francuski obraz za 55 funtów, jednak Henry kazał go odnieść, ponieważ uznał, że sceneria jest zbyt intymna (malowidło przedstawiało kuchnię), a obraz beznadziejnie namalowany. Dyrektor galerii natychmiast napisał do Henry'ego list z przeprosinami i obiecał, że pani Carson nie będą więcej pokazywane prace pana Bonnarda.

Były oczywiście także chwile chwały i blasku. Na początku grudnia zostali zaproszeni przez księcia i księżnę Walii do Sandringham, gdzie byli także lord Rosebery, Arthur Balfour oraz państwo Josephowie Chamberlain. Tydzień przez Bożym Narodzeniem byli na kolacji z lordem Salisbury, który gościł rosyjskiego ambasadora, pana M. de Staala, a w każdy „weekend", jak teraz nazywano sobotę i niedzielę, Henry zapraszał do Carlton House Terrace kogoś ciekawego lub zabawnego. Kiedy pod koniec pierwszej zimy małżeństwa z Henrym Lucy przeglądała księgę gości, znajdowały się w niej wpisy księcia i księżnej Rutland, pisarza Thomasa Hardy'ego, amerykańskiego historyka Henry'ego Adamsa, Henry'ego i Margot Asquithów, Alfreda i D.D. Lytteltonów, Evana Charterisa i wielu innych znakomitości.

Przynajmniej dwa razy w miesiącu chodzili do teatru i uczestniczyli w oficjalnych bankietach z udziałem przedstawicieli różnych egzotycznych krajów — kolorowo ubranych mężczyzn o błyszczących ciemnych twarzach, w nakryciach głowy ozdobionych strusimi piórami. Niemal co tydzień ich nazwisko pojawiało się w kolumnie towarzyskiej, a „Evening Standard" nazwał Lucy „złotą damą", jakby wcześniej wątpiono, czy Amerykanka potrafi zachowywać się jak dama, ale w oczach Anglików był to komplement.

Nadeszła wiosna i Lucy zaczęła coraz lepiej poznawać Londyn. Zdobywała kolejne przyjaciółki — głównie żony innych torysowskich członków parlamentu, ale najbardziej zaprzyjaźniła się z siostrami Tennant, obecnie Margot Asquith i Charty Ribblesdale. Jej kansaski akcent, który Evelyn Scott tak usilnie starała się wyrugować, nigdy do końca nie zniknął, jednak każdy mieszkaniec Oak City z pewnością by uznał, że jest teraz prawie zupełnie niesłyszalny. Czuła się jak bohaterka pisanej przez siebie sztuki, kiedy z eleganckimi angielskimi damami piła herbatkę w salonie o wysokim suficie i ścianach barwy rozwodnionego jedwabiu albo jechała konno po Rotten Row, między puszczającymi pączki wiązami. Zdarzały się także bolesne momenty, gdy widok dzieci w Kensington Gardens przypominał jej Blanche, ale wiedziała, że prowadzi życie, o jakim zawsze marzyła. Poradziła sobie bez rodziców i osiągnęła wszystko, czego pragnęła. Była pewna, że z jej córeczką będzie tak samo.

W maju zostali zaproszeni do Windsoru na kolację połączoną z noclegiem. Lucy była przerażona i doszła do wniosku, że kiedy stanie przed królową, prawdopodobnie będzie musiała uciec. Słyszała o niej tyle strasznych historii... Ale monarchini okazała się drobną, spokojną kobietą, pełną dziewczęcego wdzięku i lubiącą żartować z samej siebie.

Po śniadaniu, gdy stali w słońcu i czekali na powóz, Jej Wysokość podeszła do Lucy.

— Ma pani bardzo przystojnego i miłego męża, pani Carson — powiedziała. — Posiada także ogromną wiedzę. Sądzę, że czeka go wspaniała przyszłość.

— Dziękuję, Wasza Wysokość — odparła Lucy.

Była zaskoczona bladością królowej i jej zupełnie białymi włosami. Nawet oczy monarchini wyglądały, jakby były wyblakłe.

— Muszę także przyznać, że i pani jest bardzo urodziwa. Mam nadzieję, iż była pani wczoraj taka cicha nie dlatego, że rozmowa wydała się pani nużąca...

— Nie, Wasza Wysokość. Była bardzo interesująca.

— Och... takie rozmowy nigdy nie są interesujące. Zabawne może tak, ale nigdy interesujące.

◆ ◆ ◆

Pod koniec lata Henry (nie konsultując się z Lucy) wynajął zamek Inverlochy w Szkocji, by zapolować na dzikie gęsi. Lucy z początku się opierała — nie miała ochoty opuszczać Londynu, ale kiedy mąż ją zapewnił, że latem każdy wyjeżdża z Londynu, zgodziła się. (Choć nie obyło się bez trzaskania drzwiami i kłótni na schodach, które słyszeli służący). Mimo że Szkocja w niczym nie przypominała Kansas, Lucy była nią zachwycona — a najbardziej zachwyciły ją góry i fioletoworóżowa melancholia wrzosów. Pachniały jak miód, a powietrze jak łupek.

Choć byli na wakacjach, Henry przez cały czas pracował. Jak zwykle już o szóstej był na nogach i przeglądał dokumenty, wciąż przysyłane z ministerstwa. Kiedy w końcu wyjeżdżał z przyjaciółmi postrzelać, miał już za sobą większość spraw, które trzeba było załatwić w pierwszej kolejności. Po kolacji wracał za biurko i kończył pracę dobrze po północy.

Lucy w sklepie Jacka również ciężko pracowała — od rana do zmierzchu — ale trudno jej było pojąć, z czym musi się zmierzyć Henry. Kiedyś z dumą oznajmił, że rocznie do Ministerstwa Spraw Zagranicznych przychodzi niemal dziewięćdziesiąt dwa tysiące telegramów, z których większość musi przeczytać osobiście, aby móc przemawiać w Izbie Gmin. Każdy minister robi to samo, lecz wielu z nich było znacznie starszych od niego. A wszystko to za 1500 funtów rocznie — ku chwale Imperium Brytyjskiego.

♦ ♦ ♦

Kiedy Henry się w końcu zjawił, Lucy leżała na szerokim łożu w sypialni. Zegar dawno wybił już drugą i była tak zmęczona, że oczy same jej się zamykały, ale nie zgasiła lampy. Przez całe popołudnie chodziła po wzgórzach z Loulou Harcourt i gromadką jej psów. Gdy Henry wszedł, usiadła na łóżku i uśmiechnęła się do niego.

— Skończyłeś wreszcie?

Kiwnął głową. Jego twarz wyglądała jak gipsowy odlew.

— Gdybyś tylko wiedziała, na jakie pytania musiałem odpowiadać...

Poklepała narzutę obok siebie.

— Opowiedz mi o tym.

Wzruszył ramionami.

— Wystarczy, że ja się muszę męczyć z podobnymi sprawami. Czy burmistrz Portsmouth może przyjąć zagraniczne odznaczenie? Czy kolumbijski *chargé d'affaires* może otrzymać kartę wstępu do Izby Gmin? Czy *regius professor* fizyki z uniwersytetu w Cambridge podczas wizyty w Moskwie powinien przedstawić list z Ambasady Rosyjskiej? Czy dwór angielski powinien uczestniczyć w żałobie po owdowiałej żonie cesarza Japonii?

Lucy próbowała udawać, że zastanawia się nad jakąś odpowiedzią, choć siedzący obok Henry doskonale wiedział, że zupełnie się na tym nie zna. W końcu uniosła głowę, uśmiechnęła się i pocałowała go.

— Nie mam zielonego pojęcia — przyznała. — Ale wiem, że cię kocham, najdroższy.

Henry poluzował muchę i zaczął wyjmować spinki z mankietów.

— To więcej, niż zasługuję. Twoje zrozumienie całkowicie mi wystarcza.

— Och, ale przecież ja cię wcale nie rozumiem. Nikt nikogo nie rozumie. Wiesz, jak się mówi: „Jedynie nasza niezdolność do wzajemnego zrozumienia się powstrzymuje nas od poprzegryzania sobie gardeł".

Była zmęczona. W ciągu dnia zjadła i wypiła zbyt dużo. Henry też był zmęczony, ale kiedy to powiedziała, natychmiast zesztywniał.

— Co to znaczy? Co to ma znaczyć?

Lucy pokręciła głową.

— Sama nie bardzo wiem...

Henry wstał.

— Naprawdę chcesz mi powiedzieć, że wierzysz w takie bzdury? — zapytał ze złością. — Że przed rzucaniem się na siebie jak dzikie zwierzęta powstrzymuje nas jedynie nasza niezdolność do wzajemnego rozumienia się?

— Po prostu ktoś tak powiedział i ja to tylko powtórzyłam.

— Czy ty w ogóle wiesz, jak ciężko muszę pracować, aby doprowadzić do porozumienia między jednym a drugim krajem?! — krzyknął, drżąc na całym ciele. — Nawet między Anglikami i Anglikami? Żyjemy w wieży Babel! Kiedy rozmawiamy z ambasadorem Rosji, z każdego zdania da się zrozumieć tylko cztery pierwsze słowa! Gdy rozmawiamy z Towarzystwem Przyjaciół o niewolnictwie i prosimy o stenografa, abyśmy mogli sprawdzić, co podadzą prasie, kończy się na sporach, kto ma temu stenografowi zapłacić... Każdy dzień jest plątaniną nieporozumień, przypadkowych i zamierzonych, przez które z takim trudem się przebijam! A ty mi próbujesz powiedzieć, że gdybyśmy potrafili się porozumieć, to rozerwalibyśmy sobie gardła...

Lucy spuściła wzrok i zaczęła obracać na palcu pierścionek zaręczynowy z brylantami i szafirami.

— Przepraszam cię, Henry, ale przecież się nie rozumiemy, prawda?

— Nie?

— A może to tylko ja nie rozumiem ciebie? Cóż, może to i lepiej. Wygląda na to, że wolisz prowadzić własne życie, na swój sposób, beze mnie.

— Jak możesz... — zaczął Henry, ale urwał, zasłonił usta dłonią i znieruchomiał, wpatrując się w leżące na stoliku spinki.

— Coś nie tak, Henry?

— Nie tak? Skądże znowu.

— Naprawdę nie miałam na myśli nic złego. Ale czy jest coś... coś, co kiedyś zrobiłeś... za co musisz odpokutować?

Henry przez chwilę się nie odzywał, a potem wymamrotał coś pod nosem.

— Więc nie ma nic takiego? — zapytała Lucy.

Nic na to nie odpowiedział.

— Jeśli zadręczasz się bez powodu, to od ciebie odejdę.

Henry rozebrał się i przez chwilę stał nagi w świetle lampy. Był może nieco zbyt ciężki wokół talii, ale sprawiał wrażenie bardzo silnego i wygimnastykowanego.

Podniósł kołdrę i wszedł do łóżka. Lucy prawie nie śmiała oddychać.

— Byłem dla ciebie niedobry, prawda? — zapytał Henry.

Jego głos brzmiał, jakby tarto o siebie dwie grudy węgla.

— Dałeś mi wszystko, czego sobie życzyłam.

— A miłość? Co z miłością? Czasami mam wrażenie, że nie ma we mnie zdolności kochania.

Ujęła jego rękę i pocałowała go.

— Jesteś zmęczony, to wszystko. Za dużo pracujesz.

— Musimy kierować imperium.

— Ale masz także żonę, która się o ciebie troszczy i nie chce patrzeć, jak przywala cię góra pracy.

Przez jakiś czas milczał, a potem powiedział:

— Czasem sobie myślę, że powinnaś więcej wychodzić... zwłaszcza kiedy jesteśmy w Londynie. Ja jestem przywiązany do biurka, ale dlaczego ty nie miałabyś chodzić na tańce i przyjęcia?
— To, co robię, w zupełności mi wystarcza.
— Nie wierzę. Zawsze jestem taki zajęty. Prawie nie bywam w domu. Ale taką już mam naturę... oszalałbym, gdybym nie mógł pracować. Jest tyle do zrobienia!
— Co sugerujesz? — zapytała Lucy.
Zupełnie nie wiedziała, do czego jej mąż zmierza.
— Mam dobrego kumpla, Brunona Maltraversa... Studiowaliśmy razem w Oksfordzie. Nazywaliśmy go Maltym. Jego wujem jest hrabia Nantwich.
— Czy nie spotkaliśmy hrabiego Nantwicha na jakimś przyjęciu?
— Zgadza się... łysy, brodaty. Nie znoszę go i zupełnie nie rozumiem, jakim sposobem udało mu się zdobyć poparcie premiera. Malty nazywa go Wielkim Kokosem.
— No dobrze, ale co z tym Maltym?
— Chodzi o to, że ma wiele wolnego czasu, bo nie musi pracować na życie. Jest dobrze ustawiony finansowo i byłby dla ciebie idealnym towarzyszem... Jest uroczy i bardzo zabawny. Na pewno go polubisz. Myślałem o zaproszeniu go na kolację zaraz po powrocie na Carlton House Terrace i zaproponowaniu mu, aby zamiast mnie chodził z tobą na tańce i przyjęcia, gdy będę zajęty parlamentarnymi sprawami.
— Mówisz poważnie? Chyba jeszcze nigdy o czymś takim nie słyszałam.
— Moja kochana, to dość powszechna praktyka, zwłaszcza wśród polityków. Administrowanie światowym imperium to niezwykle absorbujące zadanie, zwłaszcza gdy młodsi urzędnicy wolą grać na korytarzach w krykieta. Jeśli nie masz obiekcji, uczynilibyście mi z Maltym wielką przysługę. Mógłbym wtedy spokojnie pracować, wiedząc, że się nie nudzisz, denerwujesz albo obwiniasz mnie o to, że twoje życie zrobiło się smutne i puste. — Pocałował ją w czoło, co bardziej przypominało błogosławieństwo niż gest świadczący o mężowskim uczuciu. — Nadchodzą dla mnie wielkie dni, Lucy. Niebawem rozstrzygnie się moja przyszłość. Jeżeli całkowicie nie poświęcę się parlamentarnej pracy, mogę stracić okazję zostania wicekrólem. Urodziłem się po to, aby rządzić

Indiami. To nie przypadek, że rezydencja wicekróla w Kalkucie jest repliką Brackenbridge. Mówiłaś o zamkach z chmur, które widywałaś na kansaskim niebie... Brackenbridge w Derbyshire i Brackenbridge w Indiach to moje zamki z chmur. Muszę je mieć, tak jak ty musisz mieć swoje.

Lucy nic na to nie odpowiedziała, była zbyt zaskoczona. Wiedziała, jak bardzo Henry pragnie zostać wicekrólem Indii, nie zdawała sobie jednak sprawy, jak wiele jest gotów poświęcić, aby osiągnąć swój cel. Zbliżał się koniec kadencji obecnego wicekróla, lorda Elgina, i niemal wszyscy zakładali, że jego następcą zostanie Henry. Oczywiście wszyscy poza tymi, którzy uważali go za nieodpowiedniego kandydata — jak lord George Hamilton, sekretarz stanu do spraw Indii, oraz ci, którzy również ubiegali się o to stanowisko. Jednym z jego najgroźniejszych rywali był markiz Lorne, spadkobierca księcia Argyll i mąż czwartej córki królowej Wiktorii, Louise, która miała Henry'ego za nic, zawsze to okazywała i nigdy nie wahała się dawać do zrozumienia królowej, że jest aroganckim i wyrachowanym draniem.

Henry miał obsesję na punkcie Indii i tego wieczoru Lucy wreszcie sobie uświadomiła, że gdyby dla zdobycia stanowiska wicekróla musiał zniszczyć ich miłość, bez wahania by to zrobił. Potrzebował żony i bez niej nigdy nie udałoby mu się zrealizować swojego marzenia, ale Indie zawsze stały na pierwszym miejscu. Nie pozwoli mi odejść nawet wtedy, jeśli mu powiem, że go nienawidzę, pomyślała. Za Indie zniesie nawet moją nienawiść.

Zdawało się, że ma pełne zaufanie do Brunona Maltraversa, jednak najbardziej dziwił Lucy jego głód władzy i odpowiedzialności. Poczuła się jak żona przyłapująca męża o drugiej w nocy na opychaniu się ciastem z kremem. Seksualizm Henry'ego również zadziwiał ją i niepokoił, ale jego obsesyjne pożądanie publicznego stanowiska przekraczało jej możliwości rozumienia.

W końcu zasnął, jak zwykle mamrocząc coś przez sen, a ona leżała obok niego, wpatrując się w ciemność. Próbowała znaleźć w niej oparcie, jakiś kształt, jakąś formę — powód, dla którego powinna tkwić w Szkocji, poświęcając ciało i duszę ambicjom, z którymi się nie identyfikowała.

♦ ♦ ♦

Bruno Maltravers — tak jak to zostało zaaranżowane — zjawił się w ich domu przy Carlton House Terrace tuż po południu pierwszego czwartku grudnia i ze skrzyżowanymi nogami i kapeluszem na kolanach czekał na Lucy we frontowym salonie. Dzień był dość jasny, choć St James's Park ciągle jeszcze spowijała mgła i wszystkie dochodzące z zewnątrz odgłosy były nienaturalnie płaskie.

Henry w poniedziałek rano pojechał do Berlina, by porozmawiać z baronem marszałkiem von Biebersteinem, ministrem spraw zagranicznych Niemiec, o prowokacyjnym lądowaniu oddziałów niemieckich w portugalskiej Afryce Wschodniej. Choć cesarz Wilhelm w dalszym ciągu pisał afektowane listy do swojej babki, królowej Wiktorii, a jej ministrowie i ambasadorowie zawsze byli przyjmowani przez niego z wielką uprzejmością, antagonizmy między rządami Niemiec i Wielkiej Brytanii coraz bardziej się pogłębiały.

Henry zamierzał wykorzystać swoją długoletnią przyjaźń z niemieckimi arystokratami do załagodzenia sytuacji. Miało go nie być przez dwa tygodnie, ale gdyby coś poszło nie po jego myśli, mógł nawet nie wrócić na Boże Narodzenie.

— Chcę spróbować osobiście porozmawiać z kajzerem — oświadczył. — Jeśli mi się to uda i przekonam go, że rząd brytyjski ma dobrą wolę i jest zainteresowany współpracą, moja przyszłość w ministerstwie będzie pewna. Salisbury uważa mnie za amatora w sprawach europejskich, jednak jeżeli uda mi się dojść do porozumienia z Niemcami, może wreszcie zrozumie, czego mogę dokonać w Azji, którą znam na wylot. A wtedy będę miał Indie w kieszeni!

— Bruno obiecał zabrać mnie na *Trilby* — powiedziała Lucy. Zdawała sobie sprawę, że próbuje wywołać w Henrym zazdrość.

— Mam nadzieję, że ci się spodoba. Ale ja nie lubię tej sztuki.

— Czasami mi się wydaje, że nie lubisz niczego, co doprowadza ludzi do śmiechu.

Henry popatrzył na nią z wyrzutem.

— Jeszcze nigdy nikt nie oskarżył mnie o brak poczucia humoru.

— Może kiedyś miałeś lepsze.

— Co to ma znaczyć?

— Że poza Indiami nie dbasz o nic, absolutnie o nic.
— Indie to moje przeznaczenie. Czy to źle, że tak bardzo zależy mi na moim przeznaczeniu?

Lucy zacisnęła pięści. Miała ochotę wykrzyczeć mu w twarz, co o tym myśli.

— Nie opowiadaj mi ciągle o swoim przeznaczeniu! Nie ma żadnego przeznaczenia! Coś ci się przydarza albo nie i idziesz za tym! To wszystko! Po prostu podążasz za tym, co ci się przydarzyło!

Kiedy Henry w poniedziałek rano wychodził z domu, ani razu na nią nie spojrzał i zachowywał się tak szorstko, że Lucy pomyślała, iż chyba jeszcze nigdy nikt nie powiedział mu niczego, co by go tak bardzo zraniło. W końcu był Carsonem, a przecież Carsonowie byli ucieleśnieniem przeznaczenia. Pocałował ją beznamiętnie, po czym zbiegł ze schodów i wsiadł do powozu.

Teraz jednak (na szczęście) był już czwartek, zbliżała się pora obiadu i pojawił się Bruno w eleganckim garniturze. Był wysoki, znacznie wyższy od Henry'ego, arystokratycznie przystojny, zawsze modnie się ubierał i był ironiczny, ale lubił także płatać miłe psikusy.

Henry uważał się za kawalarza, jednak według Lucy większość jego dowcipów była zimna i mało zabawna, a niektóre wręcz okrutne. Bawiło go, kiedy jego przyjaciele spadali z krzeseł i obijali sobie zadki albo zatrzaskiwali palce w pułapkach na myszy. Bruno wolał żartować z siebie.

— Nie ma nic zabawniejszego od samego siebie — twierdził. — Kiedy się to zrozumie, rozumie się wszystko: Boga, wszechświat, bliźniego, co tylko chcesz.

Miał kasztanowe, kędzierzawe włosy, zawsze mrużył oczy, jakby potrzebował okularów, i lekko się garbił. Miał też złamany nos i krzywe zęby, ale jego uśmiech był zniewalający. Był najważniejszym towarzyszem wypraw do miasta, jakiego Lucy kiedykolwiek miała. Nigdy nie zapominał otwierać przed nią drzwiczek powozu, zawsze szedł po chodniku od strony krawężnika, przysyłał jej upominki i zostawiał wizytówki. Nie było w nim jednak zniewieściałości. Opiekował się nią, ponieważ Henry go o to poprosił i ponieważ był dżentelmenem.

Zeszła na dół, aby się z nim przywitać. Miała na sobie kobaltową aksamitną spódnicę, bluzkę z brukselskiej koronki i małe futrzane bolerko. Założyła też naszyjnik z pereł, który Henry przywiózł jej z Madrytu.

Bruno wstał i ukłonił się.

— Moja droga, wyglądasz wspaniale. Aby ci dorównać, powinienem wrócić do domu i przebrać się w coś bardziej eleganckiego. Mogłabyś dać mi... powiedzmy godzinę? Przynajmniej dziesięć minut zajmie mi wybieranie nowego krawata.

Lucy się zaśmiała.

— Znowu się wygłupiasz — stwierdziła i pocałowała go w policzek.

— Naprawdę powinniśmy już iść. Chyba nie chcemy przyjść po księciu Walii, prawda? Ludziom by się to nie spodobało.

— Oczywiście — odparła Lucy i zadzwoniła po lokaja, żeby przyniósł ich płaszcze.

Wsiedli do eleganckiego zielonego powozu i ruszyli do pałacu Buckingham.

— Moja droga, jak spędzałaś czas, kiedy Henry wyjechał? — zapytał Bruno. — Wiesz, co mówią o Niemczech? „Bez względu na to, co zamówisz, spodziewaj się kiełbasy".

Lucy popatrzyła na niego.

— Naprawdę chcesz iść na ten obiad? Zastanawiam się, czy nie mogłabym cię namówić na coś innego...

Bruno opadł na oparcie siedzenia powozu.

— Nie bardzo rozumiem, do czego zmierzasz... — mruknął.

— Wiem, że mieliśmy iść na ten obiad, że będzie na nim książę Walii i tak dalej, ale chyba wolałabym pojechać na wieś.

— Na wieś?

— Po prostu gdzieś indziej, tam, gdzie nikt nas nie zna.

Bruno przez chwilę się zastanawiał. Kiedy dotarli do Hyde Park Corner, zastukał laską w sufit powozu. Stangret Romney otworzył klapę w dachu.

— Słucham pana?

— Epsom — powiedział Bruno.

— Epsom?

— Tak, na wyścigi.

— Nie ma dziś wyścigów, proszę pana.

— Nieważne, wieź nas do Epsom — powtórzył Bruno z irytacją.
— Tak, proszę pana.

♦ ♦ ♦

Dwie godziny później dotarli do celu. Na południu rozpościerały się zamglone lasy, spośród których wyrastała trójkątna kościelna wieża. Na zachodzie widok rozciągał się na całe Surrey i jeszcze dalej — na blady wiejski krajobraz, z którego słońce wysysało rozwodnione złote światło, powoli kierując się ku horyzontowi. Powietrze było tak zimne, że oddychanie niemal sprawiało ból — choć nie było tak ostre jak w Kansas.

W odległości kilku jardów od nich, przy pustej trybunie głównej, Romney karmił i poił konie. Był w nieco lepszym humorze, bo Bruno pozwolił mu pójść do Derby Arms po sandwicza z serem i pintę bittera. Słychać było, jak przemawia do koni, mówiąc im, jakie są wspaniałe.

Bruno stał z opuszczonymi ramionami, wypuszczał z ust kłęby pary i rozglądał się.

— Pięknie tu — powiedziała Lucy. — Czuję się jak Bóg, przyglądający się wszystkiemu, co przed chwilą stworzył.
— No cóż, mogłabyś czuć się gorzej.
— Bruno...
— Wybacz, ale nie mam pojęcia, o co ci chodzi.
— Lubisz kobiety? — spytała.

Odwrócił się do niej.
— Słucham?
— Lubisz kobiety? Nie jesteś tru-tu-tu?

Pokręcił głową.
— Przepraszam — powiedziała Lucy. — Naprawdę przepraszam. To nie było fair, bo co miałbyś powiedzieć, jeśli jesteś?
— A co miałbym powiedzieć, jeśli nie jestem?

Popatrzyła na niego. Słońce za jej plecami zaszło już za Hampshire i za półtorej godziny należało spodziewać się zmroku.
— Dlaczego Henry poprosił cię, abyś mi towarzyszył?
— Powiedział, że jest bardzo zajęty. Wcześnie zaczyna pracować, późno kończy. Obawiał się, że możesz się nudzić.
— To wszystko?

Bruno nic na to nie odpowiedział. Stał oparty na laseczce i patrzył na rozciągający się przed nimi płaskowyż.

— Ale nie tylko o to chodziło, prawda? — spytała Lucy.
— No cóż, może popełniam błąd...
— Jaki błąd?
— Lucy... Henry to niezwykły człowiek. Ktoś taki jak on pojawia się raz na sto lat albo nawet jeszcze rzadziej i wszyscy zdają sobie z tego sprawę. Wiesz przecież, co piszą o nim w „Timesie" i „Punchu".

Lucy podeszła do niego. Miała ręce schowane w futrzanej mufce, a padające na jej twarz promienie zimowego słońca sprawiały, że wyglądała bardzo blado.

— Próbujesz mi coś powiedzieć?
— I tak, i nie.
— O co chodzi?
— Nie widzisz tego? Chodzi o to jego powołanie. Bóg powiedział mu, że będzie rządził Indiami, i od tej pory przestał zauważać cokolwiek innego — odparł Bruno.

Rozejrzał się i wciągnął powietrze, jakby poczuł dym z ogniska albo krew. Lucy ogarnął lęk, ale chciała się dowiedzieć nawet najgorszego i niemal ją to podniecało.

— Henry, no cóż... jest wyjątkowy — dodał Bruno. — Jest jak Wellington albo Disraeli. Zwykli ludzie, tacy jak ty czy ja, mogą go kochać albo lubić, darzyć go przyjaźnią albo nawet być jego rodziną, ale on nie jest taki jak my. Ty i ja jesteśmy zwykłymi śmiertelnikami, a Henry'ego będzie się pamiętać długo po tym, kiedy o nas już nikt nie będzie pamiętał.

— Dlaczego Henry poprosił, abyś mi towarzyszył?

Bruno wypuścił kłąb pary z ust. Dzień chylił się ku końcowi i zrobiło się bardzo zimno. Mógłby powiedzieć tyle rzeczy... Każde wytłumaczenie byłoby tak samo dobre jak inne. Po co mówić prawdę, która mogłaby okazać się bolesna? Skoro jednak zgodził się zawieźć Lucy na wieś, zamiast iść z nią na obiad przy Park Lane, posunął się tak daleko, że chyba powinien wyjaśnić, o co chodziło jej mężowi.

— Henry powiedział... — zaczął.
— Co powiedział?
— „Zło, które się zna, jest lepsze od tego, którego się nie zna".

Lucy złapała go za rękaw. Zdawało jej się, że tonie, nie mogła złapać oddechu.

— Co miał na myśli? Jakie zło, które się zna?
Bruno odwrócił wzrok.
— Powinienem ci to powiedzieć, prawda?
— Oczywiście, do diabła!
— Cóż... najwyraźniej chciał, abym się domyślił, że jest zbyt zajęty sprawami w ministerstwie, żeby dać młodej, pełnej życia żonie wszystko, co jej potrzebne do szczęścia.

Lucy zrozumiała, co próbuje jej przekazać, ale implikacje tego były tak znaczące, że nic nie mówiła i czekała, aż to wyraźnie powie — słowo po słowie, jak w szkolnym przedstawieniu.

— Powiedział, że potrzebujesz przyjęć. Przyjęć, tańca, teatru, zabawy.
— Przecież mi to zapewniłeś.
— Sądzę, że miał na myśli coś więcej — odparł Bruno.
— Więcej?

Bruno popatrzył na nią.

— Chyba muszę powiedzieć ci prawdę. Nie chcę cię okłamywać. Oczywiście zrozumiem, jeśli nie będziesz chciała mnie widzieć...

Lucy ściągnęła lewą rękawiczkę i przyłożyła dłoń do oczu, próbując powstrzymać napływające do nich łzy.

— Wybacz... Bardzo cię przepraszam — wymamrotał Bruno. — Ale Henry jest moim przyjacielem.

Mimo ostrego wiatru niemal przez dziesięć minut stali w milczeniu.

Podszedł do nich Romney i zdjął kapelusz.

— Konie stygną, proszę pana. Czy nie powinniśmy już wracać?

Lucy popatrzyła na Brunona.

— W Epsom musi być jakiś zajazd — powiedziała, starając się mówić spokojnym i obojętnym głosem.

— Spread Eagle, proszę pana — podsunął Romney.

Jeszcze ani razu nie zwrócił się do Lucy, jego pan równie dobrze mógłby być sam. Należał do służących, których większość pracodawców nazwałaby „uosobieniem dyskrecji".

— Spread Eagle? — powtórzył Bruno. — Jak to daleko?

◆ ◆ ◆

W najciemniejszej godzinie nocy, kiedy miasteczko Epsom już spało, Lucy usłyszała oddech Brunona i szelest pościeli. Po chwili — nagi i bardzo szczupły, same kości i mięśnie — leżał już na niej. Sięgnęła w dół i wprowadziła go w siebie.

Jego członek był bardzo twardy, przypominał długą kość. Kiedy Bruno się w niej poruszał, nie odzywał się ani słowem — albo nie miał nic do powiedzenia, albo bał się odezwać. Lucy wiedziała, że popełnia cudzołóstwo, czuła się jednak tak, jakby Henry je zlecił, niczym namalowanie portretu.

Bruno zadygotał i skończył. Pocałował Lucy w policzek, po czym odwrócił się do niej plecami i zasnął. Godzinę później Lucy stanęła przed lustrem w łazience i popatrzyła na swoje odbicie. Nie wyglądała już jak Lucy Carson. Była teraz kimś innym — choć nie miała pojęcia kim.

8

Gdy tego burzowego popołudnia Henry wrócił do domu, stanął w holu, by otrząsnąć parasol, i zawołał: „Indie, kochanie! Dali mi Indie!", pierwszą myślą Lucy nie były pałace ani słonie czy książęta z brylantami na czołach. Jakby otworzyły się w jej głowie z nagłym klekotem, przypomniała sobie czernione pudełka z cynowej blachy stojące na półkach w głębi sklepu Darlingów i zamknięte w nich tajemnicze, suche jak pył ostre zapachy, które tak bardzo lubiła wdychać, i pomyślała, jak niezwykły musi być kraj, w którym jada się potrawy pachnące skórą do butów, prochem strzelniczym, suszonymi kwiatami i ogniem.

— Królowa wyraziła zgodę, a premier ogłosi to w przyszłym tygodniu — dodał Henry.

Był taki podniecony, że nie mógł przestać chodzić tam i z powrotem po salonie, machając ramionami jak wielki ptak.

— Kozieradka i kminek... — powiedziała Lucy, wyciągając do niego ręce. — Chili, kurkuma i garam masala.

— Uczysz się już hindi? — zapytał.

Pocałowała go i pokręciła głową. Jego policzki były mokre od deszczu.

— Indie! — zawołała. — Jestem z ciebie taka dumna! Indie!

— Hamilton nie był szczególnie zadowolony. Uważa, że nie nadaję się na wicekróla, bo mam zbyt żywy temperament. Nie jest mi już jednak w stanie przeszkodzić. Od razu napisał do Elgina, by mu przekazać tę wiadomość.

— Kiedy wyjeżdżamy?

— Na pewno nie przed grudniem. Muszę jeszcze załatwić mnóstwo spraw. Nie wiem, czy Elgin zostawi mi adiutanta albo majordomusa i czy mamy zabrać do Indii własne powozy, zastawę stołową i wino.

— Zostaniesz parem, prawda? Malty uważa, że jeśli zostaniesz wicekrólem, zostaniesz także parem.

— Ten problem też już rozwiązaliśmy — odparł Henry z uśmiechem. — Nie zrobią mnie parem angielskim, ale irlandzkim, dzięki czemu po powrocie będę mógł znowu kandydować do Izby Gmin. Od trzydziestu lat nie nominowano irlandzkiego para i może już nigdy do tego nie dojdzie, ale królowa przychyla się do tego rozwiązania. Będę lordem Carsonem Brackenbridge. — Ujął Lucy za ręce i uśmiechnął się do niej. — A ty będziesz lady Carson!

❖ ❖ ❖

Po raz pierwszy od wielu dni zjadł lunch w domu — zimną baraninę z piklami.

— Co się dzieje z Maltym? — spytał przy puddingu z tapioki. — Nie widziałem go od miesięcy.

— Wszystko u niego w porządku — odparła Lucy, nie podnosząc wzroku.

— Dobrze o ciebie dba?

— Doskonale, dziękuję. Dziś po południu jedziemy do Twickenham, na herbatę z Jeremym i Nellie Theobaldami.

Henry kiwnął głową, starannie wybierając łyżeczką resztki puddingu.

— Przepraszam, że musiałaś tak długo siedzieć w mieście, ale zaraz po ogłoszeniu mojej nominacji będziemy mogli pojechać na tydzień do Brackenbridge. Postrzelam trochę do dzikich gęsi.

— Wcale mi to nie przeszkadza — odparła Lucy, starając się, by jej głos brzmiał obojętnie. — Doskonale bawię się w mieście. Zawsze są tu jakieś zajęcia.

— Chciałabyś, żeby Malty pojechał razem z nami do Derbyshire? — zapytał.

Uniosła głowę i popatrzyła na niego. Chmury za oknami musiały odpłynąć, bo stół zalało wodniste słoneczne światło, odbijające się migotliwie od blatu. Zastanawiała się, czy Henry się domyśla, że chodzi z Maltym do łóżka dwa albo trzy razy w tygodniu —

prawie za każdym razem, kiedy się widują. Stosowała wszelkie możliwe środki ostrożności, aby jej z nim nie zobaczono w dwuznacznej sytuacji — choć niektóre angielskie arystokratki popisywały się swoimi kochankami jak nowymi kapeluszami. Nora prawdopodobnie coś podejrzewała, ale nic nie mówiła. Chciała jedynie, aby jej pani była szczęśliwa, a tego długiego lata 1898 roku Lucy była bardziej szczęśliwa niż kiedykolwiek wcześniej. Miała dwadzieścia jeden lat i była żoną odnoszącego sukcesy polityka. Bywała na wszystkich najważniejszych balach, przyjęciach i bankietach, a prasa nazywała ją Jankeskim Motylem.

Byli też często zapraszani do Windsoru i pałacu Buckingham, a królowa zwracała się do niej po imieniu.

Miała wszystko i dość pieniędzy, by ubierać się w jedwabie, aksamity i futra, i choć Henry był kapryśny w łóżku, rekompensował jej to Malty. Zrównoważony, lojalny Malty, który zabierał ją wszędzie, dokąd chciała, i kochał się z nią tak często i długo, jak pragnęła.

Zawsze był bardzo ostrożny i zakładał prezerwatywę. Ostatnią rzeczą, jakiej Lucy by sobie życzyła, byłoby błogosławieństwo w postaci podobnego do niego syna o falujących włosach, lubiącego nucić pod nosem *Jeszcze jeden spłachetek czerwieni*.

Nie wiedziała, czy Henry podejrzewa ją o cudzołóstwo, czy nie, ale jej współżycie z Maltym zdecydowanie poprawiło ich małżeńskie relacje. Stała się spokojniejsza i bardziej zadowolona z życia, dzięki czemu — a także dzięki temu, że nie żądała od niego fizycznej miłości — Henry również był pogodniejszy i znacznie częściej się śmiał.

Ich szczęście było zaraźliwe i byli bardzo lubiani jako gospodarze. W swoim domu przy Carlton House Terrace wydawali mnóstwo kolacji, a na początku 1897 roku Henry wynajął w Reigate, dwadzieścia mil na południe od Londynu, georgiański dom z sześcioma sypialniami zwany Winoroślą, w którym odbywały się weekendowe przyjęcia.

W następnym tygodniu, po ogłoszeniu nominacji na wicekróla Indii, szykowały się kolejne uroczystości.

Henry wytarł usta chusteczką i odłożył ją na stół.

— Dziś wieczorem wrócę koło ósmej, nie później. Muszę napisać dwa listy: do Elgina i mojego starego kumpla z Balliol,

Pinkertona. W Kalkucie będę potrzebował dobrego prywatnego sekretarza, a jeśli ktokolwiek wie, kto byłby najbardziej odpowiedni, to tylko Pinks.

Pochylił się nad Lucy i pocałował ją.

— Bardzo się cieszę z twojej nominacji — powiedziała i odwzajemniła jego pocałunek.

Obydwa pocałunki były pozbawione jakiejkolwiek namiętności — brat mógłby tak pocałować siostrę lub odwrotnie.

W oddali zadudnił grzmot.

— Lepiej weź parasol — poradziła Lucy mężowi.

◆ ◆ ◆

Z powodu burzy, która dopadła Henry'ego, kiedy szedł szybkim krokiem do Ministerstwa Spraw Zagranicznych, Theobaldowie odwołali piknik nad rzeką Twickenham. Ale Lucy i Malty wcale nie zamierzali tam iść. Malty zapytał gospodarzy o możliwość skorzystania z domu w Cheyne Walk podczas ich nieobecności — mówiąc im, że chce zaprosić tam swoich przyjaciół, którzy przyjechali do Londynu z Indii na urlop.

Theobaldowie nic nie wiedzieli o romansie Malty'ego i Lucy. Oboje przyjaźnili się z Henrym i na pewno nie użyczyliby swojego domu na schadzkę kochanków, ale ponieważ miało ich nie być aż do wieczora, Malty stwierdził, że czego oczy nie widzą, tego sercu nie żal.

Miejsce spotkania było idealne, bo właściciele domu zabrali ze sobą całą służbę.

Kiedy powóz Malty'ego dotarł do Cheyne Walk, lał deszcz, odbijając się od dachu i cylindra woźnicy. Malty wyjrzał na zewnątrz.

— O Boże... — jęknął.

— Co się stało? — spytała Lucy.

— Jeremy i Nelly. Wrócili... Deszcz ich przepędził.

Przed domem z czerwonej cegły stały trzy powozy i służący biegali tam i z powrotem z parasolami, koszami z jedzeniem i składanymi stolikami.

— Obawiam się, że nie mamy po co wysiadać — stwierdził Malty i zastukał laską w dach. — Romney! Akademia Królewska! Obejrzymy parę obrazów.

Lucy przysunęła się do niego i pocałowała go w policzek.
— Dlaczego mielibyśmy oglądać obrazy?
— A co innego proponujesz? Jesteś zbyt znana, żebyśmy ryzykowali hotel.
— Możemy przecież pojechać do domu.
— Do domu? Masz na myśli swój dom przy Carlton House Terrace? Chyba jesteś szalona!
— Dam służbie wolne popołudnie.
— I nic nie będą podejrzewać?
— Nie, jeśli udasz, że wychodzisz, i wrócisz przez kuchnię.
— Moja droga, to bardzo ryzykowne!
Ponownie go pocałowała.
— Może czas zacząć podejmować ryzyko — stwierdziła.

◆ ◆ ◆

Półtorej godziny później — deszcz przez cały czas stukał w okna — usiadła naga na łóżku i zaczęła pisać w swoim pamiętniku.

Moje życie w Kansas wydaje się tak odległe, że trudno mi je sobie przypomnieć. Twarze, nazwiska... wszystko wyblakło jak obrazki w książce pozostawionej na parapecie. Pamiętam tornada, wuja Caspera, Jacka i matkę, ale wszyscy jakby nigdy nie istnieli naprawdę, byli czymś, o czym czytałam, postaciami z opowieści, którą od kogoś usłyszałam... a nie prawdziwymi ludźmi.

Uświadomiła sobie, że ciche skrobanie pióra obudziło Malty'ego. Przyglądał się delikatnym włoskom na jej przedramionach i włosom opadającym na policzki. Dotknął jej barku, po czym delikatnie zaczął obwodzić palcami piersi.
— Wiesz, co myślę? — spytał po chwili.
— Co?
— Że wszyscy mężczyźni to potwory, a kobiety są boginiami.
— Nie jestem boginią.
— Jesteś. Henry uważa cię za boginię. Właśnie dlatego nie potrafi kochać się z tobą.
— Nie chcę rozmawiać o Henrym.
Palce Malty'ego zsunęły się niżej i zaczęły krążyć po jej brzuchu.

— Sądzisz, że dla wicekrólowej Indii odpowiedni byłby rubin w pępku?
— Nie wiem. Myślisz, że by mi pasował? Nie przypuszczam, aby lord Salisbury zaaprobował taką ozdobę. Jestem zaskoczona, że dał Henry'emu to stanowisko. Uważa go za zbyt żywiołowego, zbyt żądnego przygód. Jest przekonany, że Henry sobie nie poradzi.

Malty przez jakiś czas nic nie mówił, jedynie wodził palcami po jej nagich udach. Obserwowała go i zastanawiała się, co zamierza jej powiedzieć. Sprawiał wrażenie, jakby myślał o czymś, co nie bardzo umiał wyrazić.

— Dlaczego nie poznałam ciebie pierwszego? — spytała w końcu.
— Przed Henrym? Z widokiem na co?
— Na małżeństwo.
— Nie ożeniłbym się z tobą. Nie należę do tego rodzaju mężczyzn.
— To znaczy?
— Dokładnie to, co powiedziałem. Gdybym się ożenił, musiałbym pracować, abyś miała dość sukni, kapeluszy i ręcznie robionych butów.
— Sądziłam, że masz majątek.

Pokręcił głową.

— Sprawiałeś wrażenie bogatego. Zawsze jesteś tak elegancko ubrany.
— Ubranie mężczyzny nigdy nic nie mówi o jego stanie majątkowym.
— Więc skąd masz pieniądze?
— Od przyjaciół. Hojnych przyjaciół.
— Nie od Henry'ego?
— Daje mi co nieco. Na wydatki związane z wychodzeniem z tobą.
— Dlaczego przyjaciele mieliby dawać ci pieniądze ot tak, za nic?
— Dlatego, że są moimi przyjaciółmi.

Wydawało się to logiczne, ale Lucy miała mętlik w głowie.

Malty uśmiechnął się i palcem dotknął czubka jej nosa.

Gdzieś za Tamizą trzasnęła błyskawica i zaraz potem domem wstrząsnął potężny grzmot. Wydawało się, że uderzył w dach budynku, bo okna zadygotały w ramach, a z sufitu posypały się drobiny tynku.

— Boska dezaprobata — mruknął Malty.

Lucy przytuliła się do niego.

— Kochaj się ze mną — poprosiła.

Pocałował ją i zajął się prezerwatywą. Po chwili wspiął się na nią. Lucy zamknęła oczy. Kolejna błyskawica rozerwała niebo jak sparciałe płótno, huknął grzmot. Malty pchał i pchał, szepcząc słodkie i sprośne słowa.

Lucy nie wiedziała, co sprawiło, że otworzyła oczy, ale kiedy Malty zaczął przyspieszać, odwróciła głowę i spojrzała w stronę uchylonych drzwi sypialni. Zesztywniała z przerażenia. Chciała krzyknąć, lecz z jej ust wydobyło się jedynie piskliwe westchnienie. Malty nie zwrócił na to uwagi — kiedy się kochali, zawsze pojękiwała i wzdychała.

Henry stał jak skamieniały. Miał na sobie jasnoszary frak, którego ramiona lekko skropił deszcz. Patrzył prosto na Lucy. Rano dowiedział się, że ma zostać wicekrólem Indii i spełni się jego przeznaczenie, a niecałe dwie godziny później był świadkiem, jak jego żona cudzołoży z innym mężczyzną. Gorzej — z jednym z jego przyjaciół.

Malty zadygotał i dysząc, zsunął się z Lucy. Henry przez cały czas ich obserwował, jednak Malty go nie zauważył. Nad Westminsterem strzeliła błyskawica i Henry'ego oblało oślepiające białobłękitne światło. Po chwili znowu zniknął w mroku, ale obraz jego twarzy pozostał na siatkówce Lucy.

— Co się dzieje? — spytał Malty, kiedy sięgnęła po szlafrok.

Uspokajająco położyła mu dłoń na ramieniu.

— Cii... nic złego.

Czując, że cała drży, uniósł głowę.

— Dokąd idziesz, Lucy?

— Zaraz wracam.

Wybiegła na podest schodów, ale Henry zniknął. Rozejrzała się i pobiegła do jego garderoby. Pachniało tu szczotkami do czyszczenia skóry i wodą toaletową Floris — był to ulubiony zapach Henry'ego, ale jego samego nie zobaczyła. Sprawdziła wszystkie gościnne sypialnie. Tam również go nie było.

— Lucy! — zawołał Malty. — Lucy, co ty wyprawiasz?

Wróciła na próg sypialni.

— Cicho, na Boga!

Malty coś powiedział, ale kolejna błyskawica wypełniła okna nienaturalną jasnością i jego słowa połknął grzmot.

Lucy boso zbiegła na dół. Henry'ego nie było także w salonie ani w pokoju dziennym. Usłyszała dobiegający z biblioteki trzask. Przeszła przez hol i przytknęła ucho do drzwi. Niepokojący odgłos rozległ się znowu. TRRRACHCH! TRRRACHCHCH!

Położyła dłoń na gałce drzwi, ale się zawahała. Może lepiej nie otwierać? Niektórych rzeczy lepiej nie widzieć. Cokolwiek Henry robił, krył się w tym ból i brzmiało to bardzo złowieszczo. Puściła gałkę i powoli zaczęła się wycofywać.

Malty czekał na nią u szczytu schodów.

— Co się stało? — spytał.

Weszła na schody szarpanymi ruchami marionetki. Znowu zagrzmiało, ale już nieco dalej, gdzieś nad Świętym Pawłem. Zaczęło padać — był to gwałtowny, ulewny deszcz. Rynny i rynsztoki błyskawicznie się wypełniły, omnibusy płynęły po błotnistych jeziorach. Stojący przed pałacem Buckingham gapie chowali się pod gazetami i wpatrywali w strażników, jakby się spodziewali, że rozpuszczą się na deszczu.

— Henry tu jest — powiedziała Lucy. — Widział nas.

— Co?

— Widział nas.

— Boże drogi! Gdzie teraz jest?

— W bibliotece. Nie wiem, co robi.

Malty zszedł dwa stopnie.

— Chyba najlepiej będzie, jeżeli...

— Nie! — Lucy złapała go za rękaw. — Nie. Najlepiej po prostu wyjdź.

Powoli wyciągnął rękę, dotknął policzka Lucy i wsunął palce w jej włosy.

— Lubiłem cię bardziej niż jakąkolwiek inną dziewczynę...

— A teraz już mnie nie lubisz?

Pokręcił głową.

— Nie mogę sobie dłużej na to pozwolić, prawda? Teraz, kiedy Henry się o nas dowiedział, musimy przestać się spotykać. Mam tylko nadzieję, że nie ukarze cię zbyt surowo... Albo siebie.

Popatrzyła na niego i uświadomiła sobie, że prawdopodobnie widzi go po raz ostatni w życiu, jeśli nie chce poświęcić Henry'ego, Indii i wszystkiego, dla czego porzuciła Blanche. Malty towarzyszył jej od ponad dwóch lat i wiedziała, że będzie za nim tęsknić — choć mniej za fizyczną bliskością niż za przyjaźnią. Miał jednak rację. Nie mogli się więcej spotykać. Oboje mieli zbyt wiele do stracenia.

— Ubierz się — poradził jej.

Sam był już ubrany i miał idealnie zawiązany krawat — jak zawsze. Pochylił się i pocałował Lucy w czoło.

— To była wspaniała zabawa — szepnął. — Ale posłuchaj, nie mogę znaleźć... no wiesz, *capote anglaise*.

— Nie martw się. Zajmę się tym.

Po raz ostatni na nią popatrzył, po czym wyszedł. Usłyszała, jak trzaskają zamykane drzwi. Nie było służby, więc musiał opuścić dom sam.

Lucy wygładziła łóżko. Nie płakała, ale ręce nie chciały jej słuchać. Kiedy poprawiała kołdrę, zobaczyła prezerwatywę, którą Malty upuścił pod łóżko. Szybko ją podniosła, aby pozbyć się dowodu winy. Kiedy już miała spuścić ją w klozecie, nagle się zawahała. Perły, nasiona... dziecko. Teraz, kiedy była już mężatką, mogła je mieć bez obawy skandalu. Bardzo tego pragnęła.

Wywróciła gumę na zewnątrz i zebrała jej galaretowatą zawartość w dłoń.

— Bruno Frederick James Maltravers — wyszeptała, wsuwając sobie dłoń między nogi. — Urodź się i bądź chłopcem.

Posiedziała kilka minut w łazience, a potem umyła się i uczesała. W lustrze wyglądała zupełnie normalnie. Była już całkowicie opanowana. Skończyła się ubierać i poszła na dół.

◆ ◆ ◆

Zupełnie nie wiedziała, jakiej reakcji spodziewać się po Henrym. Wściekłości? Lodowatej furii? Obrzydzenia? Goryczy i smutku? Nie spodziewała się jednak, że będzie taki spokojny — jakby był zadowolony z tego, że go zraniła. Kiedy zeszła, siedział w bibliotece za biurkiem, w okularach z półówkowymi szkłami, których używał w ciągu dnia do pisania. Burza już całkiem ucichła i choć okna biblioteki wychodziły na północ i nigdy nie było w niej słonecznie, rozjaśniało ją światło odbite od któregoś z okien naprzeciwko.

Lucy przypomniała sobie, co Alfred Dunning powiedział jej we Francji: „Z jakiegoś powodu Henry uważa, że musi cierpieć".

Być może, zdradzając go z Maltym, sprawiła mu perwersyjną przyjemność.

Podniósł głowę. Jego twarz była tak samo opuchnięta jak w ich noc poślubną i miał szkliste, przekrwione oczy.

— Poszedł sobie? — spytał.

Lucy kiwnęła głową, w dalszym ciągu czekając na wybuch.

— No cóż... tak naprawdę powinienem mieć pretensje tylko do siebie.

Lucy milczała, ale Henry uśmiechnął się do niej.

— Może gdybym nie był tak zajęty pracą... poświęcał ci więcej uwagi...

Otwierał i zamykał pokrywkę mosiężnego kałamarza. Góra-dół, góra-dół.

— Kochasz go?

Pokręciła głową.

— On też mnie nie kocha.

— A więc to tylko zmysły? Cielesność?

— To przyjaźń.

Henry znowu popatrzył na blat biurka.

— Przyjaźń... No tak. Mogę to zrozumieć. Zawsze miałem prawdziwych i lojalnych przyjaciół. Miałem nadzieję, że też do nich należysz.

— Należę, Henry. A przynajmniej chciałabym, gdybyś mi na to pozwolił.

Przez chwilę się nad czymś zastanawiał, po czym powoli kiwnął głową.

— Nie dałem ci szansy, prawda? Moja biedna Lucy...

Wstał zza biurka, podszedł do okna i przez zmrużone powieki patrzył prosto w odbijające się od szyby słońce, jakby chciał, aby go oślepiło.

— Jak długo to trwa? — spytał.

— Niemal od samego początku.

— Naprawdę tak mało o ciebie dbałem?

— Henry, jest w tobie coś, czego nie rozumiem. Bardzo chciała-

bym zrozumieć, ale ciągle to przede mną ukrywasz. Wiem, że ma to jakiś związek z naszym małżeńskim łożem, naszą cielesną miłością, jednak nigdy nie chciałeś tego mi powiedzieć.
Potarł palcami nos.
— Jeśli mi nie powiesz, o co chodzi, nie będę mogła ci pomóc.
Kiedy na nią popatrzył, jego oczy błyszczały, jakby był bliski łez.
— Lucy... proszę cię tylko o jedno: abyś ze mną została i była moją wicekrólową, a o sprawie z Maltym zapomnijmy. Zasłużyłem sobie na to i zostałem sprawiedliwie ukarany. Dajmy sobie spokój z wzajemnymi oskarżeniami i patrzmy w przyszłość. Mamy przed sobą pięć lat wspaniałego życia w Indiach!
— Naprawdę tak uważasz?
Henry wzruszył ramionami.
— Cóż innego możemy zrobić? Zostałem wybrany przez los, a ty razem ze mną. Musimy jechać do Indii. Podejrzewam, że mógłbym się z tobą rozwieść z powodu cudzołóstwa, ale gdyby wszyscy politycy, których żony cudzołożyły, tak robili, Izba Gmin byłaby klubem samotnych mężczyzn. — Odsunął się od okna i podszedł do Lucy. — A jeśli chodzi o to, co tkwi we mnie... masz rację. Jest we mnie pewne uczucie, z którym sobie jeszcze nie poradziłem. Nie mogę ci jednak tego wyjaśnić, dopóki się z tym nie uporam.
— Henry, jeśli chcesz, żebym pojechała z tobą do Indii jako twoja wicekrólowa, musisz mi powiedzieć, o co chodzi. Jesteś mi to winien. To twój obowiązek.
Trzasnęły drzwi kuchenne. Zaczynali wracać służący.
— Jeśli uważasz, że potrzebujesz mojego wybaczenia za to, co robiłaś z Maltym, to je masz. Nigdy nic nie osłabi mojego uczucia do ciebie. Będziemy teraz oboje zarządzać imperium, znacznie trudniejszym do okiełznania od temperamentu któregokolwiek z nas.
— Dzięki Sha-shy liznęłam trochę francuskiego — powiedziała Lucy. — *C'est une folie à nulle autre second, de vouloir se mêler à corriger le monde.* Nie ma drugiej tak wielkiej głupoty jak zajmowanie się naprawieniem świata.
Henry uśmiechnął się słabo.
— Pamiętam, jak po raz pierwszy zacytowałem ci Moliera... To było w Brackenbridge, kiedy dałem ci naszyjnik.
— Też to pamiętam.

Podszedł do niej i delikatnie położył dłonie na jej ramionach. Nadal był bardzo przystojny, a wyraźnie widoczne na jego twarzy zmęczenie jakimś sposobem sprawiało, że wyglądał jeszcze bardziej pociągająco. Zmęczony i łatwy do zranienia mężczyzna, potrzebujący kobiecej opieki.

Kiedy spojrzała za niego, w stronę biurka, zobaczyła leżący na blacie skórzany rzemień.

— Co to takiego?

Henry nie zapytał, o co jej chodzi.

— Dyscyplina — odparł, jednocześnie prosząc ją wzrokiem, aby o nic więcej nie pytała.

— Należy do ciebie?

— Tak.

— Do czego służy?

— Do niczego, co lubisz.

Odwrócił się i popatrzył na rzemień, jakby nigdy go przedtem nie widział.

— Pochodzi ze Szkocji — dodał. — Używają tego w szkołach zamiast trzcinki.

— A do czego ty tego używasz?

Wziął rzemień z biurka i uderzył się nim we wnętrze dłoni.

— Do przypominania sobie, że różnimy się od zwierząt świadomością, co to kara. Zwierzęta starają się unikać bólu. Tylko człowiek rozumie, że ból ma określony cel.

Lucy wiedziała, o co chce go zapytać, nie umiała tego jednak ubrać w słowa. Dlaczego się karzesz? Za co? I dlaczego musisz karać także mnie?

♦ ♦ ♦

Kiedy w nocy leżała w wielkim łóżku z mosiężnymi kolumnami (Henry już spał), zaczęło do niej docierać, że ich życie może się spełnić jedynie w Indiach. Los przyniósł jej Indie, kiedy w Oak City pojawił się wuj Casper.

Starała się o nim nie myśleć. W dalszym ciągu czasem jej się śnił i budziła się wtedy z suchymi ustami, cała rozdygotana i spanikowana. Nie potrafiła myśleć o nim jak o ojcu — kiedy próbowała to robić, czuła się, jakby tkwiło w niej szaleństwo, przed którym nigdy nie ucieknie.

Henry jęknął i wymamrotał: „Różnimy się od zwierząt tylko świadomością, czym jest kara".

Z jakiego powodu się karał? I dlaczego tak łatwo wybaczył jej zdradę?

♦ ♦ ♦

Na początku października przerwali na dwa tygodnie przygotowania do wyjazdu i pojechali odwiedzić lorda Felldale w Brackenbridge. Jesień była ponura, niebo ciągle zachmurzone, wszędzie było pełno błota i mokrych liści, ale przyjaciele i znajomi wydawali na ich cześć jedno przyjęcie pożegnalne za drugim — etończycy, oksfordzcy rówieśnicy i koledzy Henry'ego z Ministerstwa Sprawiedliwości (nie zabrakło wśród nich nawet posępnego i pełnego dezaprobaty George'a Hamiltona).

Lord Felldale sprawiał wrażenie wymizerowanego i schorowanego, był jednak bardzo dumny z nominacji Henry'ego. Kiedy ją ogłoszono, od razu do niego napisał.

Zaczynam sobie uświadamiać, jaką znakomitą pozycję zdobyłeś. Gratulacje napływają z każdego zakątka kraju, który jest z Ciebie tak samo dumny jak ja, Twój ojciec.

Wieczorami, kiedy Henry był zajęty dokumentami napływającymi z Biura do spraw Indii i niekończącymi się inwentaryzacjami, Lucy chodziła na długie spacery. Nie wiedziała dlaczego, ale czuła się teraz znacznie spokojniejsza. Może wynikało to stąd, że miała przed sobą perspektywę podniecającej podróży, poznania nowego kraju i reprezentowania Jej Wysokości. Prasa i przyjaciele Henry'ego z radością przyjęli wiadomość, iż będzie wicekrólową — nawet damy z towarzystwa, po których można by się spodziewać zazdrości, że tak wysoką pozycję w Imperium Brytyjskim zajmie Amerykanka. Otrzymała niezwykle uprzejme listy od trzech pań amerykańskiego pochodzenia, które zajmowały wysoką pozycję wśród angielskiej arystokracji — księżnej Marlborough, lady Randolph Churchill oraz pani Henry White.

W niedzielę rano w kaplicy, gdy wiejski chór śpiewał dość dziwaczny hymn, napisany specjalnie po to, aby szybciej dojechali do „wschodniego miejsca", Lucy czuła się bardzo szczęśliwa i przepełniona spokojem. Uniosła wzrok ku mglistemu szkarłatnemu światłu padającemu przez witrażowe okno i przemknęło jej przez myśl, że może Bóg postanowił ją beatyfikować. W drodze powrotnej do domu zaczęło jej się kręcić w głowie. Ciemność coraz bardziej ciemniała i w końcu Lucy osunęła się na żwir, nie czując, jak uderza głową w ziemię.

♦ ♦ ♦

Kiedy się obudziła, siedział przy niej doktor Roberts. Zasłony były zasunięte, paliła się lampa naftowa. Drzwi sypialni pozostawiono otwarte, a na korytarzu stała Nora. Lucy pomyślała, że jej powiernica zaczyna wyglądać coraz starzej. Prawdopodobnie ona sama też wyglądała starzej. Lata mijały i wszystko, co było wcześniej, znikało — jakby człowiek chodził po pustym domu, mijał pokój po pokoju i nie mógł odnaleźć drogi powrotnej.

— Dzień dobry, pani Carson — powiedział doktor Roberts.

Uśmiechnęła się do niego.

— Jestem chora?

— A czuje się pani chora?

— Nie wiem. Wczoraj zjadłam trochę kuropatwy. Wiem, że nie powinnam. Kuropatwa nigdy mi nie służy, ale nie chciałam ranić uczuć lorda Felldale.

Doktor Roberts ujął ją za rękę.

— Mam dla pani dobre wieści, pani Carson. Spodziewa się pani pierwszego dziecka.

Popatrzyła na niego.

— To bardzo dyplomatyczne z pana strony, ale oboje wiemy, że to nieprawda.

— Nikt poza nami nie musi o tym wiedzieć. A tak poza tym... pytam z czystej ciekawości: pierwsze dziecko urodziło się zdrowe?

Kiwnęła głową.

— To była dziewczynka. Dałam jej na imię Blanche.

— Zostawiła ją pani w Ameryce?

— W Kansas. U rodziny, której ufam.

Doktor Roberts widział, że rozmowa o córeczce sprawia Lucy ból, więc ścisnął jej dłoń.

— Nie może się pani obwiniać o to, że ją zostawiła — powiedział. — Ciągle jeszcze jest pani bardzo młoda, a wtedy była pani znacznie młodsza. Przynajmniej dała jej pani życie A życie jest święte.

Lucy odwróciła głowę, ale nie puszczała jego dłoni.

— Czasami się zastanawiam, czy naprawdę takie jest.

Doktor Roberts wstał.

— Sądzę, że w Indiach zobaczy to pani na własne oczy.

◆ ◆ ◆

Pierwszej niedzieli grudnia, w mroźny, śnieżny poranek, Lucy zaprosiła do Winorośli tłum ludzi. Henry pakował resztę książek, ponieważ lord Elgin ostrzegł go, że „ani w Kalkucie, ani w Simli nie ma biblioteki, która byłaby warta tej nazwy".

Nie chcieli zabierać ze sobą zbyt wielu rzeczy, ale było to niełatwe, bo Elgin uprzedzał, że w Indiach nie zawsze jest ciepło. Na Wzgórzach* wokół Simli na początku i końcu sezonu może być „rześko, jeśli nie wręcz zimno".

Hol pełen był kufrów i walizek, a sam dom sprawiał wrażenie nie do końca urządzonego. Mimo to Lucy zaprosiła wszystkich znajomych, na których jej zależało — z wyjątkiem Malty'ego, który spędzał zimę w Atenach.

Przyjechali Margot Asquith i Charty Ribblesdale, Brodrickowie, Greenfellowie, Arthur Balfour i Charles (ku wielkiej radości Lucy) oraz William i Blanche. Zaprosiła też oczywiście lorda Felldale, ale był zbyt schorowany, aby podróżować zimą, więc jedynie przysłał list pożegnalny.

Moi drodzy... z Bogiem, wszyscy wiemy, że najbliższe pięć lat doda jeszcze blasku naszemu nazwisku, które już jaśnieje.

Winorośl była eleganckim, pomalowanym na biało georgiańskim domem z zielonymi okiennicami, zbudowanym po zawietrznej stronie North Downs. Było w nim jedynie sześć sypialni i dwie łazienki, ale miał wielki salon, w którym bez trudu mogło się pomieścić trzydzieści osób.

---

* Simla leży na wysokości ok. 2100 m n.p.m., ale ze względu na bliskość Himalajów Brytyjczycy używali nazwy The Hills — Wzgórza.

Tego poranka panował w nim wielki hałas, wypito także dość szampana, by śmiechy osiągnęły poziom pełnego pisków i chichotów rozbawienia. Sha-sha odciągnęła Lucy na bok, pod okno z widokiem na ogród.

— Wyglądasz dość blado, moja droga. Czy to nie za wiele jak na ciebie? Wiem, jak Henry uwielbia się pakować. Wyznacza każdej rzeczy miejsce i sporządza listę znajdujących się w każdym kufrze przedmiotów. Nie jest to jednak twoja *forté*, prawda? Zwłaszcza teraz, kiedy masz zostać matką.

Lucy się uśmiechnęła.

— Jestem tylko trochę zmęczona, to wszystko. Dopiero niedawno skończyły się moje poranne mdłości.

— W Indiach czekają cię trudne dni. Musisz dbać o siebie i dziecko. Henry też będzie potrzebował wsparcia. Musisz spróbować nie dopuścić do tego, aby się przepracowywał. Ma w sobie mnóstwo nerwowej energii, ale nie jest zbyt wytrzymały.

— Zrobię, co w mojej mocy. Ale to niełatwe zadanie.

Sha-sha rozejrzała się po pomalowanym na zielono pokoju, pełnym oprawionych w złote ramy obrazów, przedstawiających konie i owce.

— Zawsze uwielbiałam ten dom — powiedziała. — Gdybym mogła wybrać miejsce, w którym umrę, byłoby to właśnie tutaj. — Na chwilę zamilkła, po czym zapytała: — Czy wszystko między wami jest w porządku?

— W porządku? Nie bardzo wiem, co masz na myśli. Henry jest zachwycony dzieckiem. Już postanowił, że nazwie go Horatio.

— Horatio? Ho-ra-tio? Chyba stracił rozum.

— Jeśli urodzi się chłopiec, myślałam o nadaniu mu imienia James.

— Zbyt szkockie — stwierdziła Sha-sha. — W każdym razie dasz Henry'emu dziecko. Zaczynaliśmy już myśleć, że to nigdy nie nastąpi. W końcu jesteście małżeństwem od trzech lat. Większość zdrowych kobiet miałaby już czwórkę.

— Może nie należę do kobiet, które łatwo zachodzą w ciążę?

Henry rozmawiał po drugiej stronie salonu z Charliem, śmiejąc się głośno.

— ...utknęliśmy na tej maleńkiej wiejskiej stacyjce, Cole Green, na zupełnym pustkowiu, a pociąg właśnie odjechał... kazałem więc zawiadowcy stacji nadać telegram, żeby zatrzymali ekspres, aby nas zabrał... — Zamilkł nagle, kiedy dostrzegł przez okno powóz, który właśnie nadjechał.

Woźnica zszedł z kozła, otworzył drzwiczki i opuścił schodki. Z powozu wysiadła wysoka młoda dama w płaszczu koloru mchu i zielonym kapeluszu ozdobionym strusimi piórami. Towarzyszyła jej nieco starsza kobieta, ubrana na brązowo.

Blanche uniosła brwi.

— Kolejni goście? — spytała.

— Przepraszam na minutkę — powiedziała Lucy.

Przecisnęła się przez zatłoczony salon. Henry zmarszczył czoło, ale kontynuował swoją opowieść.

— ...zawiadowca odczytał go głośno: *Lord Carson Brackenbridge, nominowany na wicekróla Indii, nalega...* W końcu podniósł wzrok i powiedział: „Boże drogi, milordzie, jest pan szybszy od telegramu".

Lucy dotarła do holu, gdy lokaj otwierał frontowe drzwi. Stanęła twarzą w twarz z młodą kobietą w zieleni. Patrzyły na siebie w milczeniu, szukając w sobie podobieństw, które sprawiły, że ich drogi się przecięły.

— Vanessa... — powiedziała po chwili Lucy.

— Witaj, Lucy. Mogę mówić do ciebie Lucy? — zapytała Vanessa.

Była piękną wysoką blondynką o germańskiej urodzie i jasnozielonych oczach.

— Nie sądziłam, że przyjedziesz.

Vanessa weszła w głąb holu.

— Jeśli mam być szczera, ja też nie — odparła.

Przez chwilę stała w milczeniu, słuchając urywków konwersacji dobiegających z salonu, a potem uśmiechnęła się do Lucy.

— Piękny dom — stwierdziła.

— Bardzo ładny — zawtórowała jej stojąca za nią kobieta w brązowej sukni. — Ale droga od stacji jest okropnie wyboista. Mnóstwo kolein i rowów.

— To panna Hope Petworth, moja szwagierka — przedstawiła ją Vanessa. — Nie masz nic przeciwko temu, że ją ze sobą przywiozłam? Przyjechała do mnie na jakiś czas.

— Witam panią — powiedziała Lucy.

Lokaj wziął od obu pań kapelusze, płaszcze i rękawiczki.
— Jesteście do siebie bardzo podobne, nie ma co do tego wątpliwości — oświadczyła panna Petworth. — Jak dwa groszki w strąku.
Vanessa popatrzyła na Lucy.
— Spodziewasz się dziecka, prawda? — zapytała. — Przynajmniej tym się od siebie różnimy. Zresztą czy ja wiem... Naprawdę sądzisz, że jesteśmy do siebie podobne?
Ujęła ją za rękę i poprowadziła do wielkiego lustra wiszącego w holu.
— Proszę! Jeśli stoimy obok siebie, wyraźnie widać, że jesteśmy inne!
Ale ich podobieństwo było zdumiewające i Vanessa musiała to dostrzegać, choć pojedynczymi cechami się różniły. Ich jasne włosy miały inny odcień — Vanessy były ciemniejsze, w niektórych miejscach nieco rudawe. Miała też zielone oczy — a Lucy błękitne. Poza tym Lucy była nieco niższa, miała mniejsze piersi i węższe biodra. Mimo to wyglądały jak siostry, choć nie wynikało to tylko z ich podobieństwa fizycznego. Podobnie mówiły i tak samo się poruszały. Były tak bardzo do siebie podobne, że od razu wiedziały, iż nigdy się nie zaprzyjaźnią.
— Nie chciałam robić zamieszania — powiedziała Lucy.
— Oczywiście — odparła Vanessa. Mówiła z takim samym akcentem jak Henry: mieszanką współczesnego północnoangielskiego z osiemnastowiecznym. Poza arystokracją z Północy mało kto tak mówił. — Zamieszanie robi się po to, aby kogoś zdenerwować, ale przecież Henry w dalszym ciągu jest moim bratem i muszę być z niego dumna, czy mi się to podoba, czy nie.
Choć Sha-sha powiedziała jej, że Vanessa będzie w Londynie, Lucy napisała do niej na jej adres w Lancashire.

Droga Vanesso!
Jesteś jedyną osobą spośród wszystkich braci i sióstr Henry'ego, której jeszcze nie poznałam. Rozumiem, że Wasze drogi nieco się rozeszły, choć nikt mi nie wyjaśnił, dlaczego tak się stało. Mimo to chciałabym Cię prosić o przybycie na nasze pożegnalne przyjęcie weekendowe w Reigate. Cokolwiek Was poróżniło, musimy być dumni

z wielkiego osiągnięcia Henry'ego — jego nominacji na wicekróla Indii. On sam również z pewnością chciałby przed wyjazdem załagodzić wszystkie rodzinne spory...

— Wejdźmy do środka — powiedziała.
Vanessa poprawiła włosy.
— Jestem trochę zdenerwowana — wyznała.
— Henry w dalszym ciągu jest twoim bratem — przypomniała jej Lucy.
— Wiem...
— Chciałabym przypudrować nos — oświadczyła Hope Petworth.
— Toaleta jest na lewo — powiedziała Lucy.
Szwagierka Vanessy ruszyła w głąb korytarza i po chwili zostały same.
— Nie jesteś zła, że cię zaprosiłam? — spytała Lucy.
— Gdybym była zła, moja droga, nie przyjechałabym — odparła Vanessa.
— Wejdźmy do środka — powtórzyła Lucy.
Być może zaproszenie siostry Henry'ego było błędem, ale nikt z jego rodziny nie chciał jej niczego wyjaśnić i jedynym sposobem dowiedzenia się prawdy było ściągnięcie Vanessy do Winorośli. Będzie się martwić, kiedy rzeczywiście coś pójdzie nie tak. Już nie przejmowała się tak bardzo opiniami Carsonów. Cokolwiek powiedzą, i tak zostanie wicekrólową, a Henry wicekrólem. Nawet on musiał zachować maniery — nie odważy się otwarcie pokłócić z siostrą na oczach przyjaciół i na pewno nie zrobi publicznej sceny żonie. Od dłuższego czasu widywano ich zawsze uśmiechniętych i trzymających się za ręce.
Weszły do salonu.
Najbliższa grupa gości natychmiast zamilkła, potem następna i następna. W salonie zapadła kompletna cisza. Wszyscy patrzyli na stojącą w wejściu Vanessę i opartego o kominek Henry'ego, znieruchomiałego w połowie dowcipu o koniu z dwoma właścicielami.
Po chwili pierwsze zaskoczenie minęło i Henry się wyprostował. Jego oczy pociemniały, a policzki poczerwieniały. Obciągnął kamizelkę, poprawił muchę i ruszył w stronę siostry.

— Cóż za niespodzianka! — zawołał.
Vanessa wyciągnęła do niego rękę.
— Lucy mnie tu zaprosiła — powiedziała. — Uznała, że powinniśmy się pogodzić, zanim wyjedziesz do Indii. W końcu nie jesteś już jedynie moim bratem, prawda? Jesteś teraz narodową instytucją, a przecież nie można żywić urazy do narodowej instytucji. Byłoby to tak samo absurdalne jak nienawiść do Izby Lordów.

Henry nie mógł oderwać od niej oczu.

— Zmieniłaś się, Vanesso — powiedział tak cicho, że większość obecnych tego nie usłyszała. — Bardzo się zmieniłaś.

— Czyżby? Być może to małżeństwo, Henry. Małżeństwo i czas. Prawdopodobnie bardziej czas niż małżeństwo. A może tak bardzo przyzwyczaiłeś się już do widoku Lucy, że zapomniałeś, jak wyglądam?

— W dalszym ciągu jesteś bardzo...

Zamilkł, zanim dokończył zdanie, ale Lucy przypuszczała, że chciał powiedzieć „piękna" albo „szczera do bólu". Zrobił jeszcze dwa kroki, jakby próbował złapać rytm walca, i objął siostrę. Jednak Vanessa nie odwzajemniła tego gestu, nadal stała bez ruchu, uśmiechając się nad ramieniem Henry'ego do stojących za nim ludzi.

— Musisz koniecznie napić się szampana — stwierdził po chwili Henry. — Lucy... gdzie jest szampan?

Rozmowy w salonie powoli ożywały. Arthur Balfour opowiadał o hinduskich służących i mówił, że łatwiej ich nakłonić do wykonania polecenia sugestią niż żądaniem. Jeśli na przykład żona zapomni kapelusza w powozie, znacznie skuteczniejsze od wydania służącemu polecenia, aby go przyniósł, będzie rozpoczęcie rozmowy o tym, jak bardzo kapelusze cierpią w zamkniętym gorącym powozie.

Lucy przez cały czas trzymała się blisko Henry'ego, jakby chciała go chronić przed wrogością Vanessy. Rozmawiali o pakowaniu, o przyjęciach i o Afganistanie. Była to wlokąca się w nieskończoność, sztywna rozmowa o niczym i nawet jeśli ktoś nie znałby biorących w niej udział osób, natychmiast by się zorientował, że to ostrożny pojedynek szermierczy. Parada, riposta, parada.

Po dwudziestu minutach Vanessa w połowie zdania opuściła krąg gości zebranych wokół Henry'ego i zaczęła rozmawiać z Charty. Jednak gdziekolwiek szła, Henry nie spuszczał jej z oczu, a gdy się śmiała, trelując wysokim głosem, który słychać było w całym salonie — kulił się lekko, jakby właśnie przytrzasnął palec drzwiami.

Nieco po drugiej, kiedy zjedli *à la Russe* — zapiekankę z bażanta, szprotki na ostro i krem owocowy — Vanessa wyprostowała się i odłożyła serwetkę.

— Lucy, moja droga, obawiam się, że na mnie już czas. Muszę wrócić do Londynu, aby przebrać się do teatru.

Henry uniósł ramiona, ale zaraz je opuścił. Był zgarbiony i sprawiał wrażenie pokonanego.

— No cóż, do miasta długa droga. Jestem bardzo rad, że mogłaś przyjechać — oświadczył. — Gdybyś mogła się wybrać do Kalkuty albo do Simli...

„Bardzo rad"? — zdziwiła się Lucy. Vanessa traktowała go gorzej niż włóczęgę. Jak można cieszyć się z czegoś takiego?

Odprowadziła Vanessę i Hope Petworth do drzwi. Henry został w salonie, opowiadał coś swoim przyjaciołom i nienaturalnie głośno się śmiał.

— Może popełniłam błąd... — zaczęła z niepokojem Lucy.

Vanessa uśmiechnęła się i ucałowała ją w oba policzki.

— Życzę wam dużo szczęścia — powiedziała.

— Dużo szczęścia — zawtórowała jej Hope Petworth i nieoczekiwanie objęła Lucy, jakby były kuzynkami.

Czyżbym popełniła błąd? — zastanawiała się Lucy.

Zaprosiła Vanessę do Winorośli z nadzieją, że lepiej zrozumie Henry'ego, teraz jednak miała jeszcze większy mętlik w głowie. Dlaczego oboje byli do siebie tak nieprzyjaźnie nastawieni? Od chwili gdy Vanessa weszła do salonu, powietrze aż drżało od wrogości.

Powóz odjechał, pozostawiając w błocie wypełnione wodą koleiny, i po chwili zniknął za drzewami laurowymi. Lucy uświadomiła sobie, że tuż za nią stoi Blanche. Odwróciła się, podeszła do niej i ujęła ją pod rękę.

— Sądzisz, że zaproszenie Vanessy było błędem?

— Cóż... może było nieco śmiałe.

— Nie rozumiem dlaczego.
— Henry w dalszym ciągu jest naszym bratem, bez względu na to, co się stanie. A Vanessa w dalszym ciągu jest naszą siostrą.
Lucy ujęła palce Sha-shy. Były bardzo zimne.
— A ja jestem jego żoną. — Rozejrzała się. Padał śnieg, ale nie było mrozu. — Możemy porozmawiać w ogrodzie?
— Oczywiście. Pozwól tylko, że wezmę płaszcz. Przyda mi się dla otrzeźwienia nieco chłodnego wiejskiego powietrza.
Zaczęły iść pod pergolami, w lecie porośniętymi różami. W otaczającej je ciszy Lucy łatwiej było mówić.
— Nasze życie intymne nie zawsze jest łatwe — zaczęła odważnie. — Henry pracuje do późna. Zazwyczaj kładzie się spać nie wcześniej niż o drugiej albo trzeciej nad ranem, a o wpół do siódmej znowu jest na nogach.
— Więc jest po prostu przepracowany.
Lucy pokręciła głową.
— Gdyby tak było, mogłabym się z tym pogodzić. Ale on przez cały czas chce się karać. Nie potrafi kochać się ze mną, jeśli nie czuje się upokorzony albo nawet zraniony. — Na chwilę się zawahała, po czym zapytała: — Nie jesteś zła, że ci o tym opowiadam?
Sha-sha ciaśniej owinęła się futrem.
— Skądże znowu — odparła. — Pozwól, że powiem ci coś w największej tajemnicy. Jako jego żona masz prawo to wiedzieć, ale nikt poza tobą nawet nie może się zacząć tego domyślać...
Ruszyły dalej, Sha-sha potrzebowała czasu, aby znaleźć odpowiednie słowa. Kruki krakały w drzewach, podeszwy butów obu kobiet chrzęściły na żwirowej ścieżce.
W końcu Sha-sha zaczęła mówić.
— Teraz, kiedy już poznałaś Vanessę, chyba się domyślasz, dlaczego Henry tak szybko i całkowicie się w tobie zakochał. Jesteście do siebie bardzo podobne, i to nie tylko z wyglądu. Masz ten sam typ osobowości co Vanessa. Jesteś bystra, zabawna i niezależna. Mogłabyś być jej kolejnym wcieleniem.
Doszły do końca ścieżki, zatrzymały się i patrzyły na szarozielone pagórki Downs ciągnące się aż do Box Hill.
— Musiałaś zauważyć, że Vanessa nie pojawia się na żadnych spotkaniach rodzinnych, na których mógłby być obecny Henry. Byłam zdumiona, że dzisiaj przyszła.

— Mianowano go wicekrólem, Sha-sha. To prawie jak następca tronu. Musiałam ją zaprosić.
— Wiem, ale to, co wydarzyło się między Henrym i Vanessą...
Lucy odwróciła się do niej i złapała ją za rękaw.
— Sha-sha, posłuchaj mnie. Jestem w trzecim miesiącu ciąży. Jadę z Harrym do Indii. Mam być jego wicekrólową. Jeśli istnieje cokolwiek, co powinnam wiedzieć...
Blanche uniosła głowę i w świetle zimowego dnia nagle wydała się Lucy stara i zmęczona. Pomarszczona skóra pod jej oczami wyglądała jak źle wyprasowany jedwab.
— Zakochali się w sobie — powiedziała ze znużeniem w głosie, jakby mówienie o tym ją nudziło.
— Co takiego?
— Zakochali się w sobie — powtórzyła Sha-sha. — On bardziej niż ona, był jednak czas, kiedy Vanessa też była nim zafascynowana... co oczywiście doprowadziło do jeszcze gorszego obrotu spraw.
— Opowiedz mi o tym.
Sha-sha wzruszyła ramionami.
— Nie ma o czym opowiadać.
— Noszę dziecko Henry'ego! — krzyknęła Lucy. — Kto ma większe prawo ode mnie o tym wiedzieć?!
Sha-sha popatrzyła na nią.
— Zakochali się w sobie — powtórzyła po chwili. — Henry miał wtedy szesnaście lat, a Vanessa trzynaście i pół.
— Naprawdę się kochali?
— Vanessa była w nim zadurzona, ale Henry dostał na jej punkcie obsesji. Widziałaś, jaka jest ładna... nawet dziś. Kiedy miała czternaście lat, była po prostu magiczna. Henry zwariował. Wiem, jak bardzo walczył ze sobą, jednak nie mógł nic zrobić. Jeśli ma się obsesję, to się ją ma. Nawet na chwilę nie zostawiał jej samej. Pisał dla niej wiersze, malował jej portrety, kupował świecidełka. Żył od ferii do ferii, aby znowu móc ją zobaczyć. — Sha-sha wzięła głęboki wdech, próbując się uspokoić. — Musisz pamiętać, że to, co mówię, jest najgłębszą tajemnicą... nikomu nie wolno ci nic powiedzieć. Jedziesz do dziwnego i trudnego kraju, dlatego uważam, że jeśli poznasz prawdę, może to poprawić wasze małżeństwo i pozwoli ci bardziej polubić Henry'ego.

— A jaka jest ta prawda?

Sha-sha wyjęła koronkową chusteczkę i choć nie płakała, otarła oczy.

— Pewnej nocy Henry przyszedł do sypialni Vanessy i próbował ją zhańbić.

— Chcesz powiedzieć, że...

— Chciał ją wziąć siłą. Jej krzyk obudził cały dom.

Lucy poczuła skurcz żołądka i musiała przyłożyć dłonie do brzucha.

— O mój Boże... I co się potem stało?

Sha-sha wzruszyła ramionami.

— A jak sądzisz? Zbiegli się wszyscy domownicy i Henry został złapany, a Vanessa dostała histerii. Zrobił się istny dom wariatów. Henry... no cóż, strasznie się wstydził tego, co zamierzał zrobić. Wysłano by go gdzieś, ale groził, że się zabije, a Vanessa błagała, żeby nikomu o tym nie mówić. W końcu rodzina postanowiła, że o wszystkim się zapomni, jakby nic się nie wydarzyło. Od przybycia Carsonów do Anglii wraz z Wilhelmem Zdobywcą naszej rodzinie przytrafiały się znacznie gorsze katastrofy. Otrucia, gwałty... Sądzę, że uznano, iż to, co się stało, stanowi po prostu część angielskiej historii.

— I dlatego Henry ciągle się karze?

— Myślę, że tak. Dlatego wszyscy byliśmy tacy zadowoleni, kiedy przywiózł cię do Brackenbridge. Sądziliśmy, że okażesz się cudownym rozwiązaniem... Jesteś bardzo podobna do Vanessy, więc mieliśmy nadzieję, że dzięki tobie uda mu się uporać z tym problemem.

Słowa Sha-shy sprawiły, że Lucy zupełnie straciła poczucie rzeczywistości. A więc dlatego Henry chciał, aby go raniła i karała. I dlatego tak łatwo wybaczył jej sypianie z Maltym. Uważał, że to niewielki grzech w porównaniu z tym, jaki sam popełnił.

— No i co ty na to? — spytała po chwili Sha-sha.

Lucy uśmiechnęła się blado.

— Dobrze, że mi o tym powiedziałaś. To wiele wyjaśnia.

— Nic mu nie powiesz? Nie możesz mu nawet zasugerować, że cokolwiek wiesz. Zniszczyłabyś go wtedy.

— Musi czuć, że mu wybaczono, to wszystko — odparła Lucy.

— Chyba tak, ale Vanessa najwyraźniej mu nie wybaczyła,

a on niewiele sobie robi z Boga. Gdyby było inaczej, mógłby to już dawno pokonać. Dwa tuziny *Zdrowaś Mario*, dwadzieścia funtów do skarbonki dla biednych i jego grzech zostałby zmazany.

◆ ◆ ◆

Wieczorem tego samego dnia, kiedy zimowa ciemność ogarnęła Downs, Henry wszedł do łazienki, w której Lucy czesała włosy. Postał chwilę przy toaletce, kręcąc w palcach srebrne pióro i patrząc na refleksy światła na lokach żony. Jej włosy miały blask typowy dla zdrowej ciąży, a piersi rysujące się pod koszulą nocną były zdecydowanie pełniejsze.

— Dlaczego to zrobiłaś? — spytał schrypniętym głosem.

Było widać, że z trudem nad sobą panuje.

— Masz na myśli zaproszenie Vanessy?

— Przecież mówiłem ci wiele razy, że się nie znosimy.

Lucy dalej czesała włosy.

— Sądziłam, że może nadszedł czas, abyście się wreszcie pogodzili.

— Lucy... w naszej rodzinie miały miejsce pewne wydarzenia, o których nie wiesz. I wolałbym, aby tak zostało. Nie znoszę, jak mieszasz się w sprawy, które ciebie nie dotyczą.

Miała ochotę mu powiedzieć, że wie o wszystkim od Sha-shy, ale musiała dotrzymać obietnicy. Żałowała, że nie może porozmawiać z Henrym na ten temat. Nie uważała jego miłości do siostry za coś niezwykłego — to, że ludzie są ze sobą spokrewnieni, wcale nie znaczy, że nie mogą wydawać się sobie atrakcyjni i nie mogą się zakochać.

Henry, cały czas kręcąc w palcach pióro, odwrócił się, zamierzając wyjść.

— No cóż... nie sądzę, aby stało się coś naprawdę złego — mruknął.

Lucy odłożyła szczotkę.

— Nie mógłbyś się z nią pogodzić? Szkoda, że nie możecie być przyjaciółmi.

Pokręcił głową.

— Nie chciałaby tego. Sama widziałaś, jaka była lodowata. Nie mam pojęcia, po co w ogóle tu przyjechała. Chyba tylko po to, aby po powrocie do Lancashire móc się pochwalić, że mnie widziała.

— Idziesz już spać?
— Jeszcze nie. Muszę skończyć spisy książek. Ale nie powinno to potrwać dłużej niż dwie, trzy godziny.
— Nie chcesz porozmawiać ze mną o Vanessie? — zapytała Lucy i Henry zatrzymał się z dłonią na klamce drzwi. — Może mogłabym ci jakoś pomóc?
Milczał przez chwilę, po czym powiedział:
— Jeśli chodzi o Vanessę, to podejrzewam, że nic mi nie pomoże.

❖ ❖ ❖

Wypłynęli do Kalkuty dwa tygodnie przez Bożym Narodzeniem, parowcem „Star of Bengal" linii British India. Henry wyszedł na pokład, aby patrzeć, jak Anglia znika w popołudniowym świetle, ale Lucy pozostała w kabinie, kartkując czasopisma i jedząc kandyzowane fiołki.

Za wyspą Wight statek zaczął bujać się tak gwałtownie, że była przekonana, iż będzie miała chorobę morską aż do samej Kalkuty. Zamknęła pudełko ze słodyczami, żałując, że tak dużo ich zjadła.

Henry poprosił ją, aby poczytała trochę o życiu i protokole w Indiach — polecił jej zwłaszcza przewodnik, który fioletoworóżowym atramentem sporządziła dla niej lady Elgin. Ale Lucy nie otworzyła ani jednej książki, a notatki lady Elgin leżały nietknięte w kopercie. Będzie miała jeszcze na przeczytanie tego wszystkiego mnóstwo czasu, poza tym nie chciała teraz myśleć o Indiach. Na początku była zachwycona perspektywą zobaczenia kontynentu pachnącego jak przyprawy zamknięte w puszkach Jacka Darlinga, ale ostatnio Henry tak dużo pracował, że prawie w ogóle się do niej nie odzywał, i wydawało jej się, że wyjeżdża do nieznanego kraju z człowiekiem, którego również w ogóle nie zna.

W dodatku miała się jeszcze bardziej oddalić od swojej małej córeczki — i mocno ją to niepokoiło.

Ich towarzyszką podróży była pani Nancy Bull, żona poborcy z Benaresu, która wracała do męża na święta po wizycie w ojczyźnie. Była apodyktyczną damą o szerokich biodrach, kaczkowatym chodzie i twarzy pokrytej ciemnymi jak pieprz piegami. Po czternastu latach pobytu w Indiach wiedziała wszystko, znała każdego i nie tolerowała impertynencji ani nieskuteczności w działaniu — zwłaszcza u Hindusów.

— Migają się od pracy, jak tylko się da — ostrzegła Lucy przed hinduskimi służącymi. — A w zamian oczekują bardzo wiele. To wszystko łobuzy.

Miała jednak świadomość, co to znaczy opuścić dom.

— Kiedy pierwszy raz wyjeżdżałam, nikt nie powiedział mi o niewidzialnej lince, łączącej człowieka z krajem i życiem, jakie za sobą zostawia. Im dalej się płynie, tym bardziej ta linka się rozciąga, ale zawsze szarpie za serce.

Poza panią Bull i Norą Lucy towarzyszyła także druga pokojówka, Etta Brightwater, żwawa młoda kobieta z Sussex, która wcześniej pracowała u lady Elgin, ale po roku wróciła do Anglii jako wdowa. Jej mąż napił się podczas hinduskiego święta nieprzegotowanej wody i w ciągu dwóch dni zmarł na cholerę. Etta była niska, poruszała się szybko jak myszka i była — w specyficzny wiejski sposób — bardzo ładna. Powiedziała Lucy, że nie może się doczekać powrotu do Indii.

— Bardzo tęskniłam za domem, ale kiedy wróciłam, było tam jak zawsze, zielono i szaro. Te same twarze, ta sama bezbarwna Anglia... jakby wszystko wyprano i kolory się wypłukały.

Z początku Nora była wobec niej podejrzliwa i niechętnie usposobiona.

— Nawet wicekrólowa nie potrzebuje dwóch pokojówek — stwierdziła.

Kiedy jednak uświadomiła sobie, ile pracy będą miały, nieustannie pakując i rozpakowując ubrania, czyszcząc rękawiczki i cerując pończochy, zaczęła doceniać pomoc Etty i doskonale się z nią dogadywała. Dodatkowym plusem było to, że mogła wydawać swojej koleżance polecenia, mówić jej, które ubrania ma wypakować z bagażu, które suknie odświeżyć i które buty wyczyścić. Lucy uważała, że czasami jest zbyt wymagająca, zlecając Etcie tyle szycia i czyszczenia, ale dziewczyna nie protestowała. Lucy miała nadzieję, że kiedy Norze spowszednieje władza i wydawanie poleceń, powróci do swojego zwykłego sposobu bycia.

Nastrój Henry'ego zmieniał się niemal co pół godziny. W jednej chwili się śmiał i żartował — „perlił się jak szampan", jak to określił jego służący — i zaraz potem robił się ponury i prawie do nikogo się nie odzywał. Zdarzały mu się też gwałtowne napady pracowitości i wydawał swoim już i tak przepracowanym podwładnym dziesiątki poleceń, każąc im pisać listy oraz przygotowywać raporty i zestawienia statystyczne. Kiedy zamykał się w sobie, było wiadomo, że rozmyśla o swoim zaszczytnym stanowisku najwyższego nadzorcy najwspanialszego klejnotu w koronie królowej Wiktorii.

Często rozprawiał o szlachetnym obowiązku, dominiach brytyjskich i ogromnej władzy, jaką wkrótce będzie sprawował.

Brzmiało to jednak nie tylko pompatycznie, ale także boleśnie samotnie.

Jako osoba desygnowana na wicekróla, nie mógł za bardzo włączać się w życie towarzyskie na statku. Wraz z nim płynął cały jego sztab: osobisty sekretarz, Walter Pangborn, spokojny i leniwy jak zawsze, jego adiutant, pułkownik Timothy Miller, jedenastu urzędników, sześciu oficerów ochrony oraz sir Evan Maconochie z Hinduskiej Służby Cywilnej. Pozostałymi pasażerami byli głównie hinduscy oficerowie, inżynierowie, urzędnicy państwowi, plantatorzy oraz żony i dzieci oficerów dystryktów i zarządców posiadłości.

Choć od Kalkuty dzieliły ich jeszcze tysiące mil, Henry przez cały czas rozmyślał o trudnościach rządzenia tak wielkim krajem i swoich ograniczeniach. Rząd Pendżabu, na którego czele stał brytyjski gubernator-porucznik, podlegał wicekrólowi tylko w niektórych sprawach, a gubernatorzy Madrasu i Bombaju rzadko uznawali za konieczne informowanie go o swoich poczynaniach.

Rozmawiali o tym wszystkim podczas przechodzenia przez Cieśninę Gibraltarską.

— Nie rozumiem, jak Elgin mógł to tolerować — stwierdził Henry. — Wicekról powinien rządzić Indiami bez ograniczeń!

Obsesyjnie pilnował wszystkich procedur i ceremoniału. Zawsze bardzo starannie się ubierał, teraz jednak spędzał dwa razy więcej czasu niż zwykle ze swoim nowym służącym. Był nim londyński cwaniak o imieniu Vernon — wysoki, ciemnooki mężczyzna o aparycji boksera, „nieco niepewny w głoskach przydechowych", jak określał to Henry (nie wymawiał dobrze „h"), ale zawsze bardzo uważny i dyskretny. Był pierwszym kamerdynerem, któremu Henry naprawdę ufał. I był także pierwszym, który miał odwagę mu się sprzeciwiać — oczywiście w określonych granicach.

Jednak Lucy nie była pewna, czy może mu zaufać. Nie podobały jej się jego martwe oczy. Czuła, że ją przejrzał i dobrze wie, iż nie jest szlachetnego urodzenia. „Swój zawsze pozna swego", rzucał czasami bez widocznego powodu.

Próbowała kiedyś porozmawiać o nim z Henrym, ale ją zbył. Nie potrafił myśleć o niczym innym poza Indiami. Czuł już zapach władzy — tak jak czuje się nadlatujące z wiatrem zapachy przypraw. Pragnął jej tak bardzo, że podczas swoich nieczęstych spacerów po pokładzie zawsze zatrzymywał się z twarzą zwróconą ku wschodowi i stał tak przez jakiś czas, trzaskając kostkami palców.

Ze wszystkimi — z Lucy włącznie — rozmawiał z koturnową oficjalnością. Jego komplementy brzmiały, jakby kierował je do hinduskiej maharani: „Wyglądasz dziś zniewalająco, moja droga" albo: „Twoja fryzura jest niezwykła". Jednocześnie każdy, kto rozmawiał z jego żoną nieco swobodniej — co uważał za brak szacunku dla przyszłej wicekrólowej — był natychmiast ostro przywoływany do porządku.

Lucy podejrzewała, że jedną z głównych przyczyn jego sztywnego zachowania wobec niej jest hamowanie potrzeb seksualnych. Bez względu na to, jak bardzo jej pożądał, nie zamierzał ryzykować. Chciał mieć spadkobiercę — Horatio Henry'ego Carsona — i prędzej zachowałby przez pół roku wstrzemięźliwość, niż zaryzykował poronienie.

Kilka godzin przed zawinięciem „Star of Bengal" do Valetty dla załadowania węgla sir Evan Maconochie wziął Lucy na spacer po pokładzie. Włożyła lekki szary płaszcz i prosty kapelusz wiązany pod brodą wstążką, a sir Evan szary frak.

— Lord Carson sprawia wrażenie nieco rozkojarzonego — zaczął. — Mam nadzieję, że wszystko jest w porządku.

— Sądzę, że przygotowuje się do spotkania z Indiami.

— No cóż, nie będzie mu łatwo. Oczywiścic doskonale zna kraj, o wiele lepiej niż nadzorcy dystryktów, bardziej kompleksowo, jednak tym razem przybywa do Indii w roli wicekróla, a to zupełnie co innego.

— Trudno odgadnąć, co odczuwa — powiedziała Lucy. — Jakby się odcinał... zamykał przed wszystkimi.

Sir Evan głośno wciągnął powietrze.

— Musi się zdystansować, to oczywiste. To samo dotyczy pani. Będziecie przecież sprawować w Indiach królewską władzę.

— Sądziłam, że królowie i królowe mogą robić, co zechcą.

Popatrzył na nią z rozbawieniem.

— Może w bajkach, ale w Indiach na pewno nie. Tam zarówno Brytyjczycy, jak i miejscowi będą traktować was jak istoty boskie. Rozumie pani? Wicekról jest na szczycie całego społeczeństwa.

Lucy oparła się o reling i wystawiła twarz na chłodną śródziemnomorską bryzę.

— Pani Bull przykładała wielką wagę do... jak ona to nazwała... kolejności dziobania.

— Właśnie — odparł sir Evan. — Choć ja osobiście wolę to nazywać hierarchią ważności.

— Podobno wydano nawet książkę na ten temat...

— W samej rzeczy. To *Lista Precedencji*. Wskazuje, kto jakie miejsce zajmuje w hierarchii społecznej. Biblia *burra memsahib*! Żadna pani domu nie odważyłaby się bez niej sadzać gości. Jesteśmy przede wszystkim społeczeństwem klasy średniej, żyjącym z pensji. Nasze miejsce w hierarchii społecznej zależy od tego, co robimy. Elitę tworzą członkowie Hinduskiej Służby Cywilnej: gubernatorzy, sędziowie, nadzorcy dystryktów, członkowie Rady Wicekrólewskiej. Tuż pod nimi znajdują się członkowie Hinduskiej Służby Politycznej. Następna jest Hinduska Służba Medyczna i wyższe stanowiska w Departamencie Prac Publicznych. Dalej idą oficerowie armii indyjskiej, oczywiście w zależności od regimentu. Kawaleria niemal zawsze stoi wyżej od piechoty, choć Gurkhowie zwykle traktowani są inaczej. Na członków Departamentu Edukacji raczej krzywo się patrzy, a niżsi rangą urzędnicy cywilni stanowią margines szanowanego społeczeństwa. Duchowni to de facto pariasi, kupców też nigdy nigdzie się nie zaprasza, niezależnie od stopnia ich zamożności.

Przerwał, wyjął z kieszonki kamizelki małą srebrną tabakierkę i wziął dwie szczypty tabaki.

— U samej podstawy drabiny społecznej znajdują się Europejczycy mieszkający na stałe w Indiach Brytyjskich oraz osoby mieszanej krwi, Euroazjaci, zwani także z powodu swojego śpiewnego akcentu *czi-czi*. Nigdy nie zaprasza się ich na najlepsze przyjęcia, nie mogą też być członkami klubów. Uważam, że to właśnie im przypadł w udziale najsmutniejszy los. Zawsze próbują naśladować lepszych od siebie i zawsze z ogromną nostalgią mówią o ojczyźnie, której nigdy nie widzieli i nigdy nie ujrzą.

— Nie bardzo rozumiem, czemu ma służyć ta skomplikowana hierarchia — stwierdziła Lucy. — Jeśli nie ma tam lordów ani dam, jest to zwykły snobizm. Nawet w Nowym Jorku...

Sir Evan powstrzymał kichnięcie i uśmiechnął się lekko.

— Kalkuta to nie Nowy Jork, droga pani Carson. Hindusi surowo przestrzegają podziału na kasty. Są u nich bramini *pakka*, niebiańsko urodzeni; kszatrijowie, czyli wojownicy; wajśjowie, czyli klasa zajmująca się handlem i pożyczaniem pieniędzy, i tak dalej, aż do samego dna, czyli niedotykalnych. Lord Carson i pani będziecie prowadzić bardzo intensywne życie towarzyskie. Będziecie goszczeni z przepychem, którego mogłaby pozazdrościć wam sama królowa Wielkiej Brytanii i cesarzowa Indii. Będziecie traktowani jak półbogowie. I oczywiście będziecie bardzo samotni.

Lucy pokręciła głową.

— Nigdy w życiu nie byłam samotna i teraz też nie zamierzam.

Sir Evan wahał się przez chwilę, po czym odchrząknął, pociągnął nosem i powiedział:

— Może zabrzmi to impertynencko, lady Carson, jednak proszę mi wierzyć, że mam najlepsze intencje. Mówi się, że w Indiach kobietom niezbyt służy bycie... nie chcę, aby zabrzmiało to uwłaczająco, ale powinny starać się nie sprawiać wrażenia zbyt mądrych. Jest tam parę naprawdę bystrych dam, ale robią wszystko, by nikt tego nie zauważał.

Przerwał, znowu pociągnął nosem i popatrzył na Lucy.

— Rozumie pani, o co chodzi?

♦ ♦ ♦

„Star of Bengal" zatrzymał się na dwadzieścia cztery godziny na Malcie, aby załadować węgiel. Wieczorem Henry i Lucy musieli być na nudnej kolacji w Domu Rządowym, pod tak ciemnymi kandelabrami, że ledwie widzieli, co jedzą (sardynki z grilla, tłusta gicz jagnięca z marchewką i na deser biszkopt z owocami i bitą śmietaną). Posiłek potrwał znacznie dłużej, niż Henry się spodziewał, więc zaczął marudzić — zwłaszcza gdy gubernator zaczął niekończącą się opowieść o niekompetentnym lokaju, który jakiś czas temu dla niego pracował.

— Kiedy podniósł klosz, zamiast pieczeni wszyscy zobaczyli na tacy moje zaginione spodnie!

♦ ♦ ♦

W nocy Henry stał w kabinie, dygocząc z napięcia niemal przez minutę, a potem zacisnął pięść i uderzył w nią w biurko z taką siłą, że popękała mu skóra na kostkach.
— Henry! — krzyknęła przerażona Lucy.
— Nic się nie stało — odparł i owinął sobie dłoń chustką. — Nic się nie stało. Po prostu nie mogę znieść marnowania czasu, to wszystko. Czy nikt nie widzi, ile mam do zrobienia?
— Czasami musisz odpoczywać.
— Na przykład kiedy?
— Teraz. Nie wracasz chyba do pracy?
— Muszę. Nie mam wyboru. — Odwrócił się do niej. Jego twarz była szara ze zmęczenia. — Tyle jest do zrobienia. Trzeba odpowiedzieć na masę depesz. Napisać raport o Kuwejcie. Muszę też skończyć porządkowanie naszych kont. Moja roczna pensja to jedynie szesnaście tysięcy funtów... nie mam pojęcia, jak za to mamy podejmować tych wszystkich nizamów i maharadżów.
— Henry, na Boga... to Walter powinien zajmować się twoimi kontami.
— Zajmie mu to dwa razy więcej czasu niż mnie, a i tak będę musiał sprawdzić, czy wszystko dobrze zrobił.
— Mój drogi, jesteś wicekrólem! Masz do dyspozycji sztab ludzi i setki służących! Kiedy przestaniesz być swoim własnym sługą?
Henry szarpnął się za muchę.
— Lucy, jestem sługą, bo tak zadecydował los. Nie tylko własnym, ale także twoim, mojego kraju i każdego mieszkańca Indii... bez względu na kolor skóry i wyznanie.
— Twoje zdrowie jest ważniejsze od Indii. Twoje zdrowie jest ważniejsze od wszystkiego. Henry, noszę twoje dziecko.

Wypolerowane buty Henry'ego zaczęły zataczać kręgi po dywanie.

Po chwili podszedł do biurka i rozwinął mapę Indii. Wyprostował załamania, wygładził wybrzuszający się papier, a potem obciążył mapę książką i kałamarzem.

— Chodź tutaj, Lucy — powiedział. — Popatrz na to.

Podeszła do niego i spojrzała na mapę.

— No i co? Dużo różowego i żółtego.

— Właśnie. Róż i żółć. Brytyjskie tereny są różowe, żółte należą do rdzennej ludności. Na zachodzie mamy Beludżystan i Sindh, oddzielone od reszty Indii Brytyjskich autochtonicznymi państewkami, ciągnącymi się od Ghatów Wschodnich po góry Radżastanu. Na południu Prowincje Centralne i dwie prezydencje, Bombaj i Madras, oddzielone od siebie dwoma autochtonicznymi państwami, Majsurem i Hajdarabadem. Na wschodzie mamy prezydencję Bengalu i prowincję Assam. A tu, na północny zachód od Bengalu, biegnie pasmo brytyjskich prowincji stanowiących kręgosłup Indii Brytyjskich: Bihar, Zjednoczone Prowincje i Pendżab, sięgające do północno-zachodniej granicy. Dziesięć brytyjskich prowincji i pięćset sześćdziesiąt dwa autochtoniczne państewka. Jedne są w miarę cywilizowane, inne barbarzyńskie. W Indiach jest dwa tysiące trzysta kast, sekt i wyznań. Zarządzanie tymi terenami jest ogromnie trudne, choć wszystkie podlegają królowej i cesarzowej... w mojej osobie. To ja jestem za nie odpowiedzialny. Dlatego muszę tak dużo pracować, mimo że czasem jest to bardzo uciążliwe. I dlatego proszę cię o tolerancję i wsparcie, a nie o krytykę.

Ponownie popatrzył na mapę, po czym podniósł kałamarz i zwinął arkusz.

— Przepraszam — powiedziała cicho Lucy. — Chyba nie do końca zdawałam sobie sprawę z tego, jakie to będzie dla ciebie trudne. Sądziłam... sama nie wiem co. Chyba myślałam, że ta funkcja będzie... raczej symboliczna.

— No cóż, nic dziwnego, jesteś przecież Amerykanką. Nie jestem figurantem, tylko królem. Administratorem, sędzią, generałem i światłem, pozwalającym mieszkańcom tego kraju odnaleźć drogę w ciemnościach.

— Jak to dobrze, że Indie mają jeszcze wielu innych bogów...

— Nie drwij — powiedział z naganą w głosie Henry, choć doskonale wiedział, że nic nie może zrobić, aby ją powstrzymać.

— Idź lepiej popracować, a ja pójdę do łóżka poczytać instruk-

cje lady Elgin. „O godzinie dwudziestej trzeciej trzydzieści pięć Ich Ekscelencje obejrzą na otwartym powietrzu inscenizację *Wesołej Anglii*, której celem jest zebranie funduszy na diecezyjny przytułek dla kobiet".
— Będziesz królową, Lucy. Nie wolno ci z tego żartować.
— Nie żartuję, Henry. Ale nie chcę być królową z dziecięcej rymowanki, która siedzi w salonie i je chleb z miodem, podczas gdy jej małżonek król cały czas pracuje, licząc pieniądze.

Henry podszedł do Lucy i wziął ją w ramiona. Brzuch miała już na tyle zaokrąglony, że musiał stać oddalony o pół kroku.
— Będę twoim królem. Obiecuję.

♦ ♦ ♦

Nie usłyszała, kiedy przyszedł do łóżka, a gdy rano się obudziła, już go nie było. Słońce odbijało się od budynków w porcie i rysowało zygzaki na suficie kabiny. Lucy niemal przez dziesięć minut leżała na plecach, rozmyślając o Indiach. Kiedy mąż po raz pierwszy powiedział jej o swojej nominacji, wyobraziła sobie kraj przypraw. Po tym jednak, co usłyszała ostatnio od sir Evana i Henry'ego, potrafiła jedynie wyobrazić sobie kraj duszny jak wnętrze szafy, labirynt skomplikowanych hierarchii, przesądów i niekończących się niepokojów społecznych.

Po ósmej zadzwoniła po Norę i Ettę, aby ją ubrały. Włożyła spódnicę z kasztanowego aksamitu i bluzkę z kremowej koronki z koronkowymi mankietami. Przyłączyła się do pani Bull, która jadła śniadanie w jadalni pierwszej klasy, ozdobionej palmami i olejnymi obrazami ukazującymi najbardziej znane miejsca w Indiach: Tadż Mahal w Agrze, Pałac Wiatrów w Dżajpurze, Wieżę Zwycięstwa w Citorgarh. Zamówiła lekko ściętą jajecznicę. Było zbyt wietrznie i chłodno, aby jeść na zewnątrz, ale pogoda doskonale nadawała się do zwiedzania.

— Sądzi pani, że udałoby się jej namówić tego młodego ciemnowłosego oficera ze szkockim akcentem, aby zabrał nas na wycieczkę? — spytała swoją towarzyszkę.

Pani Bull aż otworzyła usta ze zdziwienia.
— Namówić? Po prostu mu rozkażę!

O dziesiątej zebrała się cała grupa amatorów wycieczki — Lucy i pani Bull, Nora i John McCrae, młody i przystojny pierwszy oficer „Star of Bengal" pochodzący z Aberdeen, który miał im służyć za przewodnika, oraz dwóch oficerów z ochrony wicekróla — kapitan Roger Philips i porucznik Ashley Burnes-Waterton — ubranych we wspaniałe szkarłatne mundury.

Pojechali dwoma powozami na Strada Reale, aby kupić wyroby z koralu i srebra oraz koronki. Lucy udało się znaleźć dla Henry'ego spinki do mankietów z koralu i srebrną manierkę na pasek z wygrawerowanym krzyżem Zakonu Kawalerów Maltańskich. Wystarczyło jednak kilka minut, aby została otoczona hałaśliwym tłumem gapiów, z których część domyśliła się, kim jest, i zaczęła wołać: „Niech żyje lady Carson!". Popychany ze wszystkich stron kapitan Philips natychmiast się zdenerwował, więc Lucy zgodziła się opuścić Strada Reale i objechać miasto.

Młody McCrae z pewnym wahaniem zaprowadził całą grupę do krypty, w której leżały zabalsamowane ciała kapucynów, słynnych „peklowanych mnichów". Po wyjściu na zewnątrz Nora zaczęła się skarżyć na zawroty głowy, a Lucy poczuła się niedobrze i wyobraziła sobie, że jej dziecko i śniadanie pływają w żółto-różowej emulsji — przypominającej mapę Henry'ego.

— W Indiach zobaczy pani znacznie gorsze rzeczy — stwierdziła pani Bull, kuśtykając obok niej w drodze powrotnej do powozu i przytrzymując jedną ręką kapelusz z szerokim rondem. — Mam nadzieję, że na lunch nie będzie znowu tej okropnej zupy Solferino.

— Ani żadnego peklowanego mnicha — dodał John McCrae.

— Proszę sobie darować te niesmaczne żarty — warknęła na niego pani Bull.

◆ ◆ ◆

„Star of Bengal" powoli płynął przez Morze Śródziemne — rozmazana biała plama na zamglonym błękitnym morzu. Pogoda przypominała angielski wrzesień: było słonecznie, ale chłodno. Aż nie chciało się wierzyć, że zaledwie kilka dni temu wypłynęli z trzeszczącego od zimna Southampton, gdzie w każdej chwili mógł spaść śnieg.

Port Said był pierwszym naprawdę orientalnym przystankiem podczas ich podróży. Na nabrzeżu powitał ich konsul generalny sir Evelyn Bentley z małżonką, kedyw Abbas Halmi, tłum ministrów, oficjeli i ich asystentów oraz flotylla czarnych land, wypolerowanych jak brytyjskie buty wojskowe. Wystrojona orkiestra nie wiadomo dlaczego zagrała *Odważną Szkocję*, a następnie kolędę *Przybywała z jasnej nocy*.

Zostali zaproszeni na oficjalny obiad, który odbył się w hotelu Bur Said, w olbrzymiej chłodnej sali jadalnej z widokiem na wyłożone niebieskimi kafelkami podwórze z fontanną. Wysocy czarnoskórzy mężczyźni w fezach podali zupę *molokheya*, pieczoną baraninę i *ful medames* z marcepanową *bakwala*.

Lucy po raz pierwszy jadła wschodnie potrawy, na szczęście siedząca naprzeciwko niej siwowłosa lady Bentley cały czas ją instruowała, co i jak powinna jeść. „O tu, z lewej! Wspaniałe!" albo: „Na Boga, proszę tego nie próbować".

Kedyw opowiedział im o swoim ojcu, Tewficie, który w młodości założył się ze znajomymi, że okrąży piramidę Cheopsa z pomarańczą między kolanami — i wygrał zakład. Nikt nie wiedział, czy należy się roześmiać, zaklaskać głośno, czy przyjąć tę historię z pełnym szacunku milczeniem, ale kedyw najwyraźniej uważał ją za bardzo zabawną, bo zaczął tak rechotać, że służący musieli przynieść mu szklankę wody.

Po obiedzie kedyw wrócił do Kairu, a Henry przeszedł razem z sir Evelynem do jego prywatnego gabinetu w hotelu, aby porozmawiać o wdzieraniu się Rosjan do wschodniej części regionu śródziemnomorskiego i Zatoki Perskiej.

Lady Bentley i energiczny asystent zwany Minchinem zabrali resztę gości konsula generalnego na wycieczkę po Port Saidzie. Towarzyszyli im kapitan Philips i porucznik Burnes-Waterton oraz dwóch wysokich czarnych oficerów z ochrony kedywa, ubranych w czerwone fezy i białe mundury z czerwonymi epoletami i uzbrojonych w ceremonialne szable. Wśród uczestników wycieczki były oczywiście także pani Bull i żona superintendenta policji z Coimbatore w Madrasie, która była bardzo podekscytowana, że zaproszono ją gdzieś razem z nową wicekrólową Indii.

— Duncan po prostu mi nie uwierzy! — gorączkowała się. — Będę głównym tematem w *murghi khana*.

— *Co to jest murghi khana*? — spytała Lucy.

— „Kurnik" — wyjaśniła pani Bull, łapiąc za uchwyty w powozie lady Bentley, jakby zamierzała wywrócić go do góry nogami. — Przeznaczona dla pań sala w męskich klubach...

Port Said był bardzo głośny i chaotyczny, a w powietrzu unosiła się dziwaczna mieszanina najróżniejszych zapachów: pyłu, dymu węglowego, ciężkich perfum i batatów, które sprzedawano tu jak pieczone kasztany i bajgle w Nowym Jorku.

Kiedy tylko ruszyli spod hotelu, ich lando otoczyła gromada obszarpanych dzieciaków, żebraków, jasnowidzów oraz ludzi żonglujących jajkami i jednodniowymi kurczaczkami. Cały ten tłum podążał za nimi przez większą część ulicy, pełnej świateł i cieni, straganów z owocami i sklepików, w których sprzedawano wyroby z miedzi i Najlepszej Jakości Kaski Tropikalne.

— Zaprowadzę panią do Simona Artza — zaproponowała lady Bentley, wachlując się. — Każdy, kto przyjeżdża na Wschód, musi przynajmniej raz tam zajrzeć. Jest u nich prawie wszystko, od hełmów tropikalnych po tureckie słodycze. Ich pasiaste szale zobaczy pani na ramionach niemal każdej *memsahib* w Indiach. Proszę jednak niczego nie kupować, zwłaszcza tych ohydnych kasków. Mam dla pani podwójny *terai* na porę chłodną i *topi* z Klubu Namiotowego Cawnpore na gorącą. Będą znacznie praktyczniejsze. Znalazłam też w Kairze kilka pięknych szali.

Kiedy dojechali do zdobionego marmurowymi kolumnami wejścia do imperium Simona Artza, Minchin pomógł Lucy i lady Bentley wysiąść. Ze sklepu właśnie wychodziła grupa Europejczyków — świeżo przybyłych z Anglii. Prawdopodobnie była to ich pierwsza podróż do Indii, bo wszyscy mieli na głowach wielkie nowe hełmy tropikalne. Ochroniarze kedywa odsunęli ich na bok — tak samo jak wszystkich innych ludzi, którzy znaleźli się na ich drodze.

— Hej, chwileczkę! — zawołał jeden z mężczyzn.

Najwyraźniej zamierzał przypomnieć ochroniarzom, że białe jest białe, a czarne — czarne, jednak jego towarzyszka szybko złapała go za rękaw i wyjaśniła mu, że nie są spychani na bok dla byle kogo, ale dla nowej wicekrólowej Indii.

— Czasami się zastanawiam, jak ja to znoszę — powiedziała lady Bentley, kiedy szły chodnikiem. — Wie pani, ten upał, ogólny zamęt i bałagan. Tak bardzo tęsknię za Eaton Square... Ale Evelyn jest w swoim żywiole, mogąc wydzierać się na fellachów.

Gdy dochodzili do drzwi sklepu, angielskie dziewczęta zaczęły krzyczeć i piszczeć.

— No przecież mówię! To tutaj! — zawołał jakiś mężczyzna z ich grupy.

Nagle tłum rozstąpił się jak pękający brzeg wypełnionego wodą *wadi*, a w wolnej przestrzeni na chodniku pojawił się długowłosy żebrak w czerwonej szacie, wpatrujący się w Lucy szeroko otwartymi oczami. Padł przed nią na ziemię i przycisnął usta do jej buta.

— Och, królowo, bądź dla mnie łaskawa! — wymamrotał. — Na miłość Allaha, królowo, okaż mi łaskę!

— Dobry Boże! — krzyknęła lady Bentley. — Zabierzcie go!

Jeden z ochroniarzy kedywa podszedł do żebraka i Lucy usłyszała dźwięk, którego miała nigdy nie zapomnieć: zgrzyt stali o pochwę. W powietrzu zamigotało ostrze szabli. Lucy z przerażeniem spojrzała na ochroniarza — jego czarna twarz była zupełnie obojętna, a małe oczy całkowicie pozbawione wyrazu. Wyglądał, jakby przycinał gałąź kolczastego krzewu w ogrodzie kedywa. Szabla uderzyła żebraka w głowę tuż przy nasadzie nosa, jego prawe oko wypadło i potoczyło się po chodniku — jak w iluzjonistycznej sztuczce. Kropelki krwi trysnęły na spodnie ochroniarza i buty nowej wicekrólowej Indii.

Lucy zacisnęła powieki, modląc się, aby to wszystko okazało się jedynie przywidzeniem.

— Boże drogi... — jęknęła lady Bentley. — Lady Carson, szybko z powrotem do powozu! Panie Minchin, cóż pan wyprawia?

Młody asystent machał rękami jak wiatrak i chwiał się na nogach. Do kobiet podbiegli kapitan Philips i porucznik Burnes--Waterton — porucznik zasłaniał własnym ciałem Lucy i wywijał rewolwerem (choć nie odciągnął kurka), a kapitan prowadził ją do landa. Kiedy do niego dotarli, przytrzymał ją za łokieć i pomógł wsiąść.

— Wszystko już w porządku — powiedział uspokajająco.

W drodze powrotnej Lucy drżała na całym ciele. Lady Bentley podała jej szal do okrycia ramion.

— To szok, moja droga. Ale na Wschodzie, musi pani wiedzieć...

— Co na Wschodzie? Ten biedak nic mi nie zrobił!

— Dotknął pani, moja droga.

— No i co z tego? Całował mój but, nic więcej. Nie ma nic groźnego w całowaniu czyjegoś buta — odparła Lucy. Nagle powróciła jej szorstka kansaska wymowa, chrzęszcząca jak ciągnięty po szkle brzeszczot piły.

Lady Bentley poklepała ją po ramieniu.

— Moja droga, to był *lazar*, a pani...

— A ja co? — zapytała Lucy, patrząc na nią szeroko otwartymi oczami. Jaskrawe słońce Port Saidu sprawiało, że jej twarz wydawała się bardzo blada.

— A pani jest cesarzową, moja droga. Jeszcze pani tego nie pojęła?

◆ ◆ ◆

W Port Saidzie należało zmienić ubrania zimowe na tropikalne, co oznaczało, że Nora i Etta znowu miały mnóstwo roboty. Gorączkowo pakowały wszystko, co było już niepotrzebne, i rozpakowywały letnie rzeczy — wyszywane lniane bluzki, białe spódnice, białe batystowe suknie, białe lekkie buty. Na pokładzie porozpinano podwójne markizy, a pani Bull ostrzegła Lucy, aby „uważała na słońce".

— Słońce jest pani wrogiem, lady Carson, proszę o tym nigdy nie zapominać. Nigdy się pani do niego nie przyzwyczai. Za każdym razem, kiedy w Indiach wyjdzie pani na otwartą przestrzeń, będzie uderzać jak młot. Między wschodem a zachodem słońca nie wolno się nigdzie ruszać bez kasku tropikalnego.

„Star of Bengal" przedryfował przez Kanał Sueski niczym kolos pogrążony we śnie. Upał każdego dnia narastał i Lucy spędzała większość czasu w kabinie, leżąc na łóżku i wachlując się olbrzymim wachlarzem ze strusich piór, który dała jej lady Bentley. Rozmyślała o swojej małej córeczce i jednocześnie próbowała czytać Jane Austen. „Jestem najszczęśliwszą istotą na świecie, otrzymałam bowiem propozycję małżeństwa od pana Wattsa".

Gdzie była teraz Blanche? Otulona kołdrą w łóżeczku na piętrze domu Cullenów, otoczonego śniegiem i ogrzewanego trzaskającym w kominkach ogniem? Trudno było uwierzyć, że gdzieś tam daleko jest jakieś zimowe Kansas. Kiedy Lucy wychodziła na pokład spacerowy, by obserwować przesuwającą się obok burą pustynię, miała wrażenie, że Kansas zamieniło się w śnieżną burzę w butelce i wkrótce zniknie w niebycie.

Napisała list do Blanche, po czym odpruła szwy w podszewce

torebki, by go pod nią schować. Ot tak, na wypadek gdyby statek zatonął, gdyby umarła na cholerę albo już do końca życia miała nie pojechać do Kansas. Jeszcze nigdy list matki do córki nie był pisany z tak wielkim żalem i bólem.

> *Moja najdroższa, najdroższa... Nigdy nie zrozumiesz, jak trudno mi było Cię zostawić. Jeśli pewnego dnia znów się spotkamy, nie odwracaj się do mnie plecami, proszę. Nie miej do mnie pretensji. Byłam bardzo młoda, kiedy się urodziłaś. Musiałam rozpocząć własne życie. Dałam Ci wszystko, co mogłam. Zawsze masz w moim sercu miejsce — jak w kołysce, którą zrobił dla Ciebie pan Cullen, kiedy się urodziłaś.*

Gdy kończyła pisać, do kabiny wszedł Henry. Miał na sobie nieskazitelnie białe spodnie i kask tropikalny. Niósł plik dokumentów, nad którymi pracował.

— Co piszesz? — spytał tym samym ostrym jak brzytwa tonem, jakim odezwał się do niej po raz pierwszy na trawniku w posiadłości pani Harris.

Lucy szybko złożyła list. Henry podszedł do biurka i zaczął rozkładać na nim dokumenty.

— *Billet-doux* do tajemnego kochanka? Kto to? Kapitan Philips? Pierwszy oficer McCrae?

— Próbowałam napisać wiersz.

Podszedł do niej, wycierając dłonie chusteczką.

— Miłosny? Dla mnie? Mogę spojrzeć?

Zmięła list w dłoni.

— Nie jest zbyt dobry. Wolałabym, żebyś go nie czytał.

Pochylił się i pocałował ją w czoło.

— Nie martw się. Próbować, próbować, próbować... oto moje motto. *Fortuna transmutat incertos honores, nunc mihi, nunc alii benigna.* — Przez chwilę przyglądał się Lucy z uśmiechem, po czym zapytał: — A jak dziecko?

Przez moment Lucy miała wrażenie, że wszystkiego się domyślił i mówi o Blanche. Dopiero po chwili dotarło do niej, co ma na myśli.

— Och! — Uśmiechnęła się. — Z dzieckiem wszystko w porządku. Jestem już niemal pewna, że to chłopiec. I sądzę, że będzie wyglądał dokładnie jak ty.

— Upał ci za bardzo nie przeszkadza? Kiedy miniemy Aden, będzie jeszcze goręcej.

— Henry... cokolwiek ty zniesiesz, zniosę i ja.

Ponownie ją pocałował.

— Wiesz co, moja droga? Już pierwszego dnia, gdy cię ujrzałem, wiedziałem, że będziesz wspaniałą żoną.

Zjawił się jego asystent z pytaniem, czy mogliby przez chwilę porozmawiać o ich przyjeździe do Bombaju. Henry posłał Lucy jeszcze jednego całusa i wyszedł. Odczekała minutę lub dwie i wygładziła list.

— Moja najdroższa... — szepnęła.

◆ ◆ ◆

Powoli pełzli Kanałem Sueskim przez Ismailię, otoczeni łodziami tubylców, którzy próbowali im sprzedać najróżniejsze towary: małpy, cebulę, buty, czarny chleb. Niektórzy pasażerowie zabawiali się rzucaniem pensów do biegających po statku chłopców proszących o pieniądze.

Lucy nigdy przedtem nie widziała małp i była nimi zachwycona. Jej szczególną uwagę zwróciła jedna z nich. Miała rudawą sierść, oczy jak paciorki i zdecydowanie zły charakter. Przypominała jej Malty'ego. Kupiłaby ją, gdyby Henry nie usłyszał, jak woła do sprzedawcy: „Hej, ty! Pokaż mi tę małpę!" i nie wyszedł na pokład.

— Masz być wicekrólową, na Boga! Nie wolno ci kupować zapchlonych małp od zapchlonych Arabów! Nie wolno ci nawet z nimi rozmawiać! Oni dla ciebie nie istnieją!

Lucy poczuła się zraniona i potraktowana jak dziecko. Nie wiedziała, jak ma zareagować. Szybkim krokiem minęła Henry'ego, weszła do kabiny i rzuciła się na łóżko. Jamie by mi pozwolił, pomyślała. Każdy by mi pozwolił. Każdy poza Henrym.

W końcu dotarli do Suezu — skupiska rozpadających się budynków, nad którymi wisiało niebo barwy atramentu. Kilku żołnierzy zeszło na ląd, aby przejechać się na ośle albo napić piwa, ale pozostali pasażerowie siedzieli pod markizami na pokładach, powoli uświadamiając sobie, co znaczy afrykański upał.

Następnego dnia „Star of Bengal" wypłynął na Morze Czerwone, ostro kontrastując swoją oślepiającą bielą z soczystym granatem wody. Lucy zaczęła dostrzegać pierwsze oznaki organizowania się pasażerów w pewną hierarchię społeczną. Ją samą i Henry'ego traktowano jak zawsze z ogromnym szacunkiem, ale inni pasażerowie pierwszej klasy zaczęli łączyć się w oddzielne grupki. Jedna z nich składała się z członków sztabu Henry'ego, oficerów jego ochrony i najwyższej rangi pracowników Hinduskiej Służby Cywilnej. Druga obejmowała plantatorów, którzy rżnęli w karty, jakby od tego zależało ich życie, pili gin, w którym pływały małe perłowe cebulki, i śmiali się głośno — znacznie głośniej niż pozostali pasażerowie.

Wśród kobiet już na samym początku utworzyła się grupa *burra memsahib* — starszych dam. Zawsze siadały przy najlepszych stołach i zajmowały najlepsze fotele, a za nimi podążały grupki mniej ważnych pań. Kiedy Lucy spotykała jedną z takich dam — na przykład panią Williamową Smith-Carter, żonę pułkownika kawalerii stacjonującego w Merath — mówiła do niej w duchu: „Powinnaś spróbować pomieszkać w Kansas. Powinnaś spróbować związać koniec z końcem z plonów, jakie dają High Plains, przetrwać długie suche lato, kiedy wszystko zwiewa wiatr, i twardą jak kamień zimę, podczas której zamarza bydło. Wtedy zobaczylibyśmy, kim naprawdę jesteś i czym jest ta wasza hierarchia".

Nie zetknęła się jednak jeszcze z Indiami.

◆ ◆ ◆

Ostatnim przystankiem przed wypłynięciem na Ocean Indyjski był Aden, który wydał się Lucy skupiskiem niemal zupełnie nagich skał, tylko gdzieniegdzie porośniętych anemiczną roślinnością odrobinę zmiękczającą ich surowość. Z Adenu skierowali się ku południowej szpicy Indii i Cejlonowi.

Temperatura każdego dnia wzrastała. Kiedy pewnego dnia Lucy spojrzała na termometr zawieszony przy drzwiach kabiny, stwierdziła, że jest 46 stopni Celsjusza. Odwróciła się do Henry'ego i powiedziała mu to, jednak nawet nie podniósł głowy znad biurka.

— To jeszcze nic, skarbie — mruknął. — Na równinach, kiedy jest naprawdę gorąco, temperatura dochodzi do siedemdziesięciu.

Nie ignorował Lucy całkowicie, ale poświęcał jej niewiele czasu. Czasami jednak zdobywał się na zaskakującą czułość. Pewnego popołudnia zostawił swoje papiery i zabrał żonę na pokład, by pokazać jej migoczący na nocnym niebie Krzyż Południa. Kilwater za statkiem migotał srebrnozieloną fosforescencją.

— To takie niezwykłe... — westchnęła Lucy. — Ledwie mogę uwierzyć, że tu jestem.

— Właśnie.

W nocy spali przy pootwieranych bulajach, ale upał i tak był trudny do zniesienia. Lucy zazdrościła pasażerom, którzy mogli przenieść swoje łóżka na pokład — panie przy jednej burcie, panowie przy drugiej. Spała nago — tak samo jak sypiała podczas gorących nocy w Kansas. Nora rzuciła kilka pruderyjnych uwag o konieczności „trzymania dziecka w cieple" i o tym, że „ciężarna kobieta bez niczego na sobie...", jednak Lucy ją zignorowała. Choć jej jedwabne i batystowe koszule nocne były bardzo lekkie, sprawiały, że czuła się, jakby była oplątana czymś mokrym i śliskim.

W ciągu dnia obok statku przepływały walenie i morświny, a latające ryby migotały jak deszcz srebrnych igieł. Kobiety omdlewały w upale, a znoszący go nieco lepiej mężczyźni współzawodniczyli w strzelaniu do rzutków. Lucy leżała na leżaku z wysoką szklanką piwa imbirowego z lodem w ręku, słuchała nieregularnego huku wystrzałów, rozmyślała i marzyła. Henry siedział w kabinie w samej koszuli, pisząc i klnąc pod nosem, kiedy spoconą dłonią niechcący dotknął papieru, który potem nie chciał wchłaniać atramentu.

Mało kto spał — noce były zbyt upalne i rozgwieżdżone, poza tym wszyscy za bardzo byli podnieceni zbliżającymi się Indiami. Każdego ranka spłukiwano wszystkie pokłady silnymi strumieniami wody. Każdego ranka imperium Lucy było bliżej.

❖ ❖ ❖

Płynęli powoli przez jasnozielone bengalskie krajobrazy, manewrując między zdradzieckimi płyciznami rzeki Hugli. Niebo miało barwę młotkowanego mosiądzu. Upał porażał. Na obu brzegach widać było palmy daktylowe, gaje kokosowe i plantacje bananów, a nieco dalej pola ryżu, szmaragdowozielonego jak kukurydza. Lucy dostrzegła trzy albo cztery bezpańskie psy, szarpiące coś czerwonobrązowego na mulistym brzegu. Kiedy statek przydryfował bliżej, zobaczyła, że to zwłoki.

— Boże drogi! — zawołała do pani Bull. — To człowiek! Pożerają martwego człowieka!

Pani Bull nie odwróciła wzroku od grupki roześmianych pasażerów na niższym pokładzie, którzy chyba nieco zbyt wiele wypili. Żywi i źle zachowujący się Europejczycy byli znacznie bardziej interesujący od martwych, zjedzonych do połowy Hindusów.

— Przecież mówiłam, że tak będzie — odparła. — To Indie. Byłam kiedyś w porze monsunowej na przyjęciu i poczułam jakiś okropny zapach. Siedzący obok mnie pułkownik z Hinduskiej Służby Wojskowej powiedział: „Na Boga, niech pani nie dotyka tej ryby". Byłam straszliwie zażenowana i zapytałam, co mam robić. Powtórzył wtedy jeszcze dobitniej: „Nie wolno jej pani dotknąć, bo to oznacza śmierć". I wcale nie żartował.

Po śniadaniu zmęczona upałem Lucy wróciła do kabiny i leżała na łóżku pod moskitierą, słuchając basowego pomruku maszyn. W końcu zasnęła, ale spała bardzo niespokojnie i przez sen wymamrotała: „Jamie".

Kiedy Henry to usłyszał, odłożył pióro i wszedł do sypialni.

— Jamie... — powtórzyła Lucy.

Henry pochylił się i przez chwilę ją obserwował.

— Kto to jest, Lucy? — spytał. — Kim jest Jamie?

— Jamie... — powiedziała znowu Lucy przez sen. — Biedna Blanche.

— To przyjaciel Blanche, tak?

Czekał na odpowiedź, ale było oczywiste, że Lucy mocno śpi. Pocałował ją w spocone czoło, po czym poszedł do salonu, by nalać sobie whisky rozcieńczonej wodą sodową.

Do drzwi zapukał Vernon, jego kamerdyner.

— Lordzie Carson? Za pół godziny będziemy w Kalkucie, proszę pana. Przynajmniej tak twierdzi pułkownik Miller. Zechce się pan wykąpać przed włożeniem munduru?

— Oczywiście. Ale najpierw przyślij do mnie pułkownika Millera.

— Już lecę.

Henry popatrzył w stronę sypialni Lucy, w zadumie marszcząc czoło. Przypomniał sobie, jak owego słonecznego dnia w Newport spacerowała po siatce na korcie tenisowym posiadłości pani Harris. Boże, jak pięknie wtedy wyglądała! I jak pięknie wygląda dzisiaj! Wydawała mu się reinkarnacją Vanessy, tyle że była znacznie młodsza, ładniejsza, jeszcze jaśniej błyszcząca i nosiła w łonie jego dziecko.

Pomyślał, że może jednak lepiej by było, gdyby nie poprosił jej o rękę. Obawiał się, że może własnymi rękami zniszczyć piękno, które tak bardzo czcił — z powodu poczucia winy związanego z Vanessą i swojej nienasyconej ambicji.

Bywały chwile, że widział swoją wicekrólewskość wystrzeliwującą w niebo niczym race i ognie bengalskie. Widział, jak swoją osobą rozświetla całe Indie — budynki i ludzi, kulturę i kasty. Widział, jak wszyscy unoszą ku niemu wzrok — na całym kontynencie, od Wielkiego Rannu po Zatokę Bengalską, od przylądka Komoryn po Himalaje.

Lord Carson Brackenbridge, wicekról, gubernator generalny i... bóg!

Zdarzały się jednak także momenty, kiedy race, które widział w wyobraźni, zaczynały po wypaleniu się koziołkować w powietrzu i spadać na ziemię, a ognie bengalskie gasły. Może ożenił się z Lucy właśnie po to, aby pamiętać, iż jest tylko śmiertelnikiem, a jego ambicje są pełne nie tylko światła, ale także mroku?

Położył lewą dłoń na suszce i w miejscach, gdzie dotknęła jej spocona skóra, bibuła się pomarszczyła. Drugą dłonią ujął pióro, podniósł je i wbił stalówkę między kostki trzeciego i czwartego palca. Zacisnął zęby i syknął z bólu, ale nie krzyknął. Ból to za mało. Będzie musiał odpokutować znacznie ciężej.

◆ ◆ ◆

Lucy poczuła zapach Kalkuty, zanim jeszcze całkiem się przebudziła. Było to coś wyjątkowego — mieszanina aromatów tropikalnych drzew i kwiatów, zapach czosnku i przypraw, woń płonącego krowiego łajna, zapach jaśminu, drzewa sandałowego i kurzu. Z oddali dolatywała muzyka, gdzieś grał jakiś zespół.

Śniło jej się, że płyną rzeką Hugli, jednak cały czas wiedziała, że to sen, ponieważ rzeka przypominała staw z liliami wodnymi i była ciepła jak woda w wannie. Blanche — jej mała córeczka Blanche — wołała ją po imieniu. Przez tę jedną godzinę spała głębiej niż przez wszystkie noce od opuszczenia przez „Star of Bengal" Port Saidu.

Kiedy się obudziła, maszyny statku cichły powoli, a na pokładzie panował spokój — był to szczególny spokój, stanowiący mieszaninę oczekiwania, podniecenia i lekkiego strachu. Dla wielu osób wracających do Indii urlop w ojczyźnie ostatecznie się skończył. Przyjeżdżających tu po raz pierwszy nurtowały setki pytań i wątpliwości. Jak poradzą sobie w tym dziwnym kraju? Jak wpasują się w jego skomplikowaną hierarchię społeczną? Co zrobią, jeżeli staną twarzą w twarz z licznymi niebezpieczeństwami, przed którymi ich ostrzegano: skorpionami i kobrami, wściekłymi psami i żebrakami? Co będzie, jeśli zapadną na cholerę, dyzenterię, malarię albo dżumę?

Trochę niespokojne były też dziewczęta, które przybyły do Indii szukać męża, zwane flotą rybacką. Najbardziej obawiały się, że zostaną „zwrócone puste".

Jednak dla większości nowo przybyłych najgorszym koszmarem była myśl, że mogą wyjść na głupców. Nieustanne pisanie przez Henry'ego listów i skrupulatne zbieranie danych również było próbą upewnienia się, że nie zostanie wyśmiany. Bał się kompromitacji bardziej, niż Lucy mogła przypuszczać.

Sięgnęła do stolika przy łóżku i zadzwoniła po Ettę, aby przyniosła szlafrok i kapcie. Ubierając ją, Etta promieniała. Kiedy tylko zawiązała szarfę szlafroka, natychmiast otworzyła drzwi prowadzące na pokład spacerowy.

— Oto i ona: Kalkuta! — oświadczyła z dumą, jakby sama zbudowała całe miasto.

Lucy podeszła do otwartych drzwi i popatrzyła na stolicę Indii Brytyjskich. Pod nieskazitelnie błękitnym niebem rozciągało się wspaniałe miasto, składające się z różnych odcieni bieli i pastelowych barw, pełne przepięknych kolumn, kopuł i bram, klasycznych rezydencji, przypominających pałace publicznych budynków, hoteli, kościelnych wież, pomników i parków.

Ale ta imperialna wspaniałość, rozciągająca się wokół parującego gorącem zakrętu sennej aluwialnej rzeki, znajdowała się tysiące mil od Oak City w stanie Kansas.

— Niesamowite! — zawołała Lucy ze łzami w oczach. — Nie sądziłam, że Kalkuta może być aż taka piękna!

Jednak powodem tych łez nie był zachwyt ani radość — opłakiwała w tym momencie wszystko, co musiała za sobą pozostawić. Teraz, po przybyciu do Kalkuty, wszystkie podjęte przez nią decyzje stały się nieodwracalne.

Orkiestra wojskowa zaczęła grać *Lillibullero*.

„Star of Bengal" niczym zmęczony, ale elegancki starszy pan powoli wpłynął do Prinsep Ghat, doku położonego na południe od fortu William. Fort był niezwykłą budowlą w kształcie pięcioramiennej gwiazdy, wzniesioną według siedemnastowiecznych planów. Za nim znajdował się wielki otwarty plac, *maidan*, pierwotnie mający zapewniać fortowi wolne pole ostrzału, a obecnie najelegantsze miejsce w Kalkucie — pełne wspaniałych, jaśniejących bielą budynków użyteczności publicznej, wśród których znajdowała się także rezydencja będąca przeznaczeniem Henry'ego: Dom Rządowy, Brackenbridge w Indiach.

Rzeka była pokryta holownikami, barkami i łodziami, z których większość udekorowano flagami i kwiatami. Wznoszono radosne okrzyki, a do rzeki wsypywano całe kosze kwiatów — aż w końcu wydawało się, że „Star of Bengal" płynie nie po wodzie, ale po ogrodzie.

Ciągnące się po obu brzegach rzeki Hugli magazyny również udekorowano flagami, a na każdym calu wolnego miejsca tłoczyli się ludzie o smagłej skórze, przyodziani w kolorowe indyjskie stroje, kłujące w oczy żrącymi żółciami, ognistymi szkarłatami i jaskrawymi zieleniami. „Star of Bengal" płynął pod pełnymi żaglami, a na główny maszt wciągnięto sztandar wicekróla.

Na niebie wybuchały fajerwerki, gwizdały gwizdki, orkiestra wojskowa grała *Hearts of Oak*.

— To wszystko dla pani! — zawołała zachwycona Etta. — No i oczywiście dla jego lordowskiej mości!

Do kajuty weszła Nora i klasnęła w dłonie.

— Etto, jaśnie pani musi się szybko ubrać. Za dwadzieścia minut schodzimy na ląd! Napełniłam już wannę wodą. Czy może być biała koronkowa suknia z perełkami, jaśnie pani?

— Może być, Noro.

Weszła do łazienki i Nora rozebrała ją szybko. Sprawiała wrażenie jeszcze bardziej podekscytowanej niż jej pani.
— Nigdy nie widziałam takiego tłumu! Wszyscy są czarni! Nigdy nie widziałam tylu czarnych! Kiedy podeszłam do relingu, zaczęli gwizdać, krzyczeć i wołać na mnie *memsahib*! Zaczerwieniłam się po czubki palców u stóp i zupełnie nie wiedziałam, co robić.
— Mamy jeszcze mydło Pearsa? — spytała Lucy, zanim weszła do wanny.

W tym momencie rozległo się ostrożne pukanie do drzwi. Lucy popatrzyła na Norę, pytając ją bezgłośnie: „Kto to może być?".

Pukanie się powtórzyło.
— To ja, Henry. Mogę się z tobą zobaczyć?

Pokojówka prychnęła z dezaprobatą, ale Lucy się uśmiechnęła.
— Nic w tym złego, moja droga. Przecież jesteśmy małżeństwem.

Nora podała jej jedwabny szlafrok i powoli otworzyła drzwi. Do łazienki wszedł Henry, ubrany w uroczysty oficjalny strój — miał na sobie wyszywaną złotem marynarkę, białe jedwabne bryczesy i buty ze sprzączkami. Wokół ramion udrapował sięgającą do ziemi błękitną pelerynę z przypinanymi epoletami, przepasaną złotym sznurem z frędzlami.

— Wyglądasz wspaniale — stwierdziła Lucy. — Ale czy nie jest ci w tym za gorąco?
— Noro, mógłbym cię na chwilę przeprosić? — powiedział Henry.
— Oczywiście, wasza lordowska mość, ale to nie może zająć więcej niż minutę — odparła pokojówka. — Jaśnie pani powinna już być ubrana.

Henry podszedł do Lucy i objął jej ramiona. Jego oczy błyszczały z podniecenia.
— Widziałaś Kalkutę?

Uśmiechnęła się i kiwnęła głową.
— Widziałam. Jest naprawdę piękna.
— Moja droga, Kalkuta to nie tylko piękno! To serce Indii! Serce i mózg. Centrum wschodniego świata! Lucy, moja droga, ta chwila wreszcie nadeszła! Ty i ja wkraczamy właśnie na karty brytyjskiej historii!

Pocałował ją w czoło i w usta, a potem owinął peleryną. Była dość gruba, jednak ponieważ podbito ją jedwabiem, zapewniała pewien chłód. Henry znowu pocałował Lucy i spróbował wsunąć jej język w usta, ale nie otworzyła ich.

Poczuła, że jego dłoń rozwiązuje pasek szlafroka i delikatnie rozsuwa jego poły. Pogłaskał jej szyję i ramiona, po czym przytulił Lucy, przyciskając jej nagie piersi do złotego szamerunku na swojej marynarce.

— Chcesz mnie... — szepnął.

Nic nie powiedziała, cmoknęła go tylko w policzek.

— Henry, muszę się ubrać.

Trzymał ją jeszcze przez chwilę uwięzioną pod peleryną, po czym pozwolił materiałowi zsunąć się z jej ciała. Nie patrząc na niego, zawiązała szlafrok.

— Chcę, abyś pamiętała o jednej rzeczy... — powiedział na tyle cicho, aby stojąca za drzwiami Nora nie mogła go słyszeć, ale na tyle głośno, by Lucy wyczuła powagę w jego głosie. — Indie są dziwnym krajem i oboje będziemy bardzo zajęci, niezależnie jednak od tego, co się stanie, bez względu na kłótnie, do których może między nami dojść, pamiętaj, że cię kocham... teraz i na zawsze.

Odwróciła się od niego. Widział jedynie jej potargane włosy i fragment profilu.

— Miłość trzeba udowadniać, prawda? — powiedziała w końcu.

Odrzuciła szlafrok i powoli usiadła na sedesie. Henry przez cały czas na nią patrzył — na jej napęczniały brzuch i nabrzmiałe piersi.

— W dalszym ciągu mnie kochasz? — spytał.

Uniosła głowę.

— Dlaczego o to pytasz?

Wzruszył ramionami.

— Nie wiem. Podejrzewam, że każdy przyszły ojciec zadaje to samo pytanie. Chyba z zazdrości. Może zabrzmi to absurdalnie, ale mam wrażenie, że poświęcasz więcej uwagi dziecku niż mnie.

— Przecież ty w ogóle nie zwracasz na nas uwagi — powiedziała, jednak w jej głosie nie było goryczy. — Właśnie to miałam na myśli, mówiąc, że miłość trzeba udowadniać.

Ze zdumieniem pokręcił głową.

— Muszę ci udowadniać, że kocham własne dziecko?

— Może. Masz już jedno, prawda? To syn o imieniu Ambicja. Musi być ci trudno znaleźć w sercu miejsce dla nas wszystkich: mnie, naszego jeszcze nienarodzonego dziecka i Ambicji.

— Lucy...

— Proszę, idź już. Muszę się ubrać.

— Lucy... — powtórzył Henry, ale urwał. — Lucy... — powiedział ponownie, tym razem znacznie łagodniej.

Przez chwilę czekał na jej odpowiedź, jednak się nie doczekał, więc owinął się peleryną i wyszedł z łazienki. Kilka sekund później trzasnęły drzwi kabiny.

— O co chodziło? — spytała Nora, kiedy wróciła do swojej pani.

Lucy pokręciła głową.

— Pojęcia nie mam. Zawsze się z nim kłócę... nawet kiedy tego nie chcę. Nic na to nie poradzę. Chyba nie potrafimy ze sobą normalnie rozmawiać.

— Wobec tego będzie mu dobrze w Indiach — powiedziała z sypialni Etta, która właśnie składała bluzki Lucy. — Bengalczycy uwielbiają kłótnie. I zawsze uważają, że mają rację!

◆ ◆ ◆

Późnym popołudniem 3 stycznia 1899 roku w ciepłym bursztynowym świetle zachodzącego słońca powóz z wicekrólem i wicekrólową Indii z terkotem przejechał przez monumentalną bramę Domu Rządowego w Kalkucie i wjechał na otaczający go rozległy teren. Towarzyszyła mu konna eskorta w szkarłatnych tunikach ze złotymi epoletami. Zady koni błyszczały w słońcu, jakby były nasmarowane olejem. Kiedy powóz dotarł do stóp ceremonialnych schodów, zachrypnięty sierżant artylerii krzyknął „Ognia!" i przybysze zostali powitani salutem z trzydziestu jeden luf. Ogłuszająca salwa odbiła się wielokrotnym echem po *maidan* i pomknęła za rzekę, do gęsto zaludnionej dzielnicy Howrah.

Ulice były wypełnione dziesiątkami tysięcy wiwatujących Hindusów i zasypane kwiatami. Wszystkie budynki na trasie ich przejazdu udekorowano flagami, transparentami i napisami w rodzaju: WITAMY LORDA I LADY CARSON lub GALO WY DZIEŃ — tam, gdzie połówki napisu nie zetknęły się ze sobą zbyt dokładnie.

— Chyba próbują zaskarbić sobie moją przychylność — stwierdził Henry, ściskając dłoń żony.

Lucy wysiadła z powozu. Miała na sobie białą koronkową suknię, a na głowie złoty diadem z perłami. Strój dodawał jej wzrostu, wyglądała w nim bardzo dostojnie i przez tłum przeszedł pomruk pełnej zaciekawienia aprobaty. Henry z wyraźną dumą podał jej ramię, po czym zaczęli wchodzić na szerokie schody między dwoma rzędami żołnierzy gwardii honorowej z wyciągniętymi szablami. Na szczycie schodów czekali na nich odchodzący wicekról z małżonką — lord Elgin (w pełnym rynsztunku) i lady Elgin (w żółtych jedwabiach), a u ich podnóża gubernatorzy wszystkich brytyjskich prezydencji, przedstawiciele większych i mniejszych autochtonicznych państewek oraz ponad pięćdziesięciu obwieszonych kosztownościami książąt w turbanach, w tym nizam Hajdarabadu oraz maharadżowie Benaresu, Dźodhpuru i Majsuru.

Kiedy Lucy wchodziła po oświetlonych styczniowym słońcem schodach, wydawało jej się, że to wszystko jest tylko snem. Lord Elgin ujął jej dłoń i ukłonił się.

— Witamy w Kalkucie, lady Carson. Mam nadzieję, że huk wystrzałów pani nie przeraża. Przez lata piastowania stanowiska wicekróla omal od nich nie ogłuchłem. Nawet nasz przyjaciel maharadża Gwalijaru dysponuje tylko dziewiętnastoma strzelbami.

Lady Elgin miała ciemne włosy i szare oczy i zachowywała się wobec Lucy jak starsza siostra.

— Żadnego dygania — powiedziała, ująwszy jej dłoń. — Poinformowano mnie o pani stanie. Moje gratulacje! Nowy kraj i pierwsze dziecko!

Przedstawianie wszystkich rezydentów, reprezentantów politycznych, książąt, zastępców komisarzy i członków Rady Wicekrólewskiej trwało dobre dwadzieścia minut. Lucy była zafascynowana indyjskimi książętami. Najmniej wymyślnie ubrany był nizam Hajdarabadu, który miał na sobie szary frak i fez ozdobiony piórem, ale lady Elgin powiedziała Lucy, że jest ze wszystkich najbogatszy i używa jako przycisku do papieru jednego z dwóch posiadanych przez siebie stuosiemdziesięciokaratowych diamentów. Maharadża Benaresu miał siwe wąsy i był odziany w szaty z jedwabiu w paisleyowskie wzory oraz biały jedwabny turban ozdobiony zielonymi jedwabnymi frędzlami i mnóstwem szmaragdów, zielonych jak szkło butelkowe i wielkich jak kurze jaja. Maharadża Pendżabu o bardzo ciemnej karnacji i czarnej, zmierzwionej jak krzewy jeżyn brodzie miał na głowie wysoki jedwabny turban, owinięty sznurami pereł.

— Witam Wasze Ekscelencje — powiedział z niskim ukłonem. — Dziękujmy Niebiańskiemu Ojcu, którego łaska umożliwiła nam dziś ujrzenie naszej wicekrólowej w pełnej chwale.

— Dziękuję bardzo — odparła Lucy, starając się nie okazywać rozbawienia.

Kiedy lord Elgin wprowadzał ich do ogromnej Sali Marmurowej, której sufit ginął gdzieś w górze, zauważył rozbawienie Lucy.

— Hindusi uwielbiają kwiecisty język — wyjaśnił. — Przyzwyczai się pani do tego. Proszę jednak zauważyć, jak niewielu Europejczyków próbuje nauczyć się urdu, marathi, tamilskiego czy telugu. Zresztą nawet ci, którym udało się tego dokonać, nie potrafią formułować takich wspaniałych zdań. Ale oto Sala Marmurowa! Tu właśnie odbywają się oficjalne obiady.

Pozwolił im przez chwilę pozachwycać się salą, po czym przeszli do sali posiedzeń, w której miał zostać odczytany Akt Nominacyjny Henry'ego.

— Jeszcze wczoraj zwracał się do mnie o pomoc pewien człowiek, ojciec jedenaściorga dzieci — powiedział lord Elgin. — Zastanawiam się, skąd na to wszystko brałem czas.

Lucy rozglądała się po wnętrzu Domu Rządowego z mieszanymi uczuciami. Miała wrażenie obcości i swojskości jednocześnie. Ten wielki pałac to mój dom, myślała. Podobieństwo do angielskiej posiadłości Carsonów rzeczywiście było uderzające. Idąc korytarzami, czuła się niemal jak w Brackenbridge, choć rezydencja wicekróla różniła się od niej pod wieloma względami. Otaczające budynek kolumny przewiewał aromatyczny bengalski wiatr, a w oddali nie kłębiła się mgła. Nie było tu też centralnych schodów — do każdego z czterech skrzydeł prowadziły osobne, a ściany wykonano nie z barwionego kamienia z Derbyshire, lecz z cegły pokrytej madraskim *ćunam*, który tak wypolerowano i pomalowano, żeby przypominał marmur.

Za to zewnętrzne ściany całej rezydencji miały taką samą żółtawą barwę sierści bezpańskich psów jak sklep Jacka Darlinga, co przywołało w pamięci Lucy smutne wspomnienia.

— Nie martw się — powiedział Henry, jakby czytał jej w myślach. — Wkrótce pozbędziemy się tego żółtego koloru. Pałac wicekróla powinien być biały.

Po chwili wszyscy zebrali się w sali posiedzeń. Pokasływano i szurano nogami. Światło zachodzącego słońca migotało na klejnotach, jedwabiu i złocie. Henry wystąpił naprzód, a lord Elgin rozwinął jego Akt Nominacyjny, odchrząknął i zaczął czytać:

— „Niniejszym nadajemy ci tytuł gubernatora generalnego Indii oraz powierzamy nadzór nad całym rządem cywilnym i wojskowym na wszystkich naszych terytoriach w Indiach... niniejszym rozkazujemy też wszystkim naszym oficerom i żołnierzom w Indiach Wschodnich, aby zawsze służyli ci pomocą i zapewniali posłuch tobie i twojej radzie".

Henry powoli podniósł głowę i w tym momencie — jakby za sprawą boskiej aranżacji — promienie słońca padły na jego twarz. Kiedy Lucy ją zobaczyła, poczuła przebiegający po plecach dreszcz. Jej mąż był bardzo poważny, triumfujący, niemal arogancki. Jeszcze nigdy nie widziała człowieka, któremu Bóg dał wszystko, czego sobie życzył, i ogarnęła ją fala niemożliwych do wyjaśnienia emocji i lęków — ale także uwielbienie dla Henry'ego.

◆ ◆ ◆

Po odczytaniu Aktu Nominacyjnego wszyscy przeszli do Sali Tiffina na szampana, herbatę, kanapki i hinduskie przekąski — paszteciki z bażanta, *karela masala*, smażone balsamki ogórkowate i ryż o cytrynowym smaku.

Lucy zauważyła, że wszyscy Hindusi jedzą palcami, i większość z nich nie pije nic poza wodą. Spróbowała również jeść ryż palcami, ale lady Elgin posłała jej ostrzegawcze spojrzenie, które miało znaczyć: „Nie należy naśladować tubylców".

W pewnym momencie podszedł do niej maharadża Barody, Saradźi Rao, pulchny mężczyzna perfekcyjnie seplenący po angielsku. Nosił naszyjnik z największych pereł, jakie Lucy kiedykolwiek widziała.

— Mam siedmioro dzieci — oznajmił. — Czy pani i Jego Eminencja również macie już dzieci?

Lucy zawahała się, po czym pokręciła głową.

— Jak na razie nie, ale spodziewamy się pierwszego w czerwcu.
— Wobec tego proszę pozwolić mi sobie pogratulować — powiedział maharadża. — Dziecko przyniesie Jego Eminencji i pani wielką radość.
— Mam nadzieję.
— Mężczyzna bez dzieci jest jak dom bez drzwi.
— Proszę wybaczyć, ale nie bardzo wiem, co ma pan na myśli.
— Jest bezpieczny przed złodziejami, ale nigdy nie otworzy się na nic nowego. Mężczyzna bez dzieci powinien iść na cmentarz, położyć się w mauzoleum i czekać na śmierć.

Lucy nie wiedziała, co na to odpowiedzieć, uratował ją jednak pułkownik Miller, który wylewnie przywitał się z maharadżą i spytał go, czy ma ochotę na trochę *pethi halwa*.
— Widzę, że zna pan moje słabostki! — odparł ze śmiechem maharadża.

Kiedy na zewnątrz Domu Rządowego zaczęło się zmierzchać, lady Elgin zabrała Lucy na zwiedzanie południowych skrzydeł, w których znajdowały się prywatne apartamenty. Pomalowane na jasne kolory pokoje były chłodne i ciche, wiszące w oknach płócienne zasłony chroniły przed moskitami. Wszystkie pomieszczenia urządzono w tradycyjnym angielskim stylu, stały w nich wygodne bezkształtne kanapy i olbrzymie fotele, ale dywany i zasłony pochodziły z Indii. Lady Elgin pokazała Lucy garderobę, gdzie rozpakowano już jej kufry. Sukienki, bielizna i buty były odświeżone i poukładane we właściwych miejscach.
— Musi pani być zmęczona — stwierdziła w końcu.

Za oknami panowały już niemal zupełne ciemności, jedynie na horyzoncie widać było ostatnią smugę czerwieni. W powietrzu unosił się zapach drzew, kwiatów i przypraw.
— Owszem, jestem nieco zmęczona — przyznała Lucy. — To był dzień pełen wrażeń.
— Kolacja jest o siódmej i trwa do wpół do ósmej. Jeśli czuje się pani zmęczona, może pani iść po niej do siebie. Jest pani teraz *burra-mem*.
— Będzie pani żal wyjeżdżać z Indii? — zapytała Lucy.

Lady Elgin rozejrzała się po garderobie. Tu właśnie musiała się przebierać na niezliczone oficjalne obiady, przyjęcia, bale i „salony".

— Jest mi bardzo smutno — odparła. — Oczywiście cieszy mnie perspektywa powrotu do domu, ale jeśli przez tyle lat mieszkało się w Indiach, nie da się o tym zapomnieć. Gdy spotyka się ludzi, którzy wyjechali z tego kraju przed wieloma laty, zawsze się ich rozpozna. Mają w oczach tęsknotę za Indiami. Kiedy siedzą na ławce w parku w Surrey, jakaś ich część nadal przebywa w Bengalu.

Przeciągnęła dłonią po komodzie i spojrzała na swoją rękawiczkę, sprawdzając, czy nie jest zakurzona. Być może nabrała tego nawyku przez lata spędzone na stanowisku wicekrólowej.

— Chyba najbardziej żałuję tego, że przyjechałam tutaj jako osoba publiczna. Byłam zabawiana i traktowana jak królowa, ale tylu aspektów życia w Indiach nie poznałam... Czasami stawałam w nocy przy oknie i rozmyślałam o kobietach zamieszkujących cały ten wielki subkontynent. Samotnych, przerażonych, walczących z wężami, dyzenterią, służącymi i swoimi pijanymi mężami, próbujących wychowywać dzieci w różnych odludnych miejscach. I dochodziłam do wniosku, że w ogóle nie znam Indii...

Odwróciła się i dotknęła ramienia Lucy, jakby przekazywała jej samotność, którą tak długo sama odczuwała.

— Mam nadzieję, że będzie pani wyjeżdżać z Indii z mniejszym żalem. I proszę dbać o swoje dziecko.

9

Kiedy Lucy obudziła się rano, słońce jasno świeciło przez moskitierę, a druga połowa łóżka była pusta. Zadzwoniła po Norę.
— Która godzina? — zapytała.
— Za dziesięć dziewiąta, jaśnie pani.
— Gdzie lord Carson?
— Już zjadł śniadanie. Jest teraz w swoim gabinecie z lordem Elginem, pułkownikiem Millerem i resztą.
Lucy usiadła.
— Gorąco tu, prawda? Jakoś zawsze sobie wyobrażałam, że w Kalkucie będzie chłodno. Chyba z powodu nazwy. „Kalkuta" brzmi dość chłodno. A teraz mamy chłodną porę roku, czyż nie?
— To samo powiedziałam Etcie, ale odparła, że dziś jest chłodno. W każdym razie w porównaniu z porą letnią. Miałaby pani ochotę na śniadanie, jaśnie pani?
— Tylko na herbatę. Jednak najpierw się ubiorę.
— Powinna pani jeść za dwoje, jaśnie pani. Proszę myśleć o swoim bejbusie. Trzeba go nakarmić.
— Tylko herbatę, Noro!
— Tak jest, jaśnie pani. Nawet bez jajka?
— Noro, proszę cię... Nie jestem głodna.
Pokojówka odsunęła moskitiery. Lucy wstała z łóżka, podeszła do okna i wyjrzała na rozległy, zapylony *maidan*. W oddali widać było mury fortu William, a na południu tor wyścigów konnych Chowringhi. Na wschodzie wznosiła się dorycka kolumna pomnika

Ochterlony'ego, mająca sto pięćdziesiąt stóp i zwieńczona przedziwną turecką kopułą.

— Chyba mi się tu spodoba — stwierdziła Lucy.

— No cóż, Indie są dość specyficzne, to wszystko, co mogę powiedzieć — odparła Nora. — Jeśli chcę wypić filiżankę herbaty, muszę poprosić o nią kogoś, kto nazywa się *khansama*, ten *khansama* przekazuje to *khitmutgar*, *khitmutgar* mówi *biwarći* i robi herbatę, potem herbata tą samą drogą wędruje do mnie, ale kiedy wreszcie dotrze do celu, jest zimna jak lód. Po domu krąży setka czarnych, nie mając nic lepszego do roboty poza otwieraniem i zamykaniem drzwi. Etta i ja też nic nie robimy, ponieważ są cztery *ayah*, które zajmują się pani ubraniami, i Bóg wie ile osób do słania łóżek. Nie bardzo wiem, co za zapachy dochodzą z kuchni, ale może pani być pewna, że dziś na obiad nie będzie mielonki z ziemniakami. Te zapachy przypominają raczej woń kulek na mole.

Zadzwoniła na hinduską służącą i kazała jej przynieść herbatę.

— Ale omlet robią dobry, muszę im to przyznać. Nie ma pani ochoty na omlet?

Lucy pokręciła głową. Wystarczająco dużo zjadła poprzedniego dnia na przyjęciu: przepiórkę, ryż, jaskrawoczerwonego kurczaka, różne rodzaje owoców i siekane migdały owinięte w złote i srebrne liście. Pani Bull ostrzegła ją przed zbytnim eksperymentowaniem z indyjskimi potrawami. „Kalkucki brzuszek", powiedziała, znacząco wydymając wargi.

Kiedy Lucy usiadła w prywatnej jadalni i zaczęła popijać darjeeling bez mleka, wpadł Henry z arkuszem papieru w dłoni.

— Obiady! — zawołał.

— Obiady? — powtórzyła zdziwiona Lucy. — Co to znaczy: „obiady"?

— Po prostu obiady! Formalne obiady w każdy wieczór tygodnia! A po balu inauguracyjnym co sobota obowiązkowe tańce!

— Lord Elgin codziennie wydawał obiady, a w soboty organizował tańce?

— Nie, moja droga. Ale my będziemy. Dom Rządowy stanie się centrum towarzyskim Indii. Obiady, tańce i levery. Pułkownik Miller sporządza właśnie listę dwóch tysięcy ludzi, którzy powinni zostać zaproszeni na lever, aby mogli poznać nowego wicekróla.

— Henry, przecież dopiero przyjechaliśmy.

— Tym bardziej! Chcę nimi potrząsnąć, Lucy! Zwłaszcza Hinduską Służbą Cywilną! Chcę się spotykać z ludźmi i inspirować ich! Chcę podzielić się z nimi moją wizją!

Lucy się roześmiała.

— Świetnie! Możemy wydawać obiady. Powinnam przyzwyczaić się do tutejszego jedzenia.

◆ ◆ ◆

W poniedziałek rano, kiedy piła herbatę i jadła jajecznicę z warzywami, w drzwiach jadalni pojawił się *khitmutgar* Abdul Aziz, który poruszał się, jakby jechał na kółkach. Skłonił głowę i poinformował Lucy, że przybyła *memsahib* Morris.

— Kto to taki? — spytała.

Abdul był bardzo wysoki i nosił wspaniałą kasztanową liberię ze złotymi galonami. Lucy dała mu przydomek „Buffalo Bill".

— *Memsahib* Morris, Wasza Ekscelencjo. Pani sekretarka towarzyska. Jego Ekscelencja zażądał, aby spotkała się pani z nią jak najszybciej.

— Moja sekretarka towarzyska? A co to za funkcja?

— *Memsahib* Morris jest pani sekretarką towarzyską, Wasza Ekscelencjo.

Lucy wytarła usta serwetką.

— Wobec tego ją wprowadź.

Po długiej chwili w drzwiach pojawiła się chuda kobieta w okularach, mniej więcej pięćdziesięcioletnia, typ starej panny, i weszła do jadalni na sztywnych nogach, jak *kulang*, żuraw. Trzymała w ręku rattanową torbę i miała na sobie kremową płócienną garsonkę, białą bluzkę z żabotem oraz kapelusz *terai*. Prawdopodobnie dwadzieścia lat temu mogła być uważana za ładną, teraz jednak była blada i chuda, jakby długo chorowała na malarię.

Wyciągnęła rękę do Lucy.

— Elizabeth Morris, Wasza Ekscelencjo! Witamy w Kalkucie!

— Proszę wybaczyć, ale w jakim celu pani do mnie przybyła? — spytała Lucy.

— Jestem pierwszy dzień w pracy! — odparła z promiennym uśmiechem kobieta. — Muszę stwierdzić, że Jego Ekscelencja od razu zabrał się do działania!

— Naprawdę mi przykro, ale nie mam pojęcia, co pani tu robi.

Elizabeth Morris zamrugała.

— Jestem pani sekretarką towarzyską, lady Carson. Elizabeth Morris. Z pewnością pani mąż... Jego Ekscelencja wspomniał moje nazwisko.

Lucy pokręciła głową.

— Aha — mruknęła chuda kobieta i złożyła dłonie, jakby zamierzała się pomodlić.

Przez chwilę panowało niezręczne milczenie, po czym Elizabeth Morris przyciągnęła sobie krzesło, usiadła obok Lucy i oświadczyła:

— Jego Ekscelencja rozmawiał ze mną w sobotę o drugiej po południu, na polecenie lady Elgin, rozumie pani, i zostałam przyjęta za dwieście pięćdziesiąt funtów rocznie.

— Jego Ekscelencja o niczym mi nie wspomniał — odparła Lucy, choć nagle przemknęło jej przez głowę, że być może demaskuje Henry'ego.

— No cóż, jest ogromnie zajętym człowiekiem — stwierdziła z uśmiechem Elizabeth Morris. — Może zapomniał? W każdym razie dość długo ze mną rozmawiał i zadawał mi mnóstwo pytań. Czy mam własne zęby? Boże drogi, cóż to za pytanie! Owszem, mam własne! Moje kwalifikacje okazały się najwyraźniej odpowiednie! Mieszkam tu od lat. Mój zmarły brat to Gordon Morris, musiała pani o nim słyszeć, był pierwszym sędzią Sądu Najwyższego. Mieszkam w jego domu przy Chowringhi Road, widać go stąd, co jest dla nas obu jak najbardziej wygodne. Dla pani i dla mnie, jeśli rozumie pani, co mam na myśli. Wcześniej mieszkałam w Bombaju i Madrasie, mieszkałam niemal wszędzie w Indiach... oczywiście nie w Goi, nie jestem całkowicie lekkomyślna, ani w Udajpurze, tamtejsi ludzie są bardzo dziwni. Mają przerażające rytuały, a ich *maharana* wprawdzie nosi ubranie, ale chodzi boso i ma zwyczaj gapić się na ludzi.

Wzięła swoją rattanową torbę i pomachała nią, jakby był to łosoś, którego właśnie złowiła.

— Kupiłam w Army and Navy nowy oprawny w skórę pamiętnik, nowe pióra i butelkę czarnoniebieskiego atramentu — dodała. — Kiedy będzie pani gotowa, Wasza Ekscelencjo?

Lucy wstała.

— Proszę mi na chwilę wybaczyć, pani Morris.

— Panno Morris. Byłam zaręczona, ale mój narzeczony zginął podczas polowania na dziki. No cóż, stało się to wiele lat temu, jeszcze zanim odszedł Gordon.

Lucy wyszła z pokoju i ruszyła wzdłuż szeregu pokrytych *ćunam* kolumn, minęła Salę Marmurową i weszła do Sali Tiffina. Henry siedział w wielkim złoconym fotelu i rozmawiał z Walterem Pangbornem, dwoma członkami Sądu Wicekrólewskiego, których jeszcze nie poznała, oraz nizamem Hajdarabadu.

— Lucy! — zawołał i wstał tak gwałtownie, jakby z siedzenia fotela wyskoczył stalowy kolec.

Choć miała na sobie jedwabny *negligée* i kapcie, a jej włosy były owinięte białym jedwabnym turbanem, wszyscy mężczyźni wstali i ukłonili się jej.

— Co to za kobieta? — spytała męża.

Henry popatrzył przepraszająco na nizama, po czym podszedł do niej i ujął ją za rękę.

— Stracę twarz, jeśli będę sprawiał wrażenie człowieka, który nie umie zapanować nad własną żoną — wyszeptał.

— A kogo obchodzi twoja twarz? Co to za kobieta? Ta Elizabeth Morris czy jak tam się nazywa?

— To twoja nowa sekretarka towarzyska. Przyjąłem ją w sobotę. Zna na pamięć wszystkie precedencje, wie, kogo warto poznać w Indiach Brytyjskich, jest pełna taktu i potrafi gładko pokierować twoim życiem towarzyskim. Dzięki niej będziesz mogła organizować najlepsze proszone kolacje i salony w całej historii Domu Rządowego.

Lucy milczała przez chwilę.

— Doskonale — wycedziła w końcu ze złością. — Tylko dlaczego nie powiedziałeś mi o tym wcześniej?

◆ ◆ ◆

Lucy i Elizabeth Morris bardzo szybko stały się najlepszymi przyjaciółkami. Elizabeth dorastała razem z Imperium Brytyjskim. Widziała, jak rozwija się Kalkuta, jak powstają i rozpadają się wspaniałe budowle. Widziała przyjaciół umierających na cholerę albo z przepicia i rozpaczy. Kiedy miała jedenaście lat, lady

Charlotte Canning zabrała ją do menażerii wicekróla, znajdującej się w jego letniej rezydencji w górze rzeki w okolicy Barrackpore, i spacerowała po włoskim ogrodzie z dwoma rysiami.

W następnym roku lady Canning, wracając z Dardżylingu przez Teraj, zaraziła się malarią i zmarła w wieku czterdziestu czterech lat. Elizabeth Morris często odwiedzała jej grób i kładła na nim kwiaty.

Co rano Lucy i Elizabeth wyruszały powozem na wycieczkę po Kalkucie. Podczas gdy Henry wykłócał się ze swoją radą i cywilnymi urzędnikami, jego żona jeździła do Chowringhi i odwiedzała znajdujące się tam europejskie sklepy: Army & Navy, Halla i Andersona, Newmana. Obejrzała dom Warrena Hastingsa w Alipurze, Esplanade i Writers Buildings.

Odwiedziły też cmentarz South Park w Chowringhi, na którym było tyle kolumn, urn, piramid i obelisków, że wyglądał, jakby je tu magazynowano albo zostały wyrzucone na brzeg z zatopionego statku pogrzebowego. Elizabeth nic nie mówiła, kiedy Lucy spacerowała między dobrze utrzymanymi pomnikami. Była to dla niej lekcja historii imperialnych Indii, bo na cmentarzu nie brakowało świadectw zarówno nieszczęść, jak i chwały tego wielkiego kraju. Znajdowało się tu wiele grobów dziewcząt, które wyszły za mąż w wieku piętnastu albo szesnastu lat i umarły w połogu, mając lat siedemnaście. Ale najwięcej było grobów dzieci.

— Dwa monsuny, nie dłużej... tylko tyle wytrzymała większość z nich — powiedziała w końcu Elizabeth. — Sir William Hunter napisał: „Cena brytyjskich rządów w Indiach zawsze była płacona żywotami dzieci".

Najsmutniejszym pomnikiem była ozdobiona kamiennymi różami spiralna kolumna, poświęcona Rose Aylmer, która zmarła na dyzenterię w wieku dwudziestu lat.

Lucy przeczytała wyryte w kamieniu słowa: *Rose Aylmer, której oczy bystre / już widzieć nie mogą. / Poświęcam Ci wszystko, co mi po Tobie zostało / noc wspomnień i westchnień nad Twą dolą.*

— Tę elegię napisał Walter Savage Landor — wyjaśniła Elizabeth. — Bardzo ją kochał i nigdy o niej nie zapomniał. Mój brat go znał. Rose zmarła w tysiąc osiemsetnym roku, a on żył do tysiąc osiemset sześćdziesiątego czwartego. Sześćdziesiąt cztery lata żałoby! Tęsknił za nią każdego dnia przez całe swoje długie życie.

◆ ◆ ◆

Podczas pierwszych tygodni Elizabeth cierpliwie przeprowadzała Lucy przez zdradzieckie chaszcze kalkuckiego towarzystwa. Razem z pułkownikiem Millerem sporządzili listę gości, których należało zaprosić na pierwszy bal, i zaplanowali ich ulokowanie przy stole. *Memsahib* urzędnika politycznego na pewno nie chciałaby siedzieć obok asystenta inspektora generalnego lasów, a żona podpułkownika z Konnicy Skinnera byłaby przerażona, gdyby posadzono ją obok oficera 39. Regimentu Strzelców Garhwalu, gdyż wszyscy żołnierze byli Gurkhami.

Bal wypadł wspaniale. Lucy sprowadziła sobie z Anglii, z Nottingham, zrobioną specjalnie dla niej mocno wydekoltowaną suknię z białego jedwabiu, obszytą z wierzchu koronką. Ozdobiona perłami koronka wyglądała jak pawie pióra. Nora poskręcała włosy Lucy i przewiązała je dwoma sznurami pereł, a na górze tej *coiffure* przypięła brylantowy diadem. Kiedy Henry w sobotni wieczór wprowadzał żonę do sali balowej, goście zaczęli klaskać, a pułkownik Miller wezwał wszystkich do trzykrotnego wzniesienia okrzyku HURRA!

„Wyglądała jak pełen gracji łabędź — napisał potem korespondent londyńskiego „Timesa". — Jeśli jest w Indiach kobieta piękniejsza od niej, nigdy jej nie widziałem ani o niej nie słyszałem".

Sala balowa w Domu Rządowym była niezwykle elegancka. Z każdej strony zdobiły ją białe kolumny pokryte *ćunam*, z kasetonowego sufitu zwisały kandelabry z rżniętego szkła. Między kolumnami stały kanapy obite błękitnym satynowym adamaszkiem, a na ścianach wisiały liczne lustra.

Na podwyższeniu w końcu sali, pod strzelistym łukiem, leżał wspaniały perski dywan, pośrodku którego stał purpurowo-złoty *musnud*, stanowiący kiedyś część tronu sułtana Tipu. Na jego szczycie umieszczono fotel wicekróla.

Kiedy Lucy i Henry około dziewiętnastej zjawili się w sali balowej, natychmiast zaczęła grać orkiestra.

— Mogę cię prosić o pierwszy taniec? — spytał Henry.

Lucy dygnęła. Zdawała sobie sprawę, że wszyscy odwracają głowy w jej stronę, przez co na środku parkietu doszło do kilku małych kolizji.

Henry prowadził ją tak, aby okrążali kolumny.

— Pięknie wyglądasz — powiedział.

— Dziękuję...

— Sądzisz, że ci się tu spodoba? Jak układają się twoje stosunki z panną Morris? Ta dama przypomina mi parasolkę z rączką w kształcie kaczej główki.

— Bardzo dobrze nam się układa, poza tym Elizabeth wcale nie wygląda jak parasolka z rączką w kształcie kaczej główki. Jeśli ktokolwiek wygląda jak kaczka na rączce, to właśnie ty. A nawet jak kaczka bez rączki. I na pewno jak kaczka tańczysz.

Henry rozejrzał się szybko, aby sprawdzić, czy nikt tego nie słyszał.

— Co w ciebie wstąpiło? Mamy dziś świętować, nie kłócić się!

— A cóż takiego mamy świętować? Naszą pierwszą rozmowę od dziesięciu dni? Henry, nie po to wyszłam za ciebie za mąż, aby spędzać życie samotnie. Nie widziałam cię od czwartku rano!

Henry poczekał, aż oddalą się od grupy urzędników cywilnych wyższej rangi, po czym oświadczył:

— Przecież wyraźnie dałem ci do zrozumienia, że pierwsze tygodnie będę miał bardzo, bardzo zajęte. Na Boga, rządzę ogromnym kontynentem!

— Walter mówi, że znowu to robisz.

— Co takiego mianowicie?

— Powiedział, że znowu robisz wszystko sam. Osobiście odpowiadasz na każdy list, zaplanowałeś raz w tygodniu spotkania z kierownikami wszystkich działów służby cywilnej, napisałeś trzy przemówienia i zorganizowałeś bal dla prawie tysiąca osób. Mówi, że przy śniadaniu piszesz listy, przy lunchu poprawiasz dokumenty, a potem jeszcze pracujesz przez pół nocy.

— Możemy porozmawiać o tym później? — wycedził z irytacją Henry.

— Kiedy? Później będziesz rozmawiać ze swoją radą o nawadnianiu albo o czymś w tym rodzaju.

— Wiem, że ciężko pracuję, ale taką już mam naturę. Nie

możesz mieć o to do mnie pretensji... to tak, jakbyś mi zarzucała, że mam krzywe nogi albo brzydki nos.

— W twoim nosie nie ma nic złego.

— Na Boga, niczego takiego nie sugerowałem! Chciałem jedynie powiedzieć, że jestem pracowity z natury, a poza tym mam mnóstwo obowiązków.

— Twoje zdrowie na tym cierpi. Popatrz tylko na siebie! Nie minęły dwa tygodnie od naszego przyjazdu, a już przerzedzają ci się włosy, twoja skóra przypomina pergamin i ciągle pokasłujesz. I jesteś w coraz gorszym nastroju. Słyszałam, jak krzyczałeś na Abdula. Powinieneś się wstydzić. Ryczałeś jak rozwścieczony lew.

Zamierzał ostro odparować te zarzuty, ale mijali właśnie lady Ampthill, która uśmiechnęła się do niego, więc musiał odpowiedzieć jej uśmiechem.

— To prawdopodobnie nieodpowiednie zachowanie, ale wyjdźmy na zewnątrz, by dokończyć tę rozmowę na osobności — zaproponował.

Wyprowadził Lucy na balkon. Noc była pełna muzyki i śmiechu. Cały teren oświetlały pozawieszane na bambusowych tyczkach lampiony i zwrócona ku Domowi Rządowemu ściana fortu William również została oświetlona.

— Lucy... — zaczął Henry z twarzą skrytą w cieniu. — Chciałbym cię prosić, żebyś jeszcze trochę wytrzymała, dała mi nieco czasu. Przybyłem tu, mając mnóstwo planów o ogromnym zasięgu. Chcę zreformować system podatkowy, aby w okresach biedy ludzie nie musieli tak dużo płacić. Chcę zmienić zasady pomocy w przypadkach głodu. Chcę doprowadzić do budowy dodatkowych pięciu tysięcy mil tras kolejowych. Chcę stworzyć lepsze szkoły, zatrudnić więcej lekarzy i wprowadzić lepsze zabezpieczenia przed epidemiami.

Przerwał, wyjął chustkę i otarł pot z czoła.

— Muszę przeprowadzić wszystkie te reformy bardzo szybko, inaczej cały subkontynent się załamie. Ale odziedziczyłem straszliwie powolnych urzędników. Nie wyobrażasz sobie, do jakiej doprowadza mnie to rozpaczy! Jeśli proponuję mojemu sztabowi, żeby coś zrobił w sześć tygodni, reaguje bolesnym zaskoczeniem. Jeśli proponuję sześć dni, słyszę żałosny protest. Jeśli sześć godzin, widzę pełną osłupienia rezygnację. Mam największą i najwyraźniejszą wizję przemiany tego kraju, jaką ktokolwiek miał wcześniej. Mogę zapewnić Indiom stabilizację, dostęp do wiedzy i opieki lekarskiej. Ale kogo tu mam do dyspozycji? Największą zbieraninę snobów, pieczeniarzy, specjalistów od dzielenia włosa na czworo, dłubaczy w nosie i kretynów, jaka kiedykolwiek znalazła się jednocześnie w tym samym budynku. I do tego bardzo powoli mielącą biurokrację.

Lucy pokręciła głową.

— To jeszcze nie powód, aby wszystko robić samemu.

— Na Boga, Lucy! Jeśli ja tego nie zrobię, to kto?

— Musisz tego wszystkiego nauczyć innych! I musisz tego od nich oczekiwać! Na przykład ta sprawa z kurczakami...

Henry poczerwieniał.

— Kto ci o tym powiedział?

— Oczywiście Walter. Powiedział, że poświęciłeś wiele godzin bilansowaniu domowego budżetu.

— A dlaczego nie? Kucharz kazał sobie zapłacić za setki kurczaków, których nie kupił! Oświadczył, że kupił w zeszłym miesiącu pięćset dziewięćdziesiąt sześć sztuk, a kiedy poszliśmy to sprawdzić, okazało się, że handlarz sprzedał mu tylko dwieście dziewięćdziesiąt. Zapłaciłbym za trzysta sześć kurczaków więcej, na Boga!

— Kierujesz całymi Indiami, a nie sklepem spożywczym! Jakie to ma znaczenie: trzysta kurczaków więcej, trzysta mniej? Na cmentarzu w South Park pochowano trzysta dzieci! Może warto by się zatroszczyć o to, aby nie umierało ich tak wiele?

Henry zacisnął usta, nerwowo szarpnął głową i strzepnął z marynarki jakiś pyłek.

— Musimy wracać na bal — powiedział cicho. — Cieszę się, że wreszcie udało nam się ze sobą porozmawiać. Będę się starał robić to codziennie. Może wtedy powoli zaczniesz rozumieć, że zasady moralne muszą być stosowane zarówno do rzeczy wielkich, jak i małych. Jeśli uda nam się zaoszczędzić pięćdziesiąt funtów na kurczakach, sto na winie i tysiąc na innych artykułach, będziemy mieli więcej pieniędzy na ratowanie dzieci.

Lucy ujęła jego dłoń.

— Wiem, Henry, wiem. Ale czy musisz zajmować się wszystkimi drobiazgami osobiście?

Poprawił rękawiczki, pociągnął nosem i odwrócił wzrok. Prawdopodobnie nie miał odpowiedzi na to pytanie.

— Może byłabyś tak dobra i zarezerwowała dla mnie ostatni taniec? — powiedział po chwili i wrócił do środka, zostawiając Lucy na balkonie, pod rozgwieżdżonym niebem Kalkuty, pełnym odgłosów owadów i trzasków płomieni lampionów, w chłodzącym skórę wiaterku znad rzeki Hugli.

◆ ◆ ◆

Obietnicy codziennego rozmawiania z Lucy Henry dotrzymywał przez trzy dni, ale także wtedy poświęcał jej nie więcej niż pięć, dziesięć minut i przez cały czas nerwowo krążył po pokoju, jakby już chciał wrócić za swoje biurko. Poza tym potrafił rozmawiać jedynie o intendenturze, uroczystych obiadach, o tym, co powinien włożyć na tańce w przyszłym tygodniu, albo jak mało ufa pułkownikowi Millerowi.

— Nie podoba mi się to jego nieustanne pociąganie się za wąsy. Widziałaś? Raz-raz-raz, jakby nie należały do niego. Zaczynam się zastanawiać, czy to nie jakaś zniewaga. Tak robią Sikhowie, kiedy chcą rzucić sobie wyzwanie. Skręcają wąsy i mówią: „Hmmm, hmmmmm". Dokładnie to samo robi Timothy Miller.

Czwartego dnia przysłał jej przez Muhammada Isaka, swojego głównego hinduskiego informatora, notatkę z prośbą o wybaczenie. „Proszę, moja najdroższa, potraktuj mnie wyrozumiale i nie bądź zła". Isak patrzył na nią ciemnymi smutnymi oczami, kiedy czytała liścik od męża. Henry pisał, że nie może się z nią tego dnia zobaczyć, ponieważ ma bardzo ważne spotkanie z sekretarzem do spraw wojskowych. Właśnie otrzymał informację, że rosyjski minister wojny zamierza wzmocnić siły swojego kraju w Azji Środkowej oraz — co gorsza — przygotować armię rosyjską do zaatakowania Indii. Wydał nawet rozkaz przedłużenia strategicznych rosyjskich linii kolejowych na południe, do granicy z Indiami.

Było to pierwszego lutego. Przez następne dwa tygodnie Lucy prawie go nie widywała — z wyjątkiem kolacji, cotygodniowych tańców oraz dni przyjmowania książąt i dygnitarzy. Zanim luty się skończył, polecił Muhammadowi ustawić w gabinecie łóżko, aby mógł pracować do późna, nie przeszkadzając Lucy powrotami do sypialni.

Lucy leżała w wielkim małżeńskim łożu, słuchając niekończących się chórów owadów, i jeszcze nigdy w życiu nie czuła się bardziej samotna. Czasami zamykała oczy, przyciskała poduszkę do uszu i próbowała usłyszeć wiatr wiejący nad High Plains w Kansas, ale nigdy się jej to nie udawało.

♦ ♦ ♦

W ostatnim tygodniu lutego, kiedy poszła nadzorować sadzenie figowców wzdłuż północnej granicy terenu, na ich prywatnej werandzie niespodziewanie pojawił się Henry i ruszył ku niej krętymi ścieżkami, pokrytymi żwirem z Bayswater.

Tego popołudnia słońce mocno prażyło i kładło na ziemi mnóstwo głębokich cieni, a niebo było niezwykle błękitne. Lucy miała na sobie szafranową sukienkę z cienkiego lnu, wyszywaną w drobne białe kwiatuszki. Za nią cierpliwie stał *ćaprasi*, trzymając wielki biały parasol z frędzlami, który miał chronić *burra memsahib* przed promieniami słońca. Nieustannie odchrząkiwał, jakby zamierzał zacząć przemawiać. Nieopodal trzydziestu kulisów kopało doły dla jedenastu drzew i mocowało je linami, podczas gdy główny *mali*, drugi *mali* i sześciu innych *mali* spierało się o coś gwałtownie.

Kiedy Henry się do nich zbliżył, kłótnie ucichły, słychać było jedynie owady, głosy *koel* w oddali i chrzęst butów na żwirze.

— Henry! — zawołała Lucy. — Cóż za niespodzianka!

Uśmiechnął się do niej, zdjął kapelusz i przetarł chusteczką wewnętrzny otok.

— Właśnie skończyłem rozmowę z pułkownikiem Bellokiem — oznajmił.

— Masz na myśli tego architekta z Inżynierów Królewskich?

— Zgadza się. — Henry z powrotem włożył kapelusz i popatrzył na nią. Najwyraźniej zamierzał powiedzieć jej o czymś ważnym. — Muszę stwierdzić, że było to niezwykłe doświadczenie. Prawdę mówiąc, pułkownik jeszcze tu jest. Zaprosiłem go na kolację. W tej chwili bierze kąpiel.

— Uśmiechasz się...

— Cóż... Belloc jest ekscentrykiem, co do tego nie ma wątpliwości. Miller opowiadał, że kiedyś Belloc i jego brat przyjęli swojego dowódcę w Simli, stojąc po obu stronach drzwi domu na głowie. A dziś, zupełnie się tym nie przejmując, pił herbatę z talerzyka do ciasta.

— I co było dalej?

W głosie Henry'ego było podniecenie, jakiego nie słyszała od wyjazdu z Anglii, więc zaintrygowało ją to bardzo. Kiedy główny *mali* zawołał płaczliwie: „Wasze Ekscelencje, *ap maj ma-bap haj* (jesteście dla nas matką i ojcem), ale nie będziemy w stanie dłużej utrzymać tego drzewa!", Lucy machnęła ręką i krzyknęła: „Cicho, Sukumar! Rób, co chcesz!".

— Cóż, Belloc ma kilka godnych uwagi pomysłów, dotyczących odbudowy starożytnych indyjskich budynków. Naprawdę mnie zainspirował!

— Z pewnością, skoro udało mu się oderwać cię od biurka — mruknęła Lucy.

Miała ochotę dodać: „Bardziej, niż mnie się kiedykolwiek udało", ale ugryzła się w język. Henry był w takim dobrym nastroju, że nie chciała niczego zepsuć. W kapeluszu z szerokim rondem i białej szyfonowej woalce wyglądała jak świeżo otwarty kwiat.

— Dałem sobie dziś wolne popołudnie — oświadczył Henry. — Wszystko odwołałem! Wieczorem będę musiał jeszcze rzucić okiem na kilka sprawozdań, ale nie zajmie mi to zbyt wiele czasu.

— Jestem zachwycona.

Rozejrzał się.

— A więc to są te figowce, o których mówiłaś?

— Piękne, prawda? Przypominają wielkie wachlarze.

— Dopilnuj, aby ogrodnicy odpowiednio o nie dbali. Mają je podlewać dwa razy dziennie, aż się przyjmą. Ale prawdopodobnie i tak uschną... nie lubią, jak się je przesadza.

— Słyszałeś, Sukumar? — powiedziała Lucy. — Masz je podlewać codziennie dwa razy, mnóstwem *pani*! Jeśli uschną, nigdy ci tego nie wybaczę.

— Wasza Ekscelencjo *memsahib*, będę je pielęgnował jak własne dzieci — obiecał ogrodnik.

Henry i Lucy odeszli nieco dalej, a *ćaprasi* z parasolem podążył za nimi. Upał sprawiał, że żwirowe ścieżki falowały, jakby płynęła nimi woda.

— Miałaś rację — stwierdził Henry po chwili. — Za bardzo

sam siebie poganiałem. Próbowałem jednocześnie być panem, psem i ogonem.

Lucy nie wiedziała, co na to odpowiedzieć. Miała dziwne wrażenie, że Henry ją prosi, żeby się na coś zgodziła.

— Chyba dopiero Belloc mi to uświadomił — dodał. — Nie obchodzi go biurokracja ani protokół, jednak na Indiach zależy mu tak samo jak mnie... a może nawet bardziej. Uważa, że skoro nimi rządzimy, mamy obowiązek dbać o dziedzictwo kulturowe tego kraju, nawet jeśli jego mieszkańcy nie dbają o to sami. Wiesz, że w ubiegłym roku rząd brytyjski wydał zaledwie niecałe siedem tysięcy funtów na ochronę historycznych budynków w Indiach? Siedem tysięcy funtów na cały subkontynent! Nie pokryłoby to kosztów położenia tynku na jednym suficie w Brackenbridge!

— I co zamierzasz? — zapytała Lucy.

Czuła się nieco dotknięta, że Henry'ego oderwał od biurka ekscentryczny architekt, a nie namiętność czy poczucie winy, że zaniedbuje żonę.

Henry sprawiał wrażenie zmęczonego, nie osłabiło to jednak jego uroku, a nominacja na wicekróla dodała mu autorytetu, który przyciągał zarówno mężczyzn, jak i kobiety — w tym również Lucy, nawet w chwilach, gdy sądziła, że go nienawidzi. Jednak niemożność dotarcia do niego powodowała, że czuła się coraz bardziej zbędna. Kiedy się widzieli, nie mówiła mu już, jak bardzo go kocha, gdyż czuła, że przypominałoby to błaganie.

Czasami jego wieczna nieobecność i odgradzanie się od niej emocjonalnym murem doprowadzały ją do takiej rozpaczy, że najchętniej wykrzyczałaby mu prosto w twarz to, czego dowiedziała się od Sha-shy — bez względu na konsekwencje. Wiedziała jednak, że gdyby to zrobiła, całkowicie by się od niej odciął i straciłaby nawet te nieliczne momenty, podczas których zapominał o mielących go jak koła młyńskie biurowych obowiązkach i poczuciu winy. Był wtedy zabawny, wesoły i kochający — tak jak tego dnia.

Miała ochotę zacząć bębnić pięściami w pierś wicekróla i zażądać, aby uwolnił prawdziwego Henry'ego, jak jednak kobieta mogła stawić czoła Eton, Oksfordowi, parlamentowi i ośmiu wiekom rodzinnej historii — bez względu na to, jak bardzo byłaby piękna, zdeterminowana i gotowa do poświęceń?

Ponieważ byli wicekrólem i wicekrólową, rozwód ani separacja nie wchodziły w rachubę. Wybrała chwałę i będzie musiała ją znosić. W dalszym ciągu kochała Henry'ego, w dalszym ciągu go potrzebowała i — co najważniejsze — nadal jeszcze go pragnęła. Nie chciała pogodzić się z myślą, że — jak najwyraźniej uważał Henry — miłość i obowiązek się wykluczają. Gdyby sobie na to pozwolił, mógłby odwzajemnić jej miłość. Potrzebował czegoś, co uwolniłoby jego duszę z niewoli, którą sam sobie narzucił.

Może w końcu dokonają tego Indie — ofiarowując mu przeznaczenie, o którym zawsze marzył. Może dokona tego dziecko — narzucając mu odpowiedzialność, która nie była ani biurokratyczna, ani nie była budynkiem.

Każdego wieczoru klękała przy łóżku, zamykała oczy i modliła się, by Henry został wyzwolony. Miała nadzieję, że nagle zamruga i roześmieje się jak ktoś wyrwany z głębokiego snu, kiedy jednak po wyszeptaniu: „amen" otwierała oczy i patrzyła na puste małżeńskie łoże, wiedziała, że znowu czeka ją tylko czytanie pod moskitierą *Tessy d'Urberville*. W końcu zaśnie, a Nora wejdzie do pokoju w kapciach i papilotach, żeby zgasić lampę.

◆ ◆ ◆

— Pułkownik Belloc zachęcił mnie do pobrudzenia sobie rąk — powiedział Henry, kiedy dotarli do domu. — Cegły i zaprawa zamiast papieru! Zaproponował, żebyśmy zrobili wycieczkę i obejrzeli kilka starszych budynków, aby stwierdzić, co powinno się zrobić, aby je uratować, i ile trzeba na to wydać. W końcu robiłem takie rzeczy w Brackenbridge. A ratowanie tych budynków to zadanie znacznie donioślejsze od zachowania jednej angielskiej wiejskiej rezydencji.

Weszli po schodach znajdujących się z tyłu domu i przeszli przez zwieńczoną łukami werandę. Ich kroki odbijały się echem od wykładanej marmurem podłogi. Chłód kamiennych łuków jakby skupił i uwięził zapach tropikalnych kwiatów — tak intensywny, że Lucy stanęła, głęboko zaczerpnęła powietrza i pomyślała, iż nie zapomni go do końca życia.

— Obiecałem pokazać ci Tadż Mahal, więc pojedziemy na wycieczkę — oświadczył Henry. — Wyruszymy w środę rano w przyszłym tygodniu, odwiedzimy też Delhi.

— Brzmi wspaniale.

— Nie sprawiasz wrażenia szczególnie ucieszonej.
— Jestem zadowolona, ale mam wrażenie, że to dla ciebie kolejne zadanie do wykonania.

Ujął jej dłonie i popatrzył w oczy.

— Lucy, właśnie tego potrzebuję! Czegoś, co oderwie mnie od tej piekielnej papierkowej roboty! Czegoś służącego wypoczynkowi!

— Czy żona nie wystarczy, aby oderwać cię od piekielnej papierkowej roboty?

— Oczywiście, najdroższa, ale nie mogę być egoistą. Masz własne życie, własne cele. Salony, wyszywanie, czytanie, ogród. Nie mogę oczekiwać, żebyś z tego wszystkiego zrezygnowała, aby mnie zabawiać.

— Boże drogi, Henry...

Zmarszczył czoło.

— „Boże drogi"? A co to ma znaczyć?

— To, że jesteśmy wicekrólem i wicekrólową, ale co się stało z nami samymi?

— Lucy... chyba nie zamierzasz znowu kaprysić? Ukochana moja, to tylko upał, nic więcej. No i ciąża. Taki stan czasami rozstraja kobiety. Major French ostrzegał mnie przed tym, pamiętasz?

— Naprawdę? No, no... mądry człowiek z tego majora Frencha. Ale nie sądzę, aby zdawał sobie sprawę, jak bardzo może rozstrajać życie z mężem, który nigdy nie przestaje być wicekrólem Indii... nawet kiedy czas iść do łóżka.

— Lucy, proszę cię, w pobliżu są służący.

— Zawsze są. Do diabła, w tym domu kobieta nie może zepsuć powietrza, żeby zaraz nie pojawił się jakiś *pankha walla*, by rozpędzić brzydki zapach.

Henry zacisnął wargi.

— Lucy, na Boga, zapominasz się.

— Naprawdę? A może próbuję o czymś nie zapomnieć? Może próbuję nie zapomnieć, że jestem córką sklepikarza z Oak City w Kansas, dziewczyną, której względy zdobył pewien czarujący Anglik, a ona była na tyle naiwna, że sądziła, iż po ślubie nie będzie traktowana jak towarzyski atut, ale jak żona?

— Dość tego — wycedził, po czym odwrócił się i zaczął odchodzić.

— Henry! — zawołała z rozpaczą.
Zwolnił, zatrzymał się i odwrócił. Zdjął kapelusz.
— Lucy, nie należy sprzeciwiać się swemu przeznaczeniu.
— Nie obchodzi mnie przeznaczenie. Obchodzisz mnie ty, obchodzi mnie mój własny los i obchodzi mnie moje dziecko.

Henry uniósł rękę, w której cały czas trzymał kapelusz, i zatoczył nią łuk, obejmując tym gestem teren rządowej posiadłości, palladiańskie dachy Kalkuty i całe Indie.

— To Imperium Brytyjskie, Lucy, a ja jestem za nie odpowiedzialny. Jestem za nie odpowiedzialny od chwili, gdy się urodziłem.

— Henry, żaden człowiek nie rodzi się obarczony odpowiedzialnością. Ja też nie urodziłam się właśnie po to, by zostać wicekrólową. Gdybyś się jutro odwrócił od Indii, tak samo jak odwróciłeś się ode mnie, nie utonęłyby w morzu.

— Nie twierdzę tego, ale muszę spełniać swój obowiązek.

— Co jest takiego ważnego w twoim obowiązku wobec Indii, że musisz go spełniać, a tak nieważnego w obowiązku wobec mnie, że go nie spełniasz?

Henry opuścił rękę.

— Będę się starał zapomnieć, że to powiedziałaś.

— Mam nadzieję, że ci się nie uda, Wasza Ekscelencjo. Mam nadzieję, że nigdy nie zapomnisz tych słów.

Henry przez chwilę się wahał, ale wrócił kilka kroków. Ze wszystkich stron obserwowały ich ciemne oczy: z ogrodu, zza otwartych drzwi prowadzących do ich prywatnego salonu, zza wydymających się na wietrze zasłon sypialni, ze schodów, które zamiatali niedotykalni.

— Lucy... ostatnią rzeczą, jakiej chciałem, było unieszczęśliwienie cię. Jeśli jednak tak się stało, z całego serca błagam cię o wybaczenie.

Odwróciła się.

— A ta podróż do Agry... mam nadzieję, że okaże się zarówno miła, jak i użyteczna — dodał. — Pozwól mi pokazać, jak bardzo mi na tobie zależy.

Przełknęła ślinę i kiwnęła głową.

— Przepraszam — szepnęła i naprawdę było jej przykro, jednak nie z powodu własnych słów, ale dlatego, że musiała to powiedzieć.

— Więc znowu jesteśmy przyjaciółmi? — spytał.

— Chyba tak — odparła.

Pocałował ją w policzek.

— Czasami brzmisz jak córka sklepikarza z Kansas.

Uśmiechnęła się cierpko.

— A ty jak dżentelmen, którego kiedyś znałam.

W tym momencie zza wydymanej bryzą zasłony wyszedł Walter Pangborn. Jego płócienny garnitur wyglądał, jakby w nim spał.

— Lordzie Carson, otrzymaliśmy właśnie telegram z Londynu. Dotyczy ostatniej depeszy, jaką wysłał pan do rosyjskiego ministra wojny. Sądzę, że dobrze by było, gdyby mógł pan od razu rzucić na to okiem.

— Rozumiem — odparł Henry i zwrócił się do Lucy: — Moja droga... wrócę najszybciej, jak tylko się da. Pułkownikiem Bellokiem zajmuje się teraz Timothy Miller, ale myślę, że powinnaś mu się przedstawić przed kolacją.

Lucy nadstawiła policzek, aby Henry mógł ją pocałować, i przez chwilę patrzyła, jak odchodzi.

Pod werandą natychmiast pojawił się Sukumar, główny *mali*.

— Przepraszam, *hazur* — powiedział do Waltera, po czym zwrócił się do Lucy: — Czy Wasza Ekscelencja *memsahib* życzy sobie sprawdzić zasadzenie drzew? Wszystkie stoją bardzo prosto.

— Dziękuję, Sukumar, może później — odparła Lucy. — Nie zapomnij dawać im dużo *peenika-pani*, dobrze?

— Oczywiście, Wasza Ekscelencjo.

Walter stał, ściskając rękami kamienną balustradę. Wyglądał, jakby miał coś nieprzyjemnego do powiedzenia, ale nie wiedział, jak zacząć.

— Ładne drzewa — mruknął.

— Co z tego? Henry jest przekonany, że uschną.

— Ostatnio Henry nie jest zbyt optymistyczny w żadnej sprawie — stwierdził Walter, po czym wyjął srebrną papierośnicę. — Mogę zapalić?

Lucy kiwnęła głową.

— Dlaczego nie jest zbyt optymistyczny?

— Chyba nie powinienem rozpowszechniać plotek — mruknął Walter.

— Jestem jego żoną. Sądzę, że mam prawo wiedzieć.

Walter wydmuchnął dym. Nie najlepiej znosił pobyt w Indiach.

Od chwili przybycia cierpiał na biegunkę, jego skóra zrobiła się półprzezroczysta, był wyraźnie wymizerowany i wyglądał jak pięćdziesięciolatek, choć miał dopiero trzydzieści jeden lat. Mówił, że czuje się dobrze, ale kiedy Elizabeth poznała go na cotygodniowych tańcach, stwierdziła, że sprawia wrażenie kogoś, kto będzie obchodził Boże Narodzenie na cmentarzu w South Park.

— Wszystko odbywa się sto razy wolniej i sto razy trudniej, niż Henry się spodziewał — powiedział Walter. — Sama pani wie, jak lubi, kiedy dużo się dzieje, a jego działania przynoszą natychmiastowe efekty. Ale wałachy ze służby cywilnej narzekają, starają się wszystko opóźniać i piętrzą przeszkody, bo Henry próbuje zredukować papierkową robotę i skład osobowy biura. Gubernatorzy jak zwykle robią swoje, ignorując jego polecenia. Maharadżowie, *swat* i *wali* są bardzo uprzejmi, lecz w niczym nie pomagają. Rezydenci nawet nie udają uprzejmości. Ministerstwo Spraw Zagranicznych cały czas go ponaglało, żeby dał odpór Rosjanom, a kiedy się do tego zabrał, zaczęto mu rzucać kłody pod nogi. — Walter przerwał, zaciągnął się papierosem, po czym podjął: — Henry przyjechał tu z wielką wizją. Indie miały zostać zreformowane w ciągu jednej nocy! Teraz jest jak człowiek w bagnie: im usilniej walczy, tym głębiej się zapada. Może wiele dokonać, jestem tego pewien, ale nie osiągnie tego, co zamierzał. Jest skazany na rozczarowanie.

Lucy przez chwilę nic nie mówiła, a potem uśmiechnęła się do niego.

— Dziękuję, że mi pan to powiedział.
— Mam nadzieję, że nie...
— Nie, nie. Dobrze pan zrobił. Nie pisnę mężowi ani słówka.

Walter zakaszlał.

— Henry jest w bardzo trudnej sytuacji... znam go od lat i wiem, jak trudno mu przyznać, że być może popełnił błąd. Indie to Indie. Pełno tu grobów rozczarowanych ludzi, które świadczą o tym, jak trudno coś dla tego kraju zrobić.

Ponownie zakaszlał.

— Nic panu nie jest? — spytała zaniepokojona Lucy.
— Nic poważnego.
— Powinien pan wziąć kilka dni wolnego. Czy Henry mówił panu, że w przyszłym tygodniu wybieramy się do Agry?

— Tak, mówił — odparł Walter. — Na zwiedzanie zabytków, prawda?

Popatrzył na ogród, mrużąc oczy przed blaskiem słońca. Jego wypomadowane włosy błyszczały.

— Podejrzewam, że mnie także będzie chciał tam zawlec — mruknął po chwili. Nie zabrzmiało to zbyt entuzjastycznie.

Lucy dostrzegła, że jego ramiona drżą.

— Walterze, nie jest pan znowu chory?

— Nie, nie. To nic poważnego. Przeżyję. My, Pangbornowie, jesteśmy zrobieni z doskonałego materiału. Nie do zdarcia!

Lucy położyła mu dłoń na ramieniu.

— Walterze... może powinien pan porozmawiać z majorem Frenchem? Panna Morris uważa, że nawet zwykłe przeziębienie może tu być znacznie groźniejsze niż w Anglii.

— Anglia... — mruknął Walter z goryczą. — Mój Boże, ile bym dał za to, żeby móc posiedzieć w Marlborough Arms w Oxfordshire!

— Naprawdę chciałby pan wrócić do kraju? Przecież mógłby pan pojechać. Henry na pewno by to zrozumiał.

— To nie wchodzi w rachubę. Dopiero co tu przyjechaliśmy, a przed nami tyle pracy... Nie mogę pozwolić, aby wyeliminowały mnie drobne problemy zdrowotne. No ale zrobiło się już późno. Muszę się zająć całą stertą dokumentów!

Ujął okrytą rękawiczką dłoń Lucy, uśmiechnął się do niej niepewnie i wrócił do środka domu. W tym samym momencie na zewnątrz wyszedł główny *khitmutgar*.

— Czy Wasza Ekscelencja miałaby ochotę na coś do picia? — zapytał. — Może przynieść *meta-pani*?

Lucy nie czuła do niego sympatii. Był korpulentnym Hindusem o bladej twarzy i miał na imię Tir' Ram. Mimo służalczości dzięki nieskazitelnie akcentowanemu angielskiemu udało mu się przekonać otoczenie, że jest postawiony wyżej od wszystkich wokół — zarówno Europejczyków, jak i Hindusów.

— Przynieś mi tylko trochę *ćaj* — odparła.

Przeszła między łopoczącymi jak żagle zasłonami i weszła do salonu. W środku było stosunkowo chłodno. Na mosiężnym stoliku leżało najnowsze wydanie „Illustrated London News", więc wzięła je do ręki. W poprzednim wydaniu zamieszczono artykuł o nowojorskim towarzystwie — ze zdjęciami — i czytała go raz za razem, na pół godziny przenosząc się do miasta, do którego tak bardzo chciała wrócić pani Sweeney.

Gdy zaczęła przerzucać kartki czasopisma, za jej plecami rozległ się syk, jakby gdzieś krył się wąż. Odwróciła się zaniepokojona i zobaczyła Waltera. Stał na końcu korytarza prowadzącego ze skrzydła prywatnego do pomieszczeń, w których odbywały się państwowe przyjęcia. Skulony przy ścianie, wyglądał, jakby walczył ze skurczem żołądka.

— Walterze! — krzyknęła. Kiedy nie odpowiedział, podbiegła do niego, jednocześnie wołając służbę: — *Koi haj! Dźaldi!* Zawiadomcie Jego Ekscelencję!

Widać było, że sekretarz Henry'ego bardzo cierpi. Lucy delikatnie ujęła go za łokieć i pomogła mu osunąć się na podłogę, na której znieruchomiał, zgięty wpół. Jego twarz błyszczała od potu, usta były ściągnięte bólem.

— Walterze, co się dzieje?

— Wszystko w porządku, naprawdę... — wymamrotał. — To tylko *kharab*, nic więcej. Zaraz mi przejdzie.

— Lepiej zaprowadzę pana do łóżka i wezwę majora Frencha.

— Nic mi nie jest, naprawdę — powtórzył Walter.

Powoli się rozluźnił, wyprostował nogi i wyjął zmiętą chustkę, aby wytrzeć usta. Na korytarzu zjawił się Muhammad Isak z trzema kulisami.

— Jego Ekscelencja przyjdzie natychmiast prosto błyskawicznie — oznajmił.

— Możesz mi pomóc postawić *sahiba* na nogi? — spytała Lucy.

— Jeszcze chwilę, lady Carson... — powstrzymał ją Walter.

Oparł głowę o ścianę i zamknął oczy. Oddychał miarowo, choć chrapliwie, jakby miał zajęte płuca.

Po kilkunastu sekundach otworzył oczy i popatrzył na Lucy.

— Muszę panią o coś poprosić — powiedział. — Mogłaby mi pani uczynić drobną przysługę?

— Oczywiście. Proszę mówić.

Przysunął usta do jej ucha.

— Gdybym musiał wracać do domu... z powodu zdrowia — wyszeptał chrapliwie — zadba pani o to, aby Henry nie stracił ducha?

— Nie wyobrażam sobie, aby mój mąż mógł kiedykolwiek stracić ducha.

Walter pokręcił głową.

— On nie chce pani martwić. Jedyną osobą, która wie, jak bardzo mu trudno, jestem ja, ale gdybym musiał wrócić do domu... no cóż, zostanie mu tylko pani. Nikt inny go nie rozumie. Nikt nie chce go rozumieć. A to, co powiedziałem przedtem...

— Tak, Walterze?

— Było dość łagodnie powiedziane. Jeśli chce pani znać prawdę, Henry jest bliski załamania.

— Cóż ja mogę zrobić?

Walter zakaszlał i jęknął.

— Znacznie więcej, niż ja zrobiłem, odkąd tu przybyliśmy. Proszę go wspierać, unosić mu wyżej podbródek.

Lucy ujęła jego dłoń.

— Walterze, porozmawiamy o tym później. Jest pan bardzo chory i chcę pana widzieć w łóżku.

— Nic mi nie jest. Proszę tylko pozwolić mi przez chwilę posiedzieć bez ruchu.

— Potrzebuje pan odpoczynku i lekarstwa. Jestem pewna, że nie zostanie pan odesłany do domu, dopóki sam pan tego nie zechce. — Lucy wstała. — Muhammadzie, pomóż panu Pangbornowi wejść na górę. I bądź ostrożny, jest dla nas bardzo cenny.

Muhammad Isak miał szczupłą, spokojną twarz i cienkie jak igły czarne wąsiki.

— *Sahib* będzie traktowany jak porcelana — zapewnił Lucy. — Posłaliśmy już po doktora-majora naszego najlepszego biegacza, Wasza Ekscelencjo.

— Znakomicie — odparła Lucy.

Kiedy Muhammad wraz z trzema kulisami poprowadził Waltera do pokoi na piętrze, przez chwilę stała zamyślona u stóp schodów.

Podejrzewała, że Walter lekko majaczył. W Kalkucie gorączka przychodziła nagle. Elizabeth opowiadała jej o kobietach, które rano budziły się zdrowe i pełne energii, a o zmroku umierały, krzycząc w malignie, że ich mężowie są mordercami, a służący małpami.

Walter miał jednak na pewno rację przynajmniej w jednym: odkąd przyjechali do Indii, Henry stawał się coraz bardziej niepewny siebie i coraz bardziej sfrustrowany. Nawet jeśli trudne zadanie administrowania Indiami jeszcze nie odbiło się na jego zdrowiu fizycznym, już zaczęło zbierać plon w sferze psychicznej. Wydobyło na powierzchnię wszystkie jego najgorsze cechy: wybuchowość, chorobliwy brak zaufania do współpracowników i niechęć do okazywania uczuć.

Lucy zaczęła rozumieć, dlaczego z takim entuzjazmem zareagował na pomysł pułkownika Belloca. Odbudowa indyjskiego dziedzictwa architektonicznego byłaby zadaniem o monumentalnych rozmiarach, zaspokajającym ambicje każdego, kto nie mnoży obsesyjnie trudności, aby się ukarać.

Byłoby to jednocześnie zadanie pozwalające osiągnąć szybki i spektakularny sukces.

Pojawił się Henry, krok za nim szedł Timothy Miller.

— *Khit* powiedział mi, że Walter zachorował.

— Jest w okropnym stanie. Zabrano go na górę.

Henry oparł pięści o biodra.

— Nie rozumiem... Rano powiedział, że czuje się lepiej. Zadeklarował nawet swój udział w turnieju polo.

— Zrobił to, aby sprawić ci przyjemność. Powiedziałby wszystko, żeby sprawić ci przyjemność.

— Lucy, na Boga!

— Przykro mi, mój drogi, ale taka jest prawda. Dziwne, że tego nie dostrzegasz.

Henry wbił w nią wzrok. Stojący za nim Timothy Miller odchrząknął, szarpnął wąs i próbował sprawiać wrażenie, że go wcale nie ma.

— Wezwałaś majora Frencha?

— Oczywiście.

— W takim razie zobaczymy się przy kolacji.

— Sądziłam, że zamierzasz dać sobie wolne popołudnie.

Nawet na nią nie spojrzał.

— Zamierzałem. Niestety, rząd Jej Wysokości ma wobec mnie inne plany. Poza tym... — zaczekał, aż pułkownik Miller ruszy w stronę pomieszczeń recepcyjnych, po czym dokończył: — ...po co dawać sobie wolne popołudnie, jeśli podczas tego popołudnia nie można się spodziewać niczego poza nieustanną krytyką? Nie mam ochoty wysłuchiwać, jakim to jestem nieczułym gburem, a moje przeznaczenie jest tylko pracą, wcale nie lepszą od zbierania szmat, rozwożenia węgla czy sprzedawania z wózka karmy dla kotów.

— Henry... — zaczęła, ale mąż już jej nie słuchał. — W takim razie widzimy się przy kolacji — powiedziała. — A potem w łóżku, Wasza Ekscelencjo...

Rzucił jej spojrzenie, którego nie umiała zinterpretować. Nie wrogie, ale bardzo dziwne — przypominało spojrzenie człowieka, który śni na jawie.

♦ ♦ ♦

Jadąc na północny zachód pod ciemnokarminowym niebem, przecięli jałowe niziny Biharu. Pociąg wicekróla udekorowany był flagami i wstążkami, a lakier na wagonach tak błyszczał, że skład wyglądał jak pędzący wzdłuż horyzontu świt. Kiedy pociąg przejeżdżał, wieśniacy podnosili się z zapylonej ziemi i patrzyli za nim — nie machając, ale stojąc w całkowitym bezruchu. Bihar był jedną z najbiedniejszych i najbardziej zacofanych prowincji Indii, rządzoną przez bogatych posiadaczy ziemskich jak średniowieczny feudalny kraj.

Lucy siedziała z brodą opartą na dłoni przy zasłoniętym oknie wybitego jedwabiem przedziału, wpatrując się w majaczące w ziarnistym porannym półmroku małe postacie. Kryształowe stołowe lampy brzęczały, co brzmiało, jakby jakiś bogacz przesypywał monety.

Kiedy słońce wzeszło wyżej, okazało się, że nizina jest niemal zupełnie bezbarwna, całkowicie płaska i ciągnie się w nieskończoność. Od czasu do czasu krajobraz rozświetlał szkarłatny płomień drzewa *mohur*, a późnym popołudniem na polach pojawiły się wstążki dymów wiejskich ognisk i tumany pyłu wzbijane przez bydło spędzane z pastwisk. Ciężkie zapachy indyjskiego wieczoru wniknęły do układu wentylacyjnego wagonu i Lucy poczuła potężne przyciąganie ogromnego subkontynentu.

Pociąg jechał zgodnie z tabelą czasu pracy numer 25 — obramowanym złotem arkuszem oznajmiającym, że Ich Ekscelencje lord i lady Carson 23 lutego 1899 roku podróżują ze stacji kolejowej Howrah w Kalkucie do garnizonu Agra. Skład miał dziesięć wagonów, w tym salonkę oraz wagony restauracyjny i sypialny, a ciągnęła go lokomotywa, którą nazwano Cesarzową Indii. O wygodę podróżnych dbało ponad dziewięćdziesięciu służących i tragarzy. Towarzysząca wicekrólowi i wicekrólowej ekipa składała się z pułkownika Belloca, Timothy'ego Millera, Waltera Pangborna, dwóch sekretarzy z Domu Rządowego, dwóch kapitanów z Inżynierów Królewskich, Nory oraz jedenastu oficerów osobistej ochrony wicekróla.

Lucy była zachwycona pułkownikiem Bellokiem. Był niskim, inteligentnym, proso trzymającym się mężczyzną w wieku sześćdziesięciu jeden lat, miał rumiane policzki i wielkie siwe bokobrody. Ubierał się w białe i kanarkowe surduty z wyszywanymi kamizelkami zaopatrzonymi w niezliczone kieszenie, w których nosił sześć albo siedem par okularów: „do podziwiania wspaniałych widoków", „do czytania rozkładów jazdy i kolumn towarzyskich »Timesa«, „do patrzenia na ładne damy", „do lóż w teatrze".

Kiedy poznała pułkownika w Domu Rządowym, rozprawiał o wspaniałych pałacach i świątyniach Indii i mówił o tym, ile z nich rozpada się z braku konserwacji.

— Powinna pani zobaczyć pałac w Udajpurze podczas zachodu słońca... to jedna wielka masa białego marmuru, wznosząca się prosto z jeziora. Albo miasto Satrundźaja w Gudźaracie, w którym jest osiemset świątyń z mnóstwem złotych wieżyczek. Albo świątynię w Konaraku, na południe od Kalkuty, w której znajdują się tysiące rzeźb przedstawiających żądzę cielesną. Kiedy pierwszy raz je oglądałem, zrobiły na mnie takie wrażenie, że aż zęby mi szczękały! A miałem ze sobą jedynie okulary do czytania hymnów!

W czasie długiej podróży do Agry pułkownik Belloc dzielił swój czas między czytanie dzieł bengalskiego poety Ćandidasa, maleńkimi literkami robiąc w czarnym notesie obszerne notatki, i picie *burra-peg* brandy. Wieczorem, kiedy Henry wycofał się do salonki, aby zająć się jakimiś ważnymi dokumentami, zaczął opowiadać Lucy o jodze tantrycznej i hinduistycznym podejściu do życia i miłości.

— Hindusi uważają, że nie ma czegoś takiego jak problemy życia, z którymi człowiek musi się zmagać. Te problemy to tylko absurdalne gry, które sami wymyślamy. Hindusi uważają, że „życie" i „osoba" to jedno i to samo: *Tat twam asi*, „Ty tym jesteś".

Lucy, ubrana w obszywaną koronką wieczorową sukienkę z błękitnego jak lód jedwabiu, zgodnie z wymaganiami konwenansu cały czas siedziała sztywno wyprostowana. Miała odsłonięte ramiona, na białej skórze jej dekoltu migotała gwiazda z pereł i brylantów, jasne włosy błyszczały w ciemności.

— A czym jest dla nich miłość? — spytała.

Pułkownik Belloc pociągnął nosem i zdjął połówkowe okulary.

— Miłość? — powtórzył.

Popatrzył w głąb wagonu, gdzie Walter, blady i wymizerowany, ale dość ożywiony, czytał *Pole*, a Timothy Miller leżał rozwalony na fotelu i z zamkniętymi oczami nucił piosenki Gilberta i Sullivana, machając dłonią jak dyrygent.

— *Bryhadaranjaka* mówi: „Jeśli mężczyzna znajduje się w objęciach ukochanej małżonki, nie wie nic, co w środku, i nic, co na zewnątrz". Innymi słowy, moja droga lady Carson, prawdziwą miłość, to, co buddyści nazywają *wadźra*, czyli brylantem, osiąga się poprzez skupienie się obojga partnerów nie na sobie, a na wzajemnej miłości.

Widział, że Lucy nie bardzo to rozumie, więc pochylił się w jej stronę.

— Pożądanie pojawia się w czarnych księżowskich habitach, turniurach, krynolinach, gorsetach, czarnych pończochach i rękawiczkach, wielu warstwach halek, skórzanych butach do jazdy konnej, kapeluszach derby, bryczesach i pejczach. Ale miłość w hinduskim rozumieniu nie może być „rzeczą". Kiedy para ludzi się łączy, porzuca swoje poprzednie osobowości i staje się Śiwą i Parwati. On jest *puruszą*, czyli świadkiem, obserwatorem, ona *prakriti*, naturalnym światem. Ale każde jest zarazem jednym i drugim.

— Sądzę, że rozumiem, co chce pan powiedzieć.

Pułkownik Belloc opadł na oparcie fotela i uśmiechnął się do niej po ojcowsku. Najwyraźniej jej pozycja wicekrólowej wcale go nie onieśmielała.

— Teraz tylko się pani wydaje, że wie. Dopiero kiedy pani tego doświadczy, będzie wiedziała na pewno.

— Mam nadzieję, iż nie próbuje pan zasugerować, że tak naprawdę nie jestem zakochana?

— Mam odpowiedzieć na to pytanie?

Lucy zawahała się, ale po chwili kiwnęła głową.
— Tak, powinien pan.
Zbliżał się do nich Tir' Ram z karafką brandy na srebrnej tacy, balansując tęgim ciałem w rytm ruchów pociągu. Lucy czekała, aż naleje pułkownikowi kolejną *burra-peg*.
— Nie mam prawa oceniać pani małżeństwa — powiedział Belloc, kiedy służący odszedł. — Wiem jednak z doświadczenia, jak trudno jest dawać siebie, kiedy człowiek nie jest pewien, czy cokolwiek dostaje w zamian.
— Jest pan bardzo spostrzegawczy.
— Moja niania zawsze mi to mówiła.

◆ ◆ ◆

Pociąg wicekróla przekroczył granicę między Biharem a Zjednoczonymi Prowincjami nad ranem, pod rozgwieżdżonym marcowym niebem. Lucy spała sama na wyszywanej płóciennej pościeli, ubrana w cieniutką lnianą koszulę nocną. Henry odsunął drzwi przedziału, aby powiedzieć jej „dobranoc", jednak już spała. Postał przez chwilę obok łóżka ze smutną miną, patrząc na żonę nieobecnym wzrokiem. Lucy musiała o czymś śnić, bo lekko podkurczyła palce stóp — miał ochotę ich dotknąć i popieścić, ale obawiał się, że obudzi żonę. Jej skóra prześwitywała przez cienki materiał koszuli.
Delikatnie pocałował Lucy w głowę, a potem jeszcze delikatniej w policzek. Zamknął drzwi przedziału i wrócił za biurko.

◆ ◆ ◆

Choć Zjednoczone Prowincje były nawadniane przez święty Ganges, wyschły niemal tak samo jak Bihar. Do pory deszczowej pozostały nie więcej niż dwa, trzy tygodnie i słońce biło w równiny z nieustępliwością mosiężnego gongu. Za oknem widać było jedynie beżowy pył i jaskrawe słońce.
Lucy spędzała popołudnia, leżąc na łóżku, wachlując się i czytając hinduską poezję, której tomik pożyczył jej pułkownik Belloc, a tymczasem pociąg z klekotem pokonywał kolejne mile. Była przyzwyczajona do długich podróży koleją, ale wydawało się, że Indie nie mają końca.

Wiersze Candidasa bardzo ją uspokajały, więc wciąż do nich wracała.

Znalazłem schronienie u stóp twoich, ukochana.
Gdy cię nie widzę, umysł mój nie znajduje ukojenia.
Jesteś dla mnie jak rodzic dla bezradnego dziecka.
Jesteś ucieleśnieniem bogini, girlandą na mej szyi,
całym moim wszechświatem.
Bez ciebie wszystko jest ciemnością;
jesteś sensem mych modlitw.
Nie mogę zapomnieć twego uroku i wdzięku,
ale w mym sercu nie ma żądzy.

Kiedy późnym wieczorem następnego dnia znowu czytała ten wiersz, do przedziału zapukał Henry. Był w samej koszuli i szortach koloru khaki, pod pachami miał plamy potu. Lucy odłożyła książkę i popatrzyła na niego.

— Możesz wejść, jeśli masz ochotę.

— Dziękuję — odparł.

Wszedł do przedziału i zamknął drzwi, po czym usiadł w nogach łóżka.

— Jest coś, o czym zapomniałem ci powiedzieć — zaczął z wyraźnym skrępowaniem.

— Tak?

Uśmiechnął się niepewnie, jak nastolatek.

— Rozmawiałem z Bellokiem. O Indiach, o niszczejących budynkach i innych tego typu sprawach. Zwrócił mi uwagę na to, że hinduska kultura jest inspirowana nie tylko estetyką, ale także miłością. Jeden człowiek dla drugiego, wszyscy ludzie dla bogów.

Lucy uśmiechnęła się do niego.

— Belloc przywiązuje wielką wagę do miłości, prawda?

Henry zaczął skubać paznokciami szwy narzuty.

— Czas, abym i ja spróbował to zrobić. Kiedyś pisałem dla ciebie wiersze.

— Więc o czym zapomniałeś mi powiedzieć?

— O bardzo wielu rzeczach — odparł Henry. — O tym, jak pięknie wyglądałaś w dniu naszego ślubu. O tym, jak bardzo mi przykro, że tyle razy cię zraniłem. — Zawahał się, ujął rękę Lucy i zaczął obracać obrączkę na jej palcu. — Belloc przypomniał mi, że powinienem traktować tę podróż nie tylko jak zaspokojenie moich własnych ambicji i pasji, ale także jak naszą wspólną romantyczną wyprawę, twoją i moją. Po raz pierwszy podróżujemy po Indiach jako mąż i żona, a nie w ramach służbowych obowiązków. Podczas tej podróży, moja droga, jesteś więcej niż wicekrólową... jesteś moją panną młodą. Zapomniałem ci też powiedzieć, że mimo ciężaru odpowiedzialności, jaką muszę dźwigać... Przerwał. Jego oczy były wypełnione łzami i mocno zacisnął usta, jakby cały ból i namiętność, których nie umiał wyrazić, miały się wreszcie uwolnić.

— Kocham cię, Lucy... to również zapomniałem powiedzieć. Uwielbiam cię. Wiem, że czasami ciężko mnie kochać. Wiem, że bywam wybuchowy, nieuważny i egoistyczny. Trudno mi wyrażać uczucie do ciebie słowami, a jeszcze trudniej ciałem. Nie zapominaj jednak nigdy, że jestem twój, całkowicie i zupełnie twój. Powierzyłem ci swoje serce, należy do ciebie na zawsze.

Pochylił się i pocałował ją w usta. Z początku lekko i delikatnie. Potem nieco gwałtowniej, jeszcze raz, jeszcze raz i jeszcze raz.

W Lucy zaczęła narastać fala podniecenia — było to odczucie, jakiego Henry nie obudził w niej przez cały czas trwania ich małżeństwa. Przytuliła się do niego mocno, wplotła mu palce we włosy i zaczęła odwzajemniać jego pocałunki. Podciągnęła mu koszulę i bawełnianą kamizelkę i dotknęła pokrytych warstewką potu mięśni pleców.

— Och, Henry, gdybyś tylko wiedział... — szepnęła, całując jego oczy, policzki i wargi.

— Lucy... najdroższa... — Jeszcze raz ją pocałował, po czym wyprostował się i dodał przepraszająco: — Oczywiście nie możemy się kochać.

Przełknęła ślinę i kiwnęła głową. Major French ostrzegł ją, że „małżeńskie wniknięcie stanowiłoby niemożliwe do akceptacji ryzyko dla płodu".

Henry głęboko zaczerpnął powietrza i gorączkowo zaczął wyrzucać z siebie słowa:

— Są jednak inne sposoby adorowania kobiety przez mężczyznę... Belloc pokazał mi rysunki ze świątyni w Konaraku, zresztą nie tylko stamtąd, ale także z wielu innych miejsc. Jednak w Konaraku jest najwięcej rzeźb przedstawiających wszystkie możliwe sposoby miłości. Są bardzo erotyczne, ale nie obleśne, jeśli rozumiesz, co mam na myśli. Podniecające, ale nie zepsute. Przedstawiają czystą radość ciała...

Lucy się nie odzywała. Widziała, że Henry'ego bardzo podnieciły rysunki, które pokazał mu pułkownik Belloc. Może taki właśnie był jego zamiar. Może jako znawca starodawnych hinduskich obyczajów chciał ich oboje zachęcić do rozbudzenia na nowo naturalnych potrzeb, stłumionych przez pompę i konieczność podporządkowania się etykiecie, związane ze stanowiskiem wicekróla.

— Kocham cię, Lucy — powtórzył Henry.

Odłożył tomik poezji na stolik obok łóżka, po czym odrzucił na bok narzutę.

Lucy bez słowa pozwoliła mu podciągnąć koszulę nocną. Henry pocałował ją w nagie uda, po czym wyciągnął spod jej pleców poduszkę i delikatnie ułożył Lucy na plecach.

Trudno jej się w tej pozycji oddychało, pozwoliła jednak mężowi podciągnąć koszulę nocną jeszcze wyżej, aż do piersi. Henry ukłąkł na łóżku i przez chwilę patrzył na jej nagie ciało z wyrazem twarzy, jakiego jeszcze nigdy u niego nie widziała — nabożnym i jednocześnie głodnym.

Rozsunął jej uda i palcami dotknął krocza. Wcześniejsze pocałunki sprawiły, że Lucy zrobiła się wilgotna i jej wargi sromowe otworzyły się z ledwie słyszalnym, lepkim kłaśnięciem, jakby były skrzydłami wykluwającego się motyla. Henry opuścił głowę i Lucy poczuła, jak czubek jego języka przesuwa się po szczelinie sromu i wślizguje do wnętrza.

— Henry... — jęknęła.

Nie podniósł głowy, jego język poruszał się w górę i w dół, badając każdy załamek i zagłębienie. Po chwili przyspieszył ruch języka, którego czubek przemykał teraz po łechtaczce w zawrotnym *pizzicato*, ledwie jej dotykając, ale mimo to budząc w Lucy głębokie, mroczne i burzliwe odczucia.

Uniosła głowę i z fascynacją patrzyła, jak ciemna czerwień języka męża prześlizguje się między jasnymi loczkami jej włosów łonowych. Henry miał zamknięte oczy, a jego twarz przypominała maskę — spokojną i skupioną.

Koła pociągu stukały pod łóżkiem i pod wagonem, a za oknem przesuwały się Indie.

Lucy opadła na plecy, oddychając coraz szybciej. Działo się z nią coś niezwykłego — coś, czego jeszcze nigdy nie doświadczyła. Turkot kół, kołysanie wagonu i drgania języka Henry'ego zlały się w jej głowie w jedno, jakby cały subkontynent indyjski zamieniony w czarną melasę wlano do puszki.

— Henry... — szepnęła, choć może tylko jej się tak wydawało. — Nie musisz...

Drgania jego języka stały się jeszcze szybsze, a każdy mięsień w jej ciele naprężył się jak struna.

Zaraz potem całe jej ciało ogarnął spazm tak gwałtowny, że głośno krzyknęła i zaczęła się dziko rzucać na łóżku, jakby potrząsał nią jakiś niewidzialny demon.

Po chwili opadła na bok, drżąc i pochlipując. Mięśnie brzucha wciąż miała napięte i mocno ściskała poduszkę. Nie wiedziała, czy to, czego właśnie doświadczyła, można nazwać ekstazą. Było to odczucie nie do opisania, nie do nazwania. Może naprawdę była to *wadźra* — miłość podobna do brylantu.

Powoli przekręciła głowę i popatrzyła na stojącego nad nią Henry'ego. Pogłaskał ją po głowie.

— Dobrze się czujesz, najdroższa? — zapytał. — Nie zrobiłem ci krzywdy?

— Nie — odparła szeptem. — Nie zrobiłeś.

Jego oczy były łagodne, ale nieobecne.

— Mogę zrobić coś dla ciebie? — spytała po chwili.

Uśmiechnął się.

— Nie teraz. Był już najwyższy czas, abym ja zrobił coś dla ciebie... bez proszenia o nic w zamian.

— Idziesz już?

— Jeśli chcesz, zostanę.

— Zostań. Śpij ze mną dziś w nocy. Opowiedz mi o wszystkich indyjskich budynkach, które chcesz odnowić.

— Dobrze, zostanę z tobą przez jakiś czas.

Pociąg pędził przez równinę, między jego kołami syczał gorący piach. O dziesiątej do przedziału weszła Nora, aby zapytać, czy jej pani czegoś nie potrzebuje. Lucy mocno spała, a obok niej siedział Henry i delikatnie gładził ją po czole zgiętym palcem.

— Ciii... — szepnął i uśmiechnął się do pokojówki.
Nora wahała się przez chwilę, po czym delikatnie zamknęła drzwi i wróciła do siebie. Po drodze spotkała pułkownika Belloca, który stał na korytarzu, paląc cygaro i obserwując przemykającą za oknem noc.
— Pułkowniku...
— Dobry wieczór. Powiedziała pani „dobranoc" lady Carson?
— Tak, proszę pana.
— Czy lady Carson dobrze się czuje? — spytał pułkownik z lekkim rozbawieniem w głosie.
— Tak, proszę pana, bardzo dobrze. Dlaczego pan pyta?
Pułkownik wydmuchał dym i popatrzył na czubek swojego cygara.
— Bez szczególnego powodu. Ale przecież zawsze powinniśmy się troszczyć o naszych bliźnich, nie sądzi pani?

♦ ♦ ♦

Kiedy wysiedli z powozu, Henry zwrócił się do Waltera Pangborna:
— Zatrzymaj wszystkich na chwilę. Chcę pokazać to mojej żonie sam.
— Oczywiście — odparł Walter.
Miał na nosie małe okularki z zielonymi szkłami i według Lucy nie wyglądał zbyt dobrze. Pułkownik Belloc, który jechał tym samym powozem, stał z twarzą osłoniętą wielkim hełmem tropikalnym Klubu Namiotowego Cawnpore, rozglądał się wokół i cmokał pod nosem — jak zawsze, kiedy zastanawiał się nad jakimś problemem architektonicznym, krzyżówką albo ceną cynku (fortuna jego rodziny powstała właśnie dzięki temu metalowi).
Henry ujął dłoń Lucy, po czym poprowadził ją przez rozległy zapylony plac, porośnięty szeregami nieprzycinanych cyprysów, pełen wyschniętych kanałów nawadniających oraz stert śmieci i kamieni. Po drugiej stronie placu znajdował się mały nędzny bazarek z zapadającymi się markizami, stertami koszy i dymiącymi ogniskami, na których coś gotowano. W powietrzu unosiła się przenikliwa woń spalonego jagnięcego tłuszczu i zapach kozieradki. Wszędzie wałęsały się bezpańskie psy, szukające kości i innych odpadków.
Za bazarem wznosił się biały jak śnieg pałac, błyszczący w słońcu.

— To Tadż Mahal — powiedział Henry. — Czyż nie jest absolutnie doskonały? Miałem to samo wrażenie, kiedy po raz pierwszy ujrzałem ciebie. Połączenie powabu i smutku, kwintesencja prawdziwego piękna.

— Nie mogę uwierzyć, że to nie sen... — wyszeptała Lucy.

Przeszli przez bazar i po chwili znaleźli się przy pałacu. Za nimi szło dyskretnie dwóch oficerów osobistej ochrony wicekróla, ale dla garncarzy, sprzedawców owoców i gotowanego curry byli jedynie kolejnymi europejskimi turystami. Henry chciał, aby ich wizyta w prezydencji Agra miała nieformalny charakter, jednak mimo to musieli mieć obstawę — tak jak podczas wszystkich oficjalnych wyjazdów.

Z lewej strony płynęły turkusowe wody rzeki Jamuny, odbijające niebo jak lustro.

Henry ujął odzianą w białą rękawiczkę dłoń Lucy.

— Czy wiesz, jakie jest moje największe życzenie? Pragnąłbym, abyśmy zostali pochowani wspólnie w podobnym mauzoleum... — powiedział.

Podszedł do nich pułkownik Belloc w ogromnym jak grzyb hełmie tropikalnym, uderzając się po udach trzcinką.

— No i co pani o tym sądzi, lady Carson? Wielkie uczucie, wyrażone w marmurze. Miłość Szahdżahana do Mumtaz Mahal i najwspanialsze osiągnięcie architektury wielkich mogołów. Piękne połączenie.

— Trzeba będzie zacząć od zlikwidowania bazaru — oświadczył Henry. — Potem uporządkujemy ogrody i place od frontu i oczyścimy kanały nawadniające. Tadż powinien odbijać się nie tylko w rzece, ale także w otaczających go ogrodowych kanałach... jakby unosił się w powietrzu.

— Doskonale — powiedział pułkownik Belloc, po czym odwrócił się do Lucy i rzucił jej zaciekawione, lekko rozbawione spojrzenie, świadczące o tym, że dobrze wie, co między nią i jej mężem zaszło ubiegłej nocy. — O każde piękno należy dbać. Ci, którzy tego nie robią, nie powinni się dziwić, jeśli je tracą.

— Kto to powiedział? — spytał Henry.

— Ja — odparł pułkownik.

◆ ◆ ◆

Wrócili do Kalkuty w drugi piątek marca. Dla Lucy była to magiczna podróż i przypominała sen — nie tylko z powodu osobliwości i piękna krajobrazów Indii, pałaców, fortec i świątyń, ale także z powodu niezwykłej czułości i troskliwości Henry'ego. Starał się przez cały czas być blisko niej i po raz pierwszy od początku ich małżeństwa traktował ją jak dziewiczą pannę młodą.

Dwa dni spędzili na parowcu na Gangesie, obserwując wygrzewające się na słońcu krokodyle i idące brzegiem Hinduski z dzbanami pełnymi wody na głowach. Płynęli cicho między wysokimi zalesionymi klifami, które sprawiały wrażenie, jakby wznosiły się prosto z wody, mijali zrujnowane hinduskie świątynie, skupiska nędznych chat i piękne kamienne schody prowadzące w dół, do rzeki.

W nocy siedzieli na kanapie, wyniesionej na zewnątrz urządzonego z przepychem namiotu, i patrzyli na rozgwieżdżone niebo.

— Powrócę do Domu Rządowego nie tylko wypoczęty, ale także pełen inspiracji — stwierdził Henry. — Szahdżahana do budowy Tadż Mahal zainspirowała miłość do Mumtaz, a moja miłość do ciebie zainspiruje mnie do wprowadzenia w Indiach największych reform w całej historii tego kraju.

Choć jego słowa sugerowały, że zmieni swoje dotychczasowe zachowanie, wystarczyły dwa dni po powrocie do Domu Rządowego, aby znowu zaczął okazywać irytację i kierować się tymi samymi obsesyjnymi nawykami, o których miał zapomnieć w Agrze. Przez dwa tygodnie ich nieobecności zebrały się wielkie sterty dokumentów, trzeba też było odpowiedzieć na niezliczone telegramy z Ministerstwa Spraw Zagranicznych oraz sporządzić raporty o sytuacji w Kuwejcie (za który Henry także odpowiadał) i na północno-zachodniej granicy.

Na cotygodniowym sobotnim balu pojawił się jedynie na pół godziny, tylko raz zatańczył z Lucy i powiedział nie więcej niż dwadzieścia słów. Pod oczami miał ciemne kręgi. W niedzielę wieczorem nawet nie zszedł na kolację. O świcie w poniedziałek jeszcze pracował.

Lucy przyszła do niego o dziesiątej rano. Siedział za biurkiem i prawą ręką pisał, a lewą jadł śniadanie złożone z *kedgeree*.

— Henry?

Podniósł głowę, dokończył zdanie, które właśnie pisał, po czym wytarł usta serwetką.

— Coś się stało?

— Wyglądasz okropnie. Nie spałeś przez całą noc?
— Przedrzemałem się godzinkę na polówce. Nie martw się, dobrze się czuję. Po prostu mieliśmy kilka problemów w Landi Kotal. Plemienne spory, nic takiego, czym należałoby się martwić.

Lucy, ubrana w długą białą sukienkę, stanęła obok biurka. Henry czekał z uniesionym piórem, aż sobie pójdzie i będzie mógł powrócić do pracy.

— Henry, nie chcę, abyśmy zapomnieli o tym, co wydarzyło się podczas naszej podróży do Agry.

Z ociąganiem odłożył pióro, ujął dłoń Lucy i pocałował.

— Nie zapomnimy, obiecuję.

— W takim razie przyjdź dziś wieczorem na kolację. I proszę, nie pracuj przez całą noc.

— Obiecuję.

W tym momencie pojawił się kamerdyner Henry'ego, Vernon.

— Kąpiel przygotowana, Wasza Ekscelencjo.

— Dziękuję. — Henry ponownie pocałował dłoń Lucy, choć nie było w tym uczucia. — I nie martw się, moja droga. Na pewno będę na kolacji.

Lucy wyszła z biblioteki, jej suknia cicho szeleściła, przesuwając się po wypolerowanej podłodze.

◆ ◆ ◆

Po południu, kiedy odpoczywała na leżaku na werandzie, a Nora siedziała obok, wyszywając poszewkę na poduszkę, zjawił się Timothy Miller.

— Pułkownik Miller! — ucieszyła się Lucy. — Co pan sądzi o moich drzewach figowych?

— Są wspaniałe — odparł. — Odkąd pani przybyła, otoczenie rezydencji zaczyna wyglądać jak ogród. Lady Elgin nieszczególnie dogadywała się z głównym *mali*.

— Trzeba mu po prostu wiercić dziurę w brzuchu, a ja jestem w tym naprawdę dobra.

— Mam dla pani wiadomość, lady Carson. Jadłem dziś u Pelitiego lunch z dowódcą mojego dawnego regimentu, Leonardem Ryce-Bennettem... poznała go pani jakiś miesiąc temu. Podszedł tam do mnie pewien Amerykanin i powiedział, że dobrze zna panią z Kansas. Prosił, abym przekazał pozdrowienia.

Zdumiona Lucy odłożyła wachlarz.
— Spotkał pan u Pelitiego kogoś z Kansas?
Timothy Miller otworzył portfel i wyjął wizytówkę.
— Twierdził, że nie mógł jej zostawić wcześniej, ponieważ podróżował po Indiach i dopiero teraz dotarł do Kalkuty.
Lucy drżącą dłonią wzięła wizytówkę. JAMES T. CULLEN — ADWOKAT. Kiedy popatrzyła na pułkownika, nie była w stanie ukryć zdumienia.
— Jest tutaj? Naprawdę tu jest?
Timothy Miller skinął głową.
— Rozmawiałem z nim. Brodaty, wysoki, dobrze zbudowany. Można by powiedzieć, że to kawał chłopa.
— To on... Wyjaśnił może, co tu robi?
— Jeśli dobrze zrozumiałem, wykonuje jakieś zadanie związane z amerykańską służbą dyplomatyczną. Mieszka w hotelu Spence.
— Musi pan poprosić Muhammada, aby go tu sprowadził! Napiszę do niego list i trzeba posłać kilku kulisów, żeby przenieśli jego bagaż! Musi zamieszkać tutaj, w Domu Rządowym!
Timothy Miller zadzwonił po jednego ze służących, który przyniósł Lucy przenośny pulpit. Położyła go sobie na kolanach, zanurzyła pióro w kryształowym kałamarzu i zaczęła pisać.

Najdroższy Jamie!
Skoro przebywasz w Kalkucie, nie możesz mieszkać w hotelu! Musisz natychmiast przyjechać do Domu Rządowego, abyśmy razem z Henrym mogli się tobą zająć! Jeśli nie zjawisz się w ciągu godziny, przyjadę po Ciebie osobiście!
Z wyrazami miłości
Lucy

Pomachała listem, aby wysechł, po czym zalakowała go i wręczyła Timothy'emu Millerowi. Pułkownik wziął list i skłonił głowę. Gdy to robił, dostrzegł, że Nora bezgłośnie porusza ustami, jakby chciała mu zadać jakieś pytanie. Lucy szybko przerwała tę tajną wymianę informacji.
— Jeszcze pan tu jest, pułkowniku? — spytała.
— *Ekdam*, Wasza Ekscelencjo — odparł Timothy Miller, uży-

wając pochodzącego z urdu słowa „natychmiast", aby dać do zrozumienia, że został potraktowany jak służący.

Kiedy wyszedł, Nora popatrzyła na swoją panią. Lucy rzuciła na nią okiem, odwróciła się, po czym — zauważywszy, że pokojówka przestała wyszywać — znowu na nią spojrzała.

— Co się dzieje? — spytała.

— Doskonale pani wie, co się dzieje, jaśnie pani. Nie powinna pani zapraszać tu Jamiego.

— Dlaczego?

— Wicekrólowa musi się zawsze tak zachowywać, jak przystoi samej Jej Wysokości.

— Przecież Jamie to mój przyjaciel! Nie zamierzam go ignorować tylko dlatego, że jestem wicekrólową. Wprost przeciwnie, przyjmę go tym goręcej!

Pokojówka pokręciła głową.

— Mam nadzieję, że Jego Ekscelencja to zrozumie...

— Jego przeklęta Ekscelencja jest zbyt zajęty swoimi papierzyskami, aby martwić się czymkolwiek innym.

— Przecież mówiła pani, że wasze uczucie odżyło...

— Bo tak rzeczywiście było. W Agrze, Awadh i na Gangesie, ale co z tego? Gdzie teraz jest mój mąż? Z powrotem za biurkiem, przy swoich papierach, zmartwieniach i rządowych sprawozdaniach. Znowu konferuje z rezydentami, komisarzami, zastępcami komisarzy, poborcami i urzędnikami.

— Wypełnia tylko swoje obowiązki... i swoje przeznaczenie.

— O tak! Jego przeznaczenie to pompa i władza! Wszyscy mężczyźni są tacy sami! Wiążą nas jedwabnymi wstążkami i odbierają nam cześć, a potem zostawiają własnemu losowi!

Pokojówka długo się nie odzywała. W ogrodzie było gorąco jak w piecu, służący właśnie podlewali figowcę.

— No cóż, chyba nie mam prawa pani krytykować — stwierdziła w końcu Nora. — Proszę jedynie, aby była pani ostrożna. Może pani sądzi, że lord Carson nie jest zazdrosny ani zaborczy, że nie kocha pani wystarczająco mocno, ale kiedy mąż nie ufa swojej żonie, od razu to dostrzegam. Znam mężczyznę, który pewnego razu został bardzo głęboko zraniony przez kobietę... i nie dopuścił, aby wydarzyło się to ponownie.

— Noro, zawsze widzisz tylko ciemne strony różnych sytuacji.

— Być może, jaśnie pani. Jednak dzięki temu nigdy nie jestem rozczarowana.

◆ ◆ ◆

Polakierowany na kasztanowo powóz, który Timothy Miller posłał do hotelu Spence, wrócił pod Dom Rządowy po niecałych pięćdziesięciu minutach i zatrzymał się przy schodach. Popołudniowe powietrze drgało od upału. Hinduski służący w liberii otworzył drzwiczki, opuszczono schodki i ze środka wysiadł Jamie. Zdjął podwójny kapelusz *terai*.

Lucy poprosiła Muhammada Isaka, aby powiadomił ją natychmiast, kiedy powóz wjedzie na teren posiadłości. Gdy gość pokonał pierwsze stopnie schodów prowadzących do portyku z kolumnami, wyszła mu naprzeciw w długiej sukni i białym kapeluszu z szerokim rondem i stanęła na szczycie schodów, aby go przywitać.

Jamie szedł powoli, cień ciągnął się za nim zygzakiem. Wyglądał, jakby trochę stracił na wadze, ale w dalszym ciągu był wysoki i szeroki w ramionach i tak samo się uśmiechał.

— Wasza Ekscelencjo... — powiedział i ukłonił się.

W odróżnieniu od większości Europejczyków przebywających w Indiach, którzy nie chcieli wyglądać jak *czi-czi*, był bardzo mocno opalony. Miał na sobie prosty szary garnitur, koszulę z miękkim kołnierzykiem i muchę *bolo*. Jego podbródek porastały delikatne jasne włosy, co sprawiało, że wyglądał znacznie starzej.

— Jamie! Ze wszystkich ludzi akurat ciebie najmniej spodziewałam się ujrzeć w Indiach!

— No cóż, ale jestem — odparł.

Rozejrzał się wokół. Przy północno-wschodniej fasadzie stało rusztowanie i malarze bielili ściany. Leniwe plaśnięcia ich pędzli nadawały rytm upalnemu popołudniu.

— Więc w końcu znalazłaś swój zamek w chmurach? — zapytał.

Lucy obejrzała go od stóp do głów.

— Wcale się nie zmieniłeś! No, może odrobinkę! Jesteś teraz szczuplejszy!

— Sporo podróżowałem, to dlatego. Hotelowe jedzenie nikomu zbyt dobrze nie służy. — Podał jej ramię, a ona zaprowadziła go do środka. Pokiwał głową. — Imponujący dom. Powiedziałbym, że stosowny.

— Drażnisz się ze mną.
— Czy kiedykolwiek się z tobą drażniłem? Przecież zawsze marzyłaś o mieszkaniu w takim miejscu.
Zabrano mu kapelusz i laseczkę. Pojawił się Abdul Aziz i zapytał, czy gość miałby ochotę na herbatę. Zaprowadzono ich do małego białego saloniku obok głównego prywatnego salonu wicekrólewskiej pary. Na niskim stoliku z Benaresu stała ozdobna mosiężna taca, na której piętrzyły się *śakar parre* z pokrytego cukrem zboża i bezy sezamowe zwane *tiltandula*. Obok przygotowano herbatę darjeeling dla dwóch osób w delikatnych porcelanowych filiżankach, zaprojektowanych specjalnie dla Domu Rządowego przez Mintona. Za krzesłami stało czterech służących, by dolewać herbaty i srebrnymi szczypczykami podawać słodycze.
— A więc spodziewasz się kolejnego dziecka!
Lucy kiwnęła głową. Nie wiedziała, czemu się tego wstydzi.
— Henry ma nadzieję na pojawienie się spadkobiercy wszystkich dóbr Carsonów. Co z Sha-shą? Musi już być duża.
Jamie wzruszył ramionami.
— Wszystko z nią dobrze. Jest bardzo ładna. Ma jasne loki jak ty. Umie już śpiewać i tańczyć. Ostatni raz widziałem ją na jesieni, przed wyjazdem do Manili.
— Tęsknię za nią.
— Ja też. Tak się jednak musiało stać, prawda? Nie ma sensu płakać nad rozlanym mlekiem.
— Chciałabym ją jeszcze kiedyś zobaczyć.
Jamie podniósł filiżankę i zaczął popijać herbatę.
— Nikomu nic by to dobrego nie przyniosło. Sha-sha myśli, że jej rodzicami są mój ojciec i matka. To dziwaczne oglądać ją na kolanach własnego ojca i słyszeć, jak nazywa go tatą, gdy tymczasem powinna tak mówić do mnie.
— Przyniesiono już twoje bagaże? Możesz dostać sypialnię Aurangzeba, jest wspaniała. Urządzona w osiemnastowiecznym stylu mogołów. Będziesz miał stamtąd piękny widok na ogród, który tu założyłam.
— Przykro mi, ale nie mogę zostać — odparł Jamie. — Pod koniec tygodnia mam być w Delhi. Potem jadę na północ, do Kaszmiru.
Lucy poczuła rozczarowanie, niemal urazę. Odkąd została

wicekrólową, spełniano wszystkie jej zachcianki i szybko się do tego przyzwyczaiła. Odrzucenie przez Jamiego zaproszenia było niemal jak odmówienie królowej.

— Na dwa dni z pewnością mógłbyś zostać. Mogę kazać przygotować specjalny pociąg, który zawiezie cię do Delhi.

Jamie pokręcił głową.

— Przykro mi. Muszę wyjechać jutro. Poza tym ludzie, z którymi mam się spotkać, nie byliby zachwyceni, gdybym wysiadł z rządowego pociągu.

— Ale na wieczór zostaniesz? Zjadłbyś z nami kolację.

— Lucy, zrobiłbym to z przyjemnością, gdybym mógł.

— Dlaczego nie możesz?

— To nie jest dobry pomysł. Nie chciałbym być uważany za osobę pozostającą w zażyłych stosunkach z wicekrólem lub wicekrólową.

— Przez kogo? Poza tym jakie to ma znaczenie?

Jamie ugryzł bezę.

— Doskonała — stwierdził.

— Mój kucharz robi je specjalnie dla mnie. Nazwał je Życzenia Lady Carson. Przepis pochodzi z indyjskiej sztuki, napisanej ponad dwa tysiące lat temu. Jajka, masło, brązowy cukier, limonki i szczypta drewna sandałowego. Ale zmieniasz temat...

Jamie odwrócił wzrok.

— Wiem... wolałbym jednak nie rozmawiać o tym, co mnie tu sprowadziło.

Lucy potrząsnęła głową.

— Aż tak źle? Chyba nie związałeś się z piratami ani przemytnikami opium? — zażartowała.

— Lucy...

Popatrzyła na niego z irytacją.

— Przy Zakręcie Overbaya mówiłeś mi o wszystkim! O swoich marzeniach, o wszystkim! Dlaczego nie możesz rozmawiać ze mną tak samo teraz?

Jamie potrząsnął głową.

— Czasy się zmieniły i my wraz z nimi — powiedział łagodnie. — Już nie jesteś Lucy Darling. Jesteś Jej Ekscelencją lady Carson Brackenbridge, wicekrólową Indii.

— A kim ty jesteś?

Skrzywił się lekko.
— Ja? Ani lordem, ani wicekrólem, ani nikim podobnym. Jestem po prostu człowiekiem, który gwałtownie się obudził.
— Jak mam to rozumieć?

Opadł na oparcie krzesła.

— Pamiętasz te prawnicze sprawy, które kiedyś prowadziłem? Dzięki nim zdobyłem w Waszyngtonie niezłą reputację. Moim koronnym osiągnięciem było wywłaszczenie Komanczów z okolic Spanish Peaks. Bez kłopotów, bez rozlewu krwi. Poskładali swoje tipi i odeszli. Rządowi spodobał się sposób, w jaki to załatwiłem. „Może-Załatwić Cullen", tak mnie nazwali. Chyba stało się to moją specjalnością: rozwiązywanie sporów z rdzenną ludnością, czyli odbieranie autochtonom wszystkiego, co do nich należy. Hector McAllen zaproponował mi pracę dla służby dyplomatycznej Stanów Zjednoczonych. Doskonała pensja, podróżowanie po świecie. Musiałem tylko niczego niespodziewającym się Indianom zręcznie odbierać ich własność, nie łamiąc przy tym prawa ani obietnic Wuja Sama.

Do stolika podszedł *khit*, aby dolać Lucy herbaty.

— Jamie, mówisz to z taką goryczą...
— Nie jestem zgorzkniały, tylko po prostu się obudziłem. Kiedy pracowałem w biurze, nie dostrzegałem, że prawo niewiele ma wspólnego ze sprawiedliwością. W ubiegłym roku, podczas jednej z najzimniejszych zim w historii Ameryki, pojechałem do rezerwatów i zobaczyłem w nich kilka rodzin Komanczów i Siuksów, którzy trafili tam w wyniku moich działań. Kiedy wróciłem do biura, szef poklepał mnie po plecach, wręczył mi wielkie cygaro, oświadczył: „Jamie, zasłużyłeś sobie!", i dał mi podwyżkę. Nie widział tamtych zasypanych śniegiem nędznych baraków ani głodujących dzieci. Pomyślałem wtedy o Sha-shy i o tobie. I o sobie samym. Cierpieliśmy, kiedy były ciężkie czasy, ale nigdy tak jak ci Indianie. Dopóki się nie zobaczy tych rezerwatów, nie ma się pojęcia o prawdziwym cierpieniu. My nigdy nie cierpieliśmy z powodu chciwości innych ludzi i instrumentalnego traktowania prawa, które każdy interpretuje, jak mu wygodniej.
— Więc co robisz w Indiach?
— Można powiedzieć, że przywiał mnie tu wiatr. Kilka miesięcy temu byłem w Manili.

— Manila jest na Filipinach. Stany Zjednoczone prowadzą z nimi wojnę, prawda?

— Zgadza się. Uczestniczyłem w niej. Moim zadaniem było sporządzanie dokumentów, które miały świadczyć o tym, że nowy rząd Aguinalda jest niekonstytucyjny, a legalnym administratorem Filipin w dalszym ciągu jest Hiszpania.

Lucy była zdumiona.

— Dlaczego miałbyś coś takiego robić? Przecież Stany Zjednoczone z Hiszpanią też prowadzą wojnę!

— Właśnie o to chodzi — odparł Jamie z krzywym uśmiechem. — Stany Zjednoczone prowadzą z Hiszpanią wojnę, więc jeśli Filipiny należą do Hiszpanii, mamy prawo na nie najechać i wystrzelać wszystko, co się rusza. To metody stare jak świat, Lucy. Pozornie sporządzone przeze mnie dokumenty miały służyć sprawiedliwości i prawom człowieka, ale tak naprawdę moim zadaniem była ochrona interesów Stanów Zjednoczonych i ich przemysłu cukrowniczego.

Lucy pokręciła głową. Spędziła wystarczająco dużo czasu z Henrym i jego kolegami, aby zdawać sobie sprawę z tego, że rozmawiają o niebezpiecznych rzeczach. Według „złotej zasady", którą kierowali się wszyscy imperialni administratorzy — od Clive'a w Indiach po Andrew Jacksona w Ameryce — rdzenni mieszkańcy „nie posiadają ani inteligencji, ani zdolności, ani moralnych nawyków, ani chęci koniecznych do rozwoju mogącego stanowić podstawę jakiejkolwiek zmiany ich stanu", dlatego „muszą ulec sile okoliczności".

Twierdzenie, że rdzenna ludność ma jakiekolwiek prawa, było niemal bluźnierstwem.

Jamie strząsnął z kolan okruszki bezy.

— Pewnego dnia w Manili szedłem do biura i zobaczyłem, że w rynsztoku leży kobieta *negrito*. Była bardzo czarna i bardzo brzydka. Miała sukienkę podciągniętą do pasa, a w czole dziurę po kuli, do której wpełzały muchy...

Nie patrzył na Lucy. Przed oczami cały czas miał tamtą scenę.

— I co zrobiłeś?

— A co ty byś zrobiła, widząc takie straszliwe efekty działania kolonialnych zasad? Kula w głowie... właśnie do tego to wszystko prowadzi? Do śmierci w rynsztoku, gdzie nikt nawet nie poprawi sukienki, aby okazać odrobinę szacunku? Powiem ci, co zrobiłem:

poszedłem dalej, minąłem wejście do biura i ruszyłem do portu. Wsiadłem na pierwszy odpływający statek i spędziłem Boże Narodzenie sam, w hotelu Gia-Long w Sajgonie, z *thit bhot* na lunch, nie mając z kim pośpiewać kolęd.

Kiedy wstał i podszedł do okna, Lucy dostrzegła w jego postawie jakąś zmianę. Może był to efekt życiowych doświadczeń, może sprawa wieku albo kontaktu z surową rzeczywistością, a może konieczność rezygnacji z dawnych marzeń i poczucie winy. Ludzie bez poczucia winy nie garbią ramion w taki sposób, jak robił to Jamie.

— Pojechałem do Bangkoku, potem do Rangunu, następnie w górę kraju, do Pyinmany i Mandalay, i wtedy się dowiedziałem, że sir Humphrey Birdwood ma wygłosić w Kalkucie cykl wykładów na temat prawa kolonialnego. Nie był to zbyt dobry pretekst, aby przyjechać, ale wystarczył.

— Wiedziałeś, że tu jestem, prawda?

Jamie nie odpowiedział, ale Lucy była przekonana, że myślał o niej i że przygnały go tutaj nie tylko wyrzuty sumienia.

— Jesteś pewien, że nie uda mi się namówić cię do zostania? — spytała z perfekcyjnym angielskim akcentem, który zdziwił ją samą.

— Jestem pewien — odparł. — Nie wiem dlaczego, ale życie zawsze stawia nas po przeciwnych stronach barykady. Ty masz swoje przeznaczenie, a ja moje sumienie. Obawiam się, że to jak woda i oliwa: nie da się tego połączyć.

— Nadal czujesz do mnie to samo? — spytała Lucy.

Miała nadzieję, że stojący za krzesłami służący nie nadążają za ich rozmową.

Zacisnął usta i bez słowa kiwnął głową.

— Ja też — wyszeptała Lucy.

Nagle odwrócił się i wbił w nią wzrok. Miał mroczną, ściągniętą twarz. Wyglądał jak człowiek, który podejrzewa, że ktoś się z niego naigrawa.

— Mówisz poważnie? — spytał. — Jesteś teraz wicekrólową Indii. Kłania ci się trzysta milionów ludzi. Poza tym nosisz pierworodnego swojego męża.

Lucy wzięła głęboki wdech. Czuła, że cała drży, i było jej zdecydowanie za gorąco. Obciągnięte muślinem *punkha*, którymi wachlowali ją służący, w ogóle nie dawały chłodu.

— Dorastaliśmy razem — odparła. — Nic tego nie zmieni. Oboje wiemy, jak została poczęta Sha-sha, i tego też nic nie zmieni.

Jamie uśmiechnął się do niej.

— Nie warto płakać nad czymś, czego nie da się zmienić.

Lucy przycisnęła do ust chusteczkę i zaczęła powtarzać w myślach złożoną kiedyś samej sobie przysięgę, że już nigdy nie zapłacze.

— Chyba najlepiej będzie, jeśli sobie pójdę — powiedział po chwili Jamie. — Jest tu jakieś odosobnione miejsce, w którym moglibyśmy się pożegnać? Masz okropnie dużo służących. Trochę trudno być sobą, kiedy na człowieka patrzy pół Bengalu.

Lucy ujęła jego dłoń i wstała.

— Chodź do mojego pokoju do szycia.

Służący natychmiast odsunęli jej krzesło, gotowi do pójścia za nią — na wypadek gdyby chciała usiąść, upadła jej chusteczka, uznała, że jest jej za zimno albo za gorąco, albo zachciało jej się pospacerować w ogrodzie. Lucy uniosła rękę.

— To wszystko — powiedziała.

Pochylili owinięte turbanami głowy.

— Dziękujemy, Wasza Ekscelencjo *memsahib* — odparli chórem.

Pozwolili jej wyjść z Jamiem, lecz czuła ich niepokój, lepki jak waniliowa *halwa*.

Kiedy znaleźli się poza zasięgiem wzroku służących, ujęła dłonie Jamiego i popatrzyła mu w oczy. Widziała w nich całe ich wspólne wiejskie dzieciństwo i wszystkie lata pracy Jamiego. Widziała niezliczone godziny jego ambitnego wspinania się po prawniczej drabinie. Widziała ból, utratę złudzeń i poczucie winy.

Kochała go, doskonale o tym wiedziała. Zawsze go kochała, ale on zastanawiał się, jaka część tej miłości to wspomnienia i nostalgia i czy łatwiej go jej teraz kochać dlatego, że niczego od niego nie potrzebowała, a Henry — choć bardzo zajęty — zawsze o nią dbał.

„Z dobrej drogi najczęściej schodzą kobiety, o które ktoś dba" — stwierdziła kiedyś Nora.

Trzymał Lucy w ramionach, czuła na policzku jego brodę, która była dla niej czymś nowym. Ale nie było niczego nowego w sposobie, w jaki ją obejmował. Pocałowali się jak ludzie, którzy zawsze dzielili się ze sobą tym, co nosili w sercu — choć rzadko dzielili łoże.

Po chwili pocałowali się ponownie. Nie musieli nic mówić. Gdyby mieli coś powiedzieć, mogłoby to być tylko pożegnanie albo wyrażenie żalu z powodu okoliczności, które ich rozdzieliły i nigdy nie pozwolą im być razem. Lucy zamknęła oczy i przycisnęła brzuch do twardego członka Jamiego. Pocałunki go podnieciły i jego szare spodnie napięły się w kroku. Oboje byli pobudzeni i nie mieli ochoty się od siebie odsuwać. Podniecenie Jamiego było faktem — tak jak faktem była ciąża Lucy — i oboje to akceptowali.

Kiedy przestali się całować, znieruchomieli pośrodku pokoju, ciągle objęci.

— Będziesz ostrożny? — spytała Lucy chrapliwym szeptem.

— Będę — obiecał.

— Nie dasz się zabić za żadną przegraną sprawę?

Objął ją jeszcze mocniej.

— Niesienie sprawiedliwości ludziom, którzy jeszcze nigdy jej nie zaznali, nie jest przegraną sprawą.

Lucy uniosła głowę i nagle zobaczyła w lustrze, że drzwi są lekko uchylone, a z korytarza obserwuje ich bladolica postać w ciemnym garniturze. Odwróciła się i postać natychmiast zniknęła, ale Lucy była niemal pewna, że to kamerdyner Henry'ego, Vernon.

— Co się stało? — spytał Jamie. — Lucy, o co chodzi?

Odepchnęła go.

— Musisz iść! Proszę, Jamie, musisz iść!

— Nie rozumiem... Co się stało?

— Ktoś nas obserwował. Jeden ze służących.

— No to co? Na pewno nie ośmieli się nic powiedzieć.

— To był Europejczyk.

— Przecież to niczego nie zmienia.

— Jestem wicekrólową! A Kalkuta żywi się skandalami!

Jamie zamierzał zaprotestować, ale widząc niepokój na twarzy Lucy, z rezygnacją uniósł ręce.

— W porządku. Zresztą i tak muszę już iść.

Lucy otworzyła drzwi i zawołała służbę.

— Mam nadzieję, że nie będziesz miała kłopotów — powiedział Jamie.

— Napiszesz? Przynajmniej daj znać, gdzie jesteś.
— Spróbuję, chociaż nie jestem pewien, czy moim przyjaciołom będzie się to podobać.
— Nie przyszliśmy na ten świat po to, aby uszczęśliwić naszych przyjaciół — stwierdziła Lucy z uśmiechem, ale miała łzy w oczach.
— Problem w tym, że nie przyszliśmy na ten świat nawet po to, aby uszczęśliwić siebie nawzajem.

◆ ◆ ◆

Vernon pojawił się pół godziny po wyjściu Jamiego — znacznie szybciej, niż Lucy się spodziewała. Kiedy siedziała na werandzie ze szklanką toniku z cytryną, przepłynął jak cień przez falujące zasłony z gazy i stanął obok.
— Lady Carson — zaczął, trzymając dłonie złączone za plecami — zastanawiałem się, czy moglibyśmy zamienić słówko.
Lucy zawsze uważała go za prostaka, być może z powodu jego akcentu z East Endu. Ale teraz musiała stwierdzić, że go nie doceniła. Jego szary garnitur był perfekcyjnie uszyty, a włosy doskonale ostrzyżone ostrą brzytwą. Jednak oczy Vernona podkreślały zawartą w słowach groźbę. Były to oczy inteligentnej, ale pozbawionej duszy małpy człekokształtnej, oczy kogoś, kto nie zawaha się uderzyć kobiety. Jego ruchy zdradzały wielką siłę fizyczną, której starał się nie pokazywać, przez co sprawiał jeszcze groźniejsze wrażenie. Widać było, że jeśli uderzy, zrobi to tak, aby unieszkodliwić przeciwnika.
— W czym mogłabym pomóc? — spytała Lucy, ale ton jej głosu wyraźnie mówił, że nawet gdyby mogła, nie kiwnie palcem, by cokolwiek dla niego zrobić.
Vernon wzruszył ramionami.
— Wydaje mi się, że to raczej ja mógłbym pomóc pani.
Lucy uniosła brwi.
— A w jaki sposób chciałbyś tego dokonać?
— Moim przeznaczeniem jest służenie mojemu panu. Muszę mieć otwarte oczy i uszy, wiedzieć, co jest co i kto co z kim robi... to mój towar.
— Sądziłam, że jesteś kamerdynerem, a nie jednoosobową gazetą.

— To jedno i to samo, jaśnie pani. Część mojej pracy. Co byłby warty kamerdyner, który nie mógłby służyć swojemu panu w każdy możliwy sposób, od polerowania mu butów po czyszczenie kapeluszy... no i mówienie czasami, co jest co. Zawsze mówię mojemu panu o wszystkim: jakie są typy na wyścigach, kto ostatnio zbankrutował i kto z kim źle się zachował...

— Czego chcesz? — spytała Lucy, starając się zachować spokój.

Vernon pokręcił głową.

— Czego chcę? Ależ, moja droga lady Carson, nigdy niczego nie chciałem. Zamierzam jedynie dobrze służyć lordowi Carsonowi i zasłużyć sobie na przychylność jaśnie pani... o ile to możliwe.

Lucy spuściła nogi z leżaka i wyprostowała się.

— Daj spokój, Vernon. Czego chcesz? Pięć funtów? Dziesięć funtów? Butelkę brandy?

Kamerdyner przez chwilę ją obserwował, a potem uśmiechnął się złośliwie.

— Jeśli chce pani rozmawiać wprost, mnie to nie przeszkadza. Dwieście rupii miesięcznie załatwi całą sprawę.

— Miałabym ci płacić dwieście rupii miesięcznie? Nawet nie wiem, jak te rupie wyglądają.

— Nie ma problemu, jaśnie pani. Wystarczy, że wystawi mi pani weksel. Kawałek papieru, nakazujący wypłacenie okazicielowi dwustu rupii. To takie same pieniądze jak inne.

Lucy poczuła do niego taką nienawiść, że miała ochotę wstać, trzasnąć go w pysk i napluć mu w gębę. Gdyby nie była w ciąży, może zaczęłaby się z nim spierać, próbowała walczyć. Może gdyby Henry nie był tak nieprzewidywalny, powiedziałaby mu prawdę i czekała na najgorsze. Była jednak za bardzo wytrącona z równowagi. Nie wiadomo, czy Henry by uwierzył, iż jej uczucie do Jamiego jest niczym w porównaniu z jej potrzebą bogactwa i władzy nad ludźmi. Nie była pewna, czy sama w to wierzy.

Cóż za paradoks... Osiągnęła pozycję i wpływy, o jakich każda inna kobieta mogła tylko marzyć, a mimo to stała się ofiarą zwykłego służącego.

Vernon stał przed nią i patrzył na nią czarnymi, bezdusznymi oczami.

Już kiedyś widziała takie oczy. Miał je wuj Casper — i wszyscy inni wujowie Casperowie, ludzie żyjący na samym dnie cywilizowanego społeczeństwa.

Podniosła się, poszła do gabinetu, usiadła za biurkiem, wyjęła kartkę papieru listowego i odkręciła pióro. *Proszę wypłacić okazicielowi niniejszego dokumentu dwieście rupii*, napisała i złożyła podpis.

Vernon przyjął dokument, po czym podmuchał na atrament, aby wysechł.

— Słyszałem, jak pułkownik Miller mówił, że jaśnie pani jest niezwykłą wicekrólową. Muszę przyznać, że miał rację.

◆ ◆ ◆

W nocy śniło jej się, że jest w Port Saidzie. Niebo było czarne jak przed burzą, a ona z trudem przebijała się przez tłum zgarbionych kobiet o twarzach zasłoniętych czarnym materiałem. Uderzały ją mocno barkami i popychały głowami jak niezdyscyplinowane szczeniaki.

Kiedy przecinała chodnik, kierując się w stronę imperium Simona Artza, rzuciła się na nią jakaś ciemna postać. Próbowała krzyknąć, ale nie mogła wydobyć z siebie głosu. Zanim napastnik zdołał jej dopaść, błysnęła szabla i jego głowa została przecięta na pół.

Nie było krwi, ale na chodniku — niczym rozcięty arbuz — leżały połówki głowy. Każda z nich uśmiechała się do niej. Jedna miała rysy wuja Caspera, druga — Vernona.

Spocona Lucy usiadła na łóżku pośrodku splątanej pościeli i zaczęła wołać Norę.

◆ ◆ ◆

Następnego dnia tuż przed obiadem do salonu wszedł Henry, wachlując się egzemplarzem „Puncha".

— Coś się stało? — spytała Lucy.

— Tak, chyba tak. „Punch" twierdzi, że uważam się za świętego, co prawdopodobnie jest prawdą, no i straciliśmy Waltera. W nocy znów bardzo źle się poczuł i major French uznał, że należy odesłać go do domu.

— Biedny Walter!

— Mnie też jest przykro. Będzie mi go brakowało.

— Powinieneś nieco bardziej polegać na mnie.
— Spodziewasz się dziecka. Nie mogę żądać od ciebie jeszcze więcej.
— Nie możesz też żądać mniej.
Henry zmarszczył czoło.
— Nie rozumiem.
— Sama to nie do końca rozumiem. Chyba dowiedziałam się czegoś więcej o mężczyznach, to wszystko.
Roześmiał się.
— I do jakich doszłaś wniosków?
— Myślę, że to jest związane z miłością i nienawiścią.
Henry usiadł na podłokietniku fotela, ujął jej dłoń i ucałował.
— Z pewnością nie doszłaś do wniosku, że cię nienawidzę.
— Skądże znowu. Nienawidzisz jednak tego, że mnie kochasz. Czujesz się przez to słaby. Sprawiasz wrażenie, jakbyś uważał, że musisz być karany za to, co do mnie czujesz. Cały czas wystawiasz na próbę moją cierpliwość i miłość... jakbyś świadomie prowokował mnie do kontrataku, do powiedzenia czegoś okrutnego. Wtedy mógłbyś mi wybaczyć i poczuć się jak łaskawy *sahib*, ale jednocześnie czułbyś się winny, ponieważ kazałeś mi błagać o wybaczenie, i znowu mógłbyś pławić się w poczuciu winy.

Henry powoli opuścił głowę. Drgał mu mięsień na policzku. Puścił dłoń Lucy.
— Zaczynam wątpić, czy do siebie pasujemy.
— Znowu to robisz!
— Co robię?
— Próbujesz sprawić, abym poczuła się winna!

Henry rzucił egzemplarz „Puncha" przez pokój, aż załopotały kartki i kilka z nich oderwało się od okładki.
— Czasami jesteś niemożliwa, moja droga. Możesz się przebrać na obiad? Jak prawdopodobnie wiesz, podejmujemy dziś ludzi z kolei.
— Henry! — zawołała, kiedy ruszył w stronę drzwi. — Henry! — powtórzyła po chwili nieco głośniej.

Odwrócił się z wyrazem udręki na twarzy.
— Mimo wszystko cię kocham — powiedziała, uśmiechając się do niego.

◆ ◆ ◆

Przyszedł do niej Walter, aby się pożegnać. Był bardzo wychudzony, a jego twarz pożółkła jak stara gazeta, upierał się jednak, że może chodzić o własnych siłach i musi złożyć wicekrólowej ukłon.

— Do widzenia, Walterze — powiedziała Lucy, ujmując jego dłoń.

— Nie zapomni pani tego, co mówiłem? Nie pozwoli mu pani stracić ducha?

— Nie — odparła.

Kiwnął głową i uśmiechnął się słabo.

— To dobrze. Lepiej będzie, jak sobie pójdę. Nie ma już niczego, co mógłbym dla pani zrobić, prawda?

— Może byłaby jedna rzecz...

Walter uniósł brew.

— Rozmawiałam niedawno z młodą żoną jednego z urzędników służby cywilnej... i wygląda na to, że jeden ze służących przyłapał ją na pewnej niedyskrecji...

Walter był tak słaby, że musiał oprzeć się dłonią o stół.

— Tak? Jak znacząca była... ta niedyskrecja? Takie rzeczy się zdarzają w czasie nieobecności mężczyzn, zwłaszcza na Wzgórzach.

Lucy próbowała się uśmiechnąć.

— Nie było to coś bardzo niedyskretnego... raczej niewielki błąd.

— Rozumiem. I co się potem stało?

— Ten służący żąda za zachowanie tajemnicy przed mężem pieniędzy. To się chyba nazywa szantażem, prawda?

Walter zakaszlał i zmrużył oczy.

— Czy to hinduski służący?

— Nie mam pojęcia.

— Nie wydaje mi się, żeby hinduski służący posunął się do czegoś takiego. Żaden Hindus nigdy nie zażądałby pieniędzy od Europejki. Są zbyt dumni ze swojej pracy, nawet ci najniższej rangi. Poza tym za bardzo baliby się złapania.

— Ta młoda kobieta była... naprawdę zdenerwowana.

Walter wyjął chusteczkę i wytarł kark, pomarszczony jak indycza szyja.

— Najlepiej byłoby zawiadomić o szantażu policję, ale najwyraźniej ta młoda dama wolałaby tego uniknąć.

— Przypuszczam, że tak.
— W takim razie nie mogę pomóc. Wiem, co ja bym zrobił na miejscu tej damy, ale nie jest to rozwiązanie godne polecenia. Nikomu.
— Czyli?
Walter przeciągnął palcem po gardle.
— W Indiach jest bardzo wielu uczynnych osobników, którzy uciszyliby takiego kogoś na zawsze i prawdopodobnie zażądali za to połowę tego co on. Informacja jest droga, ale życie tanie. — Zamilkł na chwilę i zabujał się na piętach. — Ale cokolwiek pani zrobi, proszę nie mówić tej osobie, że wie to pani ode mnie. Nie możemy dopuścić, aby młode kobiety zlecały komukolwiek zabójstwa swoich służących, prawda?

◆ ◆ ◆

Ostatniego dnia marca Lucy organizowała dla żon najmłodszych stażem urzędników służby cywilnej „salon". Zawsze lubiła towarzystwo młodych kobiet, nawet jeśli były sztywne i skrępowane (a zazwyczaj były). Czuły się bardzo niepewnie — nie tylko z powodu odmienności Indii, ale także z powodu mężczyzn, którzy je tu przywieźli.

Większość z nich była okropnie snobistyczna, a wszystkie uważały Hindusów za rasowo i kulturowo gorszych. Jednak Lucy wiedziała z własnego doświadczenia, że w znacznej mierze wynika to z lęku przed nieznanym i ignorancji. Dzięki spotkaniom z kilkoma przyjaciółkami Elizabeth wiedziała także, że choć nowo przybyłe kobiety sprawiały wrażenie aroganckich i zachowywały się z rezerwą, po jakimś czasie oddadzą Indiom niemal wszystko — swoją miłość i lojalność, a często nawet własne szczęście i życie.

Młodym Angielkom z klasy średniej trudno było po przyjeździe do Indii prowadzić dom z sześcioma albo siedmioma służącymi, zwłaszcza jeśli nie znały urdu, którego — jak im wmawiano — „nie wypada" znać.

Dzień, nawet jak na koniec marca, był wyjątkowo gorący — trzydzieści pięć stopni Celsjusza — więc zaciągnięto wszystkie zasłony i Sala Tiffina była skąpana w półmroku, który sprawiał, że wyglądała, jakby znajdowała się pod wodą.

Angielskie damy na początku zawsze odcinały się od Indii, chroniąc się przed ich temperaturą, językiem i obyczajami. Jedna z młodych kobiet mówiła właśnie Lucy, jak bardzo martwi się swoim ogrodem. W chłodnej porze roku sadziła w nim nasturcje, floksy i chryzantemy, i pięknie rosły, ale kiedy zaczynały się upały, wszystko schło.

— Co roku trzeba zaczynać od nowa — skarżyła się.

Inna młoda kobieta, o cerze jak oprószone cynamonem świeże mleko, stwierdziła, że trudno jej się przyzwyczaić do tak wielu służących. Kiedy upuszczała na podłogę łyżeczkę, nie mogła jej sama podnieść. Jeśli wychodziła do ogrodu na przechadzkę, *ćaprasi* zawsze towarzyszył jej z leżakiem — na wypadek gdyby zechciała usiąść. Gdy pewnego razu próbowała zasadzić nagietki, do jej męża udała się delegacja *ćaprasi* i *babu*, mówiąc, że grzebanie w ziemi nie przystoi *memsahib*, i rano kazano wykonać tę pracę kilkunastu kulisom.

Lucy już dawno przyzwyczaiła się do tego, że Nora i Etta jej usługują, ale nawet ona nie mogła przywyknąć do nieustannej opieki hinduskich służących. Nie pozwalano jej robić nic samej — ani myć się, ani ubierać, ani czesać włosów, ani nawet wiązać sznurowadeł. Kiedy wyjeżdżała z Elizabeth na zakupy w Chowringhi, towarzyszyło jej dwadzieścia albo trzydzieści osób, w tym czterech oficerów ochrony wicekróla.

Zauważyła, że indyjski system kastowy jest jeszcze bardziej rygorystyczny niż angielska precedencja. Kiedyś wyszła z domu i zobaczyła, że na schodach leży martwy ptak, ale gdy poprosiła *mali* o usunięcie go, odmówił, ponieważ nie wolno mu było dotykać martwych ptaków. Kazała mu wtedy wezwać *masalczi*, jednak i on odmówił usunięcia ptaka. Nie chciał tego zrobić także sprzątacz toalet. W końcu musiała wezwać należącego do niskiej kasty chłopaka *dome* z bazaru, który wyrzucił truchło.

Wydawało jej się to frustrujące i irracjonalne — jakby uknuto jakiś skomplikowany spisek, który uniemożliwiał jej osobisty kontakt z Indiami. Możesz rządzić, *memsahib*, ale nie wolno ci niczego dotykać.

Inna młoda żona wyznała, że zaczęła uczyć się języka urdu, ponieważ całymi dniami nie ma się do kogo odezwać.

— Powiedziałam kucharzowi, że jeśli *kab* mojemu mężowi *je ćiz dekhenge*, dostanie *gonga*.

Lucy kiwnęła głową i uśmiechnęła się, ale w tym samym momencie kątem oka zauważyła Ettę, idącą szybkim krokiem w jej stronę. Za pokojówką podążali Muhammad Isak i dwaj kulisi.

— Proszę mi wybaczyć — powiedziała do swojej rozmówczyni.

Czuła, że stało się coś złego, bo Etta była blada jak papier.

— Lady Carson, chodzi o Norę...
— Co się dzieje?
— To sprawa na rozmowę na osobności.
— Co z nią?
— Jest chora.
— Chora? Przecież rano była zupełnie zdrowa.

Etta popatrzyła na młodą kobietę, która próbowała się uczyć urdu, i powiedziała:

— Lepiej będzie, jeśli powiem to na zewnątrz, jeżeli może mi pani poświęcić minutę.

— No dobrze — odparła lekko zirytowana Lucy.

Kiedy wyszły z Sali Tiffina, Etta powiedziała cicho:

— Nora jest bardzo chora, jaśnie pani. Posłano już po księdza.
— Po księdza? Po co?
— Żeby dał jej ostatnie namaszczenie, jaśnie pani.
— Chcesz powiedzieć, że Nora umiera? Jak to możliwe? Rano mnie ubierała i czuła się doskonale. Mówiła, że chce iść na zakupy.

Po twarzy Etty spływały łzy.

— No właśnie... Poszłyśmy razem na bazar. Kupiłyśmy trochę jedwabiu, paciorków i piżma. Potem postanowiłam zobaczyć się ze swoją starą przyjaciółką, Katherine Anderson, która pracuje w sklepie Army and Navy, żeby poznać najnowsze *khubbu*. Nora chciała jeszcze czegoś poszukać, więc ją zostawiłam.

— I co?

— Kiedy się znowu spotkałyśmy, okazało się, że kupiła sobie na straganie *mottongost*.

— Co to takiego?

— Baranina na patyku. I od razu to zjadła. Mówiłam jej, żeby nie jadła niczego na bazarze, ale twierdziła, że wspaniale pachniało.

Lucy kazała się natychmiast prowadzić do Nory.

— Przykro mi, jaśnie pani, ale major French zabronił — oświadczyła Etta.

— Chcę się z nim widzieć.
— Oczywiście, jaśnie pani.
Major French czekał na Lucy w jej prywatnym salonie. Jego długie siwe włosy były zaczesane do tyłu, a wielki nos pocętkowany pękniętymi żyłkami. Jak na człowieka zajmującego się ratowaniem ludzkiego życia, miał zaskakująco chłodne oczy.
— Dzień dobry, Wasza Ekscelencjo — powiedział, wstając.
— Poinformowano mnie, że moja pokojówka umiera — powiedziała Lucy.
Major French nic na to nie odpowiedział.
— Co jej jest? — spytała Lucy. — Rano, zanim poszła na zakupy, była zupełnie zdrowa. Etta mówi, że zjadła na bazarze jakieś mięso...
— Obawiam się, że wpadła w pułapkę, co często zdarza się w tym kraju nowicjuszom. Pewnie wie pani, że niedawno mieliśmy w Kalkucie niewielką epidemię... najwyraźniej pani służąca stała się jej ostatnią ofiarą.
— Mogę się z nią zobaczyć?
Major French pokręcił głową.
— Nie sądzę, aby to było wskazane.
— Nora jest moją przyjaciółką. Nie tylko pokojówką, ale także przyjaciółką.
— Nie zaliczałaby jej pani do swoich przyjaciółek, gdyby przekazała pani *cholera morbus*.
— Zachorowała na cholerę?
— Ma klasyczne symptomy. Bezbolesna, ale obfita biegunka, połączona z wymiotami. Niebieskawa skóra, ochrypły głos... typowy *vox cholerica*, silne pragnienie. Jeśli mam być szczery, wątpię, czy dotrwa do wieczora.
Lucy zadrżała.
— Chcę się z nią zobaczyć.
— Nie mogę się na to zgodzić — odparł major French. — *Burra sahib* by mnie wypatroszył.
— Chcę się z nią zobaczyć — powtórzyła Lucy.
— Lady Carson, nie powinna pani tego robić.
Lucy popatrzyła na niego.
— Jak by się panu podobało przeniesienie z powrotem do *mofussil*, majorze? Gdzieś naprawdę daleko? — spytała.

Major French wzruszył ramionami i pokiwał głową.

— Jeśli Wasza Ekscelencja tak to ujmuje...

Poprowadził ją na drugie piętro, do sypialni Nory, w której Lucy jeszcze nigdy nie była. Ich kroki odbijały się echem od dębowych desek. Pokój urządzony był bardzo spartańsko — żelazne łóżko i szafka ze sklejki. Na szafce stało zdjęcie rodziców Nory, twardych ludzi o pomarszczonych twarzach, mrużących nieufnie oczy. Na ścianie nad łóżkiem wisiał krucyfiks. Żaluzje były opuszczone i w pokoju panowała duchota.

Nora leżała na plecach, miała zapadnięte oczy i purpurowoczerwoną, pomarszczoną skórę, co wskazywało na to, że organizm stracił już bardzo dużo płynu.

Była z nią jedna z *aja*, a *pankha walla* chłodził ją szerokim wachlarzem.

— Jak pani widzi, jest poważnie chora — powiedział major French. — Proszę nie podchodzić zbyt blisko. Mam nadzieję, że jest pani zabezpieczona.

— Tak — odparła Lucy.

Za radą Etty zawsze nosiła pas z białej flaneli, który miał chronić przed cholerą — choć nikt nie wiedział, jakim sposobem kawałek materiału miałby chronić przed złapaniem choroby przenoszonej drogą powietrzną.

— Mimo to niech pani nie podchodzi za blisko — powtórzył major French.

Lucy zapukała we framugę drzwi.

— Noro? Noro, to ja, Lucy! Słyszysz mnie?

Chora oblizała wargi i zakaszlała.

— Jest już ksiądz? To ksiądz?

— Nie, to ja, Lucy.

— Kto? Lucy? Znam wiele Lucy... nie jesteś przypadkiem Lucy od pani O'Halloran? Albo Lucy z poczty?

— Nie, jestem Lucy Carson.

Nora długo milczała, próbując bezskutecznie zwilżyć wargi i zebrać myśli.

— Znam wiele Lucy... — powtórzyła w końcu.

W tym momencie na korytarzu zrobiło się jakieś zamieszanie, zastukały męskie buty i zabrzęczały medale na mundurach.

Lucy podeszła do łóżka i stanęła w jego nogach, aby chora mogła ją zobaczyć. Nora zmarszczyła czoło i usiłowała wyostrzyć wzrok, ale była już bardzo bliska śmierci.

Major French podał jej tynkturę Kino i przegotowaną wodę. Choroba tak szybko ogarnęła organizm, że nic więcej nie mógł zrobić.

— Noro! To ja, Lucy!
— Znałam kiedyś Lucy Darling... — wymamrotała Nora. — Była taką ładną dziewczyną... co się z nią stało?
— To ja! Ja jestem Lucy Darling!
— Ty jesteś Lucy Darling? Niemożliwe. Lucy Darling nie żyje.

Lucy podeszła bliżej i ujęła jej dłonie.

— Noro... jesteś taka zimna...
— Nie, nie... Tylko śpię. I śnię. — Podniosła wzrok i uśmiechnęła się słabo. — Jesteś Lucy Darling? To naprawdę ty...

Lucy pochyliła się i pocałowała ją w czoło.

— Tak, moja kochana. To naprawdę ja.

Major French ujął jej ramię i odciągnął ją od łóżka. Kiedy się odwróciła, zamierzając zaprotestować, zobaczyła stojącego w drzwiach męża. Miał kamienną twarz. Za nim stali pułkownik Miller i dwóch asystentów.

— Sądzę, że powinnaś wrócić do swoich młodych dam — powiedział lodowato Henry. — Nie wiedzą, czy mają zostać, czy sobie pójść.

— Nora umiera — odparła Lucy.

Henry popatrzył na łóżko.

— Sądzisz, że tego nie widzę? *Cholera morbus*. Tym bardziej nie powinno cię tu być.

— Nora była dla mnie kimś więcej niż służącą.
— Za dwie godziny będzie już trupem.
— Henry, to moja przyjaciółka!

Wszedł do pokoju i ujął ją za ramię. Próbowała mu się wyrwać, ale trzymał ją mocno. Pułkownik Miller i asystenci z zażenowaniem odwrócili wzrok, kiedy wyciągał ją na korytarz. W końcu udało jej się wyrwać.

— Za kogo ty się masz? — warknęła.
— Za twojego męża i gubernatora generalnego Indii.
— W jakiej kolejności?

— Na Boga, Lucy, jesteś wicekrólową!
— Właśnie. Jestem wicekrólową, moja przyjaciółka umiera i chcę się z nią pożegnać.
— Czy wiesz, jakie to zaraźliwe? Pocałowałaś ją! Na Boga, Lucy, już mogłaś się zarazić!
Pokręciła głową.
— Nora by mnie nie skrzywdziła. Nigdy nie mogłaby mi zrobić krzywdy!
— To nonsens! Kompletny, idiotyczny nonsens! Ta kobieta... — dźgnął palcem powietrze w stronę łóżka Nory — przez własną głupotę złapała jedną z najbardziej przerażających chorób, jakie zna ludzkość, i sprowadziła ją do naszego domu, a ty niefrasobliwie twierdzisz, że nigdy by cię nie skrzywdziła?! Ta kobieta jest teraz niebezpieczna jak jadowity wąż!
Zapadła cisza. Po chwili usłyszeli dobiegający z sypialni szept:
— Pamiętasz te stare piosenki, które razem śpiewałyśmy? Pamiętasz je wszystkie?
Lucy wróciła do otwartych drzwi, jednak major French zagrodził jej drogę ramieniem.
— Jakie piosenki, Noro? — spytała Lucy.
— Wszystkie. Te, które śpiewałyśmy, jadąc na wystawę koni...
— Ona umiera — mruknął major French.
— Jakie piosenki, Noro?
— No... pamiętasz tę? „Tup, tup, mój koniku...".
Gardło Lucy ściskał smutek.
— Pamiętam — odparła.
Nora często śpiewała tę piosenkę, kiedy jechały Piątą Aleją w Nowym Jorku.
— Zaśpiewasz ją ze mną? — spytała chora.
Lucy otarła oczy.
— Oczywiście, Noro.
Stanęła w otwartych drzwiach i zaczęła śpiewać czystym, wysokim głosem, z trudem powstrzymując się od płaczu. Nora wtórowała jej schrypniętym szeptem.

Tup, tup, mój koniku;
Panie, tup, jeszcze raz!
Ile mil zostało do Dublina?

Osiemdziesiąt i pięć, panie!
Dojadę tam przy świetle świecy?
Tak, i z powrotem też, panie!

Głos chorej załamał się i ucichł. Major French powoli obszedł łóżko i uniósł jej nadgarstek.
Tym razem Lucy nie próbowała podchodzić bliżej.
Major French podniósł wzrok.
— Obawiam się, że odeszła.
Po chwili ciężkiej ciszy Henry wymamrotał „Amen", a pułkownik Miller odchrząknął, co zabrzmiało jak seria z karabinu maszynowego.
Lucy płakała i śpiewała tak samo wyraźnie jak poprzednio:

Tup, tup, mój koniku;
Panie, tup, jeszcze raz!
Ile mil zostało do Dublina?
Osiemdziesiąt i pięć, panie!
Dojadę tam przy świetle świecy?

Zaczęła ostatni wers, ale nie była w stanie go skończyć. Odwróciła się od męża i pobiegła przed siebie, łopocząc sukienką.
Major French popatrzył na Henry'ego.
— Proszę mi wybaczyć, Wasza Ekscelencjo, że przyprowadziłem lady Carson na górę, ale tak bardzo nalegała...
— Mogła się zarazić?
Major French powoli pokręcił głową.
— Wątpię. Zazwyczaj potrzebny jest długi kontakt, aby zarazki przeniosły się przez powietrze na drugiego człowieka.
— A pocałunek?
— Nie umiem powiedzieć.
Henry przez chwilę się zastanawiał, uderzając trzymanymi w ręku dokumentami o wnętrze dłoni.
— Może pan zorganizować pogrzeb?
— Tak, Wasza Ekscelencjo. Ze względu na pogodę nie powinno się z tym zwlekać.
— Dobrze, proszę wszystko załatwić. I niech pan powie *pankha walla*, że może przestać ją wachlować. Aha, i jeszcze jedno...
— Tak, Wasza Ekscelencjo?

— Porozmawiam z pana dowódcą o nowym przydziale dla pana. Został pan przysłany do Domu Rządowego, aby chronić nasze życie, a nie wystawiać je na ryzyko.

— Jeśli wolno mi coś powiedzieć, Wasza Ekscelencjo...

Henry podszedł do niego, złapał kołnierz jego munduru i skręcił go palcami. Jego wykrzywiona wściekłością twarz przypominała jedną z karykatur w „Punchu".

— Jeśli Jej Ekscelencja się przeziębi, majorze French, zrobię wszystko, co w mojej mocy, aby pana skazano. Jeśli umrze, sam pana zabiję.

♦ ♦ ♦

Gwałtowność śmierci Nory oszołomiła Lucy. Wróciła do salonu i poinformowała zebrane w nim panie, że muszą jej wybaczyć, ale nie może dalej z nimi konwersować. Poszła do swojej sypialni i upadła twarzą do dołu na zielony jedwab narzuty, zbyt roztrzęsiona, aby zapłakać.

O szóstej przyszła Etta, żeby zapytać, czy życzy sobie herbaty, ale Lucy nawet nie była w stanie odpowiedzieć. Kilka minut po siódmej zajrzał do niej Henry, przysiadł na łóżku i dotknął jej czoła. O ósmej, kiedy już było ciemno, przyszła Elizabeth Morris. Usiadła na stojącym obok łóżka fotelu i długo patrzyła na swoją chlebodawczynię i przyjaciółkę.

— Henry poprosił, żebyś do mnie przyszła? — spytała ją Lucy.

— Mogę zapalić?

— Nie wiedziałam, że palisz.

— Tylko wtedy, gdy jestem sama — odparła Elizabeth, po czym otworzyła swoją wielką torbę z krokodylej skóry i wyjęła z niej metalowe pudełko. — Gordon mnie przyzwyczaił. Po kolacji niemal co wieczór grywaliśmy w tryktraka... Tryktrak i papieros, potem filiżanka kakao i do łóżek.

— Czy to Henry powiedział ci o Norze?

— Nie, major French. Wezwał mnie i zasugerował, że powinnam cię odwiedzić i okazać nieco współczucia.

Lucy usiadła i przez chwilę patrzyła, jak Elizabeth zapala papierosa i wydmuchuje dym.

— Nie wiedziałam, że można umrzeć tak szybko — powiedziała w końcu.

— Witamy w świecie Kaprala Forbesa... To slangowe określenie *cholera morbus*. Niektórzy moi przyjaciele umierali przez wiele dni, ale zazwyczaj wszystko przebiega bardzo szybko.

— Chyba napiję się lemoniady — stwierdziła Lucy.

Elizabeth wstała i — cały czas paląc papierosa — przeszła przez pokój do dzwonka wzywającego służbę.

— Powinnaś teraz odpocząć. Poproszę twoją pokojówkę, aby zrobiła ci kąpiel.

Zjawił się Tir' Ram i zapytał, czego sobie życzą.

— *Meta-pani* dla Jej Ekscelencji *memsahib* — odparła Elizabeth. — *Dźaldi*!

Kiedy odszedł, opowiedziała Lucy o swoich przyjaciołach, których straciła z powodu cholery, tyfusu i dyzenterii.

— Kiedy o nich myślę, widzę ich twarze... jakbym przeglądała stary album z fotografiami.

Lucy pomyślała o Blanche. Bardzo chciała mieć jej zdjęcie — aby wiedzieć, jak wygląda. W tym roku skończy cztery lata. Ciekawe, czy jest do niej podobna.

— W Indiach śmierć jest bardzo blisko każdego z nas — mówiła Elizabeth. — Gdybyś mieszkała tu tak samo długo jak ja, podchodziłabyś do tego z większym spokojem. Choć oczywiście to zawsze boli... Ale kiedy się widzi, co nam się udało zrobić dla mieszkańców tego kraju, trzeba stwierdzić, że było warto. Daliśmy Indiom pokój, wspólny język i doskonały system prawny. Zbudowaliśmy drogi i koleje, nawodniliśmy ogromne obszary. Nawet jeśli Hindusi nas nienawidzą, o czymś to świadczy. Wspólna sprawa połączy ich jako naród, a nikt przedtem nie mógł o Indiach powiedzieć: „mój kraj".

— Nie bardzo rozumiem, jak do tego wszystkiego pasuje śmierć Nory.

Elizabeth zdusiła papierosa.

— Każdy do czegoś pasuje. Nawet ja.

◆ ◆ ◆

O drugiej w nocy Lucy obudziła się cała spocona i rozdygotana, z drapiącym gardłem. Sięgnęła za moskitierę, by nalać sobie szklankę wody, jednak tak bardzo się trzęsła, że karafka wypadła jej z dłoni i rozbiła się na podłodze. Niemal natychmiast zjawiła się Etta w papilotach, koszula nocna ciągnęła się za nią jak wielka kula bawełny.

— Lady Carson? Coś się stało?

— W-w-wypadła mi z-z-z ręki ka-ka-karaf... — wydukała Lucy. Ledwie mogła przełykać i nie potrafiła powstrzymać szczękania zębami. Jej brzuch był napięty jak bęben.

Etta dotknęła jej czoła.

— Jest pani cała rozpalona! Proszę się przykryć, zaraz wezwę lekarza.

— T-t-to nie K-k-k-kapral F-f-forbes? — spytała ze strachem Lucy.

Pokojówka nie odpowiedziała na to pytanie.

— Poślę po lekarza — powtórzyła tylko. — I zawiadomię Jego Ekscelencję.

Lucy leżała na przesiąkniętej potem poduszce, trzymając ręce na brzuchu. Moje dziecko. Moje biedne dziecko, myślała. Boże, pozwól mi żyć, abym mogła je urodzić.

Jeszcze nigdy do tej pory — choć była świadkiem śmierci wuja Caspera, pani Sweeney i Jacka — nie zastanawiała się nad umieraniem. Ich śmierć stanowiła jakby część jakiejś gry. Czasami wydawało jej się, że wszyscy troje żyją, tylko po prostu znajdują się teraz w innym miejscu — jak goście, którzy ukrywają się w pokoju obok salonu, aby zaskoczyć gospodarza.

Po chwili do sypialni Lucy wbiegł Henry, zawiązując pasek szlafroka.

— Najdroższa, jak się czujesz?

— Proszę uważać, Ekscelencjo — ostrzegła go Etta. — Na podłodze jest rozbite szkło.

— Major French już jedzie?

— Posłałam po niego Muhammada Isaka powozem.

— Dobra dziewczyna — mruknął Henry. — Możesz kazać przynieść trochę wody?

Etta poleciła hinduskiej służącej, aby przyniosła wodę z lodem i flanelową szmatkę. Lucy wydawało się, że twarz Henry'ego rozciągnęła się na boki, jakby była zrobiona z gumy, a głos Etty był taki niewyraźny, że nie mogła rozróżnić słów. Próbowała przekręcić głowę, aby lepiej słyszeć, jednak łóżko zaczęło wylewać się spod niej niczym biały wodospad i po chwili stwierdziła, że pływa w ciemnoczerwonej ciemności.

Ktoś głośno dyszał jej prosto w ucho. Nie bardzo wiedziała, czy to Henry, czy Vanessa. Całkiem możliwe, że to Vanessa. W końcu były bliźniaczkami syjamskimi, połączonymi przeznaczeniem.

Henry kochał kiedyś Vanessę. Może nawet kochał ją do dziś. Może ona sama była dla niego tylko substytutem, pozwalającym pamiętać o kobiecie, którą naprawdę kochał, i czekać, aż mu wybaczy i do niego wróci?

Ktoś uniósł jej głowę i wlał do ust trochę zimnej wody. Poczuła, że część płynu wycieka jej z ust i spływa na koszulę nocną. Ale to nie była jej wina — tak bardzo bolało ją gardło, że z trudem przełykała. Choć miała szeroko otwarte oczy, widziała jedynie ciemność.

— Ma wysoką gorączkę — powiedział ktoś. — Chciałbym obejrzeć jej język.

— Lucy, moja droga... mogłabyś wystawić język? — poprosił Henry.

Nie rozumiała, co to znaczy „wystawić język". Czy to samo, co „wystawić weksel"? Po chwili czyjaś dłoń chwyciła jej podbródek i do języka przyciśnięto szorstką szpatułkę.

— Czy to cholera? — spytał Henry.

Lucy nie usłyszała odpowiedzi majora Frencha, dotarły do niej jedynie jego następne słowa:

— Trzeba wykąpać Jej Wysokość w chłodnej wodzie z octem, położyć do łóżka i trzymać w cieple. Zrobię lekarstwo z powoju, wilca, szarego prochu i antymonu, które należy podawać chorej co cztery godziny. Sporządzę także tonik z liści róży, chininy i odrobiny kwasu siarkowego. Proszę podać Jej Wysokości łyżeczkę deserową przed snem, a potem rano. Jeśli gardło zrobi się bardzo bolesne, trzeba obłożyć szyję gorącym okładem z otrębów.

Usłyszała głośne szuranie stopami, po czym ktoś pochylił się nad nią i pocałował ją w czoło. Pachniał jak Henry, więc musiał to być Henry.

— Wszystko będzie dobrze, skarbie — powiedział. — To nie cholera. Pamiętasz szpital dziecięcy, który odwiedziłaś w zeszłym tygodniu w Ballygandź? Złapałaś szkarlatynę. Słyszysz mnie? Masz szkarlatynę. Major French twierdzi, że to niezbyt groźna choroba.

— A co z dzieckiem? Czy ta szkarlatyna nie zaszkodzi dziecku?
— Major uważa, że nie. Ale dla pewności wyślemy cię w góry, do Simli. Jest tam znacznie chłodniej i będziesz mogła więcej wypoczywać.
— Nie chcę zostawiać cię samego... — wyszeptała Lucy i próbowała chwycić Henry'ego za rękę, ale nie mogła jej namacać.
— Ciii... najdroższa. Lepiej teraz nic nie mów. Kiedy tylko poczujesz się trochę lepiej, przewieziemy cię do Simli.
— Jeśli nic złego nie stanie się dziecku...
Zapadła cisza, a potem major French powiedział coś do jej męża. Henry wyszedł z pokoju i po chwili wrócił.
— Nie martw się, najdroższa. Wkrótce będziesz zdrowa jak ryba. Na pewno zachwycisz się Simlą. Jest tam niemal jak w Anglii.
— Czy Elizabeth też może jechać? Bardzo chciałabym, aby ze mną pojechała.
— Oczywiście, że może. Ja tymczasem dokończę najważniejsze sprawy i kiedy zrobi się naprawdę gorąco, przyjadę do ciebie.
— No, no — mruknęła Elizabeth. — Chyba w tym roku będzie wczesny urlop.

◆ ◆ ◆

Szkarlatyna Lucy okazała się poważniejsza, niż początkowo sądził major French, i Lucy gorączkowała niemal przez tydzień, a jej skóra była pokryta krostami i zaczerwieniona jak pancerz gotowanego homara. We wtorek major uznał, że można ją przewieźć do Simli — choć zastrzegł, że gdyby stan chorej się pogorszył, muszą się zatrzymać w Delhi. Na wszelki wypadek przydzielił Lucy pielęgniarkę, pannę Smallwood, której chciał się pozbyć.
Kobiety były niechętnie widziane w indyjskiej służbie zdrowia, ale pannie Smallwood udało się znaleźć miejsce w kalkuckim szpitalu dzięki postawie, którą lekarz naczelny określił jako „nietypową dla jej płci — a nawet przerażającą".
Wysłano do Simli polecenie, aby przygotowano rezydencję wicekróla na wcześniejsze przybycie lady Carson. Jak zwykle trzeba było skompletować ogromną świtę. Lucy, Etcie, Elizabeth Morris i pannie Smallwood towarzyszyły cztery *aja*, dwunastoosobowy kontyngent ochrony wicekróla, mnóstwo tragarzy i opie-

kujących się końmi *syce*, ponad sześćdziesięciu kulisów oraz ulubiony kucharz Jej Ekscelencji — oczywiście ze swoimi pomocnikami. Stroje Lucy, w tym także wszystkie nowe suknie dopiero co przywiezione z Londynu i Paryża, zapakowano do sześciu wielkich kufrów, a ubrania pozostałych Europejek zajmowały cztery walizy. Zabierano też sześć skrzyń porcelany i ozdób, trzydzieści skrzyń żywności, dwie skrzynie książek, dwa pudła drobiazgów do salonu, płaszcze dla służby, nienawykłej do chłodów w górach, cztery pudła wyrobów siodlarskich, słupków tenisowych, bambusowych parawanów, płócien i luster. Najbardziej imponującym elementem wyposażenia był niemiecki fortepian, który miał zostać przewieziony specjalnym wozem.

Do Simli nie dochodziła jeszcze kolej, choć w dolnych partiach wzgórz trwała już budowa torów, którą miano zakończyć w ciągu czterech albo pięciu lat. Wszystkie bagaże będą musiały zostać wciągnięte na górę na grzbietach wielbłądów i na barkach kulisów.

Lucy miała zostać wniesiona po stromych ścieżkach w palankinie — bogato zdobionej ceremonialnej lektyce ze składanym dachem z frędzlami, przypominającym dach dziecinnego wózka. Wyznaczeni do jego niesienia czterej lokaje w liberiach otrzymali ścisłe instrukcje: mieli nie pochylać cennego ładunku, nie nieść palankinu zbyt blisko skraju drogi, nie puścić go, kiedy na drogę wypełznie jadowity wąż, ani nie spaść w przepaść.

Pod koniec następnego tygodnia, kiedy wszystko było gotowe, Lucy wciąż jeszcze była słaba i drżąca, ale nie czuła się już źle i wolałaby zostać na nizinach — przynajmniej do lata. Jednak choć mogła zostać w Kalkucie, gdyby tego bardzo chciała, odwoływanie ponad dwustu osób, które włożyły mnóstwo pracy w przygotowania, uznała za absurdalne i marnotrawne. Poza tym czuła, że Henry wolałby, aby wyjechała, bo wtedy mógłby spokojnie dokończyć wszystkie sprawy, jakie zaplanował na okres wiosenny.

Jeszcze nie wybaczył jej kłótni pod pokojem Nory w dniu jej śmierci i raz czy dwa — prawdopodobnie robiąc aluzję do ostatnich słów umierającej pokojówki — z sarkazmem nazwał ją „panną Darling".

W dniu, kiedy miano wyruszać, Lucy poszła rano razem z Elizabeth Morris na cmentarz South Park, na grób Nory. Na razie był tam jedynie prosty drewniany krzyż, ale Lucy poprosiła pułkownika Millera, aby zlecił komuś wykonanie anioła z marmuru. W dzieciństwie widziała takiego anioła w katalogu rzeźb i bardzo jej się spodobał.

— Spoczywa w godnym towarzystwie — stwierdziła Elizabeth.

Lucy rozejrzała się po stłoczonych wokół piramidach, kolumnach i zwieńczonych kopułami mauzoleach. Był kolejny upalny, wilgotny dzień bez wiatru. W pobliskim drzewie wrzeszczał przenikliwie jakiś ptak.

— Mam wrażenie, jakbym pogrzebała tu cząstkę samej siebie — powiedziała.

— Bo tak rzeczywiście było. Uczyniło to wielu z nas, pozostawiając na tutejszych cmentarzach swoich przyjaciół i członków rodziny. Poświęciliśmy tyle dla Indii, że nikt nie ma prawa zabraniać nam nazywania tego kraju swoim.

Lucy jeszcze raz popatrzyła na krzyż na grobie Nory.

— Do zobaczenia — szepnęła, po czym odwróciła się i odeszła.

◆ ◆ ◆

Simla była niezwykłym miastem i Lucy zakochała się w niej już w chwili przyjazdu. Przykucnięta na znajdujących się osiem tysięcy stóp nad poziomem morza tarasach, wcinających się w zbocze jednego z niższych wzniesień Himalajów, była skupiskiem pensjonatów i wiejskich rezydencji.

Była to nie tyle indyjska Anglia, co sen o niej albo — jak mawiali niektórzy — senny koszmar o Anglii. Po obu stronach głównej ulicy Simli, zwanej Mall, stały budynki, których stylu nie można było nazwać inaczej jak „indio-tyrolski". Znajdowały się w nich kawiarnie, sklepy z europejskimi towarami, teatr i księgarnia. Odchodzące od Mall uliczki meandrowały wśród sosen, prowadząc do zbudowanych z cegły domów w angielskim stylu, mających w oknach prawdziwe szyby, a w środku kominki. Ich nazwy również brzmiały bardzo angielsko: Cedry, Bluszczowy Wąwóz czy Słoneczny Brzeg.

Wszystko to było jednak tylko iluzją, bo zaraz za domami wznosiły się porośnięte sosnami szańce otaczających miasto gór, w oddali widać było pokryte śniegiem Himalaje, a po zardzewiałych blaszanych dachach spacerowały małpy.

Elizabeth Morris była do Simli nastawiona bardzo sceptycznie.

— Gdyby mi powiedziano, że to wszystko zbudowały małpy, stwierdziłabym, że trzeba je powystrzelać, aby nie zrobiły tego jeszcze raz — oświadczyła.

Ale Lucy zachwycił spokój miasta i jego bezwstydny ekscentryzm. Na końcu Mall stał mały neogotycki kościół, niemal taki sam jak w wielu angielskich wsiach, jednak wszędzie było mnóstwo ciągnących riksze i dźwigających różne pakunki hinduskich kulisów. Pora letnia jeszcze się nie zaczęła, więc na ulicach panował spokój. Powietrze było chłodne i pachnące i kiedy Lucy niesiono do rezydencji, zamknęła oczy i oddychała głęboko. Czuła się już całkiem zdrowa i po raz pierwszy poczuła wdzięczność, że Henry ją tu wysłał.

Rezydencja wicekróla znajdowała się w jednym z najbardziej reprezentacyjnych punktów miasta, dominujących nad całą okolicą. Z jednej strony posiadłości woda spływała na zachód, do rzeki Satledź, wpadającej do Morza Arabskiego, z drugiej na wschód, do rzeki Jamuny, której wody zasilały Zatokę Bengalską. Widoczne przez drzewa eleganckiego ogrodu wzgórza i góry wyglądały, jakby były owinięte jedwabistym błękitem, który w każdym innym kraju wyglądałby nienaturalnie.

Prowadziła do niej wijąca się piaszczysta droga, obrośnięta po bokach mnóstwem alpejskich kwiatów. Sam budynek, podobnie jak inne domy w Simli, był bardzo specyficzny: miał zamkową wieżę oraz licowania z piaskowca i wapienia w różnych odcieniach granatu i szarości.

Elizabeth powiedziała, że rezydencja działa na nią przytłaczająco.

— Przypomina mi szkocki zakład wodoleczniczy — stwierdziła.

Zaniesiono palankiny do *porte cochère* i postawiono je na ziemi. Lucy przywitali oficerowie ochrony wicekróla, długi szereg służących w liberiach i jeden z asystentów Henry'ego, John Frognal, który wyruszył do Simli natychmiast po tym, jak postanowiono, że wicekrólowa właśnie tu będzie odbywać rekonwalescencję. Lucy bardzo go lubiła. Był młody i zabawny, miał gładko przyczesane włosy i bez powodzenia próbował zapuszczać sumiaste wąsy. Choć zachowywał się bez zarzutu wobec wszystkich radżów i maharadżów, z którymi Henry musiał się spotykać, niezbyt poważnie traktował obowiązujący w Domu Rządowym protokół. Kiedy po oficjalnych obiadach damy wstawały od stołu i dygały przed wicekrólem, John Frognal zawsze obstawiał zakłady, ile trzasków kolan usłyszą.

— Wasza Ekscelencjo, witamy w Simli — powiedział i ukłonił się Lucy. — Mamy nadzieję, że czuje się już pani lepiej.

— Dziękuję, chyba rzeczywiście mój stan znacznie się poprawił — odparła.

Pomógł jej wyjść z palankinu, po czym przedstawił ją najwyższym rangą pracownikom z obsługi rezydencji. Wszyscy uważnie się jej przyglądali. Ubrana w żałobną czerń Lucy wyglądała bardzo młodo i bardzo blado. Główny lokaj Corcoran, wysoki siwy mężczyzna o galaretowatych oczach i zapadniętych policzkach, ukłonił jej się nisko.

— Z pewnością Wasza Ekscelencja zechce kilka dni odpocząć, zanim pomyśli o jakichkolwiek spotkaniach towarzyskich — powiedział John Frognal.

— A jest tu ktoś, z kim powinnam się spotkać? — zapytała Lucy.

Weszli do obwieszonego obrazami holu. Znajdowały się w nim ogromne tekowe schody, a całe ściany pokrywała tekowa boazeria, więc było tu ciemno i trochę ponuro. W rogach stały wielkie mosiężne donice.

— Jest tu kilka ciekawych osób — odparł John Frognal. — Pomyślałem sobie, że może zechciałaby pani zorganizować mały salon albo może nawet proszoną kolację, kiedy poczuje się pani na siłach.

— Jeśli mogłam wytrzymać wytrząsanie w lektyce podczas drogi do rezydencji, to chyba wystarczy mi sił na wszystko inne. Przez cały czas byłam przekonana, że lada chwila spadniemy w przepaść.

— No cóż, to się niestety zdarza. Kiedyś straciliśmy w ten sposób francuskiego ambasadora. W każdym razie, jeśli Wasza Ekscelencja czuje się już wystarczająco dobrze, aby wydać jedno czy dwa małe przyjęcia, zaraz się do tego zabiorę razem z panną Morris. Są tu dwie starsze damy z sekretariatu w Pendżabie, lady Leamington-Pryce z Delhi i pani Talbot, żona pułkownika Talbota z Konnicy Fane'a.

— Nie ma mężczyzn? Będziemy potrzebować przynajmniej kilku do zorganizowania przyjęcia.

— Podczas weekendu spodziewam się przyjazdu sir Malcolma McInnesa, a w przyszłym tygodniu lorda Pethicka, choć obawiam się, że lord Pethick jest nieco... no cóż...

— *Gonga*? — spytała Lucy, używając slangowego słowa „stuknięty".

John Frognal uśmiechnął się rozbawiony.

— Właśnie, Wasza Ekscelencjo, *gonga* to odpowiednie określenie.

— Przyjedzie ktoś jeszcze?

— Pewien amerykański dżentelmen, Wasza Ekscelencjo. Specjalny wysłannik z Waszyngtonu, jeśli się nie mylę. Nie wiem, jaką ma szarżę, ale przybył do Indii z ramienia Służby Dyplomatycznej Stanów Zjednoczonych.

— No cóż, rozmowa z Amerykaninem mogłaby okazać się ciekawa.

Prowadzeni przez Corcorana, który szedł przodem, skrzypiąc butami i unosząc wysoko swój wielki nos, z którego wystawały kępki włosów, przeszli do pokojów.

Lokaj teatralnym gestem otworzył podwójne drzwi do ogromnej sypialni z oknami po obu stronach i widokiem na dolinę Satledź, pasmo Suwalik i kontur Himalajów w dali.

— Hindusi twierdzą, że w tych górach mieszkają bogowie — powiedział.

Obszedł wielkie, czterokolumnowe łoże w elżbietańskim stylu i otworzył oprawione w ołów okna. Od strony rzeki dobiegło kukanie kukułki.

— Pierwsza w tym roku — zauważyła Etta.

— Wszystkie bagaże Waszej Ekscelencji zaraz zostaną rozpakowane i służba przygotuje ubranie. Czy chciałaby pani zjeść dziś kolację w swoim pokoju?

— Chyba tak — odparła Lucy. — Coś bardzo lekkiego, może o siódmej. Macie przepiórki?

— Oczywiście, Wasza Ekscelencjo — odparł Corcoran.

Kiedy wyszedł, skrzypiąc butami, Etta pomogła Lucy zdjąć płaszcz i rozwiązała jej buty.

— Może miałaby pani ochotę na kąpiel, lady Carson? — zapytała.

— Potem. Chyba najpierw trochę odpocznę. Zobacz... nad górami właśnie pokazał się księżyc w pełni. Jaki wielki! Chyba nigdy nie widziałam czegoś tak pięknego!

— Ale te góry są trochę przerażające — mruknęła Etta.

Lucy wyszła na balkon i wciągnęła w płuca powietrze. Cały ogród oblewało srebrne światło księżyca — blade, lecz intensywne. Nie przypominało żadnego światła, jakie Lucy kiedykolwiek widziała. Oprócz kukania kukułki słychać było szum płynących daleko w dole rzek.

Podeszła do niej Etta.

— Hindusi boją się tych gór — powiedziała.

— Dlaczego?

— Tak naprawdę boją się ich nie tylko Hindusi. Wszyscy uważają, że w Simli są duchy. Niektóre domy są nawiedzone. Czasem widuje się w nich kobiety w białych szatach, chodzące po werandach... Słyszałam, że w jednym z tych domów zmarła *memsahib*. Czekała, aż jej mąż wróci z nizin. Cały czas chodziła po werandzie i czekała na niego, ale przyjechał za późno.

Lucy się wzdrygnęła.

— Nie chcę rozmawiać o śmierci.

— Indie są jedną wielką śmiercią. A przynajmniej tak mi się czasami wydaje.

— Mówiłaś, że zawsze tęskniłaś za tym krajem.

— Bo tęskniłam. Nie wróciłabym do Anglii nawet za całą herbatę Dardżylingu.

— Jesteś szczęśliwa? Musi ci być ciężko żyć bez męża.

Etta rozłożyła białą jedwabną bluzkę Lucy i potrząsnęła nią, aby rozprostować wszystkie zagniecenia.

— Brakuje mi wygody i poczucia bezpieczeństwa, jakie daje małżeństwo, jednak nie tęsknię za obecnością mężczyzny... zwłaszcza w tym kraju. Mężczyźni umieją tu żyć, spotykają się z innymi ludźmi, ale kobiety... Zamiast tutaj przyjeżdżać, równie dobrze mogłaby pani siedzieć w Anglii w chlebowym piecu. Tak samo gorąco i tyle samo by pani zobaczyła.

— Bardzo chciałabym, aby Nora mogła zobaczyć to miejsce — powiedziała cicho Lucy. — Zakochałaby się w nim.

— Mówiłam jej, żeby nic nie jadła na tym bazarze.

— Wiem. Nikt cię o nic nie obwinia.

— Mówiłam jej, żeby nic nie jadła ani nic nie piła. Powiedziała wtedy: „Musiałam zjeść kawałek, bo tak wspaniale pachniało". Człowiek, który smażył szaszłyki, miał czarne błyszczące włosy, ale kiedy się do nas odwrócił, widać było, że ma na głowie jedną wielką ranę, a jego czarne włosy to muchy.

Lucy przełknęła ślinę.

— Etto... naprawdę nie chcę o tym rozmawiać.

— Przepraszam, jaśnie pani.

— Mogłabyś znaleźć mój jedwabny szlafrok? Chciałabym się rozebrać i odpocząć. I przynieś mi herbatę, dobrze? Znajdź też lekarstwo od majora Frencha.

— Oczywiście, jaśnie pani.

— Etto...

— Tak, jaśnie pani?

— Nora nie żyje, jest pochowana i spoczywa snem wiecznym. Nic nie sprowadzi jej z powrotem.

W tym momencie z przeciwległego zbocza doliny dobiegł przeraźliwy wrzask, który odbijał się pogłosami od zboczy doliny.

— To małpy — wyjaśniła Etta i poszła po herbatę.

♦ ♦ ♦

Lucy zjadła kolację w swojej prywatnej jadalni, obsługiwana przez Corcorana i trzech Hindusów w brązowych liberiach, stojących za jej krzesłem. Dolewali jej wina za każdym razem, kiedy jego poziom w kieliszku opadał, zabierali talerze jak iluzjoniści i wykrochmalonymi białymi serwetkami usuwali każdy okruszek, jaki Lucy zdarzyło się upuścić na serwetę.

Podano jej *Potage St Germain*, dwie pieczone przepiórki o chrupkiej skórce, przyprawione garam masala, a na deser *gateau mille-feuille*, tak lekkie i kremowe, że mogłoby pochodzić z paryskiej *patisserie*.

Kiedy skończyła jeść, przyszła Elizabeth. Usiadły w wielkich, pokrytych perkalowymi pokrowcami fotelach i patrzyły na ogień w kominku. Elizabeth opowiadała, jak Simla wyglądała dawniej — zanim podjęto decyzję, że ma zostać letnią stolicą Imperium Brytyjskiego.

— Już wtedy było tu bardzo ekscentrycznie, choć nie miało to większego znaczenia, gdyż Simla była tylko kurortem. Urządzaliśmy wspaniałe *gymkhana** pod Annandale, na polanie w lesie. Niemal na każdych zawodach jakiś jeździec spadał z urwiska, czasem nawet razem z koniem. W mieście było kilka pięknych młodych kobiet. Często się zastanawiam, co się z nimi stało. Pewnie powychodziły za mąż albo poumierały.

Tuż po dziewiątej Lucy wstała.

— Chyba się przespaceruję — oświadczyła.

Elizabeth zmarszczyła czoło.

— Spacer? Sama? Nie możesz tego zrobić!

— Chyba nie grozi mi żadne niebezpieczeństwo? Mówiłaś przecież, że mnóstwo młodych kobiet zwykło spacerować samotnie po Simli.

— Ależ, na Boga, Lucy... jesteś wicekrólową Indii, kończy ci się siódmy miesiąc ciąży i ledwie doszłaś do siebie po szkarlatynie. Co by było, gdybyś złapała jakąś chorobę? Albo gdyby jakiś *dacoit* postanowił cię porwać?

— Możesz iść ze mną.

— Do czego mogłoby ci się przydać takie stare babsko jak ja?

— Bardzo chciałabym gdzieś wyjść, nie ciągnąc za sobą dwustu osób. Wieczór jest taki piękny!

Elizabeth wstała i wygładziła dłońmi sukienkę.

— No dobrze, ale weźmy płaszcze. A jeśli wpadniemy w *khad*, nie mów, że cię nie ostrzegałam.

Wyjście z rezydencji nie było jednak tak łatwe, jak Lucy się spodziewała. Wzięły szale i jak najciszej opuściły salon, ale na korytarzu natychmiast natknęły się na jednego ze służących w zielono-złotej liberii, który ukłonił się nisko i spytał, czego sobie życzą.

— Idziemy tylko na *howa-khana* — odparła władczym tonem Elizabeth.

— W takim razie wezwę ochronę, tragarzy i ludzi z pochodniami.

— Idź precz! — krzyknęła Elizabeth. — *Dźo! Ekdam!*

Chłopak nie mógł zrozumieć, czemu się na niego gniewają. Ze zbolałą miną wycofał się w głąb korytarza i zniknął za rogiem.

---

* *Gymkhana* — wyścigi konne, kolarskie albo motorowe ze sztucznymi przeszkodami.

— Lepiej się pospieszmy — powiedziała Elizabeth. — Prawdopodobnie poszedł prosto do *khansamah*, a ten natychmiast pobiegnie do Corcorana i zacznie się piekło.

Kiedy przemykały się przez galerię, tekowa podłoga skrzypiała przy każdym kroku. Lucy z trudem powstrzymywała śmiech i jej brzuch tak mocno się napiął, że musiała stanąć i oprzeć się o słupek balustrady.

— Wszystko w porządku? — spytała Elizabeth, której oczy również błyszczały od hamowanej wesołości.

— Prowadź, Makdufie!

Na paluszkach zeszły po wspaniałych schodach, przecięły hol i wyszły przez jedne z bocznych drzwi. Lucy zamknęła je na klucz, wyjęła go z zamka i wzięła ze sobą, aby bez względu na okoliczności mogły wrócić.

Owinęły głowy szalami i najszybciej, jak mogły, pomknęły przez ogród, starając się trzymać z dala od krętej ścieżki. Przy bramie stało dwóch wartowników, więc Elizabeth gestem dłoni przywołała Lucy i przez gęste rododendrony i trawnik poprowadziła ją do małej furtki.

— Zauważyłam to wyjście, kiedy nas tu wnoszono — wyjaśniła. — Używają tej furtki ogrodnicy i podejrzewam, że nigdy jej nie zamykają. Popatrz, mam rację, jest otwarta!

Wyszły na ulice oświetlonej księżycowym światłem Simli — bez ochroniarzy, asystentów i hinduskich służących.

— Niemal zapomniałam, jak to jest być samej — powiedziała Lucy.

— Musiałaś też zapomnieć, jak się samej ubierać — zauważyła Elizabeth.

— Nie... jeśli trzeba, umiem zapiąć guziki. Ciągle jeszcze nie potrafię stać bez ruchu i pozwalać wszystko robić moim *aja*. Czasami mam wrażenie, że jestem wielką lalką.

Doszły do skrzyżowania Ridge i Mall, gdzie znajdowała się poczta. Na ulicach było cicho, tu i ówdzie migotały pojedyncze światła. Gdzieś grał gramofon, zniekształcany trzaskami głos śpiewał jakąś angielską piosenkę. Światło księżyca rzucało na wszystko blady poblask, który sprawiał, że budynek poczty wyglądał, jakby był ulepiony z ciasta.

Poniżej głównych ulic wzgórze opadało stromym zboczem,

pokrytym labiryntem wąskich uliczek, przy których stały byle jak sklecone chaty. Dolatywały stamtąd zapachy smażonej cebuli, kminu rzymskiego i *mehti* oraz głośna muzyka.

— To domy miejscowej ludności — wyjaśniła Elizabeth. — Nie powinnyśmy iść dalej. Podobno ten labirynt to wylęgarnia szpicli i złodziei. Kipling powiedział kiedyś, że kto wie, jak się w takim miejscu poruszać, policja nie znajdzie go nawet przez tysiąc lat.

Zatrzymały się na chwilę i popatrzyły w dal, wdychając specyficzne zapachy wyżyn Indii. Księżyc zaczął już zachodzić i wkrótce miało się zrobić ciemno.

— Lepiej wracajmy — powiedziała Elizabeth. — Prawdopodobnie wysłano już na poszukiwania pół regimentu.

Kiedy ruszyły z powrotem, na ulicy nie wiadomo skąd pojawił się wysoki mężczyzna w jasnoszarym garniturze, z kapeluszem w ręku, i ruszył w ich stronę.

— Europejczyk, dzięki Bogu — mruknęła Elizabeth. — Ale pewnie to tylko wylewacz krokodylich łez, wracający do domu.

W Simli nazywano tak młodych mężczyzn, udających współczucie i chęć pomocy, aby wykorzystywać kobiety, których mężowie pracowali na nizinach.

Mężczyzna podchodził coraz bliżej, ale Lucy i Elizabeth nie były w stanie bardziej przyspieszyć. Na zboczu prowadzącym do kościoła wyminął je i odwrócił w ich stronę głowę. Lucy ogarnęło takie przerażenie, że głośno jęknęła i wyciągnęła rękę, aby przytrzymać się Elizabeth.

W świetle księżyca twarz nieznajomego wydawała się biała jak mąka, a jego oczy przypominały oczy trupa. Lucy przypomniały się nagle wszystkie opowieści Etty o duchach nawiedzających Simlę i cała krew odpłynęła jej z głowy.

Choć nie osunęła się na ziemię, na sekundę straciła przytomność.

10

Kiedy otworzyła oczy, mężczyzna stał w tym samym miejscu co poprzednio. Elizabeth mocno ją trzymała, a mężczyzna stał bez słowa, patrząc na nią z niedowierzaniem.

— Lucy? Nic ci nie jest? — zapytał. — Nie zamierzałem cię przestraszyć.

Choć trudno było jej w to uwierzyć, stał przed nią Jamie. Prawdziwy i materialny. Światło księżyca nie przenikało przez niego i nie unosił się cal nad ziemią.

— Jamie... co ty tu robisz, na Boga?

— Chyba powinienem zadać ci to samo pytanie.

Lucy ze zdziwieniem uniosła brwi.

— Spaceruję, a na co to wygląda? Jeszcze nikt w życiu mnie tak nie przestraszył!

— No cóż, to jest nas dwoje. Mówiłem ci, że jadę w góry.

— Elizabeth Morris — wtrąciła Elizabeth z nieukrywanym zniecierpliwieniem.

Nie lubiła być ignorowana.

— Przepraszam, proszę mi wybaczyć — powiedział Jamie i uścisnął jej dłoń. — James Cullen, przyjaciel Lucy z Kansas. Razem się wychowywaliśmy.

— Cóż za niezwykły zbieg okoliczności...

— Nie do końca. Kiedy w ubiegłym tygodniu byłem w Delhi, przeczytałem w gazecie, że wicekrólowa wybiera się do Simli. Jechałem do Amritsaru, ale ponieważ musiałem zobaczyć się w tej okolicy z kilkoma osobami, postanowiłem zabawić tu przez kilka dni. Oczywiście nie spodziewałem się spotkać wicekrólowej na spacerze. A już na pewno nie takim... przy świetle księżyca, bez żadnej ochrony.

Elizabeth uniosła parasol.

— Zapewniam pana, panie Cullen, że jestem wystarczającą ochroną. Każdy *dacoit*, który ceni swój wzrok, powinien mieć się na baczności.

Jamie popatrzył na nią z rozbawieniem i lekkim niepokojem, po czym odsunął na bok skierowaną w jego stronę parasolkę.

— Z pewnością, pani Morris.

— Panno Morris — poprawiła go Elizabeth, po czym zwróciła się do Lucy: — Wszystko w porządku z tym człowiekiem, moja droga? Mam na myśli, czy jest *pakka*.

Lucy uśmiechnęła się i kiwnęła głową.

— Jest całkowicie *pakka*. W dzieciństwie jeździliśmy konno, prawda, Jamie? Leżeliśmy na plecach nad rzeką i opowiadaliśmy sobie o swoich marzeniach.

— No cóż, w takim razie chyba rzeczywiście jest *pakka* — uznała Elizabeth.

Lucy nieoczekiwanie pomyślała o Samuelu Blankenshipie. Wiedziała, co by powiedział: „Mogę się założyć o własny tyłek, że jest *pakka*!". Oczywiście nie miałby pojęcia, co to znaczy *pakka*.

Elizabeth ujęła ją za ramię.

— Lepiej już wracajmy. Kiedy zauważą, że nas nie ma, zrobi się zamieszanie.

— Mogę wam towarzyszyć? — spytał Jamie. — Wydawało mi się, że kiedy wicekrólowa wychodzi na przechadzkę, zabiera ze sobą słonie, tragarzy i tłum kulisów. A dla rozrywki strzela do koziorożców i tygrysów.

— No cóż, tak też robię — odparła ze śmiechem Lucy. — Wprawdzie jeszcze niczego nie zastrzeliłam, ale pułkownik Miller dał mi kilka lekcji z bronią. To mój pierwszy dzień w Simli i chciałam po prostu zobaczyć miasto.

Jamie popatrzył na pustą ulicę.

— Dziwnie tu, prawda? Jak nie w Indiach.

— Podobno w Simli są duchy — powiedziała Elizabeth.

— Hinduskie czy angielskie?

— Jedne i drugie.

— A które rządzą?
Elizabeth rzuciła mu nieprzyjazne spojrzenie.
— Zapewne pan wie, że my, Brytyjczycy, daliśmy Indiom bardzo dużo... Temu krajowi oddało swoje życie wielu naszych mężczyzn i kobiet.
— Przepraszam, nie chciałem sugerować...
— Nie ma problemu — odparła Elizabeth. — Nie oczekuję od obcokrajowców, aby rozumieli, co udało nam się osiągnąć.
Jamie wzruszył ramionami.
— No cóż... — Nie bardzo wiedział, co jeszcze powiedzieć, więc znowu popatrzył na Lucy. — Miło cię widzieć. Wyglądasz wspaniale. Po prostu kwitniesz.
— Nie jest krzewem — burknęła Elizabeth.
— Przepraszam. Już mówiłem, że mi przykro.
Lucy się zaśmiała.
— Nie zwracaj na nią uwagi. Matkuje mi jak kwoka.
— Kiedy przyjeżdża Henry? — spytał Jamie.
— Nie wiem. Powiedział, że zjawi się, gdy tylko będzie mógł, ale jest strasznie zapracowany. Na długo zostaniesz? Nawet mi nie powiedziałeś, co tu tak naprawdę robisz...
Jamie wzruszył ramionami.
— To i owo. Rozmawiam z ludźmi.
— Podróżuje pan, panie Cullen, czy załatwia jakieś interesy? — spytała Elizabeth.
— Tylko podróżuję. Rozglądam się, spotykam z ludźmi.
— Jeśli będzie pan miał okazję, powinien pan pojechać do Kaszmiru — powiedziała Elizabeth takim tonem, że nawet gdyby zastosował się do jej rady natychmiast, nie byłoby to wystarczająco szybko. — Latem jest tam szczególnie przyjemnie. Pamiętam, jak pewnego sierpniowego popołudnia pływałam łodzią po jeziorze Dal. Było przepięknie. Odbijające się w wodzie białe szczyty Himalajów i kompletna cisza. Miałam wrażenie, że ja i mój wioślarz jesteśmy ostatnimi ludźmi na świecie...
— Nie sądzę, abym miał czas na pływanie łódką.
— Jamie jest prawnikiem — wyjaśniła Lucy.
— Czy jest w Indiach coś, co mogłoby interesować amerykańskiego prawnika? — zdziwiła się Elizabeth. — Indie podlegają prawu brytyjskiemu.

— Widzę tu mnóstwo spraw, które mają odbicie w prawie amerykańskim.

Elizabeth pokręciła głową.

— Sądziłam, że prawo amerykańskie znacznie się różni od naszego. Mój zmarły brat, Gordon Morris, może słyszał pan o nim, zawsze twierdził, że prawo amerykańskie to zbiór praw biznesowych.

— Wygląda na to, że pani brat był cynikiem.

— Być może. Ale bardzo utalentowanym.

Jamie przez chwilę milczał. Szli razem w górę zbocza pod przypominającym lampę księżycem.

— To, co dzieje się dziś w Indiach, bardzo przypomina działania amerykańskiej dyplomacji... w obu przypadkach oszukuje się, okrada i ogłupia rdzenną ludność. A wszystko to robi się w imię prawa.

— Nic podobnego, proszę pana! — zaprotestowała Elizabeth.

— Cóż, sporo się nauczyłem od przybycia do Indii... Widziałem straszliwy ucisk i masakry dokonywane w imieniu jakiejś królowej, która siedzi w oddalonym o pięć tysięcy mil pałacu i między dwoma weekendami nawet nie pomyśli o trzystu milionach swoich tutejszych poddanych.

Elizabeth aż zesztywniała na taki afront wobec brytyjskiego tronu.

— Jest pan nie tylko wulgarny, ale także niesprawiedliwy. Nasze kraje łączy wspólny język, mamy wspólne ideały i robimy to, co należy zrobić. Indie są klejnotem w koronie brytyjskiej. Niech ten klejnot błyszczy jak najdłużej!

— Brawo, Elizabeth! — zawołała Lucy i zaklaskała.

Jamie pokręcił głową.

— Nie zamierza pani tego pojąć, prawda? Ma to pani przed oczami od pierwszego dnia swojego pobytu w Indiach, panno Morris. Indie właśnie dlatego są klejnotem w koronie brytyjskiej, że ludzie pracują tu praktycznie za darmo. Bez ich niewolniczej pracy ten kraj w ciągu jednego dnia załamałby się gospodarczo. — Przeciągnął palcami przez włosy i odwrócił się do Lucy. — Bardzo się cieszę, że spotykam cię dziś samą. Pomyśl, ilu ludzi zabierasz ze sobą, dokądkolwiek się udajesz! Cóż to musi być za spektakl! Specjalny pociąg, dwustu służących! Kogo obchodzi, ile to kosztuje? Ale jedna rupia, wydana na utkany na zamówienie ceremonialny dywan, to jedna rupia wyjęta z ust głodującego hinduskiego dziecka.

— Na Boga, Jamie, przestań! — zawołała Lucy. — Przyszłam popatrzeć na księżyc i góry i zastanowić się, co włożyć na sobotni bal. Nie znoszę pompy i ceremoniału, ale nie chcę teraz rozmawiać o niesprawiedliwości!

Jamie spojrzał na nią z dezaprobatą.

— Sobotni bal! To wszystko, o czym potrafisz myśleć? O układaniu włosów i przymierzaniu eleganckich sukni? Jesteś piękna, spodziewasz się dziecka, a twój mąż to jeden z najbardziej wpływowych ludzi w całym Imperium Brytyjskim. Reprezentuje w Indiach koronę brytyjską i niezależnie od okoliczności jest zdecydowany utrzymać brytyjskie rządy w tym kraju...

— A co w tym złego? — spytała zdziwiona Elizabeth.

— Nie dostrzega pani tego? Nie widzi pani, co zrobiliście?

— Jak pan śmie! Dokładnie wiem, czego dokonaliśmy! Przejęliśmy prymitywne, podzielone społeczeństwo, daliśmy mu pokój, wyedukowaliśmy je i stworzyliśmy z niego całość! Daliśmy mu system prawny, banki, handel, pocztę, kulturę, szkockie tańce i Bóg wie co jeszcze!

— No tak, oczywiście ma pani rację. Daliście Indiom waszą architekturę, zbudowaliście porty, garnizony i linie kolejowe, założyliście plantacje herbaty... Ale co zrobiliście z głodem, chorobami i żebractwem? Nic, prawda? To historyczny fakt. Im jaśniej świecą dachy Złotego Miasta, tym brudniejsze są płynące pod nim ścieki.

— Przestań! — zaprotestowała Lucy. — A czy to, co sam zrobiłeś Komanczom i Siuksom w Ameryce, nie było gorsze?

— W pewnym sensie tak. W Kansas i Kolorado zabrałem im na zawsze ziemie przodków. Zbezcześciłem ich święte cmentarze. Pozbawiłem ich niezależności i zabrałem im dumę. I chyba w ten sposób pomagałem ich zabijać. Amerykańskie panowanie jest tak samo złe jak brytyjskie albo nawet pod pewnymi względami gorsze, ponieważ jego jedynym celem jest nie rządzenie ani nawet wykorzystywanie innych ludzi, ale ich niszczenie... pod flagą zwaną Objawionym Przeznaczeniem.

— Cieszę się, że ma pan chociaż pewne poczucie wstydu — stwierdziła cierpko Elizabeth.

— Mam. Ojciec wychował mnie w wierze w sprawiedliwość i świętość życia ludzkiego, a ja to wszystko zdradziłem, ponieważ byłem łasy na komplementy i dużo mi zapłacono.

— W takim razie nie bardzo rozumiem, jakie ma pan prawo nas krytykować — powiedziała Elizabeth.

Dotarli do szczytu wzgórza i zatrzymali się przy ciemnej gotyckiej sylwecie kościoła. Otaczające go drzewa szeptały jak konspiratorzy.

— To, co robiłem w Kansas, wcale nie usprawiedliwia tego, co Brytyjczycy robią w Indiach — odparł Jamie. — Brytyjczycy i lord Carson.

Lucy wyciągnęła rękę.

— Jamie... zapomnijmy o tym dzisiaj. Brzmisz, jakbyś cały płonął w środku!

— Nie wiesz dlaczego?

— Jestem tak zmęczona, że nawet nie chcę o tym wszystkim myśleć.

Jamie opuścił ręce wzdłuż ciała i odwrócił spojrzenie.

— Oczywiście. Przepraszam. Przecież chciałaś się tylko przespacerować.

— Może powinniśmy jeszcze się spotkać, panie Cullen — zasugerowała Elizabeth.

Ujął jej dłoń.

— Może.

— Przynajmniej ma pan maniery — stwierdziła z uśmiechem. Wbrew początkowej niechęci zaczynała czuć do Jamiego sympatię. — Nieczęsto spotyka się radykała z manierami.

— Nie określiłbym siebie jako radykała. Po prostu nie wierzę w imperia i imperatorów.

— A w imperatorowe? — spytała Lucy.

Czuła, że od długiego spaceru i burzliwej rozmowy kręci jej się w głowie. Poza tym nie chciała dalej prowokować Jamiego — nie dlatego, że ją irytował, ale dlatego, że chciała, aby sobie poszedł, bo mogłaby wtedy pomyśleć o nim w spokoju. Czasami, kiedy kogoś bardzo lubimy, nie chcemy, aby przy nas był. Wolimy obcować z tą osobą w myślach i marzeniach, bo jej fizyczna obecność za bardzo nas obciąża.

— Brytyjczycy uważają swoje dokonania w Indiach za oczywiste, ale prawda wygląda zupełnie inaczej — powiedział Jamie. — Zamieniliście wszystkich mieszkańców tego ogromnego starożytnego kraju w posłuszne dzieci, a potem zaczęliście wyłudzać od nich wszystko, co mają... Nawet nie wymyśliliście żadnej ładnie brzmiącej historycznej wymówki, jak na przykład Objawione Przeznaczenie. Mówicie im jedynie: wiemy lepiej od was, tępe smoluchy, co wam potrzebne, więc zachowujcie się jak należy. A najgorsze jest to, że ci biedacy was słuchają!

— Pił pan, panie Cullen? — spytała Elizabeth.

— Nie, choć czasem mi się to zdarza. Ale rozmawiałem z wieloma Hindusami i trochę ich poznałem. Byłem w wielu indyjskich wioskach i miastach, u różnych rodzin. I u muzułmanów, i u hinduistów. — Zamilkł na chwilę, po czym dodał cicho: — Próbowałem zrozumieć sytuację mieszkańców tego kraju, pozbawionych wykształcenia, jedzenia, kanalizacji, czystej wody... Być może zabrzmi to absurdalnie, ale większość z nich nawet nie zdaje sobie sprawy ze swojej nędzy. Są przekonani, że ich życie właśnie tak powinno wyglądać, bo nie znają niczego innego.

Lucy była bardzo zmęczona, jednak cały czas uważnie słuchała.

— W rządowej rezydencji prawdopodobnie jeszcze się tego nie czuje, ale ziemia w Indiach zaczyna drżeć, jakby zbliżało się trzęsienie ziemi... Nieważne, co zrobicie, nie powstrzymacie już tego — dodał po chwili milczenia Jamie.

Od strony rezydencji doleciał tętent koni. Zboczem galopował porucznik Ashley Burnes-Waterton, za którym jechało trzech oficerów ochrony wicekróla.

— Lady Carson! — zawołał porucznik, zatrzymując się z efektownym poślizgiem, aż spod końskich podków strzeliły skry. — Wszystko w porządku?

— Nic mi nie jest, dziękuję bardzo — odparła Lucy najspokojniej, jak umiała. — Przepraszam, że was zaniepokoiłyśmy. Musiałam się przejść, a ten dżentelmen uprzejmie zaoferował nam swoje towarzystwo.

Porucznik Burnes-Waterton kiwnął głową i zasalutował.

— Jak pani sobie życzy. Posłać po rikszę, by zawiozła panie do domu?

— Nie, dziękuję — odparła Lucy. — Przyszłyśmy tu na piechotę i wrócimy na piechotę. Pan Cullen będzie nam towarzyszył. Jeśli pan chce, może pan jechać w pewnej odległości za nami.

Porucznik Burnes-Waterton zsiadł z konia i zaczekał, aż Lucy odejdzie — doskonale rozumiejąc, że „pewna odległość" oznacza taką, z której nie będzie mógł nic słyszeć. Pozostali oficerowie zatrzymali się jeszcze dalej, sztywni i spięci.

Lucy ujęła Jamiego pod ramię i poszli razem w górę stromizny.

— Kiedy rodzisz? — zapytał.

— W połowie czerwca, w czasie przesilenia letniego.

— Wolałabyś urodzić chłopca czy dziewczynkę?

— Henry chce chłopca. Zamierza go nazwać Horatio.

— Jezu... — jęknął Jamie. — To dość niezwykłe imię — dodał szybko.

— Jak długo zostaniesz w Indiach? — spytała Lucy.

Skrzywił się.

— Nie wiem. Chyba dotąd, aż uda mi się porozmawiać z każdym, z kim powinienem porozmawiać.

— Nie zamierzasz sprawiać kłopotów?

— Kłopotów? Co masz na myśli? Oczywiście, że nie zamierzam. Przecież tylko podróżuję, zadaję ludziom różne dziwne pytania i otrzymuję dziwne odpowiedzi. Znasz mnie.

Lucy popatrzyła na niego, mrużąc oczy.

— Chyba jednak nie znam.

— Wszystko będzie w porządku.

— Jesteś szczęśliwy?

— Nadal nie jestem żonaty.

— Zalecasz się do jakiejś dziewczyny?

— Mhm...

— Ale nie usychasz z tęsknoty za mną? To byłaby głupota.

Zatrzymali się, a za nimi Elizabeth, porucznik Burnes-Waterton i pozostali oficerowie.

Jamie rozejrzał się wokół.

— Teraz już rozumiem, dlaczego chciałaś przespacerować się sama.

Znowu ruszyli. Byli już niemal przy płocie otaczającym rezydencję. Lucy zaczynała marznąć i czuła się coraz bardziej zmęczona.

— Bardzo często o tobie myślałem — powiedział Jamie. — Lata mijały, podróżowałem po całym świecie i spotkałem dziesiątki kobiet. Większość z nich była ładna, zawsze jednak miałem wrażenie, że to my jesteśmy sobie przeznaczeni. Że się dla siebie urodziliśmy. Nie wiem dlaczego, nie zastanawiam się już nad tym. Przyjmuję po prostu, że tak jest. Tak samo jak się przyjmuje, że świat jest okrągły.

Lucy splotła palce z jego palcami. Były jak zawsze silne i dodawały jej otuchy.

— Ja nigdy nie uznawałam za oczywiste, że świat jest okrągły — odparła cicho.

— Może właśnie na tym polega problem z tobą — stwierdził z uśmiechem. — Może jesteś zwolenniczką idei płaskiej Ziemi.

Popatrzyła na niego.

— Któregoś dnia koniecznie musisz przyjść do nas na obiad. Poproszę pana Frognala, żeby przysłał ci zaproszenie.

— Mieszkam w hotelu Cecil.

— Tego się nie wymawia „Sii-sill", ale „Sissul". I przypadkiem nie próbuj całować mnie na pożegnanie. Wszyscy w otoczeniu wicekróla chorują na tę samą nieuleczalną chorobę: *Plotkarius olbrzymus*. Nie możemy pozwolić na to, aby wicekról sądził, że jego wicekrólową prześladuje jakiś wylewacz krokodylich łez.

Jamie pokręcił głową.

— Wiesz, jaką angielską masz teraz wymowę? — powiedział.

Uścisnął jej rękę, założył kapelusz i odwrócił się.

— Kocham cię — szepnęła, kiedy odszedł.

♦ ♦ ♦

W najbliższy weekend wydała uroczysty obiad tylko po to, aby móc zaprosić Jamiego — choć oznaczało to, że dla zrównoważenia liczby gości musiała również zaprosić pastora Hugona Watkinsa, którego John Frognal uważał za potworną piłę. Najbardziej lubił wypowiadać się na temat niewolnictwa, zwłaszcza gdy chodziło o przykute łańcuchami do drzew nagie czarne kobiety. Rozwodził się nad tym zwykle z pełnymi ustami, więc wypluwał swoje ewangeliczne fantazje wraz z kawałeczkami jedzenia.

Trzeba było także zaprosić doktora Kingstona Leara, który mieszkał w wielkim, pełnym zakamarków domu na skraju urwiska na południowo-wschodnich obrzeżach Simli. Doktor Lear nazwał swój dom *Chota Bangla* — „małym bungalowem", choć ani nie był on mały, ani nie był bungalowem. Żony urzędników plotkowały, że jeśli jakaś kobieta przypadkiem „zajdzie" podczas nieobecności mężusia, doktor Lear z pewnością wybawi ją z kłopotu. Na szczęście większość pań (mimo że chętnie flirtowały) była lojalna wobec swoich małżonków i nawet gdyby doktor Lear zajmował się sugerowanym procederem, nie miał szans się na nim dorobić. Simla nie była miejscem, gdzie lało się szczególnie dużo krokodylich łez.

Przyjęcie było okropnie drętwe. Lucy aż do tej pory nie zdawała sobie sprawy, jakim wspaniałym gospodarzem potrafi być Henry, który umiał rozmawiać nawet z najgłupszymi albo najbardziej nieśmiałymi gośćmi. Jamie prawie się nie odzywał, bojąc się zdradzić swoją zażyłość z Jej Ekscelencją.

Pastor Watkins musiał zostać skarcony przez żonę, więc zamiast opowiadać o przykutych łańcuchami do drzewa czarnych kobietach, mówił o próbach przekonania Amatorskiego Stowarzyszenia Dramatycznego Simli do wystawienia w tym sezonie w teatrze Gaiety *Pokory biskupa Stewarta na łożu boleści* zamiast *Gejszy*.

Doktor Lear miał żółtawą skórę, owłosione nadgarstki i sprawiał wrażenie ciężko chorego człowieka. Opowiedział dwa dowcipy, ale wyglądał przy tym, jakby sprawiało mu to fizyczny ból — kawał o brygadierze, który po obfitej kolacji w rezydencji wicekróla próbował przypalić cygaro od geranium, oraz zagadkę: „W którym miesiącu indyjscy urzędnicy cywilni najmniej piją?". Zanim zaskoczył wszystkim nagłym oświadczeniem: „w lutym", już dawno powrócono do poprzednich tematów rozmów.

Po obiedzie towarzystwo przeszło do wyłożonego boazerią salonu, gdzie w kominku wesoło trzaskał ogień, nalano wszystkim *burra peg* i goście wreszcie się rozluźnili.

Dopiero wtedy Lucy miała okazję zamienić kilka słów z Jamiem.

— Muszę porozmawiać z tobą na osobności — oświadczył.

— Nie mogę — odparła.

— Proszę... nie będę mógł zostać zbyt długo w Simli.

— Co proponujesz?

— Przyjedź do Mashobry. Nie wiem, czy asystent ci o tym powiedział, ale jest tam domek letniskowy, który należy do wicekróla. Nie będziesz musiała brać dużo służby. Zorganizuj tam jakiś piknik albo coś w tym rodzaju. Moglibyśmy się tam spotkać w południe w poniedziałek.

— Sama nie wiem...
— Lucy, muszę porozmawiać z tobą o Blanche.
— Nie możemy tego zrobić tutaj?
Jamie rozejrzał się po mrocznym salonie, wypełnionym rozbawionymi gośćmi. Płomienie tańczące w kominku rzucały na rzeźbiony dębowy sufit ruchliwe cienie.
— Nie mogę pojechać, Jamie. A co będzie, jeśli Henry się o tym dowie? I tak jest mu bardzo trudno, nawet jeśli nie podejrzewa, że...
— Nie podejrzewa czego?
— Że jestem zainteresowana innym mężczyzną.
Jamie popatrzył na nią.
— Ale nie jesteś? Czy może jesteś?
— Jamie, jestem żoną Henry'ego i wicekrólową, a to znacznie więcej niż małżeństwo.
— Chcesz powiedzieć, że twoja lojalność wobec Henry'ego ma aspekt nie tylko osobisty, ale i publiczny?
— Chyba można to tak określić.
— Nawet jeśli nie bardzo go kochasz...
Zapadła cisza, gęsta jak włóknina i przezroczysta jak roztopiony cukier.
— Popełniłem straszliwy błąd, pozwalając ci odejść — oświadczył po chwili Jamie. — Powinienem był zamknąć cię w piwnicy na buraki i sprawić, abyś została... przynajmniej do chwili, aż zrozumiałabyś, jak bardzo mi na tobie zależy.
— Jamie, to nie miejsce na taką rozmowę.
— No cóż, nie wiem, czy mnie to jeszcze obchodzi. Sądziłem, że uda mi się o tobie zapomnieć, zapomnieć, jak wyglądasz, jaka jesteś... Ale okazało się, że nic z tego, więc przestałem ze sobą walczyć.
— Och, Jamie... — szepnęła Lucy i dotknęła jego dłoni.
W salonie rezydencji wicekróla nie mogła sobie pozwolić na nic więcej.
Jamie przykrył jej dłoń swoją. Musiał zauważyć jej pierścionki z brylantami, szafirami i rubinami — dziedzictwo z Brackenbridge i prezenty od przyjaciół Henry'ego.
— Blanche będzie wyglądała tak samo jak ty — powiedział. — Ma twoje oczy, włosy, szczupłe nogi.

Lucy przełknęła ślinę. Myślenie o córeczce bolało.
— Chcę być ojcem dla Blanche, powiedzieć jej, kim są jej prawdziwi rodzice — dodał Jamie. — Nie mogę tego jednak zrobić, jeśli nie przywiozę jej matki. Nie mogę przejąć całej odpowiedzialności sam. Nie byłoby to fair wobec naszej córki.
— Czy ty wiesz, o co mnie prosisz?
— Chcesz powiedzieć, że to niemożliwe?
— Właśnie.
— Nie możemy porozmawiać gdzieś na osobności?
— Kiedy zrobiliśmy to ostatnim razem... — zaczęła Lucy, ale ugryzła się w język w pół zdania.

Nie chciała mówić Jamiemu, że Vernon zmusił ją do zapłacenia za milczenie. Żałowała, że tak łatwo ustąpiła temu człowiekowi. Ale jak mogłaby przestać mu płacić? Ani przez chwilę nie wątpiła, że jeśli to zrobi, Vernon natychmiast powie Henry'emu o tym, co się wydarzyło. A wtedy jej mąż na pewno pomyśli, że skoro zdecydowała się zapłacić kamerdynerowi, musi czuć się bardzo winna.

— Nie zamierzam cię denerwować — powiedział Jamie. — Chcę tylko porozmawiać. Jak kiedyś. Inaczej wszystko będzie niedokończone. Zostawiłaś mnie z dzieckiem i złamanym sercem, więc pozwól mi przynajmniej zrozumieć, dlaczego to zrobiłaś.

Lucy nic na to nie odpowiedziała. Nie miała pojęcia, jak mogłaby to Jamiemu wyjaśnić, nie łamiąc mu ponownie serca.

Obawiała się też jeszcze czegoś. Jeśli lepiej pozna Jamiego — tego nieznanego brodatego Jamiego z nową świadomością polityczną i światowymi manierami — być może będzie musiała przyznać przed samą sobą, że kocha go bardziej, niż kiedykolwiek mogłaby pokochać Henry'ego.

— Przyjedź do Mashobry — powtórzył błagalnie Jamie. — Tylko na godzinę. Tylko po to, abyśmy mogli się pożegnać.

Spuściła głowę i popatrzyła na jedwabny haft swojej wieczorowej sukni.

— Mam w hotelu zdjęcie Blanche — dodał Jamie. — Jak przyjedziesz, to ci je dam.

Lucy uniosła głowę.

— Masz jej zdjęcie?
— Zrobił je mój ojciec. Kupił w Searsie aparat z mieszkiem. Zrobił też kilka zdjęć domu i rzeki. I mnóstwo zdjęć matki.

Lucy jeszcze przez chwilę się wahała, jednak zdjęcie Blanche było pokusą nie do odparcia.

— W takim razie zgoda. Zorganizuję piknik. Ale nie będę mogła zostać długo.

Czuła, że Elizabeth obserwuje ją uważnie z drugiego końca salonu, uśmiechała się więc i kiwała głową, jakby Jamie opowiadał coś niezbyt interesującego.

Podszedł do nich *khit* z koniakiem, jednak Jamie zakrył swój kieliszek dłonią.

— Muszę jeszcze popracować i spotkać się z kimś — wyjaśnił.

Zaczął opowiadać o swojej pracy na Filipinach z malującym się na twarzy łagodnym skupieniem i głęboką pasją. Lucy słuchała i rozmyślała o tym, co do niego czuje. Mogła zostawić Henry'ego i wyjść za Jamiego, ale gdyby to zrobiła, do końca życia musiałaby mieszkać w Kansas, gdzie rosną słoneczniki i często wieje wiatr.

— Ożenisz się któregoś dnia — powiedziała, przerywając mu w pół zdania.

— Słucham?

— Któregoś dnia kogoś znajdziesz. Jestem tego pewna.

Jamie rozejrzał się po salonie.

— To raczej mało prawdopodobne.

— Nie możesz mnie zawsze kochać.

— Nie my o tym decydujemy. Można postanowić się zmienić i próbować naprawić wyrządzone zło, tak jak ja mogę próbować zrekompensować to, co zrobiłem Czejenom i Arapaho, robiąc coś dobrego dla Hindusów, ale nie ma się wpływu na to, w kim człowiek się zakocha.

— Spotkasz kogoś, kiedy się tego najmniej będziesz spodziewał.

— Przydarzyło mi się to już dawno temu.

— Przestań...

Bała się, że ktoś może usłyszeć ich rozmowę, ale nie udało jej się go powstrzymać. Pochylił się i ujął jej dłoń.

— Powiedz mi...

— Jamie, puść moją rękę. Nie chcę, żeby ktoś to zobaczył.

— Nie puszczę, dopóki nie powiesz, że mnie kochasz.

Popatrzyła mu w oczy.

— Oczywiście, że cię kocham.

— Mówisz prawdę?

Kiwnęła głową. Nie chciała, aby poczuł się zraniony. Puścił jej dłoń.

— Chyba mówisz prawdę — mruknął.

— Jamie, kochałam cię, kiedy byliśmy młodzi, kocham cię teraz i do końca życia nie przestanę kochać, ale dokonałam wyboru. Wybrałam małżeństwo z Henrym.

♦ ♦ ♦

Zorganizowanie pikniku w Mashobrze okazało się łatwiejsze, niż przypuszczała. Wystarczyło powiedzieć: „Chcę w poniedziałek jechać na piknik do Mashobry" — i w poniedziałek o jedenastej rano Corcoran zapukał do jej drzwi, zapewniając, że wszystko jest przygotowane do wyjazdu.

Był łagodny, jasny dzień, słońce przezierało zza sosen, a brytyjską flagę, wiszącą nad zwieńczoną blankami wieżą rezydencji, marszczyła lekka bryza.

Kiedy Lucy i Elizabeth wyszły głównymi drzwiami, zobaczyły, że na podjeździe czeka już na nich jeden *khansamah*, dwóch *khitmutgar*, trzech *musolczi*, Etta z dwoma *aja*, dwóch *sais* do koni, czterech oficerów z ochrony oraz osiemnastu kulisów do ciągnięcia riksz, niesienia węglowych pieców, kubłów z lodem, stołów, płóciennych walizek i zapasów jedzenia.

— Uwielbiam ciche, spokojne wyprawy na wieś... — mruknęła Elizabeth.

— Prawdopodobnie byłoby spokojniej, gdybyśmy zabrały ze sobą wędrowną trupę cyrkową.

Mashobra była jednym z niewielu miejsc, gdzie wicekról i wicekrólowa mogli zachowywać się swobodnie. Szli długim, ciemnym tunelem między wzgórzami, a potem wąską drogą biegnącą nad głęboką przepaścią o pionowych ścianach. Choć Mashobrę dzieliło od Simli jedynie sześć mil, była oazą pierwotnego spokoju. Nawet dom wicekróla — mimo całej wspaniałości pokrytej geometrycznymi zdobieniami fasady — nie miał gorącej wody.

Słoneczne światło malowało na drodze złote wzory, w drzewach wrzeszczały małpy. Lucy, Etta i Elizabeth siedziały w rikszach, a wciągający je na coraz bardziej strome wzniesienie kulisi ciężko dyszeli i stękali.

— Nie martw się o nich — powiedziała Elizabeth do Lucy. — Udają zmęczonych, żeby im więcej zapłacono.

Kiedy w porze lunchu dotarli do Mashobry, wszyscy odetchnęli. Dom był już otwarty. Rozwinięto dywany, pozawieszano zasłony, zdjęto z krzeseł pokrowce, a na werandzie ustawiono przyniesione ze stróżówki donice z geranium.

Patrząc na kręcących się wszędzie specjalistów od zmiany scenografii, towarzyszących jej na każdym kroku, Lucy straciła nadzieję, że kiedykolwiek ujrzy prawdziwe Indie. Gdy weszła do domu, eskortujący ją porucznik Venables zasalutował z drżącą precyzją i zapytał, czy może odejść.

Podano im szampana, *khansamah* zajął się piecem węglowym, a pozostali służący szykowali stoły, rozkładając na nich talerze, serwetki i srebrne sztućce. Choć znajdowali się w środku lasu, w domu letniskowym o zardzewiałym blaszanym dachu i bez gorącej wody, otoczeni wrzaskami małp i kukaniem kukułek, mieli jeść z porcelany z fabryki Mintona i wycierać usta serwetkami z irlandzkiego lnu — jakby spożywali lunch w angielskiej wiejskiej posiadłości.

Z kuchni wyszedł główny *khitmutgar*, ukłonił się i przedstawił Lucy i Elizabeth napisane na maszynie menu. Toran z zielonej fasoli, przepękla ogórkowata z angielskim nadzieniem, kurczak różany à la wicekrólowa, nadziewana ketmia jadalna, *ćatni* z czarnej soczewicy i rajskie banany w cukrze trzcinowym.

— Wasza Ekscelencjo, *khansamah* zadedykował pani to specjalne nowe menu na pieczonego w całości kurczaka, szczególnie i świadomie opracowanego z myślą o Waszej Ekscelencji jako powitanie w Simli — powiedział.

— Jak jest przyrządzony? — spytała ostrym głosem Elizabeth.

Nawet jako wicekrólowa Lucy nie mogła się przyzwyczaić do sposobu, w jaki Europejczycy rozmawiali z hinduskimi służącymi — choć Henry wiele razy jej mówił, że jeśli nie będzie wydawać poleceń rozkazującym tonem, natychmiast to wykorzystają.

— Kurczak jest pozbawiony skóry, Wasza Ekscelencjo, po czym trzymany jest w duszności przez długość sześciu godzin w cebuli i papryce, i chili, i szafranie, i kminie rzymskim, i garam masali, i kolendrze, wielkim sekretem tego pieczonego kurczaka jest jednak to, że do jego wewnętrza wduszone są części piersi sześciu przepiórek, związane razem i pokryte liśćmi kolendry — odparł *khit*.

— Brzmi wspaniale — stwierdziła Lucy, ignorując pełne dezaprobaty spojrzenie Elizabeth. — Powiedz *khansamah*, że sprawił mi miłą niespodziankę.

— Będzie wielce uhonorowany, Wasza Ekscelencjo — oświadczył *khit* i ponownie się ukłonił.

Piknikowy posiłek wyglądał wspaniale — i wszystko było przepyszne.

„Kurczak różany à la wicekrólowa" okazał się jednym z tych znakomitych dań, które powstają tylko wtedy, gdy gwiazdy znajdą się w odpowiednim położeniu względem siebie — tylko wtedy inspiracja połączona z umiejętnościami kucharza może dać naprawdę niepowtarzalną potrawę. Nawet Elizabeth przyznała, że danie jest niezwykłe, i zjadła kilka porcji.

„Rajskie banany w cukrze trzcinowym" były po prostu obranymi bananami ugotowanymi w surowym cukrze i schłodzonymi. Lucy bardzo smakowały, ale była tak najedzona, że jedynie ich skosztowała.

Po lunchu na werandzie podano kawę, a potem Elizabeth ucięła sobie drzemkę na leżaku. Z każdym oddechem jej *terai* opadał coraz niżej.

Lucy zaczynała się niepokoić, bo Jamiego wciąż nie było widać. Choć służący traktowali ją jak cesarzową, którą reprezentowała, podejrzewała, że nie został wpuszczony na teren posiadłości. Wkrótce będzie musiała powiedzieć służącym, że mają zacząć wszystko pakować, bo wracają do Simli.

Kiedy jednak *khit* ponownie wyszedł na werandę, aby zapytać, czy życzą sobie jeszcze kawy, dostrzegła w pobliskich drzewach migoczące światełko — było to lusterko, w którym odbijały się promienie słońca. Światełko błysnęło trzy razy i zniknęło.

Odesłała *khita* i zwróciła się do Elizabeth:

— Przejdę się po posiadłości. Nie masz nic przeciwko temu?

Elizabeth spała, przykryta kapeluszem, i pochrapywała cicho. Służący zwykle mówili wtedy, że „*memsahib* śpiewa hymny". Kulisi jedli południowy posiłek, oparci plecami o szopę. Oficerowie ochrony siedzieli na polowych krzesłach, jedli *murghi masala* i śmiali się głośno. Lucy doszła do wniosku, że może niepostrzeżenie opuścić werandę i podejść do drzew, wśród których wcześniej błysnęło światełko.

Przemknęła ścieżką jak duch albo wspomnienie.

Jamie czekał na nią w niewielkim zagłębieniu w skale, niemal całkowicie zasłonięty paprociami. Nieopodal po kamieniach przetaczała się woda małego strumienia, a w drzewach świergotały ptaki.

Tym razem Lucy bez wahania rozłożyła ramiona i pocałowała Jamiego. Mimo jej brzucha przytulił ją i zaczął całować po twarzy, w powieki, policzki i usta.

— Tak bardzo za tobą tęskniłem, Lucy... — wyszeptał.

Cofnęła się o krok i przyjrzała mu uważnie. Miał na sobie kanarkowy garnitur z naszywanymi kieszeniami i rozpiętą pod szyją koszulę.

— Skąd to masz? — zapytała zdziwiona.

Potrząsnął głową i zmarszczył brwi, a potem się roześmiał.

— Wszyscy mnie o to pytają. Do diaska, to Abercrombie i Fitch, a nie jakiś łach! Powiedzieli mi, że coś takiego nosi w tropikach każdy doświadczony podróżnik. Jeszcze nigdy w życiu ludzie tak mnie nie wyśmiewali. Hełm tropikalny był tak absurdalny, że natychmiast go wyrzuciłem. Gdybym miał więcej czasu, kazałbym *darzi* uszyć białe spodnie i kurtkę, a to cudo natychmiast bym wyrzucił.

— Jamie...

— Mam tu koc. Może usiądziesz?

Przysiadła na złożonym na pół *darri*, który Jamie rozłożył dla niej na skalnym występie.

— Jesteś taka ładna...

— Nie zapomniałeś o zdjęciu Blanche?

— Oczywiście, że nie — odparł, po czym sięgnął do kieszeni marynarki i wyjął z niej kopertę.

Kiedy podawał ją Lucy, drżały mu ręce.

— Z tyłu napisałem datę — dodał.

Otworzyła kopertę i wyjęła z niej małe sepiowe zdjęcie. Była na nim mała dziewczynka w fartuszku i chroniącym od słońca czepeczku. Miała pulchne ramiona, a na lewy nadgarstek założyła wianuszek ze złocieni. Lucy natychmiast rozpoznała tło: podwórko z tyłu kuchni pani Cullen.

— Ładna, prawda? — powiedział z dumą Jamie. — Tak samo jak ty.

— Na pewno mogę zatrzymać to zdjęcie?
— Jak najbardziej. Zobacz napis z tyłu.
Lucy odwróciła fotografię. *Blanche Cullen, rzeka Saline, 1898. Od jej ojca Jamiego dla jej matki Lucy z wyrazami miłości.*
Lucy nie mogła powstrzymać łez. Jamie chciał dać jej chustkę, ale pokręciła głową.
— Nie trzeba... — wyszeptała.
— To był twój wybór. Sama go dokonałaś.
— Wiem — odparła, rozmazując palcami łzy po policzkach. — Ale nie było to łatwe.
Jamie stał nad nią bez słowa.
— Na pewno nie chcesz do mnie wrócić? — zapytał po chwili.
— Wiesz przecież, że już na to za późno.
— Powiedziałaś, że mnie kochasz i zawsze będziesz kochać.
— To prawda, ale skoro dokonałam wyboru, muszę być konsekwentna.
Ponownie popatrzyła na zdjęcie, po czym schowała je do koperty. Wstała i wygładziła sukienkę.
— Chyba powinnam już iść. Nie chcę cię jeszcze bardziej zranić.
— Jeszcze trochę wytrzymam. Chciałbym, żebyś kogoś poznała.
— Tutaj? Ktoś jeszcze tu jest?
— To człowiek, któremu ufam.
Cofnęła się gwałtownie.
— Sądziłam, że będziemy sami.
Jamie rozłożył ręce.
— Tak też było. Na pewno nie słyszał naszej rozmowy.
— Cóż, przynajmniej tyle.
— Przepraszam, Lucy. Poprosiłem cię o spotkanie, aby z tobą porozmawiać o Blanche i o nas. Sądziłem, że potrafię cię namówić do zmiany zdania. Nie wiem... chyba mi się wydawało, że jednak dojdziesz do wniosku, iż Blanche potrzebuje nas obojga, że może ty i Henry... sam nie wiem. Chyba zbyt wiele sobie wyobrażałem.

Lucy rozejrzała się wokół z niepokojem.
— Jamie, kto tu jest? — zapytała.
— Nie bądź na mnie zła, dobrze? Po wyjściu z przyjęcia u ciebie rozmawiałem z kilkoma osobami i powiedziałem im,

gdzie spędziłem wieczór. Nie mogli uwierzyć, że jestem zaprzyjaźniony z wicekrólową, a kiedy w końcu uwierzyli, uznali, że to świetna okazja...

— Co jest świetną okazją? Jamie, mów!

— Moi przyjaciele próbują poprawić sytuację mieszkańców tego kraju. Próbują ich przekonać, że powinni sami sobie pomagać, zamiast we wszystkim polegać na Brytyjczykach.

— Nie rozumiem, o czym mówisz, i nawet nie wiem, czy chcę rozumieć. Muszę wracać.

— Lucy... — powiedział błagalnie Jamie, ujmując ją za ręce. — Nie prosiłbym cię o nic, gdybym nie sądził, że zgodzisz się przynajmniej posłuchać. Wysłuchałaś mnie, za co dziękuję, i odmówiłaś. Teraz przynajmniej wysłuchaj Tilaka. Jemu też możesz odmówić.

— Tilak? Tak się nazywa ten twój przyjaciel?

— Rządzisz tym krajem, Lucy. Jak możesz to robić, nie wiedząc, co czują jego mieszkańcy, jakie mają potrzeby i oczekiwania? Miliony Hindusów modlą się codziennie do swoich bogów i proszą ich, aby cię chronili, a ty nawet nie wiesz, jak żyją ci ludzie ani czego potrzebują. Nawet ich nie znasz.

— Powinieneś być adwokatem — stwierdziła z sarkazmem.

— Wysłuchasz go? O nic więcej nie proszę.

Kiedy w końcu kiwnęła głową, otoczył dłonią usta i zawołał:

— Tilak! Wszystko dobrze! Tilak! Chodź tutaj!

Zaniepokojone ptaki zaskrzeczały, a przestraszone małpy pomknęły między drzewa. Po chwili zaszeleściło poszycie, trzasnęło kilka gałązek i z zarośli wyszedł niski Hindus w średnim wieku, ubrany w wymięty płowożółty garnitur, w ciemnoczerwonym turbanie na głowie. Był pulchny, miał przepełnione niepokojem oczy i haczykowaty nos, pocił się obficie, a jego skóra miała barwę zimnej herbaty. Wyglądał jak agent towarzystwa żeglugowego. Ukłonił się Lucy, ale wyraz jego twarzy świadczył o tym, że nie odczuwa przed nią specjalnego respektu — ani przed piastowaną przez nią godnością wicekrólowej.

— To Bal Gangadhar Tilak — przedstawił go Jamie. — Tilak, to Jej Ekscelencja wicekrólowa, lady Carson Brackenbridge.

— *Salaam*, Wasza Ekscelencjo — powiedział Tilak. — Pan

Cullen dużo mi o pani opowiadał, podkreślał pani niezwykłe zalety i wychwalał urodę. Muszę przyznać, że nie przesadzał... jest pani piękniejsza od wszystkich europejskich kobiet, jakie miałem okazję spotkać.

— Czemu pan chciał mnie widzieć? — spytała Lucy i w tym samym momencie uświadomiła sobie, że powiedziała to takim samym ostrym tonem, jakiego użyła Elizabeth, pytając o „kurczaka różanego".

Bal Gangadhar Tilak uśmiechnął się lekko.

— To dla mnie wyjątkowa okazja móc spotkać się z taką osobą jak pani. Pan Cullen powiedział, że wysłucha mnie pani ze zrozumieniem, rozważy to, co powiem, i być może przekaże Jego Ekscelencji, że powinien w większym stopniu brać pod uwagę nasze uczucia i potrzeby.

Lucy pomyślała, że Jamie gra nieuczciwie, bo zwabił ją tutaj nie jako przyjaciółkę, ale jako wicekrólową Indii.

— Chyba muszę już iść — powiedziała do niego. — Nie powinieneś był prosić, żebym tu przychodziła. Bez względu na to, co czuję do ciebie albo do Henry'ego, to nie jest w porządku.

Złapał ją za rękę i przytrzymał mocno.

— Lucy, proszę, wysłuchaj go chociaż.

— To nie jest w porządku — powtórzyła.

Cofnął się, jakby próbowała go uderzyć.

— Nie w porządku? Ty mi mówisz, co nie jest w porządku? A czy to w porządku, żeby wielka, stara cywilizacja była zdominowana przez garstkę ludzi, z których twój mąż jest najgorszy? Czy to w porządku, żeby hinduskie dzieci umierały z głodu, zanim przyjdą na świat? Czy to w porządku, że pięcioletnie maluchy umierają na tyfus, cholerę i dyzenterię? Czy to w porządku, że miliony Hindusów przez całe swoje życie nie dostają nawet niewielkiej części bogactw, jakie oferuje ich kraj?

— Jamie, nie potrafię uwolnić cię od twojego poczucia winy wobec Czejenów. Nie zamierzam ci pomóc i nie zamierzam cię słuchać. Życzę miłego dnia. I panu też, panie Gunga Din.

Kiedy zaczęła wychodzić z zagłębienia w skale, Bal Gangadhar Tilak zawołał:

— Wasza Ekscelencjo! Proszę zaczekać!

Zawahała się i odwróciła. Tilak machnął ręką i zza krzaków wyszła mała dziewczynka, może pięcioletnia, odrobinę starsza od Blanche. Była owinięta kocem, poza nim nic na sobie nie miała. Jej włosy lepiły się od brudu i były pełne wszy, a usta pokrywały żółte strupy. Miała szeroko otwarte, ciemne i inteligentne oczy i Lucy pomyślała, że gdyby ją umyć, odpowiednio ubrać i zapewnić jej opiekę lekarską, okazałoby się, że jest ślicznym dzieckiem.

— To córka mojego kuzyna mieszkającego niedaleko Delhi — wyjaśnił Bal Gangadhar Tilak. — Wstąpiłem do niego, jadąc na spotkanie z panem Cullenem i moimi ludźmi w Simli. Przywiozłem ją ze sobą, ponieważ jest bardzo chora i gdyby została na lato na nizinach, na pewno by umarła. Ma na imię Pratima, co oznacza „złoty świątynny bożek". Ma krzywicę, robaki i wiele innych chorób, na które zapadają ludzie cierpiący głód.

Delikatnie położył dłoń na głowie dziewczynki.

— Dostaliśmy ją w darze od bogów i jeśli będzie trzeba, zabiorą ją nam, można jednak jej cierpienie wykorzystać do poprawienia życia wielu innych dzieci... wielu przyszłych pokoleń. Pani przyjaciel pan Cullen sporo ryzykował, przyprowadzając mnie na rozmowę z panią. Ja również sporo ryzykowałem i pani też. Jestem poszukiwany listem gończym, za złapanie mnie wyznaczono nagrodę. Rzekomo jestem bardzo niebezpiecznym człowiekiem, mordercą, proszę jednak popatrzeć na tę dziewczynkę i zadać sobie pytanie, co uczyniła, aby zasłużyć na taki straszny los. Proszę zapytać o to samą siebie. A potem proszę mi powiedzieć, że nie może pani przez kilka minut porozmawiać z Jego Ekscelencją o tym, jak pomóc takim niewinnym istotom.

Blanche, pomyślała Lucy.

Zeszła z powrotem do zagłębienia, pochyliła się nad Pratimą i dotknęła jej policzka. Dziewczynka zadrżała.

Bal Gangadhar Tilak smutno pokiwał głową.

— Może przeżyje, a może nie. Ma większe szanse od innych dzieci, ponieważ ją tu przywiozłem. Jeśli jednak przekonałaby panią o konieczności porozmawiania z wicekrólem o losie milionów ludzi żyjących w tym kraju... no cóż, wtedy osiągnęłaby coś w swoim krótkim życiu, prawda?

— Pratima, posłuchaj — powiedziała Lucy do małej, po czym zaczęła cicho śpiewać:

Tup, tup, mój koniku;
Panie, tup, jeszcze raz!
Ile mil zostało do Dublina?
Osiemdziesiąt i pięć, panie!
Dojadę tam przy świetle świecy?
Tak, i z powrotem też, panie!

Pratima uśmiechnęła się i zasłoniła oczy dłonią.
— Jest bardzo nieśmiała — wyjaśnił Bal Gangadhar Tilak. — Nawet jeśli cierpi się głód albo umiera, także można być nieśmiałym.
Lucy przypomniał się różany kurczak i poczuła palący wstyd. Wyprostowała się i próbując opanować drżenie ust, powiedziała do Jamiego:
— Przepraszam... źle cię oceniłam.
Przytulił ją mocno.
— Ciii, spokojnie. Nie musisz przepraszać. Nic nie zrobiłaś.
— Bardzo cię kocham.
— Wiem. Ja ciebie też.
Lucy wyjęła z kieszeni chustkę i osuszyła oczy.
— Zrobię... zrobię, co się da. Na pewno porozmawiam z Henrym. Jak długo tu będziesz?
— Nie dłużej niż dwa dni — odparł za Jamiego Bal Gangadhar Tilak. — Musimy się jeszcze zobaczyć z wieloma ludźmi w całym kraju.
— Och, Jamie... co się stało z zamkami w chmurach?
— Ciągle tam są. Ale może zawsze były to tylko chmury?

❖ ❖ ❖

Późnym wieczorem Lucy usiadła przy małym biurku, by napisać list do Jamiego. Fioletoworóżowy atrament, ten sam odcień, który tak lubiła lady Elgin, i welinowy papier. Ze ściany z imperialną powagą przyglądały jej się ryciny przedstawiające królewską parę, Wiktorię i Alberta. Na zewnątrz wrzeszczały małpy.

Rezydencja wicekróla, Simla
10 kwietnia 1899

Kochany Jamie,
nie będziemy już mieli okazji spotkać się przed Twoim wyjazdem, nigdy jednak nie zapomnij o tym, że Cię kocham. Noś tę myśl ze sobą wszędzie, dokąd się udasz.
Jeśli chodzi o Bala Gangadhara Tilaka, powiedz mu, że na pewno porozmawiam z Henrym i spróbuję go przekonać, iż Tilak jest człowiekiem honoru, troszczącym się o wszystkich cierpiących mieszkańców tego kraju.
Kocham Cię, najdroższy Jamie. Kocham Cię, kocham. I będę Cię kochała przez wszystkie nadchodzące lata.
Twój Zamek w Chmurach — Lucy

Po osuszeniu atramentu, zalakowaniu listu i przystawieniu wicekrólewskiej pieczęci wezwała posłańca i poleciła mu, aby zaniósł go do hotelu Cecil.

— Tak jest, *memsahib* — odparł chłopak.

Kiedy wybiegł, do pokoju weszła Elizabeth i na widok pióra i bibuły zmarszczyła czoło.

♦ ♦ ♦

Przez następne dwa dni Lucy nie otrzymała od Jamiego żadnej wiadomości. Gdy posłała do hotelu Cecil tragarza, aby zapytał o pana Cullena, Hindus wrócił z informacją, że pan Cullen opuścił Simlę o jedenastej rano wraz z dwoma służącymi i czterema kulisami. Nie zostawił adresu, pod który się udaje.

Resztę popołudnia spędziła w salonie, patrząc na góry. Po zapadnięciu zmroku przesłoniła je mgła i wyglądały jeszcze bardziej ponuro niż kiedykolwiek przedtem.

♦ ♦ ♦

Po nagłym zniknięciu Jamiego bardzo źle spała. Każdej nocy przez długie godziny leżała w łóżku, myśląc o nim i słysząc, jak mówi: „Chciałem, aby Blanche miała matkę i ojca". Wiosenny wiatr przewiewał rezydencję, unosił zasłony, przewracał kartki w czasopismach i mącił sny *aja*.

Nie mogła nikogo posłać na poszukiwania Jamiego. Przypomniała sobie, że powiedział, iż zamierza zatrzymać się w Amritsarze, a potem w Kaszmirze. Miała ochotę wysłać do rezydenta Amritsaru telegram, aby poszukał go pod pretekstem, że podczas kolacji zostawił w rezydencji wicekróla cenną papierośnicę. Nie zdecydowała się na to jednak.

W środę wieczorem siedziała i czytała prawie do pierwszej w nocy. Tuż po jedenastej przyszła Etta i zapytała, czy ma podać gorące mleko albo proszek na sen, ale Lucy tylko pokręciła głową. Była zmęczona, jednak chciała jeszcze porozmyślać o Jamiem. Wciąż nie wiedziała, czy kocha go mniej niż Henry'ego, czy bardziej.

O pierwszej wyszła spod moskitiery, owinęła się długim szlafrokiem i wyszła na balkon. Była bladoliliowa, chłodna i pachnąca noc, a szum strumieni płynących przez ciemne doliny przypominał szum krwi w żyłach.

Myślała tak intensywnie, że rozbolała ją głowa. Gdyby tylko mogła zapomnieć o Sha-shy, gdyby Jamie nie pocałował jej w tak szczególny sposób... gdyby nie spała z Maltym. Gdyby nigdy nie spojrzała na Henry'ego...

Wyjęła z kieszeni zdjęcie córeczki i popatrzyła na jej poważną twarzyczkę i pulchne ramionka. Jamie mówił, że mała ma teraz chude rączki i nóżki, więc musiała urosnąć od czasu, kiedy zrobiono zdjęcie.

Gdybym cię nie zostawiła, moja kochana Blanche...

Kiedy patrzyła na zdjęcie, rozległo się ciche pukanie do drzwi sypialni. Odwróciła się szybko i chciała wsunąć zdjęcie do kieszeni, ale nie trafiła i upadło na wykafelkowaną podłogę balkonu. Zanim zdążyła się po nie schylić, podmuch wiatru porwał je w ciemność.

Kiedy próbowała zobaczyć, w którą stronę poleciała fotografia, pojawiła się Elizabeth — w nocnym czepku i misjonarsko skromnej koszuli nocnej.

— Lucy! Cóż ty wyprawiasz, na Boga?! Zaziębisz się na śmierć. Albo spadniesz z balkonu.

— Wypadła mi... wsuwka do włosów.

Elizabeth podeszła do skraju balkonu i popatrzyła na ciemne krzewy w ogrodzie.

— Wsuwka do włosów? Mam kazać *ćokra* jej poszukać?

— Nie, nie chcę nikogo budzić.
— Była bardzo cenna?
— Właściwie nie, miała jedynie wartość sentymentalną. Dostałam ją od Henry'ego. — Lucy wytarła oczy. — Chyba jestem przewrażliwiona, bo byle co doprowadza mnie do płaczu.

Elizabeth objęła ją ramieniem i zaprowadziła z powrotem do sypialni.

— Na pewno znajdziemy ją rano, kiedy się rozwidni. Właśnie usłyszałam od pana Frognala, że Henry przyjeżdża jutro do Simli. Powinien zdążyć na herbatę.

— Henry? To wspaniale!

— No cóż, może nie ucieszy cię to zbytnio, ale kiedy się zjawi, rozpocznie się prawdziwy towarzyski młyn! Oczywiście w twoim stanie trudno ci będzie uczestniczyć we wszystkich balach i przyjęciach.

Lucy usiadła na łóżku i wbiła wzrok w otwarte drzwi balkonowe, jakby się spodziewała, że zdjęcie Sha-shy wleci przez nie z powrotem do pokoju. Zniknęło jednak na dobre — tak samo jak Jamie. Może wiatr i noc próbowały jej w ten sposób dać znak, co powinna zrobić?

— Czy byłaś kiedyś zakochana? — zapytała przyjaciółkę.

Elizabeth, która właśnie wiązała mocniej tasiemki wokół nadgarstków, znieruchomiała, nie bardzo wiedząc, czego się spodziewać.

— Byłam — odparła po chwili.

— Jak się nazywał?

Elizabeth skończyła wiązać wstążkę.

— Richard. Kapitan Richard Watson, Trzynasty Pułk Kawalerii Bengalskiej — powiedziała. — Ożenił się z dziewczyną, która nazywała się Minnie Forrester. Miała gęste ciemne wąsy, niemal tak samo wielkie jak jego. Potem się dowiedziałam, że umarł w Egipcie. Całkiem zwyczajnie, z powodu zatrucia pokarmowego.

— Przykro mi.

— Nie ma potrzeby. Tak naprawdę był potworem. A dlaczego pytasz?

— Zastanawiałam się, czy wiesz, jak to jest.

Elizabeth prychnęła.

— Jesteś przecież ekspertem! Poślubiłaś najwspanialszego mężczyznę w całym Imperium Brytyjskim!

— Skąd wiedziałaś, że jesteś zakochana?

Elizabeth podeszła do łóżka i usiadła na nim. Pachniała wodą lawendową i maścią goździkową.

— Będziesz miała dziecko. Kiedy nosi się dziecko, emocje skaczą w górę i w dół.

— Chyba tak.

— Niepokoisz się swoimi uczuciami do Henry'ego?

— Raczej brakiem pewnych uczuć.

— Nie roztrząsaj tego. Twój mózg skupia się teraz na kochaniu dziecka. Nie pozostaje mu zbyt wiele czasu na Henry'ego, ale to się zmieni.

— Czy twój Richard sprawiał, że drżałaś?

Elizabeth wbiła w nią zdumiony wzrok. Zaczęło do niej docierać, że Lucy wcale nie mówiła o Henrym.

— Z początku tak... Ale tak naprawdę zadrżałam, kiedy po wielu latach zobaczyłam go razem z Minnie i czterema miniaturowymi Minniątkami. Nie z podniecenia jednak, moja droga, lecz z ogromnej ulgi.

◆ ◆ ◆

Wczesnym rankiem Lucy wezwała Ettę, aby ją ubrała.

— Panna Morris mówiła mi, że dziś po południu ma przyjechać lord Carson — powiedziała z uśmiechem pokojówka, czesząc jej włosy.

— To prawda. Podobno teraz mamy zacząć bawić się na całego.

Etta musiała zauważyć w brzmieniu jej głosu coś dziwnego, bo spojrzała na nią w lustrze i przerwała czesanie. Jej drobna dłoń mocniej ścisnęła masywną, oprawioną w srebro szczotkę, prezent ślubny od lorda Salisbury.

— Wygląda pani na dość zmęczoną, jaśnie pani.

— To nic wielkiego. Chyba nie służy mi sypianie w nowym łóżku. Poza tym wiesz, co mówią o Simli: że to niespokojne miejsce, pełne duchów.

— Nigdy nie widziałam ducha — stwierdziła Etta i wróciła do czesania. — Choć nie powiem, abym miała na to ochotę.

Kiedy zaczęła rozczesywać włosy z tyłu, niechcący zaczepiła o splątany lok.

— Uważaj! — syknęła Lucy. — Nora nigdy... Och, bardzo przepraszam, Etto. Nie powinnam była tego mówić.

— Ja też tęsknię za Norą, lady Carson.
— Wszyscy tęsknimy, ale chyba ja najbardziej. Nora pracowała dla mnie w Ameryce i była nie tylko moją pokojówką, ale i przyjaciółką.

No i oczywiście była jedyną osobą z jej otoczenia, która wiedziała o Blanche. Gdyby żyła, mogłaby z nią porozmawiać, powiedzieć jej, jak bardzo wytrąciła ją z równowagi utrata zdjęcia córeczki.

Etta skończyła czesanie.

— Mam nadzieję, że ja też będę mogła zostać pani przyjaciółką, lady Carson, oczywiście z biegiem czasu.

Lucy odwróciła się i ujęła jej dłonie.

— Już nią jesteś, moja droga.

Zapukano do drzwi i Etta poszła otworzyć. Okazało się, że to panna Smallwood, pielęgniarka Lucy. Była szczupłą, schludną kobietą, włosy zawsze miała ściągnięte ciasno do tyłu, w pracy ubierała się w biały fartuch. Całą swoją postawą obwieszczała: „Bez reszty poświęcam się pracy". Wśród mieszkających w Indiach Brytyjczyków krążyła opowieść, że kiedyś naczelnemu lekarzowi Madrasu wygłosiła tak gwałtowną przemowę o niedopuszczaniu kobiet do lekarskiej profesji, iż biedak załamał się i popłakał (co prawda po opróżnieniu do połowy butelki koniaku). Według Lucy wyglądała jak pani Noe z *Opowieści biblijnych dla dzieci* — jak ktoś bardzo surowy i apodyktyczny.

— Nie będzie pani miała nic przeciwko temu, żebym zmierzyła jej temperaturę? — spytała, stawiając na najbliższym stoliku swoją torbę i wyjmując termometr.

Jej pytania zawsze bardziej przypominały żądanie albo polecenie i właśnie to władcze matkowanie musiało doprowadzić do łez naczelnego lekarza Madrasu.

— Wybierałam się na spacer... — powiedziała Lucy.
— Na spacer? O tej porze? W pani stanie? Po szkarlatynie? Przy tej rosie na ziemi i mgle? Chyba nie mówi pani poważnie!
— Mam ochotę trochę się poruszać. Czuję się uwięziona.
— Istnieją różne rodzaje ruchu, mądre i niemądre — odparła panna Smallwood, wkładając Lucy termometr do ust. — Ale pani na pewno o tym wie, prawda?
— Mhmmm...

— Kiedy rosa wyparuje i powietrze się oczyści, może pani, jeśli sobie tego życzy, zrobić krótki spacer. Chyba wie pani jednak, że po południu przyjeżdża Jego Ekscelencja. Myślę, że nie chciałby znaleźć pani zmęczonej i nie w humorze. Mam rację?

— Mhmhmmm...

◆ ◆ ◆

Razem z Elizabeth zjadła śniadanie w Salonie Plasseya — niewielkim, cichym pomieszczeniu o ścianach wyłożonych kafelkami barwy szafranu, z wiszącymi w oknach długimi płóciennymi zasłonami, powiewającymi w porannym wietrze jak flagi buddyjskiego klasztoru.

Elizabeth podano *khagina* — omlet z ciecierzycy z kolendrą, kardamonem i cebulą, pocięty na grube skośne kawałki. Lucy jak zwykle jadła owsiankę na wodzie z odrobiną śmietany. Panna Smallwood poinstruowała ją, że jakiekolwiek indyjskie przyprawy wpłynęłyby niekorzystnie na układ trawienny dziecka.

Jej towarzyszka włożyła dziś dość pretensjonalną muślinową sukienkę w nieco kłócących się ze sobą kolorach — szkarłacie i indygo — ozdobioną perłami. Kiedy zjadła omlet, sięgnęła po zawijane ryżowe naleśniki, zwane *dosa*.

— Chodziło ci o to, czy kiedykolwiek kochałam jednocześnie więcej niż jednego mężczyznę? — spytała, jakby dopiero teraz dotarło do niej znaczenie zadanego w nocy pytania.

— Słucham? — spytała zaskoczona Lucy.

Elizabeth uśmiechnęła się z pełnymi ustami.

— Mówię o naszej wcześniejszej rozmowie. Chodziło ci o to, czy kochałam kiedyś więcej niż jednego mężczyznę równocześnie? Wydaje mi się, że właśnie to miałaś na myśli.

Lucy bez słowa popijała herbatę i czekała.

Elizabeth dokończyła *khagina* i pedantycznie wytarła usta.

— Jest taka hinduska opowieść o milionerze, który szukał żony. Chodził po bogatych i biednych domach. Rozmawiał z dziewczętami pięknymi i pospolitymi. Wszystkim zadawał to samo pytanie: „Czy umiesz zrobić dobry posiłek z dwóch funtów ryżu?". Wszystkie oczywiście zaprzeczały, ale w końcu spotkał olśniewająco piękną dziewczynę, która odpowiedziała, że umie. Wzięła ryż i starannie go wymłóciła, oddzielając ziarna od plew. Zaniosła plewy do jubilerów, którzy używali ich do polerowania srebra. Za uzyskane ze sprzedaży pieniądze kupiła drewno i dwa garnki. Zrobiła ognisko i ugotowała ryż, a kiedy drewno się spaliło, sprzedała węgiel drzewny i kupiła klarowane masło, zsiadłe mleko, olej, migdałecznik oraz owoce tamaryndowca. Potem zrobiła bulion z ryżem, *kedgeree*, maślankę i zupę. Podała to wszystko milionerowi przepięknie przybrane, z wodą aromatyzowaną agarem, i oczywiście się z nią ożenił.

Lucy dokończyła herbatę.

— Nie bardzo wiem, co próbujesz mi dać do zrozumienia.

Elizabeth wzruszyła ramionami.

— Chyba to, że powinnaś starać się jak najlepiej wykorzystać to, co masz. Twoje małżeństwo z Henrym może się czasami wydawać tak samo mało ciekawe jak dwa funty ryżu, jeśli jednak bardzo się postarasz, któregoś dnia da ci radość, szczęście i wielkie zadowolenie. Urodziłaś się w skromnych warunkach, moja droga, w miejscu znajdującym się bardzo daleko stąd i to, co ci się przydarzyło, jest wynikiem niezwykłego przypadku i ogromnego szczęścia. Teraz jednak sama jesteś odpowiedzialna za swoje przyszłc szczęście. Masz więcej niż większość kobiet. Wiem, że brak ci pewności siebie. Wiem, że czasami po prostu się nudzisz. Wątpisz też w swoją miłość do Henry'ego. Ale małżeństwo, tak samo jak te dwa funty ryżu, wymaga dbałości, pracy i nieustannej uwagi, a każdą nagrodę trzeba wymieniać na kolejną nagrodę, aż zamiast dwóch funtów ryżu będzie się miało produkty na cały bankiet.

Lucy przez długą chwilę patrzyła na nią w milczeniu.

— Dobrze się czujesz? — spytała zaniepokojona Elizabeth.

— Oczywiście. Nic mi nie jest.

Znowu zapadła długa cisza.

— A co by było, gdybym kiedyś tak mocno popracowała nad miłością do kogoś innego? — spytała w końcu Lucy.

Elizabeth się uśmiechnęła.

— A gdybym ja wyszła za Richarda Watsona? A gdyby jutro skończył się świat? — Wyciągnęła rękę i dotknęła dłoni Lucy. — W Indiach tego typu pytania nazywa się „kwiatami rosnącymi na niebie". Są absurdalne i bezcelowe, bo tylko zasmucają człowieka i do niczego nie prowadzą.

Siedziały przy stole, zasłony unosiły się i opadały, a z zewnątrz dobiegały krzyki, śmiechy i tupot stóp służby, przygotowującej dom na przyjazd Jego Ekscelencji lorda Carsona.

◆ ◆ ◆

Tuż po jedenastej Lucy udało się wymknąć do ogrodu. Owijając się ciaśniej lekkim szalem, obiegła dom, aż znalazła się pod balkonem swojej sypialni. Zaczęła przeszukiwać krzewy i rabaty, próbując się domyślić, gdzie mogła spaść fotografia Blanche.

Kiedy przeszukiwała ogródek alpejski, pojawił się *mali* z taczkami.

— Hej, ty! — zawołała.

Mali zatrzymał się i odstawił taczki. Był bardzo młody i miał pokrytą krostami bladą twarz.

— *Memsahib*?

— Pracujesz tu od rana?

Ale *mali* nic nie rozumiał. Lucy była wściekła na siebie, że do tej pory nie nauczyła się ani jednego słowa w urdu.

— Pracujesz tu od rana? — zapytała znowu, podnosząc głos, nie miało to jednak najmniejszego sensu, bo tylko przestraszyła chłopaka. — Widziałeś zdjęcie? Małej dziewczynki?

Mali gapił się na nią, rozpaczliwie chciał spełnić polecenie, ale niczego nie pojmował.

— Zdjęcie — powtórzyła Lucy i narysowała w powietrzu prostokąt. — Fotografia. Obrazek *missy baba*.

— *Missy baba*? — wymamrotał zupełnie zdezorientowany chłopak.

Nie widział w pobliżu rezydencji żadnych dziewczynek. W ogóle nie było tu europejskich dzieci — ani *chota sahib*, ani *missy baba*.

Lucy wzięła głęboki wdech.

— Jeśli znajdziesz zdjęcie... *missy baba*...

Mali nadal nic nie pojmował, więc zniechęcona Lucy odwróciła się i ruszyła z powrotem do domu.

W drzewach świergotały ptaki, zaniepokojone bieganiną służących i oficerów ochrony. Elizabeth czekała na Lucy przy schodach prowadzących do oranżerii.

— Znalazłaś? — zapytała.

Przez chwilę Lucy nie rozumiała, o co jej chodzi.

— Wsuwkę do włosów — dodała Elizabeth.
— Nie. Musiała się gdzieś odbić albo wpadła w krzewy.
Elizabeth ujęła ją pod rękę.
— Na pewno się znajdzie. Przesyłałam różne paczki i skrzynie z jednego końca Indii na drugi. Raz wysłałam nawet dzieci, moich młodych kuzynów, dając im jedynie kosz piknikowy z jedzeniem i kawałek kartonu z napisem BOMBAJ. Jeszcze nigdy nic mi nie zginęło.

Weszły do środka. Służący sprzątali, polerowali i biegali z pokoju do pokoju z wielkimi płaskimi donicami groszku pachnącego i stokrotek. Po chwili pojawił się Corcoran.

— Czy jaśnie pani powiedziała: „pudding letni"? — zapytał.

Nadbiegł John Frognal w pełnym mundurze, trzasnął obcasami i zasalutował.

— Lady Carson, Jego Ekscelencja powinien przybyć o trzeciej. Właśnie dostałem od niego wiadomość.

— No cóż, moja droga... — powiedziała Elizabeth, ujmując dłoń Lucy — wygląda na to, że nadchodzi dostawa twoich dwóch funtów ryżu.

Lucy nie mogła powstrzymać śmiechu.

— Mój mąż by się wściekł, gdyby się dowiedział, że go tak nazywasz.

♦ ♦ ♦

Henry wmaszerował do mrocznego holu rezydencji z kapeluszem w dłoni. Lucy czekała na niego w środku, siedząc na wielkim fotelu. Miała na sobie niebieską suknię, pogłębiającą błękit jej oczu, i włosy ułożone w miękkie, luźne loki, które Henry uwielbiał, a jej uszy ozdabiały długie kolczyki z perłami.

Henry zatrzymał się i wpatrywał się w nią przez długą chwilę.

— Lucy... — powiedział cicho.

Wstała i spojrzała mu w oczy. Ubrany był dość nieformalnie, w płócienną marynarkę i bryczesy, a na szyi miał czarną jedwabną muchę. Sprawiał wrażenie nieco zmęczonego, ale jednocześnie zadowolonego z siebie — jakby pomyślnie załatwił wszystkie sprawy w Kalkucie i był przygotowany na odpoczynek i rozrywkę.

Podszedł do Lucy i pocałował ją delikatnie.

— Tęskniłem za tobą — szepnął.

— Ja też za tobą tęskniłam — odparła. — Było tu dość nudnawo.
— Ale dobrze się czujesz? Panna Smallwood codziennie przesyłała mi raporty.
— Tak, czuję się wspaniale. — Lucy ujęła rękę męża. — A pan Carson coraz mocniej kopie. Zwłaszcza w nocy.
Henry zmrużył oczy.
— Naprawdę? Mały łobuz! A poza tym wszystko w porządku?
— Oczywiście.
— Horatio Carson. Będę miał wspaniałego dziedzica.
— Henry... — jęknęła Lucy.
Zaczynała przez niego przemawiać pozycja, ogarniało go poczucie historycznego posłannictwa i wielkości. Carson za Carsonem — przez całe stulecia! Carsonowie trwają tym, co Carsonów uczyniło! Kiedy tak się zachowywał, wolała się do niego nie odzywać. Czasem mijało wiele godzin, zanim znowu zaczynał mówić jak mąż albo kochanek.
Zamrugał.
— Czuję się dobrze, bo dużo odpoczywam — powiedziała. — Wreszcie znowu czuję się sobą. Chcę, aby tak samo było z tobą. Musisz odpocząć i spędzić ze mną trochę czasu.
Kiwnął głową, uśmiechnął się i pocałował ją w czoło. Rzuciła okiem w stronę drzwi. W plamie popołudniowego słońca stał tam ubrany w idealnie wyprasowany biały garnitur pułkownik Belloc, a za nim Vernon. Spojrzenie Lucy spotkało się ze spojrzeniem kamerdynera i choć natychmiast odwróciła wzrok, poczuła przypływ poczucia winy i zażenowanie.
Pułkownik Belloc podszedł bliżej, ujął jej dłoń i pocałował przez rękawiczkę.
— Lady Carson, cóż za radość! Przyznam, że planowałem wyjazd do ojczyzny, ale Jego Ekscelencja chciał porozmawiać ze mną o zabytkowych budynkach, więc jestem. Czas otworzyć mój stary dom przy Ridge i przewietrzyć go. Bellocgunge... Któregoś dnia koniecznie musicie przyjść do mnie na kolację.
Henry wchodził już na schody, za nim szli Corcoran, Vernon, Muhammad Isak i dwudziestu albo trzydziestu kulisów, niosących jego bagaże.
Pułkownik Belloc poczekał, aż Henry dotrze do połowy schodów.

— Prawdę mówiąc, znacznie bardziej od rozmów o starych budynkach interesowało mnie zobaczenie pani. Proszę nie zrozumieć źle moich intencji, lady Carson. Jestem człowiekiem honoru, chętnie jednak oferuję moje usługi ludziom, którzy ich potrzebują. W zakresie duchowym, politycznym, artystycznym, seksualnym. Jestem jak bazar, choć zamiast przysmaków i kadzideł sprzedaję wiedzę.

Lucy nie poczuła się obrażona, ale nie była także zachwycona tym wstępem. Uśmiechnęła się zdawkowo.

— Do zobaczenia przy kolacji, pułkowniku. Jutro wybieramy się na piknik, więc może uda nam się wtedy porozmawiać.

— Bardzo bym się cieszył — odparł pułkownik Belloc i ukłonił się tak nisko, że skrzypnęły sznurki jego gorsetu.

◆ ◆ ◆

W nocy Lucy i Henry spali razem, choć Henry nie zrobił nic poza pocałowaniem i objęciem żony.

Kiedy Horatio zaczął kopać, chwyciła jego dłoń i przyłożyła ją sobie do brzucha. Henry popatrzył na nią z zachwytem i zdumieniem.

— Horatio... — szepnął.
— Może.

Większość nocy przespał głębokim snem, odwrócony do Lucy plecami. Przed świtem zaczął nagle szeptać i drżeć, i raz po raz powtarzać: „Nie, ojcze".

Lucy próbowała go uspokoić cichym „szszsz" i głaskaniem po ramieniu. Tu, w Simli, oddalony od swojego biurka w Domu Rządowym, sprawiał wrażenie znacznie łatwiejszego do zranienia, bardziej ludzkiego — znowu przypominał mężczyznę, który powiedział jej kiedyś: „Gdy się kocha, to się płonie".

Niebo za balkonem zaczął rozjaśniać świt.

Henry otworzył oczy i przez długą chwilę wpatrywał się w Lucy, jakby nie wiedział, kim jest leżąca obok niego kobieta.

Pocałowała go. Smakował jak Henry. Drewno cedrowe, sól i jeszcze jakiś inny, bardzo męski zapach.

— Jesteś w Simli — powiedziała cicho.
— Mojego ojca tu nie ma?
— Nie ma.

Henry usiadł na łóżku.
— Dziwne. Śniło mi się, że tu jest. Chciałem go zapytać o paryski tynk.
— Paryski tynk?
— Tak, żeby... — zaczął Henry i urwał.
Uświadomił sobie nagle, że to nie dalszy ciąg snu, ale rzeczywistość. Półprzytomnym wzrokiem rozejrzał się po pokoju.
— Mógłbym przysiąc, że...
Lucy ponownie go pocałowała.
— Wszyscy wiedzą, że Simlę nawiedzają duchy. Może właśnie się na któregoś natknąłeś.

◆ ◆ ◆

Po południu, po lunchu pod hasłem „Jesteśmy zachwyceni, że możemy państwa poznać", jaki wydali dla Amatorskiego Stowarzyszenia Dramatycznego Simli, którego członkowie byli okropnie hałaśliwi i wypili zbyt dużo reńskiego wina, Lucy ponownie poszła do ogrodu.

Riksze już odjechały, odwożąc oficerów, ich żony i ukochane do domów. Odjeżdżający goście krzykliwie recytowali Szekspira: „Nie czas żałować minionych nieszczęść, gdy już im zaradzić nie można"*. Rezydencja wicekróla wydawała się teraz bardzo cicha. Nawet ptaki nie miały ochoty śpiewać. Słychać było jedynie łopot wiszącej na wieżyczce flagi Wielkiej Brytanii i szczęk naczyń w kuchni.

Lucy podniosła jakiś patyk i zaczęła nim dźgać krzewy rosnące pod oknem jej sypialni. Kiedy znalazła kawałek tektury, jej serce podskoczyło gwałtownie, była to jednak tylko zniszczona, zupełnie nieczytelna wizytówka. Podciągnęła spódnicę i kontynuowała poszukiwania w najgęściej zarośniętych miejscach.

W pewnym momencie usłyszała za sobą cichy szelest. Uniosła głowę i rozejrzała się, jedną ręką przytrzymując swój wielki słomkowy kapelusz, aby nie zwiał go wiatr.

Nieopodal stał Vernon, z rękami tak daleko założonymi na plecach, że zdawało się, iż nie ma ramion, a jego ciało wyglądało jak czarny walec.

---

* *Zimowa opowieść*, przekład Macieja Słomczyńskiego.

— Vernon! Przestraszyłeś mnie!
— Przepraszam, jaśnie pani. Nie miałem takiego zamiaru.
— Przyszedłeś po kolejny weksel?
— No cóż... tak, ale wszystko w swoim czasie.
— Nigdy nie powinnam się była na to zgodzić. Pan Cullen i ja jesteśmy po prostu przyjaciółmi z dzieciństwa...
— Z pewnością, jaśnie pani.
Popatrzyła na niego wyzywająco.
— Więc przestaniesz żądać ode mnie pieniędzy?
Wykrzywił twarz w dziwacznym grymasie, który ludzie posługujący się cockneyem nazywają „północnym okiem".
— Nie mogę — odparł.
— Kiedyś pracowałam tak samo jak ty. Nie jesteś ani włóczęgą, ani dżentelmenem, więc powinniśmy się rozumieć.
Vernon jeszcze bardziej się wyprostował.
— Lubię panią, jaśnie pani. Wali pani prosto z mostu.
W oddali szczekały psy i ktoś krzyczał: „Do nogi! Do nogi!".
— Zastanawiam się, czy pani czegoś szuka — powiedział po chwili Vernon.
— Czy czegoś szukam? Co masz na myśli?
— Przeczesuje pani patykiem krzewy, więc zdawało mi się, że może zgubiła pani coś cennego.
— Prawdę mówiąc, tak. Wsuwkę do włosów.
— Wsuwkę do włosów? — powtórzył Vernon i wyszczerzył zęby.
Lucy poczuła się tak samo jak wtedy, gdy mając sześć lat, stała przed Jackiem, który odkrył, że ukradła trzy rolki cukierków na kaszel.
— Chcesz weksel? Mogłabym dać ci gotówkę, dwieście rupii.
— No cóż, buziak i pieszczotka w salonie nie są warte więcej niż dwieście rupii, to fakt, ale co z tym? Ile to może być warte?
Wyciągnął rękę zza pleców i podstawił Lucy pod nos zdjęcie Blanche.
— Skąd to masz?! — zapytała wzburzona i spróbowała sięgnąć po zdjęcie.
Kamerdyner szybko odsunął rękę na bok.
— Przemiła dziewczynka, prawda? Ładniutka. I ta sentymentalna dedykacja z tyłu...

Lucy jęknęła, a jej oczy wypełniły się łzami.
— Ty draniu... skąd to masz?
— Jeden z *sais* znalazł je na ścieżce i pokazał *dewan*, a potem przyszedł do mnie i zapytał, czy wiem, do kogo należy. Rzuciłem okiem na napis i oczywiście powiedziałem, że wiem. — Uśmiechnął się jeszcze szerzej. — Pomyślałem, że to los od Boga. Manna z nieba.
— Oddaj mi je!
— Mam oddać kurę, która znosi złote jajka?
— Daj mi to zdjęcie! Należy do mnie i chcę je mieć.
— Jak bardzo? Ciekaw jestem, co by powiedział Jego Ekscelencja, gdyby rzucił okiem na tę laleczkę. Co by pomyślał, gdyby się dowiedział, że jaśnie pani bawiła się w tatusia i mamusię z jakimś jankeskim fagasem?
— Daj mi tę fotografię... — wyszeptała Lucy. — To wszystko, co mi po niej pozostało.
Vernon zaczął obracać zdjęcie w palcach.
— Tysiąc na miesiąc.
— Tysiąc rupii? To ponad pięćdziesiąt funtów!
— Siedemdziesiąt pięć.
— Nie mogę dawać ci co miesiąc siedemdziesięciu pięciu funtów. To po prostu niemożliwe!
— Oczywiście, że pani może. Jest pani wicekrólową i na pewno znajdzie jakiś sposób. Pułkownik Miller wydaje dwa razy tyle na sherry.
— Chcę moje zdjęcie.
— Jeśli pani nalega, dam je pani, najpierw jednak zrobię sobie odbitkę. To moja ława przysięgłych i nałokietnik... to zdjęcie jest moim nożem, widelcem i łyżką. Nie mogę go pani dać, nie robiąc sobie odbitki, prawda?
Lucy poczuła skurcz brzucha.
— Spodziewam się dziecka. Jak możesz mi coś takiego robić?
Kamerdyner wzruszył ramionami.
— Są słabi i silni, prawda, jaśnie pani? Niektórzy żyją dzięki szlachetnemu urodzeniu, ale większość z nas musi używać sprytu.
— Nie urodziłam się szlachetnie, dobrze o tym wiesz.
— Ale teraz jest pani bogata. I słaba. Nawet jeśli Pan Bóg się nie dowie o tym pani małym grzeszku, to dowie się Jego Ekscelencja. Jak pani myśli, co będzie gorsze?

— Daj mi to zdjęcie.
Słońce świeciło na wybrylantynowanych włosach Vernona.
— Oczywiście, jaśnie pani... jak tylko dostanę weksel na tysiąc rupii. Sądzę, że to uczciwy układ, korzystny dla nas obojga.

♦ ♦ ♦

Następnego dnia po południu Henry poszedł do biblioteki pracować nad swoimi pamiętnikami i Lucy została przy kominku z pułkownikiem Bellokiem.
— Wygląda pani na zasmuconą — powiedział pułkownik, obracając w palcach pękaty kieliszek koniaku.
— Zasmuconą? Naprawdę? — zapytała Lucy, unosząc brwi.
Na jej włosach odbijały się refleksy ognia. Miała na sobie zieloną aksamitną suknię z dużym dekoltem, ukazującym głęboki rowek między jej powiększonymi piersiami. Wyglądała pięknie i czuła się piękna — dzięki ciąży cała promieniała. Ale pułkownik Belloc oczywiście miał rację — była także zasmucona. Nie miała przy sobie Blanche i straciła jej fotografię. Nie mogła jednak powiedzieć o tym mężowi i poszukać ukojenia w jego ramionach.
Nie bardzo rozumiała, jak to możliwe, ale zaczynała czuć coraz silniejszą więź z Henrym — jeszcze nigdy dotąd nie był jej tak bliski. Może po prostu powoli przyzwyczajała się do życia w Indiach? Może ostatnie spotkanie z Jamiem i świadomość, że Blanche rośnie i wspaniale rozwija się bez niej, pozwoliła jej w końcu pogodzić się z myślą, że nie ma odwrotu?
Było jednak coś jeszcze. Kiedy rano patrzyła, jak Henry pracuje — otoczony gubernatorami, rezydentami i maharadżami, stale zajęty, stale coś mówiąc, nieustannie pisząc — poczuła dumę z niego, dumę z tego, co robi, i z tego, że jest jej mężem.
Może to dziwne, ale jeszcze bardziej pogłębiło jej smutek to, że go zdradziła — choć tylko na kilka chwil i nie czynem, a jedynie w myśli.
— Nie powinna pani być smutna — powiedział pułkownik. — Byłaby pani zdumiona, gdyby wiedziała, jak bardzo Henry jest pani oddany. Kiedy tu jechaliśmy, dużo rozmawialiśmy. Martwi się, że zbyt rzadko okazuje pani swoją miłość.
Lucy uniosła brwi.
— Jest bardzo zajęty.

— Oczywiście. Musi rządzić Indiami i realizować swoje wizje, jednak stale myśli o pani i o tym, jak uczynić panią szczęśliwą.
— To nie Henry sprawił, że jestem zasmucona. Jest mi smutno bez powodu.
Pułkownik Belloc pociągnął łyk koniaku.
— Czasami smutek też jest potrzebny, moja droga. Czemu nie? Smutek to jeden z dziewięciu nastrojów sztuki dramatycznej. Kiedy widzę smutną kobietę, zawsze przypomina mi się *ragini* pory deszczowej.
— Co?
— Oj, przepraszam! Jak zwykle mówię niejasno. W średniowieczu powstało w Indiach wiele znakomitych wierszy zwanych *ragamala*, czyli „girlandami *raga*". Można to przetłumaczyć jako „nastrój". *Ragini* to forma żeńska. O *ragini* pory deszczowej napisano, że jest „blada i słaba, jej głos przypomina śpiew kukiela czarnodziobego, niektóre kadencje pieśni mówią o jej panu".
Lucy się uśmiechnęła.
— Kiedy nadchodzi wiosna, *ragini* wiosny wyznaje: „Moje serce śni o Hindola i kwiatem lotosu czci Krysznę, który siedzi na huśtawce zawieszonej między poskręcanymi gałęziami bananowca. Słucha dźwięków jego fletu i przepełnia je miłość". — Oczy pułkownika Belloca błyszczały. — Te słowa, moja droga, przypominają mi panią — dodał i zakaszlał w pięść.
Rozmawiali do wpół do jedenastej. Po trzech albo czterech tygodniach spędzonych w Simli pułkownik Belloc planował wyjazd do Radżputany, w okolicę góry Abu, aby obejrzeć bogato zdobione świątynie Dilwara. Pokazał Lucy liczne rysunki, które zrobił w czasie swojego pierwszego pobytu. Ukazywały szeregi kamiennych ludzkich postaci, splecionych z demonami, bogami, wężami i końmi.
Opowiedział jej o Wisznu i o przygodach jego wcielenia Kryszny, który tak rozkosznie spółkował z kobietami z Brindawanu, że ścigały go przez kolczaste krzewy, zrywając z siebie ubrania. Opowiedział o wyznawcach Ćajtanji Mahaprabhu, którzy uważają, że wszechświat jest rodzaju żeńskiego, i ubierają się jak chichoczące, lekkomyślne dziewczynki.
Był jak żywa biblioteka indyjskiej sztuki, muzyki i religii. Lucy uświadomiła sobie, jaka była niedojrzała, egoistyczna i uparta.

Bariery między nią i Henrym przestaną istnieć, jeśli naprawdę będzie tego chciała i postara się do niego dotrzeć.

Kiedy wreszcie wymówiła się do łóżka, pułkownik Belloc wstał i nisko jej się ukłonił.

— Mam nadzieję, że pani nie wynudziłem.

— Wręcz przeciwnie, pułkowniku. Przez ten jeden wieczór nauczył mnie pan więcej niż nauczyciele przez siedem lat.

— Proszę pamiętać o tym, że problemy nie istnieją. Istnieją jedynie rozwiązania. Jeśli coś stanie na pani drodze, wystarczy powiedzieć: „Nic nie stoi mi na drodze".

Etta czekała w holu, kiedy Lucy poszła powiedzieć „dobranoc" Henry'emu. Pisał gorączkowo, opierając głowę na dłoni, wszędzie wokół leżały sterty książek i raportów — jakby na biurko spadło stado martwych albatrosów. Odłożył pióro i uniósł głowę. Miał taką minę, jakby spodziewał się bury, że jeszcze pracuje.

Lucy stanęła za nim, położyła mu dłonie na barkach i pocałowała go w głowę.

— Jak ci minął wieczór? — zapytał.

Ponownie go pocałowała.

— Znakomicie. Twój przyjaciel pułkownik Belloc jest fascynujący. Może za bardzo lubi mówić o grzeszkach innych ludzi, ale jest bardzo interesujący.

— Jest prawdziwym znawcą Indii. Połowa Hindusów, która bełkocze o *swaradź*, nie wie o własnej kulturze połowy tego co Gordon. Poświęcił na jej poznawanie całe życie... doskonale zna się na architekturze, malarstwie i literaturze indyjskiej. Wiesz, że umie nawet grać na sitarze? Poproszę, żeby kiedyś ci coś zagrał.

— Co to jest *swaradź*? Słyszałam, jak pułkownik Miller wspomniał coś o tym wczoraj przy lunchu podczas rozmowy z Saraji Rao.

— Moja droga, *swaradź* to w tym domu brzydkie słowo. Oznacza niepodległość, samodzielne rządy Hindusów nad Hindusami.

— Bez nas? Całkowicie samodzielnie?

Kiwnął głową.

— Ale przecież sobie nie poradzą, prawda?

— Oczywiście, że nie. Jednak kilku fanatyków najwyraźniej wbiło sobie do głowy, że im się uda.

— W jaki sposób mogliby obsługiwać koleje i pocztę, uprawiać plantacje herbaty i robić inne podobne rzeczy?

Henry zakręcił pióro.

— Może pewnego dnia się tego wszystkiego nauczą... za sto lat, kiedy praca, którą dziś wykonujemy, przyniesie owoce. Edukacja, restrukturyzacja rządu, zadania budowlane, rozwój rolnictwa. Teraz na pewno jeszcze nie są gotowi. Problem w tym, iż większość Hindusów jest tak łatwowierna, że wystarczy paru agitatorów, aby wzbudzić niepokój wśród tysięcy czy nawet milionów, i w efekcie niewinni cierpią tak samo jak winni — powiedział Henry i zaczął grzebać w dokumentach leżących na biurku. — Właśnie dotarły do nas niepotwierdzone raporty wywiadu wojskowego, że jednego albo dwóch takich agitatorów widziano w okolicy Czandigarhu i Simli, lepiej więc, żebyś nie powtarzała swojej wieczornej wycieczki z pierwszego dnia.

— Och... porucznik Burnes-Waterton ci powiedział?

Ujął jej dłoń i pocałował opuszki palców.

— Złożenie raportu w tej sprawie było jego obowiązkiem. W końcu to on tamtego dnia odpowiadał za twoje bezpieczeństwo. Nie martw się, nic złego się nie stało, musiałem jednak i jemu, i Johnowi Frognalowi dać surową reprymendę.

— Mam nadzieję, że niezbyt surową. To była wyłącznie moja wina.

— Nie, moja droga, niezbyt surową.

Kiedy Lucy wyszła z biblioteki i zamknęła za sobą drzwi, z cienia wysunęła się ciemna postać. Był to Vernon — ze złożonymi za plecami dłońmi.

— Dobry wieczór, jaśnie pani. Tylko słówko, zanim pani odejdzie.

Lucy wyjęła z kieszeni tysiąc rupii w nowych banknotach. Powiedziała Johnowi Frognalowi, że potrzebuje pieniędzy na nowe suknie i kapelusze. Jeszcze tylko musiała się zastanowić, jak wytłumaczy to Henry'emu, kiedy zacznie sprawdzać wydatki.

— Oto suma, której zażądałeś.

Vernon wziął pieniądze, poślinił kciuk i szybko przeliczył banknoty.

— Bardzo jestem zobowiązany.

— A co z moim zdjęciem?

531

— Cóż... mam z tym mały problem.

— Co to ma znaczyć? Powiedziałeś, że chcesz za nie tysiąc rupii, i dałam ci je.

— Tak, ale pomyślałem sobie, że może zbyt tanio je sprzedaję. Jeśli to zdjęcie jest warte tysiąc rupii, może jest też warte dwa tysiące?

— Nie mogę dać ci więcej! Nie mogę!

— W takim razie chyba powinienem pozwolić jego lordowskiej mości rzucić na nie okiem...

— Vernon, błagam cię! Oddaj mi zdjęcie.

— Jeszcze tysiąc i przysięgam, że je oddam.

— Nie mogę!

— Cóż, zrobi pani, jak zechce, lady Carson. Jeszcze tysiąc albo zdjęcie ląduje na biurku lorda Carsona. Tylko bez żadnych sztuczek.

Lucy cała się trzęsła ze złości i frustracji.

— Nie uda mi się zdobyć dodatkowego tysiąca. Może pięćset...

— Tysiąc albo nic, jaśnie pani. Takie są moje warunki, a warunki to warunki.

— Ile dasz mi czasu?

Vernon pociągnął nosem.

— Bo ja wiem... czterdzieści osiem godzin? Im szybciej, tym lepiej.

W tym momencie na końcu korytarza pojawiła się Etta.

— Jest pani gotowa iść spać, lady Carson? — zapytała.

— Tak, Etto — odparła Lucy i ponownie odwróciła się do Vernona. — W porządku, ale niech to będzie twoje ostatnie żądanie, bo jeśli nie, pójdę do wicekróla i powiem mu o wszystkim bez względu na konsekwencje!

— Miłego snu, jaśnie pani — powiedział Vernon i zniknął w mroku.

◆ ◆ ◆

W nocy Lucy przez wiele godzin nie mogła zasnąć. Cały czas myślała o Sha-shy i o Vernonie i przypominała sobie, co przed wyjazdem do domu powiedział jej Walter.

„W Indiach jest masa uczynnych osobników, którzy uciszyliby kogoś takiego na zawsze".

Potem pomyślała o słowach pułkownika Belloca: „Jeśli coś

stanie na pani drodze, wystarczy jedynie powiedzieć: »Nic nie stoi mi na drodze«".

— Nic nie stoi mi na drodze — szepnęła. — Nic nie stoi mi na drodze.

◆ ◆ ◆

Kiedy następnego dnia po południu spacerowała po terenie rezydencji, a jej *ćaprasi* człapał za nią z parasolem, na zboczu pojawił się wysoki indyjski tragarz i szybkim, zdecydowanym krokiem ruszył w jej stronę.

Rozejrzała się nieco zaniepokojona. Elizabeth była niedaleko, siedziała na fotelu i wyszywała pokrywę na tacę. Dwóch ludzi porucznika Burnesa-Watertona stało przy schodach prowadzących na werandę, ale Henry rano tego dnia już dwa razy zwracał jej uwagę, że w okolicy zauważono nacjonalistycznych ekstremistów i powinna zachować szczególną ostrożność.

Elizabeth opowiedziała jej kilka przerażających historii o napaściach na brytyjskich oficerów i kobiety, których dopuścili się hinduscy służący na północno-zachodniej granicy. Garota, zasztyletowanie, cios siekierą między łopatki — czasem nawet na ulicy.

Przez tydzień lub dwa po tych wydarzeniach Elizabeth obserwowała podejrzliwie całą służbę — przede wszystkim Tir' Rama, który był Pasztunem, ale także *aja* Lucy.

— Hindusi rozumują zupełnie inaczej — oświadczyła. — Są jak owczarki niemieckie. Mogą cię kochać i służyć z oddaniem przez dwadzieścia lat, a potem potrafią odgryźć ci nogę.

— Owczarki czy służący?

— Owczarki, oczywiście. Większość naszych służących to wegetarianie.

Wysoki Hindus był już blisko. Po chwili podszedł do Lucy i ukłonił się nisko.

— *Salaam*, Wasza Ekscelencjo — powiedział.

— Co się stało? Czego chcesz?

— Zamienić z tobą kilka słów, jeśli możesz poświęcić mi nieco czasu — odparł cicho, cały czas pochylony.

— Jamie?

Podniósł głowę i uśmiechnął się. Zgolił brodę i natarł twarz czymś ciemnym, mimo to Lucy była zdziwiona, że od razu go nie rozpoznała. Może nigdy tak naprawdę nie przyglądała się swojej służbie — przynajmniej nie jako komuś, z kim chciałaby porozmawiać.

— Powiedz służącemu, żeby dał mi parasol, a potem go odpraw — polecił jej Jamie.

Lucy spełniła jego życzenie, po czym ruszyła razem z nim w dół zbocza. Elizabeth podniosła wzrok znad swojej robótki, najwyraźniej nie dostrzegła jednak nic niezwykłego w wysokim służącym w liberii, który szedł obok Lucy.

— Dostałem twój list — powiedział Jamie. — Przepraszam, że nie odpisałem, ale musiałem wyjechać w pośpiechu.

— Dlaczego masz na sobie to absurdalne przebranie? Jeśli chciałeś ze mną rozmawiać, mogłeś po prostu przyjść na herbatę.

— Obawiam się, że nie. Właśnie dlatego musiałem tak szybko wyjechać z Simli.

— Nie rozumiem...

— Szukają mnie brytyjscy agenci. Uważają mnie za wywrotowca. No wiesz... wzbudzanie niepokojów i inne sprawy tego typu.

— Przecież to absurd! Mogłabym powiedzieć Henry'emu, że to nieprawda! Wtedy mógłbyś zdjąć to przebranie. Wyglądasz okropnie głupio w tym turbanie.

— To nie takie proste. Spotykałem się z takimi ludźmi jak Bal Gangadhar Tilak, więc niełatwo byłoby mi udowodnić, że nie brałem udziału we wzbudzaniu niepokojów.

— Jeszcze nie miałam okazji porozmawiać z Henrym o Tilaku.

— W obecnej sytuacji to chyba lepiej. Sądziłem, że Brytyjczycy zrobili się już trochę bardziej otwarci na pomysł niepodległości Indii, ale pomyliłem się. Od mojego wyjazdu z Kalkuty nieustannie mnie śledzą.

— Jamie, pozwól mi porozmawiać z Henrym. Wyjaśnię mu wszystko!

— Możesz mu powiedzieć, co sądzisz o autonomicznych rządach w Indiach. Możesz mu zasugerować, że nadszedł już czas, aby zacząć słuchać ludzi, którymi się rządzi, zamiast traktować ich jak stado głupich zwierząt.

— Nie powinieneś przez cały czas chodzić po okolicy z pomalowaną twarzą! Pozwól mi powiedzieć Henry'emu, że tu jesteś. Na pewno to zrozumie.

— Lucy... nie wolno ci mu o tym teraz mówić. To zbyt niebezpieczne, uwierz mi. Możesz mi zaufać?
— Ale...
— Zaufaj mi, proszę.
— No dobrze — odparła, choć wcale nie była pewna, czy może mu zaufać. — Jeśli to jednak zbyt niebezpieczne, dlaczego tu przyszedłeś?
— Zobaczyć się z tobą. Upewnić się, że wszystko w porządku.
— Oczywiście. Czuję się doskonale.
— Wyglądasz na zmęczoną.
— No cóż... nawet wicekrólowe mają swoje problemy.

Stali przy kamiennych schodach u stóp zbocza i patrzyli na dalekie Himalaje. Dzień był taki gorący i mglisty, że wydawało się, iż śniegowe czapy wiszą w powietrzu jak wykrochmalone białe flagi.

— Słyszałem, że wicekról wrócił — powiedział Jamie. — To nie on jest twoim problemem?
— Nie — odparła Lucy tak cicho, że bardziej przypominało to westchnienie.

Jamie popatrzył na nią.

— O co chodzi? Masz jakiś poważny problem, prawda?
— Coś, z czym sama sobie nie poradzę.
— Czy to ma związek ze mną?

Wzruszyła ramionami. Nagle poczuła, że ma w gardle gulę. Ciąża sprawiała, że łatwo ulegała emocjom i często płakała, i wcale jej się to nie podobało.

— Lucy, czy to ma jakiś związek ze mną?
— W pewien sposób tak.
— Więc musisz mi powiedzieć, o co chodzi. No już, mów! Jak mogę ci pomóc, jeśli nie wiem, co się stało?

Wyjęła chustkę i wytarła oczy.

— Wtedy w Kalkucie... kiedy przyszedłeś do mnie z wizytą...
— Co wtedy?
— Pamiętasz, jak poszliśmy do mojego pokoju i całowaliśmy się?
— Co ma z tym być?
— Nic. Nie chcę powiedzieć, że było w tym coś złego, ale ktoś nas widział. Vernon, osobisty kamerdyner Henry'ego. Nie mar-

twiłabym się tym, gdyby to nie był akurat on. Jest Brytyjczykiem, Henry mu ufa i uważa go za sól ziemi.

— Powiedział o tym Henry'emu?

Pokręciła głową.

— Więc czym się martwisz? Henry na pewno nie uwierzy służącemu... nawet jeśli ten służący jest biały. Nawet jeśli jest solą ziemi. Gdyby uwierzył, nie świadczyłoby to o nim zbyt dobrze jako o mężu.

— To nie wszystko. Zapłaciłam Vernonowi. Dałam mu ręcznie napisany weksel na dwieście rupii. Wiem, że to było głupie, ale stało się. Co Henry sobie pomyśli, jeśli się dowie, że zapłaciłam za milczenie? Uzna, że musiało dojść do czegoś strasznego.

Jamie uniósł rękę, jakby chciał ją objąć, zreflektował się jednak.

— Nie sądzisz, że lepiej powiedzieć Henry'emu prawdę? — spytał.

— Chciałabym móc to zrobić, niestety, wydarzyło się coś jeszcze. Zgubiłam zdjęcie Blanche, spadło mi z balkonu do ogrodu. Któryś ze służących przyniósł je Vernonowi, a on zażądał ode mnie za nie tysiąca rupii. Teraz chce drugie tyle... Jeśli do jutra nie dam mu pieniędzy, pokaże to zdjęcie Henry'emu.

— Niech pokazuje! Jakie to ma znaczenie? Chyba nie wstydzisz się Blanche?

— Nie rozumiesz? Gdyby Henry dowiedział się o jej istnieniu, nasze małżeństwo byłoby skończone. Minione dwa lata nie były zbyt szczęśliwe, dopiero teraz wszystko jakoś się poprawia. Zaczynam pojmować, jak być żoną, której Henry potrzebuje. Było mi bardzo ciężko, Jamie. Nie masz pojęcia, jak bardzo. Nie zniosłabym, gdyby wszystko się rozleciało.

— Więc co zamierzasz? Będziesz ciągle płacić tej pijawce? Jeśli nie chcesz, aby Henry się o nas dowiedział, będziesz musiała.

— Jamie, nie ma żadnych „nas".

— Zupełnie?

— Nie może być.

— No cóż, wobec tego będziesz musiała płacić dalej.

Lucy przez długą chwilę milczała. Od rozmowy z Walterem w Kalkucie zastanawiała się nad jego słowami, jednak do tej pory były to tylko teoretyczne rozważania. „W Indiach jest mnóstwo uczynnych osobników, którzy uciszyliby kogoś takiego na zawsze".

— Sadzę, że zabrzmi to absurdalnie, ale ten człowiek, z którym rozmawiałam, Tilak... nie żartował, kiedy mówił, że jest mordercą?

Jamie grzbietem dłoni otarł pot z czoła, rozmazując przy tym ciemną farbę.

— Co sugerujesz?

— Nie wiem. Jestem zdesperowana. Nic innego nie przychodzi mi do głowy.

— Chcesz, żeby Vernon został zabity?

— Bo ja wiem? Nie, oczywiście, że nie.

Jamie się zasępił. Otoczyła ich schodząca z gór mgła i wyglądali, jakby stali w obłoku parującego złota. W dolinie śpiewały pstrogłowy i inne ptaki, a za ich plecami szczękało szkło — to Elizabeth kręciła kostkami lodu w szklance piwa imbirowego.

— Coś wymyślę — powiedziała w końcu Lucy. — Nie chciałabym, żeby...

— Na pewno będziemy mogli ci pomóc — przerwał jej Jamie. — Może nie zabijemy tego Vernona, ale na pewno go nastraszymy, ostrzeżemy. Powiedz mu, że ma przestać cię szantażować i oddać zdjęcie, bo inaczej przytrafi mu się coś bardzo nieprzyjemnego.

— Naprawdę mógłbyś coś takiego zrobić?

Propozycja Jamiego przypadła jej do gustu. Wiele razy myślała o zabiciu Vernona, ale pomysł przestraszenia go był znacznie lepszy. I znacznie łatwiejszy do zrealizowania.

— Musimy jedynie przemycić do rezydencji jednego z ludzi Tilaka... może przebranego za służącego? Ukryje się w pokoju Vernona, a kiedy ten fagas będzie szedł spać, przyłoży mu nóż do szyi i każe się odpowiednio zachowywać.

— Sądzisz, że to zadziała?

Jamie się uśmiechnął.

— A co ty byś zrobiła, gdyby ktoś przyłożył ci nóż do gardła?

Lucy zaśmiała się nerwowo.

— Pewnie wszystko, co by mi kazano.

Jamie się rozejrzał.

— Chyba nie uda mi się znaleźć nikogo na dziś. Umówmy się na jutro.

— Przy schodach na werandę są drzwiczki. Powiedz swojemu

człowiekowi, aby czekał przy nich o ósmej. Wpuszczę go i pokażę mu, jak trafić do pokoju Vernona.

— A co z hasłem?

— Kipling.

— Kipling? Dlaczego?

— No dobrze, w takim razie *swaradź*.

— Doskonale. A więc *swaradź*, jutro o ósmej wieczorem.

— Na pewno twój człowiek nie zrobi nic poza przestraszeniem Vernona?

— Nawet go nie tknie. Obiecuję.

Lucy próbowała się uśmiechnąć, nie potrafiła jednak. Po raz pierwszy nie umiała odczytać z wyrazu oczu Jamiego, o czym myśli i co czuje. Miała wrażenie, że patrzy na kogoś zupełnie obcego — i nie sprawiła tego jedynie farba na jego twarzy i turban. Wydawało się, że coś pękło w jego wnętrzu. Nadzieja, ambicja albo wiara — coś, co czyniło z niego chłopaka, którego znała.

Nie rozumiała tego do końca, ale czuła, że patrzy na kogoś, kto kochał i stracił jedyną miłość swojego życia — i na miejscu straconej miłości umieścił jakiś ideał. Taki ideał często pojawiał się u drzwi biednych ludzi.

— Najlepiej będzie, jeśli sobie już pójdę — powiedział Jamie. — Mam ochotę cię pocałować, ale nie byłoby to chyba zbyt mądre, prawda? Wicekrólowa całująca czarnego służącego...

— Powiesz swojemu człowiekowi, żeby nie skrzywdził Vernona, dobrze?

— Włos nie spadnie mu z głowy.

Ruszyli w stronę domu. Kiedy doszli do werandy, Jamie złożył parasol, odstawił go pod ścianę i odszedł szybkim krokiem, ani razu się nie oglądając. Po paru sekundach zniknął za rogiem.

Lucy przez chwilę patrzyła za nim, pomyślała jednak, że pani domu nie wypada gapić się na służącego, i zawołała *ćaprasi*.

♦ ♦ ♦

Następny dzień wypełniły różne wydarzenia towarzyskie. Rano Lucy była gospodynią małego kiermaszu, zorganizowanego w oranżerii na rzecz chrześcijańskich misjonarzy w Pondicherry. Angielskie damy w wielkich kapeluszach stały za kiwającymi się karcianymi stolikami przykrytymi brytyjską flagą i z powagą sprzedawały makramowe koszyki na doniczki, ręcznie malowane wachlarze oraz puszki Wybranych Imperialnych Herbatników firmy Huntley & Palmer.

Kiedy w końcu odjechały czekającymi na nich rikszami, wicekról i wicekrólowa przyjęli kilku młodych stażem urzędników sekretariatu (wraz z żonami). Za każdym razem, kiedy się do nich zwracano albo sami mówili, ich twarze (a także twarze ich żon) przybierały barwę gotowanej szynki wieprzowej. Lucy stwierdziła później, że spotkanie było przerażająco sztywne i drętwe.

— Bardzo dziękujemy za gościnę, lady Carson — powiedziała na pożegnanie jedna z żon. — Wszystko było takie olśniewające... Lucy uśmiechnęła się i rozejrzała wokół. Popatrzyła na ogromne fotele, masywny mahoniowy stół i wyłożone mahoniową boazerią ściany i nagle uświadomiła sobie, że dla młodej dziewczyny z klasy średniej, która dopiero przybyła z Anglii, to wszystko rzeczywiście musi być olśniewające. Pamiętała pierwsze koszule nocne, które sobie kupiła z naftowych pieniędzy wuja Caspera — drogie, ale nieładne i od lat niemodne — i zaczerwieniła się lekko.

Przez całe popołudnie odpoczywała, a przynajmniej próbowała. Nie mogła przestać myśleć o tym, co będzie musiała zrobić podczas kolacji: iść do bocznych drzwi i szepnąć hasło *swaradź*, słowo, które było największym tabu w rezydencji wicekróla i wszędzie w Indiach, gdzie przebywali Anglicy.

◆ ◆ ◆

Podczas pobytu wicekróla kolacje w rezydencji zawsze miały oficjalny charakter — choć tego wieczoru wszyscy zachowywali się swobodniej niż zazwyczaj. Wśród gości byli między innymi członkowie Klubu Szubrawców, stowarzyszenia najbogatszych kawalerów w Simli, oraz lady Fitzsimmons, żona gubernatora Bombaju — rumiana i mocno znerwicowana dama, obdarzona charakterystycznym piskliwym śmiechem.

Lucy długo się ubierała i była zdenerwowana. Włożyła prostą szarą jedwabną suknię wieczorową, na którą dla zamaskowania brzucha narzuciła tunikę z koronki, a do tego dodała mały perłowy diadem i kolczyki.

— Wygląda pani dzisiaj dość blado, lady Carson — stwierdziła Etta, kiedy kończyła układać jej włosy.

— To pewnie tylko zmęczenie. Czuję się całkiem dobrze.

Schodząc na dół, na półpiętrze natknęła się na Vernona. Zatrzymał się i ukłonił, nic jednak nie powiedział. Lucy miała zapłacić mu następnego dnia albo Henry zobaczy zdjęcie Blanche. Pomyślała ze złośliwym zadowoleniem, że będzie miał dziś niespodziewanego gościa, który — miała nadzieję — da mu surowe ostrzeżenie. Zasłużył na karę, a Jamie obiecał, że nie stanie mu się krzywda.

Była bardzo ciekawa, jaką będzie miał jutro minę.

Kiedy zeszła niżej, podszedł do niej Henry i podał jej ramię.

— Wyglądasz dziś bardzo pięknie, najdroższa. Chyba Simla cię aprobuje. Chodź i poznaj lady Fitzsimmons, ale nie mów nic zabawnego, bo jeszcze mogłaby się roześmiać.

— Henry... — zaczęła Lucy. Chciała powiedzieć, że bardzo go kocha i zrobi wszystko, co w jej mocy, aby być dla niego najlepszą żoną, nie mogła jednak znaleźć odpowiednich słów.

— Tak? — zapytał.

Pokręciła głową.

— Nie, to nic ważnego. Później.

Weszli do przestronnego holu, w którym przyjmowano gości.

◆ ◆ ◆

Usiedli do posiłku o wpół do ósmej — czterdzieści osób. Orkiestra wicekróla, w koszulach z usztywnianym gorsem, siedziała w głębi sali i grała lekkie i przyjemne melodie z najnowszych musicali, takie jak *Wiosną znowu powinniśmy zatańczyć walca* i *Dlaczego twoje serce mówi takie kłamstwa?*

Lucy ledwie tknęła zupę i zjadła jedynie mały kawałek filetu z kaczki z groszkiem. Była taka spięta, że jeden z członków Klubu Szubrawców, przystojny młody człowiek, zapytał, czy na pewno dobrze się czuje.

Do ósmej pozostało jeszcze dziesięć minut. Na dojście do drzwi i otwarcie ich potrzebowała minuty. Odwróciła się do swojego męża.

— Wybaczysz mi, jeśli wyjdę na chwilę? Potrzebuję nieco powietrza.

Henry wstał i natychmiast zrobili to samo wszyscy siedzący za stołem mężczyźni. Czekali na baczność, aż dwóch służących

odprowadzi Lucy do drzwi. Kiedy do nich dotarła, usiedli i zajęli się kolacją.
— Życzy sobie pani wrócić do swojego pokoju, Wasza Ekscelencjo? — spytał Abdul Aziz.
— Nie, potrzebuję tylko trochę świeżego powietrza.
— Mogę towarzyszyć pani na werandę, *memsahib*.
— Nie trzeba. Chcę być przez kilka minut sama.
— Wasza Ekscelencja jest tego pewna?
— Tak, jestem tego całkowicie pewna. Myślę, że masz mnóstwo obowiązków, którymi powinieneś się zająć.
— Oczywiście, Wasza Ekscelencjo.

W końcu została sama w holu — jeśli nie liczyć dwóch portierów stojących przy drzwiach wejściowych. Szybkim krokiem przeszła obok nich, unosząc suknię.

Gdy zeszła na dół, zegar w holu wybił ósmą. Podeszła do drzwiczek przy schodach, przez chwilę się wahała, po czym wzięła głęboki wdech, odsunęła mosiężne rygle i przekręciła klucz w zamku.

Kiedy otworzyła drzwi, do środka wpłynęło chłodne nocne powietrze. Z początku nikogo nie widziała, nie miała jednak odwagi zawołać. Czuła, że zaraz zemdleje, serce waliło jej jak oszalałe. A jeśli nikt nie przyjdzie? Jeśli wartownicy złapali wysłannika Jamiego?

Po chwili usłyszała szybkie, ciche kroki i przy drzwiach pojawił się niski Hindus w turbanie, luźnej koszuli i obcisłych spodniach rikszarza. W ręku trzymał kłębek materiału, w którym musiał być ukryty nóż.

— *Swaradź* — powiedział cicho.
— Tak, tak. Wchodź, szybko! Pokażę ci drogę.

Kiedy zamykała i ryglowała drzwi, Hindus czekał na korytarzu. Czuła w jego oddechu czosnek i smrodzieniec, a jego ubranie przesycone było kwaśnym zapachem potu. Nie odzywał się, najwyraźniej jednak rozumiał, co się do niego mówi.

Wszedł za nią na służbowe schody. Lucy dostała zadyszki i cały czas umierała ze strachu, że lada chwila pojawi się jakiś służący, udało im się jednak niezauważenie wejść na piętro. Zaprowadziła Hindusa do drzwi pokoju Vernona i otworzyła je.

— Wiesz, co masz robić? — zapytała.

Oczy mężczyzny błyszczały w ciemności.
— Tak, *memsahib*. Powiedziano mi, co mam robić.
— I nie zrobisz mu krzywdy?
— Nie zrobię, *memsahib*.

Lucy odczekała jeszcze chwilę, zamknęła za nim drzwi i wróciła na główne schody. Gdy po nich schodziła, drżały jej dłonie i niewiele brakowało, by zemdlała. Zatrzymała się na półpiętrze, żeby odpocząć, i przez chwilę słuchała śmiechów, rozmów i orkiestry, która właśnie grała *Kiedy znowu się spotkamy, luba ma*.

Po chwili ruszyła na dół, na przyjęcie.

♦ ♦ ♦

Idąc wieczorem do łóżka w asyście Etty i dwóch *aja*, zatrzymała się pod drzwiami Vernona. Zastanawiała się, czy nie powinna udać, że usłyszała jakiś hałas, i wezwać porucznika Burnesa-Watertona, aby odkryto i aresztowano kulisa, bo pomysł zastraszenia Vernona nagle wydał jej się zbyt niebezpieczny.

Co będzie, jeśli ochrona sama odkryje obecność intruza, a on zezna, że wpuściła go wicekrólowa?

— Co się dzieje, jaśnie pani? — spytała Etta.

— Nie, nic, wszystko w porządku. Po prostu przez chwilę wydawało mi się, że o czymś zapomniałam.

Kiedy pokojówka przygotowywała ją do snu, patrzyła na swoje odbicie w lustrze. Miała bardzo bladą twarz — jakby namalowano ją rozwodnioną akwarelą.

Etta jakby w ogóle nie dostrzegała jej zamyślenia. Paplała o bluzce z falbankami, którą widziała w Pearson's Modes przy Scandal Point, i mówiła, jak bardzo pasowałaby do jej nowej lnianej spódnicy.

— Pierwsza moja pani powiedziała mi kiedyś, że osobista służąca zawsze powinna być ładnie ubrana, bo inaczej świadczyłoby to źle o jej pani.

Aby Lucy lepiej się zasypiało i mogła „nakarmić młodego Horatia", przyniosła jej szklankę gorącego mleka. Ale Lucy nie była w stanie wypić ani łyka i siedziała w łóżku, próbując czytać Jane Austen.

Tuż po jedenastej przyszedł Henry, by życzyć jej dobrej nocy.

— Wszyscy już poszli, moja droga. Posiedzę jeszcze chwilę z pułkownikiem Bellokiem, a potem też pójdę spać.

Lucy chwyciła go za rękę.

— Nie przyjdziesz zbyt późno?

— Na pewno nie — odparł, po czym pocałował opuszkę jej palca i przycisnął go do ust.

Nie mogła zasnąć przez całą następną godzinę. Słuchała, jak służba przygotowuje rezydencję do nocy — zamyka wszystkie drzwi, gasi światła, odnosi puste talerze i kieliszki do kuchni. Ciemności za otwartym oknem wypełniał monotonny śpiew owadów, raz na jakiś czas wrzasnął nocny ptak.

Zastanawiała się, co Vernon powie rano. Rozzłości się? Od razu odda zdjęcie? A jeśli rikszarz nie przestraszył go wystarczająco i kamerdyner wezwał straż?

Leżała w łóżku, aż zegar na korytarzu wybił wpół do pierwszej. Nie słyszała, aby Henry wchodził na górę, choć kiedy nie spała, zazwyczaj to słyszała. Nie mogła nie słyszeć jego ciężkich kroków, odgłosu zamykania drzwi i scenicznego szeptu: „Dobranoc".

Vernon musiał już być u siebie, aby przygotować na rano ubranie dla Henry'ego.

Kiedy zegar wybił za kwadrans pierwszą, nie mogła dłużej wytrzymać. Wstała, włożyła szlafrok, po czym uchyliła drzwi sypialni i wyjrzała na korytarz. Świeciło się jedynie na dole, a podest pierwszego piętra spowity był mrokiem.

Stała i nasłuchiwała przez jakąś minutę. Na dole cicho rozmawiali służący i jeszcze przez chwilę szurała szczotka do podłogi. Potem zapadła cisza.

Lucy zdawała sobie sprawę z tego, że pójście do pokoju Vernona nie było rozsądnym pomysłem, nie wiedząc jednak, co się stało, nie zasnęłaby, a czekał ją długi i trudny dzień, którego kulminacją miała być wizyta w teatrze Gaiety. Czując się nie jak wicekrólowa, ale jak chłopczyca z Oak City, podciągnęła szlafrok i jak najciszej ruszyła korytarzem do drzwi pokoju Vernona.

Kiedy do nich dotarła, zawahała się.

Na korytarzu nikogo nie było, światło świeciło się tylko na dole, w bibliotece, Lucy uznała więc, że Henry i pułkownik Belloc ciągle jeszcze rozmawiają. Opracowali już projekt odrestaurowania Tadż Mahal i teraz siedzieli nad planami świątyni w Konaraku.

Zapukała do drzwi pokoju Vernona i zaczekała chwilę, nie było jednak odpowiedzi. Zapukała ponownie, tym razem nieco głośniej.

— Vernon? To ja, lady Carson!

Minęła kolejna minuta, ale kamerdyner nie reagował. Może był na dole z Henrym albo spał, jeśli jednak przysłany przez Jamiego kulis pomachał mu nożem przed nosem, mało prawdopodobne, aby się zdrzemnął.

Kiedy jeszcze raz zapukała, drzwi same się otworzyły. Vernon musiał zapomnieć je zaryglować. W środku na biurku paliła się lampa, ale drzwi były za mało uchylone, aby mogła dostrzec więcej szczegółów.

— Vernon? Vernon?

Ostrożnie pchnęła drzwi. Pomieszczenie było nieduże, okno zasłaniały żaluzje, a jedynymi meblami były lakierowane biurko, pokryty perkalem fotel i jednoosobowe łóżko. Na ścianie wisiała oprawiona w ramkę fotografia niezbyt ładnej kobiety o dużym nosie, trzymającej bukiet lilii — matki Vernona albo żony.

Kiedy weszła do środka, zobaczyła kamerdynera. Leżał na łóżku i wpatrywał się w przestrzeń. Z początku wydawało jej się, że owinął szyję kasztanowym szalikiem, jednak po chwili uświadomiła sobie, że nie żyje i prawie odcięto mu głowę. Wokół szyi nie miał szalika, ale krzepnącą krew.

— Boże drogi... — jęknęła. — Boże...

Zrobiło jej się słabo i dla utrzymania równowagi musiała złapać się skraju biurka. Choć była przerażona, nie mogła oderwać wzroku od ciała Vernona.

Kulis musiał spanikować i poderżnął mu gardło. A może od początku zamierzał go zabić? Może zamierzał poderżnąć gardła im wszystkim?

Zaczęła się zastanawiać, co właściwie robił Jamie w ogrodzie w przebraniu służącego. Trudno jej było uwierzyć, że podjął takie ryzyko tylko po to, aby się z nią zobaczyć. Musiał prowadzić rozpoznanie — sprawdzał, w jaki sposób hinduski zamachowiec mógłby dostać się do rezydencji.

Może nawet był uzbrojony.

Podeszła do łóżka Vernona. Będzie musiała zawiadomić o tym Henry'ego. Jeśli kulis jeszcze nie uciekł, trzeba go wywabić z kryjówki i aresztować. Ale co będzie, jeśli powie, że to ona go wpuściła do domu? Musi zastanowić się nad jakimś wiarygodnym wyjaśnieniem, które pozwoliłoby uniknąć ujawnienia, że Vernon ją szantażował.

Kiedy zamierzała wyjść, tuż przy dłoni kamerdynera, na zakrwawionym *darri*, dostrzegła pomiętą kopertę z szarego papieru. Przełknęła kwaśną jak ocet żółć i wzięła kopertę do ręki. Koślawymi literami napisano na niej: JEGO EKSCELENCJA LORD CARSON.

Drżącymi dłońmi rozerwała kopertę. W środku znajdowała się króciutka notatka: „Może W.E. zechciałby to obejrzeć? Sądzę, że zdjęcie i umieszczona na jego odwrocie dedykacja mówią same za siebie". Do notatki przypięta była fotografia Blanche.

Wsunęła wszystko do kieszeni szlafroka i wzięła trzy głębokie oddechy, trzymając się za brzuch, aby rozluźnić mięśnie. Dzięki Bogu odzyskała zdjęcie i Henry nie dowie się o Blanche. Ale jednocześnie — niezależnie od ulgi, jaką poczuła — nie mogła pogodzić się z tym, co spotkało kamerdynera.

Kiedy się odwracała, aby zawołać Henry'ego i porucznika Burnesa-Watertona, otworzyły się drzwi szafy i wokół jej gardła owinęło się umięśnione ramię.

— Nic nie mówić! — syknął głos tuż przy jej uchu.

Natychmiast rozpoznała silny zapach czosnku, przypraw i potu. Do jej głowy tuż za prawym uchem przyciśnięto coś twardego.

— Powiesz jedno słowo, a odstrzelę ci głowę! — warknął napastnik.

— Proszę... jestem w ciąży...

— Nic nie mówić, kiedy nie pytam! Gdzie wicekról?

— Nie wiem. Byłam w łóżku.

— Nieprawda! Wiesz, gdzie jest!

— Skąd miałabym wiedzieć? Spałam!

Kulis jeszcze mocniej zacisnął ramię na szyi Lucy, niemal ją dusząc.

— Czekam na niego i nie przychodzi! Gdzie on jest?

— Proszę... nie mogę oddychać...

Odsunął lufę rewolweru od głowy Lucy i wbił w jej brzuch.

— Chcesz, żebym zabił twoje dziecko? Tego chcesz? — zapytał, raz po raz dźgając ją lufą.

Zakaszlała i jej oczy wypełniły łzy.

— Nie krzywdź mojego dziecka! Mąż prawdopodobnie jest w... bibliotece... z...
— Pokaż drogę! I nie wołać ani krzyczeć!
Wypchnął ją na korytarz i zmusił do podejścia do szczytu schodów.
— Nie krzywdź mojego dziecka... — jęknęła Lucy.
Miała wrażenie, że cały świat wali się jej na głowę. Z trudem poruszała nogami, ale kulis ciągle dźgał ją lufą i syczał:
— Nie wolno krzyczeć! Pokazać mi, gdzie wicekról!
— Zaczekaj! Ostrożnie, nie chcę spaść... — powiedziała błagalnie Lucy.
Hindus się zawahał. Jedne z drzwi za ich plecami otworzyły się i kulis odwrócił głowę, aby zobaczyć, co się dzieje. Lucy też odwróciła głowę i ujrzała ubraną w białą koszulę nocną Elizabeth, wpatrującą się w nich ze zdumieniem.
— Co się dzieje, na Boga?
— Nie podchodź do nas! — krzyknęła Lucy.
— Co to za człowiek? Co się dzieje? — powtórzyła Elizabeth.
Ruszyła w ich stronę, wychodząc zza zakrętu balustrady podestu. Lucy chciała ponownie ją ostrzec, aby się nie zbliżała, ale ramię kulisa zacisnęło się na jej szyi i zdołała wydobyć z siebie jedynie zduszony pisk.
Hindus krzyknął coś w urdu, rozległ się stłumiony huk i Elizabeth zatrzymała się nagle. Po kolejnym wystrzale spomiędzy jej siwych włosów trysnęła krew, wyrzuciła w górę ramiona jak marionetka i upadła na dywan.
— Nie! — wrzasnęła Lucy.
Zaczęła się gwałtownie szarpać, ale kulis trzymał ją mocno za nadgarstek i wykręcał jej rękę na plecy.
Na dole zaczęły otwierać się drzwi i po chwili cały korytarz zalało światło. Kulis zaklął i zaczął ściągać Lucy po schodach. Rozległy się krzyki i tupot wojskowych butów. Pojawił się porucznik Burnes-Waterton w spodniach od wyjściowego munduru i samej koszuli. Z kabury u pasa wyciągał rewolwer. Tuż za nim — obramowani drzwiami do biblioteki — stali Henry i pułkownik Belloc.
— Poruczniku! — zawołał Henry. — Ostrożnie, na Boga! To moja żona!

Hindus podniósł rewolwer i strzelił dwa razy w głąb korytarza. Porucznik Burnes-Waterton zrobił kilka chwiejnych kroków jak pijak, który postanowił zatańczyć walczyka, po czym upadł na podłogę, dygocząc w agonii. Po wypolerowanej podłodze zaczęła rozlewać się krew.

— Który to wicekról? — zapytał kulis. — Który to wicekról?
— Sprawiasz mi ból!

Henry zrobił kilka kroków i zatrzymał się u stóp schodów.

— Ja jestem wicekrólem — powiedział. — Natychmiast puść moją żonę!

Kulis odepchnął Lucy na bok. Zatoczyła się i gdyby nie uczepiła się balustrady, straciłaby równowagę. Jeden z jej jedwabnych kapci poleciał w dół schodów. Z przerażeniem patrzyła, jak kulis schodzi trzy stopnie, unosi rewolwer i celuje w pierś Henry'ego.

— Ty i wszyscy wasi ludzie to ciemiężcy i tyrani! — krzyknął. — Gazety muszą to napisać, kiedy będzie o twojej śmierci!

Lucy wydawało się, że też krzyczy, ale nie była tego pewna.

Hindus odciągnął kurek rewolweru i zszedł kolejne dwa stopnie. Z twarzy Henry'ego odpłynęła cała krew i wyglądał jak marmurowy pomnik, ale nie cofnął się. Tak powinien umierać bohater Imperium Brytyjskiego — twarzą w twarz z wrogiem, niezłomnie broniąc bliskich, do końca lojalny wobec swojej królowej.

W tym momencie w drzwiach biblioteki pojawił się pułkownik Belloc — z wielką strzelbą na słonie. Spokojnie wycelował w kulisa i bez wahania wypalił.

Rozległ się straszliwy huk i cały hol wypełnił gryzący dym. Pozbawiony głowy kulis przez chwilę chwiał się na schodach, po czym spadł na dół, tuż pod nogi Henry'ego.

Lucy zasłoniła oczy dłońmi.

— *Facilis descensus Averno* — powiedział pułkownik Belloc. — Łatwe jest zejście do piekieł.

Henry wszedł na schody, ukląkł obok Lucy i wziął ją w ramiona. Była zbyt zszokowana, aby płakać. Dygotała jak dziecko, które ma wysoką gorączkę.

— Wszystko już dobrze — uspokajał ją Henry. — Wszystko dobrze.

◆ ◆ ◆

Następnego dnia po śniadaniu do pokoju Lucy weszła Etta i stanęła przy drzwiach, jakby obawiała się podejść bliżej.

— Aresztowano kogoś — powiedziała.

Lucy osłoniła dłonią oczy od słońca.

— Aresztowano kogoś? Gdzie?

— W dzielnicy hinduskiej. Chciano porozmawiać z jednym z kuzynów zabitego wczoraj kulisa i w jego domu natknięto się na śpiącego mężczyznę, którego nikt nie znał. Okazało się, że to niejaki Tilak, znany mąciciel. Podobno przebywał w okolicy od wielu tygodni. Jeden z ogrodników powiedział, że planował zamordowanie wicekróla. Sama myśl o tym wywołuje dreszcze!

Lucy wbiła w nią wzrok.

— Gdzie jest teraz ten Tilak?

Etta zmrużyła oczy.

— Chyba na komisariacie policji, pod strażą.

— Rozmawiał z kimś?

— Nikt nic mi nie mówi, jaśnie pani. Coś nie tak?

— Nie, ale chcę, abyś się dowiedziała, co Tilak powiedział.

— Czemu to panią obchodzi, jaśnie pani?

— Oczywiście, że mnie obchodzi! — krzyknęła Lucy. — Przecież zabił pannę Morris! I porucznika Burnesa-Watertona!

— Dobrze, spróbuję się czegoś dowiedzieć. Proszę się nie denerwować.

— Gdzie moje lusterko? — spytała po chwili Lucy. — Przynieś mi flanelę do twarzy.

Kiedy pokojówka moczyła w wodzie i wykręcała flanelę, popatrzyła na swoje odbicie w lustrze. Była bardzo blada i miała pod oczami ciemne kręgi. Nie spała prawie całą noc, zdrzemnęła się jedynie na pół godziny tuż przed świtem.

— Co z nim zrobią? — spytała.

— Z kim?

— No wiesz, z tym Tilakiem.

— Bo ja wiem? Pewnie go powieszą.

Lucy poczuła, że zaczyna ogarniać ją przerażenie. Było bardzo prawdopodobne, że Bal Gangadhar Tilak powie policji, iż w poniedziałek z nią rozmawiał i wydała mu się życzliwie nastawiona do jego poglądów. Być może właśnie ta rozmowa doprowadziła do wydarzeń poprzedniego wieczoru. Henry miał rację. Ten Hindus był niebezpiecznym mącicielem i mógł rozpalić Indie żywym ogniem — od krańca po kraniec.

♦ ♦ ♦

Spotkanie Henry'ego z adwokatem Bala Gangadhara Tilaka było nieformalne, ale dość sztywne. Henry siedział na kanapie obok wygaszonego kominka, a prawnik usiadł nieopodal i cały czas pocierał długie brązowe palce jeden o drugi. Było oczywiste, że obecność wicekróla wcale go nie onieśmiela, co doprowadzało Henry'ego do furii.

Dzień był pogodny i bardzo jasny, do pokoju wpadały złote promienie słońca.

Henry był zdumiony taktyką przyjętą przez adwokata.

— Akt wypowiedzi politycznej trudno określić mianem terroryzmu — oświadczył prawnik.

— Zamordował oficera, będącego na służbie w ochronie wicekróla, niewinną angielską damę i brytyjskiego służącego — powiedział Henry.

— Nie zaprzecza się temu.

— Co ma pan na myśli, mówiąc, że „nie zaprzecza się temu"?

— Dokładnie to, co oznaczają te słowa, Wasza Ekscelencjo. Fakty mówią same za siebie. Człowiek, który wczoraj wieczorem przeprowadził atak na rezydencję, był jednym z politycznych zwolenników Bala Gangadhara Tilaka i działał z jego przyzwoleniem. Muszę jednak podkreślić, że miał polecenie nie zrobić krzywdy wicekrólowej.

Lucy wyjrzała przez okno. Szczyty Himalajów zniknęły za perłową mgłą — ukryły się za nią jak hinduska kobieta za chustą.

Henry, choć rozmawiał z adwokatem, przez cały czas ją obserwował.

— Czy pan zdaje sobie sprawę z tego, co pan mówi?

— Oczywiście, Wasza Ekscelencjo.

— I wie pan, jaka będzie kara, jeśli Tilak przyzna się do winy?

— Oczywiście, Wasza Ekscelencjo.

Henry wziął głęboki wdech.

— Czy ten człowiek chce zostać męczennikiem? — zapytał. — Jeśli rzeczywiście sobie tego życzy, mogę zrobić mu tę przysługę.

— Nie, wcale nie chce zostać męczennikiem. Przyzna się do winy, ale z okolicznościami łagodzącymi.

Henry odwrócił wzrok od Lucy i popatrzył na niego.

— Jakimi? Przysłał do rezydencji skrytobójcę z poleceniem zabicia przebywających w niej Anglików... w tym także mnie.

— Mamy list, Wasza Ekscelencjo.

Henry zmarszczył brwi.

— Jaki list?

Adwokat pogrzebał w swojej teczce i wyjął z niej dwa arkusze papieru.

— Oto on, Wasza Ekscelencjo — powiedział.

Lucy nagle przypomniała sobie liścik, który posłała Jamiemu do hotelu Cecil.

— W lewej ręce mam oryginał, którego nie chciałbym w tej chwili panu dawać, Wasza Ekscelencjo... z powodów, które na pewno pan rozumie. Mam jednak kopię, doskonałą pod każdym względem.

Kiedy Henry czytał list, drżała mu ręka. Po przeczytaniu oddał go adwokatowi.

— To fałszerstwo — stwierdził.

— Wasza Ekscelencja obraża moją inteligencję. Bronię życia człowieka. Gdybym miał do dyspozycji jedynie falsyfikat, jaką miałbym szansę wygrać w sądzie?

— Jeśli to nie fałszerstwo, musiał zostać skradziony. A kradzione dowody nie mogą być dopuszczone do procesu.

— Nie został skradziony, Wasza Ekscelencjo.

— Jest zaadresowany do pana Jamiego Cullena, a nie do Bala Gangadhara Tilaka. Jak pan Tilak mógłby wejść w jego posiadanie inaczej niż w wyniku kradzieży?

— Został mu przekazany dobrowolnie, Wasza Ekscelencjo. Pan Jamie Cullen chciał pokazać Balowi Gangadharowi Tilakowi, że wicekrólowa miała szczerą wolę rozmowy z panem na temat niepodległości Indii.

Lucy była tak przerażona, że nie mogła przełknąć śliny. Wydawało się, że jej mąż coraz bardziej kuli się na kanapie, aż w końcu zaczęła się bać, że za chwilę zamieni się w czarnego demona i rzuci na nią z pazurami i rogami.

Jednak Henry nie na darmo był wicekrólem i umiał się opanować. Siedział bez słowa przez niemal pięć minut, choć pułkownik Miller cały czas niecierpliwie pokasływał, pociągał nosem i szurał stopą.

— Doskonale — powiedział w końcu. — Nie wnoszę oskarżenia, Tilak zostanie zwolniony. Ostrzegam jednak, że jeśli coś podobnego wydarzy się ponownie, z okolicznościami łagodzącymi czy nie, wyślę kawalerię i każę wam wszystkim pościnać głowy.

Adwokat wstał i ukłonił się.

— Wasza Ekscelencja wyraża się bardzo jasno.

Kiedy wyszedł, Henry milczał przez kilka minut, po czym zwrócił się do obecnych mężczyzn — swojego prawnika, pułkownika Millera i Johny'ego Frognala oraz towarzyszącej mu hinduskiej rady:

— Wicekrólowa i ja życzymy sobie zostać przez chwilę sami.

Wszyscy szybko wyszli i zamknęli za sobą drzwi.

Mąż i żona pozostali sami. Jedno patrzyło na drugie.

Henry nic nie mówił, jedynie bębnił palcami w podłokietnik.

— Przepraszam... — wymamrotała Lucy. — Nie wiem, co powiedzieć.

— Cóż, chyba już nie musisz. Z jakiegoś niezrozumiałego powodu poczułaś potrzebę napisania do pana Cullena listu, w którym wychwalasz jednego z najbardziej bezwzględnych nacjonalistów w Indiach. List został napisany, sprawa się dokonała. Mogę jedynie próbować ratować, co się da. To jeden z elementów pracy wicekróla: ratowanie tego, co się jeszcze da uratować.

— Ale oni zabili Elizabeth, na moich oczach! Jak mogłeś pozwolić im odejść wolno?

Henry wziął głęboki wdech.

— Musiałem. Od początku wiedzieli, że będę musiał tak zrobić. Nie mam pojęcia, dlaczego napisałaś ten list. Nie jestem nawet pewien, czy chcę to wiedzieć. Gdybym spróbował osądzić Tilaka publicznie, wyciągnęliby twój list na światło dzienne w sądzie i wtedy natychmiast musiałbym podać się do dymisji.

— Pozwalasz odejść wolno mordercy dla zachowania stanowiska?

Kiedy na nią spojrzał, jego spojrzenie mroziło.

— Nie bądź niemądra. Nie robię tego dla zachowania stanowiska, ale dla Jej Wysokości Królowej, dla Indii i całej brytyjskiej historii.

— Jesteś człowiekiem, a nie bogiem.
Wstał i powoli podszedł do okna.

— Nigdy nie uważałem, że jestem bogiem, ale kiedy hrabia Nantwich rekomendował lordowi Salisbury moją kandydaturę, napisał: „Istnieją jednostki, w których duszach czuje się przepływ magnetycznych sił historycznej konieczności, i Henry Carson do nich należy".

Lucy przez chwilę się nie odzywała. Coś jej w tym wszystkim nie pasowało.

— Nie wiedziałam, że hrabia Nantwich cię rekomendował — powiedziała w końcu.

— Owszem, rekomendował — odparł Henry.

— Przecież to wuj Malty'ego!

— Zgadza się.

Lucy zmarszczyła czoło.

— Dlaczego cię rekomendował? Sądziłam, że cię nie cierpi. Ty też go nie lubiłeś. Nazywałeś go Wielkim Kokosem.

— Nie mam pojęcia, dlaczego mnie rekomendował, ale cieszę się, że to zrobił. Salisbury zawsze słuchał jego rad w sprawach Indii.

Lucy wstała.

— Henry, okłamujesz mnie.

— Okłamuję? Jestem tylko zmęczony.

— Nieprawda, kłamiesz!

Odwrócił się do niej.

— Jaki miałbym mieć powód, aby kłamać?

— Chodzi mi o Malty'ego i o to, co między nami zaszło! Wepchnąłeś nas sobie w ramiona w określonym celu!

— Potrzebowałaś kogoś, kto zapewniłby ci rozrywkę, moja droga. Sądziłem, że to już zostało zapomniane.

— Zapewnił mi rozrywkę? Był moim kochankiem, a tobie było to obojętne! Chciałeś, żeby został moim kochankiem!

— To absurd!

— Czyżby? W takim razie dlaczego Wielki Kokos, hrabia Nantwich, który cię nie znosił, zarekomendował cię lordowi Salisbury?!

Henry wyjął chusteczkę i wydmuchał nos, po czym otarł pot z czoła.

— Chcesz znać prawdę? — spytał po chwili.

— Tak, Henry, chcę znać prawdę.
— Jak sobie życzysz. Ponieważ nasz wzajemny brak zaufania omal nie rzucił Imperium Brytyjskiego na kolana, może rzeczywiście lepiej będzie, jeśli poznasz prawdę. Zachęciłem Malty'ego, aby się z tobą zaprzyjaźnił. Może niekoniecznie chciałem, żeby został twoim kochankiem, ale w przypadku kobiety tak aktywnej fizycznie jak ty było to raczej nieuniknione. W przypadku kobiety tak młodej jak ty i tak pięknej jak ty. — Zawahał się, jednak oboje wiedzieli, że musi wyjaśnić tę sprawę do końca. — Dzień po tym, jak ty i Malty... dzień po tym, jak was zobaczyłem razem... spotkałem się z hrabią Nantwich. Powiedziałem mu, co się między wami dzieje, i oświadczyłem, że nie zamierzam puścić tego płazem. Mogę zażądać rozwodu, pozywając także Malty'ego, ale skandal zniszczyłby towarzysko rodzinę Nantwichów i prawdopodobnie zabił matkę Malty'ego. Mogę też nic nie mówić i załatwić Malty'emu pracę w Biurze do spraw Indii, aby grał sobie na korytarzu w krykieta za dwieście pięćdziesiąt funtów rocznie, jednak w zamian oczekuję rekomendacji na stanowisko wicekróla.

Lucy poczuła tak silny skurcz brzucha, że musiała usiąść.

— I właśnie taka jest prawda? — wyszeptała.

Henry kiwnął głową.

Po kilku głębokich oddechach skurcz osłabł.

— Sprzedałeś mnie... sprzedałeś moje ciało... sprostytuowałeś własną żonę... aby mieć pewność, że zostaniesz wicekrólem?

— Tak bym tego nie ujął. Potrzebowałaś czegoś, czego ja nie mogłem ci dać. Potrzebowałaś rozrywki, zabawy, przyjęć. Potrzebowałaś kogoś, kto... no cóż... dałby ci zadowolenie w łóżku. Przyznaję, że w tym zakresie życia małżeńskiego nie służyłem ci zbyt dobrze.

Lucy przełknęła ślinę.

— Powinieneś był mi powiedzieć o Vanessie.

— O Vanessie?

— Wiem o niej wszystko. Mogłam ci pomóc.

Henry usiadł.

— Przepraszam. Przykro mi, że się o tym dowiedziałaś. Nie mogłaś mi w niczym pomóc.

— Może pomogłoby, gdybyśmy wreszcie zaczęli mówić sobie prawdę!

— Nic nie rozumiesz!

— Nie rozumiem, że ciągle ją kochasz? Dobrze to rozumiem!

— A nie sądzisz, że miłość do własnej siostry wymaga kary?

Lucy przez chwilę milczała, a potem kiwnęła głową.

— Pewnie tak. Teraz mogę dać ci obie rzeczy naraz: prawdę i karę.

Popatrzył na nią ze zdziwieniem.

— Zamierzasz mi powiedzieć, że kochasz Jamiego Cullena? — zapytał. — Że mimo ciąży masz z nim romans?

— Nie, mój drogi. Nie widziałam go od lat. Do chwili, gdy w ubiegłym miesiącu pojawił się w Kalkucie.

— Napisałaś mu w liście, że go kochasz.

— Bo kochałam. I dalej kocham. Znaliśmy się w Kansas. Nie mogę udawać, że tak nie było, ale nigdy nie mogłabym kochać go tak jak ciebie.

Henry wstał.

— W takim razie jak mógł cię namówić do napisania tego, co napisałaś o Balu Gangadharze Tilaku? Napisałaś, że to człowiek honoru, wielki dobroczyńca, i spróbujesz mnie przekonać, jaki z niego święty?

— Popełniłam błąd.

Podszedł do niej.

— Tak, moja droga, popełniłaś błąd. Wielki błąd. Jesteś wicekrólową Indii, przedstawicielką królowej-cesarzowej, ale mimo to zgodziłaś się spotkać z jednym z najgroźniejszych terrorystów, jakich zna ten kraj. I co robisz potem? Każesz go szukać żołnierzom? O nie! Nic takiego! Piszesz list do przyjaciela, kochanka, czy kim tam jest dla ciebie pan Cullen, w którym nazywasz Tilaka człowiekiem honoru, i obiecujesz, że spróbujesz mnie przekonać, iż powinienem traktować go z szacunkiem!

Był tak wzburzony, że nie mógł spokojnie usiedzieć. Zaciskał i rozluźniał pięści, z ust pryskała mu ślina, a żyły na czole napęczniały.

— Jednym listem... jednym listem niemal doprowadziłaś do zniszczenia wszystkiego, na co pracowałem przez tyle lat... Nie dałaś mi wyboru, musiałem wypuścić tego nacjonalistę i terrorystę. Człowiek, który odpowiada za śmierć Elizabeth, nigdy nie zostanie ukarany. Sama się o to postarałaś!

Lucy bez słowa wstała z kanapy, rozłożyła na boki czarną spódnicę i uklękła przed nim. Pochyliła głowę i zaczęła całować czubek jego buta.

— Lucy, wstań! Na Boga, spodziewasz się dziecka!

— *Sahib* — powiedziała, ni to śmiejąc się, ni to płacząc. — Potężny, wielki *sahib*!

— Lucy, wstawaj!

— Nie zrobię tego, dopóki nie powiem prawdy, która będzie twoją wieczną karą!

Henry, przestraszony i rozzłoszczony, złapał ją za ręce i podciągnął w górę.

— Co się z tobą dzieje? Do reszty zgłupiałaś? Spodziewasz się dziecka!

Uśmiechnęła się gorzko.

— Prawda i kara, Henry, jest taka, że dziecko, o które tak bardzo się troszczysz, może być twoje, ale może też być Malty'ego. Jeśli jest Malty'ego, zapłaciłeś za stanowisko wicekróla własną krwią. Tak jak i ja.

◆ ◆ ◆

Jamiego aresztowano, kiedy wsiadał w Delhi do pociągu do Bombaju. Był ubrany jak urzędnik — miał na sobie szary garnitur i kapelusz *terai* — i niósł walizkę. Natychmiast przewieziono go do Simli. Nie zostało to oficjalnie ogłoszone, ale wiedziano, że wicekról sowicie wynagrodzi każdego, kto dostarczy mu pana Cullena.

Lucy ujrzała go z balkonu swojej sypialni, kiedy o szóstej rano prowadzono go do rezydencji wicekróla. Dolinę Satledź spowijała tak gęsta mgła, że nie widać było jej przeciwległego zbocza. Kiedy wraz ze swoją eskortą podchodził do bocznego wejścia, Lucy modliła się, aby nie podniósł głowy i nie popatrzył na nią.

Przez sześć godzin był przesłuchiwany przez Henry'ego i hinduskich oficerów. Lucy niemal czuła jego obecność. Kiedy zapadł zmrok, przyszedł do niej pułkownik Miller.

— Pan Cullen poprosił o rozmowę z panią i Jego Ekscelencja wyraził zgodę.

Lucy popatrzyła na Ettę, po czym zebrała spódnicę i wstała.

— Wobec tego niech mnie pan do niego zaprowadzi — oświadczyła.

Jamie czekał na nią w pokoju, w którym kiedyś trzymano broń. Sprawiał wrażenie bardzo zmęczonego i był okropnie brudny, ale poza tym był w niezłej formie.

— No, no... — mruknął, kiedy Lucy weszła do środka.

Stojący za nim sierżant dźgnął go palcem w plecy, aby wstał.

— Witaj, Jamie — powiedziała Lucy, ale nie usiadła.

— Jego Ekscelencja powiedział ci, co zamierza ze mną zrobić? — zapytał.

Pokręciła głową.

— Chce deportować mnie do Stanów Zjednoczonych Ameryki i złożyć do służby dyplomatycznej Stanów Zjednoczonych formalną skargę.

— Nie sądzisz, że na to zasłużyłeś? Oszukałeś mnie. Zabiłeś moją najlepszą przyjaciółkę. Zabiłbyś także Henry'ego.

— To nie miało związku ze mną. Zrobił to człowiek Tilaka z gorącą głową.

— Zabiłeś moją najlepszą przyjaciółkę.

— Przykro mi z tego powodu.

— Przykro ci?

Spuścił głowę i nic na to nie odpowiedział.

Lucy przez chwilę mu się przyglądała.

— Nie wiedziałam, że można być aż tak zazdrosnym — szepnęła. — Płonęło to w tobie przez lata, prawda? Paliło cię bardziej niż ogień, który spalił wuja Caspera. Gdybyś mógł, zabiłbyś Henry'ego... Nie miało to żadnego związku ze *swaradź* ani ze sprawiedliwością. To była zazdrość i nic więcej. — Zamilkła na chwilę i wyjęła z kieszeni zakrwawioną fotografię. — Lepiej to weź. Jesteś odpowiedzialny zarówno za to dziecko, jak i za rozlaną krew.

Jamie przełknął ślinę, ale nadal milczał.

— Jeszcze jedno... — powiedziała Lucy. — Czy ta dziewczynka, którą przyprowadził Bal Gangadhar Tilak, naprawdę jest córką jego kuzyna?

— Nie — odparł Jamie. — Pomyślałem sobie... no wiesz, nie było wielkiej szansy, że zmienisz zdanie, prawda? Nie było wielkiej szansy, że zechcesz porozmawiać z Henrym... dopóki nie zobaczysz cierpienia, które zrozumiesz...

— Zagrałeś na mojej słabości?

— Coś w tym rodzaju.
— Gdzie ona teraz jest?
— Chyba gdzieś w hinduskiej dzielnicy, skąd ją wypożyczyliśmy.
— Powiem Balowi Gangadharowi Tilakowi tylko jedno: aby o nią zadbał. I tobie też powiem tylko jedno...
— Tak?
— O tak. Nauczyłam się tego od ciebie i od Henry'ego. Jestem władczynią. Nie Indii ani czegokolwiek innego, ale mężczyzny, którego kocham, i samej siebie.

Jamie odchylił krzesło do tyłu i oparł głowę o ścianę.
— Władczyni... — powtórzył cicho.

◆ ◆ ◆

W niedzielę rano, 24 czerwca 1899 roku, wraz z biciem dzwonów na gotyckiej wieży kościoła w Simli, urodziła się „Horatio" Carson i otrzymała imiona Nancy Victoria.

Miała jasne kręcone włosy jak matka, nie była jednak podobna do ojca. Lucy z ulgą stwierdziła, że nie jest też podobna do Blanche. Nie zniosłaby, gdyby urodziła drugą taką samą córkę. Chciała, aby Sha-sha zajmowała w jej sercu osobne miejsce.

Choć Nancy nie była podobna do Henry'ego, od razu ją pokochał i nieustannie szukał wymówek, aby odejść od biurka i pójść na nią popatrzeć — nawet gdy spała. Zachowywał się, jakby w ogóle mu nie przeszkadzało, że Nancy może być córką Malty'ego. Wręcz przeciwnie — uspokoił się i wyciszył, jakby uznał, że wreszcie został wystarczająco ukarany.

Nigdy więcej nie zapytał Lucy o Jamiego ani o to, dlaczego zgodziła się zarekomendować mu Bala Gangadhara Tilaka. Czasami podejrzewała, że wie znacznie więcej, niż jej powiedział — mógł się tego dowiedzieć od policji Simli albo od któregoś z oficerów wywiadu wojskowego — bo przez jakiś czas po tym, jak został zmuszony do zwolnienia Tilaka, odnosił się do niej z pewną rezerwą.

Ale po przyjściu na świat Nancy najwyraźniej uznał, że mimo wszystkich wcześniejszych zgrzytów w ich małżeństwie dokonali właściwego wyboru i powinni nadal żyć razem.

W Wigilię dał Lucy pierścionek z brylantami i szmaragdami. Wewnątrz kazał wygrawerować: BĘDĘ KOCHAŁ CIĘ WIECZNIE, H.

♦ ♦ ♦

Lucy czasem miała wątpliwości, czy dobrze zrobiła, odwracając się od Blanche i Jamiego i wybierając życie wicekrólowej, zamiast prowadzić życie żony i matki z Oak City.

Swoją zazdrością Jamie zabił jej miłość do siebie, nie przestała jednak o nim myśleć — a także o wspólnej młodości w Kansas, gdzie burzowe niebo gnało nad ich głowami, jakby spieszyło się na pociąg.

Było tak do noworocznego poranka 1900 roku, pierwszego dnia nowego stulecia.

Etta ubierała ją w Domu Rządowym na tradycyjną Wicekrólewską Paradę Noworoczną.

Na zewnątrz słychać było bębnienie wojskowych werbli i jasne dźwięki trąbek, mieszające się ze szczękiem uprzęży i rykami słoni.

— Dziękuję, jestem gotowa — powiedziała w końcu Lucy i wstała. — Chcę się jeszcze tylko pożegnać z Nancy.

Weszła do pokoju dziecinnego, gdzie mała leżała w kołysce i bawiła się własną stópką.

— Jak się czuje moja mała kochana dziewczynka?

Ama uśmiechnęła się i powiedziała:

— To bardzo słodkie dziecko, *memsahib*. Nigdy nie płacze.

— Nie ma powodów do płaczu — odparła Lucy i sięgnęła po małą. — Moja kochana, śliczna dziewczynka...

Nancy zaczęła pociągać matkę za włosy i kolczyki. Kiedy Lucy pocałowała córeczkę i chciała odłożyć ją do kołyski, małe paluszki złapały przypiętą na jej sukience broszkę z kameą — pamiątkę po matce.

— Ostrożnie, kochanie! — zawołała, ale broszka nagle się rozpadła i z oprawy razem z kameą wypadło małe owalne zdjęcie, które wylądowało przy stópkach Nancy.

Lucy ze zdziwieniem popatrzyła na fotografię. Przedstawiała poważnego młodzieńca ze staromodnymi bakami, a z tyłu zdjęcia było napisane: *dla mojej jedynej miłości z okazji urodzin naszej córki.*

Dopiero po dokładnym przyjrzeniu się zdjęciu Lucy uświadomiła sobie, że patrzy na swojego prawdziwego ojca, Jerrolda Cullena.

◆ ◆ ◆

Po noworocznej paradzie usiadła przy biurku, by napisać list do Jamiego. Miał to być list bez goryczy i okrucieństwa, ujawniający prawdę, którą właśnie odkryła i która — o co gorąco się modliła — ukoi wreszcie jego ból.

Słońce zachodziło powoli, cienie gęstniały, zakola rzeki Hugli zamieniały się w polerowany brąz, a cały pokój wypełniło bursztynowe światło. Biała suknia Lucy również nabrała sepiowego koloru.

Kiedy się odwróciła, w otwartych drzwiach stał Henry.

— Jeszcze nigdy nie byłaś taka piękna — powiedział cicho, po czym wyszedł z pokoju, delikatnie zamykając za sobą drzwi.

Polecamy powieść Grahama Mastertona

ŚPIĄCZKA

Kalifornia, rejon Gór Kaskadowych. Młoda kochająca się para – Michael i Tasha – pada ofiarą psychopaty, który taranuje ich samochód, z premedytacją spychając go na przeciwległy pas autostrady. Kobieta ginie na miejscu. Michael odzyskuje przytomność w prywatnej klinice pourazowej u podnóża góry Shasta. Jego obrażenia są poważne – doznał uszkodzenia kręgosłupa, przez dwa miesiące pozostawał w śpiączce. Nie pamięta wypadku, nie wie, kim jest. Z dokumentów wynika, że nazywa się Gregory Merrick. Rodzina (matka i siostra) została o wszystkim poinformowana, na bieżąco interesuje się przebiegiem leczenia. Terapia ma potrwać kilka miesięcy: Michael przez krótki okres pozostanie w klinice, a następnie zamieszka w domu Isobel, jednej z mieszkanek pobliskiej osady Trinity. Mężczyzna stopniowo odzyskuje sprawność fizyczną. Z kliniki przeprowadza się do pięknej Isobel, która – jak się okazuje – jest obdarzona niepohamowanym apetytem seksualnym. Przyjemność uprawiania z nią seksu psuje jednak lodowaty chłód, jaki przenika wtedy całe jego ciało. W miarę upływu czasu Michaelowi wraca pamięć: nabiera pewności, że wcale nie nazywa się Gregory. Zaczyna zadawać coraz więcej pytań; niestety odpowiedzi niczego nie wyjaśniają. Wydaje się, że wszyscy wokół kłamią – zarówno lekarze, jak mieszkańcy Trinity. W osadzie niewątpliwie dzieje się coś dziwnego. Mieszkańcy wydają się istotami nie z tego świata: chodzą, nie zostawiając śladów na śniegu, nocą zaś ustawiają się w milczeniu pod oknem jego sypialni. Michael próbuje uciec z Trinity. Droga, którą opuszcza osadę, prowadzi go z powrotem do punktu wyjścia. Pozostaje mu tylko jedno – pozostać w wiosce i rozwiązać przerażającą zagadkę...